JULIANE KÄPPLER

Love Me Like It's Yesterday

Roman

Lübbe

Die Bastei Lübbe AG verfolgt eine nachhaltige Buchproduktion. Wir verwenden Papiere aus nachhaltiger Forstwirtschaft und verzichten darauf, Bücher einzeln in Folie zu verpacken. Wir stellen unsere Bücher in Deutschland und Europa (EU) her und arbeiten mit den Druckereien kontinuierlich an einer positiven Ökobilanz.

NACHHALTIG PRODUZIERT

FSC www.fsc.org MIX Papier | Fördert gute Waldnutzung FSC® C014496

Textredaktion: Regine Weisbrod, Konstanz
Umschlaggestaltung: © SO YEAH DESIGN, Gabi Braun
Umschlagmotiv: © shutterstock: Gannvector | Lana Brow
Satz: two-up, Düsseldorf
Gesetzt aus der Cardo
Druck und Verarbeitung: GGP Media GmbH, Pößneck

Printed in Germany
ISBN 978-3-7577-0091-1

1 3 5 4 2

Sie finden uns im Internet unter luebbe.de
Bitte beachten Sie auch: lesejury.de

Endgame

FlirtForceOne @ MakeHerYours 10. Mai 2024
Cooler Move, die Kraft der Authentizität beim Dating zu pushen. Schaut allerdings aus, als gäbe es auf deinem Kanal Veränderungen. Lohnt ein Blick auf andere Ansätze?

FlirtForceOne @ MakeHerYours 17. Mai 2024
Hab deine neueste Folge gecheckt. Das Zuhören beim Kennenlernen ist schon mega wichtig! Könnte aber interessant sein, andere Vibes zu erkunden, die heute noch mehr ziehen. BTW, echt schade, dass einige deine Tipps nicht feiern.

> **@SnickersSniper** Anders gesagt Das war wieder ein Tipp aus dem Mittelalter. 😉

> **@DanTheMan** Ich glaube ja, der Typ geht nicht vor die Tür. Frag mich, warum ich so lang dabei war. Verschwendung von Lebenszeit. 👎

> **@Simon7703** *Make Her Yours*, so heißt der Kanal? Besser wäre *Make Her Run*. Der Typ hier lost voll ab gegen dich, Flirt Force One. Mega Show!

FlirtForceOne @ MakeHerYours 24. Mai 2024
Deine Tipps zur Kommunikation per WhatsApp sind klasse. Bin aber unsicher, ob sie in der Praxis funktionieren. Wär ein Live-Format interessant für kommende Streams?

> **@MakeHerYours** ✔ Wie wär's, wenn du deinen Kanal rockst und ich meinen?

@FlirtForceOne Sorry, falls das rüberkam, als würde ich dich angreifen.

FlirtForceOne @ MakeHerYours 31. Mai 2024
Schönes Thema! Selbstwahrnehmung und Selbstakzeptanz. Denk trotzdem mal über das Live-Format nach, um das Ruder rumzureißen. Wir können dazu gern zoomen.

@MakeHerYours Du meinst, ich soll's machen wie du? Sorry, nicht mein Niveau.

@FlirtForceOne What? Nicht dein Niveau? Warum wirst du beleidigend?

@Simon7703 Er stirbt lieber niveauvoll. In einem Jahr ist er Geschichte.

@RedMask Ist doch ganz einfach: Wir brauchen einen Beweis, dass der ganze Kram, den er uns hier erzählt, echt funktioniert.

@NotSoNiceGuy-235 Beweis kriegen wir nie von dem. Bin weg. 👋

FlirtForceOne @ MakeHerYours 1. Juni 2024
Hab die mega Idee für deinen Kanal: Ich suche eine Frau aus, deren Nummer du dir holst. Du schreibst mit ihr und flirtest auf deine Weise. Den Beweis, dass sie auf dich steht, lieferst du, indem du euren Chat veröffentlichst. Was hältst du davon?

@MakeHerYours Gar nichts. Davon abgesehen Du suchst die Frau aus? Denkst du dabei an deine Freundin oder Schwester?

@FlirtForceOne Ne, aber ist ne gute Option zu zeigen, was du draufhast.

@ToxicSam07 er kann sich doch auch selbst ein chick aussuchen

@Simon7703 Ne, dann könnte er einen Fake-Account nutzen.

@RedMask Ich kenn eine Lady, die passen könnte.

FlirtForceOne @ MakeHerYours 2. Juni 2024
Was ist mit dem Kommentar von RedMask? Wäre das eine Option?

@MakeHerYours ✔ Klären wir das per PN.

@Simon7703 Übrigens: Wenn du ablost, solltest du deinen Kanal schließen.

FlirtForceOne @ MakeHerYours 3. Juni 2024
Hab über den Vorschlag von Simon7703 nachgedacht. Damit es fair bleibt, würde ich das gleiche Risiko eingehen und meinen Kanal schließen, falls du Erfolg hast.

@MakeHerYours ✔ Vom ganzen Irrsinn abgesehen ist der Einsatz übertrieben. Wie wäre es hiermit: Wenn ich Erfolg habe, machen wir zusammen einen Livestream auf deinem Kanal. Im anderen Fall findet die Show bei mir statt.

@Simon7703 Muuhaa! Unser mega Experte hat kalte 👣 bekommen.

@RedMask Der Letzte macht das Licht aus, okay?

MakeHerYours @ FlirtForceOne 4. Juni 2024
Also gut. Wenn ich Erfolg habe, machst du Flirt Force One dicht. Wenn ich verliere, ist Make Her Yours Geschichte.

@FlirtForceOne Deal!

Huschdutzeln

['hʊʃˌdʊt͡səln] Verb.
In den Zustand innerer Unsicherheit oder Irritation geraten, ausgelöst durch eine überraschend eintretende Situation oder eine plötzlich auftretende Person.

Freitagabend, und ich habe ein Date. Mit Giovanni. Giovanni ist Italiener und fünfundneunzig Jahre alt. Vor zwei Wochen fehlte ihm noch ein Bein, aber optisch ist er nun wieder fit. Jetzt wartet er nur noch darauf, dass ich seinen Charme wiedererwecke. Giovanni hat Klasse, Stil und sehr viel Geduld. Ich hingegen bin alles andere als geduldig. Ich will loslegen und werde immer unruhiger, als mein Azubi Aurelius mir zuerst lang und breit erzählt, was er in der letzten Stunde zusätzlich erledigt hat, und dann, warum er am Montag, wenn überhaupt, erst nachmittags anfangen kann.

»Je nachdem, wie das Game am Sonntag läuft«, erklärt er mir. »Also, kann schon sein, dass mein Team die ganze Nacht spielt. Dann müsste ich halt Schlaf nachholen. Wär doch okay, oder?«

»Passt schon. Viel Erfolg!«, sage ich schnell, um ihn loszuwerden.

»Jo! Diesmal wollen wir die Finals unbedingt gewinnen, und dann im August ab nach Hamburg, die Spring-Finalisten plattmachen, den deutschen Meistertitel holen und in die Euro-League aufsteigen.«

Ich nicke verständnisvoll, obwohl ich fast nur Bahnhof verstehe. Es geht um ein Spiel namens *League of Legends*, in dem Aurelius und sein Team, das sich *Dragons of Destiny* nennt, virtuell losziehen, um anderen Teams die Hütte einzurennen, wobei sie aufpassen müssen, dass ihre eigene Hütte stehen bleibt.

Aurelius holt sein Handy aus der Tasche seiner Latzhose, hält es hoch und wackelt damit. »Wenn ich mal ganz kurz …«

Ich schüttele den Kopf und nicke zur Tür hin. Das Handy kann er meinetwegen im Hof benutzen, am besten erst auf der Straße. Bei mir hier drinnen ist es tabu.

»Och, Digger, Sie sind echt kompromisslos!«, brummelt er und schlurft zur Tür.

Durch die Fensterfront beobachte ich, wie er draußen im Hof die Kopfhörer aus seinem Rucksack holt und aufsetzt.

Aurelius lernt im zweiten Jahr bei mir. Er ist ein netter Kerl, hilfsbereit und aufmerksam. Er möchte aber tausendmal lieber *League of Legends*-Weltmeister sein und betrachtet die Ausbildung zum Tischler als eine Art Zwischenstation, wo er parkt, bis er im Gaming genug Erfolg hat. Seine Aufgaben erledigt er zwar ordentlich, doch ohne besonderes Interesse. Würde er sich wirklich darauf einlassen, fände er die Arbeit mit Holz nicht nur anstrengend, sondern auch entspannend. Er gäbe dann nicht nur die fünfzig Prozent, mit denen er schon irgendwie über den Tag kommt, sondern all die Kraft, Ausdauer und Körperbeherrschung, die diese Arbeit braucht. Weil Aurelius aber nicht nur das, sondern auch jede Begeisterung fehlt, macht es für ihn keinen Unterschied, ob die Möbel, die wöchentlich in meiner Restaurationswerkstatt ankommen, von IKEA stammen oder aus einem vergangenen Jahrhundert. Und ihre Geschichten sind ihm ebenfalls egal.

Geschichten wie die von Giovanni, ein mehr als zwei Meter langer, italienischer Art-déco-Tisch aus dem Jahr 1929. Unzählige Feste und Zusammenkünfte hat er erlebt. Er hat Familien und Freunde um sich geschart, Speisen und Wein getragen, ausgelassene Gespräche und hitzige Diskussionen über sich ergehen lassen, einen Weltkrieg überstanden.

Das dunkle, kräftig gemaserte Palisanderholz, aus dem er gefertigt ist, gehörte wegen seiner besonderen Farbigkeit zu den ersten Hölzern, die Ende des neunzehnten Jahrhunderts von Übersee nach Europa importiert wurden. Damals wurde es meist ebonisiert, also mit einem Lack überzogen, der es nahezu schwarz glänzen ließ. Dieser Lack fehlt Giovanni noch, denn er war so stark beschädigt, dass ich ihn abschleifen musste. Der Lack ist das Programm unseres heutigen Dates.

Ich hocke mich hin und betrachte einen der vier meisterhaft geschnitzten Windhunde, welche die Platte als Tischbeine tragen. Dass er aus der Konstruktion gebrochen war, sieht man nicht mehr. Zusammen mit den drei anderen sitzt er nun wieder stolz auf dem Sockel.

Im Büro nebenan klingelt das Telefon – ein Geräusch, das ich nach Werkstattschluss routiniert ausblende. Ich schnipse mit den Fingern, denn jetzt ist Showtime!

Links in der Ecke neben der Fensterfront steht meine Stereoanlage. Ihr Radioempfänger ist seit Jahren kaputt, aber ich verwende ohnehin nur das Kassettendeck. Nach kurzem Stöbern entscheide ich mich für Cyndi Lauper und ihr 1983 aufgenommenes Debütalbum *She's so Unusal.* Vor mich hin summend lege ich es ins Deck und spule zum fünften Song – *She Bop*, genau danach ist mir gerade. Als die ersten Töne erklingen, drehe ich die Lautstärke hoch und wippe im Rhythmus des Intros, um mich aufzuwärmen. Dann beginnt Cyndi zu singen, und ich tanze zum Regal, wo ich Pinsel und Lacke aufbewahre. Als ich gerade richtig in Schwung komme, taucht Aurelius wieder auf und bremst mich aus. Auf der Suche nach irgendetwas streift er durch meine Werkstatt.

»Gute Moves, Digger«, ruft er über die Musik hinweg.

Die Arme vor der Brust verschränkt beobachte ich, wie er sucht und sucht. Endlich schnappt er sich seine halb geleerte Coke-Flasche von einer der Werkbänke und trollt sich. Ich spule das Tape zum Anfang von *She Bop*, starte den Song erneut und groove mich ein. Ein bisschen wippen, ein bisschen swingen, ein bisschen nicken und schnippen, und es wird wieder. Singend und tanzend suche ich nach den richtigen Pinseln, nehme einen schmalen und einen breiten mit weichen Borsten und wende mich den Lacken zu.

»Ähm, sorry! Frau Klippstein?«, tönt es da.

Die Stimme hat den Effekt einer Turntable-Nadel, die abrupt über eine Platte gezogen wird. Kratzig-kreischend bringt sie mich zum abrupten Stopp.

Patrizia, oder besser: Frau von Großeimern, steckt den Kopf zur Werkstatt herein. Sie ist das Oberhaupt der vierköpfigen Familie, die das Nebenhaus gemietet hat. Wenn sie gesprächig ist, erzählt sie mir, dass sie eigentlich Herzogin ist und auf dem Landsitz ihrer Familie wohnen würde, wären ihre Vorfahren durch die Abschaffung des Adelsstands in Deutschland vor einhundert Jahren nicht zum Verkauf gezwungen gewesen. Nun wohnt sie halt bei mir und muss im Amt für Abfallwirtschaft Geld verdienen. Kaum etwas ärgert sie so sehr, wie Frau Großeimern genannt zu werden. Auf das »von« legt sie enormen Wert, auch bei ihren fünfzehn- und elfjährigen Söhnen in der Schule, die nach historischem Adelsrecht eigentlich mit Prinz Ludwig von Großeimern und Prinz Jakob von Großeimern angesprochen werden müssten. Ihr Mann, Herr von Großeimern, hatte früher einen anderen Namen und keine Wahl.

»Könnten Sie die Musik leiser stellen?«, bittet mich Frau von Großeimern. »Ich würde jetzt gern Yoga machen.«

Leise vor mich hin grummelnd gehe ich zur Stereoanlage und regele die Lautstärke ein bisschen herunter. Dass Frau von Großeimern in ihrer Wohnung statt in meinem Garten Yoga machen könnte, verkneife ich mir zu sagen, um das harmonische Miteinander nicht noch mehr aus der Balance zu bringen, als es ohnehin ist.

»Ich danke Ihnen!«, zwitschert sie, obwohl sie mich wahrscheinlich lieber anknurren würde. Sicher ist sie immer noch sauer, weil ich ihr auch in diesem Sommer nicht erlaube, einen Pool aufzustellen. Über den Hof schwirrt sie nach hinten in den Garten, wo ihre Yogamatte schon ausgerollt liegt.

Ich spule den Song zurück und starte ihn ein drittes Mal. Wippen, swingen, mitsummen … es will nicht mehr so recht. Also schnappe ich mir einen geeigneten Lack und bringe alle Utensilien zur Werkbank, neben der Giovanni wartet. Mithilfe eines Schraubenziehers öffne ich die Dose, da ruft jemand: »Hallo? Entschuldigung!«

»Herrgott nochmal, was ist jetzt wieder?«, schimpfe ich und fahre herum.

In der Tür steht ein Typ, den ich noch nie gesehen habe.

Er trägt ein graues Hemd, dessen Ärmel er nach oben geschoben hat, darunter eine schwarze Chino. Am Handgelenk glänzt eine Uhr. In den Fingern hält er eine Sonnenbrille, klappt sie zusammen und steckt sie sich in den Hemdausschnitt.

Endgültig genervt lege ich den Schraubenzieher weg, gehe abermals zur Stereoanlage und drücke die Stopptaste. Das mit der Musik wird heute wohl nichts.

»Wir haben geschlossen«, lasse ich ihn wissen.

Er kommt trotzdem herein. Die Tür schwingt hinter ihm zu.

»Ich suche den Meister«, sagt er.

So, so! Der Meister soll es also sein. Da ist er hier an der falschen Adresse.

Ich blockiere seinen weiteren Weg in mein Reich, halte dabei aber eine gewisse Distanz zu ihm ein und mustere ihn flüchtig. Er ist etwa in meinem Alter, Mitte dreißig also, und das Gegenteil von den Männern, die mir gefallen. Das Gegenteil eines Mannes, der anpacken kann. Zwar ist er größer als ich, was ich mag, aber sehr schlank, ziemlich glatt und offenbar auf Optik bedacht. Seine Kleidung ist nicht von der Stange, vermutlich auch nicht spontan kombiniert und übergeworfen. Mein Kurz-Check sagt mir, dass er ein Auge dafür hat und Wert darauf legt, dass alles passt. Seine wellig ums Gesicht fallenden Haare sind entweder dunkelbraun oder schwarz. Ein paar Sommersprossen zeichnen seine helle, beinahe blasse Haut. Die Konturen der Wangen sind markant, fast scharfkantig, aber der Mund ist fein geschwungen. Besonders auffällig sind seine Augen. Sie sind mandelförmig und verraten damit, dass er asiatische Wurzeln hat. Wirklich ungewöhnlich sind sie allerdings nicht aufgrund ihrer Form, sondern vor allem wegen ihrer hellen Farbe. Im Licht der Werkstatt weiß ich nicht, ob es ein Blau oder ein Grün ist, sondern nur, dass mich etwas daran stört. Sein Blick hat etwas Durchdringendes, etwas gleichermaßen Beruhigendes wie Aufregendes. Er sieht mich so direkt an, dass ich einen Moment lang nicht weiß, ob ich standhalten oder wegschauen soll. Soll ich etwas sagen, ihn fragen, was er will, oder ihn hinauskomplimentieren?

Mit einem Blinzeln gebe ich mir einen Ruck und überwinde mich zu sprechen. »Hier gibt es nur eine Meisterin, und die steht vor Ihnen.«

»Hey, super!« Er lächelt. »Ich war mir nicht sicher. Möbelrestaurierung und Antik Klippstein, wusste ich nur, Leopoldstraße dreiundvierzig.«

»Da findet man mich.«

»Ich hab ein paarmal angerufen, gerade eben noch einmal. Ich hätte auch eine Mail geschrieben, hab aber keine Website gefunden.«

»Es gibt keine.«

»Website?«

»Auch keine Mailadresse.«

Er schaut sich um. Sein Blick fliegt von Möbelstück zu Möbelstück, dann sieht er mich wieder an. »Das Geschäft läuft trotzdem?«

»Offensichtlich, oder nicht?« Und wie es läuft! Man muss einfach nur machen. Und gut sein in dem, was man tut. Das spricht sich herum. »Ich hab eine Menge treue Kunden und einen Telefonbucheintrag.«

»Sie gehen aber nicht ans Telefon.«

Mit einem Seufzen schiebe ich die Hände in die Potaschen meiner Latzhose. »Sie sind nicht hier, um mir Werbung oder eine Website zu verkaufen, hoffe ich.«

»Nein, ich bin hier, weil Möbelrestauration Klippstein vier Komma neun Sterne bei Google hat und auch bei Wer-kennt-den-Besten hier in Leipzig ganz vorn ist.«

Von diesen Bewertungen habe ich gehört, aber nie eine gelesen.

»Okay, und was kann ich für Sie tun?«

»Ich habe einen kleinen Apothekerschrank, der dringend restauriert werden müsste. Ich wollte es gerne selbst machen, bin aber zu dem Schluss gekommen, dass ich es wohl besser einem Profi überlassen.«

Für diese Einsicht, zu der viele nicht gelangen und das Möbelstück ruinieren, verdient er immerhin schon einmal Anerkennung.

»Dann lassen Sie uns einen Termin vereinbaren«, schlage ich vor und will meinen Kalender aus dem an die Werkstatt angeschlossenen Büro holen, dankbar für die Möglichkeit, seinem Blick zu entfliehen. »Ich komme gern zu Ihnen und schaue mir das Schränkchen an. Nächste Woche irgendwann?«, rufe ich über die Schulter.

»Ich habe es im Auto«, antwortet er, und ich drehe mich wieder zu ihm um.

Mit dem Daumen weist er Richtung Hof. »Ich hole das Teil schnell, okay?«

Also gut, dann eben so. »Ich schaue es mir draußen an. Wenn es ein hoffnungsloser Fall ist, sparen Sie sich das Schleppen.«

Zügigen Schrittes kehre ich zurück und signalisiere ihm voranzugehen. Stattdessen hält er mir die Tür auf. Als ich mich an ihm vorbeidrücke, wabert mir ein Hauch seines Duftes um die Nase. Er riecht gut. Frisch, würzig, männlich.

Auf dem Weg zum Tor erzählt er, dass er das Schränkchen auf eBay gekauft hat, um es seiner Schwester zur Geburt ihrer Zwillinge zu schenken, gefüllt mit kleinen Gutscheinen, die sie über das Jahr bei ihm einlösen kann. Sein Problem ist, dass die Zwillinge, wie es Zwillinge so an sich haben, zu früh zur Welt kamen und dass das Schränkchen nicht im versprochenen Zustand ist.

Ich finde, das ist eine schöne Geschenkidee, und mache mich innerlich auf das Schlimmste gefasst, was den Zustand und die tatsächliche Herkunft des Schränkchens betrifft. Nachher ist es ein krumm-schiefes Teil aus China, das nie eine Apotheke gesehen hat. Auf der Straße zieht er den Autoschlüssel aus seiner Hosentasche und entriegelt das am Bordstein parkende Auto, einen alten blauen Porsche. Als er den Kofferraum öffnet, der sich da befindet, wo bei gewöhnlichen Autos der Motor ist, und ich einen Blick hineinwerfe, kann ich mir einen Kommentar nicht verkneifen.

»Ein Cafétisch hätte es nicht werden dürfen.«

Er lacht kurz auf. »Es gibt doch Anhänger und Dachgepäckträger.«

Ich beuge mich über den Kofferraum, stütze die Hände auf die Oberschenkel und inspiziere das Apothekerschränkchen. Es ist aus Eichenholz gefertigt, haselnussbraun und fasst vierzehn kleine Schubladen, je sieben in einer der beiden Spalten. Wie es für diese Schränkchen typisch ist, ist es schlicht gehalten. Es gibt keine Verzierungen, keine aufwendigen Schnitzereien oder Schnörkel. Die Holzmaserung ist gut zu erkennen. An schwarzen, halbrunden Metallgriffen lassen sich die Schubladen öffnen. Links und rechts der Griffe befinden sich schwarzgerahmte Nummern, die darauf schließen lassen, dass die Fächer zweigeteilt sind. Die Nummerierung beginnt oben links bei einundzwanzig und endet unten rechts bei achtundvierzig. Winzige goldene Schrauben befestigen die Griffe und Schildchen. Von denen fehlen insgesamt fünf Stück. Die erste Schublade, die ich aufziehe, reagiert schwerfälliger, als sie sollte. Der schmale Sockel ist an der rechten Ecke eingerissen. Auf zwei Griffen und vier Schubladen sind Kratzer zu erkennen. Eine weitere Schramme sehe ich an der linken Seite.

»Obendrauf ist es auch nicht okay«, höre ich von ihm und richte mich wieder auf.

»Der Korpus und die Schubladenfronten müssten abgeschliffen, der Sockel muss gekittet werden«, erkläre ich ihm. »Wenn alles wieder glatt ist, kommt neue Lasur drauf. Die Schrammen an den Griffen kann ich unsichtbar machen. Die Schrauben würde ich alle ersetzen, damit sie einheitlich sind. Das Holz hat gearbeitet, deshalb klemmen die Schubladen etwas. Ich würde sie minimal abschleifen und bei der Gelegenheit schauen, dass die Seiten noch gut ineinander fassen.«

Er nickt, während sein Blick über das Schränkchen gleitet. Als er mich wieder ansieht, lässt das Sonnenlicht seine Augen, die ich nun eindeutig als grün identifiziere, schimmern wie einen Waldsee. »Also ist es kein hoffnungsloser Fall?«

Abermals strauchle ich innerlich! Ich öffne den Mund, klappe ihn wieder zu, blinzele und versuche es noch einmal. »Das nicht«, bringe ich heraus und sortiere die restlichen Gedanken. »Aber er braucht einiges an Zuwendung. Meine Arbeit ist kein Schnäppchen. Es stellt sich die Frage, ob Sie so viel Geld ausgeben wollen für etwas, das im Prinzip nur eine Geschenkverpackung ist.«

Nachdenklich betrachtet er das Schränkchen im Kofferraum. »Ich mag das Teil.«

Das kann ich nachvollziehen. Es ist ein hübscher Schrank,

schätzungsweise achtzig Jahre alt. Ist es ihm die Investition wert?

»Und meine Schwester steht auf so antiken Kram«, fügt er hinzu. »Ihr Haus ist voll von Möbeln aus dem letzten Jahrtausend. Sie kommt an keinem Trödelmarkt und keinem Antiquitätengeschäft vorbei.«

»Tja dann!« Ich nicke in Richtung Tor. »Sie dürfen es jetzt gern reinschleppen.«

Erleichtert lässt er den Kopf sinken, hebt ihn dann wieder und legt sich die flache Hand an die Brust. »Danke schon einmal.«

Wieder in der Werkstatt bitte ich ihn, das Schränkchen auf eine leere Arbeitsfläche zu stellen.

»Wie lange brauchen Sie dafür?«, fragt er.

»Wie schnell wollen Sie Ihrer Schwester zu den Zwillingen gratulieren?«

»Momentan ist sie noch im Krankenhaus. Nächstes Wochenende wollte ich nach München fahren. Sie und ihr Mann leben dort.«

Nicht ganz eine Woche Zeit habe ich also. Giovanni, den Tisch, bekomme ich heute fertig. In der Werkstatt warten noch Elsbeth, die Biedermeier-Kommode, Martha, die Jugendstil-Vitrine, Gustav, der Gründerzeit-Kleiderschrank, und einige Kleinmöbel, alle ohne Deadline. Die kann ich hintanstellen.

»Mittwochabend, neunzehn Uhr, können Sie das Schränkchen abholen. Ich werde acht bis zehn Stunden brauchen, pro Stunde berechne ich neunzig Euro, inklusive Materialkosten, zuzüglich Umsatzsteuer.«

Er zuckt nicht einmal mit der Wimper und reicht mir die Hand. »Okay, tausendzweihundert also. Haben wir einen Deal?«

Ein Lächeln spielt um seine Lippen, und in seinen Augen blitzt etwas auf, das mich zum dritten Mal verunsichert. Als ich seinen Händedruck erwidere, spüre ich die Wärme seiner trockenen, weichen Handfläche. Sie ist frei von Schwielen, wie sie meine Hände von der Arbeit davontragen.

Nach einem »Abgemacht« will ich meine Hand zurückziehen, doch er hält sie einen Moment länger fest.

»Ich bin Taro.«

»Juno.«

Er lässt meine Hand los. »Kann ich … ist das Du okay?«

Ich zögere und nicke dann.

»Kann ich dir meine Telefonnummer dalassen, falls du Rückfragen hast oder es doch später als Mittwoch wird?«

Zwar wird weder das eine noch das andere passieren, aber gut. Ich nehme einen Skizzenblock und einen Bleistift und reiche ihm beides. »Schreib sie auf!«

Er zieht die Brauen zusammen, schaut erst auf den Block und mich dann wieder an. »Speicher die Nummer doch gleich im Handy? Ich rufe dich einfach an und …«

»Ich hab keins.«

»Kein Handy?« Er wirkt noch verwunderter. Es ist die übliche Reaktion, der die übliche Frage folgt. »Kein Smartphone oder …?«

»Gar kein Mobiltelefon. Auch kein Tablet oder etwas in der Art.«

»Wie erreiche ich dich dann, falls mir noch etwas einfällt?«

»Über das Werkstatttelefon, wenn ich hier bin. Wenn ich nicht rangehe, hinterlässt du eine Nachricht auf dem Anrufbeantworter. Die Nummer hast du ja.«

Er lässt seinen Blick noch ein paar Sekunden lang auf mir ruhen. Dann notiert er seine Telefonnummer auf dem obersten Blatt des Blocks und schreibt seinen Vornamen darüber. Ich bitte ihn, für die Rechnung auch seine Anschrift zu notieren. Er tut es, gibt mir Block und Stift schließlich zurück. Ich lege beides auf den Apothekerschrank.

»Dann bis Mittwoch, Juno.« Er geht und dreht sich in der

Tür noch einmal um. »Du tust mir einen mega Gefallen! Und ich bin gespannt auf das Ergebnis.«

Ehe mir eine Reaktion darauf einfällt, geschweige denn über die Lippen kommt, ist er auf dem Hof. Ich beobachte, wie er eine Hand in die Hosentasche schiebt, im Gehen kurz in den Himmel schaut, über den ein Flieger im Landeanflug rauscht, und dann um die Ecke zur Einfahrt verschwindet.

Einen Moment lang ist mir, als hätte er seinen Blick hiergelassen. Dieser Mann, Taro, hat mich angesehen, offen und klar, unverwandt und unentwegt, ohne zu starren. Die meisten Menschen schauen im Gespräch immer einmal anderswohin, zu Boden, zur Seite, ins Leere, als müssten sie sich sammeln, um den Blickkontakt wieder aufnehmen und pflegen zu können. Das hat er nicht getan und mich dazu gebracht, es ebenfalls zu lassen, ebenfalls bei ihm zu bleiben. Noch nie habe ich das erlebt.

In mir drin echot mein Name oder, besser gesagt, seine Stimme und wie er meinen Namen wiederholt hat. *Bis Mittwoch, Juno.* Er hat keinen Kommentar abgegeben, nicht gesagt, wie ungewöhnlich mein Name ist, oder gefragt, ob ich nach dem Monat benannt wurde. Er hat einfach nur *Juno* gesagt, und das hat aus seinem Mund extrem gut geklungen.

Gedankenverloren schlendere ich zur Stereoanlage und starte *She Bop* von vorn. Es braucht nur drei, vier Sekunden, und meine Hüfte wackelt im Takt, meine Füße beginnen zu tippeln, meine Finger schnipsen, meine Schultern zucken. Dann tanze ich hinüber zu Giovanni, dem Tisch, mache einen letzten Satz, um davor zu landen, schnappe mir ein Tuch und wische die Tischplatte ab. Dabei singe ich mit:

»She bop, he bop, we bop, I bop, you bop, they bop, be bop, be bop, a lu bop.«

Beim zweiten Chorus, als ich den Pinsel in den Lack tunke, grinse ich von Ohr zu Ohr.

Nach und nach lackiere ich die Tischplatte, die Windhunde und den Sockel. Irgendwann spielt der letzte Song des Tapes. Während sich die Stille in meiner Werkstatt ausbreitet, schwindet draußen im Hof das letzte Tageslicht.

Kurz vor elf reinige ich die Pinsel an einem Tuch und stelle sie in ein Glas mit Lösungsmittel. In der Dose ist nur noch wenig Lack, den ich vielleicht brauche, wenn ich an kleinen Stellen nachbessern muss. Als alle Utensilien an ihrem Platz sind und es für mich nichts mehr zu tun gibt, muss ich an meine Reaktion auf diesen Mann denken, der mir das Schränkchen gebracht hat. Ich weiß nicht genau, was es war, das mich in manchem Moment so aus dem Konzept gebracht hat. Verhuscht wie ein Hase im Scheinwerferlicht und verdutzt wie ein Kind bei einem Zaubertrick habe ich … Was habe ich? Was war das? Grübelnd tauche ich tief in meinen Wortschatz, finde aber kein Wort dafür. Dann, plötzlich, ein Aha!

Huschdutzeln! Das war es. Ich habe huschgedutzelt.

Grinsend gehe ich zur Werkbank, unter der die Kiste mit den Astquerschnitten steht, nehme mir eine Scheibe heraus und schließe den Brandkolben an den Strom. Als er sich aufgeheizt hat, brenne ich das neue Wort, huschdutzeln, Buchstabe für Buchstabe ins Holz, notiere darunter den Monat und das Jahr. Fertig damit greife ich mir Hammer und Nagel und schlage das Brettchen an die Wand über dem Arbeitsplatz, wo schon etwas mehr als sechzig beschriftete Astquerschnitte hängen. Der älteste ist zweiunddreißig Jahre alt.

Nun gibt es wirklich nichts mehr zu tun. Und auch nichts mehr zu überdenken. Auf dem Weg über den Hof strecke ich mich und lockere die Muskeln. Ich schließe das Tor, schlendere zurück und verriegele meine Werkstatt von innen. Nachdem ich das Licht ausgeknipst habe, gehe ich die schmale Treppe hinauf in meine Wohnung.

Emodulie

[emoˈduliː] Nomen, feminin.
Zwischenmenschlicher Zustand, in der emotionale Intimität und physische Nähe ohne die festen Grenzen einer traditionellen Beziehung oder die Heimlichkeit einer Affäre erlebt werden.

Am Montagabend ist es Zeit für den Abschied. Ich lege die Hand auf Giovannis Tischplatte, die wieder wie neu glänzt, und trete dann zurück, um Konstantin und seinem Gehilfen nicht im Weg zu stehen. Konstantin ist schon viele Jahre für die Werkstatt unterwegs. Er war es bereits, als mein Opa noch hier war. Opa war Herzblut-Tischler und hat vor allem neue Möbel gebaut oder Türen und Fenster nach Maß hergestellt. Fürs Restaurieren hatte er kaum Zeit und auch keine Lust darauf. Als ich vor zehn Jahren, damals sechsundzwanzig, mit meinem Meisterbrief frisch in der Tasche zurück nach Leipzig gekommen bin, hat er mir die damals wenigen Restaurationsaufträge überlassen. Vor sieben Jahren ist er in den Ruhestand gegangen, ich habe das Geschäft übernommen und mich mit seinem Segen auf die Restauration spezialisiert. Bis vor drei Jahren haben Opa und ich zusammen hier gewohnt, er über der Werkstatt, ich im Nebenhaus. An einem Nachmittag im September hatte er einen Herzinfarkt und ist Oma gefolgt, die schon vor elf Jahren von uns gegangen ist.

Konstantin breitet den Filz aus und hüllt den ersten Windhund ein. Nach und nach verschwindet Giovanni unter dem schützenden Material, das Konstantins Gehilfe mit Tape schließt. Den Namen des Mannes kenne ich nicht, da er schon wieder ein anderer ist – Konstantin ist da flexibel, und um selbst nicht durcheinanderzukommen, nennt er die aktuelle Aushilfe einfach *seinen Helden.* Pragmatisch wie ich bin, habe ich das übernommen.

Nachdem auch die Luftpolsterfolie sitzt, heben die Männer den Tisch an und tragen ihn durch die Tür, deren beide Flügel ich vorsorglich geöffnet habe. Ich folge ihnen bis auf die Straße und schaue zu, wie sie die Muskeln spielen lassen, um Giovanni vorsichtig in den Laderaum des Transporters zu hieven. Insbesondere Konstantins Muskeln fallen mir auf. Er trägt ein zerschlissenes schwarzes T-Shirt, unter dessen Ärmeln sein Tattoo hervorlinst. Dort, auf den Oberarmen, beginnt es und erstreckt sich über die Schultern bis zum unteren Rücken, als wäre er ein Bilderbuch. Seine mittelblonden Haare sind zu einem Bun gebunden; ein Vollbart rahmt sein Gesicht. In einem Ohrläppchen steckt ein schwarzer Piercingknopf.

Als es geschafft ist, tritt Konstantin zurück und stellt sich zu mir, während sein Held die Sicherheitsgurte anbringt. Er verschränkt die Arme und wirft einen Blick auf seine Uhr.

»Gut, wir bringen das Teil jetzt zum Kunden«, sagt er. »Ich hol dich um zwanzig Uhr ab, wie immer. Passt das?«

Es ist ein Running Gag, den er macht, seit es mit uns vorbei ist.

»Zwanzig Uhr, wie immer«, gebe ich zurück.

»Prima. Zwei, drei Drinks im Zwille, und dann ab in die Kiste.«

»Erst ins Zwille, dann in die Kiste, wie immer.«

Er legt mir den Arm um die Schultern, zieht mich ein Stück an sich und drückt mir einen Kuss auf den Kopf. »Mensch, Juno! Jetzt gib dir nen Ruck. Du kannst nicht immer nur mit Möbeln abhängen.«

»Tue ich ja nicht. In einer halben Stunde hänge ich mit der Gruppe ab.«

»Das ist doch aber voll deprimierend, deren Geschichten und so. Kann ja zum Feierabend auch keinen Spaß machen.«

»Ich tue es nicht, um Spaß zu haben.«

»Das solltest du aber mal! Spaß haben. Also zwanzig Uhr?«

»Zwanzig Uhr.«

Konstantin öffnet die Fahrertür des Transporters und setzt sich hinters Lenkrad. Sein Held steigt auf der Beifahrerseite ein. Ich gehe zurück, schalte das Licht in der Werkstatt aus und schließe ab. Umgezogen bin ich schon, also nehme ich mein Rad und schiebe es auf die Straße. Konstantin drückt auf die Hupe, als er losfährt, und ich nicke ihm über die Schulter zu, während ich die schweren Flügel des Tors zuklappe. Miriam, die mit ihrem Mann und ihren Kindern nur ein paar Straßen weiter wohnt, kommt angedüst. Sie bremst ab und lässt ihr Rad langsam weiterrollen, damit ich aufsteigen und zu ihr aufschließen kann.

»Konstantin, hm?«, sagt sie mit einem Schmunzeln.

Ich hocke mich auf den Sattel und trete in die Pedale. »Er hat den Tisch abgeholt.«

Wir radeln über das Kopfsteinpflaster der Straßen von Connewitz, dem vermeintlich krawalligen und unangepassten Stadtteil von Leipzig, vorbei an Bioläden, Kultkneipen und Gebäuden, an denen sich Graffitikünstler verewigt haben. Das Licht der Abendsonne liegt auf den Fassaden. Aus einem geöffneten Fenster schwebt eine von einem Cello erzeugte sanfte Melodie. Miriams fuchsroter Zopf wippt hin und her, während sie tritt; ihr gestreiftes Blusenkleid flattert im Fahrtwind.

Es ist Juni, mein Lieblingsmonat. Das nicht unbedingt, weil ich im Juni geboren bin – vor einer Woche, am dritten Juni, bin ich sechsunddreißig geworden. Ich mag den Juni, weil er der Start in die für mich schönste Jahreszeit ist. Der Sommer läuft sich gerade warm.

Nach einigen hundert Metern fahren wir über die große

Kreuzung und auf die KarLi – so nennen die Leipziger die Karl-Liebknecht-Straße. Wind raschelt durch die jungen Blätter der Bäume an den Straßenrändern. Spätis und Geschäfte sind in den Erdgeschossen der vier oder fünf Etagen zählenden Altbauten. Aus den Cafés und Kneipen dringt Musik.

»Ich verstehe dich nicht«, ruft Miriam über die Schulter. »Konstantin ist ein Prachtkerl, innerlich wie äußerlich.«

»Und irgendeine Prachtfrau wird sich ihn früher oder später angeln.«

»Ihr wart so ein hübsches Paar.«

»Wir waren nie ein Paar.«

Sie stöhnt genervt. »Nenn es, wie du willst. In jedem Fall habt ihr nebeneinander sehr gut ausgesehen. Und das tut ihr immer noch.«

Und das war einfach nicht genug. Auch der grandiose Sex war nicht genug. Dass der irgendwann passieren würde, war fast klar. Nach all den Jahren hat Konstantin einfach einmal zu oft ein Möbelstück in meine Werkstatt geschleppt und dabei ausgesehen, wie er nun einmal aussieht. Zyklusbedingt anfällig, bin ich an Ort und Stelle über ihn hergefallen, und er hatte nichts dagegen. Auch nicht gegen diverse Wiederholungen. Auch nicht gegen gemeinsame Unternehmungen. Ganz generell hatte er auch gar nichts gegen die Art der Beziehung, die wir entwickelten, etwas, das mehr als eine Affäre, aber weniger als eine Partnerschaft war. Eine Emodulie, wie ich es nenne. Doch mehr konnte daraus nicht werden, denn wir haben nie mehr als freundschaftliche Gefühle füreinander gehabt. Und, ganz ehrlich gesagt, ist er mir manches Mal auch auf den Wecker gegangen, und dann habe ich mir gewünscht, ohne ihn zu sein.

»Er hat zwei Handys, und ständig klingelt, summt oder pfeift eins davon«, antworte ich Miriam. »Er redet mit zwei künstlichen Intelligenzen namens Siri und Alexa, und sein Wohnzimmer ist abwechselnd Kino und Wacken Open Air.«

Miriam lacht. »Das kann nicht dein Ernst sein. Nicht deswegen.«

»Er verbringt ganze Abende mit Rennspielen und sitzt dabei in einem Gestell, das ein halbes Auto ist, mit Sitz, Pedalen, Lenkrad und so weiter.«

Miriam legt den Kopf zurück und lacht lauter.

»Ganz davon abgesehen will ich nicht riskieren, meinen Möbelchauffeur zu verlieren, nachdem wir es mit einer Beziehung versucht und unüberwindbare Differenzen festgestellt haben.«

»Die Differenzen müssen nicht jedes Mal unüberwindbar sein.«

Ich will es nicht diskutieren. Nicht schon wieder. Also wechsele ich das Thema. »Sind die Kids schon im Bett?«

Miriam schüttelt den Kopf. »Nicht bei dem Wetter. Beim Abendessen waren sie kaum am Tisch zu halten, und bis eben haben sie noch im Garten gespielt. André stellt Theo gerade unter die Dusche. Luise und Emma sind danach dran.« Sie kichert. »Die beiden sehen aus, als hätten sie eine Runde schlammgewrestelt.«

»Dann hat André ja noch gut zu tun.«

»Ach, kleine Herausforderungen am Abend schaden nicht. Dann schläft er vielleicht schon, wenn ich nach Hause komme.«

Ich radele an Miriams Seite. »Was denn, möchtest du wirklich kein viertes Kind?«

Sie prustet gespielt empört. Ihre Familienplanung hat sie nach Emmas Geburt vor einem Jahr für beendet erklärt. Die beiden anderen, Theo und Luise, sind vier und zwei Jahre älter. An den beliebten Zweijahrestakt des Fortpflanzungsakts haben Miriam und ihr Mann André sich konsequent gehalten.

Miriam und ich haben uns vor zehn Jahren im Wartezimmer der psychologischen Praxis kennengelernt, wo wir an jedem Montag um kurz vor achtzehn Uhr saßen, bis wir jeweils zu unseren Psychologinnen gerufen wurden, um uns die Augen aus dem Kopf zu heulen und in den Ratschlägen irgendeinen Trost zu suchen. Als wir an einem dieser Montage, fünfzig Minuten später, beide mit rotgeweinten Augen das Treppenhaus hinabeilten und unten mit zittrigen Händen versuchten, die Schlösser unserer Fahrräder zu öffnen, was weder mir noch ihr gelingen wollte, mussten wir plötzlich lachen und kamen ins Gespräch. Auf dem Heimweg, der sich als der gleiche herausstellte, hielten wir am Café Puschkin, an dem wir jetzt wieder vorbeiradeln und einen Blick tauschen.

»Noch eine Gurkenlimo nachher?«, fragt Miriam.

»Vielleicht«, gebe ich zurück. »Oder ein Moscow Mule. Da ist auch Gurke drin.«

Das Puschkin ist der Ort, an dem alles begann. Wir saßen am letzten Tisch hinten am Fenster und quasselten, bis uns der Kellner darauf aufmerksam machte, dass das Café schon seit einer Stunde geschlossen hatte und er nun wirklich gern ins Bett wollte. Miriam und ich hatten die Zeit vergessen, weil uns klar geworden war, dass wir beide aus dem gleichen Grund auf psychologische Hilfe angewiesen waren. Ihr war etwas Ähnliches geschehen wie mir, und sie hatte mit den Folgen, dem tiefen Einschnitt in ihr Leben, ähnlich hart zu kämpfen. Wir wurden Stammgäste im Puschkin, und der Kellner bat uns später noch einige Male, endlich den Heimweg anzutreten. Es war André, der dort damals neben dem Lehramtstudium jobbte. Im Puschkin entstand schließlich auch die Idee zu dem Verein, den Miriam und ich gründeten, um Menschen, die unsere Erfahrungen gemacht hatten, eine in der Stadt fehlende Auflaufstelle zu bieten. Durch unsere Gespräche hatten wir verstanden, dass der Austausch auf Augenhöhe eine wertvolle Ergänzung zur psychologischen Betreuung ist. Es stärkt die Erkenntnis, dass man nicht allein und schon gar nicht selbst schuld ist, und hilft dabei, sein Leben wieder in die Spur zu bringen.

Unser Verein, NeMo Leipzig – Nein zu Mobbing, ist im Erdgeschoss eines Altbaus im Musikviertel zu Hause. Als gemütlicher Hafen für Betroffene – vor allem von Cybermobbing – besteht er seit inzwischen sechs Jahren und finanziert sich über Mitgliedsbeiträge, Spenden und Fördergelder der Krankenkassen. Zu Beginn boten Miriam und ich nur die Montagstreffen an, zu denen gerade einmal zwei Leute regelmäßig kamen. Nach einem Jahr waren es aber schon acht, nach zweien vierzehn. Als die Zahl der Teilnehmer die dreißig überstieg, legten wir den Donnerstagabend als zweiten Termin fest. Seit Emma auf der Welt ist, moderiere ich die Donnerstagstreffen allein.

Miriam und ich erreichen das Gebäude und schließen die Räder davor ab. Im Hausflur sind wir leise, um das Mantra-Singen im Yogastudio, mit dem sich unser Verein das Erdgeschoss teilt, nicht zu stören. In der Küche bereiten wir Tee zu, stellen Wasser und Gläser bereit. Dann trudeln die Ersten ein und setzen sich in den Stuhlkreis im Hauptraum. In beiden Gesprächsrunden sind die Frauen in der Überzahl; nur fünf Männer sind unter den Teilnehmern. Unsere Jüngste ist siebzehn, der Älteste siebenundvierzig. Mein Blick fliegt immer wieder zur Tür in der Hoffnung, dass Leni wiederkommt. Sie war erst an zwei Montagen bei uns, hat bisher aber nicht sprechen wollen. Wir wissen so gut wie nichts von ihr, nur, dass sie siebzehn ist und die elfte Klasse eines Gymnasiums besucht.

Kurz nach neunzehn Uhr will ich beginnen, da öffnet sich die Tür, und Leni schleicht herein. Mit eingezogenem Kopf huscht sie zu einem freien Stuhl mir gegenüber und schickt zuerst mir, dann Miriam ein scheues Lächeln.

»Schön, dich zu sehen, Leni«, sage ich. »Wie geht es dir?«

Sie zuckt mit den Schultern, senkt den Kopf und beginnt mit dem Knie zu wippen. Ich warte, aber sie antwortet nicht, schaut auch nicht auf, also wende ich mich an die ganze Runde. »Wer möchte den Anfang machen?«

Dass niemand reagiert, ist normal. Die einen haben nichts Neues zu berichten, während andere im Chaos ihrer Gedanken noch keinen Anfang finden. Meist braucht es die persönliche Schilderung einer anderen Person als Aufhänger, und weil das so ist, erzählen Miriam oder ich manchmal einfach von uns selbst. Miriam will gerade beginnen, da meldet sich Leni zu Wort.

»Ich würde«, sagt sie leise und als wäre sie sich eigentlich nicht sicher oder hätte Angst davor.

Ich sehe sie an. »Das ist schön, Leni, vielen Dank.«

Ihr Knie wippt weiter, doch immerhin erwidert sie jetzt meinen Blick. Sie öffnet den Mund, presst die Lippen dann aber wieder zusammen.

»Denk nicht viel nach«, ermutige ich sie. »Es ist egal, wo du beginnst oder wie du etwas sagst. Sag einfach, was dir als Erstes einfällt.«

Sie beginnt zu weinen. In fahrigen Bewegungen wischt sie sich mit dem Handrücken Tränen von den Wangen. »Ich weiß nicht mehr, was ich machen soll«, schluchzt sie dann. »Am liebsten möchte ich verschwinden, einfach vom Erdboden verschluckt werden und nicht mehr da sein.«

Mein Herz scheint sich umzukrempeln, denn ich kenne diesen Wunsch nur zu gut.

Elke, eine Boutique-Besitzerin Anfang vierzig, die seit einem Jahr zu uns kommt, sitzt neben Leni. Spontan reicht sie ihr die Hand. Nach einem Zögern nimmt Leni sie und wischt sich mit der freien Hand Tränen weg. Dann sammelt sie sich und spricht weiter.

Wir erfahren, dass Leni vor einem Jahr mit ihrer Familie aus Kassel hergezogen ist. An der Schule fand sie zuerst keinen Anschluss, freundete sich dann aber mit einem Mädchen an, das sie von heute auf morgen zu ihrer besten Freundin erklärte. Einige Zeit war Leni glücklich, doch nach einer Weile stellte die

Freundin Forderungen. Sie wollte die Hausaufgaben erledigt haben, Alibis für ihre Eltern und Geld. Zum Schluss wollte sie mit Lenis älterem Bruder verkuppelt werden. Als daraus nichts wurde, wendete sich das Blatt. In der Schule behauptete das Mädchen, Leni hätte schlecht über sie geredet, woraufhin sie von ihren Mitschülern links liegen gelassen wurde. Zeitgleich trudelten in den sozialen Netzwerken die ersten Kommentare ein, die Leni eine inzestuöse Beziehung zu ihrem Bruder unterstellten. Wenig später starteten etwa zwanzig Mädchen ihrer Schule eine nächtliche Mobbing-Tirade, indem sie Leni auf Instagram taggten, beschimpften und über sie herzogen. Anschließend blockierten sie sie in allen sozialen Netzwerken, setzten die geposteten Attacken in Wort- und Bildform aber fort. Leni erlitt einen Zusammenbruch, war einige Wochen in einer Klinik, wechselte die Schule zu Beginn des Sommerhalbjahrs ein weiteres Mal und wird psychologisch betreut.

»In dieser Nacht, da hatte ich Screenshots gemacht«, erzählt sie uns. »Damit habe ich mich an den Vertrauenslehrer gewandt, aber der hat nichts unternommen. Absolut gar nichts.«

»Und deine Eltern?«, hake ich nach. »Andere Lehrer, deine Kursleiterin zum Beispiel?«

»Meine Eltern haben die Polizei eingeschaltet. Die hat mit meiner ehemaligen Freundin und ein paar anderen geredet, aber ich war trotzdem raus. Ich habe alles verloren.«

»Was denn? Ein paar wertlose Freunde, von denen mehr als die Hälfte nur virtuell existiert? Hättest du die etwa behalten wollen?«

Leni atmet durch und schüttelt den Kopf.

»Viele von uns waren nicht so mutig wie du«, sage ich ihr. »Du hast es nicht hingenommen und dich verkrochen, sondern dir sofort Hilfe gesucht. Du hast den Täterinnen gezeigt, dass man so nicht mit dir umspringt, dass du dir das nicht gefallen lässt. Dass du kein Opfer bist. Es zeigt, wie stark du bist.«

»Ich fühle mich alles andere als stark«, schluchzt sie wieder. »Ständig denke ich zurück. Hätte ich damals anders reagiert, wäre das alles nicht passiert.«

»Nein, Leni«, widerspreche ich sanft. »Du hast es nicht begonnen, und du hättest es nicht stoppen können. Nichts von dem, was passiert ist, ist deine Schuld.«

»Diesen Gedanken musst du als Erstes loswerden«, klinkt sich Miriam ein. »Dir ist das jetzt noch nicht klar, aber du bist schon wieder auf dem Weg nach oben.«

Leni schnaubt.

»Siehst du das anders?«, fragt Miriam.

»Es ist schrecklich an der neuen Schule. Ich bin halt wieder allein. Zum Glück ist es nur noch eine Woche, und dann sind Ferien.«

»Ich weiß, wie es sich anfühlt, fremd zu sein und nicht dazuzugehören«, erzähle ich ihr. »Als ich nach Leipzig gezogen bin, fühlte ich mich auch verloren, habe aber mit der Zeit gelernt, dass es okay ist, manchmal allein zu sein. Es verging eine Weile, doch dann habe ich neue Leute kennengelernt, die zu Freunden wurden und …«

»Das will ich aber gar nicht«, fällt sie mir ins Wort. »Ich will keine neuen Freunde. Ich weiß nicht, wem ich noch vertrauen kann. Außerdem habe ich keinen Bock auf blöde Fragen, warum ich nicht auf Instagram oder TikTok bin.«

»Braucht es einen Grund? Kannst du's nicht ganz einfach nicht sein?«

Leni runzelt die Stirn und starrt vor sich hin, als käme es nicht infrage, keinen Grund zu haben. Als würden das Menschen wie Miriam und ich halt nicht verstehen, weil wir eine andere Generation sind.

»Vielleicht könntest du Zeit mit alten Freunden verbringen?«, überlegt Elke. »Mit Menschen, die dich gut kennen. Das hat mir persönlich geholfen.«

»Die sind in Kassel und nicht hier, in dieser bekackten Stadt.«

»Ich fand es auch echt hart, von meinen Freunden wegzuziehen«, sagt Patrick, ein Medizinstudent, der sogenanntes Happy Slapping erlebt hat. Vor laufender Kamera wurde er von Kommilitonen verprügelt. »Sie haben mir total gefehlt, erst recht, als ich hier meine Erfahrungen machen musste. Um mich nicht so isoliert zu fühlen, habe ich meine alten Buddys damals oft online getroffen. Das war nicht dasselbe, hat mir aber trotzdem gutgetan.« Er schaut in die Runde. »Und natürlich die Treffen hier.«

Elke stimmt ihm zu. »Die Gruppe ist wirklich toll, Leni. Zu verstehen, dass meine Gefühle sein dürfen, wie sie gerade sind, hat mir jede Menge Druck von der Seele genommen. Nach und nach wurde mein Kopf klarer. Ich konnte in meinem Inneren aufräumen, um wieder einen Weg für mich zu sehen, eine Alternative auch, falls ich eine Alternative brauche.«

»Danke für eure lieben Worte«, sagt Miriam an Elke und Patrick gewandt.

»Die bedeuten uns wirklich viel«, hänge ich an und beziehe die ganze Runde ein. »Wisst ihr, damit wird deutlich, wie stark wir gemeinsam sind, auch wenn jeder von uns sein eigenes Päckchen zu tragen hat.«

Als die zustimmenden Worte aller verklungen sind, wende ich mich wieder an Leni. »Möchtest du noch andere Gedanken mit uns teilen?«

»Ich bin fertig«, brummt sie. »Hab nichts weiter zu erzählen.«

»Okay, dann danke ich dir, dass du uns deine Geschichte anvertraut hast.«

Sie nickt und wischt sich ein paar letzte Tränen von den Wangen. Ihr scheint bewusst zu werden, dass sie Elkes Hand noch hält. Mit einem scheuen Lächeln zu Elke hin macht sie sich los.

»Gerade ist es noch sehr schwer«, sagt Miriam abschließend. »Aber es wird leichter. Wir alle hier helfen dir auf diesem Weg. Betrachte uns als das Sprungpolster, auf dem du weich landest, nachdem du gestolpert und einige Meter in die Tiefe gestürzt bist. Wir fangen deinen Sturz auf, federn ihn ab und helfen dir, dich wieder auf beide Füße zu stellen.«

Als Elke übernimmt und von ihrer Woche erzählt, wollen sich meine Gedanken immer wieder verselbstständigen. Nicht zum ersten Mal frage ich mich, was unsere Gesellschaft so aggressiv macht und wie so viel Hass wachsen und blühen kann. Alle betonen, wie sozial und tolerant sie sind, doch in Wirklichkeit denken die meisten in erster Linie an sich selbst, an den eigenen Vorteil, den eigenen Spaß. Und die Toleranzgrenze hört genau da auf, wo die eigene Meinung und das eigene Zentrum der Aufmerksamkeit beginnen.

Richtige Gemeinschaften scheint es immer weniger zu geben. Und nein, Facebook- und Gaming-Gruppen halte ich nicht für ernstzunehmende Gemeinschaften. Wir feiern den Individualismus, die Möglichkeiten und Freiheiten des digitalen Zeitalters und sehen nicht, dass wir uns Jahr um Jahr zwar immer mehr digital vereinen, in der echten Welt aber zunehmend vereinsamen. Unsere Empathie verkümmert wie eine ignorierte Lilie. Fehler werden nicht mehr verziehen. Freundschaften werden immer oberflächlicher und eskalieren in Social-Media-Fights, wenn eine Meinung nicht passt oder ein neuer Freund gefunden wird. Ecken, Kanten und Macken sind nicht mehr Teil eines authentischen Wesens, sondern Gründe zum Ghosten, Benchen, Gaslighten und anderen fiesen Dating-Verhalten, deren Taktiken Miriam und ich hier allmählich verstanden haben.

Mein Blick gleitet über die Gesichter der zwanzig Menschen, die bei mir und Miriam im Kreis sitzen. Bei einigen sehe ich Verzweiflung, bei anderen Wut, bei manchen rein gar nichts. Viele sind einfach nur da, in diesem Raum, in dieser Stadt, auf dieser Welt. Sie gehören nirgendwohin, außer hierher, für eine begrenzte Zeit, und das auch nur, weil sie keinen anderen Weg mehr gesehen haben.

Shitstorm

Entweder ist die Sache einfach dumm gelaufen, oder ich bin reingelegt worden. Hat dieser Typ, RedMask, gewusst, dass Juno kein Handy hat? Reibt er sich jetzt die Hände, weil ihm von Anfang an klar war, wie das Ganze ausgeht? Sind er und Simon7703, der die Idee des Kanallöschens in den Raum geworfen hat, Komplizen von Flirt Force One?

In jedem Fall habe ich jetzt ein echtes Problem. Ich kann keinen Chat mit Juno starten, nicht per Messenger mit ihr flirten und demzufolge keinen Beweis liefern, dass mein Ansatz kein Haufen Bullshit ist, wie mir Flirt Force One unter dem Tarnmantel netter Ratschläge seit Wochen unterstellt.

Als es damit losging, habe ich über eine einstweilige Verfügung und sogar eine Klage wegen Verstoßes gegen das Wettbewerbsrecht nachgedacht. Damit wäre ich aber nicht weit gekommen, weil kein Angriff erkennbar ist – Flirt Force One meint es schließlich nur gut mit mir. So zumindest lässt er es aussehen. Ich hätte ihn blockieren können, doch bekanntlich bewirkt es das Gegenteil, einen Kritiker stummzuschalten, einen vermeintlich wohlwollenden und konstruktiven Kritiker noch dazu. Ich war mir sicher, wenn ich ihn nur lange genug ignoriere, hört er auf. Ich dachte, wenn ich mich zu seinen Kommentaren nicht äußere, stehe ich über den Dingen.

Falsch gedacht!

Das Drama begann eigentlich schon vor einem Jahr, als Make Her Yours praktisch über Nacht einen enormen Followerzuwachs hatte. Bis dahin hatte mein Kanal immer um die achttausend Abonnenten – eine hohe Zahl für meine Nische.

Nur sehr wenige Männer folgen einem Dating-Coach wie mir über Jahre hinweg, denn sobald sie in einer Beziehung sind – ob mit meiner Hilfe oder ohne –, besteht kein Interesse mehr an meinem Content. Dann sind sie weg, und neue Single-Männer nehmen ihre Plätze ein.

Dieses Plus an Followern konnte ich mir anfangs zwar nicht erklären, doch natürlich freute es mich. Ich knackte die magischen Zehntausend, was noch keinem deutschen Dating-Coach gelungen war, und jeden Tag wurden es mehr. Mit der steigenden Zahl veränderte sich allerdings das Feedback zu meinen Videos. Zwischen den üblichen meist positiven Reaktionen las ich nun Kommentare, die jenseits von Niveau und Respekt lagen. Sobald ich einen ausgeblendet hatte, wurde ein neuer erstellt. Von einem Mitbewerber, der auf seinem Kanal das gleiche Phänomen erlebte, erfuhr ich vom Video eines bekannten deutschen YouTubers. Unter dem Titel *Vorsicht vor Dating-Coaches* ließ er sich über Experten meiner Branche aus und verurteilte uns für Praktiken, die ich nie betrieben, und Themen, die ich nie gehabt hatte. Ich hatte meinen Abonnenten nie erzählt, wie sie eine Frau in dreißig Minuten ins Bett bekommen oder mit welchem Anmachspruch sie garantiert landen. Dieser YouTuber warf seriöse Dating-Coachs also in einen Topf mit einer bisher lediglich nervigen Subspezies, den selbsternannten Pick-up-Artists. Von menschlicher Psychologie oder Kommunikation haben diese Typen keine Ahnung. Es geht ihnen nicht darum, zu vermitteln, wie Mann seine Bedürfnisse und Gefühle angemessen kommuniziert und ebenso angemessen auf die Bedürfnisse und Gefühle anderer eingeht. Und von Grenzen, die bei allem ein essenzielles Thema sind, wollen Pick-up-Artists schon gar nichts wissen, denn sie überschreiten sie selbst routiniert.

Ich verstand, dass ich diesem YouTuber den Follower-Zuwachs zu verdanken hatte – inzwischen nicht mehr ganz so glücklich darüber – und recherchierte weiter. Dabei wurde ich auf Flirt Force One aufmerksam. Erik Kellinghusen heißt er jenseits seiner virtuellen Realität. Ich habe ihn nicht ernst genommen, diesen Typen aus Hamburg Anfang zwanzig, der sich ohne erkennbare oder erklärte fachliche Kompetenz wie der neueste Zeitgeist-Casanova darstellt. Ein Pick-up-Artist – kein Coach wie ich, aber einer von vielen, die pöbelnd und prahlend in die Schublade meiner Zunft krochen.

Sein Kanal hatte damals fünfhundert Follower und nicht mehr als zwanzig Folgen online. Heute sind seine Zahlen ganz andere und kommen meinen immer näher. Was ich verliere, gewinnt Kellinghusen – und das mit einer Vorgehensweise, von der ich glaubte, dass sie ihm beizeiten das Genick bräche. Mit im Hemdknopfloch versteckter Kamera zieht der Typ los, wählt scheinbar spontan, tatsächlich aber systematisch eine Frau aus und filmt sie, während er sie um den Finger wickelt. Weil er attraktiv ist, mit flotten Sprüchen einen auf erfolgreicher Business-Typ macht und es meist irgendwie charmant anstellt, funktioniert es.

Im Prinzip sind seine Videos nichts als Pranks, blöde Streiche auf Kosten anderer. Er ist ein Selbstdarsteller, dem es um nichts als Aufmerksamkeit geht. Er will berühmt werden – und das gelingt ihm. Seine Follower feiern ihn. Sogar die Frauen, die ihm auf den Leim gehen. Soweit ich weiß, hat ihn noch keine verklagt, weil er sie heimlich gefilmt hat – wahrscheinlich wäre es für die meisten sogar noch in Ordnung, würde er im Video über ihr Gesicht nicht einen Unscharf-Filter legen. Sie scheinen drauf zu stehen und fühlen sich geehrt, von Flirt Force One ausgewählt zu sein. Sie bejubeln die Folge, in der sie an der Reihe sind, und einige bedauern es sogar, dass Kellinghusen leider keine ernsthaften Absichten hatte. Kurzum, was ich zum Kotzen und moralisch weit unter der Gürtellinie finde, ist für das Publikum von Flirt Force One großartiges Entertainment.

Er blendet aber nicht nur die Frauen in seinen Videos, sondern auch meine Follower. Mit seinen vermeintlich wohlwollenden Kommentaren bringt er sie gezielt dazu, meine Qualifikation und meinen Content infrage zu stellen. Er lässt sie sagen, was er selbst aus Gründen des Wettbewerbsrechts nicht sagen darf. Meine ursprünglichen Abonnenten, die kommen und gehen immer noch – und viele gehen inzwischen sehr schnell wieder. Ganz sicher liegt das auch am Zuwachs der Zuschauer, die nicht gecoacht, sondern unterhalten werden wollen, wobei sie an Unterhaltung völlig andere Ansprüche haben. So ist inzwischen fast die Hälfte der Reaktionen auf meine Videoposts negativ. Mal sind sie zynisch, mal spöttisch, immer öfter beleidigend. Noch bin ich einer der Platzhirsche der Branche, doch an meinem Thron wird kräftig gerüttelt. So kräftig, dass mir schlecht wird. So kräftig, dass ich nicht mehr gut schlafe. So kräftig, dass ich Entscheidungen treffe, ohne jede mögliche Konsequenz zu bedenken.

Ich habe meinen Kanal aufs Spiel gesetzt, meine berufliche Existenz riskiert.

Kellinghusen hat das auch getan, doch ich bin mir sicher, dass er Flirt Force One entweder unter neuem Namen fortführen oder gar nicht erst schließen würde. Seine Fans würden die Sache schnell vergessen, denn seine Glaubhaftigkeit wurde nie angezweifelt. Bei mir sieht es anders aus, und tatsächlich habe ich klar vor Augen, was passiert wäre, hätte ich abgelehnt: Tag für Tag, Woche für Woche hätte ich mehr Follower verloren. Der Fokus der verbliebenen Leute hätte sich weiter verschoben. Immer mehr Abonnenten hätten mich nicht mehr als Coach gesehen, sondern als Protagonisten in der Taro-Show. Der eigentliche Inhalt meines Kanals wäre vollkommen uninteressant geworden und hätte zunehmend Anlass gegeben, meine Worte infrage zu stellen, weil Feedback auf Trash-Niveau so unterhaltsam und lustig ist. Eher früher als später wäre meine

Followerzahl unter zehntausend gesunken, dann unter die einst stabilen achttausend. Vom Mikro-Influencer wäre ich auf einen Nano-Influencer geschrumpft, und mein zweiter Sponsor hätte sich von mir getrennt. Den ersten, einen Parfümhersteller, der mich vier Jahre lang unterstützt hat, habe ich im April aufgrund des Feedbacks verloren. Mein Publikum sei nicht mehr die Zielgruppe des Unternehmens, hieß es in der freundlichen Kündigung des Vertrags.

Um einen Super-GAU zu verhindern, habe ich mich also auf mein Know-how besonnen, und eigentlich wäre alles ganz einfach gewesen. Juno und ich hätten uns wegen des Apothekerschranks noch einmal gesehen, ich hätte die Magie wirken lassen, wir hätten uns über Messenger geschrieben, und ich hätte irgendwann eine Nachricht von ihr bekommen, die ihr Interesse beweist. Diese Nachricht hätte ich in einem Videopost gezeigt, ohne Junos Namen natürlich. Das war der Deal zwischen Flirt Force One, RedMask und mir.

Ein fauler Deal! So faul wie Kellinghusens Methoden.

Rein theoretisch bin ich jetzt aus dem Schneider.

Dass die Challenge beendet ist, weil die Voraussetzungen aufgrund von Junos handylosem Leben nicht erfüllt sind, habe ich in einem neuen Video erklärt. Vor zwei Stunden habe ich es online gestellt und bin laufen gegangen. Normalerweise entspannt mich das und macht den Geist frei, aber heute Morgen funktioniert das überhaupt nicht. Schon dreimal wollte ich meine morgendliche Runde durch Plagwitz und um die Nonnenwiese abbrechen, denn ich bin überhaupt nicht bei mir. Auf jedem Schritt poppt ein weiterer höhnischer Videokommentar vor meinem geistigen Auge auf, und irgendwann füllt sich mein Sichtfeld damit. Den vor mir liegenden Weg, Spaziergänger mit Hunden, andere Läufer, Bäume – nichts davon nehme ich noch wirklich wahr. Ich sehe nur Spott und Häme in virtuellen Sprechblasen.

Mit zusammengebissenen Zähnen ziehe ich die Runde durch und lasse meine Füße laufen, ohne sie zu spüren. Als ich aus dem Park jogge und die Karlbrücke überquere, fällt mein Blick auf die alten Buntgarnwerke, deren bunte Klinkerfassade sich im Wasser der Weißen Elster spiegelt. Ein klammes Gefühl schwirrt in meine Brust. Wie das Zentrum allen Unheils wirkt mein Zuhause jetzt. Seine sechs mittig auf der dritten Etage liegenden Fenster, hinter denen sich mein Wohnzimmer und das Studio befinden, starren mir entgegen.

Auf den letzten Metern lege ich einen Sprint hin, angetrieben von sowohl Panik als auch Hoffnung, dass sich die Sache erledigt hat. Atemlos stürme ich in die Wohnung. Mein Puls dröhnt hinter den Schläfen, als ich mich über das Notebook beuge und den Bildschirm aktiviere, auf dem mir mein Kanal angezeigt wird. Es gibt fünfhundertzweiunddreißig Kommentare sowie etwas mehr als dreitausend Bewertungen, von denen gut die Hälfte den Daumen nach unten macht. Die Muskeln meiner Arme zittern, als ich mich durch die Kommentare scrolle.

@Kevin99 L.O.S.E.R!!! 😠 👎

@GatsbyTheGreat Alter, geh sterben! 😵

@SerenaSweetSour vergiss die bitch ist bestimmt eh hässlich und ruf mich endlich mal an nummer haste 🔥🔥🔥

@Chickmister Lame Ausreden Man! Was brauchst die hndynr um das Chick flachzulegen wen du schohn bei der warst?

@SchmittsKatze Ich hab drei von deinen Tipps versucht. Hat nicht geklappt. Die Frau ignoriert mich immer mehr. Was soll ich machen?

@JanMueller Zu Flirt Force One wechseln. So wie ich jetzt. Verarsche hier! 😉

@RobertoRonaldo Hast mich lang genug gelinkt. Dein Channel ist fürn Arsch! Bin ab jetzt bei Flirt Force One. Da lernt man, wie's wirklich klappt.

@LamboDiabloGT Bruder, lass dich nicht unterkriegen! Wegen dir hab ich meine Traumfrau! Bros4Life! 👍😎

@Simon7703 Du gibst also zu, dass du uns Müll erzählt hast. Nice! Wann gehst du offline?

@LizLizLiz Bringst es echt nicht mehr. Warst mal so gut. Big disappointment! 😞

@Heinz-Schröder Wenn man so aussieht wie du, braucht man sich keine Mühe geben, dann fliegen die Weiber auch so auf einen wie 🪰🪰 auf 💩. Männer, verschwendet eure Zeit nicht mit sowas!

@LuckyLukas Ein Follower weniger. Und tschüsssssss. Weg isser. 🏃, 💨

@JamieLicksilver Du bist leute die die welt nicht braucht wer will das wissen was du laberst echt arm

@SophiaHH-2001 Cringyyyyy! Du bist soooo peinlich! 🤭

@Jumboschnitzel-xpd Werde lieber Politiker! Die werden direkt fürs Lügen bezahlt.

@RedMask Sorry. Wusste nicht, dass sie kein Handy hat.

@FlirtForceOne Interessante Neuigkeiten! Aber mal ehrlich, du gibst auf, weil sie kein Handy hat? Ich dachte face to face, Kennenlernen auf Augenhöhe wäre deine Kernkompetenz. Bitte mach hier ein kurzes Statement, ob du es dabei belassen willst, und gib dann gleich bekannt, wann du deinen Kanal schließt.

Tief in meiner Brust sammelt sich Wut. Ich schlage das Notebook zu und tigere zwischen den Wänden meiner Wohnung herum. Durch tiefe Atemzüge versuche ich, wieder ruhiger zu werden, doch das Gegenteil passiert. Mit einem Schwung fege ich einen Stapel Post vom Küchentresen, hocke mich dann gegen die nächste Wand und drücke meine Fingerspitzen gegen die Schläfen.

Sechs Jahre!

Mit einem Schlag wäre alles weg, was ich mir in sechs Jahren aufgebaut habe. Als Verlierer und Lügner würde ich vor dem beruflichen Nichts stehen. In sämtlichen Netzwerken würde man gegen mich bashen und lästern und Witze reißen.

Eigentlich macht es keinen Unterschied. Ich kann den Kanal jetzt schließen oder seinem Verfall zuschauen. Ich habe doch schon verloren. Oder nicht?

Nein! Ich bin weder ein Verlierer noch ein dahergelaufener Flirtguru, der aus dem Nähkästchen plaudert. Ich habe einen Master of Science in Psychologie. Ich habe eine Dissertation verteidigt. Meine Ratschläge, die auf wissenschaftlichen Erkenntnissen basieren, richten sich an Männer, die es vollkommen falsch angestellt haben und nicht weiterwissen. Voraussetzungen für den Erfolg sind natürlich ein gewisses Maß an Kultiviertheit, Charisma und Wortgewandtheit. In Anbetracht der Kommentare ist mir völlig klar, dass und warum es nicht klappt … außer Frau hält Niveau auch für eine Hautcreme. Und nein, man muss kein Adonis sein. Ich selbst habe eine Zeit erlebt, da war ich Zuschauer in der Dating-Show meiner Freunde. Und das lag ausschließlich an meiner Haltung und meinem Selbstbewusstsein.

Mein Handy gibt einen Nachrichtenton von sich. Ich raffe mich auf und gehe zum Küchentresen, wo es glücklicherweise noch liegt und nicht versehentlich mit der Post durch die Wohnung gefleddert wurde. Carl hat geschrieben.

Carl Hab dein Video und die Kommentare gesehen. Nicht gut. Du hast allein heute Vormittag mehr als siebenhundert Follower verloren.

Das weiß ich bereits. Ohne zu antworten, gehe ich zum Fenster und schaue über den Fluss. Mein Handy gibt einen weiteren Ton ab.

Carl Wenn der andere Sponsor auch abspringt, hast du nur noch die Werbung und das Affiliate-Programm. Das wird eng.

Auch das ist mir klar, aber was zur Hölle soll ich tun?

Carl hat leicht reden. Er ist Influencer in der Tourismusbranche. Er hat sich auf Camping spezialisiert und wird von seinen Sponsoren durch ganz Europa geschickt, damit er am Ziel der jeweiligen Reise über ein Zelt, einen Campingkocher oder einen Wohnwagen berichtet. Hin und wieder bekommt er auch negatives Feedback, wobei sich seine Follower höchstens darüber beschweren, dass ihnen der empfohlene Campingstuhl bei der ersten Benutzung unter dem Hintern weggebrochen ist oder dass es in Trentino zwei Wochen lang ins Zelt geregnet hat. Weder bestreiten sie Carls Kompetenz, noch greifen sie ihn persönlich an, wobei Letzteres vor allem an Columbus liegt. Carls roter Campingkater, der ihn auf jeder Tour begleitet, agiert unwissentlich als emotionaler Puffer oder Mediator. Die Follower scheuen davor zurück, Carl zu beleidigen, weil sie Columbus nicht kränken möchten. Die damit gezeigte Nachsicht ist typisch für Situationen, in denen Tiere beteiligt sind. Vielleicht hätte ich mir beizeiten einen Coachinghund zulegen sollen.

Vor allen Dingen gibt es für Carl keine Konkurrenz wie Flirt Force One. Kein anderer Influencer greift ihn an, um sich seine Follower unter den Nagel zu reißen.

Carl Nimm dem Typen die Argumente! Zeig ihm und deinen Followern, dass du keine Handynummer brauchst, um eine Frau zu überzeugen. Du schaffst das sicher in persona.

Während ich darüber nachdenke, mache ich mir bewusst, dass es auf meinem Kanal so gut wie nie um Chats und Textnachrichten geht. Natürlich könnte ich Junos Interesse auch ohne Handy wecken. Allerdings sehe ich zwei Probleme bei der Umsetzung: Zum einen habe ich meine Methode nie angewendet, wenn ich kein Interesse hatte. Und ein Interesse habe ich in diesem Fall nicht. Juno ist zwar ganz süß, aber sie ist überhaupt nicht mein Typ. Ich muss an ihre Latzhose denken, an den Holzstaub, der ihre dunklen Haare beinahe grau färbt. Ihr Bun sah aus, als wäre sie gerade aus dem Bett gekrochen. Mir fallen ihre schmutzigen Hände ein, ihre generell irgendwie kantige, schroffe Art und der kritische Blick aus den braunen Augen. Als sie sich über meinen Kofferraum gebeugt hat und ihre Hosenbeine ein Stück hochgezogen wurden, habe ich gesehen, dass sie verschiedenfarbige Socken trägt, vermutlich absichtlich. Vielleicht auch, weil sie verpeilt ist. Verpeilte Frauen sind ganz einfach nicht meins.

Zum anderen brauche ich einen Beweis. Juno zu umwerben, ohne an ihr interessiert zu sein, ist ethisch schon mehr als fragwürdig, doch sie heimlich zu filmen, um einen Beweis zu bekommen, wie es bei Flirt Force One üblich ist, ist für mich undenkbar. Nichts zu tun und meinen Kanal aufzugeben ist natürlich auch keine Option. Gibt es einen Mittelweg?

Ich lege das Handy weg und gehe ins Bad, um zu duschen. Während ich unter dem Wasser stehe, beschließe ich, mit einem neuen Video zu reagieren, und sortiere gedanklich die Worte, mit denen ich mich an Flirt Force One und mein zweifelndes Publikum wenden werde. Nach einem Tee, mit dem ich ein Croissant hinunterspüle, mache ich die Technik im Studio startklar, reguliere das Licht, bringe mich in Position und starte die Aufnahme.

»Habt ihr schon einmal den Begriff NLP gehört?«, beginne ich in lockerem Ton, als wäre nichts gewesen, als würde die Nervosität mich nicht fest im Griff haben. »NLP ist die Abkürzung für Neurolinguistisches Programmieren. Es basiert auf der Annahme, dass psychische Abläufe im menschlichen Hirn über die fünf Wahrnehmungssinne beeinflusst werden können, also über das Visuelle, das Hören, den Geruchs- und den Geschmackssinn sowie über den Tastsinn. Einige der Ratschläge, die ich euch seit der Existenz meines Kanals gebe, basieren auf NLP. Wenn ich Einfluss auf einen Menschen nehme, ihn also über seine Wahrnehmungssinne zu Reaktionen bewege, die ich mir wünsche, dann mache ich im Prinzip eines: Ich manipuliere diesen Menschen.

Manipulation. Dieses Wort habe ich hier nie verwendet, weil es negativ belastet ist, doch jetzt möchte ich euch vor Augen führen, dass wir alle tagtäglich andere Menschen manipulieren. Manipulation ist nämlich nicht per se schlecht, sondern kann auch etwas Gutes sein, denn im Prinzip liegt sie in der menschlichen Natur.

Wenn du dir beispielsweise ein T-Shirt in einer grellen Farbe anziehst, bringst du andere dazu, dich zu bemerken. In einem schwarzen T-Shirt hätte dich vielleicht niemand angeschaut. Oder denk an deinen Chef: Hat er dir mit einem Kompliment nicht schon mal ein Projekt untergejubelt, das du eigentlich gar nicht übernehmen wolltest, mit dem du am Ende aber Erfolg hattest? Schauen wir auf die Partnerschaft: Sie will in den Urlaub, er will den Sommer lieber im Garten verbringen. Also schmollt sie so lange, bis er nachgibt und einen fabelhaften Urlaub unter der sizilianischen Sonne verbringt. Was ist mit deinen Freunden? Haben sie dich schon einmal über eine negative Erfahrung hinweggetröstet, indem sie dich an deine

Stärken erinnert und dich zum Ausgehen überredet haben, obwohl du deprimiert in der Bude hocken wolltest? Das alles sind manipulative Verhaltensweisen.

Beim Flirten tust du dich wie viele andere Männer vielleicht schwer, weil das dir angeborene Manipulationstalent durch deine Schüchternheit oder Unerfahrenheit blockiert ist. Von deinem Gegenüber bist du wahrscheinlich so verzaubert, dass du entweder gar nichts tust oder dich völlig bescheuert benimmst, ihr aus dem Nichts heraus ein Kompliment machst, ihr demonstrierst, was für ein toller Hecht du bist oder dich mit Gefallen für sie überschlägst. Immer bist du zur Stelle, hilfst ihr bei jeder Gelegenheit und hoffst, dass sie sich dadurch für dich erwärmt. Am Ende wirst du enttäuscht, weil du es gerade mal auf den Status eines guten Freundes schaffst. Dabei willst du ihr emotionales und sexuelles Interesse. Sie soll dich begehren und zur gleichen Zeit das Gefühl haben, dass sie bei dir in guten Händen ist.

Dieses besondere Interesse bekommst du ganz unbemüht auf dem natürlichen Weg oder indem du die Methoden der NLP bewusst und – das ist ganz wichtig, du hast es schon oft von mir gehört – mit Respekt einsetzt. Du bist kein Steinzeitmann, der seiner Beute eins mit der Keule überzieht und sie in seine Höhle schleift, und du bist auch kein fauler Römer, der sich beim Heeresmagier Aphrodisiaka beschafft. Kurzum, du wendest keine fiesen Tricks an, sondern sorgst dafür, dass du ihr auffällst und, wenn das geschehen ist, dass ihr einen Draht zueinander bekommt. Dann baust du Vertrauen auf. Die technischen Begriffe des NLP für diese drei ersten Schritte lauten: Anpassen, Führen und Ankern.

Und so gehst du vor.« Mit dem Zeigefinger zähle ich die Eins ab. »Im Kennenlernprozess hat sich der Augenkontakt als effektiv bewährt. Wenn du mit ihr sprichst und oder ihr zuhörst, dann schau ihr in die Augen. Starr sie allerdings nicht an, das ist unnatürlich und wirkt abstoßend. Es ist ein schmaler Grat zwischen Anschauen und Starren.« Ich nehme den Mittelfinger hinzu. »Zweitens: Kenne ihren Vornamen und bring ihn in deinen Redeanteil ein. Normalerweise verwenden nur vertraute Personen den Vornamen. Wenn du es tust, gibst du ihr ein Gefühl von Vertrautheit, obwohl du noch ein Fremder bist.« Der Ringfinger folgt. »Als dritte Maßnahme bittest du sie um Hilfe. Finde etwas, bei dem sie dich aufgrund eines besonderen Talents, Know-hows oder Interesses unterstützen kann. Damit vermittelst du ihr das Gefühl, wichtig zu sein und von dir gebraucht zu werden.«

Ich lasse die Hände wieder sinken, atme durch und nehme für den letzten Teil der Aufnahme neuen Mut zusammen.

»Flirt Force One hat mich herausgefordert, meine Kompetenz unter Beweis zu stellen, und ich habe die Herausforderung angenommen. Da die Zielperson kein Handy hat, gehe ich es auf anderem Weg an.«

Wie genau dieser andere Weg aussieht, weiß ich nicht und verschweige meinen Followern, dass ich momentan noch auf eine zündende Idee hoffe. Spätestens morgen Abend, wenn ich den Apothekerschrank abhole, sollte mir etwas einfallen. Wahrscheinlich brauche ich mehr Zeit mit Juno und erst einmal ein Argument, warum sie mehr Zeit mit mir verbringen wollen würde. Einen richtig guten Grund muss ich ihr geben, denn während der paar Minuten unserer ersten Begegnung habe ich sie als selbstbewusste, aber auch zurückhaltende Frau erlebt, die sich nichts vormachen lässt. Wenn die Hürde der Zeit genommen ist, brauche ich einen Beweis. RedMask hat mir Junos Namen und Adresse per E-Mail geschickt, also wissen meine Follower praktisch nichts über sie, nicht, dass sie in Leipzig wohnt, nicht, dass sie Restauratorin ist. Sie halten sie für eine Tischlerin, die irgendwo in irgendeiner Werkstatt arbeitet. Das soll auch so bleiben.

»Die Frau, um die es hier geht, und ich würden uns nach morgen Abend eigentlich nicht wiedersehen«, erkläre ich weiter. »Wir sind sehr unterschiedliche Menschen, die im Alltag nie voneinander Notiz nehmen, sich geschweige denn füreinander interessieren würden. Im Sinne der Challenge werde ich nun dafür sorgen, dass wir uns wiedersehen, mit dem Ziel, ihr Interesse an mir zu wecken. Mehr nicht. Sie soll sich mit mir verabreden wollen. Erwartet aber nicht, dass ich mit versteckter Kamera losziehe und euch live dabei sein lasse, denn eine solche Vorgehensweise widerspricht meinen Vorstellungen von Ethik und Moral. Aber ich werde euch auf dem Laufenden halten, euch erzählen, welchen Schritt ich gemacht habe und welchen Effekt er hatte. Auf diese Weise werdet ihr nachvollziehen können, wie ich mein Ziel erreiche. Wenn das geschehen ist, liefere ich euch einen Beweis, über dessen Form ich noch nachdenken muss.«

Mit einem Lächeln, das mir schwerfällt, schließe ich. »Schaut am Freitag zur nächsten Folge gern wieder rein. Ich bin Taro. Ihr seid bei Make Her Yours. Ahoi!«

Ich stoppe die Aufnahme, überprüfe und bearbeite das Video. Anschließend lade ich es auf meinen Kanal hoch und gehe spazieren, weil mich die Luft in der Wohnung zu erdrücken scheint. Das Handy nehme ich zwar mit, schaue aber nicht drauf. Erst als ich zwei Stunden später zurückkomme, checke ich, wie es gelaufen ist.

Das neue Video hat zweihundertdreißig Kommentare und mehr als zweitausend Bewertungen, siebzig Prozent davon sind positiv. Die Zahl meiner Follower hat sich wieder auf etwas mehr als elftausend erhöht.

Restaurismus

[ʁestaʊ̯ˈʁɪsmʊs] Nomen, maskulin.
Eine übermäßige Leidenschaft, Neigung oder Sucht, alte Möbel und Gegenstände zu restaurieren.

Es ist zwanzig nach sechs, und Miriam ist immer noch da. Sie war mit den Kids auf dem Spielplatz und wollte auf dem Heimweg nur mal kurz Hallo sagen. Das Hallo dauert nun schon eine Viertelstunde, und allmählich werde ich nervös. Um sieben will Taro hier sein und den Apothekerschrank abholen. Vorher will ich unbedingt noch duschen.

Der Tag war heiß, und die Hitze, die sich in der Werkstatt staut, hat meine Poren arbeiten lassen. Holzstaub hängt auf der Haut, in den Nasenlöchern und unter den Fingernägeln. Mein T-Shirt hat schwitzige Flecken und klebt mir am Rücken. Unter regulären Umständen wäre mir das alles egal, aber reguläre Umstände bestehen bei Taro nicht. Ich will mich sicher fühlen, wenn er hier ist, und so wie ich gerade aussehe und wahrscheinlich rieche, kann ich das nicht. Doch Miriam und die Kids haben keine Eile. Luise und Theo sind gern bei mir. Wie so oft hocken sie im Hof und bauen eine Burg aus Holzklötzen. Emma, die Jüngste, schlummert in ihrem Buggy.

Miriam schlendert zu Martha, der Jugendstil-Vitrine.

»So ein schönes Teil«, schwärmt sie. »Ich kann's kaum erwarten, sie fertig zu sehen. Wann hat sie Termin?«

»Die ist als Nächstes dran. Ich sag dir Bescheid, bevor sie abgeholt wird.«

Miriam geht zu Elsbeth, der Kommode, dann fällt ihr Blick

auf den Apothekerschrank. »Oh, der ist neu.« Sie stemmt die Hände in die Seiten und runzelt die Stirn. »Der ist doch in einem Topzustand. Was sollst du daran machen?«

»Bin schon fertig. Kam am Freitag. War was Kurzfristiges.« Ich werfe einen Blick über die Schulter auf Theo und Luise, die immer noch fröhliche Baumeister sind, dann linse ich zu Emma, die auch nicht daran denkt, den Heimweg mit ein bisschen Krawall einzufordern. »Du, Miriam, ich muss unter die Dusche.«

Sie zieht eine obere Schublade des Schränkchens auf. Es ist eine der vielen, die geklemmt haben. Nun gleiten sie reibungslos. »Hübsch«, lautet ihr Kommentar. »Wie heißt das gute Stück denn?«

»Anton.«

»Passt.« Sie schließt die Schublade und zieht eine andere auf. »So eins bräuchte ich auch. Fürs Schlafzimmer. Ich könnte all meine Ohrringe reintun.«

»Dann gib André einen heißen Tipp. Das hier ist auch ein Geschenk.«

»Echt? So was Schönes schenkt einer seiner Frau?«

»Seiner Schwester. Er kommt gleich zur Abholung vorbei, und ich …«

»Ein Bekannter von dir?«

»Nein.« Meine Geduld schwindet. »Er ist einfach ein … Typ.«

Miriam dreht sich zu mir um und zieht eine Braue hoch. »Ein Typ?«

Irgendwas war mit meinem Tonfall verkehrt. Als ich Typ gesagt habe, klang das wie eine verstimmte Pianotaste. Eine Oktave zu hoch oder zu tief, in jedem Fall nicht ganz richtig.

»Ein Typ«, versuche ich es noch einmal im richtigen Ton. »Keine Ahnung, so ein Hipster.«

Miriam schmunzelt. »Hipster? Sind die nicht ausgestorben?«

»Was weiß ich? Er sah halt aus wie einer.«

Sie verkneift ein Grinsen und geht zum Buggy. Mit der schlummernden Emma darin wendet sie das Gefährt und schiebt es zur Tür. »Na, dann will ich dich nicht aufhalten. Geh dich mal schick machen!«

Sie bugsiert den Kinderwagen zur Tür hinaus. Ich folge ihr. Ein Fenster im linken Haus öffnet sich, und Frau von Großeimern schaut heraus. Mit verkniffener Miene nickt sie mir und Miriam zu, dann ruft sie die Prinzen. »Ludwig, Jakob. In einer halben Stunde gibt's Abendessen.«

Schon den ganzen Nachmittag lungern die Jungen im Gartenpavillon herum, weil sie an die frische Luft gehen sollten, und daddeln auf ihren Handys herum. Endlich erlöst trotten sie zurück in die trauten vier Wände, wo die Displays endlich von der Sonne verschont werden.

Miriam zitiert ihre beiden Älteren zu sich. Sie verlassen ihre Konstruktion nur ungern, und ich muss versprechen, nichts anzurühren, bis sie wiederkommen. Als die vier durch die Toreinfahrt verschwunden sind, sprinte ich durch die Werkstatt und die Treppe hinauf.

In der ersten Etage befinden sich Küche und Bad. In der darüber liegenden Etage habe ich das Wohnzimmer eingerichtet, das Schlafzimmer liegt unterm Dach. Meine staubigen Arbeitsklamotten ziehe ich im Flur vor dem Badezimmer aus und befördere sie in den vor der Tür stehenden Wäschekorb. Das Duschwasser ist noch kühl, als ich mich darunter stelle, aber ich habe keine Zeit zu warten, dass es warm wird. Halbwegs abgetrocknet husche ich bis ganz nach oben ins Schlafzimmer, fummele frische Unterwäsche aus der Kommode und ziehe sie an. Dann nehme ich das hellblaue Shirt, das zuoberst auf dem Stapel im Schrank liegt, und streife es über. Jeans auf die Hüfte, Flipflops an die Füße. Wieder ins Bad, Haare bisschen föhnen und neuen Bun zurechtwurschteln.

Gerade lege ich den Föhn weg, da höre ich unten ein »Hallo?«.

Der Hipster ist überpünktlich!

Von einem Impuls angetrieben will ich die Treppe hinunterrennen, bremse mich aber und nehme jede Stufe, als hätte ich alle Zeit der Welt – was ohnehin der Fall ist.

Taro ist schon hereingekommen und hat sein Schränkchen vorn im Abholbereich entdeckt. Mit verschränkten Armen steht er davor und betrachtet es. Als ich zu ihm gehe, dreht er sich zu mir und lächelt. »Das ist ja toll geworden!« Er hält mir die Hand hin. »Hey, Juno!«

»Er ist gerade noch etwas heller als ursprünglich, eine Nuance nur«, erkläre ich an das Apothekerschränkchen gewandt, nachdem ich Taro begrüßt habe. »Wenn das Holz nachgedunkelt ist, sollte Anton seinen alten Ton wiederhaben.«

»Ist mir nicht aufgefallen.« Im Augenwinkel sehe ich, dass er mich weiter anschaut, meide seinen Blick aber. »Anton?«

Tatsächlich ist mir der Name rausgerutscht, was mir bei Kunden normalerweise nicht passiert. Mit den Fingerspitzen streiche ich über die ersten drei Schubladen. »Anton, ja.«

»Gibst du all den Möbeln, die du restaurierst, Namen?«

»Unbedingt. Ich verbringe ja einige Zeit mit ihnen.«

»Woher weißt du, dass das hier ein Junge ist?« Er legt die Hand auf Antons rechteckigen Kopf, und mein Blick huscht von den Schubladen zu seinen schlanken Fingern. Die Nägel sind gepflegt und glatt, die Lunulas, die kleinen hellen Halbmonde, sind gut sichtbar.

»Na ja … *der* Schrank.« Ich zucke mit den Schultern. »Eindeutiger geht es nicht.«

»Und warum Anton?«

Ich überwinde mich und sehe ihn an. »Gefällt dir der Name nicht?«

»Doch. Ich frage mich nur, wie du darauf gekommen bist.«

»Er ist halt ein sehr kleiner Schrank, aber er ist nicht niedlich, also kein Tony oder Stevie. Vor lauter Ordnungsliebe ist er ein bisschen spießig und berufsbedingt sehr akkurat, also muss er einen eher kauzigen Namen haben.«

»Okay. Dann stelle ich ihn meiner Schwester auch als Anton vor.«

Unruhe beginnt in mir zu flackern. Er sollte jetzt besser den Abflug machen und diesmal bitte auch seinen Blick mitnehmen, damit er mich nicht wieder den Abend lang verfolgt. Um verschwinden zu können, braucht er die Rechnung, die ich schon erstellt habe. Im Umschlag lege ich sie auf Antons Kopf.

»Hast du das Auto vorm Tor geparkt?«, frage ich wie beiläufig.

»Ja, steht an der Straße. Kann ich dir das Geld gleich überweisen?« Er zieht sein Handy hervor, ruft wohl eine App auf. »Dann hast du es morgen schon auf dem Konto. Eine PayPal-Freundschaftsüberweisung könnte ich auch machen, wenn du möchtest. Dann zahlst du keine Gebühr.«

»Ich nehm es gern in bar, eine Anzahlung vielleicht, dann muss ich heute nicht mehr zur Bank.« Im Stillen grummele ich, weil ich vergessen habe, ihm das zu sagen. Natürlich schleppt er keine tausendzweihundert Euro mit sich herum. »Eine ganz normale Banküberweisung tut es aber auch. PayPal verwende ich nicht.«

»Nein, schon gut.« Er steckt das Handy wieder ein. »Auf der Herfahrt bin ich an einer Bank vorbeigekommen. Ich kann dort Geld abheben.«

Das würde bedeuten, dass er wiederkommt. Dabei wollte ich die Sache eher zügig hinter mich bringen, Anton nachwinken und den Hipster vergessen, bevor er mich wieder in den She-Bop-Modus versetzt.

Gerade will ich zurückrudern, da fragt er »Wie heißt der da?« und geht tiefer in die Werkstatt.

»*Die* Vitrine. Das ist eine Lady. Sie heißt Martha.«

Behutsam berührt er eine der aus Blattgold gestalteten Blüten, die über die Kristallglasscheiben ranken. »Weißt du, wie alt Martha ist?«

»Sie gehört dem Jugendstil an, also muss sie um die einhundertzwanzig Jahre alt sein.«

Er lässt die Hand sinken und dreht sich zu mir. »Denkst du bei deiner Arbeit manchmal darüber nach, was Möbel wie sie alles erlebt haben?«

Wie intensiv ich das tue, verrate ich ihm nicht und winde mich innerlich. Er hat mich schon wieder. Wenn er mich ansieht, fühle ich mich wie ferngesteuert und möchte zur gleichen Zeit weg und näher. Warum? Ich habe schon attraktivere Männer angesehen und in andere grüne Augenpaare geschaut, ohne geflasht zu sein. In jedem Fall mahnt mich meine gut trainierte und verlässliche Intuition zur Vorsicht.

»Klar, jedes Mal.«

»Die hier hat zwei Weltkriege überstanden. Stammt sie aus Leipzig?«

»Tut sie. Auf der Rückwand klebt ein halb verblichenes Papier einer Möbeltischlerei aus Leipzig, Plagwitz. Den Luftangriff 1943 hat Martha also auch überlebt.« Jede fünfte Wohnung im Leipziger Stadtgebiet ist damals zerstört worden, habe ich irgendwo gelesen. »Bei der Arbeit denke ich allerdings eher weniger an Geschichtliches, schon gar nicht an Kriege. Das macht mich nur traurig. Ich stelle mir lieber die Familien vor, bei denen die Möbel gestanden haben.«

Taro betrachtet Martha, die mit eins neunzig ziemlich genau seine Höhe hat. Sein Blick schweift von ihrem Kranz über die beiden verzierten Flügeltüren aus Mahagoniholz bis zu den vier geschwungenen hohen Füßen, die so zierlich sind, dass man sich wundert, wie sie den Korpus tragen können.

»Ihre ersten Besitzer waren finanziell gutgestellte Leute mit einem Esszimmer und Bediensteten«, sagt er. »Sie haben Kristallgläser in der Vitrine aufbewahrt, diese bunten vielleicht, bei denen jeder Kelch eine andere Farbe hat. Es war ein fantastischer Anblick, jeden Morgen, wenn das Sonnenlicht auf die Vitrine gefallen ist. Still, tröstlich, edel.« Ein stiller, tröstlicher, edler Schimmer liegt in dem kurzen Blick, den er mir zuwirft. Sein Mund zuckt unter einem verhaltenden Lächeln. »Jeden Samstag hat das Hausmädchen die Scheiben poliert, während der Hausherr am Tisch saß, Pfeife rauchte und Zeitung las.«

»Hm, das hat er eher in seinem Büro oder in einem gemütlichen Sessel im Kaminzimmer getan. Während das Hausmädchen die Scheiben poliert hat, haben sich die Kinder unter dem Esstisch versteckt und gekichert, weil sie glaubten, das Mädchen habe keine Ahnung, dass sie da sind.«

Taro dreht den kleinen Schlüssel in der rechten Schranktür und zieht sie auf. Die beiden Scharniere quietschen. Als er die zweite Tür öffnet und sie noch lautstarker protestiert, kneift er ein Auge zu, weil der Ton auch in seinen Ohren wehzutun scheint. Aus nur einem Auge blinzelt er mich an.

»Was machst du jetzt mit ihr?«

»Ich baue sie auseinander, bearbeite ihre Einzelteile und setze sie wieder zusammen.«

Er tritt einen Schritt zurück. »So ein altes Teil habe ich bei mir im Keller stehen. Es hat meinen Großeltern gehört. Ich wollte es mir vornehmen, abschleifen und so weiter.«

»Aber?«

»Es ist wie mit dem Apothekerschränkchen.« Er macht eine Kopfbewegung in den vorderen Bereich der Werkstatt. »Wie mit Anton. Ich bin mir nicht sicher, ob ich es nicht verschlimmbessere, wenn ich es selbst angehe. Und dieses Teil im Keller ist noch mal eine ganz andere Hausnummer. Die Sache ist nur die …« Er zögert, scheint nach Worten zu suchen. »Ich würde es gern eigenhändig wieder schick machen.«

»Warum? Macht dir so was Spaß?«

»Das werde ich wohl herausfinden. Vielleicht nicht. Aber weißt du, Juno, es waren halt meine Großeltern, denen dieser Schrank gehört hat. Nach ihrem Tod sollte er verkauft werden, wie einige andere ihrer echt schönen Möbel, doch ich habe ihn geholt und mir geschworen, mir Zeit dafür zu nehmen und ihn dann in mein Wohnzimmer zu stellen.« Er lacht. »Wahrscheinlich muss ich dafür alle meine jetzigen Möbel rausschmeißen, weil sie überhaupt nicht passen würden.«

»Welche Epoche ist dieser Schrank denn?«

»Keine Ahnung. Keine europäische jedenfalls. Meine Großmutter stammte aus Japan. Sie hat das Teil und ein paar andere Möbel mit dem Schiff herbringen lassen, als sie in den Fünfzigerjahren herkam, um meinen Großvater zu heiraten.«

Das sagt er einfach so! Vor lauter Aufregung beginnt mein Herz schneller zu schlagen.

»Es ist nicht etwa ein Teeschrank?«, frage ich so gelassen es mir möglich ist.

In Taros Miene steht ein großes Fragezeichen, also beschreibe ich ein paar markante Eigenschaften. »Hat dieser Schrank viele kleine Schubfächer, auch welche mit Schiebetüren, und sogar welche hinter den Türen im Inneren? Sind diese Türen aus Glas oder Holz?«

»Die sind aus Glas. Und ja, da sind viele kleine Fächer überall.«

Ich fasse es nicht!

So ein Teil kenne ich nur von Fotos. Einige asiatische Möbel hatte ich bereits in meiner Werkstatt, aber noch keinen japanischen Teeschrank. Der helle Wahnsinn, dass er so einen bei sich im Keller stehen hat!

Okay, einen Gang zurückschalten!, befehle ich mir, atme durch und komme wieder zum Ausgangspunkt zurück: dass der Schrank nicht zur Einrichtung passt, von der ich eine ganz gute Vorstellung habe, wenn ich von Taro auf seinen Wohnstil schließe: hell, kühl, kantig. Skandi-Look.

»Solange deine Möbel nicht auch braun sind, kann ein Stilbruch, insbesondere mit so einem Teeschrank, gut aussehen.«

»Mein Wohnzimmer ist hell und schlicht eingerichtet, mit klaren Linien.«

Ha! Recht gehabt. »Dann könnte es passen.«

»Na ja, wie auch immer.« Er wendet sich um und geht zur Tür. »Ich fahre jetzt zur Bank, bin in fünf Minuten wieder da, schnappe mir Anton und verschwinde. Wahrscheinlich habe ich dich schon viel zu lange aufgehalten.«

Er wartet nicht ab, ob ich seinem letzten Satz widerspreche. Als er fort ist, schlendere ich zu Martha. Meine Gedanken beginnen zu driften, und während ihre Fäden in meinem Kopf flattern, frage ich mich, wie dieser Teeschrank aussieht, aus welchem Holz er gefertigt ist und wie er heißt.

Prinzipiell geht es mir wie Taros Schwester, ich komme auch an keinem Antik- oder Trödelmarkt vorbei. Schlimmer noch, ich fahre sogar extra hin und kaufe, was mir gefällt. Jemand muss nur »alter Schrank« sagen, und schon bin ich angefixt wie ein Spürhund. Man könnte meinen, ich bin ein Antikmöbel-Suchti und leide an Restaurismus.

Wenn Konstantin meine Eroberungen hergebracht hat, nutze ich meine Feierabende und Wochenenden, um sie aufzubereiten. Wieder schick, kommen sie in den Anbau, der auf der rechten Hofseite an mein Wohnhaus anschließt. Dieser Gebäudebereich war früher, zu Opas Zeiten, das Lager. Ein wenig Material habe ich natürlich vorrätig, lagere es aber in der oberen Etage des Anbaus und nutze die untere Fläche vollständig zur Ausstellung für den Verkauf. Ich biete die Möbel unter dem Namen an, den sie mir auf ihre besondere Weise verraten haben, und findet eins einen neuen Besitzer, dann trennt sich unser Weg wieder. Schweren Herzens lasse ich es dann gehen.

Am liebsten würde ich alle behalten, aber in meiner Wohnung ist kein Platz für weitere Möbel, und im Ausstellungsraum können sie nicht ewig bleiben, denn dann könnte ich keine neuen Eroberungen machen.

Taros Teeschrank wird keine meiner Eroberungen sein, so viel ist sicher. Er wird ihn mir niemals überlassen. Für kein Geld der Welt. Und ich kann ihn auch nicht restaurieren, denn das will Taro ja leider selbst machen. Natürlich, ich könnte einen Blick darauf werfen und ihm Tipps geben, wie er es anzustellen hat, welches Werkzeug er braucht und worauf er unbedingt achten sollte. Wenn ich nur daran denke, was er alles falsch machen kann. Wenn ich mir nur vorstelle, dass ... Wahrscheinlich ist dieser Schrank ein megaschönes Teil und ... Nein! Schluss jetzt!

Als ich Schritte auf dem Hof höre, nehme ich den Schraubenzieher, den ich schon herausgesucht hatte, klappe Marthas rechte Flügeltür ganz auf und löse eine Schraube im unteren Scharnier.

»Wieder da!«, ruft Taro von der Tür her.

Ich drehe mich nicht um, murmele nur ein »Okay« und kümmere mich um die nächste Schraube. Es kribbelt in meinem Nacken, als er wieder bei mir ist und mir zuschaut. Auf mein Tun konzentriert nehme ich die Schraube ab und lege sie zur ersten in ein Kästchen auf der Arbeitsfläche. Als ich mich Taro zuwende, hält er mir ein Bündel Scheine hin. Ich zähle es durch und stecke es in die Potasche meiner Jeans.

»Danke.«

»Ich danke dir, Juno! Wie gesagt, echt großartige Arbeit.«

»Gern geschehen. Dann bring Anton mal sicher nach München.«

»Werde ich.« Er geht zum Apothekerschränkchen, packt es an und wirft mir einen letzten Blick zu. »Viel Erfolg hier noch!«

Um Luft hereinzulassen, steht die Werkstatttür immer noch

sperrangelweit offen, also braucht er meine Hilfe dort nicht. Ich wende mich Martha zu und lausche Taros Schritten.

Vielleicht bittet er mich ja um Hilfe. Wenn er das tut, sag ich ja.

Ich warte, lausche. Nichts. Bald ist er aus der Tür und auf dem Hof.

Ein Murren grummelt in meiner Kehle, als ich innerlich einknicke und ihm nachgehe.

»Soll ich mir den Schrank denn mal anschauen?«, rufe ich über den Hof, bevor Taro um die Ecke in der Einfahrt verschwindet.

Er dreht sich zu mir um und fasst Anton neu, um ihn sicher zu halten. Gegen die Abendsonne blinzelt er mich an.

»Ähm, ja. Das wäre … ja, das wäre echt gut. Ich kann ihn aber nicht herbringen. Da würde nicht einmal ein Dachgepäckträger was nützen.«

Ich zucke mit den Schultern. »Montag- oder Dienstagabend nächster Woche könnte ich vorbeikommen.«

Er nickt. »Dienstag passt für mich. Meine Adresse hast du ja. Nonnenstraße 21 A. Bei Kaiser klingeln, dann komme ich runter.«

»Zwanzig Uhr?«

»In Ordnung. Falls sich was ändert, rufe ich in der Werkstatt durch. Und wenn bei dir etwas dazwischenkommt, weißt du ja, wie du mich kriegst.«

Damit schleppt er Anton weiter. Wenig später höre ich den Motor seines Autos aufbrummen und kehre zu Martha zurück.

»Ich bin so bescheuert«, sage ich ihr und starre sie an, als würde ich auf eine Antwort von ihr warten. Dann kümmere ich mich um das nächste Scharnier.

Klammotonie

[klamotoˈniː] Nomen, feminin.
Unangenehme Spannung in einer Gruppe, wenn alle schweigen, man aber spürt, dass jeder etwas sagen möchte.

Wir sprechen über den Alltag, über die kleinen Erfolge und auch die Rückschläge der vergangenen Woche. Die Donnerstagsgruppe ist kleiner als die Gruppe am Montag. Die Atmosphäre ist vertrauter, gemütlicher, denn die meisten der zehn Teilnehmerinnen und Teilnehmer sind schon länger dabei. Sie kennen einander, sie kennen mich und sprechen daher freier. Manchmal führt das dazu, dass sie ihrer Wut und Verzweiflung eher Luft machen, doch das ist etwas Positives. Vielleicht hilft es Leni, die Hemmung abzulegen.

Weil ihre Psychologin den wöchentlichen Termin auf den Montagabend verlegt hat, will sie nun an den Donnerstagen zu NeMo kommen. Das ist das Einzige, was sie heute bisher gesagt hat. Als alle anderen erzählt haben und noch eine Viertelstunde Zeit bleibt, frage ich sie, ob sie etwas mit uns teilen möchte.

Sie schüttelt den Kopf.

»Wie waren denn die letzten Tage in der Schule?«, hake ich nach.

»Wie immer«, gibt sie genervt zurück, lässt den Blick über die Gruppe wandern und schaut mich schließlich wieder an. »Ganz ehrlich, ich weiß nicht, ob ich hier richtig bin.«

Ihr Zweifel ist normal. Beinahe jeder, der neu zu NeMo kommt, hat ihn eher früher als später. Manche überwinden ihn, andere lassen sich von ihm unterkriegen. Ich möchte nicht, dass

Leni sich unterkriegen lässt. Sie mit Argumenten zuzutexten wäre nicht der richtige Weg, also warte ich kurz ab, und tatsächlich liefert sie den Grund für ihre Skepsis gleich nach.

»Sorry, aber hier sind alle so alt.«

Beinahe muss ich lachen. Leni hat natürlich recht. An den Montagen ist der Altersdurchschnitt niedriger; es sind auch Teenager und Twens da. Dass in der Donnerstagsgruppe nur Dreißig- und Vierzigjährige sind, hat sich so ergeben.

»Ich verstehe deine Bedenken«, antworte ich. »Aber das Alter ist doch nur eine Zahl, oder nicht? Ja, die Leute hier sind älter, doch die Probleme, die Herausforderungen und die Gefühle, die sind universell. Alle hier suchen nach Verständnis, nach jemandem, der zuhört, und nach einer Gemeinschaft, in der man so akzeptiert wird, wie man ist.«

Ich mache eine kurze Pause, um Leni die Möglichkeit zu geben, das zu verdauen. »Und wer weiß«, fahre ich fort, »bestimmt können Ältere auch von dir lernen. Junge Perspektiven sind genauso wertvoll. Wir alle haben unterschiedliche Lebenswege, aber wir wollen hier doch Brücken, keine Mauern.«

»Gib dir einen Ruck und uns eine Chance«, klinkt sich Ruben ein, der seit der ersten Stunde zu NeMo kommt. Die anderen stimmen murmelnd ein.

Leni musterte Ruben kurz und wendet sich wieder an mich. »Ich find's auch voll scary, diese ganzen Geschichten zu hören.«

»Echt?« Verwundert schüttele ich den Kopf. »Was unterscheidet sie denn so sehr von deiner Geschichte?«

»Das ist es ja. Nicht viel. Ich hab gedacht, ich müsste nur die Schule irgendwie schaffen und vielleicht die Uni noch und hätte dann meine Ruhe, aber offenbar geht das immer so weiter und wird sogar noch schlimmer.« Mit gesenktem Kopf linst sie zu Saskia, Ende dreißig und Krankenpflegerin, die eben von ihren ersten Arbeitstagen in der Notaufnahme erzählt hat. »Hab ich das richtig verstanden? Du musstest dir einen neuen Job suchen, weil du im Krankenhaus, wo du vorher gearbeitet hast, einen Patienten ...« Sie traut sich nicht, den Satz zu Ende zu bringen.

»Ich soll ihn umgebracht haben«, sagt Saskia. »Die Frau des Patienten hat das behauptet, weil er während meines Nachtdiensts plötzlich verstorben ist.«

»Hättest du das denn verhindern können?«

»Nein. Es war ein Herzstillstand. Eine Woche später wurde ich auf einen Instagram-Post aufmerksam, den die Ehefrau mit meinem Namen als Tag veröffentlicht hat. Der Post bestand aus einem Foto von mir, das die Frau im Krankenhaus heimlich aufgenommen hatte, und einem einzigen Satz: Das ist die Mörderin meines Mannes. Und dann ging´s los. Auf Instagram wurde ich täglich angegriffen, nach einer Weile auch von Patienten und Angehörigen auf Station. Das Krankenhaus hat zwar eine Erklärung abgegeben, und Kollegen haben sich für mich ausgesprochen, doch das schien nichts zu wiegen gegen das Instagram-Statement der Frau.«

»Also haben sie dir gekündigt?«, fragt Leni mit scheuem Unterton.

»Ich habe gekündigt.« Saskia hebt die Hände und lässt sie wieder in den Schoß fallen. »Es ging nicht mehr. Ich habe mich eine Weile verkrochen, mich dann umgehört und NeMo gefunden. Ganz ehrlich, mir war völlig egal, wie alt hier wer ist. Ich konnte reden, und mir wurde zugehört von Menschen mit ähnlichen Erfahrungen. Nur das war mir wichtig.«

Ich bringe mich wieder ins Gespräch ein. »Davon abgesehen sind solche Erfahrungen nicht zwingend dauerhaft. Leni, du meintest gerade, es geht ein Leben lang so weiter, aber dem kannst du aktiv entgegenwirken, wenn du dir Hilfe holst. Und Mobbing beginnt auch nicht grundsätzlich im Teenageralter, sondern kann einen zu jeder Zeit im Leben treffen.«

»Ja, meinetwegen, dann ist das Alter eben egal«, brummt sie, sieht allerdings noch nicht überzeugt aus. »Aber ich verstehe auch das Konzept nicht. Nur durch Reden, wie wird einem da geholfen? Mit meinem Psychologen rede ich auch schon die ganze Zeit. Davon abgesehen, Miriam und du, ihr seid ja keine Psychologen.«

»Von deinem Psychologen erhältst du kognitive Unterstützung. Er ist der Profi. Wir von NeMo hingegen wollen dir ergänzend emotionale Unterstützung geben. Wir sind so was wie Freunde, Vertraute, Verbündete auch.«

Ruben springt mir zur Seite: »Wir sind hier füreinander da. Wir finden tröstende Worte, wenn es mal nicht gut läuft, und machen Mut bei Fortschritten. Wir sind die, denen du ein Ohr abkauen kannst, auch mit immer derselben Geschichte. Wir sind die Begleiter auf dem Weg zum Neuanfang. Wenn du dich der Herausforderung stellst und dir dein Neuanfang gelingt, wirst du stolz und froh sein und die Rolle dieser Gruppe verstehen.«

Leni schlägt einen schärferen Ton an. »Ich habe aber nichts falsch gemacht.« Sie blitzt mich verärgert an. »Am Montag hast du das doch gesagt, oder nicht?«

»Das habe ich, und ich meine es auch.«

»Warum sollte ich dann je happy oder stolz sein, dass mir ein Neuanfang gelungen ist? Wer sich darüber freut, hat halt echt Mist gebaut und chillt dann im Nice-Vibe von Leuten, die ihm noch eine Chance geben. Ich hab auch echt nicht nach einer besonderen Herausforderung gesucht, mit der ich meine Grenzen ausloten und testen kann, wie viel ich aushalte.«

»Niemand sucht solche Herausforderungen«, widerspreche ich mit ruhiger Stimme. »Das Leben drückt sie einem meist unerwartet oder ungefragt aufs Auge. Denk an Menschen, die ihre Gefährten verlieren, ob durch den Tod oder das Ende einer Beziehung. Die bitten auch nicht um einen Neuanfang, sondern fühlen sich genauso aus dem Leben gerissen.«

»Es war aber nicht das Leben, dass mir diesen Mist aufs Auge gedrückt hat, sondern dieses Monster.«

»Auch Menschen können Herausforderungen des Lebens sein. Es wäre schön, wenn wir diesen Planeten mit ausschließlich freundlichen Zeitgenossen teilen würden. Die Realität sieht allerdings anders aus. Da wird immer jemand sein, mit dem es Reibung gibt, mal mehr und mal weniger.«

Leni schüttelt den Kopf. »Je länger ich darüber nachdenke, desto ungerechter erscheint mir das alles.«

Es mag ihr nicht bewusst sein, doch mit dieser Ansicht, mit ihrer Wut und Empörung, ist sie schon einen Schritt weiter als am Montag. Genauso wenig bewusst ist ihr sicherlich, dass sie sich bereits in die Gruppe integriert. Ihr Verstand zweifelt noch am Sinn, doch ihr Herz lässt sie ihre Gedanken bereits teilen, wenn auch noch in Bruchstücken.

»Ich habe auch nicht das Gefühl, dass es vorbei ist«, erklärt sie weiter. »Ständig frage ich mich, wann irgendeiner meiner neuen Mitschüler jemanden aus der alten Schule trifft und dann erfährt, wie ich da fertiggemacht wurde. Wie lange dauert es wohl, bis irgendwer mit dem Finger auf mich zeigt und sagt ›Guckt mal, da ist die, die es mit ihrem Bruder treibt!‹? Ich habe so große Angst, dass es dann weitergeht.«

»Was andere tun, kannst du nicht kontrollieren«, sagt Ruben. »Aber du kannst beeinflussen, wie du darauf reagierst.«

»Kann ich gar nicht. Ginge es nach mir, würde ich zurück nach Kassel ziehen oder in irgendeine andere Stadt. Am besten wäre wahrscheinlich ein anderes Land. Dort hätte ich wirklich Ruhe.«

Ein Schauder kriecht mir über den Rücken, und ein paar Sekunden lang ist mir, als würde eine kalte Hand nach meinem Herz greifen. Denn genau das habe ich getan. Ich bin geflohen, um endlich Ruhe zu haben. Die Erinnerung zeigt mir Bilder meiner Vergangenheit, meiner Panik und meiner Überzeugung, dass mein Leben zu Ende ist. Ich atme tief ein, halte den Atem an, atme wieder aus und ziehe meine Gedanken ins Hier und Jetzt zurück. Mein Blick fliegt über die Donnerstagsgruppe. Einige schauen betroffen vor sich hin, andere driften wohl in eigenen Erinnerungen. Saskia und Ruben scheinen etwas sagen zu wollen, aber keinen Ansatz zu finden. Die Stille wird immer dicker und quillt zwischen uns wie ein Brei.

Vor sechs Jahren, kurz nach dem Start von NeMo, habe ich in einer ähnlichen Situation überlegt, was es ist, und ein Wort gefunden für das innere Drängen und Zurückweichen, das diesen Moment gleichermaßen charakterisiert. Klammotonie habe ich ihn genannt.

»Fortzulaufen bringt nichts.« Zuerst klingt meine Stimme wie ein fremder Hall. Ich warte ab, bis er sich legt und die Klammotonie zu vertreiben beginnt, dann spreche ich weiter. »Die Erfahrungen begleiten dich, und sie piesacken dich so lange, bis du sie verarbeitet hast und mit ihnen lebst. Hierfür ist es wichtig, dass du sie nicht verbirgst, sondern offen mit ihnen umgehst. Wenn du neue Freunde findest, wäre es gut, wenn du ihnen erzählst, was an der alten Schule passiert ist.«

»Das werde ich ganz sicher nicht tun«, kontert Leni entschieden.

Ruben folgt meiner Linie, indem er seine eigene Geschichte anschneidet. »Die Einstellung kenne ich von mir. Eine Zeit lang dachte ich, ich müsste alles verschweigen. Aber damit schienen die alten Vorwürfe immer irgendwo zu lauern. Also habe ich den Spieß umgedreht und sie von mir aus thematisiert. So lief es für mich viel besser und reibungsloser.«

»Fällt mir schwer, mich mit dieser Möglichkeit anzufreunden«, murmelt Leni und schaut auf ihre Armbanduhr. »Ich muss jetzt auch los, habe noch Hausaufgaben zu erledigen.«

Kurz nach halb neun zeigt die Wanduhr. Tatsächlich ist es Zeit, die Gruppe aufzulösen, also verabschiede ich alle bis nächsten Donnerstag. Manche gehen zusammen, andere allein. Wie gewohnt bleibt Ruben, um mir beim Aufräumen zu helfen, was er von sich aus tut, seit ich die Donnerstagstreffen ohne Miriam moderiere. Zuerst rücken wir die Stühle in einen ordentlichen Kreis und lassen die Jalousien herunter. Während ich die Teelichter unter den Duftölschalen auspuste, sammelt Ruben die Tassen ein und bringt sie in die Küche. Ich folge ihm mit den Teekannen.

»Was machen deine Fellnasen?«, frage ich, während ich heißes Wasser ins Spülbecken laufen lasse.

»Gerade nicht so viel. Sie genießen das Wetter und liegen den ganzen Tag faul in der Sonne.« Ruben nimmt sich ein Geschirrtuch. »Zum Ärgernis einiger Leute.«

Zum Ärgernis einiger Leute, ist einer von Rubens Standardausdrücken. Er ist Tierpfleger im Leipziger Zoo und für die Amurtiger zuständig, an welche die Besucher besonders hohe Erwartungen haben, die nicht selten enttäuscht werden, weil sich die Raubkatzen entweder gar nicht die Ehre geben oder sich nicht wie gewünscht verhalten.

Ich stelle das Wasser ab, tunke die ersten Tassen ein und beginne, sie abzuspülen. »Gab es wieder Beschwerden, weil die Dschungelbuch-Revue nicht stattfand?«

»Natürlich. Heute hat ein Besucher sein Geld zurückverlangt, weil sein Sohn wegen der schlafenden Tiger abwechselnd geheult und getobt hat.«

Ich kichere. »Was hatte er dem Jungen versprochen? Dass sie Saltos schlagen und durch Feuerringe springen?«

»Wahrscheinlich. Ich habe ihm erklärt, dass Tiger bis zu achtzehn Stunden am Tag dösen, besonders, wenn es heiß ist.« Ruben winkt ab. »Hat natürlich nichts gebracht.«

»Er wollte nichts davon wissen?«

»Nein. Er hat mich gebeten, wenigstens einen Tiger aufzuwecken und für ein bisschen Action zu sorgen.«

»Ernsthaft?«

»Ich hab ihm angeboten, mich ins Gehege zu begleiten und sich einen Tiger auszusuchen, den großen Ivo am besten. Eine Einladung zu einem Ringkampf würde der insbesondere nach einem kleinen Nickerchen immer sehr gern annehmen.«

»Und? Hat er seinem tobenden Sohn erklärt, dass Papi gleich zum Tigerbezwinger wird?«

»Nein. Er hat mich am Kragen gepackt, ein bisschen durchgeschüttelt und geknurrt, ob ich ihn verarschen wolle. Vor Ärger war er taub für meine Erklärung, dass wir die natürlichen Verhaltensweisen der Tiere respektieren und auch nicht in ihren Tagesablauf eingreifen, um die Besucher zu unterhalten.«

»Meine Güte, da erlebst du was!«

Ruben nickt, nimmt sich eine Tasse und erzählt weiter. »Vorigen Sonntag war wieder eine kleine Kackbratze mit einer Funzel da.«

»Oh nein, ein Laserpointer!«

»An den Wochenenden ist es am schlimmsten. Da kriechen echt die letzten Deppen aus ihren Löchern. Und man muss aufpassen, was man sagt, sonst packt einen ein Vater gleich wieder am Schlafittchen.«

Ich muss lachen. »Um dir das zu ersparen, solltest du ihre lieben Kleinen besser nicht Kackbratzen nennen.«

»Es sind aber Kackbratzen. Rotzfrech hat der sich dahingestellt, der kleine Scheißer, und Tamur ins Gesicht gefunzelt, in der Hoffnung, dass er endlich was Interessantes macht.«

»Vielleicht solltet ihr die Tiger einfach anders bewerben?« Mit nassen Händen, den Schwamm in einer Hand, ziehe ich das imaginäre Banner für eine Schlagzeile über unsere Köpfe. »Komm zur Ruhe mit den Tigern – erlebe die Zen-Seite des Dschungels!«

Ruben grinst und nimmt sich die letzte Tasse zum Abtrocknen. Ich schließe das angekippte Küchenfenster, als ein Blitz das Dämmerlicht des Abends aufhellt. Weniger später grollt ein Donner.

»Bist du mit dem Rad da?«, erkundigt sich Ruben.

»Ja.« Auf der Fensterscheibe landen die ersten Tropfen. »Ist sicher gleich vorbei.«

»Laut der Regenradar-App hört es erst nach Mitternacht wieder auf. Ich kann dich heimfahren. Dein Rad bekomme ich in den Kofferraum, wenn ich die Rücksitze umklappe.«

Während wir das vermeintliche Problem noch ein bisschen diskutieren – ich rede es klein, Ruben stellt es als Gefahr für Leib und Leben hin –, wird der Regen immer stärker. Als es draußen nur noch blitzt, donnert und wie aus Kannen gießt, gebe ich auf. Wir verlassen das Haus zusammen und werden bei dem am Ende doch recht komplizierten Unterfangen der Radverladung nass bis auf die Haut. Triefend steigen wir in Rubens Kombi. Er nimmt seine Brille ab, zieht ein Stofftaschentuch aus der Hosentasche und reibt die Gläser trocken. Dann schaltet er den Motor an, stellt die Heizung auf Saunatemperatur und fährt los. An der ersten Kreuzung will er meine Adresse ins Navi eingeben, aber ich lotse ihn lieber und sage ihm, wo er abbiegen muss.

Auf der Fahrt über die KarLi teilt Ruben weitere Zooerlebnisse mit mir. Ich werfe ihm einen Blick zu und denke an unsere erste Begegnung. Seither hat sich für Ruben viel getan. Er ist in seinem Beruf angekommen, liebt die Arbeit mit den Tigern und nimmt das manchmal echt schräge Verhalten der Besucher meistens mit Humor. Nach Miriams und meiner Einschätzung braucht er uns nicht mehr, doch er kommt trotzdem an jedem Donnerstag wie zu einem Stammtischtreff und zahlt den freiwilligen Mitgliedsbeitrag pünktlich an jedem Monatsanfang. Es ist ewig her, dass er ein persönliches Problem geschildert hat oder an einem Hindernis nicht weiterkam. Wie eben in der Gesprächsrunde ist er einfach da, um anderen Mut zu machen.

Als wir uns vor fast sechs Jahren kennenlernten, war Ruben ein desillusionierter Lehrer für Biologie und Chemie. Die Kurzarm-Karohemden trägt er nach wie vor als das Modestatement des Naturwissenschaftspädagogen. Heute hat er sich für ein Modell in Moosgrün und Erdbraun entschieden, penibel in seine dunkelblaue, gerade geschnittene Jeans gesteckt. Wie immer scheint ihm dieses Outfit eine Nummer zu groß zu sein – vielleicht ein optischer Tribut an seine zierliche Statur. Mutter Natur und die Gene waren bei ihm ein wenig zurückhaltend, nicht nur in Sachen Körperfülle, sondern auch beim Thema Haarpracht. Obwohl er die vierzig noch nicht geknackt hat, führt sein Haaransatz seit Jahren ein einsames Rückzugsgefecht.

Bei NeMo spielt die Optik keine Rolle, auch wenn sie womöglich ein Initialzünder für das Problem war, das Ruben letztendlich zu uns geführt hat. Vielleicht war es sein Aussehen, das seine ehemaligen Schüler an der Realschule zum Anlass genommen haben, vielleicht waren es auch pure Bosheit und Dummheit. Jede Klasse hat ihre leistungsschwachen und leistungsstarken Schüler. In einer von Rubens Biologieklassen waren die Leistungsstarken ausschließlich Mädchen. Während sie die Einsen und Zweien einsteckten, gingen die Jungs mit Fünfen und Sechsen nach Hause, und bald hieß es, Ruben bevorzuge Mädchen – ein Gerücht, das für Ruben beinahe alltäglich war und ihn nicht weiter störte. Seine Sorglosigkeit zerriss durch einen Spruch, mit dem er sich an einem Morgen konfrontiert sah, als er die Tafel in seinem Klassenraum aufklappte. *Herr Römer steht auf kleine Mädchen, weil er einen kleinen Schwanz hat*, stand da in Großbuchstaben und, wie Ruben erzählt hat, mit einigen Rechtschreibfehlern. Am Nachmittag machte ihn ein Kollege auf einen Social-Media-Post aufmerksam, der den Stein ins Rollen brachte. In den darauffolgenden Wochen geriet er ähnlich wie Saskia immer tiefer in die Spirale der ihm entgegengebrachten Respektlosigkeit. Bei ihm kam allerdings hinzu, dass er keinen Unterricht mehr durchführen konnte, weil ihm die Schüler nicht mehr zuhörten, sondern ihn während der fünfundvierzig Minuten verbal und körperlich attackierten, indem sie ihn zwischen sich herumschubsten und mit Dingen bewarfen, die sie von ihren Pausenbroten sortiert hatten. Ohne jemals nur daran gedacht zu haben, einer Schülerin nahezutreten, wurde er nach der zweiten von Schülern spontan veranstalteten Demo auf Drängen besorgter Eltern und sich vorsichtshalber distanzierender Kollegen vom Unterricht freigestellt.

Dies war das Ende von Rubens Zeit als Lehrer. Zu Beginn bei uns hat er noch nach einem Weg zurück an die Schule gesucht, auch einen Umzug in eine andere Stadt in Betracht gezogen. Doch nachdem die Verzweiflung verraucht war und der Ärger die Oberhand gewann, verwarf er diese Möglichkeit. Er habe sich von seiner Schule vertreiben lassen, wolle aber nun nicht auch sein vertrautes privates Umfeld aufgeben. Während der Lehrtätigkeit hatte er sich in einem Tierheim engagiert, indem er an den Abenden und Wochenenden mit den Waisenhunden spazieren gegangen war. Dort fand er eine Festanstellung, die ihm finanziell gerade so über die Runden half, ihm aber auch eine Tür zum Leipziger Zoo öffnete. Zuerst half er dort hin und wieder aus, bekam vor drei Jahren dann den Job bei den Tigern und will heute nach eigener Aussage nie wieder an eine Schule zurück. Tiere sind die besseren Menschen, sagt er manchmal, wenn er von seiner Arbeit erzählt.

Ich dirigiere Ruben in die nächste Querstraße. Wenig später parkt er den Kombi halb auf dem Gehweg vor meinem Haus. Während ich die Tür im linken Torflügel aufschließe, hebt Ruben mein Rad aus dem Kofferraum und bringt es zu mir in die Einfahrt. Ich nehme es ihm ab. »Vielen Dank fürs Bringen! War vielleicht doch ganz gut, dass ich nicht gefahren bin.«

Er schiebt seine schon wieder nassgeregnete Brille auf der

Nase hoch und schaut nach hinten in den Hof. »Hier ist auch deine Werkstatt?«

»Ja, hinten um die Ecke.«

Er nickt, steckt die Hände in die Hosentaschen. »Und, hast du gut zu tun gerade?«

Mit einer Hand halte ich mein Rad weiter, mit dem anderen Arm wische ich mir übers Gesicht, auf dem Regentropfen kitzeln. »Ich kann nicht klagen«, höre ich mich sagen und denke im selben Moment, dass es wie eine Plattitüde klingt.

Gerade überlege ich, ob Ruben auf die Einladung zu einer kurzen Besichtigungstour wartet, da dreht er sich um. »Also dann. Ich muss los. Um fünf Uhr klingelt der Wecker.«

Er hebt die Hand zum Gruß und geht zu seinem Wagen. Auf der Straße beeilt er sich, den Kofferraum zu schließen, dann setzt er sich ans Steuer.

Nachdem ich mein Rad zu seinem Unterstand gebracht habe, schließe ich die Werkstatt auf. Um in meine Wohnung zu gelangen, könnte ich auch die erste Tür im Anbau nehmen, doch ich gehe immer lieber durch die Werkstatt. Die Hitze des Tages hängt noch über den Regalen und Werkbänken. Tausende Staubkörnchen tanzen im Licht der aufglimmenden Deckenleuchten, als hätte ich sie gerade geweckt. Mein Blick wandert von Elsbeth, der Kommode, zu Gustav, dem Schrank, bis zu den Einzelteilen, in die ich Martha, die Vitrine, zerlegt habe. Morgen bekommt sie eine neue Lasur, und am Wochenende wird sie zusammengesetzt.

Im hinteren Teil der Werkstatt schalte ich das Licht aus und steige die Treppe hinauf. Vor dem Bad ziehe ich die nassen Sachen aus und hänge sie zum Trocknen über die Wände der Duschkabine. Ganz oben, im Schlafzimmer, ziehe ich eine Jogginghose und ein ärmelloses Shirt an, das weiß war, bevor ich es versehentlich mit der dunkelbunten Wäsche gewaschen habe. Eine Etage tiefer, im Wohnzimmer, durchforste ich die Plattensammlung nach Musik, die zu meiner Stimmung passt.

Bei *Songs from the Big Chair* halte ich inne und nehme die Platte aus der Box. Das 85er-Album von Tears for Fears beginnt mit einem grandiosen Song. Es knistert, als die Nadel des Plattenspielers auf dem Vinyl landet. Zuerst ertönt ein metallisches Klingeln, das an eine Triangel erinnert. Zeitgleich mit dem Synthesizer setzt der Gesang von *Shout* ein.

Mit geschlossenen Augen tanze ich durch mein Wohnzimmer und lasse die Schwere der letzten Stunden von den Schultern gleiten. Ich lasse sie raus, die Geschichten, die in der Gruppe geteilt wurden, raus aus meinem Kopf und raus aus meinem Herz. Während die rhythmischen Beats jeden Winkel meines Zuhauses erfüllen, werden sie zu flüchtigen Echos, und mein Puls geht in Einklang mit der Musik.

Ich bin hier, sage ich mir im Stillen. Ich bin ich, mehr, als ich es damals je war, je hätte sein können. Ich war verstummt und in Schockstarre wie ein Kaninchen beim Anblick eines Wolfs, aber ich habe mich nicht fressen lassen. Ich habe mich bewegt und losgelassen. Frei von allem habe ich einen neuen Weg eingeschlagen und bin gewachsen, weit über mich und jeden Wolf hinaus.

Secondhand

Wann immer ich Zeit hatte, habe ich eBay und Online-Antikmärkte auf der Suche nach einem japanischen Teeschrank abgeklappert. Es gab einige brauchbare Schränke, aber bei den Preisen wurde mir schwindlig. Ich will keine viertausend Euro ausgeben, auch keine zweitausendfünfhundert. Genau genommen nicht einmal tausend.

Auf eBay-Kleinanzeigen habe ich dann gestern, nachdem ich von meiner Schwester in München zurück war, einen Schrank gefunden, dessen ausgeschriebener Preis von eintausendfünfhundert Euro als Verhandlungsbasis angegeben wurde. Da mir die hochgeladenen Bilder einige Argumente für ein Verhandeln lieferten, habe ich mit dem Besitzer telefoniert, einem gewissen Hiroshi Tanaka. Wenn ich den Mann richtig verstanden habe, steht der Schrank im Keller eines japanischen Restaurants in Paderborn, das Herr Tanaka führt und kürzlich umgebaut hat. Der Schrank ist Teil des alten, nun nicht mehr benötigten Mobiliars.

Eine sechsstündige Autobahnfahrt, wovon zwei Stunden auf Stillstand im Stau entfallen, ist weder Carls noch meine favorisierte Beschäftigung. Auch nicht an einem Montag wie heute. Ich kann nur hoffen, dass dieser Schrank in einem akzeptablen Zustand ist und ich ihn halbwegs günstig bekommen kann, sonst habe ich ein Problem. Für den Termin morgen mit Juno brauche ich dieses Teil. Ich kann Carl gar nicht genug danken, dass er mir nicht nur seine Zeit, sondern auch seinen Transporter zur Verfügung stellt. Es muss ganz einfach klappen.

»Du hattest doch praktisch freie Auswahl«, grummelt Carl,

vom letzten Stau genervt, als wir endlich das Ortseingangsschild Paderborns passieren. »Warum hast du der Frau nichts von irgendeinem Eiche-rustikal-Schrank erzählt?«

»Solche Teile sind langweilig. Die hat sie sicher schon hundertmal restauriert. Ich brauchte etwas, das ihr Interesse weckt, also musste es ein seltenes Teil sein. Hey, und die Vorlage hat sie selbst geliefert mit ihrer Vermutung. Ich habe bloß ja gesagt.«

»Ein Nein wäre besser gewesen. Du hättest was anderes Besseres gefunden, für das wir nicht durch halb Deutschland kurven müssen. Und wer weiß, ob das Teil was taugt.«

Das sagt er jetzt zum dritten Mal und winkt ab, als ich ihn bitte, es nicht auch noch zu beschwören. Kraft meiner Gedanken ist dieser Teeschrank viel schöner als auf den Bildern und Hiroshi Tanaka sehr verhandlungsbereit, froh, das Ding loszuwerden. Immerhin dürfte es einiges an Platz wegnehmen.

Eine Viertelstunde später parkt Carl den Transporter in einer Ladezone gegenüber dem Restaurant. Es öffnet erst in zwei Stunden, um siebzehn Uhr, doch Hiroshi Tanaka erwartet uns, weil ich unseren Live-Standort auf WhatsApp mit ihm geteilt habe.

»Ah, Taro-san, hai?«, begrüßt er mich und deutet zuerst in meine, dann in Carls Richtung eine Verbeugung an. Wir erwidern den Gruß und folgen ihm nach drinnen. Durch den Gastraum und die Küche, in der schon drei Sushi-Meister am Werk sind, führt er uns eine Treppe hinab. Auf halber Höhe wendet er sich um und sagt mir etwas auf Japanisch, das wie »dochu do deshita ka« klingt. Ich kann nur bedauernd den Kopf schütteln. »Tut mir leid, ich spreche fast kein Japanisch.«

»Ah, Taro-san, nicht Japaner? Taro ist Name aus Japan.«

»Meine Großmutter stammt aus Japan. Sie hat mir meinen Namen gegeben.«

»Hah, gute Name. Großmutter aus Japan, sehr gut.« Er geht weiter. »Name bedeutet erster Sohn. Hast du junge Bruder?«

»Nein, eine jüngere Schwester.«

Hiroshi Tanaka lacht. »Ah, junge Schwester, hai. Erstgeboren bist du trotzdem.«

»Hoffentlich kommen wir hier je wieder raus«, murmelt Carl hinter mir, als uns Hiroshi Tanaka im Keller durch ein Netz aus Gängen und Räumen führt. Ich habe das Gefühl, wir laufen im Kreis, als er endlich eine letzte Tür öffnet und uns den Schrank mit ausgestreckten Armen präsentiert.

»Hier ist Teeschrank«, sagt er mit einem Singsang in der Stimme. »Wunderbares Stück, aus Taisho-Periode.«

Diese Info habe ich bereits der Anzeige entnommen und im Web herausgefunden, dass die Periode von 1912 bis 1926 dauerte. Sie verdankt ihren Namen dem Kaiser Taisho, während dessen Regierung liberale Ideen in Staat und Gesellschaft einzogen und die Oligarchen ihre Macht verloren.

Mit einem schwermütigen Seufzen stemme ich die Hände in die Seiten. »Oh je, Hiroshi-san, der ist aber leider nicht in bestem Zustand.«

»Waaas?« Hiroshi Tanaka gibt sich empört. »Zustand ist sehr gut. Ist eben alt. Antik. Funktioniert alles noch.« Um das zu demonstrieren, öffnet er die Glastüren, deren Scharniere schon einmal herrlich quietschen. Innen will er eine Schublade aufziehen, deren Front ihm prompt entgegenfällt. »Ha, geht leicht zu reparieren.« Er winkt ab und versucht, die Schubladenfront erneut zu befestigen, doch sie hält nur, indem er die Glastür wieder schließt.

Ich wende mich zu Carl um. »Was meinst du, Carl-san?«

Carl verkneift ein Grinsen und tritt näher. »Ein paar Schrammen hat er außerdem. Und hier an der Seite, schau mal, da ist ein großer Riss entlang der Maserung. Man kann durchgucken.« Er beginnt zu schnüffeln und rümpft die Nase. »Wurde hier unten etwa geraucht?«

»Hai, ist Pausenraum von Mitarbeiter nebenan«, gibt Hiroshi Tanaka etwas zerknirscht zu. »Aber nur wenig. Heute alle Nichtraucher. Gut so überhaupt.«

Meine Chance auf ein Schnäppchen steigt immer weiter. Ich schüttele den Kopf. »Also, tausendfünfhundert kann ich dafür auf keinen Fall zahlen. Die quietschende Tür, die Schublade, die Kratzer, der Riss, der Nikotingeruch im Holz.« Ich beuge mich hinab und ziehe eine der unteren Schubladen auf. »Hier muss einiges an Arbeit reingesteckt werden. Meine Restaurateurin wird dafür sicher zweitausend Euro aufrufen.«

»Okay, Taro-san.« Hiroshi Tanaka geht von der Offensive in die Defensive, indem er seine Arme verschränkt. »Was zahlst du? Machst du Vorschlag.«

»Fünfhundert kann ich dir anbieten, Hiroshi-san.«

»Ha ha, Taro-san. Du machst Witze.«

Carl probiert eine der Schiebetüren, die sich über den Glastüren befinden. Das Brettchen lässt sich anstandslos zur Seite bewegen. Dafür klemmt das zweite, das er danach versucht, geradezu vorbildlich. Der Schub bewegt sich keinen Zentimeter. Carl schnalzt mit der Zunge.

»Okay, da sehe ich gern drüber weg«, sage ich Hiroshi Tanaka und wiederhole mein Angebot von fünfhundert Euro.

Er schüttelt den Kopf. »Tausendzweihundert. Ist super Angebot jetzt, Taro-san.«

»Das ist zu viel, Hiroshi-san. Das gute Stück hat Macken, als hätte es ein paar Runden Sumo hinter sicher. Fünfhundertfünfzig ist mein letztes Angebot.«

Hiroshi Tanaka kneift die Lippen zusammen und verfällt ins Grübeln. Als hätte er einen Geistesblitz, hebt er plötzlich den Finger und grinst mich an. »Machen wir Wette!«

Oh nein! Nicht noch eine!

Ich höre, wie Carl neben mir tief Luft holt, ignoriere es aber. »Was für eine Wette?«

»Jeder von euch kann ganze Flasche Umeshu austrinken,

Glas nach Glas, ohne zu übergeben oder umfallen, dann gehört Schrank dir, Taro-san, für sechshundert Euro. Wenn übergeben oder umfallen, tausendzweihundert Euro.«

Ich tausche einen Blick mit Carl. Kaum merklich schüttelt er den Kopf. Wahrscheinlich denkt er sowohl an unsere Gesundheit als auch an Columbus, der nachts nicht gern allein ist.

»Carl ist der Fahrer. Wir müssen noch heute zurück nach Leipzig. Wenn jemand trinkt, dann nur ich.«

»Dann musst du trinken auch für ihn. Zwei Flaschen Umeshu.«

»Mach das nicht«, raunt Carl. »Das ist ein Pflaumenlikör. Nach zwei Gläsern wird das Zeug echt widerlich, und ich wette, er serviert dir seinen billigsten Fusel.«

»Ist mir schon klar«, gebe ich leise zurück. »Pass einfach auf, dass ich stehen bleibe und mich nicht auf faule Deals einlasse.«

Dann nehme ich die Wette an und besiegele sie mit einem Handschlag.

▼

Ich habe keine Ahnung, wie spät es ist, als Carl den Transporter vor meiner Haustür parkt. In jedem Fall ist es zappenduster. Schon eine ganze Weile ist es zappenduster. Ich weiß fast nichts mehr von der Fahrt. In Erinnerung sind mir nur noch die Namen der Parkplätze, auf denen ich den Umeshu nach und nach wieder aus meinem Magen geholt habe. Am Quast auf der A44 gleich hinter Diemelstadt, Humboldtblick auf der A7 bei Hannoversch Münden, Galgenberg auf der A38 kurz vor Nordhausen und Geiseltal, auch auf der A38, bei Merseburg. Bei den letzten beiden war es definitiv schon dunkel, und am Geiselberg wäre ich gern geblieben, um einzuschlafen. Carl hat mich aber nicht schlafen lassen.

Ich öffne die Tür des Transporters und falle raus. Auch gut.

Wo ich schon liege, kann ich auch hier schlafen. Als ich blinzele, sehe ich Carls Sneakers. Wenig später packt er mich und zerrt mich irgendwie hoch. Ich setze mich auf.

»Komm schon, Taro«, höre ich ihn sagen. »Jetzt ist es nicht mehr weit.«

Ich betrachte Carls Transporter. »Ist da hinten ein japanischer Teeschrank drin?«

»Na klar. Los, steh auf!«

»Wie viel hat der gekostet?«

»Sechshundert Euro, zwei Flaschen Umeshu à dreißig Euro, zwei Coke und Sushi für insgesamt einhundert Euro. Du hast darauf bestanden, Essen und Getränke zu bezahlen, obwohl Hiroshi-san selbst so betrunken war, dass beides aufs Haus gehen sollte.«

»Echt? Ich hab den Schrank für sechshundert bekommen?« Ein Lachen will meine Kehle hoch, aber mit ihm auch noch ein Rest Pflaumenlikör, also lasse ich das Lachen lieber. Mühevoll und wahrscheinlich sehr umständlich stelle ich mich auf die Füße und taumele in Richtung der Hinterseite des Transporters.

»Das müssen wir jetzt nur noch in den Keller tragen, das gute Stück. Sind die zwei Flaschen Bushido auch da drin?«

Carl hält mich am Arm fest und dreht mich in Richtung Eingangstür. »Umeshu. Und nein, die waren mal in deinem Magen. Da geht's lang.«

»Aber der Schrank …«

»Den lassen wir erst mal im Auto und bringen ihn morgen in den Keller.«

»Du bist echt ein toller Kerl, Carl, weißt du?« Beim Versuch einer Umarmung, stütze ich mich auf ihn und lasse ihn mit mir taumeln. »Der beste Kumpel, den ein Mann haben kann. Im Leben hatte ich noch keinen so guten Kumpel, nicht mal in der Grundschule.«

»Schon gut. Los komm, zur Tür. Wir brauchen deinen Schlüssel.«

Den Schlüssel habe ich immer in der rechten Hosentasche. Ich taste danach, finde ihn auch und schwenke ihn triumphierend vor Carls Nase. Er nimmt ihn mir ab. Während er aufschließt, lehne ich mich gegen die Tür, schmiege das Gesicht an das kühle Metall und stöhne, weil mein Magen rebelliert.

»Ich trinke nie wieder … Bushido.«

»Umeshu.«

»Oder so. Auch nicht für sechshundert Euro.«

Carl dirigiert mich zur Treppe. »Wenn du es sagst.«

»Ich trinke gar keinen Alkohol mehr. Niemals wieder. Ekelhaft, das Zeug.«

»Glaub ich dir zwar nicht, aber soll mir recht sein.«

Stufe für Stufe geht es hinauf, immer wieder taumele ich und muss von Carl festgehalten werden, doch irgendwann erreichen wir die dritte Etage.

»Warum habe ich das gleich noch mal gemacht?«, frage ich vor meiner Wohnungstür.

»Für den Schrank zum Schnäppchenpreis.«

»Schon klar. Aber warum? Was soll ich überhaupt damit?«

»Den brauchst du für deine Angebetete. Eiche rustikal war dir nicht gut genug für sie.«

Alles fällt mir wieder ein. Flirt Force One, RedMask, der Mob, die Challenge, Juno. Es war schön, das alles vergessen zu haben und nur noch die Rastplatznamen zu wissen.

»Sie ist nicht meine Angebetete. Sie ist viel zu …« Was war es gleich? Ach ja. »Staubig.«

Carl öffnet die Wohnungstür, bittet Alexa, das Licht einzuschalten, und führt mich am Arm durch den Flur und das Wohnzimmer zum Schlafzimmer. Beim Anblick meines Bettes überkommt mich so große Erleichterung, dass ich bäuchlings draufplumpse. Ich murre, als sich Carl an meinen Schuhen zu schaffen macht und sie mir auszieht. Das ist nett, aber nicht nötig. Notfalls penne ich auch mit Schuhen. Und das gerade ist ein Notfall.

Er legt mir eine Hand auf den Rücken. »Schlaf deinen Rausch aus.«

»Okay.«

»Morgen musst du fit sein. Ruf mich an, wenn's so weit ist.«

»Was ist morgen?«

Carl klingt, als gäbe er sich Mühe, nicht zu lachen. »Deine Angebetete kommt zu Besuch, um deinen Teeschrank aus Japan zu inspizieren.«

Mein Magen rebelliert stärker. Ich höre nicht, wie er geht. Meine Ohren empfangen plötzlich nur Töne, die ich noch nie gehört habe: die Stimmen meiner Follower. Wenn ich die Augen schließe, ist es, als säßen sie rund um mein Bett und redeten auf mich ein:

Cringe!

Big disappointment!

Geh sterben!

Wenn ich die Augen öffne, ist da niemand. Zum Glück.

»Carl?«, rufe ich, doch er antwortet nicht.

Sobald ich die Augen wieder zumache, geht es weiter:

Lügner!

Pseudopsychologe!

Loser!

Jetzt reicht es! Ich raffe mich auf, stelle mich vors Bett und überlege, wie ich ins Studio komme. Schwankend taste ich mich voran, tappe aus dem Schlafzimmer, durchs Wohnzimmer und ins anliegende Studio. Es dauert länger als gewöhnlich, aber irgendwie bekomme ich die Technik zum Laufen und beziehe Stellung vor der Kamera. Ein paarmal tippe ich den falschen Knopf auf der Fernbedienung, doch irgendwann treffe ich den richtigen, und die Aufnahme startet.

»So!«, sage ich. Da ist schon mal ein Anfang. »Das hier gilt für etwa neunzig Prozent von euch: Ich sag euch jetzt mal was, was ich schon lange sagen will: Ihr seid strunzdoof. Ihr habt keine Manieren. Und wenn ich mir die Rechtschreibung von einigen so anschaue … Alter Schwede! Wart ihr jemals in der Schule? Kein Wunder, dass ihr solo seid. Vergesst meine Tipps, denn die gelten für euch nicht. Euch ist nicht zu helfen. Tut euch und vor allen Dingen mir einen Gefallen und abonniert meinen Kanal nicht mehr.

Und das hier ist eine Message für meinen Kollegen Kellinghusen von Flirt Force One: Mein Kumpel Carl und ich haben heute einen original japanischen Teeschrank aus Paderborn geholt. Dieser Schrank sollte mir eigentlich dabei helfen, den Plan umzusetzen. Weißt du, was ich mit diesem Plan mache? Ganz einfach, den trete ich in die Tonne. Den Schrank, den schenke ich der Frau, auf die du und RedMask mich angesetzt habt, als Entschuldigung dafür, dass ich ihr was vorgegaukelt habe. Bis hierher. Und keinen Schritt weiter. Die Challenge ist passé. Ich trete hiermit davon zurück. Ich mach das ganz einfach nicht. Ich bin kein unmoralisches Arschloch und möchte keins werden. Lass mich in Ruhe, lass die Frau in Ruhe und such dir ein Hobby!

An die paar Follower, die übrig bleiben: Tut mir leid, dass ich hier gerade so deutlich war, aber das musste sein. Schön, dass ihr noch da seid. Mit euch kann und möchte ich arbeiten. Schaut zur nächsten Folge gern wieder rein. Ich bin Taro. Ihr seid bei Make Her Yours. Ahoi!«

Schwerfällig schwankend suche ich die Stopptaste. Durch Protestpiepen sagt mir die Fernbedienung, dass ich sie nicht getroffen habe. Beim vierten Versuch stoppe ich die Aufnahme. Um das Standard-Intro einzufügen, den Mist hinten wegzuschneiden und die Datei zu rendern, will ich mich an meinen Arbeitsplatz setzen, da ruft mein Magen *Bushido!* und sendet ein Signal an mein Großhirn.

Ich brauche einen Autobahnparkplatz! Dringend! Rund um Leipzig gibt es einige, die infrage kämen. Birkenwald an der A14, Fuchsaue an der A38, Bachfurt an der A9. Alternativ könnte ich einfach … mein Badezimmer, natürlich! Wo ist das gleich noch? Würde es an der Autobahn liegen, wäre es aufgrund der Beschilderung leichter zu finden.

Auch ohne Schild finde ich irgendwie hin.

Nie wieder Bushido!, ist mein letzter Gedanke, bevor ich die Kloschüssel umarme.

Ruinesk

[ʁuːiˈnɛsk] Adjektiv.
Von einem Aussehen, das so mangelhaft oder desaströs ist, dass es als bezaubernd empfunden wird.

Es ist zwanzig vor acht, und ich will los.

Ungeduldig schaue ich zu, wie Konstantin und sein Held die nun wieder wunderschöne Jugendstil-Vitrine Martha auf die Ladefläche des Transporters heben. Aurelius schlurft vorbei. »Tschüss, Digger, hab 'nen nicen Abend!«, sagt er und setzt seine Kopfhörer auf, ohne meine Antwort abzuwarten.

Der Held macht sich ans Verzurren, Konstantin kommt zu mir.

»Für das Digger würd ich ihm eins auf die Kappe geben«, murmelt er und wirft Aurelius einen grimmigen Blick hinterher. »Und was soll der Mist mit dem nice? Mein Held wollte mir neulich, als er sich zum Mittag nicht zwischen Brötchen mit Gehacktem, Wurst und Leberkäse entscheiden konnte, was von random erzählen. Da hab ich ihm erst mal eine Ansage gemacht. Ein random Brötchen! Pff!«

Ich muss grinsen. Die Ansage kann ich mir vorstellen. »Das Digger meint Aurelius ja irgendwie nett. Es bedeutet so viel wie Kumpel oder dicke Freunde.«

»Du bist aber nicht sein Kumpel, sondern seine Chefin. Ich finde das respektlos.«

Ich winke ab. Wenn ich mich über alles aufregen würde, wäre mein Blutdruck konstant auf einhundertachtzig. Mit einer Kopfbewegung weise ich zum Transporter. »Dein Held wartet!«

Konstantin mustert mich. »Hast du noch was vor? Heute ist doch Dienstag.«

Na toll! Er tut gerade so, als würde ich immer nur in T-Shirt und Latzhose rumlaufen, wenn ich nicht gerade zum Gruppentreffen muss.

»Ich habe einen Termin zur Besichtigung.«

»Ach so.«

»Ja!« Abwartend sehe ich ihn an.

Er versteht es als die Aufforderung, die es ist. »Na dann, wir machen den Abflug. Heute Abend zwei, drei Drinks im Zwille, dann ab in die Kiste?«

Mit dem Ellenbogen stoße ich ihn in die Seite. »Klaro. Jetzt hau schon ab!«

Sobald der Transporter vom Hof gefahren ist, schließe ich die Flügel des Tors und öffne die kleine Tür, damit ich mit dem Rad rausfahren kann. Als ich es holen will, kommt Frau von Großeimern aus dem Eingang und beginnt, einen Besen zu schwingen, als hätte sie mich nicht gesehen. Ich wünsche ihr einen guten Abend und schnappe mein Fahrrad.

»Frau Klippstein, Sie müssten wirklich auch mal auf Ihrer Seite fegen«, sagt sie, als ich aufsteige. »Ihr ganzer Holzstaub weht immer zu uns rüber, und dann tragen wir das Zeug ins Haus. Ich bin ja nur noch am Wischen.«

Ich weiß, dass vor meiner Werkstatt kein Sägemehl liegt, und vorm Eingang des Nebenhauses sehe ich auch keins. Nicht einmal regulären Schmutz wedelt der Besen auf.

»Sind Sie sicher, dass da Späne liegen?«

»Natürlich!« Verärgert runzelt sie die Stirn und fegt kräftiger. »Da! Sehen Sie?«

Nein. »Wie auch immer. Aus der Werkstatt kann das eigentlich nicht kommen, denn ich habe in den letzten Tagen gar keine Säge verwendet. Die Tisch- und die Handkreissäge sind außerdem an Absaugvorrichtungen angeschlossen.«

»Wie Sie immer ausschauen, sind diese Vorrichtungen offenbar defekt.«

Wie bitte? »Frau von Großeimern, können wir bitte sachlich bleiben?«

Sie fegt wütender. »Ich bin sachlich und es einfach leid, ständig Ihren Dreck wegzumachen.«

Meinen Dreck? Es wird immer besser. »Wissen Sie, Sie erinnern mich gerade an die Leute, die aufs Dorf ziehen und dann den Nachbarn verklagen, weil sein Hahn jeden Morgen um sechs kräht.«

Abrupt hält sie inne und stellt den Besen auf. »Was soll das denn heißen?«

»Sie sind eingezogen mit dem Wissen, dass es eine Werkstatt gibt, in der mit Holz gearbeitet wird. Wenn Ihnen nicht gefällt, wie Sie hier wohnen, dann ziehen Sie wieder aus.«

Sie plustert sich auf wie besagter Hahn. »Vielleicht machen wir das ja bald. Aber bis dahin könnte ich mich an den Mieterbund wenden und denen meine Probleme einmal schildern. Denen fällt sicher mehr ein als Ihnen.«

»Was soll mir denn einfallen? Soll ich hier mitten auf dem Hof eine Mauer bauen? Soll ich die Windrichtung studieren, eine Verschwörungstheorie über renitentes Sägemehl entwickeln? Oder erwarten Sie vielleicht, dass ich meine Werkstatt schließe?«

»Das Einzige, was ich erwarte, ist ein sauberer Eingangsbereich.«

»Tja, dann fragen Sie halt mal beim Mieterbund nach. Vielleicht haben die einen Saugroboter für Sie, den Sie hier den ganzen Tag auf und ab fahren lassen können.«

Vor Ärger grummelnd trete ich in die Pedale und ignoriere ihr »Das ist nicht witzig!«.

Noch auf der August-Bebel-Straße bin ich stinksauer über die Dreistigkeit und die Frechheit, die zu dieser völlig überflüssigen Diskussion geführt hat. Davon abgelenkt übersehe ich an der nächsten Kreuzung beinahe ein Auto, dessen Fahrer mir eigentlich Vorfahrt hätte gewähren sollen. In letzter Sekunde bremse ich ab. Erst auf dem Schleußiger Weg beruhige ich mich, und auf der Strecke entlang des Elsterflutbetts verraucht der letzte Groll. Das Leben ist zu kurz für nörgelnde Mieter. Mit einem Kopfschütteln lasse ich Frau von Großeimern hinter mir und lade die Vorfreude ein loszulegen. Schließlich ist es nicht irgendwer, der auf mich wartet, sondern ein japanischer Teeschrank.

Kurz nach acht klingle ich in der Liste der zahlreichen Klingelknöpfe bei Kaiser. Es dauert ein paar Sekunden, bis sich Taro über die Sprechanlage meldet und mir sagt, dass er gleich unten ist. Ich trete zurück und schaue am scheinbar nicht enden wollenden Klinkergebäude entlang. Die einstigen Leipziger Buntgarnwerke waren früher hier ansässig. Gerade zähle ich die Stockwerke und vermute noch eine fünfte Etage unter dem Dach, da klickt die Türmechanik. Taro hält mir die Tür auf.

»Hast du gut hergefunden?«, fragt er und versucht sich an einem Lächeln. Im Unterschied zu den letzten Malen will ihm das nicht so recht gelingen. Außerdem ist er ziemlich blass um die Nase und sieht fast ein bisschen krank aus.

Ich folge ihm die Treppe hinunter und in den Keller, hibbeliger von Sekunde zu Sekunde, weil die Neugier in meinen Venen kitzelt. Die dritte Tür am Ende des ewig langen Ganges schließt Taro auf und bittet mich, vor ihm einzutreten. Und da steht er!

»Oh mein Gott!«, raune ich hinter vorgehaltener Hand. »Der ist ja absolut ruinesk!«

Taro lacht leise. »Der ist was?«

»Ruinesk. Ziemlich kaputt und wunderschön. Wie alt ist der? Hundert Jahre?«

»Das kommt hin. Er stammt aus der Taisho-Periode.«

Der Schrank ist etwas kleiner als ich, ein Meter siebzig in etwa, und circa neunzig Zentimeter breit. Wie für diese Teeschränke typisch, besteht er aus zwei Teilen, einem schmaleren, hohen Korpus, der auf einem niedrigen, etwas breiteren Korpus sitzt. Ganz oben befinden sich vier Schiebetüren, hinter denen man meist Kochbücher aufbewahrt hat. Darunter dann der absolute Hingucker: zwei große Glastüren, verziert mit Bambusmuster, das durch Ätzglastechnik erzeugt wurde. Der obere Bereich hinter den Glastüren gehört zwei Regalen, wo sicher Teeschalen aufbewahrt wurden. Darunter sind, in der Höhe versetzt angeordnet, eine quadratische Schublade und mehrere Fächer mit Schiebetüren. Auf deren Flächen konnte man weiteres Geschirr oder Vasen setzen. Behutsam öffne ich die Türen und halte die Luft an, weil die alten Scharniere laut quietschen. Ganz unten, bisher durch den Türrahmen verborgen, entdecke ich eine weitere schmale Schublade und ziehe sie am Eisenbeschlag auf.

»Das hier ist das Geldfach«, erkläre ich Taro.

»Gut versteckt.«

»In all die verschlossenen Fächer hinter den Glastüren hat man wertvollere Dinge getan, die nicht jeder sehen sollte und an die man nicht ohne Weiteres herankam.«

Ich hocke mich hin, um den Rest in Augenschein zu nehmen.

Direkt unter den Glastüren befinden sich drei Schubladen, die alle sehr schwerfällig sind. Die waren bestimmt für Besteck und Essstäbchen. Der untere Korpus beginnt mit zwei großen Schiebetüren, hinter denen Pfannen und Töpfe Platz hatten. In den drei schmalen Schubladen über dem Boden könnten Tischläufer oder Handtücher aufbewahrt worden sein.

Während ich um den Schrank herumgehe, um ihn auf bisher nicht gesehene Beschädigungen zu überprüfen, erzähle ich Taro, dass diese Teeschränke, die entweder im Teezeremonie-

Raum oder in der Küche standen, erfunden wurden, als sich die Ess- und Kochgewohnheiten in Japan änderten und man nicht mehr nur Eintopfmahlzeiten zubereiten wollte.

Mit den Fingerspitzen streiche ich über einen auffälligen Riss in der Seite. »Für diese Schränke wurde meist Zypressen- und Zedernholz verwendet, manchmal auch das der Kakipflaume, aber dieser hier ist aus dem Holz der Zelkova-Ulme, dem teuersten Material.«

»Woran erkennst du das?«

»Es sind mehrere Merkmale. Zum einen ist es die mittelbraune Farbe. Dann ist die Maserung sehr markant. Zelkova-Holz hat eine feine, gleichmäßige Textur mit einer ausgeprägten Maserung, die oft wellig oder verflochten ist.« Ich klopfe gegen das Seitenteil. »Zum Dritten ist dieses Holz typischerweise sehr hart und dicht. Das ist auch der Grund, warum unser Freund hier noch so fit ist trotz seiner hundert Jahre. Und schau nur, wie er glänzt. Das ist kein Lack, sondern der natürliche Glanz des Holzes, der durch den Feinschliff erzeugt wurde. Nicht zuletzt sind die Ringporigkeit und die Zonierung des Endgrains recht aussagekräftig.« Ich drehe mich zu Taro um. »Ganz eindeutig Zelkova-Ulme. Zelkova serrata.«

»Chapeau!«

Ich winke ab und wende mich wieder dem Schrank zu. Allmählich scheint das Leben unter Taros Gesichtshaut zurückzukehren, und sein Blick stellt plötzlich wieder komische Dinge in mir an. Bis eben war alles in mir still, möglicherweise, weil mich der Teeschrank so in den Bann gezogen hat.

»Tja, was den Zustand betrifft …« Ich blase die Wangen auf. »Ich weiß, da gibt es einiges zu tun.«

In der Spiegelung des Glases sehe ich, dass Taro hinter mich tritt. »Neben dem Riss in der Seite haben wir die üblichen kleinen Störenfriede«, erkläre ich ihm. »Klemmende Schiebetüren und Schübe, Kratzer im Holz und an den Eisenbeschlägen. Die

Scharniere brauchen Öl. Wenn du's perfekt haben willst, sollten alle Teile fein abgeschliffen und poliert werden, damit der Glanz noch schöner ist. Die Kratzer im Holz würden dabei natürlich auch verschwinden.«

»Hm.« Ich beobachte, wie er eine Hand ans Kinn hebt und grübelt. »Das bedeutet, alles auseinander- und wieder zusammenbauen.«

»Genau, aber das Schleifen und Polieren muss nicht unbedingt sein. Er glänzt ja noch ganz schön, und die paar Kratzer wären generell verschmerzbar.«

»Wie könnte ich bei den Schubladen und Schiebetüren vorgehen?«

»Zuerst einmal musst du herausfinden, woran es liegt, dass sie klemmen. Hat sich das Holz verzogen? Sitzt irgendwo Schmutz, oder ist eine Schiene abgenutzt? Finde die Ursache und beseitige sie.« Ich gehe zur Seite des Schrankes, nicke zum Riss. »Das da ist die größte Herausforderung. Das Holz muss rundherum stabilisiert werden, damit sich das Problem nicht weiter ausbreiten kann. Dazu brauchst du Klemmen, Dübel oder Schmetterlingsverbindungen. Für die Füllung empfehle ich Epoxidharz. Wenn das trocken und glatt ist, musst du die Oberfläche abschleifen und schauen, dass du den Farbton an den des Holzes anpasst. Es gibt ein paar Lasuren, die …« Ich halte inne, drehe mich zu ihm um.

»Kannst du dir das überhaupt alles merken?«

»Bei den Schmetterlingsverbindungen war ich raus.« Als er schmunzelt, zeigen sich Grübchen um seine Mundwinkel und Lachfältchen an seinen Augen. »Da denke ich an einen Schwarm von Pfauenaugen, die sich für ein Meeting auf dem Stängel einer Pflanze treffen. Oder an einen Origamikurs.«

Ich muss lachen. »Nicht dein Ernst.«

»Und ob. Ich habe nicht die geringste Vorstellung von einer Schmetterlingsverbindung im Möbelbau.«

»Okay, Hand aufs Herz. Traust du dir das hier denn generell zu? Bei einer Restauration kann man nicht einfach Plan B googeln, wenn Plan A scheitert.«

Das Grün seiner Augen funkelt. »Ach, es gibt bestimmt ein YouTube-Tutorial, *Antike japanische Teeschränke für Dummies* oder etwas in der Art.«

»Selbst wenn es so etwas gäbe. Meinst du nicht, dein Schrank verdient professionelle Liebe und Aufmerksamkeit?« Ich sehe mich um, mein Blick fliegt vom Rennrad zum Mountainbike über ein paar Inlineskates bis zu einem mit Kisten bestückten Regal, an dessen Seite ein Neoprenanzug hängt. Kein Vergleich zu meinem Keller, in dem sich Kram, von dem ich nicht einmal weiß, was es ist, bis unter die Decke stapelt. Ich bräuchte einen Kompass, um Dinge zu finden, würde ich dort je etwas suchen. »Davon abgesehen, Platz hast du zwar genug, und das Licht ist auch okay, aber es beginnt ja schon bei einer Werkbank. Ohne die bekommst du es nach zwei Stunden Arbeit mit dem Rücken zu tun. Und was ist mit den Werkzeugen, mit Feilen, einer Schleifmaschine? Was ist mit dem ganzen Material?«

»Das kann man alles kaufen.«

Ich atme durch, hebe die Hände. »Okay! Du willst diesen Teeschrank unbedingt ruinieren.«

Taro sieht von mir zum Schrank. »Ich möchte ihn wirklich gern selbst restaurieren. Ich dachte, es wäre eine Art … Bindungserfahrung für ihn und mich.«

»Eine Bindungserfahrung, hm?«, wiederhole ich nachdenklich. »Also gut, was hältst du von folgender Idee.« Mein Herz schlägt schneller, als ich die Worte formuliere. »Du bringst den Schrank in meine Werkstatt, und wir machen es zusammen?«

Er schüttelt den Kopf. »Auf keinen Fall will ich dich in diese Arbeit einspannen. Du hast echt Besseres zu tun.«

Absolut nicht! Was gäbe es Besseres zu tun, als einen solchen Teeschrank aufzubereiten? So gern ich die mir anvertrauten Möbelschätzchen auch habe, gegen einen wie ihn können Martha, Elsbeth, Gustav und Co. einpacken.

»Das wäre abends und an den Wochenenden. Da habe ich überhaupt nichts Besseres zu tun.«

Er zieht die Brauen hoch, grinst breiter. »Echt nicht?«

Ich schnaube und rudere zurück. »Ich könnte natürlich andere Dinge tun, wenn ich wollte.«

»Willst du aber nicht?«

»Nein!« Ganz klar, nein! »Hätte ich die Wahl zwischen einem Teeschrank und einem Abend im Garten, am See, im Café, auf der Couch oder weiß der Geier wo, dann müsste ich keine Sekunde nachdenken.«

Sein »Hm!« klingt nicht, als hätte ich ihn gerade überzeugt, also versuche ich es mit einem leicht abgeänderten Vorschlag: »Wie wäre es, wenn ich dir meine Werkstatt, mein Werkzeug und meine Kompetenz zur Verfügung stelle?«

»Dann müsstest du die Zeit auch in deiner Werkstatt vertrödeln und noch dazu deine Geduld anzapfen.«

»Ich kann in der Zeit an was anderem arbeiten, und meine Geduld wäre inklusive.« Das sage ich so leicht, dabei sehe ich mich allein bei der Vorstellung, dass er etwas falsch macht, ausflippen und wie ein Spatz schimpfend durch die Werkstatt hüpfen, um zu retten, was zu retten ist. »Ich habe super viel Geduld.«

Er zögert noch, aber es ist offensichtlich, dass er sich für die Idee erwärmt.

»Ein kleiner Lehrgang in der Herstellung von Schmetterlingsverbindungen wäre auch mit drin.«

»Die gibt's nicht schon fertig?«

»Man kann sie fertig kaufen. Sieht dann halt scheiße aus. Für deinen Schrank sollest du sie aus demselben oder einem ähnlichen Holz passgenau selbst anfertigen.«

Er atmet durch, schließt die schönen Augen für einen Moment, macht sie wieder auf, schaut mich an und sagt: »Okay.«

Wie jetzt? Er ist einverstanden? »Okay?«

»Machen wir es so!«

Aus einem Impuls heraus will ich Taro um den Hals fallen, kann mich aber gerade noch bremsen, verschränke die Arme hinter dem Rücken und wippe auf den Fußballen. »Sehr gut.«

»Danke für das Angebot.«

»Wann fangen wir an? Ähm, wann willst du anfangen?« Allmählich wird es doch ein bisschen eng hier im Keller. Ich gehe zur Tür. Taro folgt mir.

»Ich weiß noch nicht genau. Lass mich mit meinem Freund Carl sprechen«, sagt er, während er hinter mir die Treppe hinaufgeht. »Er könnte den Transport übernehmen.«

»Klingt super. Wenn Carl keine Zeit hat, könnte ich auch meinen Transporteur beauftragen.«

»Nicht nötig, das bekommen Carl und ich schon hin.«

Taro beeilt sich, vor mir an der Tür zu sein, um sie mir aufzuhalten. Ich trete hinaus und gehe bis ans Ende des oberen Treppenabsatzes. Die Straße liegt im Zwielicht der blauen Stunde. Das tiefe Indigoblau des Himmels und der sachte Schein der Straßenlaternen verleihen den Klinkergebäuden ringsum viel weichere Konturen. Es ist, als wollten sie mit der Dämmerung verschwimmen. Ein Elektroauto surrt über den Asphalt, zwei Fahrräder düsen hinterher. Leise hört man die Wellen der Weißen Elster gluckern, und in den jungen Bäumen, die vor den Buntgarnwerken gepflanzt wurden, damit sie irgendwann einmal über sie hinauswachsen, zwitschern ein paar Amseln vor sich hin.

»Also dann.« Ich drehe mich zu Taro um. »Ruf in der Werkstatt durch, wenn du mit deinem Freund gesprochen hast.«

Taro nickt. »Mache ich.« Statt die Tür zu schließen, lehnt er sich in deren Rahmen und verschränkt die Arme vor der Brust. »Ist es wegen der Mobilfunkstrahlung? Bist du hypersensibel, oder warum hast du kein Handy?«

»Ich habe beschlossen, ausschließlich in der Realität stattzufinden«, antworte ich.

»Und das geht nicht mit Handy?«

»Vielleicht ginge es, aber es würde die Sache erschweren.«

Er schüttelt den Kopf. »Das verstehe ich nicht.«

Weil ich keine Ahnung habe, wie ich darauf reagieren soll, zucke ich entschuldigend mit den Schultern und gehe die Stufen hinunter. Mein Fahrrad ist wie einige andere Räder am Geländer hinter dem Gehweg angeschlossen. Nachdem ich es aufgeschlossen habe, schaue ich zur Tür. Taro steht immer noch da und hebt die Hand. Ich erwidere sein Adieu, schwinge mich auf den Sattel und radele nach Hause.

Am Flussufer, wo das schwindende Licht einen besonders schönen Effekt auf das Wasser hat, wird mein Lächeln breiter und breiter. Unglaublich, aber wahr: Ein echter japanischer Teeschrank zieht bald in meine Werkstatt ein!

Sentoflirren

[ˈzɛntoˌflɪʁən] Verb.
Intensives Zurückversetzen in vergangene, selbst nicht erlebte Zeiten, bis diese gefühlt in der eigenen Gegenwart stattfinden.

Ziemlich genau zweiundzwanzig Stunden später bugsieren Taro und sein Freund Carl – ein ganz anderer Typ Mann, kräftig, strohblond und braungebrannt – den Teeschrank durch die weit geöffnete Tür meiner Werkstatt.

Am Morgen hat Taro angerufen und gefragt, ob es mir schon heute passen würde. Carl sei ab morgen unterwegs und erst Ende nächster Woche wieder in der Stadt. Ich habe einen Blick in meinen gedanklichen Kalender geworfen und schwer überlegt, ob die vorgemerkten Termine verschoben werden können. Das Brainstorming für kreative Restaurationsideen bei einem Spaziergang durch den Baumarkt cancelte ich getrost. Dem strategischen Fegen des Hofes kam insbesondere zur Bewahrung der Nachbarschaftsharmonie größere Bedeutung zu. Dass ein verirrtes Blatt auf einer Steinplatte vor der Großeimern'schen Pforte landet, müsste nach den Prinzipien der Wabi-Sabi-Gartengestaltung verhindert werden. Mangels Wabi-Sabi strich ich auch diesen Termin. Die Katalogisierung der Schrauben- und Dübelkollektion wartete schon jahrelang und konnte noch ein paar weitere Jahre warten. Blieb nur Miriam, die auf einen Sprung vorbeikommen wollte, bevor sie, André und die Kids für zehn Tage an die Ostsee fahren. Diesen einzigen tatsächlichen Termin konnte ich vorverlegen, was sogar in Miriams Sinn war.

Taro und sein Teeschrank waren also herzlich willkommen.

Ich navigiere Taro und Carl zu einer unbesetzten Werkbank, neben der ausreichend Platz für den stattlichen Gast ist. Ein weicher Belag, den ich dort ausgebreitet habe, soll verhindern, dass der Sockel beim Absetzen weitere Kratzer davonträgt. Schnaufend schleppen die Männer den Schrank heran, jede Bewegung ein Tribut an sein Gewicht – gut einhundert Kilo dürfte er auf die Waage bringen.

»Das Workout kann ich mir heute sparen«, keucht Carl, da ertönt eine Handymelodie.

»Das ist deins, oder?«, presst Taro hervor.

Carl nickt nur, und ich frage mich, ob die Schweißperlen auf seiner Stirn der Anstrengung oder der Angst geschuldet sind, der Ruf des digitalen Zeitalters könnte ungehört verhallen. Während das Handy auf Beachtung beharrt, nähert sich das Gespann seinem Ziel. Da ertönt eine zweite Melodie und verwebt sich, wie um die Dramatik zu steigern, mit der ersten.

»Das bist jetzt du«, ächzt Carl.

Taro grummelt irgendetwas Unverständliches und fügt ein halb amüsiertes »Nicht wirklich ein guter Zeitpunkt« an.

So werden die letzten Schritte bis zur Werkbank von einem disharmonischen Duett der Klingeltöne begleitet, bis zuerst Carls Handy und wenig später Taros jeweils mitten im Ton verstummt.

Unter Ächzen und Schnaufen setzen die Männer den Schrank ab und treten schwer atmend zurück. Zeitgleich ziehen sie ihre Handys aus der Hosentasche, um nachzuschauen, wessen Anruf sie verpasst haben. Taro ist schneller damit fertig. Während sein Freund einen Rückruf startet, lächelt er mich an.

»Da wären wir.«

Mit dem Telefon am Ohr lässt Carl uns wissen, dass er losmuss, dann nimmt der Mensch am anderen Ende der digitalen Leitung ab, und Carl steigt ins Gespräch ein. An Taro und mich gewandt hebt er die Hand zum Gruß und verschwindet telefonierend aus der Werkstatt.

»Sorry dafür«, sagt Taro. »Carl ist ziemlich im Stress. Morgen früh geht's im Camper für eine Woche nach Süditalien. Ich glaube, das war gerade der Sponsor.«

»Des Urlaubs?«

»Des Campingwagens.«

Dann ist Carl wohl ein Influencer. Wie auch immer. Ich schlage die Hände zusammen, zum Zeichen dafür, dass wir loslegen können. Tee, Kaffee und Wasser biete ich Taro an, doch er möchte nichts. Also erkläre ich ihm die ersten Schritte: Die Schubladen, Schiebetüren und Regalböden müssen aus dem Schrank genommen, die Beschläge abgeschraubt werden. Alles wird von Staub und Schmutz befreit und auf der Werkbank platziert. Danach folgen die Glastüren. Wenn die beiden Korpusse leer sind, werden auch sie in ihre Einzelteile zerlegt, wofür ein Leimlöser aufgetragen werden muss. Für die spätere korrekte Wiederzusammenführung ist es wichtig, dass Taro alle Teile kennzeichnet. Dafür lege ich Post-its bereit. Aus der Kiste mit Werkzeugen kann er sich die Teile heraussuchen, die für den jeweiligen Arbeitsschritt passen. Viel falsch machen kann er bei diesen ersten Aufgaben nicht, wenn er sorgsam und vorsichtig ist, worauf ich einfach einmal vertraue.

Sein Handy klingelt wieder. Diesmal nimmt er den Anruf entgegen und spricht kurz. Er entschuldigt sich, dass er gerade keine Zeit habe, und verspricht, morgen zurückzurufen.

»Meine Schwester Aiko«, erklärt er mir danach.

»Hat sie sich über Anton gefreut?«

»Total. Und wo wir gerade dabei sind.« Er legt eine Hand an den Schrank, streicht über die Seite mit dem Riss. »Er hier braucht einen Namen, oder nicht? Geben wir ihm den jetzt oder später, wenn ich dran arbeite?«

Ich schüttele den Kopf. »In jedem Fall, bevor du ihn auseinandernimmst. Du musst den Schrank anschauen, dich ein bisschen in ihn hineinfühlen und lauschen. Dann findest du den richtigen Namen.«

Eine Gänsehaut zieht über meine Arme, als sich Taro zu seinem Teeschrank umdreht und ihn betrachtet. Ich verschränke die Arme und reibe darüber, um die aufgestellten Härchen zu beruhigen.

»Ich könnte auch einfach Google fragen«, witzelt er.

Super! Da geht er dahin, der schöne Moment! »Google kennt deinen Schrank nicht und kann dir keinen Namen sagen«, gebe ich etwas brummig zurück. »Und davon abgesehen ist die Handynutzung hier drinnen eigentlich verboten. Mein Azubi muss das Ding ausschalten, wenn er hier ist.«

»Ist notiert«, murmelt er, ohne den Blick vom Schrank zu nehmen.

Wie auf Kommando klingelt sein Handy. Er holt es aus der Hosentasche und drückt auf einen Knopf an der Seite. Nachdem das Display dunkel geworden ist, lässt er das Gerät wieder verschwinden und konzentriert sich auf den Schrank.

Ich lasse ihn machen und gehe zur Stereoanlage. »Stört dich Musik?«

»Ganz im Gegenteil.«

»Besondere Vorlieben?«

»Momentan nicht. Starte einfach eine deiner Playlists.«

Um ihn nicht abzulenken, verkneife ich mir den Hinweis, dass meine Playlist Tapes sind. Aus einem Regal ziehe ich eine Box, in der ich sie aufbewahre und vor Staub schütze. Ich schaue mir ein paar an, die weiter oben liegen, ziehe dann ein paar von weiter unten hervor und finde das 1985 veröffentlichte Album *Hunting High and Low* von a-ha. Der erste Song, *Take on Me*, geht richtig gut los: Die knackigen Drums ertönen zuerst, dann stimmt die markante Keyboard-Sequenz ein.

»Eine Zeitreise. Wie passend«, höre ich von Taro.

Ich regele die Lautstärke ein bisschen herunter und kehre zu ihm zurück.

»Ich schwanke zwischen zwei Namen«, sagt er. »Magst du mir helfen?«

»Klar, gern. Lass hören.«

»Wen siehst du eher in ihm: den sanften, überlegenen Beständigen oder den Reisenden?«

Ui, das ist tatsächlich schwierig, denn dieser Teeschrank ist sowohl das eine als auch das andere. »Lässt sich beides kombinieren?«

Er schüttelt den Kopf. »Dann wäre sein Name ein Zungenbrecher.«

»Ich glaube, dann ist er für mich mehr der Reisende. Er hat eine lange Reise hinter sich, über Kontinente und Jahrzehnte hinweg, was natürlich auch von einer gewissen Überlegenheit und Beständigkeit zeugt.«

Mit einem Lächeln wendet sich Taro zu mir um. »Dann heißt er Yuuto beziehungsweise, aus Respekt und Höflichkeit ihm gegenüber, Yuuto-san.«

Grinsend neige ich den Kopf in Richtung des Schranks. »Willkommen in meiner Werkstatt, Yuuto-san!«, sage ich und sehe Taro wieder an. »San bedeutet so viel wie Herr, in diesem Fall zumindest, oder nicht?«

Taro nickt. »Hai, ganz richtig.«

»Du sprichst also Japanisch?«

»Nein, leider nicht. Dafür habe ich nicht genügend Zeit mit meiner Großmutter verbracht. Sie hat zwar oft von Japan erzählt, von dessen Geschichte, der Kultur und ihrer Zeit dort, manchmal auch auf Japanisch, aber die Sprache ist sehr komplex. Die Standards wie Hallo und Danke kann ich und ein paar Floskeln, mehr nicht.«

Als sich Taro hinkniet und die erste Schublade entfernt, gehe ich zu Elsbeth, der Biedermeier-Kommode, an der ich zu arbeiten begonnen habe. Eine Weile sind wir still; die Werkstatt ist erfüllt vom Klang unseres Werkelns und der Musik von a-ha. Draußen beginnt es zu dämmern. Ich höre, wie Familie von Großeimern von einem Ausflug heimkehrt. Die Prinzen schimpfen und beschweren sich über irgendetwas, dann wird es wieder ruhig, und die beschauliche Atmosphäre findet sich von allein wieder. Als *The Sun Always Shines on T.V.* beginnt, wandern meine Gedanken von Elsbeth, wo sie eigentlich bleiben sollten, zu Yuuto-san. Ich schwirre im Geiste zurück zu der Zeit, in der er entstanden ist, und überlege, in welchen Verhältnissen er damals existiert hat. Die Bilder, die vor meinem Auge entstehen, sind schön, aber unvollständig. Sie werden nicht zu einem Film, wie es eigentlich immer geschieht, ganz einfach, weil es eine fremde Kultur ist, in die ich zurückreise, um sie in diese Gegenwart zu holen. Ich habe wenig bis keine Ahnung vom Leben in Japan zu Beginn des zwanzigsten Jahrhunderts.

»Erzähl mir von Yuuto-san«, bitte ich Taro. »Was hat er erlebt?«

In Gegenwart von Martha, der Jugendstil-Vitrine, hat er sich zwar schon in der Kunst des Sentoflirrens geübt, dennoch bin ich halb auf einen Protest eingestellt. Erst einmal sagt er gar nichts, doch er scheint nachzudenken.

»Yuuto-san wurde im Jahr 1913 gebaut«, höre ich schließlich. »Er ist das Meisterwerk eines renommierten Tischlers aus Kyoto, Takahiro Matsumoto. Matsumoto war noch ein Kind, als ihn sein Vater in der traditionellen Kunst der Möbelherstellung zu unterrichten begann, und er hat sowohl die Mejii-Zeit als auch die Anfänge der Öffnung Japans für den Westen erlebt. Inspiriert von der nationalen Aufbruchsstimmung kombinierte er beim Bau dieses Teeschranks die traditionellen japanischen Handwerkstechniken mit neuen westlichen Stilelementen.«

Was für ein toller Einstieg! Ich wage nichts zu sagen und

hoffe, dass Taro weitererzählt. Eine Zeit lang höre ich ihn nur hantieren, werfe einen Blick über die Schulter und sehe, dass er gerade die Schrauben eines der Scharniere löst. Bei diesem Schritt muss er aufpassen, dass sich die Tür nicht zu schnell löst und fällt. Das würde die darin sitzende Scheibe in tausend Teile zerbrechen lasse. Erleichtert beobachte ich, wie er die Tür mit der freien Hand hält, sie sorgsam abhebt und beiseitestellt. Ich wende mich wieder Elsbeth zu. Taro erzählt weiter:

»Ein wohlhabender Seidenhändler aus Osaka erwarb Yuuto-san und stellte ihn in den Raum der Teezeremonie. Er war ein ziemlich populärer und feierfreudiger Mann, der in seinem Haus Gäste aus aller Welt empfing, denen er den Teeschrank als Zeichen seines Geschmacks und Wohlstands präsentierte. Bei einem seiner Empfänge verschluckte er sich tragischerweise an einem Mochi und erstickte.«

Ich muss grinsen. Erst vor Kurzem, als Miriam und ich ein Sushi-Restaurant in der Stadt ausprobierten, habe ich von den gefährlichen klebrigen Reisbällchen gehört.

»Zusammen mit vielen anderen kostbaren Möbeln ging Yuuto-san an den Neffen des Seidenhändlers über, der in Tokyo in der Regierung saß. Ein ganzer Waggon wurde für die Möbel angemietet, und darin reisten sie auf einer der ersten Bahnstrecken Japans von Osaka nach Tokyo. Das war 1914, während Europa in den Krieg zog. Japan blieb davon weitgehend unberührt, die Wirtschaft florierte. Neun Jahre später war der Neffe des Seidenhändlers das Großstadtleben leid. Mit seiner Familie zog er in den Süden, in einen beschaulichen Küstenort namens Tara. Nur einen Tag später, im September 1923, zerstörte das große Kanto-Beben Tokyo und Yokohama.

Während des Zweiten Weltkriegs verbarg der Neffe des Seidenhändlers Yuuto-san zusammen mit anderen Kostbarkeiten in einem Kura, einem Speicherhaus. 1945 starb er im Alter von neunzig Jahren, und weil er in seinen letzten Tagen etwas verschroben gewesen war und niemandem von dem Versteck erzählt hatte, suchte niemand nach dem Teeschrank.

Sechs Jahre lang stand Yuuto-san verlassen und vergessen auf dem Speicher, dann wurde er von einem Antiquitätenhändler entdeckt, der auf der Durchreise war. Der Mann nahm ihn mit nach Sasebo, restaurierte ihn und bot ihn in seinem Geschäft zum Kauf an. Ein Ehepaar, das gerade in die Stadt gezogen war und auf der Suche nach einigen schönen Einrichtungsgegenständen war, fand ihn. Vier Jahre lang stand Yuuto-san im Teezimmer des prächtigen Stadthauses und hätte sich nicht träumen lassen, dass ihm auch noch eine Seereise bevorstand. Doch genau so kam es: Das Ehepaar kam 1954 bei einem Autounfall ums Leben. Ihre damals neunzehnjährige Tochter Michiko stand plötzlich allein da. Die Tragödie traf sie umso härter, da nur kurz zuvor ihre große Liebe, ein amerikanischer Soldat, nach Deutschland versetzt worden war. Trotz der Distanz hielten sie den Kontakt, und nach einem langen Jahr der Sehnsucht folgte sie dem Ruf ihres Herzens und zog zu ihrem Richard nach Bamberg.

Ein paar Stücke, die Michiko an ihre Familie und ihre Kultur erinnern und eine Brücke zwischen Vergangenheit und Zukunft schlagen sollten, ließ sie auf einem Schiff folgen. Darunter war der Teeschrank Yuuto-san, der Zeuge vieler familiärer Momente gewesen war. Michiko erinnerte sich lebhaft, wie sie immer wieder Dinge in seinen Fächern versteckt und dann verstohlen beobachtet hatte, wie ihre Eltern auf der Suche danach das Haus auf den Kopf gestellt hatten. Weit entfernt von ihrem Geburtsort würde dieser Schrank eine Hommage an ihre Wurzeln sein.

Und der Rest ist Geschichte.«

Ich wende mich zu Taro um. »Wow!«

Was für eine Story! Ich hatte alles klar vor Augen, und mit jedem Detail, das Taro mir durch sein Erzählen zutrug, hat

Yuuto-san mehr an Persönlichkeit gewonnen. Ja, tatsächlich ist das sein Name. Er kann gar nicht anders heißen. Er ist der Reisende.

Taro stellt ein Seitenteil des oberen Korpus zur Seite, das er eben demontiert hat.

»Waren das deine Großeltern, Michiko und Richard?«, frage ich ihn.

Er nimmt sich die andere Seite vor und löst sie behutsam heraus. »Ja.«

»Wie viel von deiner Erzählung hat sich wirklich so zugetragen?«

»Ich weiß nicht. Ich habe nur wiedergegeben, was ich von Yuuto-san gehört habe.«

»Eine großartige Geschichte! Ich war völlig weg, mit auf Reisen. Wahrscheinlich habe ich der guten alten Elsbeth hier eine Schicht zu viel abgeschliffen. Du hast eine lebhafte Fantasie.«

Lächelnd nimmt Taro das zweite Brett vom Korpus, macht eine Notiz auf einem Post-it und klebt es ans Holz. Ich kneife die Augen zusammen, als könnte ich so besser hinter seine Stirn schauen und erraten, womit er seine Brötchen verdient.

»Bist du Schriftsteller, Werbetexter, Drehbuchautor?«

»Leider nicht. Ich habe das Schreibtalent eines Ziegelsteins.«

»Was machst du dann?«

»Ich bin Psychologe.«

Oh, großartig! Mein Hirn schnappt nach Luft, als hätte es gerade erfahren, dass ich ein offenes Buch bin, in dem Taro jedes Mal liest, wenn wir uns gegenüberstehen. Deshalb dieser intensive Blick. Und ich naive Seele dachte, ich wäre diejenige, die ihm hinter die Stirn schauen könnte. Meine Güte, ich sollte auf meine Körperhaltung achten, bestimmte Gesten vermeiden! Nicht, dass er die sonst wie interpretiert! Gefriert mein Lächeln gerade allzu offensichtlich, oder achtet er da gar nicht drauf?

»Keine Sorge, ich bin nur dann Psychologe, wenn ich darum gebeten werde«, murmelt er in die Arbeit vertieft, ohne mich anzusehen.

Ein Lachen huscht aus meinem Mund. »Ist Sprachlosigkeit die Standardreaktion der Leute, wenn sie deinen Beruf erfahren? Glauben sie, du analysierst sie schon beim ersten Handschlag?«

»Ja, und das kann ziemlich nervig sein. Von einem Chirurgen erwartet man doch auch nicht, dass er beim Treffen auf einen Kaffee ein Skalpell zückt und einem den Brustkorb öffnet. Und ein Straßenfeger kehrt in der Regel nur die Straßen, die ihm zugewiesen wurden. Davon ist er am Abend so müde, dass es vor seiner eigenen Tür immer aussieht wie nach einem Stadtfest. Wie auch immer. Natürlich nehme ich bei anderen Angewohnheiten oder Verhaltensweisen wahr, aber das tut jeder Mensch.«

»Hast du eine eigene Praxis?«

»Ich bin in einer Klinik angestellt.«

»Also betreust du akute Fälle?«

»Ich interveniere in Krisensituationen wie Suizidversuchen oder schweren psychotischen Episoden, ja, aber nicht ausschließlich. In der Klinik habe ich viele Aufgaben, wie die Therapie, die Behandlung psychischer Erkrankungen, die Unterstützung von Angehörigen. Ich nehme an Fallkonferenzen teil, koordiniere die Pflege bestimmter Patienten. All so was.«

Er hebt das Kopfteil vom unteren Korpus und stellt es beiseite. Als er sich aufrichtet, fällt sein Blick auf die Wand mit den Astscheiben. »Was hat es damit eigentlich auf sich?«, fragt er und stemmt die Hände in die Seiten.

»Das ist eine Art Wörterbuch«, erkläre ich ihm und schleife weiter an Elsbeth herum.

»Was bedeuten diese Wörter denn? Sind es Spezialbegriffe des Tischlerhandwerks?«

Lachend schüttele ich den Kopf. »Nein. Sie beschreiben Zustände oder Situationen, für die es im Deutschen keine Begriffe gab.«

Verwundert, aber auch ein bisschen amüsiert liest er die Wörter auf den ersten beiden Scheiben. »Bufflieger. Berp.«

»Oh, für diese beiden und die nächsten sieben hat der Duden eigene Worte. Ein Bufflieger ist eine Windmühle, ein Berp eine Krawatte. Ich war vier, als ich diese Worte erfunden habe, weil sie mir beim Anblick der jeweiligen Sache wohl spontan in den Sinn kamen und ich die eigentlichen Bezeichnungen noch nicht kannte.«

Sein Lächeln wandert von einem Mundwinkel zum nächsten, als er mich ansieht. »Das ist ja niedlich.«

»Fand mein Opa auch.« Ein bisschen verlegen konzentriere ich mich zumindest halbwegs wieder auf Elsbeth und erzähle ihm mehr. »Damit meine Wortschöpfungen nicht in Vergessenheit geraten, hat er sie in die Astscheiben gebrannt und dort aufgehängt.«

»Du setzt diese Tradition nun fort?«

»Ja, wann immer mir ein Wort einfällt, brenne ich es in eine Scheibe, notiere den Monat und das Jahr der Entstehung dazu und hänge es zu den anderen.«

Taro schaut wieder auf die Wand. »Was ist huschdutzeln?«, fragt er dann. Natürlich fragt er das! »Das ist zuletzt entstanden, im Juni 2024, also vor kurzem.«

»Da bin ich mir noch nicht so sicher«, schwindele ich. »Es kam mir so in den Sinn. Was ist eigentlich mit Musik?« Dankbar für die Ablenkung lasse ich den Schleifblock fallen und stürme zur Box, um darin zu kramen.

Taro kommt zu mir »Das sind alles Tapes! Hast du nur Tapes?«

»Hier unten schon. Oben in der Wohnung ist die Plattensammlung.«

Das 88er-Album von a-ha fällt mir in die Hände. »Bleiben wir in Norwegen?«

Er lacht verhalten, kratzt sich am Kopf. »Wie's aussieht, bleiben wir in jedem Fall in den Eighties.«

Ohne seine volle Zustimmung abzuwarten, öffne ich das Kassettendeck, nehme das eben gehörte Tape heraus und setze das neue Tape ein. »Dieser Song passt perfekt zum Thema Reisen«, kündige ich an und drücke den Playbutton in der Hoffnung, dass ihn *Stay on These Roads* wieder an Yuuto-san, den Reisenden denken lässt.

Mein Plan geht auf. Taro nimmt den Schraubenzieher und kümmert sich um seinen Schrank. Ich kehre zu Elsbeth zurück.

Greenwashing

»Ich bin Taro. Schaut am Montag wieder rein bei einer neuen Folge von Make Her Yours. Ahoi!«

Das zwölfeinhalbminütige Video endet. Ich starte es neu, pausiere nach dem ersten Satz und schaue mir selbst in die Augen. Der Klumpen in meiner Brust fühlt sich an, als würde darin eine Kanonenkugel lagern. Ich möchte mich am Kragen packen und durchschütteln, für mein dämliches Grinsen, für alles, was ich im Video sage.

Schöne Grüße vom Gewissen, flüstert eine Stimme in meinem Kopf.

Lass dich nicht verunsichern! Du hältst alles im Rahmen des moralisch Vertretbaren, kontert eine andere Stimme.

Ich atme durch, um die Kanonenkugel loszuwerden, doch sie bleibt.

Im Video habe ich die Geschichte der Schrankabholung in Paderborn erzählt, Fotos von Carl und mir gezeigt, auch ein Video von uns beiden, wie wir das Teil aus meinem Keller und in seinen Transporter schleppen. Als Juno auf der Toilette war, habe ich Fotos vom so weit demontierten Schrank gemacht. Während die eingeblendet wurden, habe ich meinen Followern berichtet, wie wir ihm einen Namen gegeben haben, weil Juno all den Möbeln in ihrer Werkstatt Namen gibt. Zwischendrin habe ich Songs von a-ha angespielt, die während der Arbeit liefen. Nur ihre Wand der Wortschöpfungen habe ich unerwähnt gelassen, denn wer ihre Werkstatt kennt, könnte Juno darüber identifizieren.

Ständig ertappe ich mich dabei, dass ich mich vor mir selbst rechtfertige, weil ich die Namensgebung und die gehörten Songs geteilt habe. Irgendetwas Persönliches meinte ich einbringen zu müssen, damit meine Story glaubwürdig ist, doch es fühlt sich wie ein Fehler an. Außerdem rede ich mir ein, dass ich nur halb gelogen habe, als ich Juno von der Arbeit in der Klinik erzählt habe, schließlich habe ich sie tatsächlich einmal gemacht.

Alles in allem werde ich das Gefühl nicht los, ein doppelter Lügner zu sein. Juno ködere ich mit dem Schrank, von dem ich sie glauben lasse, dass er meiner Großmutter gehört habe. Die Follower ködere ich, indem ich sie glauben lasse, dass ich die NLP-Techniken anwende und Juno gezielt um den Finger wickele. Dabei habe ich gestern absolut nichts für die Show getan. Ich bin tatsächlich in eine Art Zwiegespräch mit diesem Teeschrank gegangen und habe ihn Yuuto-san genannt, weil ich diesen Namen gefühlt habe. Ich hatte Spaß daran, mir seine Geschichte auszudenken und mit der Geschichte meiner Großeltern zu verweben – so weit, dass ich in mancher Sekunde selbst glaubte, das Möbelstück habe ihnen gehört. Irgendetwas hat sich gestern in mir verschoben, als ich in Junos Werkstatt war, umgeben von all ihrem Kram, ihrer Musik und Yuutosans Einzelteilen.

Blödsinn!, beharrt die zweite Stimme von eben. *Gegenüber deinen Followern musst du dich nicht wie ein Lügner fühlen. Sie wollten das Drama, die Intrige, die Show. Sie bekommen die Show! Ihre Klicks gegen deine Leistung. Und deine Leistung gegen die Liebe der Sponsoren. Einen hast du ja noch. Den willst du doch behalten, oder nicht?*

Die YouTube-Glocke tönt im Minutentakt, um mir mitzuteilen, dass ich einen weiteren Abonnenten gewonnen habe. Die Zahl hinter dem Daumen nach oben steigt kontinuierlich, während die hinter dem Daumen nach unten praktisch stagniert. Auf der Suche nach Kritik scrolle ich mich durch die

Kommentare, finde aber keinen einzigen, der die Aktion bedenklich findet. Stattdessen lese ich das Übliche.

@LaughingLlama42 Lass mal Foto von der sehen! 👀

@LOLord888 Geile Sache. Bist echt gut. 👍 Aber will mal wissen, wie die aussieht.

@LamboDiabloGT Bruder, großes Kino! Du rockst das! Bros4life! 👍😎

@NoJoke-Nina Komm vorbei! Ich hab auch nen Schrank. 💓🔥

@SchmittsKatze Brauch nen heißen Tipp, wie ich das bei meiner hinkriege? Die ist aber Frisörin, also brauch ich der nicht mit nem Möbelteil ankommen. In jedem Fall ignoriert die mich halt immer noch.

@Klausi1969 Haben Sie auch ein Buch geschrieben, das man kaufen kann?

@AGirlWithDreams Voll romantisch! Freu mich schon auf die nächste Folge. Bestes Ding seit langem. ✨😍✨

@SerenaSweetSour wieso zeigst kein pic von der bitch ist hässlich was warte immer noch auf deinen call nummer haste 🔥🔥🔥

@RedMask Respekt, dass du das jetzt so durchziehst.

@Simon7703 Ich penn gleich ein. Wo bleibt der Beweis, dass sie dich wiedertreffen will?

Je mehr ich lese, desto angewiderter bin ich. Nicht zum ersten Mal ärgere ich mich, dass ich das Video von Montagnacht nicht eingestellt habe, als ich noch besoffen und mutig genug war. Nüchtern betrachtet ist es natürlich besser so. Während der Aufnahme habe ich die Augen kaum aufbehalten können, bin wie ein Matrose im Sturm umhergetaumelt und habe mich wohl auch im Ton vergriffen.

Der Ansatz war aber nicht schlecht.

Im Geiste höre ich mich für das nächste Video einen Satz sagen, mit dem die virale Meute ganz sicher nicht rechnet: »Ihr Lieben, heute gibt's mal kein Flirtrezept, sondern eine selbst eingebrockte Suppe meiner Skrupel.« Ganz sicher ginge dieses Video viral, wahrscheinlich aber nicht zu meinen Gunsten. Ehrlichkeit und Moral sind heute ganz einfach nichts, was trendet.

Ich klappe das Notebook zu, nehme die gepackte Reisetasche und rufe die App der Taxizentrale auf, um mir eine Fahrt zum Hauptbahnhof zu buchen.

▼

Der Himmel über Berlin ist so grau wie meine Laune. Auf der Fahrt zum Hotel gehe ich den Veranstaltungsplan durch, den mein Sponsor mir gemailt hat. Für heute Abend steht die Eröffnung eines Pop-up-Stores in Charlottenburg auf dem Programm. Mein Sponsor, der Berliner Hemdenhersteller Königsmarck, bestückt diesen Store mit seiner Herbstkollektion sowie der Sonderkollektion *Roaring Twenties*, die fünf Hemden umfasst. Keins davon trifft meinen Geschmack. Die Neuinterpretation des Haifischkragens ist zwar ganz cool, und die schmale Passform gefällt mir auch, doch in den Art-déco-Mustern und den, wie Königsmarck es ausdrückt, lebhaften Farben sehe ich aus wie ein wandelndes Kaleidoskop. Diese Hemden sind eher was für Männer, die von Natur aus ein bisschen psychedelisch sind. Ich halte mich lieber an die Herbstkollektion, die sich auch an die Zwanziger anlehnt, sich mit gedämpftem Tönen wie Mitternachtsblau und Sepia aber eher am Jazz-Age orientiert.

Für morgen, den Freitagabend, ist eine Launch-Party mit Modenschau in einem Charlottenburger Altbau-Loft geplant. Sie soll als Hommage an die dekadente Ära der 1920er-Jahre aufgezogen werden, als lebendige Erinnerung an die Zeit, in der Berlin eine der aufregendsten Metropolen der Welt war.

Im Hotel springe ich unter die Dusche, ziehe dann eine schmal geschnittene schwarze Anzughose und ein weißes Hemd an. Meine Schuhe poliere ich schnell noch auf, binde die Fliege vorm Spiegel und ziehe das Jackett an. Nach einem letzten prüfenden Spiegelblick bin ich unterwegs.

Der Pop-up-Store ist nur fünf Gehminuten vom Hotel entfernt. Sarah, die Influencer-Relations-Managerin bei Königsmarck, nimmt mich in Empfang.

»Tarooo! Heyyy! Schön, dass du hier bist«, ruft sie und eilt herbei. Ihr goldfarbenes Kleid schimmert bei jedem Schritt. Nachdem wir uns die obligatorischen Bussis auf die linke und rechte Wange gegeben haben, tritt sie zurück, schaut mich an und korrigiert eine Strähne ihrer blonden Haare, die aus der Ordnung ihrer vom goldenen Stirnband gehaltenen Frisur gefallen ist. Sie klimpert mit ihren Mascara-verlängerten Wimpern, und eine charmante Röte schimmert durch ihr Make-up, als sie im verschwörerischen Ton raunt: »Immer, wenn wir uns sehen, fühle ich mich durchschaut, wie nach außen gekrempelt.«

Bevor ich wieder einmal erklären kann, dass es keinen Grund dafür gibt, schenkt sie mir ihr penible Zahnpflege demonstrierendes Lächeln und gibt mir mit einem beherzten »Komm mit«-Wink zu verstehen, dass ich ihr folgen soll.

Sarah ist sieben Jahre jünger als ich und vor zwei Jahren, mit damals fünfundzwanzig, frisch vom Studium als PR-Managerin bei Königsmarck eingestiegen. Wenig später wurde die Position des Influencer-Relations-Managers geschaffen, und sie wurde draufgesetzt. Sie ist eine dynamische und offene Person, mit der ich gern zu tun habe. Seit wir beim letzten Event zusammen an der Bar versackt sind, ist unser Draht zueinander noch ein bisschen persönlicher geworden, die professionelle Ebene haben wir aber nie verlassen.

Auf dem Weg durch den Store, der passend zur Kollektion im Stil eines 1920er-Jahre-Salons gestaltet wurde, erzählt Sarah von den Vorbereitungen. Mein Blick fällt auf verschiedene Art-déco-Elemente, wandert über Vintage-Möbel und zu einer Jazz-Band, die sich in der Nähe des kleinen Tanzbereichs einrichtet. An einer provisorischen Bar werden Cocktails aus der Prohibitionszeit angeboten. Fotowände mit historischen Szenen aus Berlin sollen die später erwarteten Gäste einladen, sich in Szene zu setzen und Teil der Geschichte zu werden. Im Atelierbereich sind Styleberater einsatzbereit.

Hinter dem Atelier liegt ein fensterloser Raum, der im Café-Stil dekoriert ist. An zehn Tischen stehen sich je zwei Stühle gegenüber. Sarah führt mich noch eine Tür weiter in ein Büro. Dort soll ich mich aufhalten, bis alle Teilnehmer anwesend sind. Wir halten ein wenig Smalltalk – sie ist mega gespannt und würde gern Mäuschen spielen –, dann wird sie per In-ear-Speaker wieder nach vorn gerufen.

»Ich geb dir ein Heads-up, wenn wir startklar sind«, sagt sie im Gehen.

Ich setze mich in den Bürostuhl hinter dem Schreibtisch, lehne mich zurück und schließe die Augen, um mich gedanklich zu sortieren. Das Material, das ich gleich benötige, ist in meinem Kopf abgespeichert. Ich bringe es noch in die richtige Reihenfolge, da höre ich Stimmen vor der Tür. Prompt setzt Lampenfieber ein, und mein Herz schlägt schnell. Nach einer kurzen Atemübung beruhige ich mich wieder.

Was hier und heute von mir erwartet wird, kann mit einem Gruppencoaching verglichen werden. Gruppentherapien habe ich schon einige durchgeführt, Coachings hingegen nur in den

Videos, virtuell auf meinem Kanal, wobei da natürlich keine direkte Interaktion stattfinden kann. Das nun anstehende Live-Coaching dient der Vorbereitung zum Speed-Dating.

Die Nachfrage nach den Tickets muss die verfügbare Anzahl sowohl auf Seiten der Männer als auch der Frauen um das Zigfache überstiegen haben, was mit Königsmarck als Veranstalter und dem Pop-up-Store-Event als Rahmen in einer Großstadt wie Berlin nicht verwunderlich ist. Zwanzig Männer und zwanzig Frauen, alle um die dreißig, wurden ausgelost. Für die glücklichen Ladys sind die Drinks gratis, während die Herren der Schöpfung neunzig Minuten lang das Vergnügen mit mir haben. Mich gibt's sozusagen geschenkt, zusammen mit einem von zwanzig Hemden entweder aus der Herbst- oder der Sonderkollektion – ein kreativer Schachzug der Marketingabteilung, eine Synergie zwischen ihren neuen Produkten und meiner Kompetenz als Dating-Coach zu schaffen.

Der Raum draußen scheint sich zu füllen. Ich kann hören, wie die Männer das Eis brechen, Gespräche miteinander beginnen und Späße darüber machen, was ihnen bevorsteht. Eine, wie ich hoffe, gute und aufschlussreiche Zeit. Meine Tipps für ein selbstbewusstes und charmantes Auftreten sollen ihnen die psychologischen Grundlagen des Flirtens, der Körpersprache und der Selbstpräsentation vermitteln. Die NLP-Techniken kommen nicht zur Sprache, sondern ein paar meiner regulären Themen. Ich werde einfach darüber reden, wie Mann authentisch bleibt, während Mann die besten Seiten von sich zeigt und wie Mann in kurzer Zeit eine Verbindung herstellt.

Nach dem Coaching müssen sich zehn der zwanzig Kandidaten in einem anderen Raum noch etwas gedulden, während die Gruppe der ersten zehn startet und für das Speed-Dating zehn Frauen begrüßt. In beiden Runden bin ich lediglich Beobachter. Ich bleibe im Hintergrund und schaue zu. Mein später geteiltes Feedback soll dafür sorgen, dass die anschließend bei

Musik und Getränken im Verkaufsraum geführten Gespräche noch runder laufen. Außerdem stoppe ich die drei Minuten, die jedes Kennenlernen dauern darf, und passe auf, dass jede Dame die Weiterreise antritt.

Mein Handy gibt einen Nachrichtenton ab.

Sarah Königsmarck Alle zwanzig Teilnehmer sind da und bereit, flirtpsychologisch erleuchtet zu werden. 😉

Ich lege mein Handy auf den Tisch und gehe in den Nebenraum. Zehn Augenpaare schauen mir erwartungsvoll entgegen. Der Anblick ähnelt dem, den ein Lehrer haben muss, wenn er das Klassenzimmer eines Jungeninternats betritt – nur sitzen sich die Schüler gegenüber statt nebeneinander und das Ambiente ist netter.

»Hallo, die Herren!«, begrüße ich die Runde. »Ihr seid eine schöne bunte Mischung.«

Sie lachen, sind locker, gut drauf. Beste Voraussetzungen also.

Meine Anspielung galt den Hemden, insbesondere den fünf der Roaring-Twenties-Kollektion, doch tatsächlich trifft das Bunte auch auf den ersten Eindruck zu. Es gibt ein paar verdammt attraktive Kandidaten und andere, die optisch weniger gesegnet oder bemüht sind. Manchen springt das Selbstbewusstsein geradezu aus der Miene, während andere wie Meister in der Kunst der Zurückhaltung wirken. Dann gibt es die, von denen Humor und Schlagfertigkeit zu erwarten sind, und ihre Konterparts, deren Humor im Verborgenen kultiviert und deren Entscheidungen so langsam reifen wie ein guter Wein.

»Sag nichts gegen unsere Haute Couture!«, witzelt einer, der von den Königsmarcker Stylisten in das schrille bronzefarbene Teil gesteckt wurde. »Die sind ein top Aufhänger für den Gesprächsstart.«

»Findest du? Dann lass mal hören, wie du so einen Talk eröffnen würdest!«

Er zupft am Hemd und lehnt sich lässig im Stuhl zurück. »Na, Hase, wie findest du mein Hemd?«

Die anderen lachen, die meisten zumindest.

»Und wenn sie's schrecklich findet, sowohl das Hemd als auch den Hasen?«

Er schlägt die flache Hand auf den Tisch. »Na, dann diskutieren wir das aus.«

»Viel Glück!«

»Ich würde sie fragen, ob sie mein Hemd auch mal anprobieren will?«, vermeldet ein anderer Spaßvogel, der ein blauweißes, mit Gold abgesetztes Hemd trägt, doch für ihn gibt's weniger Lacher. Die Männer scheinen bereit für meine Ratschläge zu sein.

»Okay, wo wir beim Thema sind«, beginne ich. »Wie würdet ihr das Gespräch denn eröffnen, wenn ihr sie nicht unbedingt zum Lachen bringen wollt?«

»Du siehst top aus«, sagt einer der Schönlinge, Typ Südländer mit Casanova-Charme, im mitternachtsblauen Stöffchen.

»Und wenn sie's nicht tut?«

»Vielleicht ist sie ja innerlich schön.«

Ich schüttele den Kopf, damit sie weitere solcher Vorschläge für sich behalten. Dann gebe ich ihnen ein paar ganz schlechte Beispiele, die alle in die Richtung des bisher Gehörten gehen: »Kannst du kochen? Was fährst du für ein Auto? Deine Uhr sieht aber teuer aus. Na, wie findest du mich? Hoffentlich bist du nicht so langweilig wie die anderen. Ich bin eigentlich nur hier, weil meine Mutter möchte, dass ich ausziehe.«

Damit sie das Lachen wieder lassen, hebe ich die Hände und warte, bis es völlig ruhig ist. »Vergesst diese und ähnliche Sprüche, ob ernst gemeint oder nicht. Und vergesst auch zu überlegen, was ihr am besten sagen könntet. Ganz ehrlich, was würdet ihr einer Fremden sagen, die ihr gerade kennenlernt?«

Ein paar Sekunden ist es still, dann meldet sich der Mann im kastanienbraunen Hemd, indem er die Hand hebt. Ich bitte ihn, einfach zu sprechen.

»Hallo«, lautet sein Vorschlag.

»Bingo! Ihr sagt Hallo. Dann erkundigt ihr euch nach ihrem Namen. Dazu lächelt ihr und schaut ihr in die Augen. Und dann stellt ihr euch vor.«

»Und dann herrscht betretene Stille, weil man sich nichts mehr zu sagen hat«, wirft ein Skeptiker im bordeauxroten Hemd ein.

»Dieses Problem umschifft ihr, indem ihr mit einer offenen Frage anknüpft. Keine Ja-oder-Nein-Frage, bitte. Vielleicht fällt euch in ihrer Gegenwart sofort eine Frage ein, aber bitte nichts wie ›Von wem hast du die große Nase geerbt?‹, sondern etwas Unverfängliches. Fragt sie, wie es ihr geht, oder sprecht über Berlin. Fragt, wie lange sie schon hier lebt oder was sie von Charlottenburg hält, und ihr werdet sehen, das Gespräch kommt ins Rollen.«

Ich schlage die Hände zusammen. »Okay, das sind die Basics. Kommen wir jetzt zu den Special Effects.«

▼

Sarah, die Stylisten, zwei Mitarbeiter vom Marketing und ich bestellen unsere zweite Runde Drinks an der Bar, als der Abend ausklingt. Die Jazzband spielt ein ruhiges Stück, zu dem drei Paare, bei denen es ein Match gab, Stehblues tanzen. Andere ohne Match unterhalten sich miteinander oder sind allein in die Nacht entschwunden. Zwei der allein Gebliebenen betrachten die Fotowände und Hemden wie die Ausstellungsstücke einer Vernissage und werfen immer wieder verstohlene Blicke über die Schulter zu denen, die zumindest theoretisch in die nähere Auswahl kommen.

Sarah und ihre Kollegen sprechen über die Gäste, die morgen zu Launch-Party erwartet werden. Ich nippe am Drink und habe plötzlich große Lust auf meine Couch, die leider zweihundert Kilometer weit weg ist.

»Make me yours!«, sagt jemand neben mir.

Ich schnaube amüsiert, als fände ich ihren Spruch witzig.

»Ich bin Yasmin.«

»Taro.«

»Ich weiß. Bin nur wegen dir hier.«

Ich weiß, könnte ich antworten.

Sie ist mir aufgefallen, weil sie sich vorhin, als Kandidatin in der zweiten Runde, völlig desinteressiert verhalten hat, auch bei den Männern, die optisch gut zu ihr gepasst hätten. Immer wieder hat sie auf die Uhr geschaut, tief Luft geholt, knapp geantwortet und selbst keine Fragen gestellt. Vermutlich war jeder Kandidat froh, sie nach drei Minuten los zu sein. Auffällig war auch, dass sie bei jedem Wechsel den Blickkontakt zu mir gesucht hat.

»Hast du noch was vor, wenn das hier vorbei ist?«, fragt sie jetzt. »Ein paar Straßen weiter gibt's eine Bar, wo sie richtige Cocktails mixen.«

»Ich trinke Gin Tonic, der ist eigentlich ganz gut.«

»Dann solltest du mal den Gin Tonic in dieser Bar probieren.«

»Oh, ich habe so Lust auf ein Eis«, höre ich von Sarah. Von hinten schlingt sie mir die Arme um die Hüfte und sucht meinen Blick, indem sie über meine Schulter linst. »Meinst du, wir bekommen um die Uhrzeit irgendwo noch welches?«

Ich drehe ihr den Kopf zu und lächle sie an. »Wir finden einen Späti, der Eis hat.«

Während Sarah und ich uns weiter anschauen, beobachte

ich im Augenwinkel, wie Yasmin die Arme vor der Brust verschränkt. »Alles klar«, sagt sie dann und verschwindet aus meinem Sichtfeld.

»Ist sie weg?«, murmele ich.

Sarah linst in Richtung Store-Ausgang. »Gerade durch die Tür.«

Wir lösen uns voneinander. Ich stoße meinen Tumbler gegen ihren. »Danke.«

»Keine Ursache.«

»Deine Aktion läuft super, was?«

»Meine Aktion?«

»Mit der Tischlerin. Mega Idee mit dieser Challenge und dem Japan-Schrank. Ich wünschte, alle unsere Influencer wären so kreativ.«

Sie glaubt, ich hätte das alles geplant?

»Letzte Woche, als du die vielen Follower verloren hast, dachte ich kurzzeitig, du hättest selbst keine Ahnung, was da läuft, hättest keine Kontrolle mehr, aber du spielst das echt grandios. Ein richtig guter Schachzug, und genau das Richtige, um die Leute bei Laune zu haben mit exakt deinem Thema. Da kommt gerade einiges an Traffic zu uns.« Sarah nickt in Richtung Atelier. »Nimm dir dann von jedem Hemd eins mit.«

»Ein paar aus der Herbstkollektion gern.«

»Such dir einfach aus, was dir gefällt.« Nachdenklich schaut sie zum Ausgang. »Ich überlege echt, ob wir nicht auch Damenblusen anbieten sollten in den Farben, die du gern trägst.«

Weil immer mehr meiner Follower weiblich sind? Frauen sind aber weder meine Zielgruppe noch die von Königsmarck.

»Ihr seid doch auf Herrenmode spezialisiert.«

Sie leert das Glas und stellt es auf dem Tresen ab. »Das müssen wir ja nicht bleiben. Heutzutage muss man flexibler sein denn je, sonst wird man abgehängt. Das weißt du selbst.«

Und wie ich das weiß. In den sechs Jahren als YouTuber

habe ich so einige Marken kommen und gehen sehen. Und wie flexibel ich als Influencer sein muss, spüre ich gerade allzu deutlich.

Müdigkeit überkommt mich. Wieder denke ich an meine zweihundert Kilometer entfernte Couch, dann an das deutlich nähere Hotelbett.

»Es wird Zeit für mich«, beschließe ich und trinke ebenfalls aus. »Wir sehen uns morgen.«

Sarah verabschiedet mich, wie sie mich begrüßt hat, mit Bussi links, Bussi rechts.

Auf der Straße atme ich durch.

Drimsig

[dʁɪmsɪç] Adjektiv.
Das nagende Gefühl, dass man seine Zeit verschwendet, ohne Lust auf oder eine Vorstellung von einer alternativen Aktivität zu haben.

Kurz vor zehn am Samstagmorgen bringt Konstantin einen Gründerzeit-Bücherschrank. Sein Held hat frei, also habe ich Aurelius zum Tragen herbeordert – zum Ausgleich für den Montag, den er wegen des Gamings verbummelt hat. Mit seinen *Dragons of Destiny* hat er die *League-of-Legends*-Battle zwar verloren, aber trotzdem blaugemacht, um sich von der Enttäuschung zu erholen.

Jetzt schnauft, prustet und schwitzt er und hat sich seinen Samstagmorgen ganz anders vorgestellt. Konstantin, der von der Last unbeeindruckt ist, treibt ihn an.

»Stell dich mal nicht so an!«, fordert er im Ton eines Drillsergeants, aber mit einem Augenzwinkern. »Du bist doch ein Mann und keine Maus.«

Aurelius schimpft auf Denglisch vor sich hin.

Es ist weniger das Holz, das den Schrank so schwer macht, sondern vielmehr das Kristallglas in den Türen. Aufgrund seiner Höhe und Breite von zweieinhalb mal anderthalb Metern ist er außerdem recht sperrig.

Im hinteren Teil der Werkstatt setzen die beiden den Bücherschrank ab, und Aurelius will durchschnaufen, da dirigiert Konstantin ihn zu Elsbeth, der Biedermeier-Kommode, von der ich mich nun verabschieden muss.

»Och, Digger, nö!«, jammert Aurelius.

»Ich bin kein Digger«, kontert Konstantin. »Komm schon! Zack, zack! Hier hast du Filz und Tape. Einpacken!«

»Mach doch mal nicht so'n Stress!«

»Wenn du weiter rumnölst, mach ich Stress. Momentan erlebst du mich tiefenentspannt.«

Grummelnd ergibt sich Aurelius seinem Schicksal und beginnt Elsbeth einzuhüllen. Konstantin schaut sich das ein paar Minuten lang an und hilft schließlich mit. Eine Viertelstunde später tragen die beiden die Kommode aus der Werkstatt und in den Hof, wo Konstantins Transporter mit offener Ladefläche parkt. Als die Kommode verzurrt ist, kann Aurelius gar nicht schnell genug verschwinden. Konstantin schließt die Türen und kommt zu mir. Die Anlieferung ist für dreizehn Uhr vereinbart. Eher sind die Eigentümer der Truhe nicht zu Hause.

»Schon gefrühstückt?«, fragt Konstantin.

»Noch nicht.«

Er legt mir den Arm um die Schultern. »Dann lass uns frühstücken gehen.«

Gedanklich mache ich einen Kurzflug, die KarLi entlang, wo es viele Cafés gibt, und schlage Konstantin das erstbeste vor: »Mein liebes Frollein?«

Konstantin hustet. »Die sind vegan!«

»Vegetarisch.«

»Wo ist der Unterschied? Beides bedeutet kein Schinken, keine Salami, kein Speck.«

»Café Liese?«

»Die haben auch nur Käse und Süßkram. Außerdem fühl ich mich da drin wie in einer Puppenstube.«

Genervt verschränke ich die Arme. »Wo möchtest du denn gern frühstücken, lieber Konstantin?«

Er überlegt, scheint die Gegend nun ebenfalls gedanklich abzuwandern. »In deiner Gegend ist alles so alternativ«, brummt er dann. »Lass uns in die Stadt zum Café Luise fahren. Ich lade dich ein.« Er lacht. »Also, sowohl ins Auto als auch ins Café.«

Ein SUV biegt in die Einfahrt, die Familienkutsche der Nachbarn. Das Fenster auf der Beifahrerseite wird heruntergelassen.

»Sie parken hier wirklich ungünstig«, findet Frau von Großeimern.

Der Hof ist nicht riesig, also muss der Transporter bei Anlieferungen und Abholungen auch die Fläche vor der Eingangstür des Nebenhauses beanspruchen. Das passt der Herzogin heute offenbar überhaupt nicht in den Kram. Sie setzt den SUV zurück und wartet auf der Straße darauf, dass der Transporter bewegt wird. Also setzt sich Konstantin hinters Lenkrad und fährt ihn vom Hof.

Ich gehe nach drinnen, um mein Portemonnaie zu holen. Wieder in der Werkstatt gibt mir Konstantin die Schlüssel des Bücherschranks, die er vor dem Transport abgenommen hatte. Ich lege sie in den Schrank, dann machen wir uns auf den Weg. Als ich die Werkstatt abschließe, hebt Frau von Großeimern zwei prall gefüllte Einkaufstaschen aus dem Kofferraum und schleppt sie vor ihre Tür.

»Hier ist ja schon wieder alles dreckig«, nörgelt sie dabei. »Ich habe doch gestern erst gefegt.«

Konstantin wirft einen Blick nach hinten in den Garten, dann stößt er einen gellenden Pfiff aus und ruft: »Ey! Jungs! Eure Mutter braucht eure Hilfe.«

Die Prinzen hocken im Pavillon und schauen verwirrt von ihren Handys auf, rühren sich aber nicht.

»Was fällt Ihnen ein?«, schimpft Frau von Großeimern los. »Sie haben meinen Söhnen doch keine Befehle zu erteilen. Die Tüten sind außerdem viel zu schwer.«

»Die schaffen das schon. Los, Jungs, herkommen! Anpacken!«

»Unverschämtheit! Kommandieren Sie meinetwegen Ihre eigenen Kinder in diesem Ton herum, aber verschonen Sie meine bitte!« Nachdem sie den Prinzen mit einem Kopfschütteln zu verstehen gegeben hat, dass sie bleiben können, wo sie sind, schleppt sie die Tüten ins Haus.

»Wo ist eigentlich Herr von Großeimern?«, brummt Konstantin.

»Keine Ahnung, selten zu sehen.«

Wir gehen zum Transporter, fahren in die Stadt. Unterwegs telefoniert Konstantin mit diversen Leuten, die ihn in der Zwischenzeit zu erreichen versucht haben. Für den Abend verabredet er sich mit zwei Kumpels in einer Kneipe, für den nächsten Tag mit anderen Kumpels zum virtuellen Autorennen. Während des dritten Telefonats mit seinem Bruder, der auch mitspielen will, findet er einen Parkplatz in der Nähe des Cafés.

Wir bekommen einen Platz draußen in der Sonne, bestellen Kaffee und das Frühstück für zwei. Gekochte Eier sind dabei, doch Konstantin möchte auch Rührei.

»Was sind das für Teile auf einer der Werkbänke?«, fragt er, während wir essen.

»Die gehören zu einem Teeschrank, original japanisch, superschönes Stück.«

Er stochert im Rührei, schiebt die Tomatenviertel beiseite, runzelt die Stirn. »Wann hab ich den denn angeliefert?«

»Gar nicht. Der Kunde hat ihn selbst gebracht.« Ich trinke einen Schluck Kaffee, korrigiere mich dann. »Beziehungsweise, der Typ, dem der Schrank gehört. Ist kein Kunde in dem Sinne, weil er ihn selbst restauriert.«

»In deiner Werkstatt?«

»Ja.«

Immer verwunderter schüttelt Konstantin den Kopf. »Seit wann bietest du Do-it-Yourselfs an? Nimmst du eine Pauschale für die Raumnutzung und lässt die Leute machen, oder wie? Das hast du doch überhaupt nicht nötig.«

»Ist ja auch eine Ausnahme. Und nein, er muss nichts bezahlen.«

Bevor Konstantin weiterfragen kann, erzähle ich ihm die ganze Geschichte und dass ich Taro praktisch manipuliert habe, damit er seinen Schrank zu mir bringt und ich wenigstens mitverfolgen kann, wie er wieder schön wird, wenn ich es schon nicht selbst machen darf.

Konstantin schaufelt Rührei auf seine Gabel. »Du hast 'nen Knall.«

»Ich weiß.«

»Was ist, wenn diesem Taro irgendwas passiert? Ist ja nicht wie bei einem Töpferkurs bei dir. Du hast da schwere Maschinen rumstehen.«

»Die braucht er nicht, um seinen Schrank zu restaurieren.«

»Und wenn er aus lauter Blödelei an die Tischkreissäge geht? Bzzz, Hand ab! Kann schnell passieren.«

»So ist er nicht.«

»Nicht, wie ist er denn? Taro? Hm?« Er blinzelt mich gegen das Sonnenlicht an und grinst. »'ne Mischung zwischen Punk und Zen-Buddhist?«

»Keine Ahnung, wie er ist. Ich weiß nicht viel von ihm.«

»Du lässt einen Wildfremden in deine Werkstatt, hängst da nach der Arbeit rum. Und das alles für einen Schrank. Verstehe ich echt nicht.«

»Ich kann auch keinen Sinn darin erkennen, einen ganzen Tag mit Online-Spielen zu verbringen. Und das versuche ich auch gar nicht. Ist ja dein Hobby.«

»Schon gut«, brummt Konstantin, da entdecke ich eine bekannte Gestalt.

Ruben eilt den Gehweg entlang. Unsere Blicke kreuzen sich für einen Moment, und ich lächele ihm entgegen, doch er sieht zu Konstantin, der mit dem Rücken zu ihm sitzt. Zwei, drei Sekunden mustert Ruben ihn, dann schaut er flüchtig über die anderen Cafégäste und guckt schließlich an sich hinab auf den Buchgeschäft-Stoffbeutel, als hätte er gerade entdeckt, dass er ihn in der Hand hält. Tatsächlich will er einfach so vorbeihuschen. Hat er mich nicht erkannt? So hat er sich noch nie verhalten. Weder beim Gruppentreffen noch, als wir uns anderswo zufällig über den Weg gelaufen sind.

»Ruben?«

Er stoppt, hebt den Kopf.

»Oh! Juno!« Er schaut von mir zu Konstantin, lächelt unsicher. »Du, hier?«

Während ich noch überlege, wie ich darauf reagieren soll, zieht Konstantin einen Stuhl zurück und bietet ihn Ruben an. »Setz dich doch.«

Ruben schüttelt den Kopf und geht einen Schritt weiter. »Danke, keine Zeit. Ich war nur schnell …« Er hebt den Beutel hoch. »Im Buchladen. Habe ein Buch gekauft.«

»Und das musst du auf der Stelle lesen?«, fragt Konstantin.

Ich werfe ihm einen Blick zu, damit er sich ein bisschen bremst. Rubens Humor ist ein anderer. Und außerdem scheint er gerade etwas durcheinander zu sein.

»Nein«, antwortet Ruben. »Natürlich nicht. Also vielleicht lese ich mal rein. Wie auch immer. Ich muss weiter.«

»Wir sehen uns am Donnerstag.«

»Genau. Bis dann.« Damit eilt er weiter.

Konstantin zieht eine Braue hoch. »Wer war das denn?«

»Jemand aus der Gruppe. Er ist ein bisschen … zurückhaltend.« Vertrauliche Informationen will und darf ich nicht preisgeben, möchte Konstantin aber trotzdem Rubens Verhalten erklären. Mir selbst auch, denn es wundert mich immer noch. »Er tut sich schwer mit Fremden. Mit Tieren kann er besser als mit Menschen, sagt er oft.«

»Da habt ihr was gemeinsam. Du kannst mit Möbeln auch besser als mit Menschen.«

Verärgert blitze ich Konstantin an. »Na, herzlichen Dank!«

»Hey, das sollte ein Kompliment sein.«

»Du brauchst Nachhilfe in Sachen Komplimente.«

»Ernsthaft. Es war nicht böse gemeint. Ich finde, du bist Leipzigs beste Restauratorin, behandelst Möbel, als hätten sie eine Seele, und ...«

»Menschen nicht?«

»Jetzt sei doch nicht so! Ich habe mich vielleicht ein bisschen ungeschickt ausgedrückt, aber du musst nicht gleich hochgehen wie eine Rakete. Und überhaupt. Du sagst selbst ständig, dass du tausendmal lieber in deiner Werkstatt bist als ...« Er hebt die Hände. »Was man halt so tut. Ausgehen, Partys, Dates, Freunde treffen.«

»War's das jetzt?«

Offenbar nicht. »Was ich eigentlich sagen wollte: Du ziehst die Gesellschaft von Möbeln der von Menschen vor. Das ist nun wirklich keine neue Erkenntnis. Und ich find's vollkommen okay, nachvollziehbar. Es gibt Momente, da halte ich es sogar für eine ziemlich gesunde Einstellung, bedenkt man, wie einige Zeitgenossen ticken. Du machst dein Ding, lebst ganz anders als die meisten heute und ...«

»Schon gut!«

Mein Ärger schrumpft. Ich schicke Konstantin ein versöhnliches Lächeln, das er mir aber nicht so ganz abkaufen will. Tatsächlich ist es gerade auch noch aufgesetzt, denn seine ersten Worte, die unglücklich formulierten, hallen in mir nach.

»Wirklich?«

»Ja doch.«

Nachdenklich stecke ich den letzten Bissen des Brötchens in den Mund und lasse den Blick über die Menschen an den anderen Tischen wandern. Mehr als die Hälfte ist mit Handys beschäftigt. Die Leute, die allein da sind, sowieso. Vielleicht lesen sie den aktuellen Spiegel-Bestseller oder die Tageszeitung, vielleicht schießen sie auf Moorhühner. Zwei Kids schauen Trickfilme auf ihren Tablets und kauen geistesabwesend, was auch immer ihnen ihre Mutter in den Mund schiebt, während sie mit jemandem videotelefoniert. Sogar bei Freunden oder Paaren ist das Mobiltelefon ins Frühstück integriert. Sie scrollen sich durch Feeds und zeigen einander ihre Funde – im besten Fall. Manche sitzen auch einfach nur beieinander am Tisch, sind aber in der Handybubble abgetaucht. Eine Schar Drachen könnte auf der Straße gegen das Verschwinden mystischer Lebensräume demonstrieren – sie würden es nicht bemerken oder, noch besser, die Kamera draufhalten und das Spektakel für den Livestream und die Likes über das Display verfolgen.

Immer nervöser und unzufriedener werde ich, während ich so sitze und schaue. Ich frage mich, was ich hier verloren habe und wie lange ich wohl noch bleiben muss. Konstantin isst noch. Auf der anderen Seite … es ist Samstag, und ich habe heute rein gar nichts vor. Ich könnte mich zurücklehnen und mir die Sonne auf die Nase scheinen lassen, die anderen rundum ausblenden. An einem See ginge das besser. Oder auf einer Radtour über die Felder. Oder auf einer Lichtung im Wald.

Je länger ich die jeweilige Möglichkeit abwäge, desto mehr schwindet die Lust, es anzugehen. Vielleicht sollte ich meinen Garten heute gegen Familie von Großeimern verteidigen, mich auf einer Liege ausstrecken und den lieben Gott einen guten Mann sein lassen. Das wäre eine Option, doch wie ich mich kenne, würde mir nach einer Stunde plumpslangweilig werden.

Konstantin legt sein Besteck auf den Teller und lehnt sich zurück. »Jetzt sei nicht mehr böse.«

»Bin ich nicht mehr. Ich bin nur ein bisschen …«

»Ein bisschen was?«

Ich zucke mit den Schultern. Drimsig, antworte ich im Stillen. Ich bin einfach ein bisschen drimsig.

»Wollen wir los?«, fragt Konstantin. »Oder …«

»Ja!«

▼

Und da wären wir wieder!

Und ich bin immer noch drimsig.

Ruhelos schlendere ich durch meine Werkstatt und bleibe vor Yuuto-sans Einzelteilen stehen. Taro hat ordentlich gearbeitet. Alles gut beschriftet und sortiert.

Er hat nicht gesagt, was er heute vorhat oder warum er gestern auch keine Zeit hatte. Natürlich nicht. Er ist mir keine Erklärung schuldig. Er kann an seinem Schrank arbeiten, wann er will, wenn ich hier bin. Also immer, mit Ausnahme der Montage und Donnerstage, insbesondere jetzt, wo Miriam im Urlaub ist.

Gute Idee! Ich könnte auch an die Ostsee fahren. Mit dem Rad zum Bahnhof, ein Ticket gekauft und rauf nach Warnemünde. In fünf Stunden wäre ich da. Warum eigentlich nicht?

Warum …

Warum …

Was soll ich da?

Viel lieber würde ich mir Yuuto-sans gerissenes Seitenteil vornehmen. Es kribbelt mir in den Fingern, wenn ich mir nur vorstelle, wie ich diesen Makel Schritt für Schritt verschwinden lasse. Aber nein! Kommt nicht infrage. Taro will das selbst machen. Schade auch!

Mit einem Seufzen schlendere ich zum Bücherschrank. Das Kinn in die Hand gestützt betrachte ich den Neuankömmling, strecke die Hand aus, berühre seine Seite. Er ist aus Tannenholz hergestellt, das zu den leichten Hölzern gehört. Die helle Lasur, die einst aufgetragen wurde, intensiviert das feine Wellenmuster der Maserung und den cremefarbenen Ton.

Das drimsige Gefühl verpufft.

Mit den Fingerspitzen streiche ich über das Holz einer Tür. Sechs hat er insgesamt. Wie Fenster sehen sie aus. Die drei hohen Türen des oberen Bereichs sind durch schmale Streben in acht Kästen unterteilt. Die drei unteren Türen sind weniger als halb so hoch und nur viermal geteilt.

Einhundertfünfzig Jahre alt muss er sein.

Meine Gedanken flattern all die Jahrzehnte zurück und visualisieren den Bücherschrank als das Herzstück eines Arbeitszimmers, dessen Wände mit deckenhohen Bücherschränken und -regalen zugestellt waren, alle prall gefüllt mit Wissen. Ein exzentrischer Naturwissenschaftler sitzt inmitten all der Bücher in einem sehr großen Sessel an seinem sehr großen Schreibtisch. Er hat sich der Erforschung seltener Pflanzenarten verschrieben und nutzt diesen einen Bücherschrank als eine Art Kabinett der Kuriositäten. Hinter den gläsernen Türen befinden sich nicht nur Bücher, sondern auch getrocknete Pflanzenspezies, Sammelmappen mit kunstvollen Zeichnungen exotischer Flora und handbeschriebenen Notizen zu alchemistischen Experimenten. Die Kristallscheiben dienen einerseits der schönen Optik, andererseits einer Art Konservierung. Der Professor ist nämlich überzeugt, das Kristall würde die Sonnenenergie einfangen und mit dessen Hilfe die Essenz der hinter ihm verwahrten Gegenstände bewahren.

Ich blinzele und kehre zurück in die Gegenwart.

»Hallo, Friedrich!«

Ein Brummen lässt mich zusammenschrecken. Ich blinzele noch einmal und überlege, woher ich dieses Geräusch kenne, da ertönt ein verhaltenes Kichern, gefolgt von einem ohrenbetäubenden Kreischen.

Die Tischkreissäge!

Ich fahre herum und entdecke die Prinzen. Der Jüngere, Jakob, schaut grinsend zu, wie sein Bruder Ludwig ein Brett, das bitte bitte kein Teil von Yuuto-san ist, gegen das Sägeblatt führt.

Sind die wahnsinnig?!

Sie tragen keine Schutzbrillen, keinen Gehörschutz, könnten in der nächsten Sekunde blind oder taub sein. Dessen sind sie sich nicht im Mindesten bewusst. Im Gegenteil. Fasziniert beobachten sie, wie sich die Säge durch das Material bewegt. Dass ich hier bin, scheinen sie ebenso wenig zu wissen.

Angstschweiß tritt mir auf die Stirn. Nur eine falsche Bewegung kann furchtbare Konsequenzen haben, doch irgendetwas muss ich tun und husche hinüber. Als mich Prinz Jakob bemerkt, weiten sich seine Augen und er stupst Prinz Ludwig an, doch der reagiert nicht darauf und nimmt den Blick zum Glück nicht von der Säge.

Weder kann ich die Maschine einfach so ausschalten, denn das würde den Jungen erschrecken, noch kann ich die beiden von der Maschine wegziehen, denn dann könnte das Brett zurückgeschleudert werden. Also schiebe ich den Jüngeren sanft zur Seite, stelle mich hinter den Älteren und lege meine Hände neben seine auf das Brett. Prompt weicht er zurück und stößt gegen meinen Bauch. Während ich das Brett mit einer Hand weiter halte, schalte ich die Säge aus. Der Bremsmechanismus sorgt dafür, dass das Blatt schnell stoppt.

»Seid ihr von allen guten Geistern verlassen?«, fahre ich die beiden Prinzen an. »Habt ihr nur die geringste Idee, wie gefährlich das gerade war? Sämtliche Finger hättet ihr verlieren können!«

»Wir haben doch vorher ein YouTube-Tutorial geguckt«, brummt Prinz Ludwig und schaut dabei auf seinen Schuh, mit dessen Spitze er den Boden kickt. Der Jüngere steht da wie festgewurzelt.

»Raus mit euch! Aber schnell! Macht das nie wieder!«

Prinz Ludwig rennt, Prinz Jakob bleibt noch.

»Sag es nicht unserer Mutter, bitte«, flüsterte er. »Sonst kriegen wir mega Ärger und müssen die Handys abgeben.«

Er flitzt seinem Bruder hinterher in den Garten. Keine drei Sekunden später ertönt ein neues Kreischen, diesmal ist es nicht meine Säge, sondern Frau von Großeimerns Stimme. Zuerst glaube ich, sie meckert mit ihren Prinzen, aber Irrtum. Ihr Schimpfen gilt mir. Wild fuchtelnd steht sie in der Tür.

»Es ist Mittagsruhe! Mein Mann und ich hatten uns hingelegt! Wenn Sie das Ding noch einmal einschalten, rufe ich die Polizei, das schwöre ich Ihnen! So langsam reicht es mir!«

Zuerst bin ich sprachlos. Dann will ich ihr sagen, dass es mir im Leben nicht einfallen würde, ihre Mittagsruhe mit meiner Kreissäge zu stören. Ich will ihr einen heißen Tipp geben, wer tatsächlich dafür verantwortlich ist, da fällt mein Blick an ihr vorbei. Prinz Jakob steht im Hof, schüttelt bittend den Kopf und legt sich einen Finger über den Mund.

»Sorry«, knirsche ich zwischen den Zähnen durch. »Hatte die Uhrzeit vergessen.«

»Davon abgesehen ist heute Samstag! Gehen Sie doch mal raus und erleben Sie was!«

Schimpfend zieht sie ab. Ich tausche noch einen Blick mit dem Prinzen, dann wende ich mich ab und ziehe das Brett aus der Säge.

Es ist ein Teil von Yuuto-san! Bis zu einem Viertel hat das Sägeblatt dringesteckt und einen sauberen Schnitt gemacht, der es mit dem Riss weiter unten im Brett locker aufnehmen kann.

Verdammt!

Wirrplinken

[vɪʁˈplɪŋkn̩] Verb.
Das Unterbrechen und/oder Verlieren eines Gedankens durch den Nachrichten- oder Klingelton des eigenen oder eines fremden Mobiltelefons.

Ich habe getan, was ich konnte, und den Schnitt geschlossen, doch natürlich sieht man ihn noch. Mehr kann ich heute nicht machen, denn die Füllmasse muss erst durchtrocknen. Zum Glück befindet sich die Beschädigung in der hinteren Kante, die an die Rückwand anschließt, aber trotzdem! Wie soll ich Taro das erklären?

Ich werfe einen Blick zur Wanduhr. Kurz vor sieben. Jeden Moment wird er hier sein.

Ogottogott! Mir ist schlecht.

Als ich draußen Schritte höre, beginnt mein Herz zu rasen. Ich sehe ihn am Fenster vorbeigehen. Dann steht er in der Tür, klopft dagegen, um sich anzukündigen, und will wohl gerade Hallo sagen.

»Ist was passiert?«, fragt er stattdessen. Meine Miene scheint Bände zu sprechen.

Ich stoße Atem aus der Nase und gebe mir einen Ruck.

»Ja, leider.« Ich winke ihn zu mir, nehme das Brett. »Schau dir das bitte mal an.«

Er kommt zu mir. Ich zeige ihm den Schnitt. »Leider gab es ein Malheur und es …«

Irgendwo in seiner Kleidung gibt sein Handy einen gläsernen Ton von sich, als wollte es eine Rede halten.

»Und es tut mir ganz furchtbar leid. Wenn ich könnte, würde ich im Boden versinken. Ich schwöre, so was ist mir noch nie …«

Ein zweites gläsernes Tönen folgt, sehr leise zwar, aber dennoch hörbar.

»Passiert.«

Er schüttelt den Kopf. »Ich sehe nichts.«

»Da!« Mit dem Finger fahre ich die Linie des Schnitts entlang. »Natürlich komme ich für den Schaden auf. Fünfhundert, sechshundert Euro verliert der Schrank dadurch sicher an Wert.«

Er nimmt mir das Brett ab, geht damit zum Fenster, um es bei natürlichem Licht zu betrachten. »Ach, das da. Sieht man doch kaum noch. Ist das nicht auch hinten?«

»Ja, zum Glück. Unvorstellbar, es hätte die Front getroffen.«

»Was denn?«

»Wie, was denn?«

»Was hätte die Front denn treffen können, hat aber die Rückseite erwischt?«

Es ist soo, soo peinlich, das sagen zu müssen. Soo unprofessionell.

»Die Kreissäge«, nuschele ich und gebe mir alle Mühe, seinem Blick standzuhalten, als er wieder zu mir kommt. Täusche ich mich, oder zuckt es um seinen Mund. Findet er das etwa lustig? »Ich bin … Ich bin irgendwie …«

Das Handy meldet sich zum dritten Mal, und ich vergesse, was ich bin.

»Schlafgewandelt?«, vermutet Taro und kann sich das Lachen immer weniger verkneifen.

»Nein. Ich schlafwandle nicht.«

»Zum Glück. Wäre ja kreuzgefährlich, wenn du dich dabei in die Werkstatt verirren würdest.«

»Ich habe das Brett mit einem anderen verwechselt. Aber, wie gesagt, ich komme für den Schaden auf.«

Er schüttelt den Kopf. »Nicht nötig. Man sieht es doch kaum noch.«

»Doch. Ich bestehe darauf! Wenn du das nächste Mal hier bist, gebe ich …«

Dingding.

Tränen steigen mir in die Augen. Nicht wegen des Handys, sondern weil ich einfach nicht mehr kann. Ich habe kaum etwas gegessen und die Nacht über kein Auge zugetan, weil ich mir die Erklärung für Taro immer wieder neu zurechtgelegt habe. Jetzt, wo es raus ist und er so nachsichtig reagiert, statt mir die Hölle heiß zu machen, bringt der Mix aus Erschöpfung und Erleichterung meine Fassung aus dem Gleichgewicht.

Vor ihm zu heulen setzt der Unprofessionalität die Krone auf, doch ich kann die Tränen nicht zurückhalten. Schnell wende ich mich ab und gehe ein paar Schritte nach hinten, fächere mir mit den Händen Luft zu und lege den Kopf in den Nacken. Gerade atme ich durch, da höre ich Taro nahe bei mir.

»Hey, es ist wirklich halb so wild«, sagt er mit sanfter Stimme.

Ich schüttele den Kopf, bringe keinen Ton mehr heraus.

»Komm mal her!«

Sachte fasst er mich bei den Schultern und dreht mich zu sich um. Ich hebe eine Hand vors Gesicht, kann und will ihn nicht anschauen. Als er mich in die Arme schließt, brechen sämtliche Dämme.

»Deine Großeltern drehen sich im Grab um«, schluchze ich. »Hätte ich dich nicht überredet, Yuuto-san herzubringen, wäre das nicht passiert. Er ist so ein grandioser Schrank, so einzigartig. Jetzt hat er diesen Schnitt.«

»Der ihn noch einzigartiger macht.«

»Er gehört da aber nicht hin.«

»Jetzt schon.«

Es ist sooo furchtbar! Ich schließe die Arme auch um ihn, presse das Gesicht gegen seine Schulter und weine und weine. Als ich mich allmählich beruhige, tönt Taros Handy.

Was zum Teufel mache ich hier eigentlich?

Irritiert löse ich mich von ihm und starre auf den Fleck, den meine Tränen auf der rechten Brust seines blauen Hemds hinterlassen haben.

»Du hast …«, stammele ich. »Du hast da …« Ich zupfe an meinem T-Shirt.

»Trocknet wieder.« Seine Stimme ist immer noch sanft und warm. »Wirklich, Juno. Dieser Schnitt ist überhaupt nicht schlimm. Hey, komm, sieh mich mal an!«

Ehe ich mich versehe, legt er mir die Finger unters Kinn und hebt meinen Kopf an, sodass ich ihm in die Augen schauen muss.

Nicht das jetzt auch noch! Nicht dieser Blick!

»Es ist kein Ding. Sag mir, wie ich's reparieren kann, dann mach ich das gleich.«

Ich trete zurück, verneine entschieden. »Nicht heute. Die Füllung muss noch durchtrocken. Heute müsstest du andere Dinge erledigen.«

Er lächelt. »Auch gut. Und welche?«

Erleichtert, seinem Blick zu entkommen, kehre ich zur Werkbank mit Yuuto-sans Einzelteilen zurück.

»Die Scharniere sind dran. Du müsstest sie …«

Das Telefon tönt zum x-ten Mal.

Ich schließe die Augen und fange meinen letzten Gedanken wieder ein. »Du müsstest sie ölen. Wenn du damit fertig bist, schaust du dir die Schubladen und Schie…«

Dingding.

»Die Schubladen und Schiebetüren schaue ich mir an«, hilft er mir auf die Sprünge.

»Genau. Wo sie klemmen, musst du sie …«

Dingding.

Jetzt reicht's! »Das Ding macht mich wahnsinnig!«, schimpfe ich. »Ich fänd's echt super, wenn du es ausschalten würdest, solange du hier bist. Dieses ständige Getüdel und Gebimmel, Herrgott nochmal! Als würde ständig wer dazwischenquatschen. Ich muss immerzu wirrplinken. Das nervt total, keinen Satz zu Ende zu bringen.«

»Du musst was?«

»Wirrplinken.«

»Was auch immer das ist«, mit dem Daumen weist er über die Schulter auf mein Wörterbuch, »das Holz da hinten weiß Bescheid.«

»Dieser Handyton«, erkläre ich ungeduldig. »Er plinkt sich in jedes Gespräch, jeden Gedanken, verwirrt einen, und dann muss man den Faden wiederfinden. Wenn das einmal ist, okay. Aber am laufenden Band? Geht dir das nicht auf den Wecker?«

Taros Brauen heben sich, und Belustigung blitzt in seinem Blick. »Nein, ehrlich gesagt, hör ich's gar nicht so richtig. Zumindest hab ich's eben nicht gehört.«

»Dann kannst du's auch aus- oder lautlos schalten.«

Er holt das Gerät aus der Hosentasche und killt den Ton.

»Sorry«, murmele ich, weil mich das schlechte Gewissen packt. Erst ruiniere ich seinen Schrank, dann heule ich deshalb herum, und nun mache ich ihm auch noch Vorschriften zur Handynutzung.

Taro nimmt eine der Türen. »Die Scharniere also?«

Ich sage ihm, wo er das Öl findet, und gehe dann zu Gustav, dem Gründerzeit-Kleiderschrank, um ihn auseinanderzubauen.

Wir arbeiten in Stille. Auch die Stereoanlage schweigt. Fröhlicher Achtzigerpop würde nicht zum Kreissägendrama passen, und trauriger Achtzigerherzschmerz würde die Beklommenheit vertiefen. Hin und wieder schaue ich, was Taro macht und ob er Hilfe braucht, doch er scheint klarzukommen.

Mit den Scharnieren ist er schnell fertig und nimmt sich eine Schiebetür vor, um ihren Lauf in der Schiene, in der sie eigentlich sitzt, zu überprüfen. Bald findet er den Fehler, sucht sich feines Schleifpapier aus der bereitgestellten Kiste und bearbeitet das Holz behutsam.

Nachdem ich Gustavs Türen und das Brett der Hutablage abgenommen habe, stelle ich mich in den Korpus, um das Kopfteil zu lösen. Als ich es anhebe, ist Taro zur Stelle, um mir damit zu helfen. Wieder an seinem Arbeitsplatz, schnappt er sich die schmalste der Schubladen, das hinter dem Türrahmen verborgene Geldfach. Er dreht es in den Händen und schaut nach, ob es einen Zwischenboden hat.

Diese und alle anderen Schubladen habe ich bereits auf Geheimfächer untersucht und könnte ihm sagen, dass es keins gibt. Aber diese Feststellung kann er gern selbst machen und bis zur letzten Schublade auf eine spannende Entdeckung hoffen. Ein antiker japanischer Teeschrank hat schließlich einiges Potenzial.

»Hattest du schon Möbel mit Geheimfächern bei dir?«, fragt er.

»So einige. In alten Schreibtischen sind sie beinahe Standard. Bei den meisten waren die Geheimfächer allerdings nicht mehr geheim. Die Besitzer wussten davon.«

»Aber einige hast du bei der Restauration entdeckt.«

»In zwei Apothekerschränken habe ich solche Fächer gefunden. Es waren größere Exemplare als Anton, Bodenschränke, mit sehr vielen Schüben. Beide hatten falsche Seitenwände, ganz schmal. Dahinter gab es Halterungen für Ampullen.«

»Wow, spannend! Welche Medikamente wurden dort aufbewahrt? Irgendwelche besonderen Substanzen ohne Patent, die vor Diebstahl geschützt werden mussten?« Taro lacht. »Ein Mittel für ewige Jugend?«

Ich schmunzele. »Und Gift.«

»Ach du meine Güte!«

»In einem der Schränke hat sogar noch eine Ampulle gesteckt. Was auch immer mal darin war, ist über die Jahre natürlich verdunstet.«

»Das Gift, mit dem sich Romeo und Julia das Leben genommen haben.«

»Eher nicht. Es war kein italienischer Schrank, sondern einer aus Schweden.«

»Was hast du mit der Ampulle gemacht?«

»Sehr gut ausgespült und dem Besitzer des Schranks mitgegeben. Er ist Apotheker und war völlig aus dem Häuschen.«

»Das kann ich mir vorstellen.«

Ich erinnere mich an eine weitere Entdeckung. »Da war diese Rokoko-Kommode. Wunderschönes Stück. Hinter einer Zierleiste habe ich ihr Geheimfach gefunden. Und darin einen Samtbeutel mit einem Rubin-Collier.« Die Härchen an meinen Armen richten sich auf bei der Erinnerung an diesen besonderen Moment. »Ich dachte, ich sehe nicht richtig. Das Ding war tausendmal wertvoller als die Kommode.«

»Ich habe gerade eine richtig dicke Gänsehaut«, höre ich von Taro. »Was meinst du, ist es dort auch vor Dieben versteckt worden?«

»Möglicherweise. Wahrscheinlicher ist aber, dass dieses Collier aus gesellschaftlichen Gründen nicht vorzeigbar war, dass es nur zu sehr privaten Treffen hervorgeholt und getragen wurde. Wenn du weißt, was ich meine.«

»Eine verbotene Liebe oder Affäre.« Taro kommt herüber und hockt sich auf die Kante der nächsten Werkbank. »Jetzt habe ich aber Kopfkino.« Seine Stimme wird ein wenig leiser, dunkler. »Ein prunkvolles Schlafzimmer, gedämpftes Kerzenlicht, ein prächtiges Himmelbett mit zerwühlten Seidendecken und vielen Kissen. Darauf eine Frau mit blasser, makelloser Haut und üppigen Kurven. Beim hemmungslosen Liebesakt haben sich ein paar widerspenstige Strähnen aus ihrem Dutt befreit und stehen von ihrem Kopf ab.«

Ein Lachen bricht aus meiner Kehle, als ich gerade die rechte Wand des Schranks abheben will. »Jetzt hör auf!«

Taro hebt die Wand für mich herunter, stellt sie beiseite und setzt sich wieder.

»Sie trägt nichts als das Rubin-Collier.« In einer lasziven Geste, aber grinsend streckt er den Arm aus. »Wirft einen sehnsuchtsvollen Blick zu ihrem Liebhaber, der nackt am Fenster steht und die Zigarette danach raucht.«

»Ich glaube nicht, dass sie damals Zigaretten geraucht haben.« Immer noch lachend lockere ich die Dübel der linken Seitenwand, indem ich sie sachte anhebe. »Der Adel zumindest nicht.«

Taro lässt den Arm sinken und winkt ab. »Pff, Details! Dann raucht er eben die Pfeife danach.«

»Das klingt unsexy.«

»Stimmt.« Grüblerisch schaut er zur Decke, dann sieht er mich wieder an. »Er denkt an seine Gesundheit, hat mit dem Rauchen aufgehört. Er steht also nackt am Fenster und nippt am Rotwein. Erfüllt von Melancholie.«

»Melancholie ist sexy.«

»In Maßen, ja.« Taro legt sich die Hand übers Herz und setzt eine leidende Miene auf. »Er ist in Unmaßen melancholisch. Gleich muss er das holde, liebliche Rehlein verlassen und heimkehren zum Drachen und zur Brut.«

»Nun ruinierst du die Stimmung.«

Er glättet die Miene, grinst wieder. »Es ist schön, mit dir rumzuspinnen.«

»Wir spinnen nicht rum.« Belehrend hebe ich den Zeigefinger und stehe auf, hocke mich auf die Kante einer anderen Werkbank. »Wir sentoflirren.«

»Hm, dieses Wort steht auch an deiner Wand. Lass mal

überlegen.« Er denkt kurz nach, kneift dabei ein Auge zu und startet einen ersten Versuch. »Wir lassen unsere Gedanken flattern, und sie flirren in längst vergangene Zeiten. Dabei übertreiben wir ein bisschen, sind romantisch, sentimental.«

»Gar nicht schlecht.« Ich stehe wieder auf und hebe die linke Seitenwand vom Sockel, bevor er mir das schon wieder abnehmen kann. Vorsichtig stelle ich sie ab und nicke zu Taros Arbeitsplatz hin. »Du solltest mal weitermachen, sonst sentoflirrst du um Mitternacht noch hier herum.«

»Es gibt Schlimmeres.«

Auf dem Weg zu Yuuto-sans Einzelteilen hält er inne. »Gibt's heute eigentlich keine Musik?«

Nicht von mir. »Such dir was aus und leg es ein.«

Während ich die Schrankteile mit einem Tuch abwische, bin ich auf Taros Wahl gespannt. Er kramt in der Kiste, nimmt Tapes in die Hand, betrachtet sie und legt sie zurück. Einige Minuten später deutet sein »Ah, sehr gut« darauf hin, dass er etwas gefunden hat. Er zieht das Tape aus der Hülle, legt es ins Deck und drückt die Playtaste.

Taro schleift schon wieder an einer Schublade, und ich höre immer noch nichts. Gerade frage ich mich, ob er einen falschen Knopf gedrückt hat, da vernehme ich ein atmosphärisches Summen, als wäre jemand auf einer Orgeltaste eingeschlafen. Eine Sekunde später macht es klick. *Where The Streets Have No Name* ist der erste Song des 1987 veröffentlichten U2-Albums, *The Joshua Tree*, auf dem es praktisch keinen Song gibt, der nicht grandios ist. Nicht ohne Grund hat das *Rolling Stone*-Magazin es auf der Liste der besten Alben aller Zeit ziemlich weit nach vorn gewählt – so weit vorn man eben landen kann, wenn man es mit den Alben der Beatles, der Stones und Bob Dylan aufnehmen muss.

Ein merkwürdiges Gefühl fließt durch meine Brust, als mir klar wird, dass ich dieses Tape hiernach nie wieder hören werde, ohne daran zu denken, dass Taro es heute Abend ausgesucht hat. *The Joshua Tree* ist ab sofort von Taro eingefärbt.

Ist es eine gute Färbung?

Wer weiß!

Follower

Überraschung! Yasmin vom Pop-up-Store-Event ist YouTuberin!

Ihr Kanal ist eine Art Wundertüte. Mal spricht sie über Erzfeindinnen, mal über versehentliche Beziehungen zu TikTok-Fuckboys, mal über die Folgen von übermäßigem Alkoholkonsum und andere Male über ihr neues Nageldesign, das ihr nicht gefällt. Hin und wieder bespricht sie auch Produkte. Lockerflockig, mit Schmodder-Slang, den ihre sage und schreibe achthunderttausend Follower als offenherziges Quasseln bejubeln, erwähnt sie optische oder geschmackliche Merkmale, seien sie die einer Limo, eines Lippenstifts oder einer Leberwurst. Wenn gerade kein Leberwurst-Review ansteht, kein Exfreund Drama macht und ihr keine Erzfeindin in die Quere kommt, erfährt man von ihr, warum der Valentinstag das Weihnachten der Taschentuchhersteller ist. Yasmins Lieblingswort? *Cringe.* Und ja, sie hat es geschafft, eine Leberwurst cringe zu nennen. Ein Talent, dem man nicht jeden Tag begegnet!

Nun hat sie ein neues Objekt ihres Cringe-Wahns gefunden: mich. Als bräuchte ich ganz dringend noch ein Problem. Ganze zwanzig Minuten geht das Video, in dem sie sich über mich auslässt.

»Yo Homies, gestern war ich in Charlottenburg, bei diesem Event von Königsmarck, also die mit den Hemden. Dachte, das wird mega lit. Speed-Dating wollt ich schon immer mal checken. Dachte auch, wenn Taro von Make Her Yours die Jungs coacht, kann das nur gut werden. Aber, big fail! Nur lahme Typen, alle dreißig plus. No offense gegen ältere Macker, aber die waren ultra cringe! Und wisst ihr, wer King of Cringe war? Taro! Checkt das mal: Beim Date-Hopping hat der mich angestarrt, als hätt der noch nie eine Frau gesehen. Und danach, als ich gerade dippen wollte, labert der mich zu und erzählt mir irgendwelchen Shice. Ich, nur so am Nicken, hab mich gefragt, checkt der's nicht? So cringe, der Kerl! Dating-Expert, von wegen. Eher ein Snore-Garant. Aber das Krasseste kommt erst noch. Ich so im Talk: No way! Und er so: Komm, chill mal! Und plötzlich, bähm, taucht seine Freundin auf, und er macht auf unschuldig. Alter, der Typ ist in ner Beziehung und zieht trotzdem seine Moves bei der Tischlerin? Da checkt man erst mal, wie krass die Leute Fame gieren.«

Und so weiter und so fort.

Zum Glück muss ich nicht reagieren. Im Text unter dem Video hat Yasmin nämlich nicht nur mich, sondern auch Königsmarck getaggt, und Sarah hat bereits geantwortet.

> **@Königsmarck** Liebe Yasmin, schade, dass unser Event nicht ganz dein Ding war. Aber hey, wir planen weitere Events auch speziell für die Zwanzig-plus-Crowd. Vielleicht war da ein Zahlendreher bei deiner Anmeldung – zweiunddreißig statt dreiundzwanzig. Kein Problem, passiert den Besten! Aber cool, dass du das Gespräch zu Taro gesucht hast. Er hat sich gern Zeit für dich genommen. Übrigens: Er und Sarah sind nur gute Freunde. Beste Grüße, deine Königsmarck-Crew

Es ist der Kommentar mit den meisten Likes.

In meinem Video zum Fortschritt bei Juno konnte ich mich also auf das Wesentliche konzentrierten. Ich habe neue Fotos vom demontierten Teeschrank gezeigt und meine Arbeitsschritte kurz erklärt. Um die Sache aufzulockern, habe ich von Junos Abneigung gegen Handys und ihrem Wirrplinken erzählt. Mit psychologischen Beobachtungen und Analysen, die ich in Wirklichkeit nicht gemacht habe, konnte ich meinen Bericht ausschmücken und das Video auf eine Länge von zehn Minuten strecken, ohne Dinge zu erwähnen, die ungesagt bleiben sollten: Dass ein Schrankbrett versehentlich in Junos Kreissäge geraten ist – wie es dazu kommen konnte, ist mir schleierhaft. Juno selbst ist es auf keinen Fall passiert. Sie ist eine schlechte Lügnerin. Küchenpsychologie genügt, um das zu erkennen. Vermutlich deckt sie ihren Azubi.

Außerdem verschwiegen habe ich die Geschichte, die wir erfunden haben, das von Juno so bezeichnete Sentoflirren. Es hätte mir in die Karten gespielt und meinen Fortschritt gezeigt, doch den inneren Widerwillen, das Sentoflirren öffentlich zu machen, wollte ich nicht überwinden.

Mein Gewissen ist nur ansatzweise zufrieden mit der Biege, die ich genommen habe. Von den Erklärungen, die ich ihm gebe, will es nichts wissen, sondern sperrt mich in die stille Kammer meiner Gedanken und stellt mir immer wieder dieselbe Frage: Warum habe ich die Gelegenheit nicht genutzt?

Warum habe ich Juno nicht erzählt, dass mir dieser Schnitt im Seitenteil völlig egal ist, weil mir dieser Schrank völlig egal ist? Warum habe ich sie nicht beruhigt und ihr nicht gesagt, dass, wenn sich meine Großeltern im Grab umdrehen, dann nur wegen mir? Ich hätte ihr beichten können, dass Wetten in letzter Zeit mein Ding zu sein scheinen und ich mich nach der Wette auf meinem Kanal auf eine Wette mit Hiroshi-san aus Paderborn, seines Zeichens Restaurantbesitzer, eingelassen und den guten alten Yuuto-san im Suff zu einem Spottpreis ergattert habe. Dass ich genau die sechshundert Euro, die sie mir als Entschädigung zahlen wollte, dafür ausgegeben habe.

Die Antwort ist eigentlich klar. Ich habe es nicht getan, weil ich die Challenge damit verloren hätte. Wann immer ich meinem Gewissen diese Antwort gegeben habe, hat es erneut nachgefragt, als sei es nicht zufrieden. Als sei das nicht alles.

Und tatsächlich war es das nicht, denn hinter der ersten, naheliegenden Antwort tauchte eine zweite auf: Ich wollte Juno nicht verletzen.

Je mehr die Arbeit am Teeschrank voranschreitet, desto mehr Sorgen bereitet mir dieser Beweis. Wie soll ich das anstellen, wenn meine Schilderungen allein für Flirt Force One nicht zählen? Zudem kann ich nicht abschätzen, ob Juno mir den Beweis je von allein liefert. Und ganz ehrlich, ich will es überhaupt nicht mehr darauf anlegen. Ein Teil von mir wünscht sich sogar, dass Juno es nicht tut, dass wir uns am Ende einfach trennen und ich dann schaue, wie es weitergeht. Vielleicht bleiben genügend Follower, denen ich frischen, echten Content liefern kann. Vielleicht gibt es einen Weg, wie ich verlieren kann, ohne den Kanal zu verlieren.

Nachdenklich überfliege ich die Kommentare zum neuen Video.

@LOLord888 Ein pic von der bitte! 📷 Will wissen, wie die aussie👀

@JanMueller Alter, du lässt es echt langsam angehen! 🕐

@Simon7703 Sorry, aber ich glaub dir kein Wort. In der Zeit hätte ich zehn Ladys rumgekriegt.

@LordieMXP Wann ist der Schrank endlich fertig?

@AGirlWithDreams Sooo nice! Ist wie im Märchen. Kann die nächste Folge kaum abwarten. ✨😍✨

@Klausi1969 Ich bräuchte immer noch eine Buchempfehlung bitte.

@YasmiNova Scheißkerl! 😫

@JamieLicksilver Bist echt ein held machst richtich gut hast sie bestimmt bald in der kiste.

@FlirtForceOne Mit deinen Fähigkeiten hättest du längt Erfolg haben müssen. Es wäre nur fair, wenn du dir ein Zeitlimit setzen würdest. Sonst warten wir nächstes Jahr noch.

@JanMueller Genau. Ich finde, in spätestens einer Woche sollte es erledigt sein.

@Simon7703 Ein Zeitlimit muss unbedingt her. Dann kann er uns nicht ewig hinhalten.

Der Kommentar von Flirt Force One und die ersten beiden Reaktionen darauf treiben meinen Puls kurz auf ungesunde Hochtouren, doch ich beruhige mich schnell wieder. Kellinghusen will provozieren und mich weiter unter Druck setzen. Ich werde einen Teufel tun und mir eine Deadline setzen!

Kurz nach sechs, sagt die Uhr. Also klappe ich das Notebook zu und mache mich auf den Weg zu Juno. Unterwegs halte ich an einem Supermarkt, um ein paar Vorräte aufzustocken.

Im Gang mit dem Naschkram schnappe ich mir eine Packung Gummibären, da höre ich ein Kichern und verhaltene Stimmen.

»Ist er das?«

»Das ist er echt, oder?«

Als ich mich umdrehe, sehe ich noch die Staubwolken von zwei Mädchen, die fluchtartig im nächsten Gang verschwinden. Wieder höre ich sie kichern, dann ein merkwürdiges Geräusch, ein Rappeln, ein Ploppen und Knistern, gefolgt von schrillem Gelächter.

»Oh mein Gott, du bist nicht wirklich gerade in die Chips gefallen?! Warte, ich mach ein Pic.«

»Nee, ich schwör! Ich bring dich um, wenn du das postest.«

»Ist doch aber voll lustig. Hashtag ChipsPlungeMisery.«

Ich gehe weiter. Die Mädchen folgen mir und diskutieren, ob Hochformat besser als Querformat ist. Es dauert ein paar

Sekunden, bis mir klar wird, dass sie jetzt Aufnahmen von mir machen, ein Video vermutlich. Für den Matcha-Latte, den ich nachmittags gern trinke, nehme ich drei Packungen Mandelmilch, skippe ein paar Dinge, die ich eigentlich auch kaufen wollte, und verdrücke mich in Katz-und-Maus-Manier durch das Lebensmittel-Labyrinth in die Obstabteilung. Mit einem leicht gehetzten Gefühl und Kribbeln im Nacken suche ich meine Apfelsorte, da höre ich sie schon wieder hinter mir.

»Jetzt wird's spannend«, sagt eine. Die andere pfeift die Jeopardy-Melodie. »Greift er zu Bio- oder Giftobst? Gleich werden wir's wissen.«

Ist das etwa ein Livestream? Welchen Hashtag vergeben sie wohl dafür? SupermarktStalker würde gut passen.

Um dem ungewollten Rampenlicht zu entfliehen, lasse ich die Äpfel Äpfel sein und bringe auf neuen Schlangenwegen durch die Supermarktgänge Mandelmilch und Gummibären zurück. Während ich mich an den Einkäufern, die an der Kasse warten, vorbeischlängele, werfe ich einen Blick über die Schulter und sehe die Mädchen aus einem Gang eilen, das filmende Smartphone immer noch vor ihren Nasen. Vermeintlich gelassen verdrücke ich mich nach draußen. Zum Glück parke ich weiter hinten und kann ungefilmt vom Parkplatz fahren.

Fünf Minuten später erreiche ich die Leopoldstraße in Connewitz – eine halbe Stunde zu früh. Neunzehn Uhr haben Juno und ich ausgemacht, doch die Uhrzeit habe ich auf meiner kleinen Flucht gerade vergessen. Kurz überlege ich, in der Werkstatt anzurufen und zu fragen, ob es jetzt auch schon passt, verwerfe den Gedanken aber. Das wäre albern. Wenn sie nicht in der Werkstatt ist, klingele ich halt. Eine Klingel gibt es ja.

Als ich aussteige, höre ich Musik. Sie kommt aus Junos Einfahrt und wird lauter, je näher ich dem Hof und der Werkstatt komme. Ein Song endet; ein neuer beginnt in der gleichen Lautstärke mit beherzten Klavieranschlägen.

In der Tür zur Werkstatt bleibe ich stehen. Halb von mir abgewandt steht Juno vor der Werkbank, an der sie zuletzt an diesem Kleiderschrank gearbeitet hat. Im rock 'n' rolligen Takt der Musik schwingt sie den Pinsel und trägt eine Flüssigkeit auf eine Schranktür auf. Abwechselnd wippt sie mit den Knien, wobei ihr Po in der abgewetzten, fleckigen Jeanslatzhose von links nach rechts, von rechts nach links wackelt. Lauthals singt sie mit: »Your hair's a mess, you better put on a dress and get your feet back on the ground. You fix your eyes for some city guys who wouldn't save you if you drowned.«

Ihre Stimme ist hell und klar, und ihr Tanz ist schlicht und ergreifend süß. So viel Spaß bei der Arbeit haben nicht viele.

Wie gebannt, ein Schmunzeln auf den Lippen, schaue ich zu, besinne mich dann und räuspere mich, doch mein Räuspern wird von der Musik geschluckt. Gerade erwäge ich, wieder vors Haus zu gehen und doch anzurufen, da beginnt der Chorus und Juno will in einer Pirouette um die eigene Achse schwingen. Dabei sieht sie mich. Überraschung fliegt in ihren Blick, kurz bevor sie stolpert und eher unfreiwillig hinter der zwischen uns stehenden Werkbank abtaucht.

Ich eile zu ihr. Sie sitzt auf dem Boden. Den Pinsel in einer Hand, den Kopf in der anderen, linst sie mich an.

Ich hocke mich zu ihr. »Hast du dir wehgetan?«, rufe ich über die Musik hinweg.

»Ich bin okay«, ruft sie zurück.

Ich halte ihr eine Hand hin, um ihr aufzuhelfen, doch sie kommt von allein wieder auf die Füße und flitzt zur Stereoanlage, um die Lautstärke herunterzudrehen.

»Was war das denn?«, frage ich amüsiert.

»*Holyanna* von Toto. Letzter Song auf dem *Isolation*-Album, 1984 veröffentlicht«, antwortet sie wie aus der Pistole geschossen und kehrt zur Werkbank zurück, um den Pinsel in ein Glas zu stellen.

Das meinte ich zwar nicht, aber gut.

»Du bist viel zu früh dran!«

»Ja, sorry! Ich wurde aufgehalten.«

Sie zieht die Brauen hoch. »Aufgehalten?«

»Angetrieben.« Grinsend schüttele ich den Kopf. »Vergiss es. Ich habe mich einfach in der Zeit vertan.« Und irgendwie hat sich das gelohnt.

»Da hat man einmal sturmfrei und dreht die Musik auf.« Ihre Stimme klingt anhaltend vorwurfsvoll, doch ihre Mundwinkel zucken belustigt.

»Und ich dachte, das machst du öfter.«

»Nein. Familie von Großeimern würde mir aufs Dach steigen, aber die sind vor einer halben Stunde weggefahren.« Sie nickt in die Richtung, in der sich die Einfahrt befindet. »Die Nachbarn. Wohnen im kleinen Haus links der Einfahrt.«

»Die heißen wirklich so? Von Großeimern?«

»Ja, aus dem Schloss ins Mietshaus. So schnell kann's gehen.« Sie schlägt die Hände zusammen und einen geschäftigen Ton an. »Gut, wo du schon mal da bist, kannst du auch anfangen. Heute füllst du die Kratzer mit Holzspachtel und schließt den Riss in der Maserung. Der Riss ist etwa acht Zentimeter lang und an der dicksten Stelle null Komma sieben Zentimeter breit, also brauchen wir drei Schmetterlingsverbindungen. Die baust du jetzt.«

Damit beginnt sie einen Vortrag über Holz und erklärt mir zuerst, dass der Riss im Holz entstanden ist, weil sich an dieser Stelle der Kern der Mole befindet. Wo einmal der Stängel der jungen Ulme war, hat sich mit der Zeit aufgrund des ringförmigen Wuchses eine enorme Spannung aufgebaut. Der Riss würde länger werden, würden wir ihn nicht mit den Schmetterlingsverbindungen davon abhalten.

Für diese Verbindungen hat sie ein Ulmenholzbrettchen so weit vorbereitet, dass es der Stärke von Yuuto-sans beschädigtem Seitenteil entspricht. Mit einem Bleistift zeichnet sie zwei Schmetterlingsformen auf das Holz und fragt mich, welche Version die richtige ist. Im linken Schmetterling verläuft die Maserung vertikal, im rechten horizontal.

Ich tippe auf den linken. »Den hier sollten wir nehmen. Hier stimmt der Maserungsverlauf mit dem der Seitenwand überein.«

Junos Laut lässt mich darauf schließen, dass meine Antwort falsch ist.

»Stabilität geht vor Optik«, sagt sie dann und erklärt, dass eine vertikal verlaufende Maserung dem Druck nicht standhalten und sofort mitreißen würde. Damit drückt sie mir den Bleistift und einen Anreißschieber in die Hand. Ich soll vier Zentimeter breite Schmetterlingssilhouetten auf das Holz zeichnen.

Wenig später bin ich mit einer Stichsäge bewaffnet und versuche, die kleinen Schmetterlinge so akkurat ich kann aus dem Brett zu sägen. Mit in die Seite gestemmten Händen steht Juno neben mir und schaut zu.

»War es immer dein Traum, Tischlerin zu werden?«, frage ich sie.

»Tatsächlich, ja. Als ich klein war, habe ich viel Zeit bei meinem Opa hier in der Werkstatt verbracht. Ich fand es faszinierend, wie einfache Holzbretter unter seinen Händen zu Möbeln wurden. Meine Freundinnen wollten Tierärztin, Pilotin und Schauspielerin werden und haben sich immer kaputtgelacht, wenn ich auf meinen Berufswunsch beharrt habe. Sie dachten, ich wäre mal wieder albern.«

»Also hast du dein ganzes Leben hier in Leipzig verbracht, bei deinem Opa auch gelernt?«

»Nein, als ich sechs war, sind meine Eltern mit mir nach Hamburg gezogen, weil sie dort besser bezahlte Jobs gefunden hatten.«

»Wann war das? Anfang der Neunziger, kurz nach dem Mauerfall?«

»Ein bisschen später. Vierundneunzig.«

Gedanklich jongliere ich kurz mit den Zahlen. Juno ist also 1988 geboren und damit sechsunddreißig. Zwei Jahre älter als ich.

Sie erzählt weiter: »Nach dem Abi habe ich die theoretische Ausbildung begonnen und diese ab dem zweiten Jahr im dualen System am Schauspielhaus fortgesetzt. Nach drei Jahren hatte ich meinen Gesellenbrief. Parallel zur Arbeit im Theater habe ich die Ausbildung zur Meisterin gemacht. Nach weiteren vier Jahren, 2013, hatte ich auch diesen Brief.«

»Dann hast du dein Ziel konsequent verfolgt. War es immer klar, dass du nach Leipzig zurückkehrst?«

Sie scheint zu zögern, speist mich zuerst mit einem einfachen »Nein« ab, sinkt kurz in ihre Gedanken und gibt mir doch noch ein bisschen mehr Details.

»Ich mochte die Arbeit am Theater, aber irgendwann habe ich eine Art Heimweh bekommen. Und Opa brauchte allmählich Unterstützung. Er hätte die Werkstatt verkauft, hätte ich sie nicht übernommen. Das wollte ich nicht.« Sie kommt ein Stück näher zu mir und betrachtet den dritten Schmetterling, den ich entstehen lasse. »Es hängen zu viele schöne Erinnerungen hieran. Ich konnte und wollte mir nicht vorstellen, dass hier irgendjemand anders tischlert.«

»Wann bist du zurückgekommen?«

»2014. Hin und wieder kamen damals Restaurationsanfragen rein, die Opa vor meiner Zeit abgelehnt hatte. Der Tür- und Fensterbau war sein Hauptgeschäft, doch in diesem Bereich fehlte mir das Kreative, das am Theater gefragt war. Weil ich bereits Erfahrungen im Bereich der Restauration hatte, habe ich diese Aufträge angenommen und die Werkstatt schließlich, als Opa in Rente gegangen ist, darauf spezialisiert.«

Juno nimmt die drei Schmetterlingsverbindungen und bringt sie zu Yuuto-sans Seitenteil, das auf der vorderen Werkbank wartet. Sie legt die Schmetterlinge über den Riss und drückt mir doppeltes Klebeband in die Hand. Damit soll ich sie aufkleben und ihre Umrisse mit einem Cuttermesser ins Holz ritzen.

Tatsächlich tut mir jeder Schnitt, den ich Yuuto-san zufüge, ein bisschen weh. Als mir Juno dann aber eine Bohrmaschine in die Hand drückt und mich auffordert, die Umrisse auszubohren, streike ich. »Das macht es doch noch schlimmer!«

»Es muss erst mal auch schlimmer werden. Na los, keine Hemmungen! Auf geht's!«

Das Kreischen der Bohrmaschine zerreißt die Stille. Ich zögere noch einen Moment, bohre dann das erste Loch, ein zweites und ein drittes, bis die erste Silhouette grob ausgebohrt ist. Bei jedem Bohren entschuldige ich mich insgeheim bei Yuuto-san und verspreche ihm, dass ich das alles wiedergutmache – in der Hoffnung, dass es wirklich so sein wird.

Nachdem alle drei Silhouetten klaffende Löcher sind, was ein ziemlich grauenvoller Anblick ist, bringt Juno mir einen Meißel und einen Hammer, damit ich die Umrisse fein ausmeißele. Ich soll vorsichtig sein und darauf achten, dass der Riss nicht weiterwandert. Wummernden Herzens setze ich den Meißel an, haue mit dem Hammer auf den Griff und kneife ein Auge zu, als das Holz nachgibt. Glücklicherweise tut es das in der gewünschten Form.

Im Anschluss ans Meißeln geht es ans Einsetzen der Schmetterlingsverbindungen. Mithilfe eines Klotzes, den ich darüberlege, schlage ich sie Stück für Stück in Yuuto-sans Seitenteil. Als die letzte sitzt, nimmt Juno das Brett auf und betrachtet es.

»Sehr gut«, murmelt sie. »Jetzt ist es stabil. Der Riss wird nicht weiterreißen.«

Sie bringt mir einen Spatel und Füllmasse, mit der ich den

noch sichtbaren Riss und auch alle kleinen Kratzer an sämtlichen Holzteilen auffüllen soll. Offenbar kann ich nun nichts mehr falsch machen, denn sie geht zu ihrer Werkbank zurück, nimmt den Pinsel aus dem Glas und tunkt ihn in die Dose, um die Schranktür weiter mit der Lasur einzustreichen.

»Was ist mit dir?«, höre ich sie fragen. »Du bist kein gebürtiger Leipziger, oder?«

»Ich komme aus München«, antworte ich, während ich die Masse in den Riss drücke und zu glätten versuche. »Fürs Studium bin ich hergekommen und geblieben.«

»Weil du die Stelle in der Klinik bekommen hast.«

Es ist keine Lüge, sage ich mir, als ich ihre Vermutung bestätige. Mit dem Job und meiner damaligen Partnerin hatte ich gute Gründe, in Leipzig zu bleiben. Als sich alles änderte, sowohl mein Beschäftigungs- als auch mein Beziehungsstatus, hatte ich mich längst eingelebt und betrachtete Leipzig als meine Heimat. Ich war zehn Jahre aus München fort und wollte nicht zurückkehren.

Natürlich würde ich das Thema gern fallen lassen, aber Juno fragt. Also erzähle ich ihr mehr von der Arbeit, die ich seit sechs Jahren nicht mehr mache, und von Kollegen, die ich nicht mehr habe. Meinen Blick lasse ich dabei auf der Werkbank. Juno nicht anzuschauen erleichtert das Lügen ungemein.

Kurz vor zehn ist es geschafft. Yuuto-sans Kratzer und der Riss mitsamt den Schmetterlingsverbindungen sind unter einer noch hässlichen, aber glatten Schicht Füllmasse verschwunden. Juno betrachtet meine Arbeit und scheint zufrieden. Mit einem breiten Lächeln dreht sie sich zu mir und hebt die Arme in die Luft. Ehe ich mich versehe, umarmt sie mich und drückt mich ziemlich fest.

»Das hast du richtig gut gemacht«, sagt sie, und ich spüre, wie sie durchatmet. »Ich bin echt stolz auf dich.«

»Jetzt weiß ich endlich, was Schmetterlingsverbindungen

sind und wie man sie einsetzt«, gebe ich nach einigem Zögern zurück und lege die Arme um ihren zierlichen, warmen Körper. »Man lernt nie aus.«

Kaum ist diese Plattitüde über meine Lippen, da ärgere ich mich schon.

Man lernt nie aus! Warum ist mir nicht noch etwas Dämlicheres eingefallen?

Juno tritt zurück, sieht mich wieder an und lächelt immer noch.

»In den nächsten Tagen steht nur noch das Abschleifen an. Und dann ist dein Schrank ganz bald fertig.«

Toll!

Man lernt nie aus! Pff!

Ich ringe mir ein Lächeln ab, bringe aber nur ein schiefes Grinsen zustande. »Ich kann's kaum erwarten«, sage ich und klammere mich an einem Gedanken fest wie an einen in den Boden gerammten Pfahl, als würde ich Halt suchen, um einem heraufziehenden Sturm zu trotzen.

Es wird sich ein Weg zeigen, hallt es durch meinen Kopf. *Irgendwie kommst du aus dieser Nummer raus!*

Womöglitzen

[voːˈmøːɡ̊liːt͡sn̩] Verb.
Eine Handlung, mit der die Möglichkeit für das Eintreten einer unter Umständen wünschenswerten Situation aktiv zu einer Wahrscheinlichkeit gemacht wird.

Die Woche ist wie im Fluge vergangen. Am Mittwoch- und Freitagabend wurde Yuuto-sans Holz abgeschliffen, geölt und mit immer feinerem Papier weiter geschliffen. Die Kratzer sind verschwunden. Der Riss und der Schnitt sind nur noch zu erahnen, wenn man ganz genau nachschaut. Für heute, den Sonntagabend, stehen das Polieren und der Zusammenbau auf dem Programm. Dann heißt es Abschied nehmen. Taros Freund Carl sitzt auf Abruf bereit.

Beim Gedanken daran kurvt die altbekannte Schwere durch meine Brust, doch heute wiegt sie mehr als sonst. Dieser Abschied ist anders. Ich sage nicht nur Adieu zu Yuuto-san, sondern auch zu Taro.

In der Kassettenbox suche ich nach Musik, die zum Abend passen könnte. Bloß nichts Schwermütiges. Jedes zweite Tape kommt nicht infrage.

»Frau Klippstein? Hallo? Sind Sie hier?«, ertönt Frau von Großeimerns Stimme.

Ich linse um die Ecke zum Eingang.

Auf jeder Hand balanciert sie eine Salatschüssel und seufzt theatralisch. »Dachte ich es mir doch. Wann arbeiten Sie eigentlich mal nicht?«

Ist das eine rhetorische Frage?

»Die Jungs sind heute noch im Feriencamp. Wir sitzen mit Freunden im Garten und wollen grillen.«

Mit meinem Grill, wohlgemerkt. »Okay. Ist der Grill kaputt?«

»Nein, darum geht´s nicht. Kein Sägen, Bohren oder Schleifen heute, okay? Wir würden uns wirklich gern in Ruhe unterhalten.«

Ich gehe zur Poliermaschine, nehme sie und schalte sie ein. Leise summt sie los. »Wie ist es hiermit?«

»Wenn's denn unbedingt sein muss.«

Vor sich hin schimpfend trägt sie die Salate über den Hof zum Garten.

Ich widme mich wieder der Musikauswahl und finde das aus dem Jahr 1985 stammende Greatest-Hits-Album von The Cars, das überwiegend beschwingten New-Wave-Punk kompiliert. Sehr geeignet! Den ersten Song sollte ich vielleicht schon gehört haben, bevor Taro hier ist, sonst bezieht er ihn womöglich auf sich. Während ich das Tape einlege, singe ich die ersten Zeilen von *Just What I Needed* leise vor mich hin:

»I don't mind you coming here and wastin' all my time. 'Cause when you're standing oh so near, I kinda lose my mind.«

Der erste Satz ist absolut zutreffend. Es macht mir tatsächlich gar nichts aus, dass Taro herkommt und meine Zeit verschwendet. Der zweite passt hingegen gar nicht, denn ich verliere in seiner Gegenwart nicht den Verstand. Es ist einfach schön, wenn er da ist. Nicht mehr und nicht weniger. Es ist schön, ihm zuzuschauen, wie er Yuuto-san Schritt für Schritt restauriert. Es ist schön, seine Geschichten zu hören, die wahren und die, die er sich für die Möbel ausdenkt.

Vielleicht brauche ich einfach einen richtigen Arbeitskollegen. Den einzustellen, empfehlen mir Miriam und Konstantin schon lange, aber wenn ich jemanden einstellen würde, gäbe es für Azubis nichts mehr zu tun. Ich könnte nicht mehr ausbilden. Noch lebt meine Hoffnung, einmal jemanden anzulernen, der wie ich eine Faszination fürs Restaurieren hat.

Was Miriam angeht: Wüsste sie von dieser Geschichte, würde sie mir vielleicht auch ans Herz legen, Taro wiederzusehen. Außerhalb meiner Werkstatt.

Es ist elf Tage her, dass Taro den Teeschrank gebracht hat. So verrückt das klingt, aber in diesen elf Tagen habe ich mich an ihn gewöhnt. Natürlich kann ich mich genauso schnell wieder entwöhnen. In ein bis zwei Wochen wäre die alte Ordnung wiederhergestellt. An Abenden allein zu sein, ob hier, in der Werkstatt oder wo auch immer, wäre Normalität. Und es wäre okay. Das Ding ist nur: Ich möchte mich nicht so richtig entwöhnen. Nicht, weil ich mich langweile – ich habe Miriam und Konstantin, und zweimal in der Woche bin ich in der Selbsthilfegruppe eingespannt. Ich möchte mich nicht so richtig entwöhnen, weil ich Taro zu mögen begonnen habe. Ich höre ihm gern zu, habe Spaß an unseren Gesprächen. Ich schaue ihm gern zu. Und ja, ich schaue ihn gern an. Mir gefällt, wie er sich durch mein Reich bewegt, wie seine Hände über Yuuto-sans Holz streichen, wie behutsam er mit meinen Werkzeugen umgeht. Ich mag es, wie er manchmal aus einem Gedanken auftaucht und mich ansieht. Und ich mag es, wie er meinen Namen sagt, beiläufig, mal in einer Frage, andere Male einfach so. Juno. Von Anfang an hat da etwas in mir resoniert, und an jedem Tag, mit jedem Juno aus seinem Mund scheine ich mehr in Resonanz gegangen zu sein. Niemand hat je so schön Juno gesagt wie Taro.

Habe ich mich in Taro verliebt? Ganz klar, nein. Es ist ein großer Schritt zwischen Sympathie und Verliebtsein, von Liebe ganz zu schweigen. Dreimal war ich verliebt. Das erste Mal mit siebzehn, das zweite Mal mit dreiundzwanzig, zuletzt vor zwei Jahren. Ich weiß, wie sich Verliebtsein anfühlt, und ich weiß, dass es mir so nicht mehr so leicht gelingt wie früher.

Könnte ich mich in Taro verlieben, wenn wir mehr Zeit miteinander verbringen?

Vielleicht. Vielleicht würde ich mit der Zeit auch nur feststellen, dass wir, wie ich jetzt schon vermute, nicht zusammenpassen, weil sich unsere Lebensstile zu sehr unterscheiden. Unüberwindbare Differenzen würden dafür sorgen, dass die Gefühle eine Weile auf dem Level von Faszination und vielleicht auch körperlicher Anziehung stagnieren und sich irgendwann auflösen. So war es mit Konstantin und zuvor mit dem Mann, mit dem ich eine letzte, richtige Beziehung versucht hatte.

Ich muss grinsen, weil ich Miriams Vorwurf hören kann: Ich beschwöre es, male den Teufel an die Wand, verschließe mich.

Tatsächlich habe ich immer wieder versucht, mich zu öffnen, bin früher oder später aber gegen eine Wand gelaufen, an der es nicht weiterging. Drüberklettern war keine Option, denn einen Teil von mir hätte ich dafür zurücklassen müssen.

Mit einem Kopfschütteln sortiere ich meine Gedanken und betrachte sie neu. Mir wird klar, dass ich ein Wunschdenken auf Taro projiziere. Und das nur, weil wir einiges an Zeit miteinander verbracht haben, uns ganz gut verstehen und einander sympathisch finden. Wäre er irgendein anderer Mann, würde ich vermutlich die gleichen Überlegungen anstellen. Taro erscheint mir gerade besonders, aber er ist es nicht. Er ist nur ein weiterer Kandidat mit schlechten Chancen. Möglicherweise hat er nicht einmal den Wunsch, diese Chancen überhaupt auszuloten. Es wäre naiv von mir, würde ich seine Aufmerksamkeit und Freundlichkeit mit Interesse verwechseln.

Es klopft, und Taros gut gelauntes »Hallihallo« schallt zu mir rüber. Als ich mich zu ihm umdrehe, jubiliert eine kleine Freude in meiner Brust. Ja, ich sehe ihn wirklich gern an. Die Freude jubiliert noch einmal, als er mich mit der seit Mittwoch praktizierten Umarmung begrüßt.

»Na dann! Endspurt, oder?« Er schaut auf seine Armbanduhr. »Carl meinte, bis zehn kann ich anrufen.«

»Das schaffen wir«, gebe ich zurück und weiche seinem Blick aus, indem ich zur Werkbank gehe, wo Yuuto-sans Einzelteile warten.

Mit der dort angeschlossenen Poliermaschine demonstriere ich das Vorgehen am linken Seitenteil. Ganz leicht nur muss Taro die Maschine aufsetzen und übers Holz schieben. Bei anderen Holzarten würde man ein Polituröl verwenden, doch beim Ulmenholz des Teeschranks wäre das überflüssig. Wo das Baumwolltuch über ihn gesurrt ist, glänzt er, als hätte er eine Intensivkur hinter sich.

Taro nimmt mir die Poliermaschine ab und legt los. Ich schaue zu, wie er das erste Brett von beiden Seiten behandelt, und wechsele dann zu einem Nachtschrank-Set, an dem ich gestern, nachdem Gustav fertiggestellt war, zu arbeiten begonnen hatte.

Die beiden aus goldbraun schimmerndem Nussbaumholz gefertigten Schränkchen stammen aus Frankreich und gehören der Epoche des Neoklassizismus an. Louis und Madeleine haben Taro und ich sie am Freitag getauft, bevor er nach Hause gefahren ist.

»Wie geht's dem Liebespaar?«, erkundigt er sich, während er das fertige Brett wegstellt und ein anderes Teil auf die Werkbank legt.

»Sie genießen die Zweisamkeit, solange sie währt.«

Taro überlegt einen Moment, dann versteht er. »Ein tragisches Schicksal haben die beiden. Sie sind füreinander geschaffen, einander immer nahe, und doch getrennt.«

»Irgendein blödes Bett kommt halt immer dazwischen.«

»Ein Wunder, dass sie sich noch nicht in den Armen, ähm, in den Beinen liegen.«

Grinsend wende ich mich zu den Schränkchen um und betrachte zuerst das links stehende Nachtschränkchen, Madeleine, dann ihr optisch identisches Gegenstück. »Dabei ist Louis so ein guter Liebhaber.«

»Ist er das?«

»Oh ja, er hat viel gelernt von den Liebesbriefen, die in seiner Schublade aufbewahrt wurden, und versteht sich auf die Kunst der stürmisch-sanften Verführung. Er ist leidenschaftlich, aber auch zurückhaltend und denkt bei allem, was er tut, zuerst an Madeleine, an die Befriedigung ihrer Lust. Was er ihr zuflüstert, ist unanständig, aber nie aufdringlich, genau das, was sie hören muss, um sich fallenzulassen. Er versteht es, sie zu fesseln, mit Worten, mit Taten, sie sachte näher zu sich zu ziehen, ihrem wilden Herzen aber immer genug Raum zu lassen.«

Das Summen des Polierers ertönt.

Na toll!

Behutsam hebe ich die Marmorplatte von Louis, die sich gelöst hat, und entnehme dann seine Schublade. Meine verrückte Geschichte, mit der ich mich wohl ein bisschen zu weit aus dem Fenster gelehnt habe, echot durch meinen Kopf, als ich den Schraubenzieher an das obere Scharnier setze, um die Tür vom Korpus zu lösen.

Die Poliermaschine wird ausgeschaltet.

»Was ist mit Madeleine?«, fragt Taro.

»Ich weiß nicht. Sie ist sehr diskret«, antworte ich, ohne mich zu ihm zu drehen. Mein Blick wandert zum linken Schränkchen.

»Bestimmt hat sie auch den einen oder anderen Liebesbrief verborgen und heimlich studiert.«

»Bestimmt.«

»Ich finde, sie hat eine ganz besondere Anziehungskraft.«

»So, so!«

»Ich glaube, das Geheimnis ihres Reizes liegt in ihrer Offenheit. Außerdem hat sie ein gesundes Maß an Selbstvertrauen, und sie bringt Louis zum Lachen, manchmal sogar mitten im Liebesspiel. Mit einem verschwörerischen Schmunzeln oder einem tiefen Blick, beides Zeichen ihrer Sinnlichkeit, gelingt es ihr jedoch immer schnell, Louis' Fokus wieder auf seine Lust zu schärfen. Die innige, stundenlange Hingabe liebt sie so sehr wie kurze, leidenschaftliche Begegnungen, solange die Augenhöhe, ähm, Schubladenhöhe stimmt.«

Taros kleine Korrektur ruft mir in Erinnerung, dass wir über Nachtschränke reden. Ich warte noch einen Moment ab, doch er scheint mit seinen Ausführungen über Madeleines Qualitäten als Liebhaberin fertig zu sein. Zuerst werfe ich einen Blick über die Schulter und sehe ihn nur im Augenwinkel. Dann wende ich mich ganz um und begegne seinem Blick. Unweigerlich werde ich darin gefangen, mehr als je zuvor. Ein Lächeln umspielt Taros Mund. Mein Herz schlägt schneller, und Hitze steigt mir in die Wangen. Die Luft zwischen uns und der Werkbank, die uns trennt, wie Louis und Madeleine von einem Bett getrennt werden, scheint leise zu knistern.

»Und dann eine solche Fernbeziehung«, bringe ich in trockenem Ton hervor.

Taro blinzelt, als würde er sich selbst in die Gegenwart zurückholen, dann setzt er den Polierer aufs Brett und schaltet ihn wieder ein.

▼

Taro kommt vom Hof herein. Er war draußen, um seinen Freund anzurufen. In einer halben Stunde will Carl hier sein.

Die Arme vor der Brust verschränkt begutachtet Taro sein Werk. »Er ist wirklich schön geworden«, sagt er leise, mit beinahe ehrfürchtigem Klang in seiner Stimme. »Ich hätte niemals gedacht, dass er so aussehen kann.«

Ich stelle mich neben ihn und betrachte Yuuto-san zum x-ten und wahrscheinlich letzten Mal. Wirklich schön ist eine wirklich große Untertreibung. Der Schrank ist nichts Geringeres als fantastisch. Das war er schon vor der Restauration, doch jetzt ist er es in Perfektion. Für einen Moment ist es, als würde eine Art Stolz von Yuuto-san zu mir wabern. Er vermischt sich mit der spürbaren Wärme von Taros Körper und seinem ihm eigenen Duft. Eine eigenartige Mischung, die eigenartige Reaktionen in mir auslöst.

Ich kann ihn nicht einfach so gehen lassen.

»Was wirst du reinstellen?«, frage ich und mustere die Regale und Schubfächer hinten den Türen, deren Kristallscheiben Taro zuletzt auf Hochglanz geputzt hat.

»Ich weiß noch nicht. Etwas, das sich sehen lassen kann. Meine Ginsammlung vielleicht und ein paar schicke Gläser.«

Ich versuche, mir den Teeschrank als Teil von Taros heller, kühler Wohnzimmereinrichtung vorzustellen. Einen faszinierenden Kontrast wird er abgeben und einen besonderen Akzent setzen.

Ich kann ihn nicht einfach so gehen lassen!

Mein Blick fliegt zur Wanduhr – noch fünfundzwanzig Minuten – und wieder zum Schrank, auf die Spiegelung von Taro und mir in den Kristallscheiben. Taro schaut mein Spiegelbild an, ich seins.

»Wir sollten ihn dann mal einpacken«, beschließe ich und hole die Filzrolle aus einer Ecke.

Wortlos hüllen wir den fantastischen Yuuto-san in das schützende Material. Taro hält es fest, und ich fixiere es mit Tape. Eine zweite Schicht soll für extra Sicherheit sorgen.

Noch zehn Minuten.

Ich kann ihn nicht einfach so gehen lassen.

Und. Ich. Will. Auch. Nicht.

Warum, zum Teufel, fragt er mich nicht, ob wir uns nicht jenseits dieser Werkstatt einmal treffen wollen? Das ist doch das

Normalste der Welt. Hat er vielleicht eine Freundin oder Ehefrau, die ihn davon abhält? Er hat nie eine Frau erwähnt, aber gäbe es eine, wäre es natürlich ein Grund, eine Verabredung auszuschließen Das wäre irgendwie schade, wäre dann halt aber so.

Noch fünf Minuten.

Als Yuuto-san eingehüllt ist, richte ich mich auf, sehe Taro an und lasse meine Worte wie eine Floskel klingen, die man zum Abschied gern einmal anbringt. »Vielleicht sieht man sich ja mal wieder.«

Im Grün seiner Augen flackert es kurz, als würde Unruhe darin aufblitzen. Er hebt einen Mundwinkel zu einem halbwegs amüsierten Lächeln. »Die Wahrscheinlichkeit besteht natürlich.«

»Absolut, natürlich … die Wahrscheinlichkeit besteht.«

»Es ist halt so eine Sache mit Wahrscheinlichkeiten.«

»Ganz genau. Das Leben hat schon so manche Überraschungsparty geschmissen, und nicht jede war gut.«

»Zugegeben, ich bin kein großer Fan von Überraschungen.«

»Ich auch nicht.«

So kommen wir nie zum Punkt. Warum ist das so schwer? Bei keiner Geschichte hatten wir solche Schwierigkeiten, die richtigen Worte zu finden. Weil ich es nicht mehr aushalte, fasse ich mir ein Herz und frage einfach.

»Gäbe es etwas, das dagegenspräche, dass wir die Sache … womöglitzen?«

Sein zweiter Mundwinkel hebt sich. Nun lächelt er voll; auch seine Augen funkeln.

»Dass wir der Wahrscheinlichkeit auf die Sprünge helfen?«

Ich zucke mit den Schultern. »Es könnte Spaß machen.«

»Das könnte es.« Er glättet seine Miene und betrachtet Yuuto-san, als würde der ihm einen Rat geben. Er zweifelt. Er weiß nicht, wie er mir sagen soll, dass er überhaupt keine Lust darauf hat, ohne mich vor den Kopf zu stoßen.

Okay. Rückzug! »Das war nur so eine Idee! Wir müssen das nicht …«

»Nein!« Taro sieht mich wieder an. »Lass uns das machen. Wir womöglitzen es und sehen uns wieder. Worauf hast du Lust? Ein Essen irgendwo?«

»Ich bin kein Riesenfan von Restaurants. Wie wäre es mit einem Radausflug?«

»Eine Fahrradtour?«

Seine Frage klingt, als hätte ich einen Ritt zum Mond auf Einhörnern vorgeschlagen.

»Ja, du kannst eins der beiden Dinger in deinem Keller dafür verwenden. Die mit den beiden Rädern, einem vorn, einem hinten.«

»Danke für die Erleuchtung.« Er zwinkert, hebt das Kinn ein Stück an. »Ich habe mich schon immer gefragt, wofür die gut sind. Eine Radtour, okay. Und wohin?«

»Keine Ahnung, ins Blaue. Schauen wir einfach. Kommenden Samstag, wenn du Zeit hast. Wir könnten Essen und Getränke mitbringen. Ich, was ich gern esse und trinke. Du, was du magst.«

»Eine Radtour mit Picknick also.« Er nickt. »Samstag habe ich Zeit. Und ich freu mich.«

Er freut sich. Na also!

Und ich freu mich auch.

Apptrieb

[ˈɛpˌtʁiːp] Nomen, maskulin.
Sozialer Druck, mangels Alternativen über Messenger-Apps zu kommunizieren, insbesondere zu organisatorischen und informativen Zwecken in Gruppenchats.

Miriam ist seit gestern aus dem Urlaub zurück. Nach dem Treffen der Montagsgruppe sitzen wir vorm Puschkin und trinken Moscow Mules. Wir finden nicht so recht in ein Gespräch, versuchen es auch gar nicht, sondern genießen den Abend, beobachten die Passanten und geben uns der leichten Melancholie hin, die uns beide etwas bedröppelt.

Unser Medizinstudent Patrick hat sich heute von der Gruppe verabschiedet. Letzten Montag hat er mir angekündigt, dass seine Zeit bei uns zu Ende ist. Er wollte nur, dass Miriam bei seinem letzten Abend dabei ist. Es war schön. Patrick hat Bagels und Muffins mitgebracht, die während unserer Gespräche bis auf den letzten Krümel verputzt wurden. Am Ende gab es eine Gruppenumarmung, bei der ein paar Tränchen geflossen sind. Auch bei Miriam und mir. Patrick ist nicht ganz zehn Jahre jünger als wir, aber zumindest für mich hat sich der Abschied von ihm angefühlt, als ließe ich ein Kind in die Welt ziehen. Wie jedes Mal, wenn jemand geht, der lange bei uns war. Patrick ist drei Jahre lang zu uns gekommen und hat sich von uns zurück ins Leben begleiten lassen. Das Vertrauen, das er uns entgegengebracht hat, ist nicht selbstverständlich, ebenso wenig seine Beteiligung in der Gruppe. Schließlich gibt es immer wieder Menschen, die sich nicht wirklich öffnen und irgendwann einfach wegbleiben. Es ist sowohl schwer als auch gut, jemandem wie Patrick Tschüss zu sagen.

Ich muss an einen anderen Abschied denken. Den vom Lieblingsmonat. Nachdem Taro und Yuuto-san fort waren, bin ich hinauf in die Küche, wo mich die dreißig plötzlich vom Kalender angelächelt hat, als fragte sie mich, ob sie sich für den Juni einen guten Abschluss ausgedacht hat. Heute Morgen habe ich den Kalender auf den Juli umgeblättert, habe die Tage darauf angeschaut und mich gefragt, was sie wohl für mich bereithalten.

Miriam weiß noch immer nichts von Taro und seinem Teeschrank. Auf der Fahrt ins Musikviertel hat sie mir von ihrer Familienzeit an der Ostsee erzählt. André und sie hatten ein Ferienhaus auf der autofreien Insel Hiddensee gemietet, mit ihrem Nachwuchs faule Tage am Strand verbracht und Ausflüge zu einem Leuchtturm und durch den Nationalpark unternommen.

Als sich meine Gedanken lichten und sich die Melancholie langsam verflüchtigt, platzt Miriam mit etwas heraus. »Das hab ich dir noch gar nicht erzählt! Hab ich mich aufgeregt! Stell dir vor, ich bringe Theo und Luise heute Morgen in die Kita, und da findet ein Sommerfest im Stil einer Beachparty statt, mit Kostümen!«

»Ist doch cool.«

»Prinzipiell, ja. Aber wir wussten nichts davon. Stell dir meine Luise vor! Ihre Freundinnen im Meerjungfrau-, Piratin- und Rettungsschwimmerin-Kostüm und sie im stinknormalen Blümchenkleid. Sie hat die ganze Zeit geweint, weil sie gern eine Nuschel gewesen wäre.«

»Eine was?«

Miriam rollt mit den Augen, als müsste ich das wissen. »Was liegt am Strand und spricht undeutlich? Eine Nuschel! Das ist Luises Lieblingswitz. Wie auch immer, ich habe sie kaum beruhigen können. Theo war auch nicht begeistert, seine Kumpels als Poseidon und Matrose zu sehen. Er wäre gern als Papagei gegangen.«

»Hättest du nicht auf die Schnelle improvisieren können?«

»Na klar!« Miriam redet sich in Rage, als hätte ich mir die Beachparty ausgedacht. »Zaubere du mal auf die Schnelle ein Papagei- und ein Nuschelkostüm. Das hätte ich bestellen müssen. Außerdem musste ich mit Emma zur Krabbelgruppe.«

»Ist die immer noch? Die laufen doch alle längst.«

»Heißt halt noch so.« Sie blitzt mich verärgert an. »Meine Güte, wieso bist du so kontra?«

»Bin ich doch gar nicht. Hat André keine Kostüme in die Kita bringen können?«

Sie winkt ab. »Ich habe ihn angerufen. Er hat dann halt Badesachen, Sonnenbrillen, Sonnenhüte, Schwimmreifen und Schwimmflügel rausgesucht. Diesen Kram haben die Kids natürlich nicht als Kostüme akzeptiert und sich geweigert, ihn anzuziehen. Echt ärgerlich, das Ganze.«

»Warum habt ihr denn nichts von der Party und den Kostümen gewusst? Wurde das erst während eures Urlaubs geplant?«

»Es war schon länger im Gespräch. Auf den Elternabenden habe ich die Idee dazu auch mit ausgearbeitet. Nun haben einige Eltern aber nicht dichtgehalten, ihren Kids davon erzählt, und die haben es ihren Freunden gesagt. Am Schluss haben alle wohl so sehr gedrängelt, dass das Fest auf die Schnelle geplant wurde.«

»Okay, aber warum habt ihr nichts davon gewusst? Man hätte dich doch anrufen können.«

»Anrufen?« Miriam schüttelt den Kopf. »Ich bin nicht in der WhatsApp-Gruppe.« Unweigerlich plustert sie sich auf wie ein zorniges Huhn und sagt passenderweise: »Da schwillt mir der Kamm! Als wäre WhatsApp das allgemeingültige Kommunikationsmedium. Wer nicht bei WhatsApp ist, hat eben Pech gehabt.«

»Das ist wirklich übel!« Mitfühlend greife ich über den Tisch hinweg nach ihrer Hand. »Das kann echt nicht sein. Wer auch immer das organisiert hat, hätte dir Bescheid sagen sollen. Vielleicht haben sie es einfach vergessen?«

»Nein, das war pure Berechnung von Tina und Nadine. Sie haben diese WhatsApp-Gruppe vor Jahren ins Leben gerufen, weil das ach so praktisch ist. Ich weiß nicht, wie viele Diskussionen wir deshalb schon hatten, wie oft ich mir die Beschwerden der beiden angehört habe. Es sei ja viel zu umständlich, mich immer separat benachrichtigen zu müssen. Die Zeit hätten sie überhaupt nicht, und außerdem wäre es auch mit Kosten verbunden, weil ich kein iPhone habe und sie nicht einmal eine iMessage schicken können.« Sie schnaubt und ahmt den Tonfall der beiden mit spitzer Stimme nach. »Es ist schon ein bisschen asozial von dir, dich nicht zu integrieren. Wir ziehen hier doch alle am selben Strang.«

»Wie bitte?« Miriam hat inzwischen mein volles Mitgefühl. »Du? Asozial? Nur, weil du kein WhatsApp nutzt?«

»Nicht nur das. Angeblich bin ich auch eine schlechte Mutter, denn durch meine Weigerung schade ich meinen Kindern bewusst.« Sie kneift die Augen zusammen. »Ich wette, Tina und Nadine haben das Sommerfest genutzt, um mir zu demonstrieren, wie sehr Theo und Luise durch mein Verhalten im Nachteil sind.«

»Völlig verrückt! Sprich das bei den Erzieherinnen oder am besten gleich bei der Kita-Leiterin an.«

»Das habe ich. Glücklicherweise ist sie mir vor der Kita über den Weg gelaufen. Sie hat Verständnis gezeigt, weiß aber auch nicht, wie sie sich verhalten soll, denn sie möchte die von allen außer mir dankbar angenommene WhatsApp-Gruppe natürlich nicht verbieten. Sie bespricht es nun mit den Erzieherinnen und will dafür sorgen, dass ich bei so etwas künftig von denen benachrichtigt werde.«

»Eigentlich versteht sich das doch von selbst.« Ich lehne mich im Stuhl zurück, streiche mit dem Daumen nachdenklich über das Kondenswasser, das sich am Kupferbecher des Moscow Mules gebildet hat.

»Offenbar nicht. Offenbar versteht es sich nur von selbst, dass man WhatsApp auf dem Handy hat. Aber ich mache da nicht mit, bei diesem … diesem …« Miriam sucht nach einem passenden Wort. »Bei diesem, ich weiß auch nicht, Herdenzwang, diesem …«

Gern helfe ich aus: »Bei diesem Apptrieb.«

»Ganz genau. Ein Apptrieb ist das!«

»WhatsApp ist nun wirklich nicht der vertrauenswürdigste Anbieter.«

»Absolut nicht.« Sie fasst sich an den Kopf und redet so laut, dass sich die Mädels am Nachbartisch verwundert umdrehen. »Das ist denen entweder nicht klar oder völlig egal. Der WhatsApp-Datenschutz ist eine Katastrophe, praktisch nicht existent. Alle Rechte am Bild tritt man automatisch ab, und sämtliche Daten werden mit Facebook und anderen Unternehmen geteilt. Überlege einmal! Alles, was du dort schickst, wird ausgewertet. Alles! Und diese Eltern teilen völlig gedankenlos Fotos von den Kids in der Gruppe.« Mit dem Zeigefinger tippt sie auf den Tisch. »Wehe, von Theo oder Luise wird jemals ein Foto über die App versendet. Und wenn sie nur im Hintergrund zu sehen sind. Ist mir scheißegal! Dann gibt es richtig Ärger!«

»Wie erfährst du davon, falls es passiert?«

»Oh, glaub mir, das macht schon irgendwie die Runde.« Miriam bläst die Wangen auf und pustet die Luft raus. Dann atmet sie durch und reibt sich mit der Hand übers Gesicht. »So, nun bin ich das los.«

Dass sie sich den Ärger von der Seele geredet hat, ist zwar gut, doch das Problem löst das freilich nicht. Ich befürchte, ihr stehen in den kommenden Jahren noch weitere Diskussionen bevor. Und mir selbst vielleicht auch. Irgendwann. Ich weiß nicht, ob ich jemals Kinder haben werde. In jedem Fall wäre ich ähnlich protektiv und würde wahrscheinlich als dreifach asozial und unverantwortlich gelten, weil ich nicht einmal ein Handy besitze. Wenn es schon ein Problem ist, eine reguläre E-Mail oder Nachricht zu senden, dürfte ein Festnetzanschluss mit Anrufbeantworter eine absolut unzumutbare Hürde darstellen.

Miriam holt mich aus meinen Gedanken. »Was hast du so gemacht in den letzten Tagen?«

Während sie Moscow Mule durch den Trinkhalm zieht und auf meine Antwort wartet, überlege ich, wo ich bei der Sache mit Taro und der Restauration beginnen soll, finde aber keinen Anfang. Also erzähle ich von anderen Happenings.

»Martha, die Biedermeierkommode, wurde ausgeliefert. Gustav, der Gründerzeit-Kleiderschrank, ist fertig. Vorgestern habe ich mit Louis und Madeleine begonnen, zwei Neoklassizismus-Nachtschränke. Ein Bücherschrank ist eingetroffen, auch Gründerzeit. Friedrich.«

Miriam zieht eine Braue hoch. »Irgendwas mit Menschen?«

»Aurelius hat seit letzter Woche Urlaub. Als ich mit Konstantin frühstücken war …«

»Hey, wieso sagst du das nicht gleich«, unterbricht mich Miriam freudestrahlend. »Findet ihr doch wieder zusammen?«

»Nein, das war einfach so. Auf jeden Fall ist Ruben am Café vorbeigekommen und hat sich merkwürdig verhalten. Ich glaube, Konstantin hat ihn aus dem Konzept gebracht. Letzten Donnerstag, in der Gruppe, hat er sich kaum beteiligt und beim Aufräumen habe ich auch eher einen Monolog geführt. Keine Ahnung, was mit ihm los ist.«

Miriam grinst. »Klingt, als würde der gute Ruben dich ein bisschen mehr als gernhaben. Er wird eifersüchtig sein, auf Konstantin.« Ihr Grinsen wird breiter. »Wer weiß, vielleicht steckt ja ein Tiger in ihm?«

Allein die Vorstellung ist absurd. »Ich habe nicht vor, es herauszufinden. Ruben wird sich schon wieder einkriegen, früher oder später. Ich könnte ihm natürlich sagen, dass Konstantin nur ein Freund ist, aber wenn es ist, wie du denkst, wäre das ein falsches Signal.«

»Da könntest du recht haben.« Miriam schließt die Augen, geht einen Moment lang in sich und sieht mich dann wieder an. »Ich habe euch beide als Paar visualisiert, dich und Ruben.« Sie verzieht den Mund zu einem bedauernden Strich. »Funktioniert nicht, weder optisch noch charakterlich.«

»Ach, tatsächlich?«

»Hey, aber betrachte es als ein Kompliment, dass er dich mag. Er ist ein netter Kerl.« Sie streckt sich, gähnt. »Na ja, klingt auf jeden Fall, als hättest du eher beschauliche Tage erlebt.«

Es zwickt in mir, als würde ich innerlich gekniffen werden, damit ich Miriam die einzig wirklich interessante Sache erzähle.

»Und dann war da noch dieser japanische Teeschrank«, hebe ich an, doch Miriam fällt mir wieder ins Wort.

»Noch ein Möbelstück!«

»Yuuto-san.«

»Wie auch immer.«

»Er gehört dem Hipster mit dem Apothekerschränkchen, Anton.«

Miriams Augen weiten sich vor Überraschung. Sie setzt den Becher ab. »Er hat gleich ein zweites Stück bei dir in Auftrag gegeben. Dann muss ihn deine Arbeit ja richtig überzeugt haben.«

»So war es nicht ganz. Er wollte diesen Teeschrank selbst restaurieren, weil er seinen Großeltern gehört hat. Seine Oma hat ihn aus Japan mitgebracht, als sie in den Fünfzigerjahren nach Deutschland kam.« Ich muss lächeln, als ich mich daran erinnere, wie alles angefangen hat. »Ich habe mir den Schrank angeschaut und ihm angeboten, dass er die Restauration unter meiner Anleitung bei mir durchführen kann.«

Miriams Augen werden noch ein Stück größer. »Und das hat er gemacht?«

»An einigen Abenden in den vergangenen zehn Tagen.«

»Und?«

»Gestern ist er fertig geworden und hat Yuuto-san wieder mitgenommen.«

»Hat er auch einen Namen, der Hipster?«

Ich forme den Namen in Gedanken, doch er will nicht so leicht über meine Lippen, nicht nach der Wende, die es gestern genommen hat.

»Taro«, sage ich schließlich. Ein wohliges Gefühl macht sich in mir breit.

Miriam verschränkt die Arme vor der Brust. »Erzähl!«

Das ist wie mein Startsignal, nun, da ich den Anfang über Yuuto-san gefunden habe. Ich lege los und teile die Geschichte mit ihr, wobei ich mehr ins Detail gehe, als es nötig wäre. Es ist wie ein Drang, bloß nichts auszulassen und Miriam nichts vorzuenthalten, damit sie Taros und meine Abende so gut wie live vor Augen hat.

»Du hast ihm das Wiedersehen angeboten«, sagt sie danach. »Nicht andersherum?«

»Warum nicht? Hätte ich warten sollen, bis er fragt? Vielleicht war er sich nicht sicher, ob ich das möchte.«

»Auf mich wirkt er nicht wie der unentschlossene oder zögerliche Typ.«

Warum wirkt sie so semi-zufrieden? Ich dachte, sie freut sich, dass ich auf einen Mann zugegangen bin, ihn treffen möchte. Ich habe wirklich keine Lust, solche Kleinigkeiten zu zerpflücken.

Bevor ich auch mal nörgeln und sie fragen kann, warum sie so kontra ist, schlägt sie einen euphorischen Ton an. »Aber ich find's gut!«

Na bitte! Es geht doch.

»Damals bei André war ich auch der Motor. Er wäre im Traum nicht auf die Idee gekommen, mich zwischen den Drinks, die er uns servierte, um ein Date zu bitten.«

»Natürlich nicht.« Ich erinnere mich, als wäre es gestern gewesen. »Jede zweite Frau hier hat mit ihm geflirtet. Wahrscheinlich hat er es als ein Phänomen des Jobs abgetan und wollte sich keinen Ruf einhandeln als der Kellner, der die Ladys abschleppt.«

»Die soll es auch geben.«

Miriams Blick verklärt sich ein wenig, als sie den aktuell im Puschkin arbeitenden Kellner an unseren Tisch winkt, damit wir bezahlen können. Er ist so alt wie wir und André damals, sieht André aber kein bisschen ähnlich. Dennoch scheinen Bilder der Vergangenheit vor Miriams Augen zu flimmern und sie an damals zu erinnern. Auf der Heimfahrt erzählt sie mir von ihrem ersten Date mit André, als hätte ich die Geschichte nicht schon zehnmal gehört. Ich unterbreche sie nicht, denn es ist schön, sie auch nach all den Jahren noch so verliebt zu sehen. Ich glaube, die wenigsten Paare haben dieses Glück.

Vor meinem Tor verabschieden wir uns. Ich schließe auf und schiebe mein Rad in den dunklen Hof. Hinter keinem Fenster des Nebenhauses brennt Licht. Nein, Familie von Großeimern schläft nicht, sondern ist am Nachmittag in den Urlaub geflogen. Zwei Wochen Mallorca für die Herrschaften – zwei Wochen Ruhe für mich! Herrlich!

In einem der Bäume im Garten sitzt die Nachtigall, die ich im Sommer immer wieder höre. Auch heute trillert und pfeift sie ihr melodisches Lied, präsentiert die breite Palette an Sequenzen, die sie draufhat. Sie lässt sich nicht stören und singt munter weiter, als ich nach hinten gehe und mich auf den Rasen lege, den ich diese Woche noch mähen sollte. Die Halme sind schon so lang, dass sie an meinen Wangen kitzeln. Ich strecke Arme und Beine aus, als wollte ich einen Grasengel machen, und schaue in den Nachthimmel auf vereinzelt blinkende Sterne. Die Stadt erzeugt zu viel Licht, als dass man mehr sehen könnte. Wenn ich könnte, würde ich jetzt alles Licht in Leipzig ausknipsen, für zehn Minuten nur.

Die Nachtigall im Baum stimmt eine neue Strophe an, als sich ein anderer Klang mit ihrem vermischt. Ich runzele die Stirn, lausche und begreife, dass es das Werkstatttelefon ist. Ein paar Sekunden verschwende ich auf die Verwunderung und überlege, wer mich um kurz nach elf anruft, dann weiß ich es irgendwie, springe auf, sprinte nach vorn und fummele den Schlüssel unterwegs aus meiner Tasche. Als ich die Werkstatt aufschließe, klingelt es drinnen zum sechsten Mal. Ich reiße die Tür auf und stürme an den Werkbänken vorbei ins benachbarte Büro.

Beim siebten Klingeln nehme ich das Gerät aus der Halterung und drücke auf den grünen Knopf, mit dem ich den Anruf akzeptiere.

Mein »Hallo« hört sich an, als bräuchte ich Sauerstoff.

»Hallo.« Taros Stimme klingt sanft und schwer.

Während ich versuche, wieder zu Atem zu kommen, lasse ich mich auf den Stuhl am Schreibtisch plumpsen und fächere mir Luft zu.

»Klingt nach vielen Stufen«, sagt er.

»Keine Stufen. War im Garten. Habe das Telefon gehört. Und dachte, es …«, herrje, ich werde ihm jetzt wohl nicht mitteilen, dass ich mir dachte, dass er es ist, der anruft, »… es sei ein Notfall.«

»Ein Notfall?« Er lacht leise. »Gibt es Leute, die Notfälle mit ihren Möbeln haben?«

»Du zum Beispiel.« Ich atme durch. »Dein Apothekerschränkchen war doch ein Notfall.«

»Das ist mir aber nicht mitten in der Nacht eingefallen.«

»Stimmt, also nein. Ich habe keine nächtlichen Möbelnotfälle zu versorgen. Ich dachte, es sei jemand aus der Selbsthilfegruppe. Wir haben uns vorhin getroffen.«

»Du bist in einer Selbsthilfegruppe?«

Weil wir dieses Thema bisher nicht angeschnitten haben, erzähle ich Taro kurz von NeMo, dass Miriam und ich den Verein gegründet haben. Die Details will ich für mich behalten und schwenke um auf das Puschkin und die Moscow Mules, die Miriam und ich bis vor einer halben Stunde dort getrunken haben. Bedauerlicherweise interessiert ihn das nicht so sehr wie die Selbsthilfegruppe.

»Warst du selbst von Mobbing betroffen?«

»Ich?« Ach du je! Jetzt muss ich schummeln. »Nicht wirklich, von den üblichen kleinen Schikanen abgesehen. Miriam ist die mit der Story. Sie hatte die Idee mit dem Verein und brauchte dabei ein bisschen Unterstützung. Na ja, ich hatte Zeit und so weiter.« Noch einmal hole ich tief Luft. »Warum rufst du an?«

»Weil Yuuto-san seinen Platz gefunden hat.« Er pausiert, als würde er sich diesen Platz gerade anschauen. »Stilbruch ist ein fabelhaftes Stilmittel. Aufregend, unangepasst. Gefällt mir richtig gut.«

»Das dachte ich mir. Wer sind denn Yuuto-sans Mitbewohner?«

»Ein hellgraues Polstersofa, ein weißer Couchtisch, zwei schmale weiße Vitrinen, ein hängender Wandschrank, auch weiß. Ein Esstisch mit vier Stühlen.«

»Weiß, hm?«

»Nein. Die Polsterstühle sind hellgrau und haben schwarze Metallbeine. Der Tisch hat die auch. Seine dicke Eichenholzplatte ist allerdings wieder sehr hell.«

»Klingt, als hätte dein Wohnzimmer ein bisschen Farbe gut vertragen. Welche Farbe haben die Wände denn?« Nicht auch weiß, bete ich im Stillen. Das wäre furchtbar.

Ich höre ihn schmunzeln. »Die sind rauchblau. Auf dem

Dielenboden, unter dem Couchtisch liegt auch ein rauchblauer Teppich, falls dich das tröstest.«

»Ungemein.«

»Ich habe Fotos gemacht und wollte sie dir gerade schicken.« Wieder lacht er. »Das geht natürlich nicht, aber ich zeige sie dir, am Samstag, wenn wir picknicken.«

»Okay.«

»Na dann … gute Nacht.«

Ich warte ab, ob er meinen Namen sagt. Tut er nicht. Schade.

»Gute Nacht, Taro«, antworte ich und lege auf.

Work-Life-Balance

Ich weiß nicht mehr, wann ich das letzte Mal an einem Mittwoch freigemacht habe. Einfach so, ohne im Urlaub zu sein. Eigentlich hatte ich ein volles Programm: die Quartalsbuchhaltung und ein Telefonat mit dem Steuerberater, die Analyse der Videoleistungsdaten zur Vorbereitung eines Telefonats mit einem potenziellen neuen Sponsor, das Community-Management, eine kleine SEO-Optimierung und die Skriptentwicklung für regulären Content. Vor all diesen Tätigkeiten hätte ich die letzte Folge der Juno-Episode aufnehmen müssen. Das am Sonntag, am letzten Restaurationstag, aufgezeichnete Video, in dem Juno mich um ein Wiedersehen bittet, ist geschnitten, bearbeitet und einsatzbereit. Ohne einen anderen Weg zu sehen und in der Hoffnung, die zugleich eine Angst war, dass Juno das Thema anspricht, war ich nach der Flirt-Force-One-Methode ausgerüstet. Eine winzige Kamera hat in meinem Hemdsknopfloch gesteckt und sowohl Bild als auch Ton aufgezeichnet. Damit habe ich den Beweis, den ich brauche. Alles könnte ein Ende haben. Endlich.

So gern ich diesen Schlussstrich ziehen und zu meinem regulären Content zurückkehren würde, ich bringe es nicht über mich, diese letzte Folge aufzunehmen und das entscheidende Material zu teilen. Ich habe die Challenge gewonnen, aber sie so zu gewinnen, fühlt sich vollkommen falsch an. Von diesem Gefühl abgesehen ist es auch ein Verrat an meiner Identität, Juno auf meinem Kanal zu zeigen, sie dem Publikum zu präsentieren wie eine Trophäe. Mit welchen Worten überhaupt? Wie soll ich sagen, dass ich gewonnen habe und mich doch wie ein Verlierer fühle? Und welches Argument finde ich für mich selbst? Es gibt kein Argument, das meine Handlung rechtfertigt, nicht einmal die Tatsache, dass meine Existenz auf dem Spiel steht, ist eins.

Denke ich nur an Junos vorsichtige Annäherung, an ihre neue Wortschöpfung ... Womöglitzen. Absolut sweet! Zu diesem Zeitpunkt hatte ich damit schon nicht mehr gerechnet, war zuerst überrascht und dann gerührt. So gerührt, dass ich die Kamera vergaß, und als ich mich an sie erinnerte, wollte ich die Aufnahme am liebsten stoppen. Ich wollte das verdammte Teil aus dem Knopfloch reißen und loswerden.

Ich kann das nicht veröffentlichen. Ich kann's einfach nicht. Ich brauche mehr Zeit und einen klaren Kopf. Mit einer Art Zwischenmeldung habe ich die YouTube-Meute also vertröstet und die Verzweiflung meiner Schwester zum Anlass für ein spontanes Verschwinden genommen.

Vorgestern, während ich mit Juno telefoniert habe, hat Aiko neue Fotos von den Zwillingen geschickt. Auf meine Antwort hat sie nicht reagiert. Heute früh, um vier Uhr dreiundzwanzig, hat sie geschrieben, dass sie am Rande des Wahnsinns stehe, weil sie praktisch seit der Geburt vor einem Monat nicht mehr richtig geschlafen, geschweige denn tagsüber auch nur eine Minute für sich gehabt habe.

Nach meiner Laufrunde um die Nonnenwiese habe ich sie angerufen, da hat sie alles heruntergespielt und behauptet, dass es nur ein paar Minuten der Erschöpfung gewesen wären, wie sie immer mal auftreten. Weil ich sie beinahe so gut kenne wie mich selbst, habe ich ein paar Klamotten zusammengepackt, meinen Autoschlüssel geschnappt und mich auf den Weg nach München gemacht.

Aiko hat vor Freude und zugleich Erschöpfung geweint, als sie mir die Tür aufgemacht hat. Ihr Mann Noel war am Morgen nach London geflogen, wo er bis zum Wochenende geschäftlich zu tun hat. Aiko tigerte eine Weile planlos herum, also habe ich mir die Basics erklären lassen, sie ins Bett verfrachtet und mich um die Zwillinge, Hugo und Henri, gekümmert – ohne den leisesten Plan. Aber den haben Eltern ja auch nicht, wenn sie das erste Mal auf ihr Kind losgelassen werden.

Fünf Stunden lang, von zwei bis sieben, hat Aiko geschlafen. Ich war fünf Stunden lang ziemlich beschäftigt. Erst einmal mit der Unterscheidung. Hugo, Erstgeborener: blauer Strampler. Henri, Zweitgeborener: roter Strampler. Dabei habe ich mich gefragt, ob Aiko und Noel ihre Jungs vielleicht schon versehentlich umbenannt haben, den ursprünglichen Henri inzwischen vielleicht Hugo nennen und vice versa. Die beiden sind eineiig, bis auf die Stramplerfarbe optisch identisch. Mir wäre das inzwischen ganz sicher passiert, beim Baden vielleicht. Wenn beide nur eine Windel tragen, würde ich an einem besonders müden Punkt zu grübeln beginnen, wer von beiden eigentlich zuletzt in der Wanne war. Hugo? Henry? Schulterzucken. Mit etwas Glück würde ich ihnen bei einer späteren Verwechslung vielleicht wieder ihre ursprünglichen Namen zuordnen.

Im Verlauf der fünf Stunden konnte ich einen Mythos widerlegen. Möglicherweise schlafen Single-Babys anfangs sehr viel, auf das Doppelpack trifft das jedenfalls nicht zu, zumindest nicht auf dieses. Zuerst wurde Henri wach und wollte brüllen, also habe ich ihn eine halbe Stunde lang durchs Haus getragen, ihn in meinen Armen geschaukelt und mit für mich nicht üblichem Vokabular auf ihn eingeredet, was ihn schließlich ermüdet hat. Kaum lag er schlummernd in seinem Bettchen, da wachte Hugo auf und startete das gleiche Thema. Unglücklicherweise weckte er auch Henri wieder auf. Also habe ich sie abwechselnd herumgetragen.

Dann war es Zeit für den Nachmittagssnack, den beide gleichzeitig einforderten. Aiko konnte nur kurze Zeit stillen, daher bekommen Hugo und Henri Ersatzmilch, deren synchrone Verabreichung eine große logistische Herausforderung darstellt. Ähnlich wie das Bäuerchen danach und das, was nach dem Bäuerchen passiert. Natürlich, der Klassiker! Beide lagen zufrieden in ihren Bettchen, als mir ein merkwürdiger Geruch in die Nase stieg. Ich schnüffelte an Hugo, erschnüffelte nichts Verdächtiges, schnüffelte an Henri, sah meinen Verdacht bestätigt und hob ihn aus dem Bettchen, was er nicht gut fand. Auch nicht, dass ich ihn auspackte. Völlig zu Unrecht. Seine Windel war sauber. Wie sich herausstellte, war Hugo doch der Hosenscheißer vom Dienst gewesen. Als ich ihn frisch gewindelt hatte, wobei ich von ihm angepinkelt wurde, beschloss auch Henri, das große Geschäft zu erledigen. Immerhin verzichtete er auf das Pinkeln, wobei es zu diesem Zeitpunkt auch schon egal war. Ich wartete ab, bis beide schliefen, und zog mich dann um. Als ich aus dem Gästezimmer kam, war Aiko wieder wach. Während sie sich um die Wäsche kümmerte, kochte ich uns Abendessen. Der Versuch, ohne Unterbrechung zu essen, war beinahe erfolgreich.

Jetzt, um kurz nach zehn, bin ich reichlich erledigt. Aber die Zwillinge sind gerade noch einmal wach geworden. Ich habe Henri das Fläschchen gegeben, Aiko Hugo. Jeder ein Baby auf dem Arm, sitzen wir auf der Terrasse. Die Sonne ist vor einer Stunde untergegangen, doch die Luft ist noch warm, der Abend lau. Rund um die Terrasse und im Garten haben sich Solarleuchten eingeschaltet.

»Vorgestern war ich nach längerer Zeit mal wieder auf deinem Kanal«, sagt Aiko und holt damit vermutlich zu einer umfassenden Kritik aus.

Schade! Der Abend hätte entspannt ausklingen können.

»Ich weiß auch nicht«, sagt sie weiter. »Seither starrt mich das Apothekerschränkchen irgendwie vorwurfsvoll an.«

»Ich hatte nach einer originellen Verpackung für deine Gutscheine gesucht und zeitgleich nach einem Möbelstück, das ich der Restauratorin bringen kann. Als ich das Schränkchen fand, bot sich eine Kombination an.«

»Hast du gedacht, ich finde es nie heraus oder dass mir die Geschichte zu diesem Schrank egal ist, wenn ich sie erfahre?«

»Nein und nein.« Ich werfe einen Blick zu Aiko hinüber. Oh ja, sie ist sauer. Und ich kann es nachvollziehen.

»Am liebsten würde ich das Ding wegschmeißen. Aber dann denke ich an diese arme Frau, die du gerade in aller Öffentlichkeit verarschst, und …«

»Ich verarsche sie nicht!«

»Nicht? Was dann? Ist sie etwa eingeweiht und spielt mit?«

Für eine Sekunde will ich Aiko sagen, dass es genauso ist. Es würde die Situation ungemein entstressen. Aber ich kann und will meine Schwester nicht anlügen. Noch eine Lüge könnte ich nicht mit mir herumschleppen.

»Sie weiß nichts, nein. Aber glaub mir, ich fühle mich alles andere als wohl damit. Anfangs ging es ja nur um eine Telefonnummer. Ich dachte, das sei schnell erledigt, und dann wäre wieder Ruhe auf meinem Kanal. Ich hatte gehofft, dass mich dieser Mistkerl von Flirt Force One dann in Ruhe lässt und meine Follower nicht weiter aufstachelt.«

Sie schnaubt verärgert. »Willst du mein Mitleid? Vergiss es!«

»Dein Mitleid ist das Letzte, was ich will«, knurre ich zurück. Leise Unruhe keimt in mir, als ich mich immer mehr wie ein Angeklagter ohne Hoffnung auf Freispruch fühle. »Es würde mir helfen, wenn du meine Lage verstehst.«

»Ich würde viel lieber verstehen wollen, wie du das mit deinem Gewissen ausmachst. Du ziehst irgendwelche Tricks bei ihr ab, schaust zu, wie sie dir nach und nach verfällt, und lässt sie fallen wie eine heiße Kartoffel, wenn sie ihren Zweck erfüllt hat.« Im Augenwinkel sehe ich, wie Aiko den Kopf schüttelt. »Das ist einfach widerwärtig! Ich schäme mich für dich!«

»Nicht nötig. Ich schäme mich selbst genug.«

»Echt? Davon ist nichts zu spüren. In deinem letzten Video, als du den fertigen Teeschrank in deinem Wohnzimmer präsentiert hast, warst du stolz wie Hektor. Du hast angekündigt, dass du nun zu dem Teil übergehst, in dem du dich rarmachst, und die Tage zählst, bis sie anruft.« Sie senkt die Stimme, um mich zu imitieren. »Und sie wird anrufen.«

Könnte Aiko bloß in mein Inneres schauen. Manchmal kann sie das. Manchmal versteht sie mit nur einem Blick in meine Augen, was in mir los ist. Heute nicht. Heute hält ihr Ärger sie davon ab, zu mir durchzudringen.

»Ich ziehe keine Tricks bei Juno ab«, erkläre ich ihr. »Anfangs habe ich die NLP-Methode bewusst eingesetzt, aber das mache ich schon lange nicht mehr. Was mein Gewissen betrifft: Wir stehen gerade auf Kriegsfuß, denn ich mag Juno und möchte ihr nicht wehtun. Und alle Videos zu dieser Challenge, die ich im Übrigen zutiefst bereue, sind eine Show. Ich entertaine die Follower. Momentan halte ich sie hin, um Zeit zu schinden und mir zu überlegen, wie ich da ohne große Verluste rauskomme.«

Von allen Worten reagiert Aiko ausgerechnet auf das eine, das die geringste Bedeutung hat. »Du entertainst die Follower, so so!«

Stöhnend lege ich den Kopf zurück und streichele Henris Kopf. Er ist auf meinem Arm eingeschlummert. Einen Moment lang, solange Aiko mich lässt, beneide ich ihn um sein junges Leben, in dem Sorgen und Verantwortung noch keinen Platz haben.

»Mir war nicht klar, dass du Entertainer bist. Mein Irrtum, sorry! Ich dachte immer, du seist Psychologe.« Sie macht ein beruhigendes Geräusch zu Hugo, der sich regt, redet dann weiter auf mich ein. »Dafür hast du studiert, Dr. Kaiser? Um eine Horde Flachpfeifen zu entertainen? Das ist deine Bestimmung?«

»Natürlich nicht. Meinst du, ich bin happy über diese Entwicklung? Hast du nur die Videos angeschaut oder in den Kommentaren auch gelesen, wie es zu dieser Challenge gekommen ist?«

»Ich hab alles gelesen, keine Sorge.«

»Wie hätte ich deiner Meinung nach reagieren sollen? Ich habe massiv Follower verloren, weil ich mich auf die Challenge nicht einlassen wollte.«

»Hättest du keine einstweilige Verfügung erwirken können?«

»Leider nein. Ich habe es von meinem Anwalt prüfen lassen. Es gab keine Grundlage dafür, kein Rankommen an Flirt Force One. Und die Follower selbst sind natürlich außen vor, denn sie teilen prinzipiell nur Meinungen und sind keine Mitbewerber.«

Sie tut es einfach ab und fährt unbeirrt fort: »Ich hätte nie gedacht, dass du mal so wirst. Ich habe dich immer bewundert, meinen Bruder angehimmelt. Lange Zeit wollte ich sein wie du. Aber, mein Gott, bin ich froh, dass ich es nicht bin. Die letzten Videos auf deinem Kanal sind einfach erschreckend, und in Anbetracht deines neuen Followertyps erscheinen mir alle vorherigen Beiträge wie Zeitverschwendung. Warum erkennst du das nicht?« Aikos grüne Augen funkeln verärgert im Abendlicht. Missbilligend verzieht sie den Mund. »Denkst du nicht langsam darüber nach, einen anderen beruflichen Weg einzuschlagen? Ist dieses Spiel, in das du geraten bist, nicht Anlass zu einer Veränderung? Machst du lieber einen Narren aus dir – und aus dieser Frau eine Närrin, einen YouTube-Spaß? Für deine Follower ist sie ein Objekt, eine Verführbare, die drauf und dran ist, in eine Falle zu tappen. In der Öffentlichkeit des Internets noch dazu. Das ist doch einfach grässlich.«

Aikos Worte und die Abscheu, die insbesondere im ersten Teil mitgeschwungen ist, verletzen mich. Ihre kühle Verachtung und dass sie wirklich gar kein Verständnis für meine Situation hat, das tut ganz schön weh. Zur gleichen Zeit kann ich ihre Reaktion nachvollziehen, denn ihre Gedanken zu Junos Rolle in diesem Spiel sind mir alles andere als fremd.

»Du wirst gebraucht«, raunt sie, als ich schweige. Hielte sie Hugo nicht, würde sie fauchen. »Du gehörst in eine Klinik. Oder in eine Praxis, meinetwegen. Die Leute nehmen monatelange Wartezeiten in Kauf oder zahlen selbst, um Hilfe von Profis wie dir zu bekommen. Das sind Menschen mit echten Problemen. Menschen, die am Abgrund stehen und eine Hand brauchen, die sie sachte davon zurückzieht.«

Als wüsste ich das alles nicht. Als hätte ich nie darüber nachgedacht zurückzukehren. Als wäre Loslassen so leicht.

Aiko steht auf, um Hugo ins Bettchen zu bringen. Wenig später nimmt sie mir auch Henri ab. Meine Vermutung, dass sie sich zu den beiden legt, löst sich auf, als sie mit dem Babyfon und einer Flasche Wein zurück auf die Terrasse kommt. Sie reicht mir den Wein und einen Flaschenöffner, geht Gläser holen.

»Mein erstes Glas seit elf Monaten«, sagt sie, als sie sich und mir einschenkt. Dann setzt sie sich wieder und seufzt.

Ich bin darauf eingestellt, dass sie mir den Kopf weiter wäscht, doch Aiko stimmt in mein Schweigen ein. Je länger es still ist, desto mehr schrumpft die Unruhe in mir, und meine Gedanken gleiten in die Vergangenheit.

Sechs Jahre ist es her, dass ich mit Carl und drei anderen Jungs in Leipzig um die Häuser gezogen bin. Ich war achtundzwanzig und seit zwei Jahren in der Klinik angestellt. Zusammen mit meiner damaligen Freundin, Marie, einer Assistenzärztin in derselben Klinik, wohnte ich in einer Dachgeschosswohnung im Musikviertel. Schon einige Zeit schleppte ich einen Verlobungsring mit mir herum, machte den Antrag aber nicht, weil es zwischen uns zu kriseln begonnen hatte. Nach drei Jahren Beziehung waren wir eher aneinander gewöhnt als noch verliebt. Der Schichtdienst, in dem wir arbeiteten, trug dazu bei, dass wir nicht nur zeitlich parallel lebten.

Die Jungs und ich landeten an diesem einem Abend in einer Bar, wo ein DJ auflegte. Das Publikum war hipp, anspruchsvoll, verwöhnt – genau wie wir fünf damals. Nach einigen Drinks gerieten zwei von uns in Flirtlaune; sie stellten sich aber ungeschickt an, was möglicherweise dem Alkohol geschuldet war. Als ich ihnen erklärte, wie sie es besser machen konnten, fanden wir uns bald in einer Art Coaching wieder. Anfangs rissen sie noch Witze, aber nach einer Weile hingen sie an meinen Lippen und stellten am Ende meines Vortrags fest, dass sie für das Umsetzen meiner Tipps zu betrunken waren. Am nächsten Kneipenabend, nur ein paar Tage später, tranken sie weniger, ließen sich erneut von mir coachen und zogen dann los. Mit Ausnahme von Carl hatte jeder am Ende des Abends die Telefonnummer einer Frau – Carl hatte drei. Er hatte es entweder genau wissen wollen oder sich nicht so recht festlegen können. Ein Problem, das er heute noch hat.

Noch einen Abend später wurde die Idee zu meinem YouTube-Kanal geboren. Carl und die Jungs waren überzeugt, dass mein Know-how Tausenden Männern helfen würde, die Frau fürs Leben oder auch nur für eine Nacht zu finden. Anfangs hielt ich das für völligen Blödsinn, aber Carl, der damals schon einen von Kooperationspartnern unterstützten Reiseblog betrieb und gerade als Influencer durchgestartet war, ließ nicht locker und bastelte mit mir an einem YouTube-Kanal. Aus Jux nahm ich das erste Video auf, das nach Carls SEO-Optimierung ganze zehn Leute sahen. Einen Monat und drei weitere Videos später waren es einhundert. Meine ersten Follower waren von der stillen Sorte. Wenn überhaupt, machten sie sich nur mit dem Daumen hoch oder runter bemerkbar. Und die wenigen Kommentare, die hinterlassen wurden, waren überwiegend freundlich.

Ich begann Spaß an der Konzeption und den Videotakes zu haben, las die Kommentare gern und ging in die Interaktion mit meiner wachsenden Community. Nach einem Video, das sich mit dem Abbau von Selbstzweifeln beschäftigte, explodierte meine Followerzahl und wurde über Nacht vierstellig. Marie explodierte auch und hielt mir vor, dass ich meine Arbeit in der Klinik vernachlässigen würde, weil ich in Gedanken nur noch auf YouTube wäre. Das war schlichtweg nicht der Fall, doch sie trug es in die Klinik und regte sich mit ein paar Kollegen über mich auf. Dies hatte zur Folge, dass die Chefetage auf meinen YouTube-Kanal aufmerksam wurde. Ich wurde zu einem Gespräch gebeten, in welchem mir ans Herz gelegt wurde, meine YouTube-Aktivitäten einzustellen, weil sie mit meinen Aufgaben als in der Patientenversorgung tätiger Psychologe unvereinbar seien. Man ging davon aus, dass mich kein Patient, der mich einmal auf YouTube gesehen hatte, noch ernst nehmen würde. Ich konterte mit einem Fall, der den gegenteiligen Effekt beschrieb: Ein Patient, der wegen einer akuten Angststörung behandelt wurde, hatte mich erkannt und war in den Gesprächen, die wir führten, viel offener als andere, was daran lag, dass er glaubte, mich bereits zu kennen.

Die Chefetage wollte davon nichts wissen und formulierte ihre Bitte zwei Wochen später in einen Befehl um: die Klinik oder YouTube.

Dieser Zwang zur Entscheidung brachte mich an einen Wendepunkt. Es war, als hätte jemand das Licht eingeschaltet im Flur meines Lebens. Ich hatte immer geglaubt, die Kontrolle zu haben, sowohl in meinem Beruf als auch in meinem Privatleben. Doch jetzt, konfrontiert mit dieser ultimativen Forderung, fühlte ich mich gefesselt, unfrei.

Ich wollte mir keine Vorschriften zur Freizeitgestaltung machen lassen, nicht von Marie und erst recht nicht von meinem Arbeitgeber. YouTube war damals ein Hobby, doch es war auch ein Ventil, durch das ich mein Wissen auf eine Weise ausdrücken konnte, die in der strengen Struktur der Klinikarbeit keinen Platz fand. Es war eine Welt, in der ich meine eigenen Regeln aufstellte, wo ich ohne Einschränkungen sprechen und sein konnte, wer ich war. Ich hatte eine Gemeinschaft aufgebaut, eine Gruppe von Menschen, die nicht nur meine Videos ansahen, sondern auch ihre Geschichten, Ängste und Hoffnungen mit mir teilten. Es war ein Austausch, der mich erfüllte und mir das Gefühl gab, einen Unterschied zu machen.

Die Entscheidung zwischen Klinik und YouTube war nicht nur eine berufliche. Sie repräsentierte den Kampf zwischen Konformität und Freiheit, zwischen dem, was von mir erwartet wurde, und dem, was ich wirklich wollte. Die Klinik stand für Sicherheit, Stabilität, Anerkennung in der Gesellschaft. YouTube hingegen war das Unbekannte, Risikoreiche, damals aber auch das Ehrlichste und Authentischste in meinem Leben. Wollte ich immer schon YouTuber sein? Nein. Wollte ich immer schon meine Identität wahren? Auf jeden Fall. War ich bereit, einen Teil von mir aufzugeben, um in eine Rolle zu passen, die andere für mich vorgesehen hatten? Die Antwort lag tief in mir, verborgen hinter Schichten von Erwartungen und Verpflichtungen, die ich über Jahre hinweg aufgebaut hatte. Und jetzt brach sie aus mir heraus.

Ich wählte YouTube – nicht die Plattform, sondern mich selbst. Es war ein Sprung ins kalte Wasser, ein Schritt in die Ungewissheit, aber es war mein Schritt, meine Entscheidung, mein Leben.

Am selben Tag setzte mich Marie vor die Tür. Ich kam vorübergehend bei Carl unter. Einen Tag darauf erhielt ich eine E-Mail, in der mir eine Kooperation angeboten wurde. Synchronizität nennt sich so etwas. Sie bezeichnet das Zusammentreffen eines inneren Ereignisses, beispielsweise ein Gefühl oder eine Vision, mit einem äußeren Ereignis wie einer Begegnung oder einem Fund, wobei das äußere Ereignis das innere spiegelt und ihm in greifbarer Form entspricht. Es ist eine Art Konzept, das der Psychoanalytiker Carl Gustav Jung im vergangenen Jahrhundert erforscht und begründet hat. Ich habe meine Dissertation zum Thema Synchronizität und moderne Neurowissenschaft geschrieben.

Das Kooperationsangebot, das ich annahm, betrachtete ich als Bestätigung, die richtige Entscheidung getroffen zu haben.

In den ersten Jahren lief alles gut, und ich war glücklich damit. Doch mit der Zeit änderte sich der Anspruch der Follower. Ich habe mich angepasst. Mehrfach. Immer wieder. Ohne Anpassung ist man schneller raus, als man ups sagen kann. Zuletzt habe ich mich angepasst, als ich die Challenge angenommen habe.

Auf der Fahrt nach München hat sich eine alte Frage in meinen Kopf geschlichen: Wahre ich meine Identität immer noch, oder habe ich einen Teil von mir aufgegeben, um in eine von meinen Followern für mich vorgesehene Rolle zu passen?

Aikos Frage holt mich aus meinen Gedanken. »Juno, so heißt die Restauratorin?«

Die Bilder der Vergangenheit verschwimmen vor meinem geistigen Auge. Mein Fokus schärft sich wieder und zeigt mir den Garten, über den sich der Nachthimmel spannt.

»So heißt sie, ja.«

»Du rechnest damit, dass sie sich in den nächsten Tagen bei dir meldet?«

»Nein. Wir sind schon verabredet.«

Und das geht niemanden etwas an.

Parablabern

[ˈpaːʁaːblaːbɐn] Verb.
Das indirekte Vermitteln einer Botschaft durch Darstellung eines Sachverhalts, mit der eigentlich auf einen anderen Sachverhalt angespielt wird.

Ruben schweigt.

Ich habe ihm versichert, dass ich überhaupt kein Problem damit habe, den Gruppenraum und die Küche allein in Ordnung zu bringen. Ich habe ihn darauf hingewiesen, dass es wirklich nicht viel zu tun gibt, dass die paar Tassen ganz fix abgespült und abgetrocknet sind. Er hat es ignoriert.

Ich wünschte, ich hätte meine Stereoanlage hier. Musik wäre gerade eine Art Retter in der Not und perfekt, um die nervtötende Stille, untermalt vom Plätschern des Wassers und dem Klimpern der Gläser, zu killen. *Enjoy the Silence* von Depeche Mode würde hervorragend passen. Oder noch besser Simon & Garfunkel, *The Sound of Silence*. Phil Collins käme mit *In the Air Tonight* auch infrage.

Ich werfe Ruben einen verstohlenen Blick zu. Seine Miene ist so verschlossen wie sein Mund. Nicht erst jetzt. Während der heutigen Gespräche war er genauso still und hat nicht einmal auf die Beiträge der anderen reagiert. Saskia hat sich von Sticheleien eines Kollegen auf ihrer Station in die Vergangenheit zurückgeworfen gefühlt. Leni hat von einer Mitschülerin erzählt, die ihr beim Shopping begegnet ist und sie auf einen Kaffee eingeladen hat. Im Café hat Leni sich unseren Ratschlag zu Herzen genommen und offen vom Mobbing an der alten

Schule berichtet. Ich hätte sie umarmen können vor lauter Stolz. Alle haben sich für sie gefreut, sie für ihren Mut gelobt. Nur von Ruben kam kein Wort.

Ganz auf die aktuelle Tasse konzentriert trocknet er sie mit höchster Hingabe und Genauigkeit ab, stellt sie in den Hängeschrank. Er trägt dasselbe Kurzarmhemd wie letzte Woche, das schwarz-grau karierte, darunter eine verwaschene graue Jeans. Offenbar ist ihm gerade nicht nach Farbe zumute. Das kann doch nicht wirklich, wie Miriam vermutet, an Konstantin liegen oder daran, dass ich mit ihm im Café gesessen habe? Wenn es so ist, sollten wir es allmählich klären.

»Was ist los mit dir?«, frage ich, als ich es nicht länger ertrage. »Brennt dir etwas auf der Seele?«

»Nein.«

Wieder Stille. Sie zieht sich, dehnt sich abermals aus.

»Es ist nur … Ich wundere mich halt und frage mich, ob bei dir alles okay ist. Du bist sonst sehr aktiv in der Gruppe, aber du hast heute kaum reagiert, geschweige denn eine Geschichte geteilt. Ich mache mir etwas Sorgen.«

»Musst du nicht.«

»Es wäre aber schön, wenn du dich wieder etwas mehr öffnen würdest. Zugegeben, ich habe den Eindruck, dass es die Gruppe verunsichert und …«

»Was soll ich denn erzählen?«, fällt er mir ins Wort und schiebt sich die Brille mit einem verärgerten Schwung auf dem Nasenbein hoch, obwohl sie bereits ganz oben sitzt. »Soll ich den alten Mist aufwärmen, falls es wer vergessen hat? Hey, denkt dran! Ich bin der Lehrer, über den landesweit in der Zeitung berichtet wurde. Der, gegen den demonstriert wurde, weshalb zwei Tage lang kein Unterricht stattfand. Ich bin der mit dem zerkratzten Auto und dem *Bin pädophil! Kill me!*-Sticker auf dem Rücken, der mit den Morddrohungen im E-Mail-Fach und auf Facebook.« Abermals rückt er seine Brille zurecht und stellt die nächste Tasse dann so hart in den Schrank, dass sie einen Sprung bekommen müsste. »Ich bin die Sau, die unter Buhrufen durchs Dorf getrieben wurde.«

»Ruben …«

»Nee! Nix Ruben!« Wie eben spricht er eher mit der Tasse, die er gerade abtrocknet, als mit mir. Er hat mich noch nicht einmal angeschaut, obwohl ich seinen Blick suche. »Ruben will nichts mehr erzählen. Ruben hat nichts mehr zu teilen. Ruben hat alles gesagt. Ruben geht's wieder prima, und er hat keinen Bock, ständig an alte Geschichten erinnert zu werden. Ich bin nicht mehr Ruben, der Bio- und Chemielehrer. Ich bin Ruben, dem niemand mehr auf der Nase herumtanzt. Irgendwann muss es auch mal gut sein.«

Wenn das so ist, stellt sich mir eine andere Frage: Warum kommt er noch her? Ich zögere, weil ich ihn nicht in eine Richtung drängen will, frage dann aber.

»Was gibt dir die Gruppe denn noch?«

»Ist das eine Aufforderung wegzubleiben?«

»Genau so solltest du es nicht verstehen.«

»Das bedeutet die Frage doch aber.«

»Nein. Ich möchte lediglich wissen, welchen Nutzen du aus unseren Treffen ziehst, wenn dich nicht interessiert, was andere sagen, und du außerdem kein Bedürfnis hast, uns an deinen Ansichten, deinem Alltag und Erlebnissen teilhaben zu lassen.«

»Die sind aber auch immer die gleichen: Ruben steht um fünf Uhr morgens auf, fährt zu den Tigern, kümmert sich um die Tiger, sagt den Gästen, was sie lassen sollen. Ruben fährt heim, macht sich Abendessen, liest ein Buch, geht schlafen.«

Schon wieder spricht er von sich in der dritten Person. Will er sich emotional vom Gesagten distanzieren? Oder dient es seiner Selbstobjektivierung, die er aufruft, um seine Situation als Außenstehender zu betrachten.

Eine Antwort auf meine Frage hat er mir nicht gegeben,

doch die hätte ich gern jetzt und hier. Abwartend sehe ich ihn an. In der Spüle sind noch Tassen, doch ich rühre sie nicht an, um Ruben die Beschäftigung zu nehmen. Nachdem er die letzte Tasse in den Schrank gestellt hat, starrt er ein paar Sekunden vor sich hin und erwidert meinen Blick dann endlich.

»Ich bin gern hier«, grummelt er.

»Ist das wirklich so?«

»Ja doch! Es ist nur. Ich bin gerade etwas … verärgert.«

»Und der Grund für deine Verärgerung ist etwas, das die Gruppe nichts angeht?«

»Ja. Nein!« Er winkt ab. »Es ist eine völlig belanglose Sache.«

»Okay. Magst du's mir erzählen?«

Ruben atmet tief durch. »Es geht um meine Tiger. Die sind der Grund. Genau genommen ist es eine Tigerin namens Yushka.«

»Yushka ist das Problem, okay.« Na, nun bin ich gespannt, aber auch erleichtert, dass es nichts mit mir zu tun hat.

»Sie ist stolz, selbstsicher, eigentlich ziemlich intelligent, aber bei einer Sache doch ziemlich dumm. Tamur. Er ist ein bisschen kleiner, nicht so auffällig wie die anderen, aber ein ganz Besonderer. Ein richtiger Kuschler, einfach lieb. Er hat Yushka gern, bringt ihr sein Futter, sucht ihre Nähe, schleckt ihr die Ohren. Aber das interessiert sie überhaupt nicht. Vieles davon bemerkt sie nicht einmal, weil sie nur Augen für Ivo hat. Groß, glänzendes Fell. Ein richtiges Muskelpaket, bei dem man manchmal ein bisschen aufpassen muss. Er beeindruckt, indem er einfach da ist. Dabei ist das alles nur Show. Er brüllt gern, markiert den starken Macker, dabei hat er gar nichts zu geben. Und Yushka fällt drauf rein. Sie folgt ihm überall hin, lässt Tamur links liegen, obwohl er der Tiger ist, der ihr wirklich was zu bieten hat.«

Verwirrt blinzele ich Ruben an. Sprechen wir hier über Tiger?

»Ich kann nicht hinter Ivos Stirn schauen, aber ich bin mir sicher, Yushka ist ihm völlig gleichgültig. Klar, er nimmt mit, was er kriegen kann, aber da hat er ja freie Auswahl. Alle Tigerinnen stehen auf ihn.« Ruben wirft die Hände in die Luft, schwingt dabei das Geschirrtuch mit. »Es macht mich rasend, das mit anzusehen! Warum zählt für Yushka nur die Optik? Warum fällt eine intelligente Tigerin wie sie auf solches Gehabe herein? Sie hat keine Ahnung, was sie verpasst.« Er hebt den Finger, als wäre das, was er als Nächstes sagt, von besonderer Bedeutung. »Aber Tamur wird nicht ewig auf sie warten. Irgendwann findet er eine Tigerin, die sein Wesen zu schätzen weiß.«

Ich warte, schlucke. Mehr kommt nicht. Um meine Stimme zu klären, räuspere ich mich und stelle dann eine kühne Vermutung in den Raum: »Vielleicht findet Yushka, dass Ivo besser zu ihr passt als Tamur?«

»Ja, ganz offenbar findet sie das!«, schimpft Ruben und schaut auf das Spülbecken. »Wäschst du diese Tassen da heute noch ab?«

Schnell tunke ich die Hände ins inzwischen lauwarme Wasser und schnappe mir die vorletzte Tasse. Ruben greift sie sich, sobald sie kopfüber im Abtropfgestell steht.

»Yushka und Tamur wären halt das optimale Zuchtpaar«, brummelt er.

Ich blinzele ein paarmal vor mich hin, um das Bild, das in meinem Kopf geploppt ist, wieder aufzulösen. Ich hoffe wirklich inständig, wir sprechen über Tiger!

▼

Miriam kommt aus dem Lachen gar nicht mehr heraus.

»Ich sollte das nicht so lustig finden, aus Respekt gegenüber Ruben«, japst sie angestrengt und fächert sich mit beiden Händen Luft zu. »Aber sorry! Ich kann einfach nicht anders.« Sie lacht weiter, lacht Tränen.

Eigentlich sollte es ein nur kurzer Besuch werden. Miriam und ich wollten Theos Party besprechen. Am Sonntag wird er fünf. Nachdem wir alles geklärt hatten, habe ich ihr Rubens Tigergeschichte erzählt, und so sind wir im Garten gelandet, der ans Haus anschließt – eine winzige, quadratische, aber heimelige Parzelle, in der alles wachsen darf, wie es will. Wenn es einmal nicht will, wirft Miriam mit Wildblumensaat um sich, und wenig später will es wieder. Die Hummeln und Bienen freut das. Um unseren kleinen Tisch herum surrt es. Die Abendstunden werden von den Insekten genutzt, um Nektar und Pollen zu sammeln. Im Haus ist es dagegen ganz still. Die Kids schlafen, und André ist noch beim Basketballtraining einer Juniorenmannschaft, der er als Sportlehrer zeigt, was ein Ball ist und wie er im Korb landet.

Miriam hat eine Flasche Rotwein aufgemacht. Das letzte Weinglas ist vorige Woche im Geschirrspüler zu Bruch gegangen, also trinken wir aus Longdrinkgläsern. Ich vertrage nicht viel, insbesondere keinen Rotwein, und spüre schon nach wenigen Schlucken, wie mir der Alkohol zu Kopf steigt, mich dusselig macht, mir die erlebte Situation aber auch immer wieder verdeutlicht.

Das war Parablabern! Parablabern par excellence!

In keiner Sekunde ging es um drei Tiger des Leipziger Zoos, sondern um Ruben selbst – Tamur, um Konstantin – Ivo und um mich – Yushka.

»Und du hast das so stehen lassen?«, fragt Miriam, als sie sich allmählich beruhigt.

»Ich habe versucht, die Sache zu entschärfen, ohne dabei eine Blamage zu riskieren, für den Fall, dass er doch die Tiger meint«, erinnere ich mich. »Die Parabel, die Ruben entworfen hat, habe ich also weitergesponnen und zu bedenken gegeben, dass Yushka den richtigen Tiger vielleicht noch nicht gefunden hat, dass der Funken bei Tamur nicht überspringt und sie sich möglicherweise gar nicht für Ivo interessiert, sondern dies nur den Anschein hat, weil sie und er gute Kumpels sind.«

Miriam kichert, reißt sich aber zusammen. »Wie hat Ruben darauf reagiert?«

»Er hat das Handtuch geworfen.«

»Wie?«

»Na das Geschirrtuch! Das hat er hingeklatscht, gebrummt, dass er heimmuss, und dann ist er abgezischt. Er war so schnell weg, dass ich nicht mal Tschüss sagen konnte.«

Miriam lacht wieder los. »Das ist verrückt«, stellt sie zwischen zwei Lachern fest und hebt die Hände wie zur Entschuldigung. »Einerseits ist Rubens Geschichte, seine Parabel, ziemlich kreativ. Andererseits wundere ich mich doch sehr. Glaubt er, du weißt nicht, wer oder was gut und richtig für dich ist?«

Nachdenklich nippe ich am Wein, stelle das Glas dann wieder auf den Tisch. »Offenbar glaubt er das. Das ärgert mich, aber er tut mir auch ein bisschen leid.«

»Er ist einsam, denke ich.« Miriam seufzt. »Nur deshalb kommt er noch zu NeMo. Er hat sich an dich gewöhnt, sich in dich verguckt und sich in die Vorstellung hineingesteigert, aus dir und ihm könnte ein Paar werden. Wer weiß, mit wie vielen Frauen er normalerweise ins Gespräch kommt. Viele werden das nicht sein.«

Ich muss daran denken, wie Ruben seinen Alltag beschrieben hat, in der dritten Person, reflektierend oder aus Distanz. Schon möglich, dass ihn das Alleinsein frustriert. Die Mobbingtirade hat er überwunden, sich in ein neues, gutes Arbeitsumfeld integriert, in dem er eigentlich glücklich ist, aber privat, in puncto Beziehung und persönliches Glück findet keinerlei Entwicklung statt. So traurig das ist, ich bin nicht die Frau, die daran etwas ändern könnte oder wollte.

»Ich hoffe, er kommt drüber weg und kriegt sich ein.«

»Das wird er schon. Er hat nun ein paar Tage Zeit, um darüber nachzudenken und sich einzugestehen, dass er nichts und doch alles gesagt hat. Prinzipiell habt ihr die Angelegenheit geklärt. Vielleicht hat er das gebraucht, um sich neu zu orientieren.«

Wir sind eine Weile still, eingelullt von der Sommerwärme, dem Bienensummen und Hummelbrummen. Mit einem neuen Gedanken meldet sich Miriam wieder zu Wort.

»Ich werde nie wieder vor dem Tigergehege stehen können, ohne Ivo, der im Übrigen wirklich sehr auffällig ist, mit Konstantin zu vergleichen. Ruben hat ja nur einen kurzen Blick auf ihn geworfen, dort im Café, ihn aber ziemlich treffend eingeschätzt.«

»Ach, so sehr von sich selbst eingenommen ist Konstantin jetzt auch wieder nicht.«

»Und ob! Als wüsste Konstantin nicht, wie er auf Frauen wirkt.«

»Er macht sich aber nichts draus. Es ist ja nicht so, als hätte er eine Frau nach der anderen. Wäre es nach ihm gegangen, wären wir heute noch zusammen.«

»Er hat es aber gut weggesteckt, dass er nicht dein Tiger ist.« Sie feixt breit. »Wer weiß, vielleicht heißt der Tiger Taro. Klingt gut. Grrrr!«

»Du bist albern!«

»Pah!« Miriam verschränkt die Arme und hebt das Kinn, zwinkert aber und schmunzelt, um zu zeigen, dass sie mich ein bisschen aufzieht. »Und du bist nicht albern!«

Ich hole mir Taros Gesicht vor Augen, seine Statur, seinen Stil, und schüttle den Kopf. »Ich glaube, Taro ist kein Tiger.«

»Was dann? Wie sieht er denn aus?«

»Er hat ziemlich dunkle Haare. Ich glaube, sie sind fast schwarz. Ein Vermächtnis seiner japanischen Oma vielleicht.

Aber die Augen sind grün, kein wischiwaschi Grünbraun, sondern ein richtig intensives Grün.« Mit einer Brise, die durch den Garten rauscht, fließt ein Schauer über meine Arme. »Er trägt ziemlich viel Schwarz und Grau, Dunkelblau auch. Er ist groß, sehr schlank, aber nicht dünn, auf eine athletische Weise kräftig wie ein Läufer, nicht wie jemand in der Muckibude.«

Miriam schlägt mit der Hand auf den Tisch. »Ha! Er ist ein Panther!« Grüblerisch klopft sie ihren Zeigefinger an den Mund. »Sind Panther und Tiger kompatibel? Ich glaube nicht.«

Ich weiß, wie viel ich getrunken habe – ein halbes Longdrinkglas Rotwein. Miriam hatte nicht mehr, doch sie hat erst im Mai abgestillt und daher eine vielleicht noch geringere Toleranz. Ihre schwere Stimme und ihre beflügelte Fantasie lassen zumindest darauf schließen.

»Ich habe nie gesagt, dass ich eine Tigerin bin.«

Ohne darauf einzugehen, flitzt Miriam ins Haus. Wenig später kommt sie mit ihrem Handy zurück, lässt sich mit einem beschwipst klingenden »Hupsi« wieder auf den Stuhl fallen und hebt das Gerät vor die Nase. Sie murmelt vor sich hin, während sie mit dem Zeigefinger Text eingibt.

Drinnen im Haus höre ich Geräusche. Ein Schlüssel wird in der Eingangstür gedreht. André kommt vom Training. In seine Sportkluft gekleidet, eine Tasche über der Schulter, lehnt er in der Terrassentür und ruft »Hallo, die Damen« zu uns in den Garten.

»Hello, Sweetheart«, gibt Miriam zurück, schaut kurz auf und lässt ihm einen Handkuss zufliegen, dann konzentriert sie sich wieder auf ihre Recherche.

»Was treibt ihr?«, fragt André.

»Juno hat übermorgen ein Date mit einem Panther. Und ich will herausfinden, ob Tiger und Panther kompatibel sind.«

»Na dann, viel Erfolg! Ich gehe duschen, dann ins Bett, bin

hundemüde. Wenn die Kids wach werden, kümmere ich mich. Viel Spaß noch!«

»Lange machen wir nicht mehr.« Mimisch gebe ich André zu verstehen, dass Miriam einen Schwips hat. Er grinst und verschwindet im Haus.

»Aaaah!«, sagt Miriam und trägt mir die gefundenen Infos vor. »Eine Kreuzung von Panthera tigris und Panthera pardus ist möglich, aber selten. Die daraus entstehenden Großkatzenhybride nennt man Tigard, wenn der beteiligte Tiger männlich ist, und Leotig, insofern es sich beim Tiger um das Weibchen handelt.« Sie wirft mir einen bedeutungsvollen Blick zu. »Leotig wäre das also bei euch.« Dann liest sie weiter. »Aus einer solchen Kreuzung entstehende Männchen sind allerdings unfruchtbar. Weil sich diese Hybride nicht untereinander fortpflanzen könnten, gelten sie nicht als echte eigene Art.«

Ich bin sehr froh, dass Taro uns gerade nicht hören kann.

Miriam legt das Handy auf den Tisch. »Ihr seid kompatibel, aber wenn ihr keine unfruchtbaren Kinder wollt, solltet ihr euch nicht fortpflanzen.«

»Das hatten wir nicht vor.«

»Nicht?« Sie wirkt ernsthaft überrascht, doch bevor ich etwas erwidern kann, winkt sie ab. »Natürlich nicht. Nicht am Samstag. Wer will sich schon an einem Samstag … nee, Quatsch … beim ersten Date fortpflanzen.«

»Miriam, Taro und ich unternehmen einfach nur was zusammen. Mehr nicht.«

»Klaro, alles rein platonisch. Eine Freundschaft wie mit Konstantin, nachdem euer Ding vorbei ist.« Sie holt tief Luft und lässt sie mit einem lauten Seufzen wieder aus der Lunge. »Warum triffst du diesen Taro überhaupt, wenn er auch nicht der richtige Tiger oder Panther ist? Es muss doch auch mal einer kommen, von dem du hin und weg bist!«

Es wird Zeit, Miriam ins Bett zu bringen. Wenn André

noch im Bad ist, kann er sie gleich mitnehmen. Als ich aufstehe, mir unsere Gläser und die Flasche greife, protestiert sie nicht, sondern gähnt wie zur Bestätigung und folgt mir. Im Haus übergebe ich sie in Andrés fürsorgliche Hände, dann schwinge ich mich aufs Rad und fahre nach Hause. Auf dem kurzen Weg muss ich immer wieder über Miriams Worte kichern.

Keine Fortpflanzung an Samstagen! Samstag ist Ruhetag.

Jetzt ist es so weit. Jetzt bin ich auch albern. Ich albere nach Hause, um ins Schlafzimmer unters Dach zu albern, albern ins Bett zu plumpsen und etwas Albernes zu träumen. Ein Janosch-Style-Traum vielleicht. Statt Tiger und Bär radeln Tiger und Panther zu einem Picknick.

Oh, wie schön ist Leipzig!

Faunpanistisch

[ˈfaʊ̯npaˈnɪstɪʃ] Adjektiv.
Die ausschließlich in der Natur auftretende beseelte Stimmung bzw. das Gefühl, einem Zauber zu erliegen.

Ich kann gar nicht ins Blaue fahren. Ich müsste mich in Richtung Dresden, Jena oder Magdeburg orientieren, um an einen Ort zu kommen, den ich noch nicht kenne. In zehn autolosen Jahren wird man landschaftskundig, und so habe ich rund um Leipzig alle Strecken, die ins Blaue führen, mehrfach abgeradelt, wobei ich auch schon im Triasland, in der Dübener Heide und in Halle an der Saale gelandet bin.

Die sengende Hitze der Mittagssonne wollen wir meiden und haben uns für fünfzehn Uhr verabredet. Taro war im Auto unterwegs, wahrscheinlich auf dem Heimweg von der Klinik, als er gestern Abend angerufen hat.

Treffpunkt ist die Klingerbrücke über dem Elsterflutbett. Als ich fünf vor drei dort eintreffe, wartet Taro schon. Er hat sich für das Mountainbike entschieden – eine möglicherweise gute Wahl. Die Ellenbogen auf den Lenker gestützt, lehnt er über dem Fahrrad und schaut auf sein Handy. Eine dunkle Sonnenbrille sitzt auf seiner Nase. Er trägt ein ärmelloses grünes Shirt und eine schwarze Sporthose, auf dem Rücken einen Rucksack. Das Sonnenlicht, das auf seiner Haut spielt, gibt ihr einen goldenen Schimmer und unterstreicht die Konturen seiner Schultern und Oberarme. Ein warmer Wind, der über das Wasser segelt, wirbelt durch seine dunklen Haare.

Als er aufschaut und mich heranradeln sieht, lächelt er. Er

richtet sich auf, steckt das Handy in seine Hosentasche und nimmt die Sonnenbrille ab. Auch wenn es sich nicht gehört, wäre es besser gewesen, er hätte sie aufgelassen. Schon im Licht meiner Werkstatt war ein Blick in seine Augen immer eine heikle Angelegenheit. Jetzt, unter der Sommersonne, ist es eine so große Dummheit, wie mit dem Finger in einer Steckdose herumzufummeln.

»Wo geht's lang?«, fragt er nach unserer Begrüßung.

Ich nicke zum rechten Ufer hin. »Zum Palmengartenwehr.«

Wir radeln los, von der Klingerbrücke durch einen kleinen Park zum Peterssteg, der über den Elstermühlgraben führt. Dahinter beginnt das obere Wehr, an dem sich das Flutbett zu einem langen, schmalen Becken weitet. Über eine nächste Brücke gelangen wir in den Palmengarten, wo sich an den Wochenenden eigentlich viele Menschen tummeln. Temperaturen von nahezu vierzig Grad haben die Leipziger heute in die Schwimmbäder und an die Badeseen flüchten lassen. Die Spielplätze träumen einsam vor sich hin. Hier und da haben Menschen im Schatten der Bäume einen Platz gefunden, an dem es sich aushalten lässt.

Hinter dem Palmengarten durchqueren wir RB Leipzig Territorium – zu unserer Linken liegt das Trainingszentrum, auf der rechten Seite hinter dem Fluss das Stadion. Beim Anblick der beiden roten Stiere im Vereinslogo beschleicht mich der Gedanke, dass Taro als gebürtiger Münchener und Wahl-Leipziger an diesem Ort vielleicht in eine Art inneres Derby gerät.

»Schaust du Fußball?«, rufe ich ihm über die Schulter zu.

»Nur, wenn ich dazu gezwungen werde«, gibt er in amüsiertem Ton zurück.

»Also hast du hier gerade kein Herzflattern, Bayern gegen RB?«

»Nicht wegen Fußball. Sind wir auf der Flucht vor irgendwem?«

Ich lache. »Warum? Bin ich dir zu schnell?«

»Nein. Ich hatte mich nur auf mehr Gemütlichkeit eingestellt.«

»Der gemütliche Teil kommt gleich«, verspreche ich und behalte das Tempo bei. Die geraden und glatten Wege der Stadt bringe ich immer gern zügig hinter mich.

Kurz vor dem unteren Wehr, wo sich das Wasser in drei schmale Flüsse teilt, überholen wir einige Familien, die auf ihren Rädern zum Auensee unterwegs zu sein scheinen. Wir radeln an der Nahle entlang, bis sie zu in einem Bach wird und der nördliche Auwald beginnt.

Je tiefer wir in den Wald gelangen, desto kühler wird es. Die Luft trägt den würzigen Duft des Waldes in sich. Wir passieren die Verästelungen des Bauerngrabens, dessen Wasserstand niedrig ist, und gelangen auf den Kilometerweg, der zu einem heute verlassenen Waldsportplatz führt.

Hier beginnt eine Strecke, wie gemacht für Taros Mountainbike. Mein Cityrad ist weniger geeignet, aber ich bin mit den bevorstehenden kleinen Herausforderungen vertraut. Durch Senken und über Hügel fahren wir einen schmalen, von Wurzeln durchzogenen Pfad entlang. Vielstimmiger Vogelgesang begleitet uns, während die Sonne ein Mosaik aus Licht und Schatten auf den Waldboden legt und das Grün des Baumdachs flimmern lässt. Weil Taro das geeignetere Rad hat, fährt er voraus. Nach einigen hundert Metern steigt er ab, weil er meint, ich sollte mein Rad besser schieben. Ohnehin ist es nicht mehr weit. Als ich über Taros Schultern linse, sehe ich Wasser zwischen den Baumstämmen funkeln.

Es ist einer meiner Lieblingsorte, ein Platz, an dem die Natur die Oberhand hat. Am Ufer stehend, halten wir die Räder und lassen den Blick fliegen.

»Wow!« Taro nimmt die Sonnenbrille ab und schiebt sie in seine Haare. »Lass uns hier einen Moment bleiben.«

Dass das der Plan war, behalte ich für mich. Auf der Suche nach einem geeigneten Untergrund gehe ich noch ein paar Schritte über den weichen Boden, der mal erdig, mal grasig und mal mit altem Laub bedeckt ist. An einer Stelle, die nicht von Wurzeln durchbrochen ist, setze ich meinen Rucksack ab und nehme die Decke heraus, um sie auszubreiten. Ich setze mich und schaue abermals übers Wasser.

Taro setzt sich neben mich. »Hast du auch das Gefühl, die Zeit hätte gerade die Handbremse angezogen?«, höre ich ihn fragen und muss lächeln.

»Die Welt draußen, das Paralleluniversum, dreht sich weiter.«

Eine Weile schweigen wir. Wir schauen und lauschen und vergessen die Hektik des Stadtlebens, durch die wir uns gerade noch bewegt haben.

Nach ein paar Minuten nickt Taro zum Wasser hin. »Diese toten Bäume sind auf unheimliche Weise schön.«

Das denke ich auch jedes Mal. Wie ewig schlafende Riesen ragen sie aus der Entengrütze, die den Teich wie ein Teppich bedeckt. Am Ufer, wo wir sitzen, ist das Wasser klar und glatt. Die Bäume hinter uns und der Himmel spiegeln sich darin. Hier und da zeigen sich Kreise, als würden Elfen das Wasser mit dem Finger berühren. Tatsächlich werden die zarten, wellenförmigen Strukturen von Fischen erzeugt, die sich Wasserläufer schnappen. Der Gedanke an Waldgeister ist aber der nettere von beiden. Er passt zur verwunschenen Schönheit und zur Idee, dass die Natur ein in vielen Kreaturen existierendes gutmütiges Wesen ist, das mit seinem Atem Leben in jeden Samen, jede Wurzel und Knospe haucht und ihnen zuwispert: Wachst!

Taros Handy gibt den gläsernen Nachrichtenton von sich. Im Augenwinkel beobachte ich, wie er es aus der Hosentasche holt, ausschaltet und in seinen Rucksack steckt.

»Hat dieser Teich einen Namen?«

»Lachen an der Waldspitze.«

Er lacht leise. »Wie jetzt?«

»Siehst du, es funktioniert.«

»Was funktioniert?«

»Der Name des Ortes.«

»Das hier heißt so, Lachen an der Waldspitze?«

»Jepp. Aber mit Lachen ist nicht das Verb gemeint, sondern Wasserlachen. Genau genommen ist das hier kein Teich, sondern Teil eines Sumpfes, dessen Wasser sich an vielen Stellen zeigt. Ich denke dabei aber auch viel lieber an die Tätigkeit.« Ich sehe Taro an. Das fröhliche Blitzen in seinen Augen ist ansteckend. »Wir lachen an der Waldspitze. Ist doch schön, oder?«

Einen Moment lang halten wir den Blickkontakt. Als es in meiner Brust zu kribbeln beginnt, schaue ich wieder über den Teich. Eine Libelle schwirrt um die Stängel von Pflanzen, die halb im Wasser, halb an Land stehen. Ihre Flügel schimmern wie hauchdünnes Glas. In der Nähe ertönt ein leises Platschen, erzeugt von einem Frosch, der ins Wasser springt.

»Ich muss immer wieder an einen Satz von dir denken«, sagt er nach einer Weile. »Dass du beschlossen hast, nur noch in der Realität stattzufinden.«

»Warum? Willst du das auch mal ausprobieren? Ich kann es nur empfehlen.«

»Nicht deshalb. Ich glaube, das wäre nichts für mich, ohne Handy. Ich frage mich nur, wie lange du schon so lebst? Warst du nie in der digitalen Welt unterwegs, oder hast du dich irgendwann rausgelöst?«

Das Kribbeln in meiner Brust wird intensiver. Bisher war es angenehm, wie Regentropfen auf der Haut, doch plötzlich stört es, wie das Jucken einer alten Narbe. Je länger ich zögere und über meine Möglichkeiten nachdenke, desto lästiger wird es, also entscheide ich mich für die Wahrheit, für die halbe Wahrheit zumindest.

»Vor etwa zehn Jahren habe ich mein Handy abgeschafft. Und einiges mehr: meine E-Mail-Adressen, sämtliche Shopping-Accounts, mein Online-Banking, Spotify, Abos für Apps und Dienste, PayPal, Facebook, Instagram, Twitter, meinen YouTube-Kanal.« Ich wage wieder einen Blick zu Taro und bin konfrontiert mit seiner überraschten Miene. »Ich war also sehr in der digitalen Welt unterwegs, mehr als die meisten damals. Wahrscheinlich gab es in meinem Leben keinen Bereich, den ich nicht digitalisiert hatte. Sämtliche Fotoalben hatte ich weggeschmissen, nachdem die Fotos gescannt und abgespeichert waren. Ich besaß damals kein einziges Taschenbuch mehr, keine einzige CD oder DVD. Solche Dinge hielt ich für Ballast und Platzfresser. Stifte, Papier, all so was hatte ich durch Voicenotes und Voicemessages ersetzt. Mein ganzes Leben war abgespeichert, auf dem Handy, dem Tablet, dem Notebook, die natürlich auf eine gemeinsame Cloud zugriffen. Ich wäre völlig erschossen gewesen ohne den digitalen Zugang.«

Taro runzelt die Stirn, schüttelt den Kopf. »Warum so radikal? War dir plötzlich alles zu viel, und du hast es von einem Tag auf den anderen gelassen, wie ein Kettenraucher, der die letzte Kippe ausdrückt und die Schachtel wegschmeißt? Cold Turkey, sozusagen.«

Seine erste Frage, das Warum, übergehe ich und beantworte nur die zweite, weil ich nur die heute beantworten kann und möchte. »Es war mir zu viel, ja. Plötzlich habe ich mich wie davon erdrückt gefühlt, eingeengt und darauf reduziert. Aber von einem Tag auf den anderen ging das natürlich nicht. Klar, die Abmeldungen waren schnell gemacht, aber es dauerte Jahre, bis es endlich auch keine Daten mehr von mir im Netz gab. Wie wir wissen: Das Internet vergisst nicht so leicht oder gar nicht.«

Taro lässt meine Worte sacken. Ich lasse meinen Blick seinem folgen und ankere ihn an einem der toten Bäume.

»Das muss eine ziemliche Umstellung gewesen sein«, murmelt er. »Es hat Jahre gedauert, die digitale Welt aufzubauen. Stück für Stück ist das bei uns allen doch geschehen, mit jeder kleinen technischen Errungenschaft, auf die wir uns eingelassen haben. Ich kann mir nicht vorstellen, wie es ist, auf einen Schlag ohne das alles zu sein.«

»Es ist alles andere als leicht.« Mit einem bedrückenden Gefühl denke ich an die erste Zeit zurück. »Ich habe zu meinen eigenen Angelegenheiten keine Auskünfte mehr bekommen, keine Information zu Neuigkeiten, keine Einladungen zu Partys. Für die meisten Kontakte, die ich damals hatte, war ich nicht mehr erreichbar, nicht mehr existent, wenn du es genau nimmst. Wer nicht im Netz existiert, nicht über Messenger kontaktiert werden kann, der existiert gar nicht mehr, wird eine Weile vermisst und schließlich vergessen. Nach und nach hat sich mein damals großer Freundeskreis drastisch verkleinert.«

»Bedauerst du das?«

»Nein. Die echten Freunde sind noch da. Nicht mehr als zwei aus meiner Zeit in Hamburg. Natürlich ist der Kontakt nicht so intensiv wie früher. Ich sehe keine Fotos mehr, keine Statusmeldungen, keine Storys oder Reels mit den großen und kleinen Happenings des Alltags. Auch daran gewöhnt man sich. Aber hier in Leipzig habe ich neue Freunde gefunden, die mich von Anfang an unvernetzt erlebt haben.«

»Und deine Eltern? Die sind noch in Hamburg, oder?«

»Sie sind in Hamburg geblieben, ja.« Bei der Erinnerung an meine besorgt-panische Mutter, die immer dachte, mir wäre etwas passiert, wenn ich nicht erreichbar war, muss ich grinsen. »Anfangs waren sie irritiert, geradezu hilflos und auch ziemlich unwillig, das mitzumachen. Sie hielten meinen Rückzug für ein einziges Theater, nannten es verantwortungslos und egoistisch. Inzwischen haben sie sich daran gewöhnt.« Kurz wiege ich meine Worte ab. »Egoistisch war und ist es immer noch ein bisschen. Aber auf die gute Weise.«

»Gesunder Egoismus nennt sich das. Es bedeutet nichts anderes, als sein Leben nach den eigenen Wünschen und Bedürfnissen auszurichten und das Neinsagen zu lernen.« Taro lehnt sich zurück, stützt den Oberkörper auf die Arme und streckt die langen Beine aus, schlägt sie übereinander. »Du hast unmissverständlich Nein gesagt.«

Weil ich sein Gesicht nicht mehr sehen kann, spiele ich mit dem Gedanken, mich auch hinzulegen, lasse ihn aber sausen und bleibe lieber sitzen. Taros Blick kitzelt in meinem Nacken, als er eine neue Frage stellt.

»Weil du kein Spotify mehr hattest, hast du dir all die Tapes gekauft, die du in der Werkstatt hörst?«

»Nein, die waren schon da. Die haben meinen Großeltern gehört. Oben in der Wohnung habe ich ihren Plattenspieler samt der Vinylsammlung.«

»Und wahrscheinlich einen Kastenfernseher.«

»Nein. Oma und Opa hatten schon einen Flatscreen, aber da ist nur der Videoplayer angeschlossen. Netflix, Prime und Co. habe ich auch abgeschafft, und auf Fernsehen verzichte ich sogar schon länger als zehn Jahre.«

»Du schaust Videokassetten, die Dinger zum Zurückspulen?«

»Genau die. Ich habe aber auch DVDs.«

»Kennst du bei den Filmen auch das Jahr der Veröffentlichung?«

Über die Schulter sehe ich Taro an. Ein Auge gegen das Sonnenlicht zugekniffen, blinzelt er mich an. Seine Frage spielt darauf an, dass ich bei den Tapes das Veröffentlichungsjahr herunterbete wie andere das Vaterunser.

Grinsend fragt er weiter: »Vielleicht auch das Filmstudio, den Namen des Regisseurs et cetera. Woher hast du die Infos eigentlich, wenn nicht aus dem Internet?«

»Wenn man ein Tape oder eine Platte jahrelang immer wieder in die Hand nimmt, merkt man sich irgendwann auch das Kleingedruckte.«

»Mir wäre das zu langweilig, immer dieselben Filme anzuschauen. Ganz davon abgesehen, dass du weißt, wie es ausgeht.«

»So oft werfe ich den Videoplayer nicht an. Abends höre ich lieber Musik, lese ein Buch oder eine Sonntagszeitung, die ich mir im Kiosk kaufe, um über das Weltgeschehen informiert zu sein.«

»Du hörst also auch kein Radio mehr?«

»Der Radioempfänger der Stereoanlage in der Werkstatt hat vor langer Zeit den Geist aufgegeben«, erinnere ich mich. »Opa wollte ein neues Gerät kaufen, aber ich hatte begonnen, die Tapes abzuspielen. Er hat mir erzählt, wann er einen Song das erste Mal gehört und in welcher Disco er mit Oma dazu getanzt hat. Er mochte die Erinnerung, ich mochte seine Geschichten und die für mich neue Musik. Also wurde nie eine neue Anlage gekauft.«

»Was ist mit Kino?«

»Kenne ich.« Ich zwinkere und schicke Taro ein verschmitztes Lächeln. »Zwei-, dreimal im Jahr gehe ich hin. Aber eher in die Programmkinos.«

»Wenn *Mad Max* oder *E.T.* gezeigt werden?«

»Pah! Ich war im Kino, als der neue *Top Gun* lief. Danach bin ich mit ein paar Kids ins Gespräch gekommen, als ich sie sagen hörte, dass es irgendeinen ähnlichen Film in den Achtzigern gegeben haben muss.« Ich schüttele den Kopf. »Tzz! Irgendeinen ähnlichen Film. Ich habe ihnen erklärt, dass sie eine Bildungslücke haben, wenn sie den original *Top Gun* nicht kennen.«

»Na ja! Als Bildungslücke würde ich das nicht unbedingt bezeichnen.«

»Und ob!«, beharre ich im Spaß und wende mich wieder

ab, um einen Fischreiher zu beobachten. Lautlos segelt er übers Wasser, die Flügel weit gespannt. Seine Silhouette spiegelt sich im offenen Wasser. »Ich liebe Achtzigerjahre-Filme.«

»Mein Mitbewohner beim Studium hat Kulturwissenschaften studiert. In einem Wintersemester hatte er die Idee, dass wir Themenmonate veranstalten, einen Siebziger-, einen Achtziger- und einen Neunzigermonat und in diesen Monaten ausschließlich die Kultfilme dieser Jahrzehnte schauen.«

»Was für eine coole Idee!«

»Das fanden viele, und es waren echt gute Filme dabei, wobei einige in der heutigen Kultur nicht mehr richtig greifen. Beispielsweise wurde um *Blade Runner* in den Achtzigern ein echter Hype veranstaltet.«

»Wegen seiner Bilder.«

»Genau, die Story ist mittelmäßig, und die Dialoge sind eher schwach. Allerdings ziehen die Bilder heute gar nicht mehr, denn wir sind deutlich beeindruckendere visuelle Effekte gewohnt. In anderen Genres, bei Komödien und Romanzen vor allem, ist der Unterschied zum heutigen Standard auch zu groß. Das Verhalten von Männern und Frauen in Beziehungen kann man im freundlichsten Fall als Satire verstehen.«

»Da ist eine Transferleistung gefragt.« Ich setze mich andersherum, um ihn ansehen zu können, und ziehe die Beine zum Schneidersitz heran. »Bei solchen Szenen sage ich mir: Früher war das so, heute ist es anders. Wäre es für uns okay, wenn man unsere heutige Kultur und Gesellschaft in fünfzig Jahren ignoriert oder umschreibt, weil sie nicht den aktuellen Werten entsprechen? Das wäre, als hätten wir nicht existiert, als hätte unser Leben nicht stattgefunden. Es gäbe keine Geschichte mehr. Keine wahre zumindest.« Ich hole tief Luft und stoße sie wieder aus. »Die gesellschaftlichen Normen der damaligen Zeit machen einen Achtzigerfilm nicht automatisch schlecht. Es wurden wirklich großartige Filme gedreht, die auch in fünfzig Jahren, wenn das meiste von heute vergessen ist, noch großartig sind.«

Taros Blick ruht nachdenklich auf mir. »Würdest du in dieser Zeit, in den Achtzigern, leben wollen?«, fragt er nach einer Weile.

»Manchmal denke ich darüber nach. Es war das letzte Jahrzehnt ohne Internet. Aber, nein, damals war ja nicht alles besser. Ganz sicher nicht. Ich wünsche mir eher, unser Leben heute hätte bestimmte, tatsächliche Qualitäten der Achtziger.« Bevor er fragen kann, zähle ich sie auf: »Kulturelle Ästhetik, Information bei Bedarf statt nonstop, die Wertschätzung der Gesellschaft, bewusste Entschleunigung, soziale Interaktion.« Gerade bei Letzterem fallen mir einige Geschichten aus der Selbsthilfegruppe ein. »Wie gehen wir heute miteinander um? Denkst du da nicht manchmal drüber nach? Wir betrachten Menschen wie Konsumgüter, die man wegwirft, wenn man sie nicht mehr braucht, oder bessere gefunden hat.«

»Das hat man schon immer gemacht. Nur live statt virtuell.« Taro setzt sich wieder auf und lässt meinen Blick gehen. »Vielleicht schaffen wir es irgendwann, gute alte oder neue bessere Werte zu integrieren und eine gesündere Balance zu finden. Wir entwickeln uns ja ständig weiter. Wir halten uns für weit, aber tatsächlich stecken wir in den digitalen Kinderschuhen, die uns noch nicht so richtig passen. Es ist normal, wenn wir darin stolpern, hinfallen, wieder aufstehen und aus der gemachten Erfahrung lernen.«

Das ist ja die Frage. »Lernen wir noch? Oder denken wir gar nicht mehr nach?«

»Manche von uns lernen. Vielleicht werden die Lernenden allmählich wieder mehr.«

Er greift zu seinem Rucksack, öffnet einen Reißverschluss. »Wie schaut's aus, hast du Lust auf ein Glas Wein?«

»Wenn es weißer ist.«

»Aber klar.« Er packt eine Kühltasche aus, in der eine Weinflasche steckt. Zwei Gläser, die er aus einem Geschirrhandtuch schlägt, folgen. »Ein Saale-Unstrut Sommer-Cuvée«, erklärt er und hält mir die Flasche unter die Nase. »Der Name klingt, als würde er gut zu dir passen.«

»Freygeist«, lese ich auf dem Label.

»Es ist wirklich schön hier«, murmelt Taro, nachdem er uns eingeschenkt hat. Seine Stimme klingt warm und zufrieden. Er schaut über das Wasser und atmet durch. »Mehr als schön, eigentlich. Es ist …« Scheinbar gedankenverloren hält er inne.

»Faunpanistisch«, schlage ich vor.

»Genau.«

▼

Die Dämmerung hat eingesetzt, als wir uns auf den Rückweg machen. Eine beschauliche, für manche vielleicht etwas gruselige Ruhe zieht durch den Wald. Die Tierstimmen und Geräusche sind andere als auf dem Hinweg.

»Hast du das gerade gehört?«, fragt Taro, als wir die Räder vom Teich wegschieben und ein zugegebenermaßen merkwürdiger, schnarrender Laut in der Nähe ertönt.

»Das ist der Sumpfschnarcher«, gebe ich mit gespielt ernster Stimme zurück.

»Der was?«

»Der Sumpfschnarcher. Den kennst du nicht? Der lebt unter Wasser und taucht nur zum Schnarchen auf.« Kaum bin ich fertig mit der Erklärung, da raschelt es in einem Gebüsch, das wir passieren. »Und das gerade war sicher der Waldwusel.«

Taro lacht leise. »Du Spinnerle!«

Weil es so schön klingt, liebevoll beinahe, wie er zu mir Spinnerle sagt, spinne ich weiter. »Um diese Tageszeit schiebt der Waldwusel seinen bratpfannenplatten, braunpelzigen Körper durch das Geäst, um den gemeinen Flattergnaus zu fangen.«

»Ich wusel dir auch gleich was!«

»Kein Scherz!«

»Natürlich nicht, entschuldige. Du scherzt ja nie. Bist eine völlig humorlose Person.«

Wir steigen auf die Räder. Taro fährt vorneweg. Ein Pfeifen erklingt hoch oben in den sich allmählich lichtenden Baumwipfeln.

»War das die Trillerdrussel?«, ruft er mir über die Schulter zu.

Ich überlege kurz, schüttele den Kopf. »Nein, die verwechselst du gerade mit dem Fluschelhörnchen.«

»Das Fluschelhörnchen, natürlich! Das ist das mit dem weißen Fell und den winzigen Hörnern, das auf Bäume klettert, wenn die Sterne zu funkeln beginnen.«

»Weil es die Sterne für Glühwürmchen hält.«

»Genau deshalb«, pflichtet Taro mir in nun auch todernstem Ton bei, und es wird immer schwerer, nicht zu kichern. »Wobei die korrekte Bezeichnung doch nicht Glühwürmchen ist, sondern Leuchtarschkäfer, oder nicht?«

»Wie recht du hast!« Mir fällt etwas ein. »Hast du schon mal Leuchtarschkäfer gesehen?«

»Nicht einen einzigen.«

»Na ja, es sind keine Einzelschwirrer. Sie treten nur im Rudel auf. Hier gibt's einige Orte, an denen sie zu bestimmten Tageszeiten rumschwirren.«

Welche das sind, erkläre ich ihm auf dem restlichen Weg über die Felder und zur Stadt hinein und merke erst, das ich einen Monolog halte und Taro ganz still geworden ist, als wir die Klingerbrücke erreichen, wo sich unsere Wege trennen.

Taro steigt vom Rad und lehnt es an einen Laternenpfahl, also steige ich auch ab, halte mein Rad aber weiter fest. Ein Zögern hängt zwischen uns, als wir uns anschauen und nicht zu wissen scheinen, was wir sagen oder wie wir uns verabschieden sollen. Auch mir, die gerade noch keinen Stoppknopf gefunden hat, fällt plötzlich nichts mehr ein. Es ist, als hätte jemand einen großen Besen sehr gründlich in meinem Kopf geschwungen.

Im gleichen Moment geben wir uns einen Ruck. Taros Hand landet auf meinem Schulterblatt und meine freie Hand, die kein Rad halten muss, an seiner Hüfte. Nach der halben Umarmung und dem Wangenkuss weichen wir zurück, aber nicht weit genug. Es ist, als wären wir gefangen in unseren Blicken. Eine stille Frage scheint darin zu liegen, ein neues Zögern, das selbst die Zeit zu stoppen scheint. Sein Atem streift über mein Gesicht. Sein Blick huscht kurz zu meinem Mund, dann wieder zurück zu meinen Augen, wie um sich abermals darin zu verlieren. Dann, fast unmerklich, weicht er weiter zurück, sowohl körperlich als auch emotional. Er lässt mich gehen, und ich ihn auch.

»Das war sehr schön heute, Juno«, sagt er, und mir wird bewusst, wie schnell mein Herz schlägt. Der Juno-aus-Taros-Mund-Effekt treibt es nun noch weiter an.

»Das stimmt«, gebe ich mit leicht kratziger Stimme zurück.

Meine Knie sind weich, als ich wieder aufs Rad steige. Taro schwingt sich ebenfalls auf den Sattel.

»Tschüss«, sage ich.

»Bis dann«, sagt er. »Komm gut heim.«

Damit fährt er seines Weges und ich meines.

Hegenbeter

[ˈheːgənˌbeːtɐ] Nomen, maskulin.
Eine erziehende Person, die rituelle Fürsorge betreibt, typischerweise durch Überwachung des Kindes und Verhaltensanleitungen für Aufsichtspersonen.

Miriam und André wollten es diesmal anders machen und die Anzahl der Partygäste nicht auf das Alter des Geburtstagskindes begrenzen. Sie dachten sich: Was, wenn Theo sechs wirklich gute Freunde hat, nicht nur fünf. Es wäre doch traurig, wenn er Nummer sechs nicht einladen könnte, als wären nicht genügend Teller da, wie bei Dornröschen, wo der dreizehnte Gast ausgeladen wurde, was bekanntermaßen schreckliche Konsequenzen hatte. Auch der andere Fall, dass Theo weniger als fünf wirklich gute Freunde hatte und sich einer fehl am Platz fühlen würde, weil er eigentlich nicht zur Gang gehört, erschien den beiden ungünstig. Also durfte Theo selbst entscheiden, wie viele wirklich gute Freunde mit ihm feiern sollten. Erfreut zählte Theo die Namen von beinahe allen Kindern seiner Gruppe auf. Siebzehn an der Zahl. Nur den achtzehnten, Louis, wolle er nicht dabeihaben, weil der ihn immer anrülpse. Etwas erschrocken ruderten Miriam und André zurück. Sie erklärten Theo, dass Louis gekränkt sein würde, als Einziger nicht eingeladen worden zu sein. Deshalb sollte Theo noch einmal nachdenken, wer seine wirklich, wirklich guten Freunde waren. So reduzierten sie die Gästezahl auf elf.

Elf sind immer noch mehr als erwartet, zudem sind da auch Theos Schwestern, Emma und Luise, die die Zahl der zu beaufsichtigenden und umsorgenden Personen auf vierzehn erhöhen. Im kleinen Garten hinterm Haus ist kein Platz für so viele kleine Menschen. Es gibt außerdem keine Spielfläche, keinen Rasen, nur einen Sandkasten und eine Schaukel. Ein Stadtpark kommt nicht infrage, da dort das Risiko besteht, eines der Kids zu verlieren. Ohnehin braucht es mehr als zwei Leute für die Beaufsichtigung. Also findet die Party bei mir statt. Mein Hof und Garten bieten genügend Platz für eine lange Tafel und alle möglichen Aktivitäten. Die Werkstatt schließe ich natürlich ab, damit sich niemand an die Kreissäge verirrt.

Während sich Miriam und André um Essen und Entertainment kümmern, bin ich für das Management der Gebrauchsanleitungen zuständig. Miriam hat die meisten dieser Informationen bereits per E-Mail erhalten, damit sie die Party unter Berücksichtigung aller Besonderheiten planen kann. Ich sollte die Details im Vorfeld verinnerlichen, damit es bei der Party nicht zu viel auf einmal wird. Bei der Übergabe nehme ich die aktualisierten Gebrauchsanweisungen von den Eltern entgegen – zwei sind so waghalsig, ihre Kinder ohne Anleitung abzuliefern – und notiere weitere Hinweise, welche nicht vermerkt wurden, da man sich die entsprechenden Schreckensszenarien erst auf dem Weg zur Party ausgemalt hat.

Während die Party im Garten startet, verriegele und verrammele ich das Tor ausbruchssicher und überfliege dann die neun Ausdrucke im Karteikartenformat, die praktischerweise auch ein Foto vom Kind und ein bis drei Notfallkontaktnummern enthalten. Es scheinen standardisierte Fassungen zu sein. Drei Kinder wurden ohne Gebrauchsanweisung angeliefert. Eins kam mit zweien – eine für sich selbst, eine für das ein Jahr jüngere Geschwisterkind, das unbedingt mit zur Party wollte und wohl einen beängstigenden Tobsuchtsanfall bekam, als ihm der Wunsch zuerst verwehrt wurde. Auf einen mehr oder weniger kommt es doch nicht an!

Oskar

Glutenintoleranz!
Laktoseintoleranz!
Bitte das mitgegebene Essen geben. Bitte kein herkömmliches Brot, Torte, Milchgetränke etc.

Linus

Nussallergie!
Vegetarier.
Hat eine Ballon-Phobie. Bitte keine Ballons und auf gar keinen Fall Ballons platzen lassen.

Emilia

Bitte sehr gut auf Teddy Bärbel aufpassen und Teddy Bärbel an allen Aktivitäten beteiligen. Teddy Bärbel darf niemals verloren gehen!

Kilian

Leichte Tierhaarallergie.
Leichter Schnupfen.
COVID negativ!
Isst nur Nudeln in Dino-Form. Keine anderen Nudeln aufzwängen!

Boris

Isst nichts, was grün ist.
Aktuell Husten. COVID negativ!
Bitte mit „Captain Kuddelmuddel“ anreden!
Reagiert nicht auf Boris.

Mika

Isst nichts mit Fruchtstücken (Brechreiz).
Darauf achten, dass die mitgebrachten Sammelfiguren vollständig bleiben (die sind teuer!).

Nora

Angst vor Clowns, Hexen, Zauberern etc.
Angst vor Insekten! Vor Schmetterlingen, Käfern, Libellen, Bienen, Wespen, Hummeln etc. schützen.

Lilo

Vegetarierin! Bitte Bio!
Ei- und Sesamallergie.
Weint oft ohne Grund -> mit Katzenvideos ablenken (auf Tablet in der Hello-Kitty-Tasche).

Nils

Asthmatiker (Asthmaspray im Rucksack).
Trinkt nur Orangenlimo.
Zum Essen „Petterson & Findus“, Folge 12 starten (Tablet im Rucksack).

Ich renne los, um Leben zu retten, da klingelt es abermals. Hat Theo etwa ein weiteres Kind eingeladen und vergessen, das zu erwähnen? Rülps-Louis vielleicht, dessen Hegenbeter mir gleich eine zehnte Gebrauchsanweisung in die Hand drückt?

Auf eine unangenehme Diskussion eingestellt schließe ich die Tür wieder auf, öffne und stehe meinen Eltern gegenüber. Sie sind braungebrannt, sehen erholt aus. Ihr Wohnmobil steht hinter ihnen am Straßenrand vor der Einfahrt.

Bevor ich oder sie etwas sagen können, springen vierzehn Kinder um uns herum und rufen »Eis! Eis! Eis!«.

Mein Vater scheint durchzuzählen. Der Blick meiner Mutter ist eher suchend.

»Ist eins davon deins?«, fragt sie, als sie aufsieht.

Die Kids verstehen, dass es nicht der Eismann ist, sondern bloß langweilige alte Leute vorbeigekommen sind, um zu nerven, also trollen sie sich enttäuscht lärmend in den Garten.

»Alle nur geklaut«, antworte ich.

»Ach so. Hätte ja sein können, dass wir wieder mal was verpasst haben.«

Mama umarmt mich und drückt mir einen Kuss auf die Stirn. Ich begrüße auch Papa. Wie sich herausstellt, sind die beiden auf der Rückreise vom Campingurlaub in der Hohen Tatra nach Hamburg und haben beschlossen, bei mir einen Zwischenstopp einzulegen.

»Wir haben angerufen, dich aber nicht erreicht«, sagt Mama mit dem altbekannten Vorwurf in der Stimme, während Papa das Wohnmobil auf dem Hof parkt.

»Wirklich? Wann denn?«

»Gestern Abend. Da haben wir auch den Anrufbeantworter besprochen. Vor ein paar Stunden hatten wir es noch einmal probiert, aber du bist wieder nicht rangegangen.«

»Wir hatten hier mit den Vorbereitungen zu tun«, gebe ich leicht zerknirscht zurück.

Während André und ich den Garten dekoriert haben, hat Miriam die Playlist zusammengestellt und die meisten Songs auch angespielt. Das Werkstatttelefon habe ich deshalb wohl überhört. Gestern war ich mit Taro unterwegs und nach dem Ausflug zwar noch kurz in der Werkstatt, aber nicht im Büro, um nach verpassten Anrufen zu schauen.

»Stell dir vor, uns passiert was«, schimpft Papa aus der Fahrerkabine heraus. Mama stemmt die Hände in die Seiten und nickt zur Bekräftigung. »Wir hätten auf der Autobahn einen Unfall haben und im Sterben liegen können. Und du wärst mal wieder nicht ans Telefon gegangen.«

Diesen Vorwurf kenne ich in den verschiedensten Varianten: Beim Äpfelpflücken von der Leiter fallen und sich das Genick brechen, bei der Hausarbeit einen Herzinfarkt erleiden, beim Wandern verirren und verhungern, im Badezimmer ausrutschen und sich den Kopf aufschlagen.

»Ich hoffe, wenn ihr einen Autounfall habt, ruft ihr oder jemand anders, der vor Ort ist, den Notarzt und nicht mich.«

»Es geht ums Prinzip, Juno.« Papa steigt aus, schlägt die Fahrertür zu und stellt sich zu Mama, um die Pro-Handy-Fraktion visuell zu stärken. »Wir können dich nie zeitnah über wichtige Dinge informieren und erfahren von dir auch nichts mehr. Es geht schließlich auch um deine Sicherheit. Was, wenn du überfallen wirst?«

»Okay, geht klar. Wenn ich überfallen werde, bitte ich den Angreifer um eine Sekunde, damit ich euch anrufen und Bescheid sagen kann.«

»Zieh es doch nicht wieder ins Lächerliche!«, stimmt Mama ein. »In der heutigen Zeit ist ein Handy lebensnotwenig. Im Auwald kommen ständig junge Frauen zu Tode.«

So ein Blödsinn! »Die Bilanz der letzten zehn Jahre stimmt mich zuversichtlich, dass mein weiteres Überleben relativ gesichert ist.«

»Es kann immer mal was sein. Dinge, mit denen du gar nicht rechnest.«

Zugegeben, da hat sie einen Punkt. Ich habe gar nicht damit gerechnet, dass sie und Papa heute mit dem Wohnmobil auf den Hof fahren, um hier zu übernachten. Das hätte ich tatsächlich gern gestern schon gewusst. Für diese Info hätte ich aber schlicht und einfach den Anrufbeantworter abhören sollen.

»Du lebst immer mehr hinterm Mond«, nörgelt Mama, weil es offenbar noch nicht genug ist. »Es ist furchtbar, mitzuerleben, wie du dich selbst abhängst von allem, was im Leben wichtig ist.«

Ich erinnere mich, wie ich Taro erst gestern erzählt habe, dass meine Eltern inzwischen kein Problem mehr mit meiner Handylosigkeit haben. Das war ein Irrtum. Meine aktuelle Nicht-Erreichbarkeit hat sie einen akuten Rückfall erleiden lassen, aber ich habe keine Zeit, das jetzt zu bedauern, denn von der Geburtstagstafel im Garten dröhnt ein lautes Heulen herüber. Also überlasse ich meine Eltern sich selbst und eile Miriam und André zu Hilfe.

Es ist Oskar, der Theater macht, weil er Torte will, nicht die Kekse, die ihm mitgegeben wurden. Nils stimmt ins Heulen ein, als Miriam ihm *Petterson und Findus* verweigert. Sie kapituliert bald und lässt die Folge laufen, da jammert Lilo los und besteht auf ihren Katzenvideos, was zur Folge hat, dass alle Kids plötzlich irgendetwas auf irgendeinem Tablet schauen wollen. Miriam sieht keinen anderen Ausweg, als die beiden Tablets einzukassieren, da steigert sich das allgemeine Geheule ins Unerträgliche. Nora beendet es mit einem schrillen Schrei, der einem nichtsahnend vorbeiflatternden Zitronenfalter gilt. Weil sich deshalb alle über sie lustig machen und sie einen weiteren Schmetterlingsangriff befürchtet, will sie nach Hause. Die in Aussicht gestellten Spiele und deren Preise verhindern den Anruf der Notfallnummer auf Noras Gebrauchsanleitung.

Schon während des ersten Spiels, dem Eierlauf, beginnen die Brüder Kilian und Boris zu raufen, bis beide weinen. Emilia will kein Topfschlagen mitmachen, weil sie Angst im Dunkeln hat. Linus und Mika finden Spiele überhaupt öde und fragen, wann endlich der Clown kommt, woraufhin Nora in den Hof rennt und sich weigert, ihr dort gefundenes Versteck zu verlassen. Miriam muss hoch und heilig schwören, dass weit und breit kein Clown ist. Sobald Nora wieder mit von der Partie ist, geht eine Stunde für die Suche nach Teddybär Bärbel drauf, den Emilia bei irgendeiner Aktion verlegt hat. Nachdem der Bär gefunden ist, wird allen langweilig, da sie keine Lust auf weitere Spiele haben – die Preise lohnen den Aufwand nicht. Sie wollen lieber *Petterson und Findus* oder Katzenvideos schauen oder Bärbel verstecken, womit Emilia aber nicht einverstanden ist. Also beginnen alle zu streiten, vereinzelt erneut zu heulen und sich zu raufen. Die unermüdlich aus einer Soundbox dudelnde Kindermusik wird zum Soundtrack des Dramas und tötet auch meinen letzten Nerv.

In all dem Trubel habe ich meine Eltern aus den Augen verloren, doch mit einem eindrucksvollen Auftritt bringen sie sich wieder in Erinnerung. Während Miriam Nora wegen eines neuen Schmetterlings tröstet, André Boris und Kilian auseinanderhält und ich Klein-Emma, die gerade weint, auf dem Arm herumtrage, verstummt die Musik. Ein helles Klingeln ertönt stattdessen.

Alle Anwesenden schauen sich um und erspähen meine Mutter. Sie trägt Opas alte, schmutzige Latzhose und eines seiner Arbeitshemden – beides ist ihr natürlich viel zu weit. Aus dem Hemdkragen, den Ärmeln und Hosenbeinen sprießt Stroh. Ein Besenstiel, quer in den Hemdrücken geschoben, sorgt dafür, dass sie ihre Arme entlang des Stiels ausstrecken muss. Auf dem Kopf trägt sie einen Schlapphut, an den Füßen schlumpern ausgetretene Schuhe. In den Händen hält sie verschieden große Glocken, die bei jedem ihrer unbeholfenen, steifen Schritte bimmeln.

Ich vermute, dass sie auf dem Dachboden des Seitengebäudes, über dem Ausstellungsraum, nach all den Requisiten gestöbert hat. Da beginnt sie, eine Geschichte von einem verwunschenen Garten zu erzählen. Mäuschenstill setzen sich die Kids ins Gras, um ihr zuzuhören, und gerade wird ihre Geschichte richtig spannend, da stiehlt mein Vater ihr die Show. Wie ein Tattergreis humpelt er heran und zerrt einen Holzklotz an einer Leine hinter sich her. Dass er den Holzklotz Waldemar nennt und auf ihn einredet wie auf einen ungehorsamen Hund, der nicht anständig Gassi gehen will, lässt die Kids vor Vergnügen kreischen. Für noch mehr Belustigung sorgen die Kommentare der Vogelscheuche, die einfach nicht glauben kann, dass der kauzige Alte schon wieder daherkommt und ihre Märchenstunde stört.

In keinem anderen Moment war ich meinen Eltern je dankbarer für ihr Eingreifen als in dieser frühen Abendstunde in meinem Garten. Weil sie sich zum Abendessen mit an den Tisch setzen und ihre Show weiter abziehen, bleiben sämtliche Schmetterlinge und Teddybären unbeachtet, und die Tablets werden auch nicht gebraucht.

▼

Als die letzten Hegenbeter mit ihren Kindern verschwinden, sende ich einen stummen Dank gen Himmel.

Miriam, André und ich hocken völlig erschlagen an der nach totaler Verwüstung aussehenden Geburtstagstafel. Mama, die immer noch putzmunter ist, sitzt bei uns und lässt Emma auf ihrem Schoß hopsen, wovon weder die eine noch die andere genug zu bekommen scheint. Etwas abseits legt Papa einen Zusatzauftritt hin und versucht den Holzklotz zum Kacken zu überreden, was Theo und Luise, die bei ihm sind, königlich amüsiert.

»So eine Süße bist du!«, säuselt Mama Emma zu und hebt sie sich andersherum auf den Schoß. Sie streicht der Kleinen über den Kopf und sieht mich dann an. »Sie ist doch herzallerliebst, oder?«

Emma grinst herzallerliebst.

Ganz davon abgesehen, dass ich gerade eine gespaltene Meinung zu kleinen Kindern habe, ahne ich, worauf das hinausläuft. Natürlich kann ich nicht abstreiten, dass Emma niedlich ist, auch nicht, weil Miriam mir eine solche Aussage verübeln würde. Davon abgesehen war sie heute das netteste Kind von allen.

»Zeit fürs Bettchen wird es allmählich«, gebe ich stattdessen diplomatisch zurück.

Mama beugt sich nach vorn, um Emma von der Seite anzuhimmeln und sie beim Reden zu knuddeln. »Wie gern würde dich die Oma ins Bett bringen, dir eine schöne Gutenachtgeschichte erzählen oder ein Lied singen.«

Emma streckt die Arme nach Miriam aus.

»Deine Mutter muss die glücklichste Frau auf der Welt sein«, sagt Mama, als Miriam ihr Emma abnimmt. »Drei Enkelkinder, und eins herziger als das andere. Fahrt ihr denn oft zu Besuch?«

»Alle paar Monate sind wir dort« Miriam setzt Emma in ihren Buggy. »Sie wohnen ja in Potsdam. Aber Andrés Eltern sehen wir so gut wie jedes Wochenende.« Taktisch klug lässt sie unerwähnt, dass sie von dieser Regelmäßigkeit nicht immer begeistert ist. André beginnt, den Tisch abzuräumen, aber ich kann mich noch nicht bewegen und strecke die Beine aus. Ein Fehler!

Das Funkeln, das in Mamas Augen tritt, verrät ihren Gedanken. Unglücklicherweise behält sie ihn nicht für sich. »Tja, die

Oma-Uhr tickt«, murmelt sie und versucht, ihre Aussage durch ein Zwinkern zu entschärfen.

»Ich habe gerade eine Partyapokalypse überlebt«, antworte ich müde. »Frag mich doch morgen noch mal, wann ich vorhabe, dir ein Enkelkind zu schenken.«

»Du bist erst sechsunddreißig. Heutzutage ist das ein normales Alter zum Kinderkriegen, und du weißt ja, deine Cousine war auch so spät dran. Aber dann hat sie den Richtigen kennengelernt. Schwups war sie verheiratet und Mutter.«

Schwups. Hochzeit. Kind. Ein Albtraum!

»Denk doch an die Freude, die so ein kleines Wesen bringt!«

»Mhmh!« Ich stehe auf und beginne Teller und Tassen auf ein Tablett zu stapeln.

Mama kommt wieder auf das liebe Cousinchen zu sprechen. »Über diese Dating-App, wo man überall die Werbung sieht, hat sie ihren Mann gefunden. Das Konzept scheint wirklich gut zu sein. Man muss bei der Anmeldung eine Menge Fragen beantworten und bekommt wohl nur Menschen vorgestellt, die zu einem passen.«

Drei, zwei, eins, deins! War das Parship? Ach nein, eBay. Aber das ist ja vom Prinzip her das Gleiche.

»Das ist nichts für Juno«, ruft Papa zu uns rüber. »Dazu braucht man ein Handy.«

Zeit für eine Pause. Ich nehme das Tablett auf und bugsiere es durch den Garten und über den Hof durch die Haustür. Auf der Treppe kommt mir André entgegen. Ich bitte ihn, das restliche Geschirr zu bringen, weil ich vorhabe, mich eine Weile mit dem Abwasch zu beschäftigen.

Miriam schleppt den Rest des Geschirrs nach und nach zu mir in die Küche, während Mama Emmas Buggy schuckelt und André den Garten aufräumt. Mit Papas Hilfe verstaut er die Tische und Stühle wieder auf dem Dachboden des Seitengebäudes.

Es ist kurz vor neun, als Miriam, André und die Kids den Heimweg antreten. Zusammen mit meinen Eltern stehe ich in der Tür der Einfahrt und winke ihnen nach, bis sie an der nächsten Ecke abbiegen. Erleichtert drehe ich den Schlüssel im Schloss, lehne mich gegen die Tür, mache die Augen zu, atme durch und versuche meine Eltern auszublenden, die beschließen, noch ein Stündchen im Garten zu sitzen, wo der Abend ja so schön ist. Bald sind ihre Stimmen nur noch leises Gemurmel, das sich mit einem anderen Geräusch vermischt. Einem Klingeln. Fern gedämpft. Wie ein Telefon.

Schlagartig wach, öffne ich die Augen, starre auf das im Hof parkende Wohnmobil und lausche.

Das Werkstatttelefon klingelt. An einem Sonntagabend um diese Uhrzeit? Es könnte Miriam sein. Vielleicht haben André und sie etwas vergessen. Und es könnte jemand anders sein.

Flink wie ein Fuchs husche ich über den Hof, schließe die Werkstatt von außen auf und von innen wieder ab. Im Büro nehme ich den Anruf entgegen. Mein Herz jubelt, als ich Taros Stimme höre.

Restart

Eine neue Folge für meinen Kanal ist so gut wie fertig. Ende der Woche, am Freitagvormittag, wird sie online gehen. Es ist ein besonderes Video, das sich ein bisschen wie ein Nachhausekommen anfühlt, wie eine Heimkehr nach einer Irrfahrt. Bevor ich mich ab Minute drei sechzehn dem eigentlichen Thema widme und über den Umgang mit Zurückweisung spreche, kläre ich eine für mich inzwischen elementare Angelegenheit. Ich bin sicher, dass viele Follower enttäuscht sein werden – sie könnten es als Übung im Umgang mit Zurückweisung sehen, werden das wahrscheinlich aber eher nicht tun, sondern bloß toben und motzen. Möglicherweise wird sich ein neuer Shitstorm zusammenbrauen, doch dem werde ich schon standhalten. Ich werde den Kopf einziehen und hoffen, dass ich stehen bleibe, während alles, was mir und meiner Sache nicht zuträglich ist, weggewaschen und fortgeweht wird. Ich muss einen Schlussstrich ziehen. Ich kann und will so nicht weitermachen, denn ich will mir meinen Content nicht länger diktieren lassen.

Als das Video gerendert ist, klicke ich auf Play und schaue, ob sich die ersten drei Minuten noch so stimmig und richtig anfühlen wie bei der Aufnahme und während der Bearbeitung.

»Hey, ihr Lieben! Willkommen zurück bei einer neuen Folge von Make Her Yours. Ich bin Taro und verrate euch heute, wie ihr euch verhaltet, wenn die Frau, die ihr für euch gewinnen wollt, nicht wie gewünscht reagiert.

Diejenigen von euch, die in den letzten Wochen regelmäßig reingeschaut haben, wundern sich vielleicht. Keine News zur Tischlerin? Nein, die gibt es nicht. Nicht heute und auch nicht später. Ich habe die Challenge abgebrochen. Ich bin gescheitert, und zwar an mir selbst und meinen eigenen Prinzipien, gegen die mein Handeln von Anfang an verstoßen hat.

Ihr fragt euch jetzt, warum ich mich überhaupt auf die Challenge eingelassen habe. Ich denke, ich habe mich triggern lassen, als es um nicht mehr ging als die Telefonnummer dieser Frau. Was zu Beginn vielleicht eine interessante Herausforderung war, hat sich für mich jedoch mehr und mehr wie ein Verbiegen angefühlt. Das ist nicht mein Weg. Es besteht ein großer Unterschied zwischen einem Coaching für Dating- und Beziehungssituationen und dem gezielten Versuch, die Gefühle einer bestimmten Person zu manipulieren. Sympathie und Zuneigung sollten niemals das Ergebnis eines Wettbewerbs oder einer Herausforderung sein. Sie sollten auf natürliche Weise entstehen und authentisch sein.

Respekt und Ehrlichkeit im Umgang mit anderen Menschen sind in meinen Videos immer wieder Thema. Es sind Werte, die mir selbst zu wichtig sind, als dass ich sie bewusst verletzen wollte, um mich selbst unter Beweis zu stellen. Davon abgesehen verdient es jeder Mensch, um seiner selbst willen geschätzt zu werden, nicht als Teil eines Experiments oder einer Wette.

Kurzum, ich habe einen Fehler gemacht. Für diesen Fehler entschuldige ich mich hiermit und danke euch gleichzeitig für euer Feedback, das mir geholfen hat, diese Erfahrung richtig einzuschätzen. Ich hoffe, wir können gemeinsam daraus lernen und uns auf eine Art des Flirtens konzentrieren, die respektvoll und ethisch ist. Lasst uns also echte, bedeutungsvolle Verbindungen aufbauen, die auf ehrlichem Interesse basieren!«

Euphorie rauscht durch meinen Körper, als ich das Notebook herunterfahre. Ich habe eine Last abgeworfen. Ich bin frei und kann wieder sein, wie ich bin, ohne mich ständig zu hinterfragen, ohne mich zu bremsen und unentwegt abzuwägen, ob meine Beweggründe aus mir selbst kommen oder das Ergebnis einer Fernsteuerung sind.

Auf dem Weg durch das Haus muss ich daran denken, dass ich Juno vor drei Tagen, am Samstag nach unserer Radtour, beinahe geküsst hätte. Ich habe es gelassen, weil ich es mit der Challenge, die wie eine dunkle Wolke über uns hing, als moralisch falsch empfunden habe, obwohl sich mein Wunsch, sie zu küssen, absolut ehrlich angefühlt hat. In solch einen Zwiespalt will ich nie wieder geraten. Wenn ich Juno küssen will, will ich es einfach tun können und nicht darüber nachdenken, ob das jetzt okay ist.

In der Tiefgarage gehe ich zu meinem Wagen, setze mich hinters Lenkrad und starte den Motor, dessen kräftiges Röhren die große Halle erfüllt. Vorfreude auf Juno kitzelt mich, als ich das Auto durch die Garage und zur Ausfahrt hinauf auf die Straße steuere. Es ist Dienstag, Viertel vor neun, und die Sonne steht schon tief über dem Horizont. Wie flüssiges Gold ergießt sich ihr Licht über die Stadt und verleiht selbst den alltäglichsten Szenen die Aura eines Zaubers.

Unter einer Straßenbrücke in der Nähe der Galopprennbahn stelle ich das Auto ab und gehe die paar Meter zur Pleißebrücke, wo Juno und ich verabredet sind.

▼

Die Linie führt auf schnurgeradem Weg durch den südlichen Teil des Leipziger Auwalds. Auf meinen Kommentar zu ein paar Baumskeletten, die zwischen den vielen gesunden, kräftig wachsenden Bäumen aus dem Boden ragen, ist Juno in eine Art Minivortrag verfallen – ein Crashkurs über die Welt der Botanik mit der Grundbotschaft: Auwälder sind superwichtig und Wasser ist ihr Lebenselixier. Ohne regelmäßige Überschwemmungen wachsen links und rechts des Weges, auf dem wir spazieren, bald nur noch Kakteen.

»Wusstest du, dass es im Auwald sechzig verschiedene Baumarten gibt?«, fragt sie, als wir Die Linie verlassen und auf einem schmaleren, sich windenden Pfad weitergehen. Ohne meine Reaktion abzuwarten, beginnt sie einige aufzählen. Wobei eine Aufzählung allein Juno zu langweilig wäre. Neben dem Namen, unter dem man den jeweiligen Baum kennt, gibt's die botanische Bezeichnung sowie die Eigenschaften und Merkmale des Holzes.

Bei jedem professionellen Naturkundeexperten hätte ich das Thema ermüdend gefunden. Zugegeben hat man mich bis vor kurzem auch eher selten in Wäldern angetroffen. Wenn, dann nur auf dem Mountainbike, wobei ich aber kaum je einen Blick für die Bäume übrig hatte, sondern auf den Pfad konzentriert war, über den ich gebrettert bin. Wenn Juno erzählt, ist alles anders. Wie ihren Möbeln gibt sie auch den Bäumen eine Seele und weiß zu beinahe jedem Exemplar eine Geschichte, der ich furchtbar gern zuhöre. Ich mag ihre Stimme, die klar und ruhig ist und meine innere Stimme in eine Art Resonanz zu ziehen scheint. Weil der Weg zu schmal ist, gehen wir hintereinander, doch hin und wieder dreht sie sich zu mir um, um mich beim Erzählen anzuschauen oder sicherzugehen, dass ich den richtigen Baum betrachte und nicht etwa die Stieleiche mit der Weißesche oder gar dem Bergahorn verwechsele. Die Hände in die Potaschen ihrer Jeans gesteckt läuft sie dann rückwärts vor mir her und bemerkt nicht, wie ich mich einen Moment lang in ihrem haselnussbraunen Blick verliere, dann ihren Mund in den Fokus nehme und mich schließlich frage, ob ihre Bluse in diesem Jahrzehnt geschneidert wurde oder bevor sie und ich auf diese Welt gekommen sind. Der Stoff ist zerknittert und luftig; die kurzen Ärmel sind in einem unordentlichen Streifen weiter umgeschlagen. Die linke Blusenseite ist graublau wie der Himmel vor einem Gewitter, die rechte rostrot wie Herbstlaub. Dass zwei Knöpfe fehlen, spielt keine Rolle, denn Juno trägt die Bluse offen, ein verwaschenes weißes Shirt darunter, dessen weiter Ausschnitt die Konturen ihres Dekolletés umspielt.

Keine Frau, mit der ich verabredet war, hätte irgendeines von Junos Kleidungsstücken angezogen, auch nicht im Wald. Im Gegenteil, einige hätten sich vorher online zum Dresscode für einen Waldspaziergang informiert und das fertige Outfit dann per Express bestellt.

Juno würde sich an den Kopf fassen bei Aussagen wie *Kleider machen Leute* und darauf hinweisen, dass es sich ausschließlich andersherum verhält. Kleidung scheint für sie eine praktische Hülle zu sein, die keinem Trend folgt, außer vielleicht dem ihrer eigenen Laune. Mit dieser Einstellung, ihrem ungeschminkten, ungekünstelten Auftreten, strahlt sie eine Authentizität aus, die ich selten erlebt habe.

Ich frage mich, wie anders Juno war, damals, als sie noch digital existierte. Hat sie sich erst mit ihrem Nein zu Handy und Co. von Trends und Konventionen verabschiedet, oder waren ihr die schon immer gleichgültig? Ihre kleine Offenbarung hat einige Fragen aufgeworfen, auch zu ihrem einstigen YouTube-Kanal. Vorgestern habe ich mir auf die Zunge gebissen, um nicht nachzuhaken, und momentan würde ich damit völlig aus dem thematischen Rahmen fallen.

Als wir eine kleine Lichtung erreichen, setzt sich Juno ins Gras und klopft neben sich, damit ich es mir auch bequem mache. Sie schaut in den Himmel, dessen blasses Blau allmählich in ein sanftes Rosa übergeht. Mit etwas Glück sehen wir im Dickicht ringsum gleich ein paar kleine Lichter tanzen – aus theoretisch keinem anderen Grund sind wir hier. Dies ist die Stelle, an der Juno um diese Jahreszeit immer die von uns so bezeichneten Leuchtarschkäfer sieht. Bisher leuchtet nichts. Als ein Schatten blitzschnell über unsere Köpfe schwirrt, schmunzelt Juno und zwinkert mir zu. »Eine Mopsfledermaus.«

Ich grinse. »Eine Mopsfledermaus auf der Jagd nach der Ballerinamücke?«

Sie schüttelt den Kopf. »Die Mopsfledermaus gibt's hier wirklich.«

»Und das war gerade eine?«

»Keine Ahnung, vielleicht war's auch ein Kleiner Abendsegler oder das Große Mausohr.« Sie nimmt den Beutel ab, den sie auf dem Rücken getragen hat, holt Mückenschutz heraus und sprüht sich die Arme ein. »Ich nenne jede Fledermaus Mopsfledermaus, weil mir der Name gefällt.« Sie reicht mir das Fläschchen. »Solltest du auch verwenden, sonst wirst du gleich zu fetter Beute auserkoren. Die Fledermäuse sind jetzt nur so aktiv, weil ihr Abendessen aktiv ist.«

Während ich den Mückenschutz auf Arme, Hals und Nacken auftrage, erzählt Juno von ihren Eltern, die gestern Nachmittag überraschend mit dem Wohnwagen aufgetaucht sind, um eine Nacht auf ihrem Hof zu parken.

»Am liebsten wären sie noch einen Tag geblieben«, sagt sie. »Zum Glück müssen die Kirschen in ihrem Schrebergarten dringend gepflückt werden. Ein Gartennachbar hat die ersten Früchte, die während ihres Urlaubs gereift sind, abgenommen, aber alle will ihm meine Mutter nicht überlassen.«

»Machen sie das öfter, unangekündigt vor deiner Tür stehen?«

»Nein, eher nicht. Und deine Eltern? Siehst du sie oft?«

Heikle Frage! Ich spüre, wie ich mich innerlich anspanne und versuche, locker zu bleiben, dem Ärger keine Chance zu geben. Der Abend ist viel zu schön.

»Meine Mutter kommt selten nach Leipzig. Wenn ich in München bin, schaue ich natürlich immer auch bei ihr vorbei.«

Ich spüre Junos Zögern, ihre Unentschlossenheit zwischen

der Möglichkeit, die Frage zu stellen und es zu lassen. Leider entscheidet sie sich für Ersteres. »Dein Vater, ist er …«, hebt sie vorsichtig an, vermutlich in der Befürchtung, dass er tot ist.

»Mein Vater ist ein Arsch.«

»Oh!« Sie lacht überrascht. »Okay.«

Als wir schweigen, habe ich das Gefühl, ich rede trotzdem, nur nicht laut.

Ich sollte damit umgehen können. Ich bin doch ein Meister des Ärger-Managements. Hey, wenn das jemand draufhat, dann ich! Schließlich habe ich es gelernt. Und ja, meistens beherrsche ich diese Kunst. Meistens ist mir mein Vater so egal wie Juno ihre Kleidung. Und andere Male ist er das nicht.

»Wir sprechen nicht mehr miteinander«, höre ich mich sagen. »Vor ein paar Jahren habe ich den Kontakt zu ihm abgebrochen und weiß nicht mal, wo er jetzt ist.«

»Also sind deine Eltern getrennt?«

»Seit fünfzehn Jahren. Es hätte gern ein paar Jahre eher passieren dürfen, doch eine frühere Trennung entsprach nicht seiner familiären Norm.«

»Also ist er …« Juno überlegt und zuckt mit den Schultern. »So eine Art Aussteiger?«

»Nein, das ganz sicher nicht. Ein Aufsteiger ist er. Früher hat er für verschiedene Münchener Konzerne gearbeitet, darauf erpicht, die Karrieretreppe bei jedem Wechsel ein Stückchen höher zu klettern, bis er CEO wurde. Irgendwann ist er nach Frankfurt gependelt, dann nach Singapur, dann nach San Francisco.«

»Also war er nie zu Hause.«

»Erst als seine Weltreise begann. Solange er in München war, war er leider viel zu oft zu Hause.« Bevor Juno auf dumme Gedanken kommen kann, sage ich ihr, in welche Richtung es damals ging. »Das Problem mit ihm war, dass es nur seinen Weg oder keinen Weg gab. Ein Dazwischen oder ein Jenseits davon war keine Option. Das war beengend und hat, als meine Schwester und ich heranwuchsen und eigene Wege sahen, für viele Konflikte gesorgt.«

Wenn ich an meinen Vater denke, denke ich an eine verplante Kindheit. Für mich und Aiko gab es keine freien Nachmittage oder Wochenenden. Für uns gab es Klavier- und Geigenunterricht, Tennistraining, Schwimmtraining, den Schachclub, den Literaturclub, den Debattierclub. Es gab eine Liste mit Büchern, die wir pro Jahr zu lesen hatten, und Bücher, die nicht auf dieser Liste standen, durften wir nicht einmal erwähnen. Zum Mittag- und Abendessen lief, wenn mein Vater zu Hause war, klassische Musik – andere Musik wurde nicht gehört, nicht toleriert. Beim Essen mussten wir schweigen. Anders beim Frühstück, wo unser Vater unsere Allgemeinbildung durch Quizfragen schulte.«

Juno holt mich aus meinen Gedanken, indem sie an dem Punkt anknüpft, an dem ich im Kopf gerade allein weitergegangen bin. »Welche Wege habt ihr denn für euch gesehen, du und deine Schwester?«

»Ach, das waren kleine Dinge. Wir wollten tun, was Teenager eben so tun. Mit Freunden um die Häuser ziehen, Spaß haben und eigene Interessen entwickeln.« Ich erinnere mich an ein Zimmer in unserem Haus, das in meiner Erinnerung etwas von einer Zauberwelt hat. »Als Aiko und ich klein waren, hat meine Mutter noch gemalt. Wenn mein Vater bei der Arbeit war, waren wir manchmal bei ihr in ihrem Atelier. Wir haben ihr zugeschaut, sie hat uns Techniken erklärt. Wir haben selbst zu malen begonnen. Als wir unserem Vater unsere Bilder zeigten, hat er das Atelier abgeschlossen und den Schlüssel versteckt.«

»Wieso das denn?«

»Er fand, dass unsere Mutter uns auf dumme Gedanken brachte. Wir sollten uns auf die wichtigen Dinge im Leben konzentrieren.«

»Das ist …« Verwirrt schüttelt Juno den Kopf. »Dein Vater mag klassische Musik, aber keine Gemälde, keine Bilder?«

»Doch, sehr sogar, aber nur die der alten Meister. Alles Neue – ob Musik, bildende Kunst oder Literatur – ist für ihn wertlos. Ich glaube, die Bilder meiner Mutter mochte er eigentlich nie. Durch ihre zurückhaltende, sanfte Art und ihre Malerei, die für ihn kein akzeptabler Beruf ist, sondern eine gelangweilte Spinnerei, schien sie die perfekte Kandidatin zu sein. Sie war leicht zu beeinflussen, leicht zu lenken und damit tausendmal geeigneter als andere Frauen, die sich in einer beruflichen Karriere verwirklichen wollten.«

Juno bedenkt das eine Weile, will es vielleicht bewerten, lässt es schließlich aber im Raum stehen und fragt stattdessen: »Deine Mutter ist also Künstlerin?«

»Inzwischen ist sie das wieder, ja. Lange Zeit war sie's nicht. Als sie meinen Vater kennenlernte, hatte sie erste kleine Erfolge mit Ausstellungen, die er anfangs bejubelte und später, nach der Hochzeit, zu belächeln begann. Irgendwann sollte sie das Malen aufgeben und sich auf ihre familiären Pflichten konzentrieren. Als sie es nicht tat und uns auch noch dafür begeisterte, versperrte er ihr den Zugang.«

»Das ist grausam!«, murmelt Juno betrübt. »Klingt nach einem Kontrollfreak.«

»Oder nach einer Persönlichkeitsstörung, die sich Narzissmus nennt.«

Abermals geht meine Erinnerung mit mir durch und zeigt mir Urlaube, in denen jeder Tag minutiös durchgetaktet war. Die Kirchen, Museen, Tempel, Kunstausstellungen, Moscheen, Synagogen und Geburtshäuser europäischer Dichter und Denker haben wir alle gesehen. Bot sich ein Urlaub aus kultureller Sicht nicht an, weil meine Mutter Erholung brauchte, dann gingen wir wandern, reiten, rudern, bergsteigen, Kanu fahren, Kletterwälder erklimmen oder tatsächlich an einen Strand –

von drei bis fünf Uhr nachmittags. Das war sein Verständnis von Erholung. Tatsächlich einmal nichts zu tun war für ihn ausgeschlossen.«

»Deine arme Ma! Sie muss völlig desillusioniert gewesen sein. Hat sie nie mehr gemalt, in all den Jahren bis zur Trennung?«

»Nicht einen Pinselstrich.«

»Was ist mit deiner Schwester und dir? Vielleicht habt ihr das Talent eurer Mutter in den Genen und es nicht entwickelt.«

Ich sehe Juno an und muss lächeln, weil ihr Blick so anrührend besorgt ist. »Wir haben es beide«, gestehe ich ihr. »Allerdings waren wir so schlau, unserem Vater nie wieder ein Bild zu zeigen.«

»Hättest du lieber Kunst studiert?«

»Nein, so gut war ich nie. Außerdem habe ich mir mit der Psychologie schon genug Ärger eingehandelt. Wäre es nach ihm gegangen, hätte ich in die Wirtschaft einsteigen sollen.«

»Und deine Schwester, hat sie auch nicht nach seiner Pfeife getanzt?«

»Aiko hat das Richtige studiert, aber den falschen Mann geheiratet.« Das Lachen, an dem ich mich versuche, klingt unecht. Ich wende den Blick ab und lasse ihn auf einem blinden Fleck der Lichtung ruhen. »Bei jemandem, der so strikte Grenzen setzt und so hohe Erwartungen hat, ist der Spielraum für Enttäuschungen ziemlich groß.«

»Was ist mit deiner Mutter? Hat sie ihn nicht ein wenig bremsen können?«

»Nein. Er hat sie immer kleiner werden lassen. Seit der Trennung ist sie allmählich wieder aufgeblüht und zu Kraft gekommen, aber während ihrer Ehe ist sie emotional regelrecht verkümmert. Ihre Sehnsucht nach einer Trennung hat sie schier überwältigt, aber ihre Überzeugung, ohne ihn nichts wert zu sein, war zu tief verankert. Sie hat sich in Affären gestürzt, in denen sie nur noch unglücklicher wurde.«

»Davon wussten deine Schwester und du?«

»Damals, als wir Teenager waren, haben wir es nur geahnt. Heute wissen wir es. Heute wissen wir auch, dass mein Vater nicht anders war. Sobald meine Schwester und ich mit achtzehn von zu Hause weg waren, war er es dann auch. Mit der Nachfolgerin meiner Mutter hat er ein drittes Kind gezeugt, um sich beide zurechtzubiegen wie Knetmännchen.«

»Ganz schön kaputt«, sagt Juno nachdenklich.

»Es liegt hinter mir.« Ich atme durch. »Es ist gut, dass mein Vater und ich keinen Kontakt mehr haben. Beim Gedanken an ihn habe ich heute meist nicht mehr als eine ganz gewöhnliche Hoffnung, die alle Kinder haben.« Abwartend sehe ich Juno an.

Sie zögert einen Moment und macht schließlich einen Vorschlag: »Dass man niemals wird wie die eigenen Eltern?«

»Bingo. Kommt dir das etwa bekannt vor?«

»Aber klar. Wenn meine Motive auch nicht so stark sind wie deine.«

»Dann haben deine Eltern sicher eine ganze Menge gut gemacht. Der ein oder andere unangekündigte Besuch ist da vielleicht zu verschmerzen.«

»Stimmt wohl. Das Schlimmste, was sie mir antaten, war, mich nach Hamburg zu verschleppen. Ich hatte bei meinen Großeltern bleiben wollen und geheult, bis wir an Hannover vorbei waren. Wenn man der dramatischen Schilderung meiner Mutter glauben kann.«

»Sicher war der Wechsel damals auch nicht leicht.«

»Meine Eltern hatten extra die Einschulung abgewartet. Ich sollte nicht die Neue im Kindergarten oder in der Schule sein.« Sie zieht eine Braue hoch. »Oben im Norden fand man meine Aussprache aber so merkwürdig, dass ich doch recht zügig eine Neue war. Die Neue in Hamburg, auch Quotenossi genannt.«

»Quotenossi?« Ich muss lachen. »Kinder können so fies sein.«

Juno winkt ab. »Ich habe mich eingelebt, Freunde gefunden, bin angekommen. Ein Jahr später hätte ich Hamburg schon nicht mehr gegen Leipzig tauschen wollen. Und das Sächseln habe ich auch verlernt.«

»Fast«, erwidere ich mit einem Zwinkern. »Bei zwei, drei Worten klingt die ursprüngliche Sächsin noch durch.«

»Ich kann auch mehr.«

»Bitte nicht. So, wie es ist, ist es sehr charmant.«

»Da!«, murmelt sie plötzlich und weist mit einem Nicken in Richtung des Dickichts auf der gegenüberliegenden Seite der Lichtung.

Als ich meinen Blick dem von Juno folgen lasse, erkenne ich einzelne Leuchtpunkte. Drei zähle ich zuerst, doch von Sekunde zu Sekunde werden es mehr. Es ist, als würden auf den Gräsern und in den Blättern winzige Taschenlampen eingeschaltet werden.

Dass es viel dunkler geworden ist, fällt mir erst jetzt auf. Über den Baumwipfeln steht die sehr feine Sichel des zunehmenden Mondes. Mehr Fledermausmöpse flattern durch die Lüfte, lautlos ihr Flügelschlag. Der Ruf eines Uhus scheint für die Glühwürmchen wie ein Startsignal zu sein. Sie erheben sich von den Zweigen und Blättern, auf denen sie bis eben geschlummert haben, und beginnen in einem ruhigen Rhythmus durch die Luft zu tanzen, als wären sie unterwegs auf einer Brücke zwischen Märchen und Realität.

Ich muss an andere solche Phänomene denken, an meine erste Sternschnuppe auf einer Insel vor Holland, an meine erste Begegnung mit einem Mantarochen in einem Riff vor Bali, an die Polarlichter, die ich in einem norwegischen Fjord gesehen habe, an den Kometen Hale Bopp. Als der an der Erde vorbeiflog, war ich sieben, doch obwohl ich so jung war und es so lange her ist, weiß ich noch genau, wie er ausgesehen hat und was ich bei seinem Anblick empfunden habe.

Wie auch immer das mit Juno und mir ausgeht, meine ersten Glühwürmchen werde ich wohl mit ihr in Verbindung bringen, und auch in fünfzig Jahren, wenn ich meinen Enkeln welche zeige, an diesen Abend denken.

Notelphobie

[noˈtɛlˌfoˈbiː] Nomen, feminin.
Die irrationale Angst oder Besorgnis, einen über das Festnetz abgewickelten Telefonanruf zu verpassen.

Es ist Donnerstag kurz vor sechs, als Konstantin den dritten Neuzugang dieser Woche bringt. Gemeinsam mit seinem Helden manövriert er ein Buffet in die Werkstatt, für dessen Begutachtung ich am Montagvormittag mit dem Zug nach Finsterwalde gefahren bin. Normalerweise nehme ich nur Aufträge aus Leipzig und der nahen Umgebung an. Diese Einschränkung enttäuscht oder verärgert Interessenten aus anderen Teilen Deutschlands, weil sie nicht verstehen, warum sie vorab nicht einfach Fotos per Mail oder eine Nachricht senden können. Selbst wenn diese technischen Möglichkeiten bestünden, würde ich sie nicht nutzen, denn eine Besichtigung vor Ort ist für mich unerlässlich. Um den Aufwand einschätzen zu können, muss ich die Beschaffenheit des Holzes unter den Fingern spüren und das Möbelstück auf bislang unbemerkte Schäden untersuchen. Ein Auftrag aus Finsterwalde wäre eigentlich zu umständlich und daher ausgeschlossen gewesen, doch bei außergewöhnlichen Stücken kann ich gar nicht anders, als eine Ausnahme zu machen.

Das Buffet gehört einem Jäger und wurde früher als Jagdschrank genutzt. Die oberen beiden Teile werden von fein gedrechselten freistehenden Säulen verziert. Die Krone des Kopfteils ist ein schlichtweg grandioses Schnitzhandwerk, das miteinander kämpfende Drachen darstellt. Weitere Schnitzereien, die Löwen zeigen, finden sich in den Türen des unteren Teils.

Konstantin und sein Held stehen links und rechts von mir, um den Schrank zu betrachten. Sogar Aurelius, den normalerweise kein noch so imposantes Möbelstück interessiert, kommt heran. Eigentlich hätte er schon Feierabend, musste aber noch bleiben und die Arbeit an einem Beistelltisch abschließen.

»Krasses Teil!«, sagt er.

Konstantin, der mit vor der Brust verschränkten Armen dasteht, stößt ihn mit der Schulter an. »Na los, Aurelius, lass hören! Epoche, ungefähres Baujahr, Holzart?«

Aurelius bläst die Wangen auf. »Alter, was weiß ich!«

»Wie, das weißt du nicht? Wieso weißt du das nicht?«

»Lernen wir halt nicht in der Schule.«

»Aber hier, bei deiner Chefin, lernst du so was doch.«

»Das muss ich mir aber nicht merken.«

»Und ob du das musst! Los komm, die Epoche und das Jahr! Versuch's wenigstens.«

Aurelius grübelt und lässt eine kleine Ewigkeit vergehen, bevor er uns einen Vorschlag präsentiert. »Barock. So um 1900.«

»Also ich hab ja keine Ahnung.« Konstantin runzelt die Stirn. »Aber ich bin mir ziemlich sicher, dass Barock ein bisschen länger her ist.«

»Dann halt 1800.«

»Barockmöbel wurden zwischen 1600 und 1720 gebaut«, sage ich etwas angesäuert.

Wann immer ein Neuzugang eintrifft, erzähle ich Aurelius alles darüber. Offenbar löscht er sämtliche Infos aus seiner Datenbank, wenn er Feierabend hat.

Konstantin schlägt meinem Azubi auf die Schulter. »Dann lagst du ja nur knapp dreihundert Jahre daneben.« Mit der Hand noch auf Aurelius' Schulter sieht er mich an. »Stimmt die Epoche denn überhaupt?«

»Nein, der Schrank ist aus der Gründerzeit, um 1880 gebaut.«

Konstantin wendet sich wieder an Aurelius. »Einen Schuss hast du noch. Das Holz?«

Aurelius zuckt mit den Schultern. »Nussbaum.«

»Eiche!«, sage ich. »Eiche rustikal ist der Stil. Die dunkle Beize und die Verzierungen sind Hinweise darauf.« Verärgert funkele ich Aurelius an. »In zehn Monaten willst du die praktische Prüfung bei mir ablegen. Solche Fakten werde ich abfragen.«

»Die anderen aus meiner Klasse, die bei normalen Tischlern sind, müssen so was auch nicht wissen.«

»Du bist aber bei mir, nicht bei normalen Tischlern.«

»Schon klar, Digger.«

»Sie ist nicht dein Digger«, erinnert ihn Konstantin, »sondern deine Chefin. Und ich bin übrigens auch nicht dein Alter.«

»Ja doch! Gecheckt, Mann! Kann ich jetzt gehen?«

Trotzig schüttele ich den Kopf. So leicht kommt er mir jetzt nicht davon. »Das Buffet braucht noch einen Namen.«

»Wollt ihr mich fertigmachen, oder wie? Kommt das in der Prüfung auch dran?«

»Der Name ist die Kür. Gibt einen Zusatzpunkt.«

»Was weiß ich, wie das Teil heißt.«

»Wie wär's mit Diana?«, klinkt sich Konstantins Held ein. »Das ist die Göttin der Jagd.«

»Nee, das hier ist keine Lady«, kontert Konstantin. »Hubertus! Das passt doch.«

»Nicht so richtig. Wenn ich mir die Schnitzereien anschaue, ist …«

Aurelius unterbricht mich und überrascht uns alle mit einem Vorschlag. »Siegfried. Das war doch der mit dem Drachen.«

Mit einem Lächeln auf den Lippen gehe ich zum Buffet und lege eine Hand an eine seiner Säulen. »Herzlich willkommen, Siegfried!«

Hinter mir höre ich Aurelius schnauben und Konstantins Helden lachen. Es stört mich nicht. Ich habe halt meine Routinen. Siegfried und ich wollen schließlich ein gutes Auskommen miteinander haben, solange er hier ist.

»Leicht schräg ist das schon mit dem Namen und der Begrüßung«, sagt Konstantin, als Aurelius fort ist.

Der Held ist auch gegangen, um bei einem Freund vorbeizuschauen, der in Connewitz wohnt. Während ich Ordnung schaffe, hockt Konstantin auf einer Werkbank. Aus der Küche hat er sich eine Tasse Kaffee geholt.

»Lieber leicht schräg als schwer gerade.«

»Ich bin um zwanzig Uhr mit Freunden in der Substanz verabredet. Nach deinem Treffen mit der Donnerstagsgruppe könntest du dazukommen. Mit dem Rad ist es ja nicht weit vom Musikviertel bis dahin.«

Die Substanz ist ein Biergarten im Grünen, in dem ich eigentlich gern bin.

»Danke, aber heute nicht.«

»Warum nicht? Was hast du noch vor?« Konstantin lässt seinen Blick über die Möbel wandern. »Musst du den anderen Kumpels noch Namen geben?« Er nickt zu dem Sekretär und dem Konsolentisch hin, die er vorgestern in einer Lieferung gebracht hat. »Das da sind Klaus und Bernd.« Dann zeigt er auf das Chaiselongue, das seit letzter Woche bei mir ist. »Das da heißt Karin. Fertig!«

Ich muss grinsen. »Netter Versuch, danke. Aber nein, die drei haben bereits Namen.«

»Also dann, komm vorbei! Es ist perfektes Biergartenwetter.«

»Geht leider nicht. Ich muss nach dem Treffen hier sein. Ich erwarte einen Anruf.«

»Um neun Uhr abends? Da telefonierst du doch nicht mehr mit Kunden.«

»Das stimmt.«

Es ist kein Kunde, mit dem ich so spät für ein Telefonat verabredet bin, sondern Taro. Genau genommen sind wir nicht einmal verabredet, aber gestern Abend hat er einfach angerufen. Das könnte er heute wieder tun. Zugegeben, ich fühle mich damit wie im Achtzigerfilm, wie eine Protagonistin von John Hughes. Natürlich könnte ich selbst zum Hörer greifen, doch dann würde das Gefühl nicht stimmen. Ich mag das Warten, die Vorfreude, die kribbelig schöne Hoffnung und schließlich, beim Klingeln des Telefons, den inneren Jubel. Würde ich anrufen, wäre alles so geplant. Und das Klingeln würde auch fehlen.

Das alles zu verpassen? Das ist mir kein noch so lauschiger Biergarten wert.

»Hey Moment mal«, sagt Konstantin, als wäre ihm ein Licht aufgegangen. »Es ist kein Kunde, der anruft, sondern ein Typ!«

»Taro, wenn du es genau wissen willst.«

»Ah, der mit dem japanischen Schrank.« Er klingt wenig begeistert, beinahe ein bisschen kritisch. »Hat es also gefunkt, als er hier gearbeitet hat?«

Vielleicht. Ein bisschen auf jeden Fall. »Ich weiß nicht.«

»Klingt für mich aber anders.« Konstantin steht auf und kommt zu mir, um sich vor mich zu stellen und mir in die Augen zu schauen. »Klar hat es gefunkt. Ich kenne den Blick, und das passende Lächeln dazu, das kenne ich auch.«

So hast du mich auch mal angesehen, will er mir damit wohl sagen.

»Bring ihn doch mit«, schlägt er vor, ohne meine Antwort abzuwarten. »Sich an einem Sommerabend im Biergarten anzuhimmeln ist effektiver als übers Telefon.« Er grinst verschmitzt. »Bei der Gelegenheit kann ich den Mann auch gleich mal unter die Lupe nehmen.«

Das will ich mir nicht einmal vorstellen. Taro und Konstantin sind so verschieden wie eine Symphonie und ein Metal-Open-Air. Der eine empathisch, vorsichtig und tiefgründig, der andere unverblümt und impulsiv, manchmal ungeschickt oder unüberlegt in seinen Äußerungen. Natürlich sind es Männer, und Männer finden immer eine Kommunikationsbasis. Trotzdem ist ein Aufeinandertreffen von Taro und Konstantin für heute Abend keine Option.

»Ein andermal vielleicht.«

Konstantin lässt nicht locker. »Um wie viel Uhr seid ihr denn verabredet?«

»Zu keiner festen Zeit.«

»So ein Quatsch! Dann lass ihn ein bisschen zappeln. Du hast sonst auch kein Problem damit, nicht erreichbar zu sein. Ist doch Blödsinn, bei dem Wetter hier herumzuhocken und zu warten. Auf einen Anruf!« Er lacht trocken. »Was ist los mit dir?

Mit einem Schulterzucken schlendere ich hinüber zum Chaiselongue, setze mich darauf und streiche über das Polster. »Vielleicht hat mich die Notelphobie erwischt.«

»Die was?«

»Die Notelphobie. Das ist die Mutter der Nomophobie.«

Die No-Mobile-Phobie hatte mich früher fest im Griff. Die No-Telephone-Phobie hingegen kannte ich bisher nicht. Tatsächlich beschreibt sie das Verhalten mancher Frau in den Achtzigerfilmen sehr treffend. Mein aktuelles Verhalten damit wohl auch.

In Gedanken mache ich eine Notiz, dass die Notelphobie und auch der Apptrieb noch in ein Brettchen gebrannt und meiner Wörterbuchwand hinzugefügt werden müssen. Allein im Juli, der nicht einmal zur Hälfte herum ist, sind das zwei neue Kreationen. Wenn ich in der Geschwindigkeit weitermache, breche ich den Drei-neue-Wörter-Rekord des Junis.

»Vielleicht ist ein Handy doch endlich mal eine Option«, höre ich Konstantin sagen. »Damit entfallen solche Probleme.«

»Ich komme immer noch gut ohne klar.« An Konstantin vorbei werfe ich einen Blick zur Wanduhr. Kurz nach halb sieben ist es schon. »Ich muss mich jetzt umziehen, wenn ich es pünktlich zum Treffen schaffen will«, sage ich ihm, stehe wieder auf und nehme ihm die leere Tasse ab. »Die kannst du mir geben.«

Er schnaubt verdrießlich. »Überleg's dir. Wir sind da. Komm gern vorbei, allein oder mit dem Schranktypen.«

Damit geht er, und ich beeile mich, nach oben und unter die Dusche zu kommen.

▼

Ruben hat sich wieder sehr merkwürdig benommen. Heute kann ich mich zwar nicht über seine mangelhafte Beteiligung wundern, sondern höchstens darüber, dass er mich wie Luft behandelt hat und am Ende einfach verschwunden ist. Zusammen mit Saskia. Während der anderthalb Stunden hat Ruben keine Neuigkeiten von sich selbst geteilt, sich aber zu jedem anderen Beitrag geäußert, insbesondere zu Saskias. Der zuletzt schon stichelnde Kollege auf ihrer Station ist einen Schritt weitergegangen und zieht sie in vermeintlichem Spaß mit der alten Anschuldigung auf. Zum Umgang mit ihm fielen Ruben erstaunlich viele Tipps ein.

Zuerst dachte ich mir nichts dabei, doch dann kam mir ein schlimmer Gedanke. Ich hoffe wirklich, dass Ruben Saskia nicht benutzt, um von mir beachtet zu werden. Wenn er nicht so schnell weg gewesen wäre, hätte ich ihn heute noch beiseitegenommen. Das muss nun bis nächsten Donnerstag warten. Und bis dahin sollte es mich selbst auch nicht gedanklich beschäftigen, was leichter gesagt als umgesetzt ist.

Immer noch grübelnd schließe ich den Kühlschrank und klappe den Deckel auf das fertig belegte Sandwich, da höre ich unten das Telefon. Mit dem Teller in einer Hand und einem Glas Eistee in der anderen eile ich die Treppe hinunter und durch die Werkstatt ins Büro. Auf dem Display des Telefons wird mir eine Handynummer angezeigt, die ich inzwischen auswendig kenne.

»Isst du was?«, fragt Taro, als ich mit halbvollem Mund auf seine Frage nach meinem Tag antworte.

»Ein Sandwich«, sage ich, nachdem ich den Bissen geschluckt habe und versuche, ein herausgefallenes Avocadostück wieder zwischen die Brothälften zu stecken.

»Was für eins?«

»Ach, was ich gerade gefunden habe. Vollkornbrot, Tomaten, Paprika, Avocado, ein paar Blätter Römersalat und Tortillachips.«

»Für den Crunch?« Er lacht. »Klingt spannend. Ich würd's probieren.«

»Ist ganz einfach. Brot toasten und alles darauf zusammenwürfeln.«

»Alles zusammenwürfeln, hm? Du weißt hoffentlich, dass der Sandwichbau eine hohe Kunst ist. Sandwiches muss man kreieren, als wäre man ein Maler. Dein Brot ist die Leinwand, deine Zutaten sind die Farben.«

»Okay, dann bin ich wie Picasso und kreiere moderne Esskunst.«

»Pass auf, dass deine Werke nicht ins Museum der kulinarischen Missgeschicke abwandern.«

»Hey, meine Sandwiches sind alles Unikate, an Originalität nicht zu übertreffen!«, empöre ich mich mit versehentlich schon wieder halbvollem Mund. »Sie sind leidenschaftliche Kompositionen aus Knusper, Creme und Knack.«

»Na gut, unter dem passenden Titel finden sie vielleicht Fans. Du könntest sie als *Die Kunst des wilden Wurfes* ausstellen.«

Ich muss loslachen.

»Kennst du das Wanpaku Sando?«

»Ist das was zu essen? Ein Sandwich?«

»Ein Sandwich, ja. Vor ein paar Jahren hat es die Streetfood-Szene in Japan ordentlich aufgemischt. Sein Name bedeutet so viel wie Lausbub oder Schelm.«

»Sind Kichererbsen drauf?«

»Nein, die Zutaten sind eher gewöhnlich. Seinen Namen hat es wegen der Farben und Texturen. Es ist ein echtes Designsandwich, bei dem nichts dem Zufall überlassen wird. Was nicht aussieht wie ein Wanpaku Sando, ist auch keins.«

Während Taro erzählt, spaziere ich in die Werkstatt und zur Ecke, in der die Stereoanlage steht. Während unseres gestrigen Telefonats ist das 82er-Album *Rio* von Duran Duran gelaufen. Das nehme ich jetzt aus dem Deck und suche in der Kassettenkiste nach dem Soundtrack für heute.

»Du brauchst Shokupan-Brot, dazu nicht weniger als fünf und nicht mehr als acht Zutaten«, höre ich Taro sagen.

»Und du reizt es immer voll aus.«

»Wie kommst du darauf?« Er scheint zu schmunzeln. »Aber stimmt schon, meistens verwende ich sieben oder acht. Bevor du die untere Hälfte zu belegen beginnst, musst du wissen, wie du das Sandwich später schneidest, um den perfekten Querschnitt zu haben. Dann schichtest du unterschiedliche Farben aufeinander. Nach unten gehören die flachen Sachen, Salat oder Babyspinat bei mir, gefolgt von Chicken Katsu.«

»Ich hoffe, es ist nicht das, wonach es klingt.«

Taro schnaubt. »Japaner essen keine Katzen. Sie verehren diese Tiere, als wären sie Kinder. Chicken Katsu ist eine Art Hähnchenschnitzel. Darauf verteile ich etwas Dressing, meist japanische Majo, und belege die Schicht mit Tomatenscheiben. Ins Zentrum gehört ein medium-gekochtes Ei.«

»Wie bekommst du da den Deckel drauf, ohne eine mega Sauerei zu veranstalten?«

»Das ist einer der Tricks. Den Raum um das Ei herum füllst du mit flexiblen Toppings. Bei mir sind das Avocado, gekochte Kürbisstreifen und Rotkraut. Ganz oben landet wieder Salat. Und da kommt der Deckel drauf.«

»Das fällt doch sofort wieder auseinander.«

»Nicht, wenn du es gut einwickelst.«

Endlich finde ich ein passendes Tape und lege es in das Kassettendeck der Stereoanlage. »Das wäre vielleicht auch bei meinen Sandwiches eine Maßnahme«, sage ich und hocke mich auf eine Werkbank. »Dann müsste ich nicht immer Tomaten- und Avocadostücken hinterherspringen.«

»Am besten nimmst du dafür Pergamentpapier. Wie man's richtig macht, habe ich mir nicht von den Wanpaku-Sando-Meistern, sondern von meiner Großmutter abgeschaut.«

Der erste Titel ertönt, *Cruel Summer*, von Bananaramas zweitem Album, das den Bandnamen trägt und 1984 aufgenommen wurde. Zugegeben, der Song passt eigentlich nicht, denn mein Sommer ist zurzeit das genaue Gegenteil von grausam. Die nächsten Songs sind besser, vor allem Nummer acht, *Robert De Niro's Waiting*.

»Waren sie und der dazugehörige Großvater die Eltern deiner Mutter oder deines Vaters?«

»Die meiner Mutter. Deshalb habe ich die beiden ja so selten gesehen. Mein Vater konnte sie nicht ausstehen, weil sie meine Schwester und mich, wenn wir dort waren, zu sehr verwöhnten, angeblich seine Autorität untergruben und die Regeln, die er für uns aufgestellt hatte, nicht befolgten.«

»Zu seinen Eltern durftet ihr?«

»Ja, wollten wir aber nicht. Das waren genauso steife Griesgrame, bösartig und verbittert. Als Kind hatte ich Angst vor denen.« Er lacht, atmet dann tief durch. »Lass uns nicht weiter darüber sprechen. Ich bekomm immer ein bisschen schlechte Laune, wenn ich an diese Leute denke.«

Als ich versuche, mir Taro schlecht gelaunt vorzustellen, will es mir nicht gelingen. Während er bei mir gearbeitet hat, hat er einige schwierige und auch nervige Tätigkeiten erledigt, ohne je in miese Stimmung zu geraten. Zumindest ist es mir nicht aufgefallen.

»Wie bist du, wenn dir eine Laus über die Leber läuft?«

»Ich werde eher ruhig, gehe in mich und schalte die Welt rundherum für eine Weile aus. Um sie zu verschonen vielleicht. Ich ziehe mich mit einem Buch zurück oder jogge eine Runde um die Nonnenwiese.«

»Also kein Donnerwetter, kein filmreifes Schattenboxen, kein fliegendes Geschirr?«

»Das ist nicht mein Stil. Dazu müsste man mich richtig auf die Palme bringen.« Wieder lacht er. »Sag nur, du bist eine, die im Affekt Teller zerschmeißt?«

»Ich reagiere ähnlich wie du. Statt joggen zu gehen, komme ich aber lieber in die Werkstatt, arbeite und erzähl es einem Schrank.« Ein Gedanke schießt mir in den Kopf. »Wir würden uns also nie streiten, dass die Fetzen fliegen.«

»Wahrscheinlich nicht.« Er pausiert, vielleicht um nachzudenken. »Erst einmal bräuchten wir einen Grund«, sagt er dann. »Und vor dem Grund bräuchten wir eine Grundlage für den Grund.«

»Klingt nach einer Menge Arbeit«, erwidere ich im Scherz. Ich habe verstanden, was Taro meint, und mir gefällt, wie er das Thema nicht direkt benennt. »Es müsste schon ein recht festes Fundament sein.«

»Ein superfestes Fundament, auf dem erst einmal Prinzipien zu Zahnpastatubenausquetschroutinen, Glühbirnenwechselverantwortungsbereichen, Gourmetkonzeptionsmethodologie, IKEA-mit-oder-gegen-Pfeilrichtungslaufargumenten, Fernbedienungsmachtgefügen und Bettdeckenaufteilungslogistik kultiviert werden sollten.«

Seit dem ersten vielfach zusammengesetzten Substantiv komme ich aus dem Grinsen nicht mehr raus. Auf ein solch kreatives Wortspiel angemessen zu reagieren, ist eine Herausforderung. Ich überlege noch, da sagt Taro völlig trocken.

»Alternativ könnten wir auch einfach noch mal spazieren gehen.«

Wenn er mir jetzt gegenüberstünde, würde ich ihn umarmen.

Social Media

In den ersten neun Stunden nach der Veröffentlichung heute Vormittag wurde das Video von etwa einem Viertel meiner Follower gesehen. Fast siebentausend Aufrufe hat es jetzt, um kurz nach sieben. Diese Aufrufzahl spricht für ein hohes Interesse, und sie ist eigentlich positiv, besser, als sie es vor der Challenge je war. Wäre da nicht der Rest.

Die durchschnittliche Betrachtungsdauer beträgt vier Minuten, was darauf hindeutet, dass viele User das Video nach meiner zu Beginn abgegebenen Erklärung abgebrochen haben. Ein paar Leute sind im Video weiter vorgesprungen, waren aber spätestens bei Minute acht von fünfzehn raus, also während ich über den Umgang mit Zurückweisung gesprochen habe. Siebzig Prozent der Zuschauer sind achtzehn bis vierzig Jahre alt, was meiner Zielgruppe entspricht. Sechzig Prozent sind Männer, achtunddreißig Prozent sind Frauen – das sind zu viele Frauen. Zehn Prozent waren es vor der Challenge. Zehn Prozent wären okay. Besonders aussagekräftig ist auch die Engagement-Rate mit zweihundert Shares, einhundert Likes und fünftausend Dislikes. Achthundert Kommentare wurden abgegeben. Der Gedanke an eine Interaktion lohnt nicht; es wäre vollkommen vergebliche Mühe.

@Kevin99 Wasn Sellout, echt enttäuschend …

@GatsbyTheGreat Richtig schwache Nummer uns so hängen zu lassen. 😠👎

@Chickmister Lame Ausreden Man! Foll der Fake hier! 😤

@JanMueller Haha, kriegt wohl kalte Füße, der *Experte*. 😂

@LizLizLiz Wie jetzt? Warum hörst du auf?? 😠 Wir wollen das Ende sehen!

@LaughingLlama42 Das war's dann mit der Glaubwürdigkeit, wa?

@LOLord888 War wohl nur ein PR-Stunt, oder? Schwach! 👎

@JamieLicksilver wer braucht deine tips alter??? Du solst zeigen das du die frau rummkriegst alter sonst gahr nichts echt arm!

@SophiaHH-2001 Und ich hab meinen Freunden von dir erzählt. 😑 Big mistake!

@Spassbeiseite Die Challenge war das Einzigste wofür ich hier war. Und tschüss!

@Jumboschnitzel-xpd Jetzt wird er moralisch? LOL!!! 😂 Zu spät, Kumpel!

@Simon7703 Nun hat's endlich ein Ende. Kann er sich eine Parkbank suchen und irgendwelche Rentner mit seinem Fachwissen zutexten.

@NoJoke-Nina Dachte, du bist ein Macher statt ein Lacher. Traurig. 😟

@SnickersSniper Ey, ohne die Challenge ist dein Channel echt öde. 🥱 Just sayin'

@AGirlWithDreams Da warte ich wochenlang und dann das! Schock! 😮

@SerenaSweetSour cringe! 🤢 lösch meine nummer!

@Heinz-Schröder Herzlichen Glückwunsch, du hast gerade alle Fans vergrault.

@FlirtForceOne Okay, Schluss mit lustig! Du hast die Challenge verloren. Bleibe jetzt fair und schließ deinen Kanal!

Abgesehen von wahrscheinlich ewig treuen Followern wie LamboDiabloGT und solchen wie SchmittsKatze, der weiterhin auf eine Landung bei seiner Frisörin hofft, oder Klausi1969, der immer noch das Buch lesen will, das ich nicht geschrieben habe, sieht die Resonanz recht düster aus. Im Sekundentakt verliere ich Follower.

Doch es gibt auch positives Feedback.

@Sarah-Jones Sehr gutes Statement! 😘 Wurde auch Zeit!

@EmilyLyLy86 Find ich richtig gut, dass du die Notbremse gezogen hast.

@VitaminAlpha top move! 👍 super, dass du dich wieder auf deinen content konzentrierst. bin auf jeden fall dabei.

@Johanna-Wagner Beste Entscheidung ever. Starke Worte.

In der Mehrzahl stammen solche Kommentare aber von Frauen. Ganz sicher sind die nicht an meinem Coaching interessiert. Ziemlich weit unten sehe ich schließlich einen Kommentar von RedMask.

@RedMask Finde ich eigentlich ganz okay. Ich hatte die Frau ja eigentlich nur wegen der Handynummer vorgeschlagen. Fand die persönlichen Treffen erst auch witzig, dann aber nicht mehr. Wegen mir musst du deinen Kanal nicht dichtmachen.

Wer ist RedMask?, schießt es mir nicht zum ersten Mal durch den Kopf. Dass er mit Flirt Force One unter eine Decke steckt, schließe ich inzwischen nahezu aus. Es muss jemand sein, der Juno kennt, flüchtig vielleicht nur. Womöglich ist es jemand, der eine Restauration bei ihr in Auftrag gegeben hat, mit ihr in Kontakt bleiben wollte, aber abgeblitzt ist. Infrage käme auch ein Exfreund oder ein engerer Bekannter, der sich einen Spaß erlauben wollte und nun zurückrudern will. Solche Freunde braucht kein Mensch!

Ich lege das Handy weg und sehe auf. Aufrecht wie ein kleiner König hockt Campingkater Columbus auf dem Stuhl neben meinem und hypnotisiert mich aus halbgeöffneten Augen. Seine Miene sieht aus, als würde er mich entweder an- oder auslachen. Vielleicht hat er auch nur Hunger und fragt sich, ob ich Carl nicht auf die Schublade mit dem Katzenfutter hinweisen will. Als ich ihn streichele, schließt er die Augen und reibt den Kopf gegen meine Hand, was er im Sonnenlicht besonders genießt. Bisher saßen wir im Schatten des Segels, das über Carls Terrasse gespannt ist, doch nun steht die Sonne tiefer und schickt ein paar abendliche, sanfte Strahlen unter den Schattenspender.

Columbus ist ein schöner Kerl, quasi ein schlanker Garfield. Vor zwei Jahren, während der Ostsee-Tour, lief er Carl auf einem Zeltplatz zu. Gerade vier oder fünf Monate alt, hatte er dort wohl einige Fans, sich aber für Carl entschieden, der davon alles andere als begeistert war. Als Carl die Heimreise antrat und Baby-Columbus seinem Transporter nachlief, aus dem er ihn gerade geworfen hatte, gab er nach und ließ ihn wieder einsteigen. Er war immer noch wenig begeistert und ohne Plan, wie das mit ihm und dem Kater klappen sollte, wo er so viel unterwegs war. Wie sich herausstellte, klappt es hervorragend, da Columbus so reisefreudig ist.

»Ich glaube, er hat Hunger«, sage ich.

Carl schaut kurz von seinem Handy auf – er ist mit der Auswertung seines Abschlussvideos zur einwöchigen Schwedentour beschäftigt, von der er gestern zurückgekehrt ist – und wirft Columbus einen Blick zu. »Ist nur Show«, murmelt er. »Er weiß, dass er die bei dir abziehen kann. Vor zwei Stunden hat er was bekommen.«

Columbus beschließt, sich statt Nachtisch meine ganze Liebe zu holen, und klettert über die Stuhllehnen hinweg auf meinen Schoß, um sich dort auf den Rücken fallen zu lassen, damit ich auch seinen Bauch kraulen kann.

»Hol mich noch mal ab«, sagt Carl nach einer Weile und legt sein Handy auf den Tisch. »Warum genau hast du einen Rückzieher gemacht, statt dieses Video zu veröffentlichen, das den Beweis liefert?«

Carl hat die neue Folge gesehen, die ersten drei Minuten sogar zweimal. Die Antwort auf seine Frage hat er da eigentlich bekommen. Wenn nicht, muss ich mich nicht über die Reaktionen meiner Follower wundern.

»Jeden Morgen habe ich den Typen, der mich aus dem Spiegel angeschaut hat, ein bisschen weniger ausstehen können«, erkläre ich ihm. »Ich wollte diese Challenge nicht mehr gewinnen. Ich habe mich auch nicht als Gewinner gefühlt, sondern bloß wie ein Arschloch.«

»Hm!« Während Carl überlegt, nimmt er sein Handy und antwortet auf eine Nachricht, die eingegangen ist. »Es wäre damit aber erledigt gewesen«, sagt er nebenbei. »Du hast ihren Namen oder andere Details nie erwähnt, nie ein Foto von ihr gezeigt, hättest sie im Video unscharf filtern und sogar ihre Stimme verfremden können. Niemand weiß, wer sie ist. Da sie hinter dem Mond lebt, erfährt sie doch nie von dieser Aktion. Why worry? Sie hätte weiter getischlert, du hättest weiter geyoutubt. Und gut.«

Nein, nicht gut. »Das war alles nicht richtig und von mir eigentlich schon lange nicht mehr vertretbar. Ich habe die Notbremse gezogen, die Sache war von Anfang an faul.«

»Was hast du mit dem Video von der Frau gemacht?«

»Es gelöscht.«

»Ah, da ist alles …«, murmelt Carl, während er schreibt. Mit den Gedanken scheint er kurz ganz woanders zu sein. Erst, als er das Handy wieder auf den Tisch legt, kehrt er zu mir und Columbus zurück. »Und nun? Tausend Follower sind schon weg.«

»Der Rest ihrer Sorte kann meinetwegen auch gern verschwinden.«

»Solange du nicht unter fünftausend rutschst, könntest du damit durchkommen.« Er senkt den Kopf, als dächte er nach, sieht mich dann wieder an. »Ich befürchte nur, am Ende bleiben weniger. Viele Vernünftige sind sicher auch verunsichert, von deiner Kehrtwende und diesen ganzen negativen Kommentaren.«

»Das wird sich beruhigen.«

»Sorry, Kumpel, aber das glaub ich nicht. Ich glaub eher, die stacheln sich gegenseitig auf. Deine Follower haben sich verändert. Die Masse will, dass die Show weitergeht. Wenn du dein Angebot nicht auf die Nachfrage abstimmst, gehen sie dahin, wo sie bekommen, was sie suchen.«

»Meinetwegen. Sollen sie doch! Viele alte Follower werden bleiben, weil sie den ursprünglichen Content wollen. Nach und nach kommen neue hinzu, und alles pendelt sich ein. Bis nächste Woche, wenn das nächste Video online geht, sind die meisten Deppen sicher schon abgesprungen.«

»Unterschätz die Deppen nicht! Die sind aktiver als die Vernünftigen. Du brauchst Aktivität auf deinem Kanal.«

»Nicht, wenn sie qualitativ unterirdisch ist.«

Wieder nimmt Carl sein Handy, um irgendwem zu schreiben. »Wie auch immer.« brummt er gedankenverloren. »Ich hoffe, es wird …«

Ich warte, dass er den Satz zu Ende bringt, doch ich muss mich gedulden. Der Chat vereinnahmt ihn gerade zu sehr und hat offenbar eine höhere Priorität.

»Was hoffst du?«, hake ich nach, als Columbus von meinem Schoß springt und durch die Terrassentür ins Haus tappt.

Carl schaut auf, um zu seinem letzten Gedanken zurückzufinden. »Dass es nicht zu ruhig wird. Sorry, ich muss hier kurz ...« Abermals konzentriert er sich auf die Kommunikation mit wem auch immer.

»Was musst du kurz?«

Keine Antwort.

»Dein Tamagotchi füttern?«, schlage ich vor. »Den Bonsai gießen? Die Kürbisse ernten? Ein Dickpic senden?«

Er runzelt die Stirn. »Was? Blödsinn!«

»Was ist so wichtig, dass du dich nebenher mit ihm oder wahrscheinlich eher ihr unterhalten musst?«

»Ach, die heißt Jördis.«

»Und sie schreibt die ganze Zeit?«

»Nein, sie hat sich eben erst gemeldet. Das davor war Rita.«

Carls Handy piept abermals. Wie ferngesteuert schaut er aufs Display und tippt die Antwort gleich ein. »Hab sie während der Tour kennengelernt«, murmelt er, und ich finde es erstaunlich, dass der Satz komplett ist.

»Und wer von beiden ist das jetzt?«

»Solveig.«

»Du hast nichts anbrennen lassen auf deinem Trip.«

Grinsend sieht er mich an und zuckt mit den Schultern. »Die Nächte in Schweden sind lang und dunkel.«

»So dunkel, dass die drei einander nicht gesehen haben?«

»Keine Sorge, ich konnte das schon so managen, dass die Gefahr einer Begegnung nicht bestand.«

Natürlich konnte Carl das. Carl managt seine Frauengeschichten schon immer mit äußerst großem Talent.

»Hey, jetzt kein Vorwurf, okay!«

Beschwichtigend hebe ich die Hände und schüttele den Kopf.

Dennoch beginnt er sich zu rechtfertigen. »Die Mädels sind doch auch nicht anders drauf. Keine von denen war auf der Suche nach der großen Liebe oder einer Fernbeziehung zwischen Deutschland und Schweden. Die waren locker, wollten einfach eine gute Zeit haben, wobei Solveig an Columbus das deutlich größere Interesse hatte als an mir.«

Carls Telefon meldet sich erneut mit einer Nachricht einer seiner drei Bekanntschaften – oder irgendeines anderen Kontakts. Carls Blick fliegt zum Gerät, doch er nimmt es nicht.

»Na los, schau schon nach!«, ziehe ich ihn auf. »Könnte richtig wichtig sein.«

Demonstrativ verschränkt er die Arme vor der Brust.

Ein Gedanke flattert durch meinen Geist: Vor ein paar Wochen noch hätte ich Carls Verhalten nicht bewertet. Es wäre mir aufgefallen, hätte mich vielleicht auch gestört, aber ich hätte es nicht zum Thema gemacht.

Wie war das früher, als es noch keine Handys gab, in den Siebzigern, Achtzigern? Ich versuche, Carl und mich gedanklich in diese unbekannte Vergangenheit zu beamen. Wir würden uns gegenübersitzen, ohne die Gesellschaft unserer Handys. Die Vorstellung hat etwas Befremdliches, etwas Künstliches, Gezwungenes. Wie war es damals in Beziehungen, in Familien, im Alltag? Wurde es nicht manchmal langweilig ohne die Option des Handys, ohne alternative digitale Kommunikation oder Unterhaltung? War es nicht nervig, eine Information, die man gerade suchte, nicht zu bekommen?

Dann erinnere ich mich an Vereinbarungen, die ich mit Marie und anderen Partnerinnen getroffen habe: Heute handyfreier Abend. Nur du und ich. Auch für mich allein habe ich mir solche Zeiten manchmal eingeräumt, doch das waren Ausnahmen, Besonderheiten. Wie wäre es, wenn es in der Gesellschaft anderer völlig normal wäre, kein Handy zu verwenden, aus Respekt und Wertschätzung? Juno hat die soziale

Interaktion als eine der Qualitäten der Achtziger erwähnt. Sie wirrplinkt, wenn ein Mobiltelefon ihr Gespräch stört.

Als Carl den Nachrichtentönen nicht länger widerstehen kann und zum Telefon greift, visualisiere ich ihn und mich abermals in der Vergangenheit. Wir sitzen in einer Kneipe und unterhalten uns miteinander. Plötzlich schlägt ihm ein Bekannter, der wie aus dem Nichts auftaucht, auf die Schulter und quatscht dazwischen. Ich würde es als unhöflich empfinden. Noch unhöflicher fände ich, wenn Carl vom Tisch aufstehen würde, um sich mit diesem Bekannten zu unterhalten. Und das immer wieder. In der analogen Realität wäre ich richtig sauer. Ich wäre verletzt, vielleicht gekränkt. Ich würde mir überlegen, ob ich je wieder mit Carl in eine Kneipe gehe.

Warum unterscheiden Carl und ich und die meisten anderen zwischen der analogen und der digitalen Realität, was diesen Höflichkeitswert angeht? Warum tolerieren wir die Ignoranz dieses Werts in der digitalen Realität oder empfinden sie als normal? Im Endeffekt ist es in jeder Welt das Gleiche: Jemand stört, doch man lässt es zu. Jemand anders ist wichtiger. Jemand anders ist interessanter. Sei es auch nur für einen Moment.

Carl schreibt immer noch, als sich mein eigenes Handy bemerkbar macht. Ich habe es lautlos gestellt, doch das Display leuchtet auf und zeigt mir den Namen von jemandem, der noch nie angerufen hat. Juno.

»Das ist kein offiziell inoffizieller Anruf«, sagt sie anstelle einer Begrüßung.

»Ist es nicht?«

»Nein. Es ist ja erst halb acht. Ich rufe auch nur an, weil ich nicht weiß, ob du dich nachher wieder melden wolltest.«

»Inoffiziell.«

»Genau. Also, wenn das wieder zwischen neun und halb zehn wäre … Da bin ich nicht da. Ich treffe mich mit einer Freundin in einem Biergarten.«

»Gut für dich. In welchem?«

»Frau Krause. Das ist eine Connewitzer Urinstanz. Kennst du das?«

»Nein, ich bin eher in den Biergärten hier in der Nähe. Dann viel Spaß. Wir sehen uns ja morgen.«

»Bis morgen!«

Ich nehme das Handy vom Ohr und beobachte, wie Juno die Verbindung trennt. Wahrscheinlich hätte ich sie heute nicht angerufen, denn Carl und ich gehen gleich selbst in einen Biergarten, und es könnte spät werden.

»Wen siehst du morgen?«, höre ich Carl fragen. »Hast du endlich mal wieder jemanden am Start?«

»Juno. Und nein.«

Verwirrung zieht in Carls Blick auf. »Das gerade am Handy, das war die Tischlerin?«

»Juno. Ja.«

»Ihr telefoniert miteinander?! Und du triffst sie morgen?!«

»Ja und ja.«

Carl scheint es nicht fassen zu können. Seine Stimme wird lauter und kratziger, als hätte er sich verschluckt. »Deshalb das alles? Du riskierst deinen Erfolg für eine Frau? Für diese Frau?«

»Nicht für sie. Höchstens wegen ihr. Und ich riskiere gar nichts, im Gegenteil. Ich bin bloß zur Vernunft gekommen.«

»Wie bitte? Wo ist das denn vernünftig? Der Challenge-Cancel und dass du sie triffst? Das ist beides bescheuert. Von wegen Moralgedöns! Hast du dich verknallt, oder wie? Ich dachte, sie ist nicht dein Typ? Wie war das gleich? Sie ist zu staubig?«

»Das habe ich nie gesagt.«

»Klar, als wir aus Paderborn zurück waren.«

»Da war ich betrunken. Und ich habe mich nicht verknallt, sondern mag Juno einfach. Als wir in ihrer Werkstatt gearbeitet haben, das war echt schön.«

»Also war es gar nicht sie, die dich um ein Wiedersehen gebeten hat, sondern andersherum. Du hast das angeleiert?«

Um Carls Frage zu beantworten, denke ich mich zurück in diesen Moment. »Eigentlich ging es von uns beiden aus«, antworte ich ihm. »Ich wollte, dass alles im Sande verläuft, aber an diesem Abend, als der Teeschrank fertig wurde, hat mich der Gedanke, mich auf Nimmerwiedersehen zu verabschieden, irgendwie gepiesackt. Es erschien mir erzwungen und unnatürlich.«

Noch immer verständnislos schüttelt Carl den Kopf. »Warum?«

Ungeduld regt sich in mir. »Warum! Warum wohl? Weil sie mir schrecklich auf den Wecker geht? Ich sie unausstehlich finde? Es total langweilig mit ihr ist? Ich die Krise kriege, wenn sie nur den Mund aufmacht? Wohl kaum. Juno …« Auf der Suche nach dem richtigen Ausdruck halte ich kurz inne, bis ich ihn gefunden habe. »Sie berührt mich.«

Carl schnaubt und zieht eine Braue hoch. »Wo? Zwischen den Beinen?«

Einem Impuls folgend will ich Carl in dem harten Ton widersprechen, den er selbst angeschlagen hat. »Nein«, antworte ich stattdessen ruhig, obwohl es Überwindung kostet. »Wie gesagt, wir haben nichts miteinander.«

Schweigend lässt er es sacken. In den letzten Minuten hat sein Handy dreimal einen Nachrichteneingang vermeldet, doch er greift es sich erst jetzt, wirft einen halben Blick auf das Display und legt das Gerät zurück.

»Wenn das alles ist, wie du sagst, und ihr euch so gut versteht, warum erzählst du ihr das mit der Challenge nicht?«, fragt er. »Dieser Schritt wäre dann nur logisch.«

Darüber habe ich bereits nachgedacht und bin zu einem vorläufigen Schluss gekommen.

»Es ist noch zu früh. Wenn ich Juno jetzt damit konfrontiere, würde ich sie vor den Kopf stoßen. Wahrscheinlich würde sie mir die Freundschaft kündigen. Überleg mal, wie würdest du auf so ein Geständnis reagieren?«

»Keine Ahnung, Mann! Also wartest du ab? Entweder löst sich eure Sympathie, nennen wir es meinetwegen so, irgendwann auf, oder die Challenge, mit der alles begann, wird so unwichtig, dass sie nicht mehr erwähnt werden muss.«

So in etwa ticke ich wohl gerade. Im zweiten Szenario habe ich allerdings nicht vor, die Challenge ewig zu verschweigen. Mein Geständnis braucht drei Dinge: Zeit, den richtigen Moment und Junos Vertrauen. Ganz sicher habe ich ihr Vertrauen jetzt noch nicht. Falls ich Juno irgendwann sage, dass ich spätestens seit meinem ersten Arbeitstag in ihrer Werkstatt keine Tricks mehr angewendet habe, sollte sie mir glauben, dass das die Wahrheit ist.

»Sie einfach nicht mehr zu sehen ist keine Option?«, hakt Carl vorsichtig und mit wieder weicherer Stimme nach.

Ich schüttele den Kopf. »Momentan nicht.«

Diffamor

[dɪfaˈmoːɐ̯] Adjektiv.
Beschreibt zwei Menschen oder die komplexe Dynamik zwischen zwei Menschen, die nicht zueinander passen, sich aber trotzdem zueinander hingezogen fühlen.

Die Leipziger Filmfans sitzen im Freilichtkino auf der Galopprennbahn, während die alternative Partyszene auf der Sachsenbrücke zu feiern beginnt. Hin und wieder pilgern noch ein paar Menschen an den einen oder anderen Ort, doch je tiefer die Sonne sinkt, desto stiller wird es im Clara-Zetkin-Park, dessen Namen die Leipziger abkürzen und vom Clara-Park sprechen.

Heute fühlt es sich anders an, neben Taro zu gehen, was nicht so sehr mit ihm zu tun zu haben scheint, sondern vielmehr an mir liegt. Den ganzen Tag über war ich unruhig, und in mancher Minute war mir schlecht wie damals vor der Meisterprüfung. Als ich mich schließlich auf den Weg gemacht habe, verpuffte die Unruhe, und an ihre Stelle trat ein Gefühl, das sich am besten als ein Fremdeln mit mir selbst beschreiben lässt. Das fremde Ich, das in mir erwacht ist, hat innerlich gejubelt, als ich Taro am Herzliya-Platz habe warten sehen. Das alte Ich hat es zwar nicht verstanden, aber auch nicht versucht, seine Position zurückzuerobern und die Verschiebung rückgängig zu machen.

Hin und wieder ist es, als würde ich mich und ihn an meiner Seite von außen beobachten, als wären wir Figuren in einem Film. Dann wird mir bewusst, dass wir zwei sind, und nicht eins. Doch wann immer ich von diesen Beobachtungen zurück in meinen Geist gehe, scheinen wir uns zu berühren, als wäre zwischen uns ein Band. Schritt um Schritt scheint dieses Band kürzer zu werden. Es scheint mich näher zu ihm zu ziehen, was bewirkt, dass sich meine Gefühlswelt verfärbt und mit seiner vermischt. Jedes Lachen und jedes Wort scheint heute mehr Gewicht zu haben, freier, vertrauter und doch schwerer zu sein. Wann immer sich unsere Blicke begegnen oder sich unsere Hände beinahe berühren, summt es in mir, als würden wir auf einer Stromtrasse surfen. Nach jedem dieser Momente frage ich mich, ob Taro es auch so empfunden hat, die Intensität des Blickes, die Beinahe-Berührung. Und bei diesen Fragen gewinnt mein altes Ich die Oberhand und hält mir vor, dass er der Fremde ist.

Ich kenne Taro, wie lange? Einen Monat. In diesem Monat ist mir eigentlich nur klar geworden, dass wir kaum Gemeinsamkeiten haben. Taro ist Mister Porsche, und ich strampele auf meinem klapprigen Fahrrad durch die Kante. Er ist ein wandelnder Style-Guide, lässig und scheinbar mühelos schick, während ich, wenn ich mal nicht das Arbeitsoutfit anziehe, auf das Zufallsprinzip vertraue und aus dem Schrank nehme, was oben liegt. Dass er joggen geht, sobald die Sonne über die Baumwipfel der Parks steigt, klingt für mich nach einer Strafe. Im Leben würde ich meinen Tag so nicht beginnen wollen. Ich mag es, im Schlafmodus herumzutrödeln und bei zwei Tassen Kaffee allmählich wach zu werden. Kaffee kaufe ich im Supermarkt, wenn er im Angebot ist – er ordert Sencha- und Matchatee von japanischen Teegärten und hat Kaffee noch nie gemocht. Er kennt die Top-Restaurants von Leipzig, ich kenne meinen Kühlschrank. Seine Urlaube verbringt er in Australien und Asien, ich meine am Cospudener See. Mit unseren Differenzen, was das Leben mit dem technischen Fortschritt betrifft, könnte ich diese Liste wahrscheinlich endlos fortsetzen.

Taro und ich, wir sind wie zwei Musikgenres, die man nie

auf einer Playlist erwarten würde. Als merkwürdig würde man einen solchen Mix empfinden, als Stimmungskiller womöglich. Zumindest, wenn zwei viel zu unterschiedliche Songs nacheinander laufen. Sobald sie aber zusammenspielen, erzeugen sie eine überraschend harmonische Melodie, die, je länger sie erklingt, besser und besser wird.

Als wir vom Clara-Park in den angrenzenden Johannapark gelangen und die erste der Bogenbrücken des Ententeichs überqueren, erzählt Taro von einem Eichhörnchen, das seine Joggingrunde am Morgen begleitet hat. Auf der zweiten Brücke machen wir eine Pause. Wir stützen die Ellenbogen auf das Geländer und schauen über das stille Wasser. Zwei Schwäne schwimmen unter der Brücke hindurch, ein Jungschwan paddelt zwischen ihnen. Er ist vielleicht drei Monate alt, gerade einmal halb so groß wie seine Eltern, noch grau und flauschig.

»Irgendwann habe ich angehalten«, sagt Taro. »Und das Eichhörnchen tat es auch. Kurz standen wir uns unentschlossen gegenüber, dann kam das Kerlchen noch näher, neugierig oder angriffslustig – ich weiß es nicht. Einen Meter vor mir ist ihm sein Irrtum offenbar klar geworden. Es machte kehrt und rettete sich auf den nächsten Baum.«

»Stell dir vor, es wäre dir bis vor die Haustür gefolgt«, witzle ich mit dem Blick auf der Schwanenfamilie.

»Das war meine Befürchtung.«

»Vielleicht dachte es, du wärst der Nussdealer«

»Nüffe?«, nuschelt Taro. »Welfe Nüffe?«

Als ich ihn anschaue, macht er große Augen und bläst die Wangen auf, als würde er im Mund hundert Gramm Haselnüsse verstecken.

Ich pruste los. Taro entspannt das Gesicht wieder und lacht mit. Zuerst blitzen seine Augen, doch dann wird sein Blick sanfter und nimmt etwas Zärtliches an, als würde er mich streicheln. Es ist, als hätte die Leichtigkeit des Moments tief in uns etwas angestoßen, uns an etwas erinnert. Ich spüre, wie sich die Stimmung verändert, wie sie dichter wird, wie das Band zwischen uns anzieht. Als das Summen in mir wieder einsetzt, schlägt mein Herz schneller.

Er wird mich jetzt küssen, denke ich. Und ich werde ihn zurückküssen.

Wir blinzeln, als hinter uns Stimmen ertönen.

»Voll schön!«, trällert eine Frauenstimme.

»Richtig nice, oder?«, zwitschert eine zweite. »Los, komm!«

»Nee, lass warten, bis die weg sind! Ich brauch den ganzen Space.«

»Ich kann die Pics doch in die andere Richtung machen.«

»Nee, wo die stehen, ist besser.«

Ich schaue mich nicht um, doch Taro riskiert einen Blick. Wenig später sind wir aber beide wieder beim Wasser, bei den Schwänen, bei dem verstrichenen Augenblick und dem Wissen, dass wir ihn nicht zurückholen können. Das schon allein deshalb nicht, weil die Frauen hinter uns keine Ruhe geben. Jetzt wispern sie und murren, wahrscheinlich, weil wir die Brücke blockieren.

»Äh, sorry?«, hören wir irgendwann.

Taro wendet sich um.

»Bleibt ihr da noch lange stehen?«

»Ich weiß nicht«, antwortet er.

»Wir würden aber auch gern mal.«

»Kein Problem. Hier ist ja genug Platz.«

»Nee, danke.« Es wird geschnaubt. »Egotrip, oder was?«

»Wir können uns dort vorn ins Gras setzen«, schlage ich vor und nicke zum rechten Teichufer hin. »Der Blick von dort ist fast genauso schön.«

Auf dem Weg begegnen wir den Frauen, beide sind sichtlich genervt. Die eine trägt ein rotes Sommerkleid, darunter High-End-Sneakers. Ihre Haare sind zu einem Mega-Dutt hochgesteckt. Mit einem ebenfalls roten Fächer wedelt sie sich Luft zu und hält ihr Make-up frisch. Die andere kombiniert ihre Wallawalla-Frisur mit einem hellbauen Jumpsuit, einer überdimensionalen Sonnenbrille, einem weißen Spitzensonnenschirm und einem langen Seidenschal, der perfekt im Wind wehen würde, gäbe es hier nur die leiseste Brise. Beide haben ihre Smartphones fest im Griff, bereit für das nächste Instagram-taugliche Foto.

Während Taro und ich es uns an unserem neuen Platz gemütlich machen, setzt sich eine der Frauen auf der Brücke mal dramatisch, mal verträumt in Szene. Nach zwanzig bis dreißig Aufnahmen steht eine Überprüfung an, dann eine zweite Runde und irgendwann, als die andere die Lust am Fotografieren verliert und um ihr Make-up fürchtet, der Wechsel.

»Hashtag SeizeTheMoment«, murmelt Taro neben mir.

Ich wende den Blick ab und schaue wieder über den Teich. »Ich war früher nicht viel anders«, gebe ich zu, obwohl mir die Erinnerung ein mulmiges Gefühl beschert.

»Das kann ich mir fast nicht vorstellen.«

Im Augenwinkel sehe ich, dass Taro mich ansieht, ich erwidere seinen Blick aber nicht, sondern lasse mich von der Erinnerung noch ein Stück weiter zurückziehen.

»Facebook hatte ich beizeiten abgeschrieben und mich auf Instagram konzentriert. Dort, wo der Fokus auf den Bildern lag, ging noch mehr. Dort, wo es um die schönen Momente ging, war der Applaus noch lauter.«

»Also warst du süchtig nach Applaus, nach den Likes?«

»Das wurde ich irgendwann.«

»Was hast du gepostet? Den Latte Macchiato im Straßencafé, ein Glas Wein am Elbstrand, ein Kornblumenfeld und dich mittendrin?«

Ich schüttele den Kopf. »Ich habe mich schon immer für alte Möbel begeistert und bin an den Wochenenden gern über Antikmärkte gebummelt. Dort habe ich bestimmte Stücke, die ich toll fand, fotografiert. Ein paar kleine Teile, die ich mir leisten konnte und für die ich Platz und Verwendung hatte, habe ich gekauft, restauriert und Fotos vom Ergebnis gepostet. Später auch vom Fortschritt. Nach ein paar Monaten kam mein YouTube-Kanal dazu. Ab diesem Zeitpunkt zog ich nicht mehr los, um über Antikmärkte zu bummeln, sondern um Stücke zu finden, zu denen ich Posts erstellen konnte.«

»Damals warst du noch am Theater?«, hakt Taro nach.

»Ja, das war, kurz bevor ich den Meisterbrief erhalten habe. Die Tutorials auf YouTube hab ich nebenbei gedreht. Nach einer Weile, da war ich bereits Meisterin, wurden die richtig aufwendig. Ich durfte die Werkstatt eines befreundeten Restaurators verwenden und hab dort nicht nur die Möbel in Szene gesetzt, sondern mich auch. Ich trug Vintage-Kleidung, die ich extra kaufte, war gestylt und herausgeputzt – mein Look war ein Widerspruch zur Arbeit, aber eben eine Besonderheit, die gut ankam. Ich glaube, die meisten Follower und Zuschauer hatten keine eigenen alten Möbel und wollten es mir nicht nachmachen, sondern waren einfach gern dabei, wenn ich ein kaputtes altes Teil wieder wunderschön machte und dabei flotte Sprüche riss. Ähnlich wie bei Tine Wittler und *Einsatz in vier Wänden.*« Ich sehe Taro an. »Kennst du diese Serie?«

Er verneint, und ich schaue wieder auf den Teich. »Die war mal ziemlich angesagt. Tine hat aus den schlimmsten Bruchbuden die coolsten Wohnwelten gemacht. Das hat man zu gern miterlebt.«

Die beiden erwachsenen Schwäne richten sich auf dem Wasser auf und schlagen mit den Flügeln, während das Junge vor sich hin paddelt. Ihre Silhouetten spiegeln sich im Wasser, das die Farbe des Abendlichts angenommen hat. Die beiden Frauen auf der Brücke sehen es nicht. Ich hätte es früher auch nicht gesehen, denn an einem Ort wie diesem hätte ich nicht gesessen. Wenn doch, hätte meine Nase im Handy gesteckt. Vielleicht hätte ich den Moment auch verpasst, weil ich mich für ein stimmungsvolles Off-Topic-Foto auf Instagram gerade selbst in Pose gebracht hätte.

»Hattest du viele Follower?«, fragt Taro.

»Auf YouTube im Peak etwa fünftausend. Also nicht so viele. Ich war eine sogenannte Nano-Influencerin, in einer Nische aktiv, hatte aber treue, engagierte Anhänger. Nach einem Jahr kam das Restaurationsmaterial praktisch von allein zu mir. Ich hab viele Anfragen bekommen und die Möbel einiger Fans restauriert.«

»Hast du deinen Möbeln damals auch schon Namen gegeben?«

»Aber ja.« Ich muss lächeln, doch es hält nicht lange an. Keinen dieser Namen habe ich gefühlt. Sie waren Teil der Show. »Sie waren die zweite Besonderheit, die mich von anderen Influencern unterschieden hat.«

»Mit den Restaurationen hast du dir also zu deinem Gehalt vom Theater etwas dazuverdient?«

»Nein, die habe ich kostenlos gemacht. Ich wurde durch die Quote entlohnt und von einem örtlichen Baumarkt mit Materialien und Werkzeugen gesponsert.«

»Klingt trotzdem nach einem Erfolgskonzept, das hätte wachsen können.«

»Das war mein Traum. Damals hätte ich viel dafür getan, dass der Kanal richtig erfolgreich ist und ich die Arbeit in der Theaterwerkstatt aufgeben kann.«

»Und von einem Tag auf den anderen hattest du ausgeträumt?« Diesmal bleibt Taros Blick wartend auf mir, sodass ich nicht anders kann, als ihn zu erwidern. »Das verstehe ich nicht«, sagt er. »Ist etwas passiert, dass du alles hingeworfen hast?«

Mein mulmiges Gefühl bekommt einen Schub und ist einen Moment lang so stark, dass ich mich zurückversetzt fühle. Ich verdränge es, indem ich tief durchatme und mir bewusst mache, dass alles, was damals war, überwunden ist.

»Es kam ein Tag, an dem mir alles zu viel wurde«, sage ich Taro schlicht, nachdem ich meine Gedanken sortiert und abermals beschlossen habe, nicht ins Detail zu gehen. »Ich habe mich zunehmend bedrängt gefühlt von der virtuellen Welt und den Menschen, die ich zu kennen glaubte, obwohl ich den meisten nie begegnet war. Ich hatte das Gefühl, einen Fehler gemacht zu haben, indem ich mich selbst öffentlich dargestellt hatte. Und ich hatte das Gefühl, keine Kontrolle mehr zu haben, ein ferngesteuertes Menschlein in einer ferngesteuerten Welt zu sein. So wie ich lebte, wollte ich nicht weitermachen.«

Eine neue Erinnerung überkommt mich, doch diese ist warm und schön. Diese Erinnerung ist die Stimme meines Opas am Telefon, die mich tröstet und mir sagt, dass alles wieder gut wird, dass ich zu stark und großartig bin, um einzuknicken und aufzugeben. Wenn alle Stricke rissen, solle ich nach Leipzig zurückkehren und ihm in der Werkstatt helfen. Ich hatte nicht abgewartet, bis der letzte Strick gerissen war.

»Am Ende hast du dir deinen Traum ja doch erfüllt«, sagt Taro, als hätte er meine Gedanken gelesen. »Du hast die Werkstatt von deinem Opa übernommen und lebst heute davon, alte Möbel zu restaurieren.«

»Ohne Zuschauer und Follower.«

»Die wolltest du ja nicht mehr.« Er zögert, bevor er eine Frage anhängt. »Ist es dir schwergefallen, Hamburg hinter dir zu lassen und ein zweites Mal neu anzufangen?«

»Ein wenig, aber es war ein Luftwechsel, der mir gutgetan hat. Einige Zeit zuvor hatte ich mich von meinem damaligen Freund getrennt. Er hatte ein paar Schwierigkeiten, meine Entscheidung zu akzeptieren.« Ein Schnauben, das mal ein Seufzen werden wollte, stößt aus meiner Kehle. »Den Kerl bin ich damit also auch gleich losgeworden.«

»Glücklicherweise warst du in Leipzig nicht völlig auf dich allein gestellt.«

»Nein, genau genommen habe ich ein neues altes Leben begonnen. Ich bin zu meinen Wurzeln zurückgekehrt, und zwar in jeder Hinsicht.«

Ein schrilles Lachen lässt uns aufhorchen. Die beiden Frauen auf der Brücke bekringeln sich über ein nicht gelungenes Foto. Weil sie wohl auch genügend taugliche Bilder gemacht haben und das Abendlicht nicht mehr ganz so zauberhaft ist, verzichten sie auf weitere Aufnahmen. Ihr Kichern und Gackern wird leiser und leiser, als sie in Richtung des Clara-Parks gehen.

Einer der beiden Schwäne auf dem Wasser richtet sich wieder auf und schlägt mit den Flügeln. Als er losflattert, wie um vom Teich aus in die Luft zu starten, beginnt das Junge aufgeregt zu fiepen. Wasser spritzt unter den Flossen und Flügelspitzen des großen Schwans auf, als er mehr und mehr an Tempo gewinnt. Auf den Moment seines Abhebens gefasst sehe ich gebannt zu, da gleitet der Schwan sachte zurück ins Wasser, legt die Flügel wieder an, dreht sich um und schaut zu den anderen beiden zurück.

Gerade will ich etwas sagen, da richtet sich der zweite Schwan auf, um es seinem Partner mit der gleichen Kraft und Eleganz nachzumachen und den nun lauthals protestierenden Nachwuchs allein zu lassen. Kaum ist er bei seinem Partner angekommen, da startet Schwan Nummer eins und kehrt zurück. Schwan zwei wartet, bis er beim Jungen angekommen ist, und tritt selbst den Weg zurück an.

»Sie bringen dem Kleinen das Fliegen bei«, murmelt Taro.

Gänsehaut überzieht meine Arme. Es ist einer dieser Momente, die in ihrer Einfachheit so zauberhaft sind, dass sie einen selig grinsen lassen. Es ist eines der Bilder, die mitsamt Akteuren und Kulisse so schön sind, dass man sich ein Leben lang an sie erinnert. Ein Blick zu Taro verrät, dass er wahrscheinlich gerade ähnliche Gedanken hat, und wahrscheinlich hofft er wie ich darauf, dass es noch einmal passiert, doch der Unterricht scheint für heute beendet zu sein. Die Schwanenfamilie unterquert den benachbarten Brückenbogen und schwimmt in den kleineren Teil des Teichs, wo sie vielleicht ihr Nachtlager hat.

»Zu schade, dass wir das nicht auf Video haben«, sagt Taro.

Zwar glaube ich, in seiner Stimme Ironie gehört zu haben, hake aber dennoch nach. »Meinst du das ernst?«

»Das war ein Spaß. Ich habe mein Handy nicht mal dabei.«

»Und, bereust du's jetzt?«

»Nein.« Grinsend tippt er sich an die Stirn. »Ist alles gut hier drinnen abgespeichert.« Er schaut auf seine Uhr. »Gleich halb zehn. Hast du Lust auf einen Snack? Wir können uns was auf die Hand holen und zurückkommen.«

Wie auf Kommando knurrt mein Magen.

»Ich verstehe das als ein Ja.« Taro schmunzelt. Dann steht er auf und hält mir die Hand hin, um mir aufzuhelfen.

Als ich seine Hand nehme, schaltet sich das Summen wieder ein. Diesmal ist es so intensiv, dass mir erst nach ein paar Schritten bewusst wird: Taro hat mich nicht wieder losgelassen. Er hält meine Hand noch, und das fühlt sich gut an, richtig, als gehöre das so. Wahrscheinlich lächele ich schon die ganze Zeit, aber jetzt, Hand in Hand mit ihm, scheint mein Lächeln verweilen und für immer bleiben zu wollen.

So verlassen wir den Johannapark, passieren das Bassin mit der Schwimmfontäne und den Musikpavillon, dessen Biergartenplätze restlos belegt sind. Unter dem Glücksbaum, einer alten Rosskastanie, halten wir nach Zetteln Ausschau, entdecken aber nur einen einzelnen roten Fetzen in unerreichbarer Höhe.

Die Initiative *Leipzig lacht* wollte den Leipzigern eine Ablenkung vom Alltag bieten, eine Aufmunterung, auch während der Pandemie, und hat hier einen Ort für Wünsche geschaffen.

Auf bereithängenden Zetteln konnten die Parkbesucher Gedanken festhalten, Wünsche für sich selbst und Wünsche für andere aufschreiben.

»Weißt du, warum sie aufgehört haben?«, frage ich Taro, während wir, immer noch Hand in Hand, in die Äste spähen.

»Vor einiger Zeit habe ich gelesen, dass die neuen Zettel, die die Initiatoren als Inspiration aufgehängt hatten, ein paar Tage später wieder entfernt wurden«, erzählt er. »Seither lassen sie es. Die Idee des Glücksbaums hat nicht jedem gefallen.«

»Schade. Immer wenn ich vorbeigekommen bin, habe ich mir all die Wünsche durchgelesen. Die haben dem Baum nun wirklich nicht geschadet.«

»Eher nicht, aber manche haben das wohl anders gesehen.« Taro senkt den Kopf und sieht mich an. Jetzt, wo es dunkelt, schimmern seine Augen in einem tieferen Grün. Der Effekt ist der alte: Ich fühle mich gefesselt, verzaubert. Bei ihm.

»Hast du selbst einmal einen Wunsch aufgehängt?«, fragt er.

Unfähig, ein Wort zu formulieren, schüttele ich den Kopf.

»Vielleicht muss man gar keine Zettel aufhängen«, sagt er leise. »Vielleicht bringt es schon Glück, unter diesem Baum zu stehen.«

Ich verliere mich noch ein bisschen mehr in seinem Blick. Nebenbei verliere ich auch die Tageszeit, den Tag, den Sommer, die Dämmerung und denke nur noch eins: Das wird ein Kuss. Jetzt, jetzt wirklich, wird Taro mich küssen.

Eine laute Stimme lässt den Zauber zerspringen wie zartes Glas: »Gib zu, dass du die Schlampe gefickt hast!«

Kein Kuss. Nein, definitiv kein Kuss.

Irritiert, so abrupt und unschön in die Realität zurückgezerrt worden zu sein, beobachte ich die junge Frau, die schimpfend den Weg entlangstapft, und einen Typen, der ihr folgt und in Erklärungsnot zu sein scheint. Die beide kommen von der Sachsenbrücke. Seit wir am Baum sind, schallt deren allabendliche Kakophonie herüber. Die Stimmen und Instrumente der Straßenmusiker vermischen sich mit den Beats aus Soundboxen. Und wenn man tief Luft holt, riecht man das Kraut, das dort geraucht wird. Würden Taro und ich jetzt über die Brücke gehen, wären wir high, sobald wir die andere Seite erreicht hätten.

»Vielleicht gehen wir lieber da lang?« Taro weist auf den Weg, der entlang des Inselteichs führt.

Wir sind still, nur unsere Schritte auf dem Weg ertönen, hin und wieder auch noch das Schimpfen der jungen Frau, aber es wird leiser und verstummt bald. Ich muss an eine Szene aus dem Disney-Klassiker *Arielle, die Meerjungfrau* denken und linse immer wieder zum Inselteich, halb erwartend, dass Fische herausspringen und »Küss sie doch!« singen. Als wir uns der Galopprennbahn und dem Steg über den Fluss nähern, ertönt eine Melodie. Von Schritt zu Schritt wird sie lauter und klarer. Sie kommt mir bekannt vor, doch ich kann sie nicht zuordnen.

»Klingt nach einem Cello«, überlegt Taro.

An einer Weggabelung vor dem Steg sehen wir bald eine Frau. Das Cello zwischen den Beinen aufgestellt sitzt sie auf einem Klapphocker und zieht den Bogen über die Saiten. Auf der Sachsenbrücke war es ihr vielleicht zu voll – ganz davon abgesehen, dass sie nicht dorthin passt. Nicht mit dieser Musik. Vielleicht kommt sie zum Üben hierher, um Hausnachbarn nicht zu stören. Vielleicht mag sie auch einfach die Resonanz des Parks, wo ihre Melodien nicht von einer Zimmerdecke gefangen werden, sondern in den Himmel tanzen können.

»Es ist schön«, sagt Taro. »Erkennst du es?«

In dem Moment, als er die Frage stellt, fällt es mir ein. Die ganze Zeit habe ich in Richtung Klassik gedacht, doch die Frau spielt einen alten Popsong.

»Chris Isaak, *Wicked Game.*«

1989, Titel fünf auf dem Album *Heart Shaped World*, schießt es mir durch den Kopf, doch ich behalte es für mich, weil die Information gerade viel zu technisch wäre.

Die Stimme des Instruments fängt die Sehnsucht des Songs wie ein sachter Puffer auf und verleiht der Verletzlichkeit und dem bittersüßen Verlangen des Originals eine neue Nuance, die am Herzen zupft, als wäre es selbst ein Cello. Im Stillen flüstere ich ein paar Zeilen des Textes vor mich hin, als die Cellistin die dazugehörige Melodie spielt.

What a wicked game you play, to make me feel this way. No, I don't wanna fall in love. With you.

Will ich mich nicht verlieben? In Taro?

Für diese Frage ist es zu spät. Ich bin es längst.

Mit dem Celloklang im Rücken betreten wir den Steg, der in den linken Teil des Clara-Parks führt. Auf halber Höhe verlangsamt Taro seinen Schritt und fällt leicht hinter mir zurück. Dann stoppt er ganz. Verwundert wende ich mich zu ihm um und will seine Hand gehen lassen, doch er hält mich weiter fest.

»Was ist?«, frage ich, und ein unsicheres Lachen kullert den Worten hinterher.

Taro schüttelt den Kopf und zieht mich sachte, aber bestimmt zu sich. Als er meine Hand gehen lässt, um mir beide Hände an die Wangen zu legen, wird es still um uns herum. Es ist, als hätte die Welt den Atem angehalten, als würde sie sich wappnen für einen Sturm, der in Kürze über das Land fegen soll. Als würde sie die Sekunden zählen.

Dreizehn, zwölf, elf.

Whoooosh!

Ich bin im Auge des Sturms, als Taro mich küsst.

Deepfake

Einmal im Monat, immer an einem Montag, treffen Carl und ich uns mit zwei anderen Leipziger Influencern zum Frühstück, wobei wir die Cafés abwechselnd aussuchen. Seit drei Jahren pflegen wir diese Tradition eher zum Ausgleich als zum Netzwerken. In diesem Monat war Max an der Reihe.

Warum es das Coffee Fellows sein musste, verstehe ich so wenig wie Carl oder Mia. Mia sicher am allerwenigsten. Als Coffee-Culture-Bloggerin auf Instagram reist sie von Stadt zu Stadt, um die schönsten Cafés ausfindig zu machen. Sie hat die Idee der Frühstückstreffen sozusagen begründet, indem sie Carl, Max und mich dazu einlud. Vor unserem Treffen kannten wir uns nur digital. Eine Kaffeehauskette würde sie nie zu den schönsten Cafés einer Stadt zählen und allenfalls mangels Alternativen besuchen. Alternativen gibt es allerdings immer und überall. Wahrscheinlich ist für Mia sogar der Stehimbiss eines Dorfbäckers akzeptabler als eine Kette. Dementsprechend schlecht gelaunt ist sie.

»So ein Schwachsinn!«, regt sie sich auf, als uns der mürrisch dreinschauende Kellner drei Kaffee und einen grünen Tee auf den Tisch gestellt hat. »Wir kommen nicht zum Arbeiten her, sondern zum Chillen.«

»Können wir doch«, kontert Max.

»Schau dich doch mal um! Lauter Hustler hier!«

Tatsächlich sind wir umgeben von offenbar schwer arbeitenden jungen Männern und Frauen, die auf Hockern am Tresen vor ihren Laptops sitzen und hin und wieder in die Tasten klimpern, meist aber nachdenklich oder höchstkonzentriert auf den Bildschirm schauen. Einer scheint gerade eine neue Relativitätstheorie aufzustellen, so verbissen ist seine Miene, ein anderer programmiert vielleicht die App des Jahrtausends und führt dabei leise Selbstgespräche. Ein Mädel ist in einem Call und unterhält sich über Headset.

»Na klar, die kommen her, weil es hier Steckdosen und kostenloses WLAN gibt«, erklärt Max, als wüssten wir das nicht. »Ist immerhin eins der letzten Cafés in Leipzig, das das noch anbietet. Den anderen essen und trinken wir wohl zu wenig.«

Die Wir-Form lässt mich vermuten, dass Max selbst auch zum Hustlen herkommt. Er mag Coffee Fellows einen besseren Umsatz bescheren, da er normalerweise gern und nicht wenig isst, aber die anderen um uns herum haben nicht mehr als eine Tasse Kaffee bei sich stehen und scheinen es okay zu finden, den Tisch stundenlang zu blockieren. Davon abgesehen, dass ich ein schlechtes Gewissen hätte, wäre ein Café als Arbeitsort nichts für mich. Ich verstehe die Leute, die im Home-Office vereinsamen und sich nach der Gesellschaft von Kollegen sehnen, aber ein Austausch findet hier nun wahrlich nicht statt. Am Ende sitzt und hustlet jeder für sich und scheint sich vor allem als produktives Mitglied der Gesellschaft darstellen zu wollen.

Mia lässt nicht locker. »Man kann es den Cafés nicht verdenken, schließlich sind es keine Coworking-Spaces. Sie wollen was verdienen, oder nicht?«

»Tun sie doch. Und die Bagels hier sind lecker.«

»Künstliches Zeugs!«

Als sei es sein Schlagwort, bringt der Kellner das Essen. Für mich tatsächlich einen Bagel, für Karl ein Panino und ein Stück Mandeltorte, für Max zwei Bagels und einen Apfelkuchen. Mia hat sich für eine Müsli-Bowl entschieden. Nur weil es schon elf Uhr ist und ihr der Magen in der Kniekehle hängt, wie sie zuvor klargestellt hat.

Während ich in meinen Bagel beiße, schnappe ich Gesprächsfetzen des am Nachbartisch stattfindenden Calls auf.

»Wir sollten die Customer-Journey optimieren, um die Conversion-Rate zu erhöhen und eine Deep Dive Analysis unserer Touchpoints durchführen, um Pain-Points zu identifizieren und zu eliminieren«, sagt das Mädel, ohne sich die Zunge zu brechen. »Lasst uns gleich mal genauer dazu reden. Jetzt wirkt erst mal mein Kaffee, und ich brauch eine Bio-Break.«

Nachdem sie den Co-Worker neben ihr gebeten hat, auf ihr Notebook und ihre Tasche aufzupassen, flitzt sie zur Toilette.

Ich konzentriere mich wieder auf unseren Tisch, wo Max, der im Technikbereich vor allem auch mit einem YouTube-Kanal aktiv ist, über seinen neusten Post zu einem Smart-Gadget redet, das er seiner Community gestern vorgestellt hat.

»Das Video ist durch die Decke gegangen«, prahlt er. »Zweihunderttausend Aufrufe in vierundzwanzig Stunden und zwanzigtausend plus Follower mehr! Die Leute von AeroLink wollen mich jetzt als offiziellen Botschafter.« Er legt den Bagel ab, um die Arme in die Luft zu werfen. »Leute, ich hab ausgesorgt! Davie kotzt bestimmt schon im Strahl.«

Davie ist Max' Mitbewerber und bekommt normalerweise die Liebe der Technik-Sponsoren. Ich kenne ihn nur von Max' Erzählungen.

»Sorry, hab das Video noch nicht gesehen«, sagt Carl. »Was kann das Ding denn, dieses AeroLink Pad?«

Max winkt ab. »Mega, das Teil. Ist ein Wireless Charging Hub, mit dem du mehrere Geräte gleichzeitig ohne Kabel aufladen kannst.«

Mia gähnt demonstrativ und wendet sich an Carl. »Wie war dein Schwedentrip? Ist der gut angekommen bei deiner Crowd?«

Carl nennt die Zahlen seiner Videos, und Mia will das Thema

vertiefen, doch er geht nicht darauf ein. Er scheint heute keine Lust auf den Schwanzvergleich zu haben. Nun, da er aufgegessen hat, sind die Nachrichten, die auf seinem Handy eingehen, wieder interessanter. Heute kann ich das verstehen. Wir vier sind nicht zum Arbeiten hier, reden aber doch nie über etwas anderes, was mir nicht erst heute, aber heute insbesondere auf den Geist geht. Anderseits, welche anderen gemeinsamen Themen haben wir schon?

Als Mia sich zu Carl rüberlehnt, um mitzulesen, steckt er das Handy weg. Sie tut, als wäre sie beleidigt, weil er ihr etwas vorenthält, und wendet sich an mich. Ihr Blick ist zutiefst besorgt, als sie mir die Hand auf den Arm legt.

»Taro-Schatz, und du? Ist ja einiges los bei dir. Magst du drüber reden?«

Beinahe muss ich lachen, denn das sollte eigentlich mein Satz sein.

»Nein, schon okay.«

Mia runzelt die Stirn. »Wie, okay? Du hast dreitausend Follower verloren.« Sie zieht ihr Handy heraus und ruft meinen Kanal mit wenigen Fingertipps auf. »Jetzt sind es schon wieder fünfzig weniger als vor zwei Stunden.«

Ich versuche, belustigt zu klingen. »Führst du Buch über unsere Followerzahlen?«

Sie übergeht meine Frage, legt sich eine Hand über die Brust. »Also ich könnte nicht mehr schlafen. Was für ein Albtraum!«

»Danke, dass du dir Sorgen machst. Aber ich sehe das relativ gelassen.«

»Wie kannst du so gechillt sein?«

»Ich bin es einfach.«

Carl kommt mir zu Hilfe. »Taro rockt das schon wieder. Die Lage muss sich nur ein bisschen entspannen. Habt ihr eigentlich meinen Livestream mit dem Mega-Versprecher gesehen?

Nicht überraschend hat der von allen Schweden-Videos die beste Performance.«

Mia schlägt die Hände zusammen. »Das mit dem Elch? Oh Gott, ich liebe es!«

Carl lacht. »Ich dachte, ich spinne. Da red ich über wilde Tiere der schwedischen Natur, und plötzlich rennt der Elch durchs Bild, als wäre er auf der Flucht vorm Finanzamt. Und ich Depp, völlig von den Socken! Mir ist der Name nicht eingefallen.«

»Du Helch!«, ziehe ich ihn mit einem Augenzwinkern auf.

»Ich wollte Hirsch sagen«, erklärt Carl Mia und Max. »Dann hab ich mich doch noch erinnert, nur war das H da schon raus.« Lachend zuckt er mit den Schultern. »Also wurde ein Helch draus.«

»Wisst ihr was!« Mia setzt sich kerzengerade hin und schaut mit breitem Grinsen in die Runde. »Wir machen jetzt auch einen Livestream. Wir vier zusammen beichten unsere witzigsten Fails. Das kommt mega!«

Max, der schon viele Missgeschicke erlebt hat, ist dabei. Carl will die Helch-Geschichte gern ein weiters Mal teilen. Mia möchte einen Clip beisteuern, der aus einem Video herausgeschnitten wurde, weil er zeigt, wie sie in einem Café in Magdeburg über einen Hund stolpert und auf einen Tisch in ein Stück Torte fällt.

Mir selbst fehlt der zündende Funke.

»Dann nimm halt irgendwas«, sagt Mia. »Du solltest in jedem Fall dabei sein. Gerade jetzt wäre das gut für deine Reputation.«

»Mir fällt aber gerade kein Versprecher ein, ein richtig witziger schon gar nicht.«

»Denk dir halt was aus. Es weiß doch keiner.«

Ich will mir nichts ausdenken. Ich will nicht einmal im Livestream dabei sein, aber Mia könnte recht haben. Die auf ihrem

Instagram-Account generierte Aufmerksamkeit könnte mir etwas bringen. Also beschließe ich, einen Sprichwort-Verdreher, der mir vor ein paar Monaten passiert ist, zum Besten zu geben: Liebe geht durch den Magen, also bring sie zum Lachen. Mit dem Helch und Mias Tortensturz kann es nicht mithalten, aber es ist besser als nichts. Und so mache ich mit bei dem, was Leute wie wir so tun, und nutze ein Privatvergnügen für Publicity.

▼

Als ich Mia gesagt habe, dass ich entspannt bin, habe ich gelogen. Ich kenne meine Zahlen noch ein bisschen besser als sie, und tatsächlich geht mir der Arsch gerade auf Grundeis. Auch nach vier Tagen ist die Bilanz nicht anders: Kaum jemand interessiert sich für meine Tipps am Ende des Videos, und immer mehr Follower schwirren ab.

Im Video, das für den kommenden Freitag auf dem Plan steht, will ich mich den verschiedenen Persönlichkeitstypen widmen und erzählen, wie Mann seinen Stil für eine effektivere Interaktion im Kennenlernprozess anpasst. Ich bin unruhig, während ich den Text dafür ausarbeite. Nicht, weil ich nicht weiß, wie es funktioniert oder was ich erzählen soll, sondern weil ich befürchte, dass es völlig egal ist, was ich im Video sage, dass es nie wieder eine Rolle spielen wird.

Das ist die eine Seite in mir. Das ist der besorgte Taro, der die halbe Nacht nicht schlafen kann. In der anderen Hälfte der Nacht sorgt die andere Seite für Schlaflosigkeit. Das ist der Taro, der Juno geküsst hat. Der Taro, der an nichts und niemanden als an Juno denken möchte. Der Taro, dem YouTube, Follower und Make Her Yours total egal sind.

Ob bei offenen oder geschlossenen Augen – immer wieder sehe ich mich Juno küssen, das eine, erste Mal auf dem Rennbahnsteg und all die anderen Male der Nacht, in der wir am

Elsterflutbett gesessen haben, bis es hell wurde. Zuletzt habe ich sie vor ihrer Haustür geküsst. Dieser Kuss war der längste, in viele Küsse unterteilt. Einige waren sanft wie der allererste, andere tiefer, leidenschaftlicher und als ob wir kurz davor wären, uns zu vergessen. Ich war schon drei Schritte weg und bin für die Fortsetzung dieses Kusses wieder zurück. Ich konnte nicht anders, denn Juno stand noch vor dem Tor und sah mir nach. Es war keine Option, auf der Straße zu kampieren, auch nicht, sie in ihre Wohnung zu begleiten. Nach Hause zu gehen hat sich allerdings auch nicht richtig angefühlt. Es war, als würde ich etwas beenden, das noch nicht zu Ende war. Für mich, und vielleicht auch für Juno, hat es sich angefühlt, als wäre es noch kein neuer Tag, kein Sonntagmorgen. Wir waren im Samstag hängen geblieben. Dass die Sonne in der Zwischenzeit unter- und wieder aufgegangen war, war eine Logik, derer sich mein Verstand entzog.

Es war der beste verlorene Sonntag, den ich je hatte. Und ich habe keine Ahnung, wo die sieben Stunden zwischen Samstag und Sonntag hin sind. Sie wurden verschluckt. Von Küssen. Von Träumerei und Gesprächen. Wir haben uns an vergangene Sommer erinnert, an die besten und die schlechtesten, die wir je hatten. Irgendwie kamen wir von da aus aufs Stand-up-Paddling zu sprechen, das Juno gern können würde. Ich habe ihr von meinen wilden Anfängen erzählt und angeboten, es ihr beizubringen.

Einmal wurde es für mich brenzlig. Juno wollte wissen, ob ich in meinem Leben glücklich bin, ob ich glaube, genau das zu tun, was ich wirklich tun will. Ich habe bei der Wahrheit bleiben können. Ich bin glücklich. Der aktuelle Misserfolg meines Kanals macht mich nicht unglücklich, sondern nur ratlos. Bei meiner Antwort habe ich meine Tätigkeit einfach nicht benannt und Juno in dem Glauben gelassen, dass ich von meiner Arbeit in der Klinik spreche. Die volle Wahrheit war wiederum, dass ich offen für Veränderungen bin, was immer schon so gewesen ist und jetzt wahrscheinlich mehr denn je zutrifft. Eine solche Veränderung kann in der Eröffnung einer eigenen Praxis bestehen oder auch im Einstieg in eine Gemeinschaftspraxis.

Juno mochte den Gedanken. Sie hat erzählt, wie lange Teilnehmer ihrer Selbsthilfegruppe auf eine psychologische Beratung gewartet haben. Bevor ich darauf eingehen konnte, hat sie das Thema gewechselt, und wir haben uns ausgemalt, wie Leipzig aussehen würde, würde man ein paar der Deiche des Flutbetts zurückbauen und den natürlichen Flusslauf der Weißen Elster wieder zulassen. Sie meinte, dann könnte die Stadt Dresden, das man auch Elbflorenz nennt, als Elbvenedig Konkurrenz machen.

Mir war klar, dass sie damit ausgewichen ist. Das Thema der Selbsthilfegruppe wurde ihr unangenehm, was auch an ihrer Gestik deutlich wurde. Es war mir früher am Tag schon einmal aufgefallen; am Teich bei den Schwänen hat sie plötzlich auch einen sachlicheren Ton angeschlagen und begonnen, an den Strähnen zu zupfen, die sich aus ihrem Zopf gelöst hatten. Natürlich habe ich nicht gebohrt. Nicht nur, weil ich mich mit Ausweichthemen selbst gerade sehr vertraut mache, sondern auch, weil es mir nicht liegt. Juno wird darüber sprechen, früher oder später, wenn sie möchte.

Das Klingeln meines Handys reißt mich aus meinen Gedanken. Sarah von Königsmarck ruft an. Ich kann mir vorstellen, warum.

»Hey, Taro!«, begrüßt sie mich, als ich ihren Anruf entgegennehme. »Alles gut bei dir?«

Um der Etikette zur Dialogeröffnung zur folgen, müsste ich positiv reagieren. Mit der Frage nach dem Befinden, die prinzipiell eine Fortsetzung des Grußes ist, haben wir uns längst an die Amerikaner angepasst. Niemand erwartet ein Nein als

Antwort. Nicht einmal, wenn einem gerade eine Taube auf den Kopf geschissen hat oder man seit Tagen mit Justin-Bieber-Songs in Dauerschleife gequält wird.

Alles im grünen Bereich, will mir reflexartig über die Zunge, doch in Anbetracht des Debakels, in dem sich Make Her Yours befindet, wäre das zu scheinheilig. Also sage ich: »Ganz okay, und bei dir?«

»Jaaa, prima. Ich kann nicht klagen. Aber du, sag mal. Was ist da los bei dir? Ich hab es heute Vormittag gesehen und mach mir nun voll Sorgen.«

»Ich habe eine Entscheidung getroffen, die nicht allen gefällt.«

»Nicht allen? Den wenigsten offenbar.«

»Achttausend sind doch noch da.«

»Na, du bist ja optimistisch.« Sarahs Lachen klingt nicht belustigt, sondern eher irritiert. »Ganz ehrlich, ich verstehe deine Taktik nicht. Die Idee mit der Challenge war doch großartig.«

»Sie wäre es gewesen, wenn alle Beteiligten eingeweiht gewesen wären.«

Einen Moment lang scheint sie baff. »Die Frau wusste nichts davon?«, schlussfolgert sie dann.

»Nein. Deshalb mein Rückzieher. Es ging einfach zu weit.«

»Ja, natürlich!« Ich höre, wie sie tief Luft holt. »Natürlich geht das zu weit. Du kannst doch nicht einfach hergehen und dir einen Menschen aussuchen, um ihn zum Teil einer Challenge zu machen.«

»Ich habe sie mir nicht ausgesucht. Ich habe mich hinreißen lassen.«

Wieder folgt kurzes, konsterniertes Schweigen. »Also, ganz ehrlich …«, stottert Sarah dann. »Verstehe ich das gerade richtig? Du hast diesen Deal nicht einmal geplant mit diesem … diesem … wie auch immer er heißt?«

»Nein. Es war eine echte Wette, auf die ich leider eingegangen bin. Hey, aber ich habe wirklich gute Gründe geliefert, warum …«

»Also hattest du tatsächlich keine Kontrolle, wie ich es zu Beginn angenommen hatte?«

»Wenn du es so nennen möchtest, ja. Ich habe mich entschuldigt. Es geht weiter, Sarah. Ich bin gerade am neuen Video.«

»Da müssen wir hier im Team erst mal drüber sprechen.« Sie pausiert, scheint nachzudenken. »Ich geb dir noch ein Headsup mit den Details, möchte dich aber jetzt schon bitten, für das neue Video keins unserer Hemden anzuziehen und Königsmarck auch nicht zu erwähnen.«

Ein Kloß setzt sich in meinem Hals fest. »Okay«, sage ich mit plötzlich rauer Stimme.

»Das ist nicht gut, Taro. Von solch einer Vorgehensweise distanzieren wir uns entschieden. Mal sehen, vielleicht müssen wir auch einen Post dazu machen.«

»Verstehe.«

»Also dann! Du hörst von mir.«

Sie legt auf, bevor ich noch etwas sagen kann.

Nicht, dass ich noch etwas hätte sagen wollen.

Ich kann mir vorstellen, was in der E-Mail steht, die Sarah mir nachher wahrscheinlich schicken wird: Königsmarck will kein Passagier auf einem sinkenden Schiff sein und hat sich entschieden, rechtzeitig ins Rettungsboot zu steigen. Außerdem werde ich lesen, dass das Unternehmen die tatsächlich echte, nicht als Tool geplante Challenge nicht mit seiner Gentleman-Maxime vereinbaren kann, weil es keinen Shitstorm riskieren und in allen Belangen korrekt auftreten möchte.

Ich lege das Handy weg und versuche, mich wieder auf meinen Text zu konzentrieren, doch es gelingt mir nicht. Immer wieder muss ich an das Telefonat denken.

Sarahs Reaktion kann ich nachvollziehen, doch ich lasse

mich nicht auf diese Challenge reduzieren. Mit meinem Kanal war ich vorher erfolgreich und werde es wieder sein. Alles wird sich fügen, weil sich immer alles fügt. Und immer findet sich ein Weg, auch wenn es nicht immer der Weg ist, auf dem man aktuell unterwegs ist.

Yuliviant

[juli'vi̯ant] Adjektiv.
Die Gefühlskombination von Melancholie und Euphorie, die typischerweise spät in der Nacht entsteht, wenn man allein ist und über das Leben sinniert.

Familie von Großeimern ist aus dem Urlaub zurück. Seit Montag hängt ihre Wäsche im Garten. Gestern, als die Leinen frei waren, habe ich meine Wäsche aufgehängt und prompt Ärger bekommen. Es wäre nett, wenn ich Rücksicht nehmen würde, schließlich seien sie zu viert und ich allein und auch nicht auf Reisen gewesen. Ich müsse doch verstehen, dass bei ihnen gerade viel Wäsche anfällt, und möge bitte schön sagen, wo nun ihre Bettwäsche und Handtücher trocknen sollen. Ganz spontan wollte ich Frau von Großeimern den eigenen Wäscheständer empfehlen und die eingeräumte Erlaubnis der Gartennutzung zurückziehen. Aber dann habe ich innerlich abgewinkt. Egal, habe ich mir gedacht.

Am Dienstag sind Heathcliff, der Sekretär, und Perceval, der Konsolentisch, abgeholt worden. Michèle, das Chaiselongue, wird morgen an die Polsterei übergeben. Siegfried, der Jagdschrank, ist dann allein in der Werkstatt, und ein Neuzugang ist nicht in Sicht. Kurz habe ich mich geärgert, dass ich den Antikmarkt an der Alten Messe verpasst habe – dort hätte ich mir Nachschub für die wie meist ruhige Sommerzeit besorgen können. Ein paar Stunden lang hat mich der Gedanke, in den nächsten Wochen zu wenig zu tun zu haben, gewurmt. Aber dann habe ich innerlich abgewinkt. Egal, habe ich mir gedacht.

Am Vormittag bin ich mit Aurelius durch das Lager gegangen, um sein Wissen zu den verschiedenen Holzarten zu testen und eine Art Zwischenprüfung durchzuführen. Dass er Fichte nicht von Kiefer und Ahorn nicht von Birke unterscheiden kann, ist verschmerzbar, denn die sind einander jeweils sehr ähnlich. Dass er aber Walnuss und Douglasie nicht auseinanderhalten kann, hat mich ziemlich ausflippen lassen. Beinahe hätte ich Aurelius das Lager fegen und dabei die Eigenschaften aller Holzarten im Fege-Rhythmus herunterbeten lassen. Aber dann habe ich innerlich abgewinkt. Ist ja nicht meine Gesellenprüfung. Egal, habe ich mir gedacht.

Ruben war heute nicht beim Treffen der Donnerstagsgruppe. Während des Abwaschs habe ich gegrübelt, ob er im Urlaub oder krank ist. Dass er beschlossen hat, nicht mehr zu kommen ist mir als dritte Möglichkeit eingefallen. Tasse um Tasse, die ich abwusch und abtrocknete, habe ich mich mehr in diese Idee hineingesteigert und war kurz empört, dass er einfach so wegbleibt, sich nach all der Zeit nicht einmal verabschiedet. Aber dann habe ich innerlich abgewinkt. Egal, habe ich mir gedacht.

Als ich vom Musikviertel in den Clara-Park radele, nehme ich die Hände vom Lenker und strecke die Arme zu beiden Seiten aus, lasse den Fahrtwind über meine Finger pusten. Es ist jetzt, um halb neun, genau fünf Tage her, dass Taro und ich uns hier getroffen haben. Mit einem Grinsen passiere ich den Inselteich, an dem wir Hand in Hand entlanggegangen sind, und den Glücksbaum, unter dessen Ästen wir gestanden haben. Auf der Sachsenbrücke schaue ich nach links über das Elsterflutbett zum Rennbahnsteg, wo wir uns zum ersten Mal geküsst haben. Bei der Erinnerung daran scheint mein Herz einen Hüpfer zu machen.

In nur fünf Minuten sehen wir uns wieder. Bei ihm. Er hat mich zu sich zum Essen eingeladen, damit es für mich heute nicht wieder nur ein willkürlich zusammengewürfeltes Sandwich gibt.

Ich freue mich so. Seit Tagen schon. Ich fühle mich nicht wie die Sechsunddreißigjährige, die ihre Erfahrungen gemacht hat, sondern, als wäre ich sechzehn – unbeschwert, unbesiegbar und ungebremst begeistert, als würde mein Leben erst jetzt beginnen. Und ich bin aufgeregt. Tatsächlich habe ich vorhin nicht das zuoberst liegende Shirt genommen – das wäre ein blaues gewesen –, sondern das dunkelrote aus dem Stapel gezogen, weil es besser zur hellbraunen Hose passt.

Das letzte Stück Park und die letzte Brücke liegen schnell hinter mir. Ich biege in die Nonnenstraße ab and radele an den einstigen Industriebauten vorbei bis vor Nummer 21 A. Drei, vier, fünf – zähle ich die Sekunden, bis endlich der Summer ertönt. In die dritte Etage muss ich, und ich möchte am liebsten jede zweite Stufe überspringen, bremse mich aber und nehme jede Stufe einzeln im normalen Tempo, das sich wie Zeitlupe anfühlt.

Taro wartet in einem langen Gang, an der dritten Tür. Sein Lächeln wird breiter, je näher ich komme, und ich kann nicht anders, als auch zu grinsen. Wir küssen uns, hungrig und leidenschaftlich, als wollten wir die in den vergangenen Tagen versäumten Küsse gutmachen.

»Hallo«, sagt er, als wir unsere Münder voneinander lösen und wir uns in die Augen sehen. »Schön, dass du da bist.«

»Schön, dass du da bist«, antworte ich.

Er gibt mir einen weiteren kleinen Kuss und bittet mich in seine Wohnung.

Sein Wohnzimmer ist so riesig, dass sich die Möbel beinahe ein wenig darin verlieren. Aus den vier hohen Fenstern blickt man auf die Weiße Elster. Sanftes Licht fällt herein und wird vom dunklen Boden aufgefangen. Als ich mich umschaue, bemerke ich ein Bild, das über einem Sideboard hängt. Es zeigt eine japanische Landschaft, durch die sich ein Fluss schlängelt, der von hohen Kiefern flankiert ist und vor der Kulisse des Fujis in ein Meer mündet. Surrealistische Techniken und eine ungewöhnliche Kombination von matten und leuchtenden Farben machen es zu einem echten Hingucker.

»Emiko Haydeck«, lese ich unten am Bildrand, als ich direkt davorstehe. »Ist das deine Mutter?«

Taros Stimme kommt vom anderen Ende des Raumes herüber. »Das ist von ihr, ja«, sagt er und klopft irgendwo dagegen. »Schau mal, hier!«

Als ich mich umdrehe, sehe ich ihn bei Yuuto-san stehen und gehe hinüber.

Den Kontrast, den der Schrank zu Taros tatsächlich eher nordischem Einrichtungsstil bildet, ist einmalig. Sein Holz glänzt, seine Kristallscheiben funkeln. Auf den dahinterliegenden Regalböden und Schubläden stehen Ginflaschen und Tumbler, akzentuiert von sieben kleinen weißen Figuren und einem Miniaturtrabi.

Taro tritt hinter mich, schlingt die Arme um mich und legt das Kinn auf meine Schulter.

»Yuuto-san passt wirklich gut hierher«, sage ich. »Und er sieht so toll aus.«

»Nur dank deiner Hilfe.«

»Stammen diese Figuren aus Japan?« Ein zweites Mal fliegt mein Blick über den Schrankinhalt und springt von einer kleinen weißen Figur zur nächsten.

»Das sind Netsuke«, erklärt Taro. »Sie sind ein Accessoire für den Gürtel eines Kimonos. Sie schauen oben über dem Gürtel heraus und sind mit einer Kordel befestigt, die unter dem Gürtel liegt und eine Tasche trägt.«

»Aus welchem Material sind sie? Das ist kein Holz, oder?«

»Elfenbein. Sie sind sehr alt.«

»Weißt du, wie alt genau?«

»Dreihundert Jahre in etwa. Über viele Generationen hinweg wurden sie weitergegeben. Als ich klein war und bei meinen Großeltern zu Besuch, habe ich damit gespielt und wollte sie immer mitnehmen. Irgendwann, als ich sieben oder acht war, hat meine Großmutter sie mir geschenkt.« Er gibt mir einen Kuss auf die Wange. »Das sind die sieben Glücksgötter, um die eine berühmte japanische Sage rankt. Das ganze Jahr über segeln sie auf ihrer Takarabune, ihrem Schatzschiff, über die Meere göttlicher Welten. Am Neujahrstag kehren sie in den Hafen zurück, um die Schätze abzuladen, die sie auf ihrer Reise gefunden haben. Es sind sieben immaterielle Schätze: Wohlstand, Glück, Gelehrsamkeit, Tapferkeit, Weisheit, Lebensfülle und Zufriedenheit. Und sieben materielle Schätze: der unerschöpfliche Geldbeutel, der unsichtbar machende Hut, die Schriften der Weisheit und des Lebens, die Schlüssel zu den Schatzkammern der Götter, der Zauberhammer, der Glücksregenmantel und das Feenfederngewand.«

Das ist eine schöne Geschichte, die Taro mit sanfter, warmer Stimme erzählt – wie er sie vielleicht vor all den Jahren von seiner Großmutter erzählt bekommen hat.

»Glaubt man in Japan heute noch an die Glücksgötter?«

»Aber unbedingt. An den ersten drei Neujahrstagen legen sich viele Japaner ein Bild von ihnen unters Kopfkissen, um bestimmte Dinge zu träumen.«

»Was denn?«

Er lacht leise. »In den begehrtesten Träumen, die großes Glück ankündigen sollen, kommen der Fuji, ein Falke oder Auberginen vor.«

Ich muss auch lachen. »Auberginen … Ich wusste nicht, dass das ein Glückssymbol ist.« Mit einem Nicken weise ich auf die Regale hinter Yuuto-sans Türen. »Der Trabi fällt etwas aus dem Rahmen.«

»Der ist einfach eine witzige Erinnerung an meine erste Zeit in Leipzig. Meine Freunde an der Uni haben ihn mir mit einem Gutschein für einen Miettrabi geschenkt. Übers Wochenende sind wir damit an die Ostsee gefahren. Fünf Leute in dem kleinen Ding. Drei saßen hinten, ohne Gurte, aber die brauchten sie auch nicht, eng, wie das war. Der Dickste musste neben mich auf den Beifahrersitz.«

»Pah!«, schnaube ich. »Fünf Leute sind gar nichts. In so einen Trabi passen zwölf.«

»Sag nur! Hast du das etwa ausprobiert?«

»Ich selbst, nein. Meine Eltern aber, ich war nur dabei.« Ich erinnere mich an den Sommer, bevor wir nach Hamburg gezogen sind. Ich war gerade sechs geworden, kann mich der Details nur vage entsinnen, kenne sie aber von den Erzählungen. »Im Auwald fand ein Fest statt, wo wir uns mit Freunden trafen. Am Ende hatten alle, außer meinem Vater, zu viel getrunken und wollten ihre Autos lieber stehen lassen, also haben sich alle in den Trabi gequetscht. Vorn, bei meinem Vater, saßen meine Mutter und eine Freundin. Die Rückbank teilten sich vier andere Erwachsene und ein Dreijähriger, der schon schlief. Die hockten halb übereinander.«

Taro rechnet nach. »Das macht acht. Da fehlen noch vier. Du und die anderen drei, hat man euch aufs Dach geschnallt?«

»Quatsch! Drei andere Kids, alle in meinem Alter, und ich sind in den Kofferraum gestiegen und haben uns dort wie Sardellen aneinandergelegt.«

»Also, mal davon abgesehen, dass das ziemlich fahrlässig war, hatte der Trabi auf der Heimfahrt sicher eine grandiose Straßenlage.«

»Bestimmt. Und keine Sorge, wir hatten Spaß.«

»Das bestreite ich ja nicht.« Er umschlingt mich etwas fester, und ich spüre, wie er tief durchatmet. »Aber würdest du deine Kinder im Kofferraum transportieren?«

»Natürlich nicht. Nicht bei dem Verkehr heute. Damals war

viel weniger los auf den Straßen und auf den Schleichwegen, die mein Vater auf dem Weg zurück genommen hat, schon gar nicht. Außerdem hat man sich damals einfach viel weniger einen Kopf gemacht, vieles lockerer genommen. Regeln waren Richtwerte.«

Ich warte, dass er reagiert, doch er bleibt stumm und hält mich einfach.

»Der Trabi war noch da, als ich vor zehn Jahren aus Hamburg zurückgekommen bin«, erzähle ich weiter. »Ich bin ihn noch ein paar Monate gefahren, bis er den Geist aufgegeben hat.«

»Weil du den Rekord brechen und dreizehn Leute reinpacken wolltest?«

»Nein.« Als ich spüre, wie er zu lachen beginnt, knuffe ich ihn. »Er hatte einen Motorschaden, eine ganz gewöhnliche Alterserscheinung.«

»Ach so, und dann? Kein Auto mehr. Brauchst du nicht manchmal eins für den Job?«

»Nicht wirklich. Konstantin erledigt alle Transporte.«

Taro dreht mich zu sich um, umfasst mein Gesicht und küsst mich. Seine Augen funkeln, als er mich ansieht. »Hunger? Durst? Wie wäre es mit einem Wein?«

»Gern.«

»Musik?«

»Auch gern.«

»Was magst du hören?«

»Such du was aus.«

Während Taro nachdenkt, hält er mein Gesicht weiter umfasst und sieht mir in die Augen. Ein Lächeln umspielt seinen Mund, so verlockend, dass ich ihn schon wieder küssen könnte.

»Alexa«, sagt er mit tonloser Stimme, grinst aber über meine hochgezogene Braue. »Spiel: The Weeknd!«

Eine weibliche Stimme schallt durch Taros Wohnung: »Alles klar! Hier sind Songs von The Weeknd.« Dann setzt ein Song ein. Er hat eine eingängige Melodie, klingt elektronisch, poppig. Sachte Bässe und eine schöne R&B-Stimme schaffen eine atmosphärische Dichte, die mich an einige Songs der Achtziger erinnert. Alexa hingegen erinnert mich an George Orwells berühmtesten Roman. Bisher hatte ich nur von Amazons KI gehört, sie aber nie erlebt. Als sie populär wurde, hatte ich mich schon ausgeklinkt.

»Du lebst mit einer Spionin zusammen?«, frage ich Taro.

Auch die zweite Braue zieht er nun hoch. »Du meinst Alexa?«

»Sie hört uns zu, habe ich gelesen. Sie wird nicht erst auf deinen Befehl aktiv, sondern ist es immer und wertet jedes Wort aus.«

»Das tut sie wahrscheinlich.« Taro zuckt mit den Schultern. »Wir leben in einer gläsernen Gesellschaft, Juno. Was auch immer wir tun, irgendein System registriert es garantiert. Handy, Tablets, Laptops, Fernseher, die ganzen Kameras draußen – alle wissen Bescheid.«

Ich schüttele den Kopf. »Kein Computer weiß über mich Bescheid.«

▼

Nach dem Essen sitzen wir an einem der Fenster. Das Fensterbrett ist eigentlich zu schmal, doch durch eine Konstruktion, die Taro im Stil seiner Einrichtung hat anfertigen lassen, wird es zu einer Bank erweitert. Graue Polster und Kissen machen den Platz gemütlich.

In der Zwischenzeit habe ich erfahren, dass Alexa nicht nur Musik spielen, sondern auch das Licht dimmen, die Jalousien herunterfahren und wahrscheinlich vieles mehr kann. Ich verstehe Taros Argumentation bezüglich unserer ohnehin gläsernen Gesellschaft, frage mich aber dennoch, warum die Stimmsteuerung der Wohnungstechnik einen so großen Komfort darstellen soll, wenn sämtliche Schalter und Knöpfe in unmittelbarer Nähe sind. Es braucht nur einen Schritt, nur eine Handbewegung, und schon wäre erledigt, was man Alexa aufträgt. Mir wird klar, dass es eine Frage der Gewohnheit ist. Mit der gleichen Routine, wie ich auf den Schalter drücke, wenn ich meine Küche betrete, sagt Taro »Alexa, Küchenlicht an«. Er denkt nicht darüber nach. Und das ist okay. Ich könnte es als unsinnig bewerten, mich darüber aufregen oder es einfach lassen und akzeptieren, dass ich Alexa wahrscheinlich auch verwenden würde, würde ich noch leben wie früher. Diesen einen technischen Wandel habe ich nicht mehr mitgemacht wie unzählige andere Wandel zuvor. Er hat von mir unbemerkt stattgefunden, anders als beispielsweise der Einzug von Funksteuerungen. Als ich klein war, sind meine Eltern von der Couch aufgestanden und zum Fernseher gegangen, wenn sie den Sender wechseln wollten. Das habe ich nie getan. Ich bin mit einer Fernbedienung in die TV-Unterhaltung gestartet, als hätte es nie etwas anderes gegeben, während es auch für meine Eltern nach einer Weile keine Option mehr war, zum Senderwechsel aufzustehen. Warum die Mühe, wenn man nur die Fernbedienung hochhalten und auf einen Knopf drücken musste?

Bei diesen Gedanken wird Taros Fensterplatz zu einer Art Insel im Meer der Möglichkeiten, mit dem uns die allgegenwärtige Alexa umgibt. Ich fühle mich zwar wohl, bin in mancher Sekunde aber verwirrt und muss mich sortieren.

Taro sitzt hinter mir und hat die Beine zu meinen Seiten aufgestellt. Ich lehne mich an seinen Oberkörper an. Seine Hand hält meine, sein Daumen streicht über meinen Handrücken. Einen Moment lang mustere ich unser Spiegelbild, dann schicke ich meinen Blick durch das Fensterglas auf das Wasser der Weißen Elster, in deren Wellen sich die Lichter der Wohnungen spiegeln. Über den Fluss, vom linken Block der einstigen Buntgarnwerke zum rechten, spannt sich eine Brücke, auf deren zwei Etagen sich Lofts befinden. Früher wurde die Brücke als Transportweg für den Warenaustausch verwendet, heute ist sie die Homebase von Start-ups und wird für Events vermietet. Die Fassade besteht praktisch nur aus Fenstern; Licht brennt dahinter und man sieht Menschen drinnen herumlaufen. Es ist die andere, die offensichtliche Art des gläsernen Lebens. Man könnte die Jalousien herunterfahren oder Vorhänge zuziehen, aber dann hätte man den schönen Ausblick nicht mehr.

»Hast du nicht manchmal das Gefühl, etwas zu verpassen oder irgendwie abgehängt zu sein?«, fragt Taro.

Ich denke kurz darüber nach, antworte dann. »Um mich abgehängt zu fühlen, müsste ich abgehängt worden sein. Ich habe aber eine bewusste Entscheidung getroffen, also nein.« Ich lehne den Kopf gegen seine Schulter, drehe ihn leicht und stupse meine Nase gegen sein Kinn, um den Duft seiner Haut einzuatmen. »Wenn ich diese Musik höre, glaube ich schon, dass ich einige gute Songs verpasst habe, ja. Aber davon abgesehen. Nein. Ich vermisse wirklich nicht viel.«

»Das ist gut«, sagt er leise.

Ein weiteres Mal atme ich den Duft seiner Haut ein, dann findet sein Mund meinen. Seine Lippen schmecken bitterfruchtig, wie der Wein, den wir getrunken haben. Während ich ihn koste, wächst ein Hunger in mir, der den Takt des eben noch zärtlichen Intermezzos ändert. Ohne seinen Mund freizugeben, drehe ich mich zu Taro und setze mich rittlings auf ihn. Binnen Sekunden bekommt unser Kuss die Dringlichkeit einer Entscheidung zwischen niemals und immer, unsere Zungen tanzen miteinander, fordernd und immer verlangender. Ich dränge mich näher an ihn, schiebe meine Finger in seine Haare. Als sein Atem über meine Haut streift, fließt ein Schauer durch mich und sammelt sich als Kribbeln im Bauch. Von mir, von uns und meiner Reaktion auf ihn überrascht, keuche ich leise – ein Laut, der für Taro wie eine Zündung zu sein scheint. Seine Hand fährt über meinen Rücken, dann nimmt er die andere hinzu, packt meine Taille und zieht mich fester an sich. Ich spüre, wie Hitze aus seinen Poren steigt und wie er sich anspannt. Jeder Muskel scheint unter meinen Berührungen hart zu werden. Ich hingegen, ich werde weich. Ich schmelze, verschmelze mit ihm. Und ich will mehr von ihm. Meine Finger zittern vor Aufregung, als ich den ersten Knopf seines Hemds öffne. Knopf zwei und drei folgen, da schlingt Taro die Hände um meine Gelenke.

Unser Kuss wird zarter, unsere Zungenspitzen berühren sich noch, doch bald spielen nur noch unsere Lippen miteinander. Das Grün seiner Augen ist tief wie ein See, als ich mich von ihm löse und ihn anschaue. Seine Lippen sind noch leicht geöffnet, noch feucht und eigentlich eine Einladung, eine Versuchung.

»Gehen wir es langsam an«, sagt Taro. Seine Stimme klingt belegt.

Langsam? Gut. Nicht gut! Besser so. Och menno! »Gute Idee.«

»Ganz davon abgesehen bietet das Fenster keine besonders gute Privatsphäre.«

Ich ziehe die Schultern hoch und lasse sie mit einem Seufzen wieder fallen. »Windows halt.«

▼

Noch Stunden später sehe ich Taro und mich auf der Fensterbank über der Weißen Elster. Ich schmecke ihn noch, rieche ihn noch und spüre ihn noch unter meinen Händen, deren Finger jetzt über Gras streichen. In der Stille des Gartens singt die Nachtigall. Ihr Lied und meine Erinnerung an die vergangenen

Stunden vermischen Melancholie und Euphorie zu einem bittersüßen Cocktail.

Es ist lange, sehr lange her, dass ich das gedacht habe: Ich liebe das Leben.

Es ist mindestens genauso lange her, dass ich so war. So verzückt und zufrieden und glücklich. So yuliviant. Mit einem tiefen Seufzen schließe ich die Augen, die statt des Nachthimmels ohnehin nur Taro sehen, um mir sein Bild voll und klar vorzuhalten, um mich zurücktragen zu lassen. Meine Gedanken tanzen, mein Herz flüstert. Die Nähe, die wir geteilt haben, scheint wieder so real, wie sie gerade war, und drängt die Sehnsucht, die ihre Abwesenheit geweckt hat, sachte zur Seite.

Als die Nachtigall schweigt, muss ich an die Musik denken, die Taro hat spielen lassen. Wie hieß dieser Sänger gleich, oder war es eine Band? Irgendwas mit Samstag. Halt, nein, Wochenende! The Weeknd. Die Namen der Songs kenne ich nicht, aber ich sollte in einem Plattenladen danach schauen. Ich hätte jetzt gern Musik, aber nicht irgendeine, nichts Altes. Ich würde jetzt wirklich gern The Weeknd hören.

Contrador

[kɔntʁaˈdoːɐ̯] Nomen, maskulin.
Ein Mann, der sich einem anderen Mann gegenüber durch demonstrative Selbstsicherheit überlegen zeigt, um seine Position in einer sozialen Konkurrenzsituation zu stärken.

Elf Uhr am Freitag, und es wird Zeit, dem Chaiselongue Michèle Tschüss zu sagen. Konstantin ist pünktlich und brummig. »Wie jetzt, Aurelius ist nicht da?«

Gestern, während des Checks der Materialkenntnisse, wirkte Aurelius bereits ein bisschen angeschlagen. Vielleicht war das auch der Grund, warum er nicht einmal die offensichtlichsten Unterschiede zwischen den Holzarten erkannt hat.

»Er ist krank«, erkläre ich Konstantin.

»Hättest du nicht Bescheid geben können?« Er stöhnt genervt und stemmt die Hände in die Seiten. »Ich hätte doch meinen Helden mitgebracht. Was machen wir nun? Der Polsterer wartet.«

»Wo ist das Problem? Ich kann doch mit anpacken.« Er tut gerade so, als hätte ich nie ein Sofa getragen oder hätte es plötzlich verlernt.

»Das Teil ist schwer.«

»Ich habe trainierte Arme.«

»Ja, schon gut. Es bleibt uns auch nichts anderes übrig.«

Er wirft den Filz hin und will ihn ausrollen, grummelt dann aber, dass er erst einmal einen Kaffee braucht. Als er nach oben gehen will, stoppe ich ihn. »Ich hol dir den Kaffee. Leg du hier schon los.«

Kommentarlos und mit verbissener Miene beginnt er den ersten Fuß der Chaiselongue mit Filz zu umwickeln.

Oben in der Küche bin ich froh, Konstantins schlechter Laune entkommen zu sein, wenn auch nur für einen Moment. Seine Brummigkeit kenne ich aus der Zeit, in der wir mehr als Freunde waren, und weiß, dass der Grund dafür ganz woanders liegt. Dass Aurelius nicht hier ist, um beim Tragen zu helfen, ist nur ein wenig Zunder, der die Flamme von Konstantins Ärger höher lodern lässt. Entzündet wurde er allerdings von etwas anderem. Wer weiß, vielleicht hat er sich gerade mit einem anderen Auftraggeber angelegt. Sich nach dem eigentlichen Problem zu erkundigen und ein Gespräch anzubieten, bringt bei Konstantin nichts, sondern bewirkt höchstens das Gegenteil und multipliziert seinen Ärger. Erfahrungsgemäß ist es am klügsten, den Mund zu halten und abzuwarten, dass er sich abregt. Meist dauert es nur ein paar Stunden, bis er wieder der Alte ist.

Gerade habe ich den Kaffee eingeschenkt, da höre ich unten Stimmen. Die eine ist die von Konstantin. Aber die andere? Auch ein Mann. Aurelius? Nein. Herr von Großeimern etwa? Auch nicht.

Taro!

Die Tasse in der Hand, erstarre ich. Als ich Konstantin »Was willst du von der Chefin?« fragen höre, beeile ich mich, nach unten zu kommen.

Taro steht noch in der Tür. Seine Haare sind feucht; offenbar hat er gerade geduscht. Er trägt eine Jeans und das dunkelblaue Hemd, das ich besonders gern an ihm sehe. Als sich unsere Blicke treffen, zieht er einen Mundwinkel zu einem halben Lächeln hoch und hebt die Hand zu einem Gruß.

Ich drücke Konstantin, der seinen fragenden Blick von Taro zu mir wandern lässt, den Kaffee in die Hand und gehe zu Taro. Er gibt mir einen Kuss auf die Wange, legt mir die Hand dabei kurz auf den Rücken. Mit den Händen streiche ich ihm über die Oberarme, als wir ein Stück voneinander zurücktreten und uns ansehen.

»Musst du heute nicht arbeiten?«, frage ich ihn.

»Doch, später noch. Ich war in der Gegend.« Über seine eigenen Worte belustigt schnaubt er. »Also dachte ich, ich schau kurz vorbei.«

»Gute Idee.«

»Leider habe ich nicht viel Zeit. Um halb zwölf muss ich beim Steuerberater sein.«

»Passt schon. Besser ein kurzer Besuch als gar keiner.«

»Wo du schon mal da bist«, höre ich Konstantin hinter uns sagen, »könntest du hier vielleicht mit anpacken? Das würde Juno einen Muskelkater ersparen. Keine Sorge, du machst dich dabei nicht schmutzig. Könnte höchstens sein, dass du ein bisschen ins Schwitzen kommst.«

Taro schaut über meine Schulter. »Kein Problem. Mache ich gern.«

Konstantin kommt zu uns, hält Taro die Hand hin und sagt seinen Namen. Taro erwidert den Handschlag und stellt sich ebenfalls vor. Konstantins Grinsen sieht freundlich aus, doch es ist nicht echt. Es zeigt zu viele Zähne.

»Hab schon von dir gehört.«

Taros Miene bleibt gelassen, als er ein »Ebenfalls« zurückgibt.

Konstantin schlägt sich in die Hände. »Na dann, packen wir's an!«

Ich sperre beide Flügel der Tür auf, während Konstantin und Taro Michèle, das Chaiselongue, anheben. Konstantin trägt die Vorderseite und geht rückwärts, wobei er beflissentlich auf seine Schritte und den Weg hinter sich achtet. Im Hof schieben die Männer Michèle in den Laderaum des Transporters. Konstantin steigt dafür ins Wageninnere, Taro passt sich an. Bald ist es geschafft. Konstantin springt auf den Hof und hält Taro die

Hand zu einem High-five hin. Als der einschlägt, zieht Konstantin ihn ein Stück an seine Brust und scheint ihm etwas ins Ohr zu sagen. Das geht blitzschnell, dauert nicht mehr als zwei Sekunden. Die beiden halten ihr High-five noch, als sie einander ansehen. Konstantin zwinkert, Taro lächelt und zieht dabei eine Braue hoch.

Was war das denn?

Konstantin schlägt die Türen des Laderaums zu. Bevor er sich ans Steuer setzt, dreht er sich zu mir um und ruft: »Also dann, ich bin weg! Bis nachher! Zwanzig Uhr, wie immer?« Abermals zwinkert er. »Ein, zwei Drinks im Zwille, dann ab in die Kiste, okay?«

So! Ein! Arsch!

Unglaublich, dass er diesen Running Gag jetzt bringt!

»Klar doch, Konstantin!«, antworte ich mit einem breiten Grinsen, bei dem ich nun selbst alle Zähne zeige.

Er steigt ein, startet den Motor und fährt vom Hof. Ich folge dem Transporter, um das Tor zu schließen, und kehre zu Taro zurück.

»Was war das denn?«, fragt er und zieht mich endlich ganz in die Arme.

»Das war Konstantin«, nuschele ich gegen seine Schulter.

»Der ist ja lustig drauf.«

»So kann man das auch nennen.« Der High-five fällt mir wieder ein. »Was hat er dir eben ins Ohr gesagt?«

Taro zögert. »Nichts Besonderes. Bloß ein Scherz.«

»Jetzt sag schon!«

»Werd ich nicht. Es war ein Spruch, von Mann zu Mann.« Er rückt ein Stück von mir ab und sieht mir in die Augen. »Aber was ist mit heute Abend, Drinks und so weiter?«

»Das ist auch nur so ein Spruch. Konstantin bringt den öfter, wenn er mich aufziehen will.« Sag ich's ihm? Sag ich's ihm nicht? Ich sag's ihm! »Er und ich waren mal irgendwie … Wir hatten mal was miteinander. Ein Zwischending zwischen Beziehung und Affäre.«

»Freunde mit gewissen Vorzügen.«

»Ja, aber nicht sehr lange. Und es ist beinahe ein Jahr her.«

»Hat Konstantin auch damit abgeschlossen?«

»Klar, keine Sorge. Wie er sich gerade verhalten hat ... so ist er immer. Na ja, oft zumindest. Wir kennen uns ewig. Deshalb ist er ein bisschen ...« Das richtige Wort fällt mir nicht ein.

»Protektiv?«, schlägt Taro vor. »Wie ein großer Bruder?«

»Genau. Man muss ihn und seine manchmal derbe Art zu nehmen wissen. Eigentlich ist er ein lieber Kerl.«

Als wir die Werkstatt wieder betreten, glänzt Sentimentalität in Taros Augen. Er schiebt die Hände in die Hosentaschen und dreht sich um die eigene Achse. »Es klingt verrückt, für mich zumindest, aber das hier fehlt mir ein bisschen.«

»Die Werkstatt?«

»Die Arbeit hier.« Seine Brust hebt und senkt sich, als er tief durchatmet. »Das hat mir gutgetan, hat den Kopf frei gemacht und mich geerdet. Sozusagen. Vielleicht sollte ich mir ein handwerkliches Hobby zulegen.«

Vorhin, kurz bevor Konstantin zur Abholung gekommen ist, habe ich *Disintegration* von The Cure eingelegt. Es ist eines der wenigen Tapes, die nicht aus der Sammlung meiner Großeltern stammen. Auf einem Flohmarkt habe ich dieses 89er-Album zusammen mit anderen Alben der Band gekauft. Jetzt spielt Song Nummer vier, *Lovesong*. Seine Melodie, insbesondere die kurze euphorisch-melancholische Stelle nach den Strophen, die wie von einem Maestro dirigiert klingt, versetzt mich selbst auch zurück in die Stunden, in denen er und ich hier gemeinsam gewerkelt haben.

»Die Tür steht dir jederzeit offen«, sage ich Taro. »Geh auf einen Antikmarkt, such dir dort ein schönes Stück aus und bring es her. Dann kannst du dich weiter austoben. Und erden.« Ich nehme Konstantins Tasse, die nicht einmal zur Hälfte geleert ist, hocke mich auf eine Werkbank und trinke einen Schluck des nur noch lauwarmen Kaffees. »Natürlich begleite ich dich gern auf den Markt und verunsichere dich bei der Auswahl mit schlauen Kommentaren und Besserwisserei.«

»Das ist eine Überlegung wert.« Er schaut auf seine Armbanduhr. »Ich muss los.«

»Schön, dass du hergekommen bist«, murmele ich, als er sich zwischen meine von der Tischkante baumelnden Beine stellt und die Hände an meine Taille legt.

»Schön, dass du hier bist.«

Er küsst mich. Einmal. Noch einmal. Nach dem dritten Mal grummelt er, was wohl ein Ausdruck seiner Unzufriedenheit darüber ist, dass er nun wieder verschwinden muss. Nach dem vierten Kuss schwirrt er ab.

Ich nippe noch einmal am Kaffee und blicke dann zu den Einzelteilen von Siegfried, dem Jagdschrank. Als *Lovesong* verklingt, stehe ich auf, um sie zusammenzusetzen. Dabei fällt mir Konstantin wieder ein und wie merkwürdig er sich verhalten hat. Zu gern wüsste ich, was genau er Taro ins Ohr gesagt hat. Einen kleinen Hinweis hat mir Taro wahrscheinlich unbewusst geliefert, als er Konstantin protektiv genannt hat. Einerseits ärgert es mich ein bisschen, dass Konstantin sich vor mich stellt, als müsste ich beschützt werden, andererseits finde ich es amüsant, ein klein wenig charmant auch, dass er in die Rolle eines großen Bruders geschlüpft ist, dabei jedoch wie ein Matador wirkt, der Taro ohne jeden ersichtlichen Grund herausfordert und ihm Kontra gibt. Ein Contrador sozusagen.

Ein neues Wort für meine Wand! Noch immer halb grimmig und halb belustigt warte ich, dass der Brennkolben heiß ist, um das Wort auf einer neuen Astscheibe zu notieren.

▼

Miriam und ich sind im Puschkin verabredet. Am Montag, nach dem Gruppentreffen, hatte sie keine Zeit für einen Plausch. Gut, dass wir den heute nachholen, denn ich muss dringend reden. Ich platze, wenn ich nicht bald ein paar Neuigkeiten loswerde. Nachher belästige ich noch die Kassiererin im Supermarkt damit oder einen anderen arglosen Menschen, der mir über den Weg läuft.

»Du glaubst nicht, was ich gerade erfahren habe«, ruft Miriam, als sie zu mir an den Tisch kommt. Sie umarmt mich, als hätte sie mich monatelang nicht gesehen. Wie es scheint, werde ich so schnell nicht zum Reden kommen.

»Elke hat angerufen, kurz bevor ich los bin. Deshalb bin ich spät dran, sorry.«

Wir setzen uns, und Miriam lässt die Bombe platzen. »Ihr Fall hat sich geklärt. Der Typ hat gelogen.«

Vor Schreck stockt mir der Atem. So gut diese Nachricht auch ist, ich kann sie kaum glauben.

Elke ist bei NeMo wegen eines Mannes, der in ihre Boutique kam, sehr unfreundlich war und ihre Kollektionen als Dreck beschimpfte, woraufhin sie ihn zum Gehen aufforderte. Als er blieb und im Geschäft mit dem Handy filmte, fand Elke deutlichere Worte. Ein paar Tage darauf veröffentlichte er das Video auf seinem Instagram-Kanal. Es zeigte, wie Elke ihm zuerst das Filmen verbot und ihn dann hinauswarf. In den folgenden Sekunden sah man lediglich den Boden, hörte Elkes Stimme aber weiterhin. Wütend stellte sie klar, dass sie Schwuchteln wie ihn nicht bedient. Diese Äußerung hat Elke immer abgestritten. Geglaubt hat ihr kaum jemand. Auch Miriam und ich waren unsicher, da man sie in diesem Video, das Elke uns gezeigt hatte, nun einmal glasklar hört.

Bei dem Mann, der die Anschuldigung erhoben hat, handelt es sich um einen Dragqueen-Künstler, der durch seine Teilnahme an einer TV-Castingshow Popularität erlangt hatte, nach Ende der Show aber in Vergessenheit geraten war. Seit der Veröffentlichung seines Videos sieht das anders aus. Elkes Schilderungen zufolge stehen ihm nicht nur die Dragqueen-Kollegen und die LGBTQ-Szene zur Seite, sondern auch C- bis Z-Promis aus allen Bereichen des Showbiz und wer auch immer sich warum auch immer aufregen möchte. Die öffentliche Anfeindung begann auf Elkes Social-Media-Kanälen, schwappte aber bald über auf ihr Ladengeschäft. Ihr Schaufenster wurde beschmiert, der Eingang wurde in eine Toilette verwandelt, täglich stürmten Leute herein und schrien sie an oder beschädigten ihre Kollektionen.

»Ist der Typ zurückgerudert und hat zugegeben, gelogen zu haben?«, frage ich.

»Er hat das Video zur Untersuchung herausrücken müssen.« Miriam nimmt die Getränkekarte, schaut aber nicht hinein. »Dabei wurden Auffälligkeiten in der Audiospur festgestellt. Der Ton, den man hört, während man im Film nur den Boden sieht, ist hineingeschnitten worden. Die Stimme ist Elkes Stimme zwar sehr ähnlich, aber um Nuancen anders. Nun ist herausgekommen, dass dieser Typ das Audio selbst eingesprochen und durch künstliche Intelligenz an Elkes Stimme angepasst hat.«

Je mehr Details ich von Miriam erfahren, desto weniger kann ich es fassen. Natürlich freue ich mich für Elke, doch zur gleichen Zeit bin ich entsetzt über die Berechnung, mit der dieser Mann vorgegangen ist, und wie erfolgreich er, wenn auch vorübergehend, damit war.

»Es ist verrückt, wie leicht man heute Aufmerksamkeit und Publikum bekommt«, sage ich nachdenklich, »Man muss kein VIP sein. Jedem Nobody kann das gelingen, wenn er nur ein Handy, einen Social-Media-Account und zehn Follower hat. Diese zehn reichen schon. Wenn lediglich drei davon seine Meinung teilen, beginnt es, die Runde zu machen. Und nach kurzer Zeit sind es nicht mehr zehn Follower, sondern zehntausend.«

Elkes Fall ähnelt denen von Ruben und Saskia. Sie ist in Verruf geraten, weil eine Situation nicht hinterfragt wurde. Viel zu oft passiert das heute. Ohne Zögern glauben viele demjenigen, der eine Anschuldigung macht. Sie hören den Beschuldigten gar nicht an, als wollten sie die Möglichkeit, dass sich der Vorwurf als falsch erweist, ausblenden. In Elkes Fall geschah das sicher, um auf existierende Missstände und Ungerechtigkeiten hinzuweisen, wobei allerdings nicht berücksichtigt wurde, dass Elke damit vielleicht unrecht getan wurde. Immerhin musste sie ihre Boutique schließen und von ihren Rücklagen leben. Ruben konnte nicht mehr als Lehrer arbeiten. Saskia hatte Glück im Unglück, sie musste lediglich den Arbeitgeber wechseln.

»Der Gedanke, dass uns Elke etwas vormacht, hatte immer etwas Beklemmendes«, überlegt Miriam. »Aber die Möglichkeit, dass dieser Mann lügt, war fast noch schlimmer.«

»Er hat Tausende Menschen an der Nase herumgeführt und manipuliert. Das ist echt übel! Er hat Elke eine Aussage untergejubelt und ihr bewusst geschadet.« Noch immer fassungslos schüttele ich den Kopf. »Warum tut man so etwas? Für den Fame? Das ist doch krank!«

Miriam wirft einen Blick auf die Karte und legt sie dann weg. »Keine Tür öffnet sich heute so schnell wie die zu Hass«, murmelt sie. »Ich finde es beängstigend, wie schnell wir hassen können. Überleg doch mal, die Geschichten, die wir erzählt bekommen, werden immer schlimmer. Wenn ich wüsste, dass es irgendwo auf der Welt anders ist, würde ich verschwinden. Auf Nimmerwiedersehen.« Sie grinst freudlos. »Meine Kinder und meinen Mann würde ich natürlich mitnehmen.«

»Super! Dann wären es hier wieder ein paar weniger, die ihren Verstand einschalten, wenn er gefragt ist.«

»Du und ich, wir wischen nur die Tränen auf, können aber

nicht verhindern, dass geweint wird.« Mit einem frustriert klingenden Stöhnen streckt sich Miriam auf dem Stuhl. »Meine Güte, lass uns von was anderem sprechen, sonst krieg ich einen Depri!«

Anderes Thema! Mein Stichwort!

Bevor ich meine Gedanken sortieren und nach einem Faden greifen kann, kommt der Kellner und notiert unsere Getränkewünsche. Sobald er weg ist, erzählt Miriam von einer Katze, die in ihrem Garten aufgeschlagen ist. Die Kids möchten unbedingt, dass sie ins Haus darf, doch André ist dagegen. Praktisch nahtlos schwingt Miriam dann um auf eine Radtour, die André und sie mit den Kids gemacht haben. Die Tour führte an einem Spielplatz vorbei, wo sie nichts Böses ahnend auf eine der WhatsApp-Mütter und deren Nachwuchs trafen und es zu einer Auseinandersetzung über eine Buddelschaufel kam. Irgendwo auf dieser Strecke klinkt sich mein Gehirn aus. Statt der Situation, die Miriam beschreibt, sehe ich Taro. Ich sehe ihn neben mir am Flussufer sitzen, höre ihn die Geschichte der sieben Glücksgötter erzählen und tauche zum hundertsten Mal in die Erinnerung des Moments ein, als er mich auf dem Rennbahnsteg an sich gezogen hat, mit diesem Blick, diesem Lächeln. Zugegeben, ich klebe an seinem Lächeln. Ich kann nicht aufhören, ihn anzusehen, wenn er lächelt. Ich bin lächelbesessen, was zwar völlig albern ist, jedoch unbedingt einmal erwähnt werden sollte. Mein Leben muss furchtbar ereignislos gewesen sein, dass Miriam überhaupt nicht auf die Idee kommt, sich bei mir nach Neuigkeiten zu erkundigen. Stattdessen regt sie sich über altbekannten Kram auf.

»Bei uns gibt's jedenfalls keine Tablets«, höre ich sie schimpfen, als mein Geist allmählich zurückkehrt. »Damit fangen wir gar nicht erst an, erst recht nicht zum Essen. Ist mir völlig egal, dass andere …« Abrupt unterbricht sie sich. »Hörst du mir überhaupt zu?«

Ich blinzele und treffe ihren fragenden Blick. Sie hebt ihr Glas an die Lippen, um einen Schluck zu trinken.

»Er hat mich geküsst«, platzt es aus mir heraus.

Miriam verschluckt sich und beginnt zu husten wie ein alter Traktor. Sie stellt das Glas auf den Tisch und fächert sich Luft zu. Tränen treten ihr in die Augen, während sie nach Luft schnappt.

»Warum sagst du das denn erst jetzt?«, krächzt sie zwischen zwei Hustern.

Ich hole Luft wie ein Marathonläufer beim Startschuss und kann endlich – endlich! – loslegen. Wann immer ich eine Pause mache, wirft Miriam eine Frage ein, die uns entweder tiefer ins Thema oder zu einem neuen Ansatz führt. Je mehr sie hört und trinkt, desto größer wird ihr Enthusiasmus. Sie will Taro kennenlernen, am besten gleich morgen, und schlägt eine Radtour zu siebt vor. Meine Reaktion darauf wartet sie glücklicherweise nicht ab.

Nach zwei Stunden, schon auf dem Heimweg, will ich nur noch ganz kurz von meinem Besuch bei Taro berichten, aber als wir vor dem Tor stehen, wird mir klar, dass ich gerade einmal an der Oberfläche gekratzt habe. Unser Kuss auf der Fensterbank? Noch nicht einmal erwähnt. Also beschließt Miriam, auf einen Absacker mit hineinzukommen.

Flüsternd, um eine möglicherweise hinter dem Fenster lauschende Frau von Großeimern nichts vom Gespräch aufschnappen zu lassen, gehen wir in den Garten und wollen uns setzen, da beschert uns ein Schatten zwischen zwei Sträuchern einen Herzinfarkt-Moment. Zuerst denken wir, dass es ein Tier ist … ein sehr großes Tier, eins auf Bär-Niveau. Tatsächlich ist es aber Herr von Großeimern in äußerst luftiger Garderobe. Das Einzige, was er trägt, ist ein Stoffknäuel. Mit beiden Händen hält er es vor sein bestes Stück. Frau von Großeimern rafft sich ähnlich hektisch auf und lugt über seine Schulter.

»Wir dachten, Sie sind nicht da«, stammelt er.

Miriam beginnt zu kichern. Ich hebe die Hände wie zur Beschwichtigung und will zusammen mit Miriam den Rückzug antreten, da meldet auch sie sich zu Wort.

»Die Jungs sind bei unseren Eltern.«

Als würde das irgendwas erklären oder beschönigen!

»Ihr Schlafzimmer ist aber drinnen, in Ihrer Wohnung«, erwidere ich ton- und sicher auch verständnislos. »Haben Sie sich verlaufen?«

Miriam lacht lauthals. Im Augenwinkel sehe ich, wie sie rücklings auf einen Stuhl plumpst. Die von Großeimerns drücken sich an mir vorbei und spurten über den Hof. Ihre nackten, weißen Hintern, an denen man die Form ihrer Badehosen erkennen kann, leuchten im Mondlicht.

»Das ist mein Garten, verdammt!«, schimpfe ich, als Herr und Frau von Großeimern im Nebenhaus verschwunden sind. »Tagsüber brauche ich schon eine Sondergenehmigung für einen Aufenthalt. Muss ich nun auch für nachts höflich anfragen, ob sie etwas geplant haben? Grillen, Wäsche, Sex?«

Miriam amüsiert sich immer noch und prustet. »Vielleicht musst du dich nur besser ankündigen. Deine Mutter hat doch neulich Glocken auf dem Dachboden gefunden.«

So gern ich würde, ich kann die Situation höchstens komisch, aber nicht lustig finden.

Offline-Dating

Nicht überraschend hat mir Königsmarck die Freundschaft und damit auch die Partnerschaft gekündigt. Sarah hat geschrieben, dass das Unternehmen von einer Stellungnahme absehe, um die Wellen nicht noch höher schlagen zu lassen und mir nicht zusätzlich zu schaden. Bis auf Weiteres möchten sie jedoch nicht mit Make Her Yours in Verbindung gebracht werden. Also habe ich beim Videotake kein Königsmarck-Hemd getragen, die Marke nicht erwähnt und nicht verlinkt. Der potenzielle Sponsor, mit dem ich einen Call hatte, hat sich zwischenzeitlich auch distanziert. Dann eben ohne, habe ich mir gesagt. Dank den Werbeeinnahmen von YouTube geht es eine Weile ohne Sponsoren.

Nach dem Upload des Videos habe ich das Notebook heruntergefahren, mein Handy auf dem Schreibtisch liegen lassen und zuerst Juno, dann meinen Steuerberater besucht. Heute habe ich mich aufs Rennrad geschwungen. Ohne Ziel bin ich losgefahren, immer nach Süden, immer an der Pleiße entlang, raus aus Leipzig, durch Markkleeberg hindurch und dann durch Orte, von denen ich noch nie gehört hatte.

Wäre ich in der Wohnung geblieben, hätte ich alle paar Minuten nachgesehen. Dabei möchte ich gerade nicht wissen, wie das neue Video ankommt.

Dieses Nichtwissen ist wie die Sache mit Schrödingers Katze, ein Gedankenexperiment. Zusammen mit einem Mechanismus, der entweder tötet oder leben lässt, sitzt die Katze in einer Box. Bis man die Box öffnet, befindet sich die Katze in einem Zustand der Überlagerung und ist gleichzeitig lebendig und tot. Was sie ist, stellt man fest, wenn man nachschaut. Als ich meine Wohnung verlassen habe, ist mein Video zur Katze geworden und mein Notebook zur Box. Bis ich zurückkehre und das Notebook aufklappe, ist mein Video sowohl ein Erfolg als auch ein Misserfolg. Es hat alle Möglichkeiten und ist unbeeinflusst von der Realität der Zahlen, Likes und Kommentare.

Nicht zu wissen ist in meinem Fall natürlich kein Experiment, sondern eine Methode. Ich wollte einfach nur weg und nicht in die Versuchung des Nachschauens geraten. Ich wollte sein wie die drei Affen: nichts hören, nichts sehen, nichts sagen. Zumindest nichts zum Thema YouTube. Und es funktioniert. Während ich auf dem ersten Teil der Strecke noch vom YouTube-Monster verfolgt wurde, lösen sich meine Gedanken nun mehr und mehr, und YouTube wird mir gleichgültig. Meine Videokatze ist sowohl tot als auch lebendig, als ich aufhöre, mir einerseits den Shitstorm und anderseits die Sugarwave vorzustellen.

Mit jedem Tritt in die Pedale bringe ich mich landschaftlich voran in mir unbekannte Gegenden – und gedanklich zurück. In meiner Vorstellung ignoriere ich Flirt Force One, RedMask und die Action fordernden Follower, dann mache ich YouTube nicht zu meinem Hauptjob und bleibe in der Klinik, dann lasse ich mich nicht von Carl und den anderen überreden und eröffne den Kanal nicht. Für einem Moment fühlt sich das gut an, doch der Mann, den ich schließlich sehe, ist mir so fremd wie die Landschaft. Ich weiß nicht, wo und wer ich wäre ohne all die Entscheidungen, die ich getroffen habe. Und genau genommen spielt das auch keine Rolle. Denn jede Entscheidung, ob sie nun richtig oder falsch war, hatte einen Grund – einen kleinen, offensichtlichen Grund im jeweiligen Moment und einen großen, über allem stehenden Grund, den ich damals nicht kannte und vielleicht nie kennen werde. Es waren Entscheidungen, die getroffen werden mussten, damit ich Wege einschlagen, Erfahrungen machen und wachsen konnte. Hätte ich nur einen dieser Wege nicht eingeschlagen, hätte ich Juno nicht kennengelernt. Vielleicht ist sie der große, über allem stehende Grund und die Final Destination in meinem Leben. Vielleicht ist sie auch nur ein Zwischenstopp an einer Kreuzung, an der ich einen anderen Weg nehme.

Als ich losgefahren bin, war der Himmel strahlend blau und wolkenlos. Nach und nach sind Wolken aufgezogen, die sich inzwischen verdichtet haben und die Sonne verdecken. Im Westen formt sich eine graue Wand. Wahrscheinlich wird es gleich regnen, doch ich bin schon länger als eine Stunde unterwegs und werde den Heimweg nicht im Trocknen schaffen. Also kann ich auch weiterfahren.

Der Feldweg, auf dem ich unterwegs bin, führt durch den Auwald der Pleiße und zu einem Ortsrand, wo die Straßen wieder Namen haben. Ich denke an Juno und schmunzele vor mich hin, als ich auf den so beschilderten Lachenweg abbiege und ihm bis zum Ufer eines Sees folge. Spaziergänger steigen in ihre Autos, Angler packen ihre Utensilien zusammen, Nacktbader ziehen sich an, nehmen die Picknickkörbe und verlassen den Grasstrand. Ich steige vom Rad, schiebe es zum Ufer und lege es dort um.

Zuerst stehe ich am Ufer und beobachte, wie erste Regentropfen auf der Wasseroberfläche landen und dort Kreise bilden. Als es mehr Tropfen werden, ziehe ich mich aus, meine Klickschuhe und Socken zuerst, dann mein Trikot und die gepolsterte Hose. In der Nähe liegt ein altes Ruderboot, umgekippt. Darunter verstaue ich meine Kleidung, setze mich dann ins Gras und fange den mehr und mehr prasselnden Regen mit meinem Körper auf. Ich atme tief ein und fülle meine Lungen mit der regenschweren Luft.

▼

Auf dem Boden ihres Wohnzimmers liegt Juno auf dem Rücken und windet sich, als hätte sie große Schmerzen. Schließlich hebt sie ihr Shirt hoch, reißt die Augen auf und starrt entsetzt auf ihren Bauch. Während sie den Kopf schüttelt, formt ihr Mund ein lautloses »Nein!«.

»Aliens«, sage ich. »Das war leicht.«

Weil es immer noch regnet, sind wir nicht zum Biergarten gegangen, sondern haben uns bei Juno getroffen. Sie hat einen Achtzigerjahre-Filmabend vorgeschlagen und mir zuerst mit *Dirty Dancing*, dann mit *Footloose* gedroht. Weil ich mich nicht festlegen konnte, welchen der beiden Filme ich weniger gern sehen würde, hatte sie die Idee mit der Pantomime: Sie stellt zwanzig Achtzigerfilme pantomimisch dar. Wenn ich alle zwanzig errate, darf ich zwei dieser Filme aussuchen. Ansonsten schauen wir die ersten beiden, die ich nicht errate. Ich darf zwei Vetos einlegen, wenn ich der Meinung bin, dass sie bei der Pantomime absichtlich schludert. Eins habe ich bei *Ferris macht blau* schon verpulvert, aber zwölf Filme auch erraten, darunter *Lethal Weapon*, *Flashdance*, *Ghostbusters*, *Rain Man*, *The Terminator* und *The Shining*. Zu spät ist mir eingefallen, dass ich selbst tricksen und bei einem guten Film so tun könnte, als hätte ich keine Ahnung, was Juno mir sagen will. Aber einerseits wäre solch ein Versagen angesichts Junos Performance zu offensichtlich, anderseits habe ich den Ehrgeiz, alle zwanzig Filme zu erraten – und dann zu entscheiden, gar keinen Film zu sehen, sondern etwas zu tun, was ich schon geraume Zeit tun will: sie küssen und berühren, sie ausziehen und lieben. In ihrem Bett, auf ihrer Couch oder dort, wo sie gerade noch liegt, auf dem Boden.

Juno scheint meine Gedanken gerade nicht zu teilen. Sie hat keine Hemmung, sich zum Narren zu machen, und bricht mit einem Muster, in das die meisten Menschen in der Anfangsphase einer Beziehung verfallen: Unbewusst geben sie sich

Mühe, präsentieren ihre besten Seiten und halten sich zurück – ein hormonell gesteuerter Prozess. Sie wollen gefallen. Dass sich Juno nicht zu sorgen scheint, ob sie mir gefällt, könnte mich an ihrem Interesse zweifeln lassen. Aber ich zweifele nicht. Ich spüre, dass sie mich mag. Ich habe das Gefühl, ich kenne schon jetzt die wahre Juno, und ich denke auch nicht darüber nach, ob ich eines Morgens aufwache und sie jemand ganz anders ist. Im Gegenteil. Ich fühle mich sehr wach mit ihr.

Juno stellt sich wieder hin und überlegt kurz, dann lässt sie den Kopf hängen und geht langsame, müde Schritte, wobei sie sich immer kleiner macht, als würde sie einsinken. Sie zieht jemanden mit sich, schaut öfter über die Schulter und fordert diesen Jemand auf zu folgen. Ein Ruck geht durch sie, als dieser Jemand stehen bleibt. Juno dreht sich um und verwendet beide Hände, um zu ziehen. Der Jemand ist offenbar an einer Leine befestigt, und er sinkt tiefer und tiefer. Juno wirkt zuerst verzweifelt, dann panisch. Mit den Lippen formt sie immer dasselbe Wort, das ich aber nicht lesen kann, bis mir klar wird, welche Szene sie nachstellt.

»Das ist der Sumpf der Traurigkeit«, sage ich. »Aus *Die Unendliche Geschichte*.«

Mit unglücklicher Miene wendet sie sich mir zu und wischt sich eine imaginäre Träne von der Wange. »Ich war sieben oder acht, als ich den Film zum ersten Mal gesehen habe, und habe so geheult, als Artax gestorben ist und Atreju ohne ihn weitermusste.«

»Ich auch«, gebe ich zu. »Zum Glück hat er wenig später Fuchur, den Glücksdrachen gefunden. Und am Ende ist Artax zurück ins Leben fantasiert worden.«

Als Juno sich für die neue Performance bereitmacht, lehne ich mich auf der Couch zurück und verschränke die Hände im Nacken. Grinsend beobachte ich, wie sie die Arme hochreißt und auf die Knie fällt, als wäre sie von einer Kugel getroffen.

Ihr Körper zuckt unter einem weiteren vermeintlichen Schuss, und sie legt sich beide Hände übers Herz. Ein dritter Ruck geht durch sie, und sie fällt ganz vornüber, kriecht auf allen vieren weiter voran.

Längst kann ich mir denken, welchen Film sie nachstellt, doch ich genieße ihre Show zu sehr, als dass ich sie jetzt schon unterbrechen möchte. Während Juno versucht, sich aufzurappeln, und abermals zusammenbricht, kann ich das Lachen nicht zurückhalten und lache bald so sehr, dass mir Tränen in die Augen steigen.

Sie robbt noch ein Stück voran, bleibt reglos liegen. Ich lasse mich von der Couch rutschen, krieche zu ihr hin, lege mich neben sie und schaue sie an. Ihre dunklen Wimpern liegen wie feine Fächer unter ihren geschlossenen Augen. Einzelne Sommersprossen betupfen ihre Nase und Wangen. Ihre vollen Lippen sind leicht geöffnet. Sie regt sich nicht, als ich ihre einen Kuss gebe, also gebe ich ihr einen zweiten und dritten. Als ich sie wieder ansehe, blinzelt sie mich aus nur einem Auge an.

»*Dornröschen* ist es nicht«, nuschelt sie und schließt das Auge schnell wieder.

»Dann muss es *Stirb langsam* sein«, murmele ich an ihre Lippen und küsse sie ein viertes Mal.

Diesmal erwidert sie meinen Kuss. Ihre Lippen und ihre Zunge beginnen zu spielen. Sie legt mir eine Hand auf den Arm, streicht hinauf zu meinen Schultern und krault mir den Nacken. Bevor ich wie John McClane »Yippi-Ya-Yeah« sagen kann, sitzt Juno auf mir. Sie nimmt mir meine Uhr vom Handgelenk und beginnt an den Knöpfen herumzufummeln. Dann hält sie mir die Uhr vor und dreht an dem Rädchen, das den Minutenzeiger bewegt.

»Ist das der nächste Film?«, frage ich amüsiert.

Sie nickt und dreht weiter, schickt den Minutenzeiger rückwärts auf immer neue Runden über das Ziffernblatt. Ratlos grübele ich nach Filmtiteln, in denen das Wort Zeit vorkommt, doch mir fällt keiner ein. Schließlich schaut Juno selbst wieder auf die Uhr und stellt eine Uhrzeit ein. Zweiundzwanzig Uhr vier sagen die Zeiger. Die aktuelle Uhrzeit ist es nicht. Kurz nach acht ist es erst.

»*Zeit des Erwachens?*«, rate ich schließlich.

Sie schüttelt den Kopf. »Davon abgesehen, dass der aus dem Jahr 1990 ist, ist das falsch. Der Film, den du erraten solltest, nennt sich *Zurück in die Zukunft.*« Sie zwinkert. »Schon mal was davon gehört?«

»Veto!«, sage ich tonlos.

Abermals schüttelt sie den Kopf. »Nein. Das war sehr leicht.«

»Überhaupt nicht.« Ich beginne sie mit den Fingerspitzen zu kitzeln. »Veto! Veto!«, beharre ich dabei immer wieder.

Juno kichert und hält meine Hände fest. Sie legt sie über meinem Kopf ab, beugt sich über mich. »Verloren«, raunt sie und küsst mich sachte.

»Die zurückgedrehte Zeit, okay. Aber was hatte die Uhrzeit zu bedeuten?«

»Es war zweiundzwanzig Uhr vier, als der Blitz in die Rathausuhr eingeschlagen ist.«

Jetzt erinnere ich mich. Natürlich! 2015, das Jahr, in dem der DeLorean-Sportwagen im Film in der Zukunft landet, war ich im Doktorandenprogramm. Ich war auf einer Party, bei der es einen Countdown gab, mit dem bis zweiundzwanzig Uhr vier heruntergezählt wurde. Tatsächlich hätte ich das erraten sollen.

»Mist«, brummele ich. »Aber sicher nicht der schlechteste Film.«

»Okay, mal schauen, ob du den hier errätst.« Juno klettert von mir herunter und stellt sich hin. Sie zeigt mir die Finger ihrer rechten Hand.

Ich setze mich auf und ziehe die Füße zum Schneidersitz heran. »Fünf?«

Sie nickt und zeigt mir ihren Daumen. Dann zieht sie ein Buch aus dem Regal, schlägt es auf, setzt sich eine imaginäre Brille auf und blättert akribisch um.

»Eine Bücherratte?«

Sie schüttelt den Kopf und zieht eine kauzige Miene.

»Ein Streber?«

Sobald sie das Buch zurückgesteckt hat, nimmt Juno den Zeigefinger zum Daumen. Zuerst macht sie Aufwärmübungen. Dann tut sie so, als würde sie Gewichte stemmen, joggen, boxen und Basketball spielen.

»Ein Sportler?«

Abermals nickt sie und hebt drei Finger, streckt die Schultern durch und reckt das Kinn. So wandelt sie ein paar Schritte, winkt dabei grazil mit einer Hand, wie es die Queen gemacht hat, und rückt sich eine imaginäre Krone auf dem Kopf zurück.

»Eine Königin?«

Juno verneint mit pikiertem Gesichtsausdruck.

»Eine Prinzessin?«

Feixend bestätigt sie meine Antwort als richtig und zeigt mir zuerst vier Finger, dann formt sie nur mit Daumen und Zeigefinger ein L und hält es sich über den Kopf.

»Ein Loser!«

Sie macht das Venus-Symbol.

»Eine Loserin«, korrigiere ich mich.

Juno hebt alle fünf Finger. Zuerst überkreuzt sie die Arme und lehnt sich gegen das Bücherregal. Mit einem teils provokativen, teils gelangweilten Blick schaut sie sich um. Die imaginäre Zigarette, die sie sich bald anzündet, raucht sie, während sie mit lockerem Gang durch ihr Wohnzimmer schlurft und so tut, als würde sie Leute schubsen und ihnen drohen.

»Ich weiß, welchen Typ du meinst«, sage ich. »Aber ich bin mir nicht sicher, wie genau man ihn nennt. Unruhestifter? Rebell? Rüpel? Freak?«

Juno wendet sich mir zu und nickt. Dann hält sie abermals die Hand hoch, tippt auf jeden ihrer fünf Finger und bittet mich, die schon erratenen Worte zu wiederholen. Nachdem ich es getan habe, tut sie so, als würde sie Kaffee oder Tee trinken und etwas essen.

»Ein Streber, ein Sportler, eine Prinzessin, eine Loserin und ein Freak … treffen sich im Café.«

Juno schüttelt den Kopf. Sie streckt sich, reibt sich die Augen, gähnt, nimmt im Sessel Platz und wiederholt die Gesten von eben.

»Ein Streber, ein Sportler, eine Prinzessin, eine Loserin und ein Freak frühstücken zusammen? Hey, das wäre eine spannende WG! Filmreif.«

Junos aufgeregtes Nicken sagt mir, dass ich nahe dran bin. Sie wirbelt mit der Hand, damit ich weiter überlege. Mein Brett vor dem Kopf muss aus Eiche rustikal sein, denn der gesuchte Filmtitel fällt mir einfach nicht ein, egal, was sich Juno an Pantomime-Aktionen einfallen lässt.

»Ich befürchte, ich kenne diesen Film nicht«, sage ich schließlich.

Sie schaut mich an, als könne sie es nicht glauben. *»The Breakfast Club?«*

»Oh! Okay.« Ja, da klingelt irgendwas.

»Den kennst du nicht?« Ganz und gar fassungslos klingt sie, und ich beginne mich wie die Kids im Kino zu fühlen, denen sie erklärt hat, dass der original *Top Gun* praktisch Allgemeinwissen sein sollte.

»Ich habe davon gehört, den Film aber nie gesehen.«

Entschlossen schlägt sie die Hände zusammen. »Gut, dass wir dieses Versäumnis heute nachholen.« Dann macht sie einen Hüpfer wie ein kleines Mädchen auf einem Abenteuerspielplatz und grinst. »Oh, der ist so gut! Soo, sooo gut! Zugegeben, ich hatte gehofft, dass du den nicht errätst.«

Damit spaziert sie zu dem Schrank, der an das Bücherregal anschließt, und klappt dessen Türen auf. Als ich hinter sie trete, sagt sie mir, dass sie im oberen, schmalsten Bereich Siebzigerjahre-Filme aufbewahrt, in der Mitte die aus den Achtzigern, und ganz unten Filme der Neunziger. Videokassetten und DVDs sind abwechselnd aneinandergereiht, aber mit System. Juno hat Zwischenböden für die drei großen Schrankabteile gebaut. Ihre Abstände entsprechen der Höhe der Filme. Nach dem Jahr ihrer Erscheinung und Titel sind sie einsortiert.

»Du bist aber ordentlich«, staune ich.

Mit einem Seufzen zieht sie den ersten Film heraus. »War ich schon immer. Ich habe einen Sortierspleen. Als ich alles noch digital gespeichert habe, wäre ich verrückt geworden, hätte ich keine Ordner und Unterordner und Unterunterordner anlegen können.«

Mein Blick fällt auf das Regal rechts neben dem Schrank, der beim Plattenspieler steht. Darin bewahrt Juno ihre Vinylschätze auf, sicher nach dem gleichen System.

Juno schiebt die Kassette in den Videoplayer und drückt auf einen Knopf am Gerät, um ihn zurückzuspulen. Was seine Zeit dauert. Wir setzen uns auf die Couch. Sie rutscht dicht an mich, ich lege den Arm um sie, und sie lehnt den Kopf an meine Schulter, robbt noch ein bisschen näher, um es richtig gemütlich zu haben.

Ein Gedanke huscht mir durch Kopf. Er gefällt mir nicht, und ich versuche, ihn wegzudrängen, doch er ist hartnäckig und postiert sich vor meinem inneren Auge wie ein Krieger, schwerbewaffnet mit Hammer und Schwert.

Ist es richtig, hier bei Juno zu sein?

Ja!, sage ich dem Krieger. Jeder andere Ort, an dem ich gerade sein könnte, und jeder andere Mensch wären falsch.

Ist es richtig, dass sie die Wahrheit über unser Kennenlernen noch nicht kennt?

Nein, aber jetzt ist es sowohl zu spät als auch noch zu früh.

Der Krieger spießt das Schwert in den Boden und legt sich seinen gigantischen Hammer auf die Schulter. Wann?

Bald!

Juno drückt auf die Playtaste der Fernbedienung. *The Breakfast Club* beginnt mit einem Song, der zum Standardrepertoire der Studi-Partys gehörte und vom nicht enden wollenden Vorspann ablenkt, für den heute kaum jemand Geduld hätte: *Don't you* von den Simple Minds. Ein David-Bowie-Zitat, das jedem Teenager, egal welcher Generation, aus der Seele sprechen dürfte, wird eingeblendet.

»And these children that you spit on as they try to change their worlds; are immune to your consultations, they are quite aware of what they are going through.« Dann geht es los.

An Junos Seite tauche ich ein in eine Zeit, die sie und ich nicht erlebt haben. Die Geschichte um die fünf Kids, denen die Gesellschaft ihre Stempel aufdrückt, ist von Beginn an großartig und stark erzählt, witzig und tragisch zugleich. Sie ist ein Spiegel der damaligen Gesellschaft, ihrer Probleme und Sorgen, die mit unseren heutigen Problemen und Sorgen vollkommen identisch sind. Erwartungen von Eltern, Druck von Freunden, Mobbing, Ausgeschlossen- und Anderssein waren in den Achtzigern genauso präsent wie heute.

Das Fenster zu dieser Welt, der Flachbildfernseher, ist das einzig modernde Ding in Junos Wohnzimmer. Wie ein Nest umgibt uns dieses Zimmer. Wie stumme Freunde stehen die alten Möbel, die Juno für sich und dieses Nest restauriert hat, ringsum und schaffen eine Atmosphäre, in der ich mich einfach wohlfühle. Ich kann mir nicht vorstellen, nachher zu gehen, wieder für mich zu sein und ohne Juno. Sie soll bleiben. Ich will bleiben.

Wenn ich diesen Satz denke, ich bleibe, beteilige ich jede einzelne der hundert Milliarden Nervenzellen meines Gehirns daran, und das superkomplexe, von der Natur geschaffene System ihrer Gemeinschaft, gegen das jeder aktuelle High-End-Computer jämmerlich versagen würde, beginnt mit der Umsetzung. Mein Bewusstsein versteht den Wunsch als Beschluss und sorgt als von den Nervenzellen angetriebene Kraft dafür, dass Neurotransmitter durch meinen Körper flitzen, dass Gedanken und Emotionen in Harmonie gehen. Damit es sein kann. Damit ich bleibe.

Er lässt mich nicht mehr los, dieser Satz. Während ich den Film schaue, taucht er vom Bewusstsein ins Unterbewusstsein und arbeitet dort weiter, im Verborgenen, ohne mich aktiv zu beschäftigen, doch ich spüre ihn noch.

In der Pause zwischen den Filmen holen wir Wein und Chips aus der Küche, die sich in der Etage darunter befindet, und kehren auf die Couch zurück, um *Zurück in die Zukunft* zu starten. Junos Lachen ist ansteckend. Ein paarmal greift sie der Handlung voraus, indem sie Marty McFlys oder Doc Browns Sprüche bringt, kurz bevor die sie sagen, aber das stört mich nicht. Im Gegenteil.

»Straßen?«, krächzt sie am Ende des Films in Doc Browns Ton. »Wo wir hinfahren, brauchen wir keine Straßen!«

Juno setzt sich auf, als der Abspann zu laufen beginnt. Sie schlingt die Arme um ihre Beine, legt das Kinn auf die Knie und sieht mich an. Ein Lächeln umspielt ihren Mund. Ich bin nicht bereit, mich zu regen, denn wenn ich mich rege, stehe ich auf und gehe. Ich linse auf die Wanduhr. Es ist kurz nach Mitternacht.

»Das hat Spaß gemacht«, sagt Juno. Ihre Stimme klingt warm.

»Die zwanzig Filme, die ich raten sollte, sind das deine Lieblingsfilme der Achtziger?«

»So ziemlich. Zu einigen sind wir halt nicht gekommen, weil du zu früh versagt hast.«

»Welche standen noch aus?«

Sie denkt kurz nach, grinst dann verschmitzt und setzt sich anders hin, um die Füße unter den Po zu ziehen. Mit dem Finger gibt sie mir das Zeichen, dass sie einen weiteren Film pantomimisch darstellen wird. Als sie ihren Bun löst und ihre dunklen, vollen Haare um ihre Schultern fallen, fliegt ein leises Seufzen zwischen ihren Lippen durch, dann ein nächstes. Sie schließt die Augen, legt den Kopf schräg, schiebt sich die Finger in die Haare und stößt süße Uh- und Oh-Laute aus, die in Kombination mit ihrem Anblick bei mir prompt Wirkung zeigen. Es kribbelt in meinen Lenden, Hitze sammelt sich hinter meinen Schläfen.

Klingt Juno so, wenn sie erregt ist? Würde ich ihr diese Töne entlocken? Allein die Vorstellung triggert ein paar Schwellkörper, die eigentlich besser ruhen sollten.

Junos Stöhnen gewinnt an Lautstärke und Intensität. In immer kürzeren Abständen steigert sie sich hinein, lässt bald den Kopf zurückfallen. Ihre Brust hebt und senkt sich heftig unter den Atemzügen. Und, oh Gott, ich will sie küssen. Ich will meinen Mund auf ihren Hals pressen, auf die Mulde zwischen ihren Schlüsselbeinen. Ich will sie wieder so nahe bei mir spüren wie neulich auf meiner Fensterbank, sie schmecken und kosten, einatmen und ihren Duft in meiner Lunge behalten.

Das Crescendo ihres Stöhnens reißt nicht ab und macht mich so wuschig, dass ich mich auch aufsetze. Ihre Augen sind immer noch geschlossen, als sie den Kopf wieder anhebt und zur Seite fallen lässt. Ihre Brauen sind gerunzelt, ihr Mund schließt sich nicht mehr. Ihre Stimme wird lauter und lauter – sie erfüllt das Zimmer, fliegt wahrscheinlich zum angekippten Fenster hinaus und beschallt die halbe Straße. Gerade bekomme ich ein ernsthaftes Problem mit meiner Erregung, da verstummt Juno abrupt. Sie schließt den Mund, öffnet die Augen und sieht mich an, als hätte sie mich gerade gefragt, wie ich die Arbeit der Bundesregierung einschätze.

»Ich nehme das Gleiche wie sie«, sage ich mit versucht fester Stimme und stehe auf. Ich will bleiben, doch solange ich noch Herr meiner Lage bin, sollte ich verschwinden. »Das sagt die Frau am anderen Tisch, nachdem Sally ihren Fake-Orgasmus im Restaurant beendet hat.«

Juno schmunzelt. »*Harry und Sally*, bingo!« Sie zieht eine Braue hoch, womit sie wohl kritisiert, dass ich schon wieder das Weite suche.

»Ich mache mich jetzt besser auf den Heimweg, es ist schon spät«, zwänge ich zwischen den Lippen durch. Alles in mir sträubt sich gegen diese Worte.

Juno steht auf und kommt zu mir. Vor mir stellt sie sich auf die Zehenspitzen und gibt mir einen Kuss. Dann sieht sie mir in die Augen und murmelt: »Wenn wir es noch langsamer angehen, bewegen wir uns rückwärts.«

Ihre Stimme begleitet mich noch, als ich meine Wohnungstür aufschließe. Eine Viertelstunde später falle ich in mein Bett, drehe mich auf den Rücken und starre durch die Dunkelheit an die Zimmerdecke. Junos Anblick eben bei der letzten Pantomime will nicht aus meinem Kopf.

Snissl

['snɪsl̩] Nomen, maskulin.
Duft, der in der Luft liegt, kurz bevor es zu regnen beginnt, oft als eine Mischung aus ozonhaltiger Frische und feuchter Erde wahrgenommen.

Der Empfang des Mobilteils reicht bis in die Küche. Eine Etage höher funktioniert das Telefon schon nicht mehr. Unterm Dach, im Schlafzimmer, erst recht nicht.

Als ich nach dem Tod meines Opas vom Nebenhaus in dieses Haus gezogen bin, gab es ein Wohnungstelefon, doch ich habe es nie benutzt. Die meiste Zeit habe ich in der Werkstatt verbracht oder war unterwegs und sowieso nicht erreichbar. Irgendwann war das Wohnungstelefon kaputt, und ich habe den Anschluss abgemeldet. Wer etwas von mir wollte, wusste, wann ich in telefonischer Reichweite bin. Das Wohnungstelefon habe ich auch deshalb nicht ersetzt, weil ich abends meine Ruhe und Zeit für ausschließlich mich haben wollte. Zeit für ausschließlich mich, Me-Time, definiert sich jetzt, mit Taro, ein wenig anders. Taro gehört zur Me-Time.

Gestern, nachdem er gegangen war, habe ich das Mobilteil aus der Werkstatt geholt und in die Küche gelegt. Nur für den Fall. Und tatsächlich, jetzt tönt seine Melodie durch die Dämmerung in meinem Kopf. Zuerst halte ich das Klingeln für einen Teil des Traums, den ich gerade loslasse, doch dann wird mir klar, dass es ein Echtzeitgeräusch ist. Ich springe aus dem Bett und eile zwei Etagen nach unten in die Küche. Das Display zeigt mir Taros Nummer an. Ich drücke auf die grüne

Taste, um das Gespräch anzunehmen, da schaltet sich das Gerät aus. Akku leer. Na toll!

Schimpfend tappe ich die letzte Treppe ins Erdgeschoss hinunter. Vor der Tür zur Werkstatt stehen Schlappen, in die ich hineinschlüpfe, um mir auf dem Weiterweg keine Holzsplitter in die Fußsohlen zu treten. Im Büro stelle ich das Mobilteil in die Station, verschränke die Arme vor der Brust und warte.

Und warte.

Wie alt ist das Werkstatttelefon? Acht Jahre bestimmt. Es wird Zeit für ein neues.

Oder – ganz verrückte Idee – ich lege mir wieder einen Privatanschluss zu. Die Nummer würde ich nur bestimmten Leuten geben. Nicht meinen Eltern, sonst will meine Mutter jeden Abend telefonieren, um zu hören, ob ich noch lebe. Auf keinen Fall möchte ich die allabendliche Telefonier-Zeremonie wieder starten, die sie uns zur Gewohnheit gemacht hatte, als ich nach Leipzig zurückgekehrt war. Ich könnte die Ladestation an der Buchse im Wohnzimmer anschließen und das Mobilteil abends neben mein Bett legen. Wenn Taro an einem Sonntag wie heute zu so unchristlichen Zeiten wie zehn Uhr morgens anruft, müsste ich mich nur umdrehen, statt durch das ganze Haus zu rennen.

Ein Privatanschluss wäre schon praktischer.

Oder ein Handy.

Bei dem Gedanken daran flirrt Nervosität in meiner Brust.

Ein Handy nur zum Telefonieren. Ohne Messenger. Ohne Browser. Ohne Google-Verknüpfung. Ein Handy hätte gegenüber einem Festnetztelefon sogar den Vorteil, dass ich Ruhezeiten und die Erreichbarkeit für ausgewählte Kontakte festlegen könnte.

Nicht nur wegen Taro wäre ein Handy sinnvoll, sondern auch für den Verein. Zwar hat sich Miriam nie darüber beschwert, dass nur ihre Nummer für Notfälle hinterlegt ist, doch ich hatte schon immer ein kleines schlechtes Gewissen, weil ausschließlich sie telefonische Bereitschaft hat. Und ja, auch für den Fall, dass meinen Eltern etwas passiert oder sie wieder einmal in der Nähe sind, wäre es gut, wenn ich nicht erst Stunden oder gar Tage später davon erführe. Oder wenn sie vor der Tür stehen.

Das Display des Mobilteils leuchtet kurz auf, als es wieder gesprächsbereit ist. Ich nehme es aus der Station und rufe Taro zurück.

▼

Das vom Kajakverleih angekündigte Stadtflair auf dem Elstermühlgraben und die Parkidylle auf dem Elsterflutbett liegen hinter uns. Wir nähern uns dem Urwaldfeeling des durch den Auwald führenden Floßgrabens.

Ob ich Lust auf eine Flusstour hätte, hat Taro vorhin am Telefon gefragt, und jetzt sitzen wir zusammen in einem Boot – er hinten, ich vorn – und paddeln. Dafür, dass wir beide nur Solopaddel-Erfahrung haben, klappt es nach einigen Startschwierigkeiten und Koordinationsproblemen erstaunlich gut.

An der Spitze des südlichen Auwalds, wo Taro und ich zum Spaziergang verabredet waren, fahren wir auf der Pleiße weiter. Nach einigen hundert Metern erreichen wir das prasselnde Wasser des Wehrs und die Schleuse. Wir könnten das Kajak aus dem Fluss heben und hinter dem Wehr wieder hineinsetzen, entscheiden uns aber für die abenteuerlichere Variante und paddeln an die Betonmauer heran. Dort hängt ein Drahtseil, das ich mir greife, um daran zu ziehen. Während wir darauf warten, dass im Schleuseninneren das Wasser abgepumpt wird und sich das Tor öffnet, rauschen Sportkanuten, die auf dem Rückweg in die Stadt sind, die Bootsrutsche hinab.

Ich höre Taro hinter mir lachen. »Na, darauf freue ich mich ja jetzt schon.«

Das Tor öffnet sich. Wir paddeln in die Schleuse und schließen sie wieder. Es brummt und blubbert unter dem Kajak, als sich der Wasserstand um zwei Meter anhebt. Schließlich öffnet sich das Tor vor uns und entlässt uns wieder in die Natur. Die Bäume des Auwalds neigen sich über die Pleiße, ihre Äste und Blätter spiegeln sich auf ihrem moosgrünen glatten Wasser. Wo ihre Schatten nicht sind, verteilt die Sonne goldene Tupfer. Wir sehen mehrere Biber, manche paddeln im Wasser und transportieren Zweige mit sich, andere hocken am Ufer.

Als wir die Abzweigung zum Floßgraben erreichen, wende ich mich zu Taro um. »Wie spät ist es jetzt?«

Er schaut auf seine Uhr. »Siebzehn Uhr. Anderthalb Stunden sind wir unterwegs.«

»Gut, dann haben wir noch eine Stunde. Das sollten wir schaffen.«

Mehrmals schon bin ich diese Strecke mit dem Kanu oder Kajak gefahren und habe nie länger als fünfundvierzig Minuten gebraucht. Bis achtzehn Uhr müssen wir den Floßgraben verlassen haben, denn dann ist er für zwei Stunden gesperrt. Grund dafür ist der Eisvogel, der von März bis September in Ufernähe brütet.

»Meinst du, die Vögel halten sich dran?«, witzelt Taro hinter mir.

»An die Uhrzeiten? Natürlich!«, antworte ich. »Es sind sehr vorbildliche Vögel, die nicht nur streng nach Vorschrift brüten, sondern auch die Kids nur zur erlaubten Zeit rauslassen. Sobald das letzte Kanu weg ist, legen sie los.«

Bis vor zwei Jahren konnte man den Floßgraben noch durchgehend befahren, doch nach einem sehr kalten Winter schrumpfte die Population am Fluss rapide und wollte sich nicht erholen, weil die Vögel empfindlich auf Störungen reagieren und auf dem Wasser zu viel los war. Also legte man ein Verbot für motorbetriebene Boote und eine Einschränkung für alle anderen fest und gönnt den Vögeln so die nötige Ruhezeit.

»Das ist, als würdest du das Telefon ausschalten und die Türklingel abstellen«, necke ich Taro, muss dabei aber auch an meine Pro-Kontra-Haustelefon-Überlegung denken.

»Hey, mein Handy schalte ich in letzter Zeit echt oft aus oder lasse es zu Hause.«

»Heute auch?«

»Jepp.«

»Keine Entzugserscheinungen bisher?«

»Pff!«, höre ich von ihm. »Scherzkeks!«

Hinter den ersten Windungen wird der Floßgraben schmaler. Die am Ufer wachsenden Bäume breiten ihre Äste über uns aus. Pflanzen und tote Stämme ragen aus dem Wasser. Der Stamm eines entwurzelten Baumriesen spannt sich wie eine Brücke über den Fluss. Eichhörnchen hopsen darüber hinweg; ihr rotes Fell leuchtet, wann immer ein Sonnenstrahl die Tiere erhascht. Dahinter entdeckt Taro den ersten Eisvogel. Wir tunken die Paddel ins Wasser, bremsen das Kajak ab und flüstern.

Lauernd hockt der kleine Vogel auf einem Baumstumpf. Er dreht das Köpfchen zur Seite und zeigt uns seinen spitzen Schnabel, dann werden wir uninteressant. Er hat etwas entdeckt, das ihm oder dem Nachwuchs schmecken könnte, also plustert er sein rostrotes Brustgefieder auf, breitet die blauen Flügel zu Fächern aus, segelt über das Wasser und schnappt sich seine Beute. Dabei ist er so schnell, dass wir ihm nicht einmal Tschüss sagen können, als er im Dickicht des Ufers verschwindet.

Wir paddeln weiter.

»Hast du schon einmal einen gesehen?«, frage ich Taro.

»Ja, aber das ist schon eine Weile her. In München in einem Schlosspark war das.« Sobald wir das Kajak wieder auf Tour gebracht haben, sagt er: »Viele Singvögel klingen inzwischen wie ein klassischer Handyklingelton. Wusstest du das?«

»Ich habe es irgendwo gelesen, ja, und ich finde es verrückt. Manche können sogar Alarmanlagen und Kettensägen imitieren. Stare oder Spottdrosseln, glaube ich.«

»Amseln, Eichelhäher und Dohlen auch. Sie lassen sich inspirieren und bauen die neuen Töne in ihre Lieder ein, um ihren Balzgesang aufzuwerten, ihr Territorium abzustecken oder um Feinde zu täuschen.«

»Und um nicht zu riskieren, dass sich die Angebetete in das neue iPhone verknallt.«

Taro lacht leise. »Deshalb wohl nicht so sehr. Zum einen entspricht es der Vogelnatur, fremde Töne zu imitieren. Zum anderen passen sie sich an ihr Lebensumfeld an. Kein Lebewesen folgt einem starren Schema, also auch kein Vogel. Wir alle tummeln uns auf der Spielwiese der Evolution.«

»Pah! Und hier bin ich und evolutioniere einfach nicht mit!«

Als ein Tropfen meinen Arm und ein weiterer meinen Nacken trifft, befürchte ich einen Regenschauer und schaue in den Himmel, blicke aber auf ein rotes Paddel. Weitere Tropfen platschen auf mein Gesicht. Mit einem »Hey!« drehe ich mich zu Taro um. Feixend hält er das Paddel über mich. Mit der rechten Seite meines eigenen Paddels streife ich die Wasseroberfläche mit einem kräftigen Schwung und beschere ihm eine noch bessere Dusche als er mir. Er lacht und trocknet sich das Gesicht am Ärmel seines T-Shirts ab. Wenn ich könnte, würde ich zu ihm nach hinten krabbeln und ihm die restlichen Tropfen, die auf seinen Wangen und in seinen Wimpern schimmern, wegküssen. Weil ich bleiben muss, wo ich bin, bleibe ich, wo ich bin.

»Kannst du dich an die Zeit der ersten Handys erinnern?«, fragt Taro, als wir wenig später eine Fußgängerbrücke unterqueren.

»Ziemlich gut. Ich weiß noch, dass es Mitte der Neunziger, als meine Eltern und ich nach Hamburg umzogen, völlig normal war, kein Handy zu haben. Manchmal sah ich Männer im Auto sitzen oder durch die Stadt laufen und sich so einen großen Klopper ans Ohr drücken. Ich dachte, das wären Walkie-Talkies.« Mit einem Schmunzeln muss ich an eine Reaktion meines Vaters denken. »Einmal, da war ich neun oder zehn, saßen meine Eltern und ich in einem Restaurant, und ein Typ am Nachbartisch hatte ein Handy am Ohr, das kleiner und schmaler war als die Geräte, die mir bisher aufgefallen waren. Papa hat sich fürchterlich aufgeregt. ›So ein Ufflascher!‹, hat er geschimpft. ›Will wohl zeigen, wie wichtig er ist und dass er sich's leisten kann.‹ Papa war der Meinung, dass niemand so etwas braucht und es sich ohnehin nicht durchsetzen würde, sondern nur Schnickschnack für Angeber war, ein Statussymbol.«

»Und ein Jahr später ist er losgestiefelt und hat sich das neue Motorola gekauft?«

»Das hat noch lange gedauert. Tatsächlich hatte ich vor ihm ein Handy. 2004, zu meinem sechzehnten Geburtstag, bekam ich ein Nokia-Klapphandy, dessen Front man gegen ein Designteil austauschen konnte. Nach meiner damaligen Ansicht passierte das viel zu spät. Alle in meiner Klasse waren längst mobil und schrieben einander SMS.«

Der Floßgraben öffnet sich zu einem Waldsee. Das Sonnenlicht funkelt gleißend auf seinen sachten Wellen.

»Was musstest du anstellen, um ein Handy erlaubt zu bekommen?«, fragt Taro.

»Das Haustelefon blockieren«, gebe ich mit diebischem Grinsen zurück und sehe mich in Gedanken wieder in der Hamburger Wohnung sitzen, im Türrahmen zwischen Wohnzimmer und Esszimmer, auf dem Fußboden neben dem Telefon, dessen Hörer noch mit einer Strippe mit dem Gerät verbunden war. »Aber das geschah praktisch von allein. Ich hatte meinen ersten Freund, war bis über beide Ohren verliebt. Wenn wir uns nicht sahen, telefonierten wir stundenlang. Meine Eltern waren irgendwann so genervt, sowohl von der Blockade als auch von unseren Gesprächen, die sie in Teilen natürlich mithörten, dass sie resignierten.« Ich seufze. »Und der Rest ist Geschichte.« Ich hebe das Paddel aus dem Wasser und sehe Taro über die Schulter an. »Wir sind die letzte Generation, die ihre Kindheit ohne Handy verbracht hat.«

Kopfschüttelnd nimmt er sein Paddel ebenfalls hoch. »Mein Vater war einer der Uff…« Er kneift ein Auge zu. »Wie hat dein Vater diese wichtigen Typen genannt?«

»Ufflascher.«

»Genau. So einer war er.«

Als Taro erneut ansetzt, wende ich mich nach vorn und steche mein Paddel im Gleichklang mit seinen Bewegungen ein. Während das Kajak über den See gleitet, finden wir unseren Rhythmus wieder.

Er erzählt weiter: »So weit ich zurückdenken kann, hatte er immer ein Handy, und das hatte er überall dabei, um für die Firma erreichbar zu sein, egal, wo wir waren. Im Restaurant, im Auto, bei den Wettkämpfen, die meine Schwester und ich bestritten. Im Urlaub erwies es sich als praktisch, denn man musste keine Postkarten schreiben, die sowieso erst ankamen, wenn man längst wieder zu Hause war. Unabhängig vom Hoteltelefon konnte er seine Eltern wissen lassen, dass wir gut angekommen waren, wie es sich mit dem Wetter und der Durchführung von Aktivitäten verhielt.«

»Dabei war es früher, also auch noch in den Neunzigern, völlig normal, dass die Leute zu Hause erst erfuhren, dass man gut angekommen war, wenn man wieder zu Hause war. Wenn meine Großeltern nichts von uns hörten, gingen sie davon aus, dass alles in Ordnung war.«

»Bei uns war es anders. Man musste sich ab- und zurückmelden und erreichbar sein, falls mal was ist. In der fünften Klasse bekam ich mein erstes Handy.«

»Du meine Güte! In welchem Jahr war das?«

»2000. Da war ich zehn.«

»Aber wozu? Solltest du Bescheid sagen, dass du in der Schule angekommen bist?«

»Es war eine Privatschule, zu der ich mit dem Bus gefahren bin, wenn mich meine Mutter oder mein Vater nicht mit dem Auto bringen konnten.«

Am gegenüberliegenden Ufer des Sees paddeln wir in einen Flussarm. Auch hier schwimmen viele Pflanzen im Wasser und erschweren das Vorankommen.

»Meine Mutter hatte damals mit einer schweren Angststörung zu kämpfen«, erzählt Taro nach einer kurzen Pause, einem Zögern vielleicht. »An manchen Tagen konnte sie nicht aus dem Haus, weil die Szenarien, die sie sich ausmalte, so furchtbar waren. Und sie glaubte ständig, mir oder meiner Schwester würde etwas zustoßen. Hätte ich nicht angerufen, hätte sie einen Nervenzusammenbruch bekommen.«

Ich will etwas sagen, doch die richtigen Worte fehlen mir. Ich frage mich, wie Taro werden konnte, wie er ist, mit einem Vater, für den er nur versagen konnte, und einer Mutter, die ihn ständig sterben sah. Vielleicht war ihr Verhalten eine Steilvorlage für sein Psychologiestudium.

»Tut mir sehr leid«, sage ich schließlich, auch wenn es mir platt erscheint.

»Schon okay.«

»Dein Studium? Hast du dieses Fach gewählt, um deine Eltern zu verstehen?«

»Möglicherweise, aber nicht ausschließlich. Natürlich habe ich mich mit den Störungen der beiden auseinandergesetzt, als mir klar wurde, dass es welche sind. Ich habe versucht, sie mir zu erklären, und dabei verstanden, dass meine Schwester und ich nicht das Problem sind. Bei meinen Recherchen wurde mir die Weite der menschlichen Psyche bewusst, ein rätselhaftes und spannendes Thema, über das ich mehr erfahren wollte. So kam ich zu meinem Studium.«

Taro lässt das Thema fallen, als die nächste Schleuse in Sicht kommt. Er wirkt so erleichtert über die Möglichkeit, sich mit der Bedienung auseinanderzusetzen, dass ich nicht nachhake, obwohl ich in Gedanken noch in seiner Geschichte hänge.

Hinter der Schleuse öffnet sich das Wasser zur weiten Fläche des Cospudener Sees. Wie immer ist sein Wellengang rege, beflügelt vom Wind, der uns um die Nase saust und den See zu einem Segel- und Surfparadies macht. Wir steuern das Kajak zu einem Strand am linken Ufer, wo schon zwei Boote liegen. Dort klettern wir aus den Öffnungen, in denen die Sitze stecken und ziehen das Kajak auf den Kiessand.

Taro schaut auf die Uhr. »Achtzehn Uhr dreißig. Zweieinhalb Stunden waren wir unterwegs.« Er nimmt mir den Schlapphut ab, setzt ihn sich selbst auf, zieht mich an sich und küsst mich.

»Das will ich schon die ganze Zeit tun«, murmelt er an meine Lippen. Das Grün seiner Augen funkelt wie das Flusswasser eben im Sonnenlicht.

Wir setzen uns und halten das Gesicht in die Sonne, die über dem gegenüberliegenden Ufer steht und allmählich sinkt. Taro packt Sandwiches aus seinem Rucksack.

»Du hast Proviant dabei?«, staune ich. »Hier gibt es doch Büdchen.«

»Mhmh, und in den Büdchen gibt's Pommes.«

»Isst du die nicht gern?«

»Nicht so sehr. Aber wenn du lieber Pommes willst.« Grinsend nickt er in Richtung des nächsten Büdchens. »Nur zu.«

Lachend nehme ich ihm eins der kleinen Pakete ab und wickle das Sandwich aus, das sich als das berühmte Wanpaku

Sando entpuppt. Es sieht nicht nur fantastisch aus, sondern schmeckt auch so und ist eine besonders gute Belohnung nach der Muskelarbeit im Kajak.

Taro stupst mich sachte mit der Schulter an. »Wie hieß er, dein erster Freund, für den du das Telefon blockiert hast?«

»Benjamin.«

»Wart ihr lange zusammen?«

Ich schüttele den Kopf. »Pünktlich zum Abi haben wir uns getrennt.«

»Also war er nicht derjenige, der nicht loslassen konnte?«

»Nein. Das war …« Zögernd betrachte ich den letzten Bissen des Sandwiches und überlege, ob ich ihn mir in den Mund stecke, bevor oder nachdem ich den Namen über die Lippen bringe. »Das war Paul«, sage ich dann.

Während der restlichen Zeit am See erzähle ich, wie ich Paul auf einer Party kennengelernt habe. Die guten Episoden der ersten beiden Jahre teile ich mit Taro. Die nicht so guten Episoden des langen Endes erspare ich ihm und mir auch. Die Erfahrung hat gezeigt, dass es der Seele am besten tut, mit guten Gedanken an jeden Menschen der Vergangenheit zu denken, auch wenn Dinge geschehen sind, die das Gegenteil nahelegen.

Ab zwanzig Uhr darf man den Floßgraben wieder für zwei Stunden passieren. Um das Zeitfenster einzuhalten, machen wir uns bald auf den Rückweg. Unterwegs zieht sich der Himmel zu. Taro sagt, dass für den Abend Regen und Gewitter angekündigt sind, also paddeln wir schneller und kommen, weil die Strömung nur gering ist, auch zügig voran.

Ich atme tief ein. »Riechst du das?«, frage ich ihn, nachdem ich den Atem aus den Lungen gelassen habe.

Er schnuppert. »Es riecht, als ob wir gleich von oben nass werden.«

»Das ist Snissl.«

»Laut deinem persönlichen Duden?«

»Der Duft der Luft vorm Regen.«

»Ich hoffe, die Luft kann den Duft noch halten, bis wir wieder an Land sind.«

Wir unterqueren die Fußgängerbrücke, passieren die Stelle, an der wir den Eisvogel gesehen haben, und dann den Baumstamm, über den die Eichhörnchen geflitzt sind. Jetzt sind keine zu sehen. Auch der Gesang der Vögel klingt nicht mehr fröhlich, sondern nach Regenrufen. Die Tiere spüren, dass sich die Atmosphäre elektrisch auflädt. Sie riechen den Snissl auch.

Vom kräftigen Paddeln werden meine Arme müde, als wir den Floßgraben verlassen und auf der Pleiße weiterfahren. Bald darauf erreichen wir die Schleuse und sausen die Bootsrutsche hinunter. Auf dem letzten Stück der Strecke beginnt es zu nieseln. Unter dem Rennbahnsteg, der Kussbrücke, werfe ich, wie schon auf der Hinfahrt, einen Blick über die Schulter. Taro grinst und wirft mir eine Kusshand zu, umfasst das Paddel dann wieder und treibt uns mit kräftigen Bewegungen voran.

Als wir den Hafen erreichen und das Kajak aus dem Wasser heben, wird der Regen stärker. Wir erledigen die Formalitäten und laufen zu seinem Auto, das auf dem nun leeren Schwimmbadparkplatz steht. Während der Fahrt wird der Regen so heftig, dass die Scheibenwischer kaum hinterherkommen. Donner grollt, und Blitze erhellen die plötzlich düsteren Straßen.

Eine Viertelstunde später hält Taro vor meinem Tor. Durch die Windschutzscheibe schaut er in den Himmel, dann sieht er mich an.

»Ich würde vorschlagen, dass wir warten, befürchte aber, so bald hört es nicht auf.«

»Du kannst ja sitzen bleiben.«

»Nicht, wenn ich dich zur Tür bringen möchte.« Er zeigt auf die Mittelkonsole. »Hierüber verabschiedet es sich schlecht.«

»Na dann!« Während ich sein Lächeln erwidere, schließe ich die Finger um den Türgriff. »Auf drei!«

»Drei!«

Wir drücken die Türen auf, schlagen sie wieder zu und rennen zum Tor. Es sind kaum zwei Meter, doch wir werden pitschnass, als würde jemand ein Fass über uns ausschütten. Ich fummele den Schlüssel aus der Hosentasche, schiebe ihn ins Schloss und öffne. Lachend stolpern wir in die Einfahrt und einander in die Arme. Als wir uns ansehen, verstummen wir. Taros Lächeln schwindet, und ich merke, wie sich auch mein Mund entspannt. Er hebt die Hände an mein Gesicht, streicht mir über die Wangen. Dann küsst er mich. Nicht sanft und liebevoll, sondern gierig und verlangend. Als ich seufze, fahren seine Hände über meinen Rücken und packen meinen Po. Ich dränge mich dichter an ihn, will keinen Zentimeter mehr zwischen uns. Taro hebt mich an, und ich schlinge meine Beine um ihn. Er drängt mich gegen die Wand der Einfahrt, mein Rücken stößt hart dagegen, doch es ist mir egal. Ich schiebe meine Hände unter den Saum seines T-Shirts, streiche mit den Fingern über seine warme, regennasse Haut und seufze ein zweites Mal. Taro murrt leise, sehnsüchtig. Und gerade überlege ich, wie wir am schnellsten in meine Wohnung kommen, da hört er auf.

Behutsam löst er sich von mir, nimmt seinen Mund von meinem und gibt mir einen sanften Kuss, der uns endgültig bremst.

Nein!, denke ich. Doch er geht rückwärts zum Tor, den Blick auf mir.

Nicht. Schon. Wieder!

Zurückhaltung schön und gut, aber jetzt? In diesem Moment?

»Ich will nicht, dass du gehst«, sage ich mit rauer Stimme.

Er lächelt. »Ich muss aber. Ich ruf dich an.«

Damit wendet er sich um und steigt in sein Auto.

Love Interest

Noch einmal halte ich das nicht aus!

Zurückhaltung? Selbstbeherrschung? Von wegen! Es ist eine ganz andere Sache: Hemmung! Ich will Juno! Ich will diesen letzten Schritt gehen. Ich will uns geben, wonach wir uns sehnen, und es geschehen lassen, wenn es geschehen soll. Ich will Sex mit ihr. Es wäre richtig.

Der Krieger ist anderer Meinung.

Wann immer wir uns nahekommen, steht er da mit seinem Schwert und seinem großen Hammer. Er hat Ähnlichkeit mit Konstantin. »Nur eine Träne wegen dir, und ich finde dich«, hat Konstantin mir zugemurmelt, nachdem wir das alte Sofa in den Transporter verfrachtet haben. Ich habe keine Angst vor Ärger mit Konstantin, sondern vor Junos Tränen. Vor ihrer Zurückweisung. Die Zeit, die wir miteinander verbringen, ist so gut und gibt mir so viel – Juno hat keine Ahnung, wie sehr ich die Stunden mit ihr genieße. Unvorstellbar, all das wäre vorbei. Weshalb? Weil unser Kennenlernen kein Zufall war. Was für ein bescheuerter Grund!

Ich bin sie leid, diese ständige Gratwanderung zwischen Wahrheit und Lüge. Ich bin es leid, mich zurückzuziehen und meine wahren Gefühle, meine Bedürfnisse, hinter einem Lächeln und ein paar beschwichtigenden Worten zu verstecken. Ich bin es leid, vor dem Krieger zu kuschen. Ich will nicht mehr die Biege machen müssen, wenn das Gespräch auf bestimmte Themen kommt, wie mein Studium. Von da aus ist es nicht mehr weit bis zu meinem Job. Ich möchte mit Juno über meinen Job sprechen können.

Das Video vom letzten Freitag hat so miserabel performt, dass selbst die Zahlen zittern. Ein Blick in die Box hat genügt, um festzustellen: Schrödingers Katze ist tot. Wahrscheinlich sollte ich sie beerdigen. Ich sollte einen Schnitt machen und aufgeben. Aufgeben liegt aber nicht in meiner Natur. Mein Leben lang bin ich immer weitergegangen. Ich habe es nicht anders gelernt. Nicht aufzugeben ist eine der wenigen wertvollen Lektionen meines Vaters. Also habe ich für den kommenden Freitag ein neues Video vorbereitet, das geheime Flirtcodes unter die Lupe nimmt.

Vor zwei Jahren hatte ich ein ähnliches Thema, das richtig gut angekommen ist. Das neue Video habe ich nach dessen Beispiel aufgezogen, über Flirtcodes in Musik und Kunst gesprochen, über versteckte Botschaften in Profilbildern und über das Potenzial von Emoji-Rätseln. Aus theoretischer Sicht müsste es funktionieren und Schrödingers Katze wieder zum Leben erwecken. Betrachte ich die Praxis, wird es nichts ändern. Wahrscheinlich könnte ich meinen Followern sogar versprechen, dass ich ihre Love Interests verzaubere und verliebt mache, und sie würden doch nur quengeln wie verwöhnte Gören, denen Mutti an der Supermarktkasse kein Kinder Pinguí kauft.

Noch zwei Tage bleiben, bis dieses Video online geht.

Zumindest heute habe ich Ablenkung. Meine Mutter hat Geburtstag. Sie hat meine Schwester und mich zum Brunch in ein Café eingeladen, das sich in der Nähe ihrer Wohnung befindet. Aiko ist mit den Zwillingen nur zum Essen geblieben, weil sie auf einen Spaziergang mit anderen Müttern verabredet ist. Ich bleibe über Nacht in München und bin nachher wieder bei Aiko, Noel und den Zwillingen.

Vom Café aus ist es nicht weit bis zum Westpark, wo sich mit dem Asien-Ensemble einer der Lieblingsorte meiner Mutter befindet. Seite an Seite spazieren wir durch den *Garten von Duft und Pracht*, der gemäß den Prinzipien der chinesischen

Philosophie angelegt wurde und die Jahreszeiten symbolisiert. Die im Garten versteckten Hinweise und errichteten Stationen besagen, dass der Mensch im Rhythmus des Jahres leben und sich anpassen soll. Hinter dem Tor des Frühlings liegt ein gewundener Pfad, der zu einem Hausboot führt, das den Sommer repräsentiert. Vom Stein des Herbstes aus gelangt man zum Winterpavillon.

Wie fast bei jedem Besuch stellt sich meine Mutter unter den Torbogen des Pavillons und schaut zurück auf die anderen Stationen, auf den Frühling ihrer Kindheit, den Sommer ihrer Ehe und den Herbst ihres Alleinseins.

Nach der Scheidung hat sie einige Zeit in Japan verbracht, in der Geburtsstadt ihrer Mutter, die sie zuletzt als Kind besucht hatte. Bis zu dem Moment, als ihr Flugzeug abhob, glaubten Aiko und ich nicht, dass sie es wirklich wagt. Schließlich hatte sie das Haus über ein Jahr nicht verlassen. Erst nach und nach hatte Aiko sie zu kurzen Spaziergängen bewegen können, doch sie blieb ängstlich und verletzlich wie Glas. Die Entscheidung zu dieser Reise muss sie unvorstellbare Überwindung und Kraft gekostet haben.

Aus den paar Monaten, die sie bleiben wollte, wurden drei Jahre. Die Frau, die zurückkehrte, kannten Aiko und ich nicht, doch wir wünschten uns damals, unsere Mutter wäre schon eher gegangen. Ihr wahres Selbst, das sie auf der langen Reise wohl wiederentdeckte und zu sich zurückholte, hätten wir gern früher kennengelernt.

Vom chinesischen Garten gelangen meine Mutter und ich in den japanischen Garten, wo Holzwege und Steinpfade an einem Bach, Felsen und einem Wasserfall vorbeiführen. Ein Steg mündet auf der Wasserbühne eines kleinen Sees. Wir gehen bis ganz nach vorn. Dort setzt sich meine Mutter, zieht die Beine zum Schneidersitz heran und schaut übers Wasser. Ich setze mich neben sie.

Wir tauschen einen Blick. Sie lächelt und wendet sich wieder dem Wasser zu.

Wahrscheinlich weiß sie, was bei mir los ist. Sie besucht meinen Kanal nicht regelmäßig, schaut meine Videos nur hin und wieder an. Falls sie lange nicht da war und mein YouTube-Debakel nicht verfolgt, hat Aiko ihr vielleicht etwas erzählt. Aufgebracht, wie meine Schwester zuletzt war, kann ich mir das gut vorstellen. Würde ich meiner Mutter mein Herz jetzt ausschütten, würde sie mir sagen, was ich schon weiß – in anderen Worten. Nicht direkt und schon gar nicht bewertend oder urteilend. Von ihr gibt es keine präzisen Ratschläge, keine Analysen, keine Belehrungen. Manchmal sagt sie gar nichts, und andere Male verpackt sie ihre Gedanken in den Worten des Shintoismus, einer Religion, zu der sie in Japan gefunden hat.

Nach einer Weile des Sitzens und Schweigens entwickelt das Plätschern des Wasserfalls eine hypnotische Wirkung, die mich müde macht. Ich kläre den Blick mit einem Blinzeln und meine Stimme mit einem Räuspern.

»Kommst du nachher mit zu Aiko?«, frage ich meine Mutter.

Sie schüttelt den Kopf.

»Warum nicht? Wir könnten im Garten sitzen.«

»Ich habe noch etwas vor.«

»Das ist schön. Was denn?«

»Er heißt Baptiste.«

Einiges habe ich mir vorgestellt: einen Ikebana-Kurs, ein meditatives Event, die Nacht der offenen Galerie, Arbeit an einem neuen Bild, all so etwas. Aber eine Verabredung? Mit einem Baptiste? Das ganz sicher nicht. Dementsprechend schwer fällt es mir, sie nicht fragend anzusehen.

»Baptiste, okay«, höre ich mich sagen.

»Er ist Franzose.«

»Dachte ich mir. Lebt er in München?«

»Nein, in Dannemarie im Südelsass.«

Es wird ja immer besser! War sie dort? Oder hatte er geschäftlich in München zu tun? »Wie hast du ihn kennengelernt?«

»Über Tinder.«

Bitte was?

Sie kichert und stößt mich mit der Schulter an. »Jetzt tu nicht so, als wäre das schlimm. Alle tindern heutzutage.«

Allein das Wort *tindern* aus dem Mund meiner Mutter zu hören ist schräg.

»Ich finde es nicht schlimm«, verteidige ich mich. »Ich wundere mich nur. Wundern darf ich mich, oder?«

»Ich habe mich einfach angepasst an die Gegebenheiten. Sogar die ältesten Knilche schauen doch nur noch aufs Handy, also habe ich mich ins Blickfeld gerückt.«

»In das der ältesten Knilche?«

»Ins Blickfeld der Männer in meinem Alter.«

»Ich wusste nicht, dass du jemanden suchst. Ich dachte, du wärst lieber allein.«

»Eine Zeit lang war ich das. Es war besser, dass ich es war. Und jetzt ist es besser, wenn ich es hin und wieder nicht bin.«

»Wie alt ist Baptiste denn?«

»Ein paar Jahre jünger. Neunundfünfzig.«

Zwei Jahre jünger also. Die gleiche Konstellation wie bei Juno und mir.

»Ein Jahr kennen wir uns jetzt.«

»Seid ihr … habt ihr …« Meine Güte, warum bin ich plötzlich so durch den Wind? Es ist doch gut, dass sie es besser findet, manchmal zu zweit zu sein! Trotzdem. Ich hoffe, sie lässt die nötige Vorsicht walten. »War es ein Wisch, ein Match, ein Volltreffer?«

Sie winkt ab und lacht leise. »Oh nein, ich habe einige Male gewischt und hatte einige Matches. Schon ganz schön verrückt, was da los ist.«

»Auf Tinder.«

»Nicht nur. Zuerst war ich auf Singlebörsen für Fünfzigplus-Singles. *Zweiter Frühling*, *Herzblatt Herbst* und wie sie alle heißen. Die kannst du vergessen. Echt schrecklich. Denk an Seniorenheime, die *Goldene Zukunft* oder *Abendsonne* heißen. So ist es dort. Auf Tinder sind zwar wenig ältere Männer, dafür aber kaum welche, die sich gemeinsam mit dir auf eine abenteuerliche Suche nach dem Gebiss begeben oder endlich keine Tiefkühlkost mehr essen wollen.«

Ich muss lachen. »Mom!«

»Was denn? Welche Frau will so jemanden an der Backe haben? Da wird man nur vom Hinsehen alt.«

»Und auf Tinder war es besser?«

»Von den Fehltritten abgesehen.«

»Wie viele hast du denn näher kennengelernt?« Erst als die Frage raus ist, überlege ich, ob ich es wirklich wissen will. Auf eine Zahl zwischen fünf und fünfzig gefasst, kneife ich die Augen zu.

»Helmut war der Erste. Beim zweiten Date hat er mir eröffnet, dass er verheiratet ist, dass seine Frau keinen Sex mehr will, er sich aber zu sehr an sie gewöhnt habe, als dass er sie jetzt noch verlassen würde. Ein paar Wochen später habe ich mich mit Jürgen getroffen. Er hat mir beim ersten Essen gestanden, dass er ein Faible für Rollenspiele hat und mich sehr gut als Nonne oder Schulmädchen verkleidet visualisiert.« Nachdem sie tief Luft geholt hat, fährt sie fort: »Nummer drei, Tomásch, hat mir vorgeworfen, dass ich viel älter aussehe als auf meinem Bild. Danach war, glaube ich, Markus an der Reihe, nein, Mario hieß der. Er hatte furchtbare Manieren, hat mit der Kellnerin und den Frauen am Nachbartisch geflirtet und einen peinlichen Spruch nach dem anderen von sich gegeben. Dann, Sergio, der Selbstverliebte, der mich nach fünf Minuten fragte, wie ich ihm gefalle, wie mir seine Uhr gefällt, sein extra für die Verabredung gekauftes Hemd, seine operierte Nase. Irgendwann im Winter …«

»Herrje, Mom! Wie viele hast du getroffen?«

Kopfschüttelnd sieht sie mich an. »Der Illusion, dass der Erste der Richtige sein könnte, bin ich nicht erlegen. Man braucht Geduld, geringe Erwartungen, eine offene Haltung und ein gutes Bewusstsein für die Werte, die einem wichtig sind.« Abermals holt sie Luft und erzählt weiter: »Also, im Winter hatte ich das Match mit Frank. Er lebt in einer Hütte in den österreichischen Alpen, ist ein richtiger Naturbursche. Viermal habe ich ihn besucht. Wir sind viel gewandert, haben Holz für den Kamin gehackt, er hat mich bekocht. Es hat sich wirklich gut angelassen, aber eines Tages …«

»Hast du herausgefunden, dass er zehn andere Frauen auch einlädt.« Mit den Fingern male ich Gänsefüßchen in die Luft. »Zum Holzhacken.«

»Nur vier, nicht zehn. Aber woher wusstest du das?«

Ich zucke mit den Schultern. »Diese Story hat noch gefehlt. Sie ist quasi die Standardversion solcher Geschichten, die Großmutter der Tinder-Fails.« Mit einem mulmigen Gefühl im Bauch schaue ich sie an. »Wie hast du es herausgefunden?«

»Eine der anderen hat sein Handy heimlich durchforstet und mir geschrieben.«

»Wie es standardmäßig auffliegt.« Ich beobachte eine Libelle, die einer anderen Libelle über das Wasser nachschwirrt. »Wie lange warst du auf Tinder unterwegs?«

»Drei Jahre in etwa.«

»Ganz schön lange.«

»Ich sehe es positiv. Es war abwechslungsreich und unterhaltsam.«

»Und jetzt? Tinder ist gelöscht?«

»Absolut gelöscht. Auf Nimmerwiedersehen.« Meine Mutter lehnt sich an mich, schließt ihre Hand um meinen Unterarm und drückt ihn einmal kräftig. »Es geht mir gut, Taro. Richtig gut.«

Ich lege den Arm um ihre Schultern, gebe ihr einen Kuss aufs Haar und halte den Atem an, als ein beklemmendes Gefühl in meine Brust schleicht. Ich würde so gern auch sagen, dass es mir richtig gut geht. Würde Juno es sagen? Bin ich der Mensch, der ihr Leben gerade nicht nur gut, sondern richtig gut macht?

»Hast du Tinder je ausprobiert?«, fragt meine Mutter.

»Nein. Aber ich habe genug darüber gelesen und davon gehört, dass ich auf diese Erfahrung gern weiter verzichte.« Unweigerlich schnaube ich. »Außerdem, ein Dating-Coach, der sich auf Tinder tummelt, ist wahrscheinlich nicht sehr glaubwürdig.«

Jede Frau, mit der ich zusammen war – über einen längeren Zeitraum oder nur für eine Nacht –, habe ich in der Realität kennengelernt, beim Studium, auf Partys und Events, am Strand, beim Joggen, im Supermarkt. Zumindest diesbezüglich bin ich old school und glaube, dass Menschen einander heutzutage auch offline finden könnten, wären sie nur offener für diese Option. Auch hier können sich Abgründe auftun, in die man lieber nicht schauen möchte, doch im Offline-Modus können wir uns eher an Regeln erinnern und uns damit unsere Menschlichkeit bewahren.

Die Online-Welt folgt ihrem eigenen Algorithmus. Hier geht es um Effizienz, um das schnelle Abspeichern potenzieller Partner. Warum sollte man Zeit mit jemandem verschwenden, der eine Gewohnheit hat, die man nicht mag? Ein falsches Wort, ein peinliches Hobby, eine schiefe Nase, und schon wird nach links gewischt. Dabei liegt genau dort der Widerspruch, denn online verstellen sich Menschen nicht unbewusst, wie es offline völlig natürlich ist, sondern mit Vorsatz. Sie stellen sich dar, wie sie gesehen werden wollen, und verstecken die Realität hinter einer sorgfältig konstruierten Fassade. Fotos werden bearbeitet, Interessen angepasst und Persönlichkeiten poliert, um dem Bild des idealen Partners zu entsprechen. Da fotografieren sich Männer in einer Kochschürze, obwohl sie nicht einmal ein Spiegelei braten können, während sich Frauen Skier unter die Füße schnallen, obwohl sie Schnee und Sport hassen.

Die Authentizität des persönlichen Treffens kann es da nicht geben. Es entsteht eine Kluft zwischen dem, was wir online präsentieren, und dem, wer wir in der Realität sind. Wenn falsche Darstellungen, wie sie nur online möglich sind, auf hohe Erwartungen treffen, wie sie nur online entwickelt werden können, kann das zu nichts anderem als Enttäuschung führen.

Nicht zuletzt ist da die Dimension der verpassten Gelegenheiten. Wie viele Menschen lernen sich online nicht kennen, weil nur einer von beiden den Finger in die falsche Richtung bewegt hat, obwohl sie offline ideale Partner wären? Wie viele Menschen laufen sich offline über den Weg, ohne einander zu sehen, weil der Blick auf einen nicht idealen Online-Partner gerichtet ist? Mehr und mehr verlieren wir die Fähigkeit, einen Menschen in einem spontanen Moment zu erkennen. Wir gehen aneinander vorbei, gefangen in der Illusion der digitalen Perfektion, unfähig zu sehen, was in der Realität vor unseren Augen liegt.

Ausnahmen bestätigen die Regel.

»Es ist schön, dass es dir gut geht«, sage ich meiner Mutter schließlich. »Aiko und ich haben uns das immer für dich gewünscht.«

Sie rückt ein Stück von mir ab und sieht mir in die Augen.

»Neulich habe ich den Text eines Shinto-Gelehrten gelesen, in dem es um den Einklang mit der natürlichen Ordnung geht. Der hat mir sehr gefallen. Er hat mich an mich erinnert, aber ich habe dabei auch an dich gedacht.«

»Wie lautet er denn?«

Ohne mich aus ihrem Blick zu lassen, neigt sie den Kopf, wie um sich zu erinnern oder die richtigen Worte zu finden.

»In der Stille des Hains beobachtet der reife Bambus die Tänze des Windes und der Sonne«, sagt sie schließlich und streicht eine Haarsträhne aus meiner Sicht. »Er lässt sich beugen, aber nicht brechen, und er streckt sich zum Sonnenlicht, wenn es sich zeigt. Wie der Bambus, der den Wind nicht fürchtet und zur Sonne strebt, so sollte auch der Mensch Entscheidungen treffen: beweglich im Geist, bereit, sich zu beugen, doch stets in Richtung des Lichts wachsend. Er sollte den Moment erkennen, wenn er sich offenbart, und nicht zögern, denn die Sonne wartet nicht darauf, dass der Bambus sich entscheidet zu wachsen.«

Eine Gänsehaut sorgt dafür, dass sich die Härchen an meinen Armen aufrichten. Nicht nur die Worte berühren mich, sondern auch die Tatsache, dass meine Mutter sie mit mir teilt, weil sie Bescheid weiß.

Ich bin der Bambus.

YouTube ist der Wind.

Juno ist die Sonne.

Jelazieren

[ˈjelaˈt͡siːʁən] Verb.
Das Anbandeln mit einer Person in der Hoffnung oder Absicht, eine dritte Person eifersüchtig zu machen.

Beim Donnerstagsmeeting sorgt Leni für schallendes Gelächter, als sie uns von ihrem letzten Online-Unterricht berichtet. Daran nimmt sie in den Ferien teil, um den während ihres Klinikaufenthalts versäumten Stoff nachzuholen. Ganz in ihre Morgenroutine verträllert hätte sie diesen Termin beinahe vergessen. Fünf Minuten zu spät hat sie sich daran erinnert, ist an den Laptop gerannt und dem Unterricht beigetreten – wie sie glaubte, ohne Kamera. Doch anders als sonst und anders als bei den Mitschülern war ihre Kamera an.

»Ich saß da in meinem rosa Schlafshirt«, erzählt sie. »Das hat einen verpeilt aussehenden Spatzen auf der Brust, und darüber steht *Der frühe Vogel kann mich mal*. Meine Haare waren wilder als eine Löwenmähne nach einem Tornado. Außerdem hatte ich gerade eine grüne Gesichtsmaske aufgetragen.«

Selbst immer heftiger lachend erzählt sie, dass sie sich noch wunderte, warum ihr Lehrer und die anderen Schüler so verhalten auf ihre Entschuldigung fürs Zuspätkommen reagierten, dann an ihrem Kaffee nippte und sich die Zunge verbrannte. Als sie den Kaffee zurück in die Tasse spuckte, schaltete der Lehrer für einen Moment sein Mikro und die eigene Kamera aus.

»Ich dachte, dass er ein technisches Problem hat, habe die Zunge rausgestreckt und mir Luft in den Mund gefächert. Aber der Unterricht lief irgendwie schräg weiter, als wären sie alle nicht richtig bei der Sache. Immer wieder schalteten andere Schüler mitten im Reden das Mikro aus.« Während wir uns alle vor Lachen kaum auf den Stühlen halten können, schlägt sich Leni vor die Stirn. »Mir ist einfach nicht eingefallen, nach meiner Kamera zu schauen. Und dann kam Luzifer, das ist mein schwarzer Kater.«

Allein die Ahnung von Luzifers Beitrag lässt unser Gelächter bersten, doch Lenis Schilderung toppt unsere Erwartungen.

»Er ist auf den Schreibtisch gesprungen und hat sich so heftig vor meiner grünen Maske erschreckt, dass er aus dem Stand heraus einen Satz machte, laut miaute und dann panisch floh, wobei er verschiedene Dinge vom Schreibtisch fegte. Beinahe hätte er auch den heißen Kaffee umgestoßen, doch den konnte ich retten. Wie auch immer ...« Sie holt tief Luft, um sich selbst zu beruhigen, und wischt sich Lachtränen von den Wangen. »Ein paar Leute waren diesmal nicht schnell genug mit ihrem Mikrofon. Als ich sie loslachen hörte, habe ich endlich meine Kameraeinstellung überprüft. Im Chat, den ich dann erst aufgemacht habe, waren zig Nachrichten von Leuten, die mir Bescheid gesagt hatten.«

Es ist spannend zu hören, dass dieses Malheur, das auch zu Spott und Demütigung hätte führen können, für gute Laune sorgte. Leni erzählt weiter, dass die anderen Schüler eigene witzige Erlebnisse in Videocalls teilten, die von Haustier-Cameos über peinliche Hintergrundmotive bis zu ungewöhnlichen Kleidungskombinationen reichten. In jedem Fall hat Lenis morgendliche Verwirrung gezeigt, dass hinter ihrer virtuellen Fassade ein fehlbarer Mensch steckt und dass Tritte ins Fettnäpfchen sympathische und liebenswürdige Teile des menschlichen Gesamtpakets sind.

Es ist ein gutes Treffen, gelassen und entspannt. Lachtränen erlebe ich hier selten, und dass es heute so viele davon gibt, würde mich richtig froh machen, wäre da nicht Ruben. Er und

Saskia sitzen nebeneinander. Während sie von ihrer Woche erzählt, tauscht er immer wieder einen Blick mit ihr und hängt an ihren Lippen. Er lächelt ihr zu, und als sie sein Lächeln erwidert, reicht er ihr die Hand. Saskia nimmt sie. Die naheliegende Frage lässt nicht lange auf sich warten. Leni stellt sie: Sind Ruben und Saskia etwa ein Paar? Die beiden schauen sich abermals an, lächeln und schweigen.

Ruben spielt mit Saskia!, flüstert eine argwöhnische Stimme in meinem Kopf. Er sucht ihre Nähe, um mich eifersüchtig zu machen! Er jelaziert. Das wäre unglaublich! So ein Verhalten hätte ich ihm bis vor kurzem nicht zugetraut. So schnell, wie der Gedanke gekommen ist, schäme ich mich dafür. Wie kann ich Ruben so etwas unterstellen? Er ist ein guter Kerl, der es nicht verdient, aus dem Stegreif verdächtigt zu werden, nur weil er sich für Saskia erwärmt zu haben scheint. Was auch immer zwischen den beiden ist oder sich gerade entwickelt, es geht mich nichts an.

Eigentlich.

Dennoch flackert Unsicherheit in einer Ecke meines Gewissens. Das einfach hinzunehmen und nicht an Ruben zu appellieren wäre nicht richtig. Ich kann nicht wegschauen, wenn die Möglichkeit besteht, dass Saskia verletzt wird.

Ich sollte Ruben auf den Zahn fühlen. Auf subtile Weise und ohne ihn zu beschuldigen, wie ich es innerlich gerade getan habe. Das sollte ich insbesondere deshalb vermeiden, weil er mir heute endlich nicht mehr die kalte Schulter zeigt.

Als sich die Gruppe auflöst, bekomme ich mit, dass Saskia gleich noch mit einer Freundin verabredet ist. Als sie sich von Ruben verabschiedet, nutze ich die Gelegenheit und bitte ihn, mir in der Küche zu helfen. Er wundert sich darüber und sagt, dass er das doch sowieso gemacht habe.

»Wie geht's den Tigern?«, frage ich während des Abwaschs.

»Ach, das sind immer noch richtige Faulpelze.« Er nimmt

sich die erste Tasse zum Abtrocknen. »Dösen den ganzen Tag in der Sonne.«

»Was ist aus den beiden geworden, die ein gutes Paar abgegeben hätten?«

»Tamur und Yushka?« Ruben wiegt den Kopf. »Nichts, aber Tamur hat aufgehört, sich um Yushka zu bemühen. Gut für ihn! Vermutlich hat er festgestellt, dass andere Tigerinnen auch schöne Streifen haben. Seit einigen Wochen scheint er sich für Indira zu interessieren. Und diesmal beruht das Interesse auf Gegenseitigkeit.«

»Das ist wirklich schön für …« Ich zögere. »Für Tamur.«

»Ja, und tatsächlich passen die beiden auch viel besser zueinander. Indira ist lebhaft, neugierig und abenteuerlustig, und sie steckt Tamur damit an. Er hingegen bringt eine gewisse Gelassenheit mit, die Indira guttut. Sie ergänzen sich auf eine Weise, die sich bei Yushka und ihm wahrscheinlich nie hätte ergeben können.«

Als fiele eine Last von meinen Schultern, atme ich durch. »Manchmal passiert das«, antworte ich. »Man denkt, zwei passen perfekt zusammen, doch in Wirklichkeit ist es eine ganz andere Kombination, die harmoniert.«

»Es geht den Tieren wie den Menschen.« Ruben sieht mich an, grinst und zwinkert.

»Genau!« Bringe ich es auf den Punkt oder nicht? Ich bringe es auf den Punkt! »Du und Saskia! Das ist ja eine schöne Neuigkeit! Ihr seid das erste Paar, bei dem es hier in der Gruppe gefunkt hat.«

»Ach, hier ist das gar nicht passiert. Warum auch immer, hier ist sie mir nie wirklich aufgefallen. Vor ein paar Wochen sind wir uns im Buchladen über den Weg gelaufen und waren anschließend einen Kaffee trinken. Na ja, und irgendwie …« Er zuckt mit den Schultern und grinst noch breiter. »Es hat peng gemacht.«

»Das freut mich sehr, Ruben! Für dich und auch für Saskia.«

Er nimmt die letzte Tasse, während ich das Spülwasser ablasse. »Weißt du, ich hatte nicht erwartet, hier jemanden zu finden, mit dem ich eine solche Verbindung aufbauen kann.«

Haken an meinen Verdacht! Ruben spielt nicht. Ruben ist verliebt. Was auch immer er für mich empfunden hat, wenn da überhaupt etwas war, es spielt jetzt keine Rolle mehr.

»Nun ja. Die besten Dinge passieren bekanntlich, wenn man am wenigsten mit ihnen rechnet.« An einem zweiten Tuch trockene ich mir die Hände ab, hänge es dann über den Griff einer Schublade und drehe mich zu Ruben um.

Er stellt die letzte Tasse in den Schrank und sieht mich an. Für einen Moment driftet sein Blick in eine nachdenkliche Leere, dann fokussiert er mich wieder.

»Unabhängig von Saskia und mir und was auch immer aus uns wird, finde ich es an der Zeit, dass ich Danke sage.«

Peinlich berührt will ich abwinken und eine Floskel zurückgeben, doch Ruben lässt mich nicht zu Wort kommen.

»Als ich vor sechs Jahren zu euch gekommen bin, war ich verloren. Ich hatte das Gefühl, aus der Gesellschaft ausgeschlossen worden zu sein. Ich kam mir wertlos vor und überflüssig. Ich, ein gestandener und gebildeter Mann, war an Kids gescheitert. Man hatte mir genommen, was ich für meine Bestimmung gehalten hatte.« Er schnippt mit den Fingern. »Sie war weg. Von einem Tag auf den anderen. Ich weiß noch, wie ich das erste Mal hier saß, zusammen mit zwei anderen, und mich fragte, was ich hier suchte. Du und Miriam, ihr würdet mir weder einen neuen Job beschaffen noch dafür sorgen, dass die Leute an meiner ehemaligen Schule zur Besinnung kommen. Dass man sich bei mir entschuldigen und mich zurückholen würde, war der einzige Ausweg, den ich damals sah, und je mehr Zeit verging, ohne dass es geschah, desto verzweifelter war ich.«

Ein Kloß formt sich in meiner Kehle. Die Erinnerung an den Ruben von damals, einen gebrochenen und verletzlichen Mann, flimmert vor meinem geistigen Auge.

Er erzählt weiter: »Doch dann kam der Tag, an dem sich in meiner Denke ein Schalter umlegte.« Nachdenklich schüttelt er den Kopf. »Ich weiß nicht mehr, was der Anlass war, aber ich begann, den wahren Sinn dieser Treffen zu sehen. Ich erkannte sie nicht nur als Möglichkeit, sich auszusprechen, sondern auch als Unterstützung für die persönliche Weiterentwicklung. Mir wurde klar, dass meine neue Herausforderung darin bestand, mich wiederzufinden und meinen Wert unabhängig von meinem Beruf zu erkennen. Ich habe verstanden, dass ich mehr bin als nur meine Arbeit, mehr als das, was mir widerfahren ist.« Er macht eine kurze Pause, bevor er hinzufügt: »Und das hat mir geholfen, die Vorstellung loszulassen, dass mein Leben nur dann einen Sinn hat, wenn ich Lehrer bin. Ich habe neue Interessen zu entwickeln begonnen, neue Leidenschaften entdeckt. Und vor allem habe ich gelernt, mich selbst zu schätzen und zu lieben, unabhängig davon, was andere über mich denken oder sagen.«

»Du hast eine Transformation durchlebt«, bringe ich mühsam hervor. Tränen der Rührung kribbeln in meiner Nase, ausgelöst von Rubens Worten und der leisen Befürchtung, er könne gleich ankündigen, dass seine Zeit hier endet. »Was du erreicht hast, ist bemerkenswert und hat anderen hier Mut gegeben. Du warst und bist für viele eine Inspiration.«

Abermals schüttelt er den Kopf, diesmal als Widerspruch. »Du und Miriam, ihr wart das viel mehr mit eurem offenen Ohr, eurem Einfühlungsvermögen und diesem Raum, den ihr uns allen hier gebt. Zweimal die Woche nehmt ihr euch die Zeit dafür.«

»Das tun wir sehr gerne. Du weißt ja, Miriam und ich haben unsere eigenen Erfahrungen gemacht, und diese Treffen haben auch uns geholfen, mit dem Erlebten abzuschließen.«

»Trotzdem. Mir ist klar geworden, wie selbstverständlich ich hier jeden Donnerstagabend aufschlage. Die Zeit ist fest eingeplant für diese Gruppe.« Er zuckt mit den Schultern. »Obwohl ich die Unterstützung eigentlich gar nicht mehr brauche. Und deshalb …«

Oh nein, jetzt kommt es. Er wird sich verabschieden – was völlig in Ordnung ist. Es ist überfällig, aber dennoch eine seltsame Vorstellung, dass die Donnerstagstreffen zukünftig ohne Ruben stattfinden.

»Deshalb habe ich mir überlegt, ich könnte vielleicht helfen? Ich habe die Zeit dafür. Ich bin ohnehin hier. Ich könnte dich doch offiziell unterstützen, als eine Art Co-Moderator. Dann liegt die Verantwortung an den Donnerstagen nicht immer nur bei dir, und du könntest auch mal freimachen, ohne dass ein Treffen ausfallen muss.«

Verdattert betrachte ich ihn. Ruben als Moderator? Ja!

Seine Erfahrungen und seine Perspektive als ehemaliger Teilnehmer könnten wertvoll sein. Zudem versteht er, was die Menschen hier durchmachen. Vielleicht ist dieser Schritt für ihn auch genau der richtige, um sein Selbstvertrauen weiter zu stärken. Ganz davon abgesehen unterstützt er mich seit geraumer Zeit sozusagen inoffiziell und ohne sich dessen bewusst zu sein.

Wo ist das Aber? Es gibt offenbar keins.

»Montags kann ich es sicher auch hin und wieder einrichten«, schlägt er weiter vor. »Wenn Miriam oder du was anderes vorhabt, könnte ich einspringen.«

»Ganz ehrlich, ich finde die Idee großartig, Ruben, danke!« Erleichtert lege ich mir die Hand auf die Brust. »Und ich dachte schon, du willst nicht mehr herkommen.«

Er schmunzelt und schiebt sich seine Brille auf der Nase hoch, obwohl sie, wie immer, bereits ganz oben sitzt. »Sag nur, du hättest mich vermisst.«

»Natürlich hätte ich das. Wir alle hätten dich vermisst.«

»Also dann. Lass es uns einfach mal probieren!«

»Ich muss es zuerst mit Miriam besprechen. Wenn sie auch einverstanden ist, können wir dich nächste Woche Donnerstag als Co-Moderator vorstellen.«

Wir räumen im Gruppenraum fertig auf, stellen die Stühle wieder ordentlich hin und schließen die Fenster. Vor dem Haus verabschieden wir uns mit einer Umarmung, dann steigt Ruben in sein Auto und ich auf den Sattel meines Fahrrads. Fröhlich halte ich die Nase in den Fahrtwind, summe vor mich hin und will in Richtung Connewitz radeln, da denke ich an Taro. In zehn Minuten könnte ich bei ihm sein.

Vier Tage sind seit unserer Kajaktour vergangen. Am Montag- und Dienstagabend haben wir telefoniert, gestern aber nicht, weil er zum Geburtstag seiner Mutter in München war. Kurzerhand ändere ich die Richtung, durchquere den Clara-Park und sause über die Brücken, mit jedem Tritt ein bisschen aufgeregter und kribbeliger vor Freude, ihn gleich zu sehen. Für ein kurzes Hallo nur, für einen Kuss, ein Fühlen und einen Blick, oder für ein paar Stunden auf der Fensterbank. Oder über Nacht. Vielleicht hofft er sogar, dass ich vorbeikomme. Schließlich weiß er, dass ich heute in der Nähe bin. Man muss sich ja nicht immer verabreden. Schon gar nicht für einen Kuss oder um sich kurz zu sehen.

Muss man doch!, stelle ich ein paar Minuten später ernüchtert fest. Dreimal habe ich schon geklingelt, doch der Türsummer bleibt stumm. Taro scheint nicht zu Hause zu sein.

Das eben noch warme, goldene Sonnenlicht wirkt fahl und fern, als ich nach Hause fahre. Gerade noch hatte ich Rückenwind, und jetzt pustet er mich kühl von vorn an. Die Menschen auf der Straße sind nicht mehr Statisten in meinem Film, sondern nur noch Passanten, unterwegs in ihren eigenen Welten.

Ein Gedanke lässt mich nicht los: Taro müsste längst zurück sein. Ist auf dem Weg von München etwas passiert? Steckt er im Stau oder – mein Herz zieht sich in der Brust zusammen – hatte er einen Unfall? Wie würde ich es erfahren, wenn ihm etwas zustieße? In den letzten beiden Stunden hat er mich nicht erreichen können. Ich kenne seine Telefonnummer inzwischen zwar auswendig, kann ihn aber nicht anrufen. Nicht in dieser Minute. Obwohl ich es jetzt will und für meine Gewissheit brauche.

Als ich das Rad durch die Einfahrt schiebe, huscht Frau von Großeimern mit einem Korb Wäsche zu ihrer Tür. Sie nickt mir nur knapp zu und ist schon im Haus verschwunden. Seit Miriam und ich sie und ihren Mann im Garten überrascht haben, kam keine einzige Beschwerde. Gestern hat Konstantins Transporter den Hof blockiert, weil er eine alte spanische Frisierkommode mit Spiegel und Hocker gebracht hat. Kein Wort von ihr, obwohl sie und ihr Mann einen großen Karton über den Hof geschleppt haben. Wahrscheinlich könnte ich die Kreissäge um zwei Uhr nachts einschalten und drei Stunden lang jaulen lassen, ohne eine Ansage von ihr zu bekommen.

Ich stelle das Rad ab und schließe die Werkstatt auf, da höre ich drinnen das Telefon. Mit langen Schritten laufe ich ins Büro, nehme das Gespräch an und plumpse auf den Stuhl, als ich Taros Stimme höre.

»Gott sei Dank!«, stoße ich aus. »Ich habe mir Sorgen gemacht.«

»Weil ich nicht eher angerufen habe?« Er klingt überrascht, ein wenig verunsichert auch. »Bis eben warst du doch bei der Gruppe. Und ich bin auch gerade erst rein. Meine Schwester hat kurzfristig einen Frisörtermin bekommen, aber erst am Nachmittag. Ich habe Henry und Hugo so lange gehütet und bin erst gegen fünf losgekommen. Bin ganz schön erledigt.«

Allmählich fallen die Anspannung und die Schreckensgedanken von mir ab. »Das kann ich mir vorstellen.« Ich atme durch.

»Du hättest doch auch anrufen können.«

Eben nicht! »Nach dem Treffen war ich bei dir.«

»Echt? Ach, sorry! Das ist schade. Wir müssen uns knapp verpasst haben.« Er lacht leise. »So ein Handy ist manchmal schon praktisch. Du hättest durchrufen und ich hätte dir sagen können, dass ich gleich da bin.«

Ja doch! Schon klar. »Nun ist es, wie es ist.«

»Schade halt. War das nicht manchmal schwierig in Beziehungen, diese fehlende Komponente der Kommunikation?«

»Wie meinst du das?«

»Kommunikation per Handy. Oder hatten die Männer, die du nach deinem Log-out kennengelernt hast, alle auch kein Mobiltelefon?«

»Es war nur einer. Von Konstantin abgesehen. Und nein, sowohl Konstantin als auch dieser eine, Moritz, hatten ihre Handys immer dabei.«

Es gab nicht eine Stunde ohne. Was Moritz betrifft, waren unsere technischen Differenzen der Grund für die Trennung. Er hat zu viel Zeit am Handy verbracht, was mich genervt hat, und ich hatte keins, was er irgendwann als zu umständlich empfand. Als er mir zum Geburtstag ein Handy geschenkt hat, habe ich ihm vorgeworfen, dass er mich bekehren will. Nachdem wir tagelang gestritten haben, haben wir uns getrennt.

»Hey, ein neuer Name! Langsam bekomme ich ein Bild von deiner Beziehungsvergangenheit.« Witz schwingt in Taros Stimme mit. »Benjamin, der Erstling. Paul, der Anhängliche. Moritz, der Kreuzritter. Konstantin, die Emodulie.«

Ich muss grinsen. »Danke für die Zusammenfassung. Das wären dann auch alle.«

»Es ging mir nicht um die Zahl. Davon abgesehen befürchte ich, meine Liste an Fehlstarts ist länger.«

Oha! »Viel länger?«

»Nein, es sind nur zwei oder drei Namen mehr, darunter

auch ein paar, bei denen der Beziehungs- oder Emodulie-Motor gar nicht erst angesprungen ist.«

»Und bei den anderen, woran ist's gescheitert?«

»Verschiedenes. Mal waren es persönliche und mal geografische Differenzen. Einmal waren es auch Erwartungen, die ich nicht erfüllen konnte.«

»Na, jetzt bin ich gespannt.«

Er lacht. »Es waren keine sexuellen Erwartungen.«

»Nicht?«, necke ich ihn. »Dann hast du immer die falschen Farben angezogen oder bist ein falsches Auto gefahren?«

»Auch das nicht, nein. Du denkst zu analog. Sie wollte digitale Nähe. Wenn ich ihr nicht morgens per Sprachnachricht ›Guten Morgen‹ und abends nicht ›Gute Nacht‹ gesagt habe, dazwischen stündliche Updates zu meinen Aktivitäten und prompte Reaktionen auf ihre, dachte sie immer gleich, ich hätte eine andere.«

»Puh! Das klingt nach einer Herausforderung.«

»Es war eine, die ich nicht noch einmal brauche.« Ich höre, wie er den Kühlschrank öffnet, etwas herausnimmt und ihn wieder schließt. »Aber zurück zu Interessanterem: Du warst bei mir. Einfach so oder aus einem bestimmten Grund?«

»Ich hatte den sogar sehr bestimmten Grund, dich einfach so sehen zu wollen. Nebenbei wollte ich dich fragen, ob du morgen Lust hast zu grillen. Freunde von mir, Miriam und André, haben uns eingeladen.«

»Aber klar, sehr gern!« Er klingt ehrlich erfreut. »Ich war schon ewig nicht mehr auf einer Grillparty.«

Taro ist von der Idee so begeistert, dass er einen kulinarischen Beitrag leisten und etwas mitbringen will. Es braucht charmantes Taktieren meinerseits, um ihn auf eine Flasche Wein und eine bienenfreundliche Gartenpflanze herunterzuhandeln. Als passionierte Grillmeister haben Miriam und André die volle Kontrolle und alles in Planung. Davon abgesehen, ist die Grillparty eine Art Manöver – Taro kann sich das ohne Zweifel denken. Tatsächlich platzt Miriam vor Neugier und möchte endlich den Mann kennenlernen, der mich über die Vorteile eines Handys nachdenken lässt.

Sehnseufzen

[ˈzeːnˌzɔɪ̯ft͡sn̩] Nomen, neutral.
Das Ziehen im Herzen, das sich einstellt, wenn man einer Person seine Zuneigung mitteilen möchte, dies aber nicht wagt.

Beim Grillen sind wir nur zu viert. Theo und Luise haben Fieber und schlafen seit sieben Uhr. Die kleine Emma ringt noch mit dem Sandmann und möchte die Reise ins Land der Träume nicht so recht antreten, denn sie bekommt einen neuen Zahn. Ich hatte Miriam vorgeschlagen, das Grillen zu vertagen, wovon sie und André nichts hören wollten. Irgendwas ist immer, meinten sie. Würden sie wegen der Kids immer alles umwerfen, kämen sie selbst zu kurz.

Also flammt der Grill auf, während das Babyfon Wache hält. Bei jedem Knistern, das es von sich gibt, spitzen Miriam und André die Ohren und lauschen, ob sich Emma wieder in den Schlaf murmelt. In der Hälfte der Fälle gelingt es ihr. Wenn nicht, schauen sie abwechselnd nach ihr und den beiden anderen, was für ständiges Kommen und Gehen sorgt – eine für Taro und mich unbekannte Facette der Normalität eines turbulenten Familienlebens.

Während Taro und André am Grill stehen, erzähle ich Miriam von Rubens Angebot. Sie ist so verblüfft wie ich, auch von der Neuigkeit, dass er und Saskia ein Paar sind. Weil wir uns einig sind, dass Ruben das Zeug zum Co-Moderator hat, beschließen wir, es mit ihm zu versuchen.

Beim Essen erzählt Miriam André davon, und Taro fragt nach. Miriam berichtet von der Gründung unseres Vereins, wobei sie sich auf ihre Geschichte konzentriert und meine mit keiner Silbe erwähnt. Trotzdem werde ich unruhig.

»Ich habe Soziologie studiert, in Berlin«, sagt sie Taro. »Während des letzten Semesters hatte ich eine Affäre mit einem zehn Jahre älteren Mann. Als ich herausfand, dass er verheiratet war, habe ich die Sache sofort beendet, was ihm den Boden unter den Füßen wegzog. Sein Geheimnis, das er all die Monate so konsequent gehütet hatte, konnte er nicht mehr für sich behalten. Seine Frau fand es heraus. Kurze Zeit später erhielt ich beleidigende E-Mails von wildfremden Frauen, und auch mein Facebook-Account wurde überschwemmt von Kommentaren und Nachrichten. Es waren sogar Morddrohungen dabei. Ich fand heraus, dass es zu meiner Person einen Eintrag auf einer Website namens SeineHure.de gab. Es war eine Art Social-Media-Portal, das lange Zeit unter dem Radar lief und als die Adresse galt, an der sich betrogene Ehefrauen gemeinsam stark machen. Man musste sich anmelden, um Inhalte sehen zu können. Irgendjemand, vermutlich die Frau des Mannes, hatte dort nicht nur meinen Namen, sondern auch Fotos von mir und meine Kontaktdaten veröffentlicht. Userinnen konnten sehen, wo ich wohnte und zur Uni ging.«

»Ein öffentlicher Pranger also«, sagt Taro nachdenklich und mitfühlend. »Tut mir wirklich leid, dass du so was erleben musstest. Wie bist du damit umgegangen?«

Miriam zuckt mit den Schultern. »Wie viele andere, erst einmal mit Rückzug auf allen Ebenen.«

»Solche Seiten sind in Deutschland verboten, dachte ich.«

»Wen interessiert's? Es hat Methodik, sich nicht mehr mit dem Einzelnen persönlich auseinanderzusetzen, sondern sich an die breite Masse zu wenden.«

»Besteht die Seite denn immer noch?«

»Sie wurde inzwischen geschlossen, zu spät für mich damals.« Miriam nimmt Andrés Hand, als er sie ihr reicht. Ich beobachte, wie sie die Finger ineinander verhaken, und verschränke meine Hände fest vor meinem Bauch, wie um die wachsende Unruhe zurückzudrängen.

André klinkt sich ein. »Ich bin Vertrauenslehrer an der Schule, an der ich arbeite. Fast täglich sitzt ein Schüler oder eine Schülerin in meiner Sprechstunde und erzählt mir eine ähnliche Geschichte. Die spielen sich natürlich in den populären Netzwerken ab.«

»An Schulen wird es immer noch zu oft entschuldigt und darauf hingewiesen, dass es schon immer Kinder gab, die von anderen routiniert geärgert wurden.« Taro lehnt sich im Stuhl zurück. »Die Kids sollen es unter sich selbst ausmachen.«

André schnaubt. »Nicht bei mir. Glaub mir, ich knöpf mir die Leute vor.«

»Wenn du weißt, wer sie sind. Wie im Fall deiner Frau passiert Mobbing heute oft anonymisiert. Wenn man anonym ist, riskiert man nichts, bekommt aber dennoch Feedback und wird seine Wut los. Mobbing ist ein Ventil. Indem man sich die Macht über eine andere Person nimmt, gleicht man eine Situation aus, in der man machtlos ist.«

»Es geht auch darum, die Meinung zu äußern«, ergänzt Miriam. »Einer sagt, was er meint, und öffnet damit anderen die Tür, genauso frei zu sein und die gleiche Meinung zu vertreten. Du glaubst nicht, was Juno und ich in der Gruppe für Geschichten hören, allein unter Nachbarn.« Sie sieht mich an. »Juno, weißt du noch? Die beiden, die donnerstags da waren.«

Ich erinnere mich: »Einem wurde von Nachbarn an die Tür geschmiert: *Hier wohnt ein Kinderschänder*, weil Kids bei ihm ein- und ausgingen, dabei hat er denen bloß Nachhilfe gegeben. Einem anderen wurde von der gesamten Hausgemeinschaft nachgesagt, dass er Katzen schändet. Tatsächlich hat er verletzte Tiere von der Straße aufgesammelt und gesundgepflegt oder ihnen in die letzten Stunden etwas Gutes getan.«

Ein trauriger Ausdruck huscht durch Taros Blick, als er mich ansieht und nickt. »Der Wunsch, andere zu diffamieren, geht mit Ignoranz gegenüber der Wahrheit einher. Kaum einer der Angreifer hinterfragt, ob die Anschuldigungen stimmen oder relevant sind. Und dass jeder Mensch mehr ist als die Summe seiner Handlungen, wird sowieso vergessen.«

Miriam erzählt Taro schließlich, wie sie und ich im Puschkin über eine Möglichkeit nachgesonnen haben, Betroffenen einen Austausch zu ermöglichen und ihnen damit neue Perspektiven zu eröffnen. Dass nicht nur sie eine Geschichte hat, sondern auch ich, blendet sie dabei weiter aus. Natürlich ist das richtig. Natürlich kann Taro meine Vergangenheit nicht nebenbei von Miriam erfahren. Aber nun, da er Miriams Geschichte kennt, fühle ich mich, als hätte ich zu lange gewartet. Hier und jetzt so zu tun, als hätte ich Miriams Projekt lediglich befürwortet und unterstützt, fühlt sich an, als würde ich lügen.

Ein Geräusch holt mich aus meinen Gedanken. Zuerst denke ich, es ist das Babyfon, doch tatsächlich ist es Miriams Handy, auf dem ein Anruf eingeht. Sie liest den Namen auf dem Display, runzelt die Stirn und meldet sich.

»Hey, Leni, alles gut bei dir?«

Mein Atem stockt. Wie spät ist es? Nach zehn bestimmt.

Die Falten auf Miriams Stirn werden tiefer. »Moment, Leni, der Reihe nach. Ich verstehe dich kaum.«

Emmas Wimmern ertönt über das Babyfon. André steht auf, um nach ihr zu sehen. Taro und ich tauschen einen Blick, dann sehe ich Miriam wieder an.

»Okay ... okay ...«, sagt sie und schaut auf ihre Armbanduhr. »Deine Eltern und dein Bruder sind also nicht da?«

Sie wartet ab, schüttelt den Kopf. »Hast du eine Freundin, die dir Gesellschaft leisten könnte?«

Es ist plötzlich so still im Garten, dass ich Lenis Stimme am Telefon hören kann. Sie wird schriller und überschlägt sich.

»Nein, mein Schatz, das ist normal. Wir alle kennen Momente, in denen wir uns einsam fühlen.« Miriams Stimme bleibt ruhig und bekommt einen tröstenden Ton. »Was hältst du davon, wenn ich vorbeikomme und wir reden, hm?«

Ich mache ihr ein Zeichen, damit sie mich ansieht. Als sie es tut, gebe ich ihr zu verstehen, dass ich zu Leni fahren werde. Miriam hat mit ihren drei kranken Kids genug zu tun und sollte André nicht allein lassen. Sie nickt.

»Okay, was hältst du hiervon: Juno ist bei mir. Sie würde sich auf den Weg zu dir machen, und wir beide, du und ich, unterhalten uns, bis sie da ist, okay? Sag mir gerade noch, wo du wohnst.«

Miriam hört zu, nimmt das Telefon dann kurz vom Ohr und flüstert mir Lenis Adresse zu. »Sie braucht wen zum Reden«, fügt sie leise hinzu.

Taro und ich stehen auf. Auf der Straße entschuldige ich mich bei ihm für das abrupte Ende des Abends, doch er antwortet nicht, sondern zückt sein Handy. Ich eile ein paar Schritte voraus, die Straße entlang und biege in die nächste Querstraße ein. In Gedanken fahre ich die Route zu Leni ab.

»Das Uber ist in fünf Minuten vor deiner Haustür«, sagt Taro, als er zu mir aufschließt.

»Das Uber?«

»Habe ich gerade bestellt. Mit den Rädern wären wir zwanzig Minuten unterwegs.«

»Du musst doch nicht mitkommen.«

»Ich möchte dich aber hinbringen. Du solltest jetzt nicht allein durch Leipzig düsen.«

»Taro, wirklich … das ist lieb von dir, aber …«

»Kein Aber. Ich bringe dich hin. Und auf der Fahrt kannst du dir überlegen, ob du mich mit zu Leni nimmst. Vielleicht kann ich helfen.«

Das Wirrwarr meiner Gedanken bekommt bei Taros Vorschlag einen neuen Knoten. Aus Reflex will ich ablehnen, doch dann zieht der Knoten fester an und bringt etwas Ordnung ins Durcheinander. Taro ist Psychologe – was läge näher, als ihn mitzunehmen? Selbst wenn Leni sich nur triste Gedanken von der Seele reden muss, kann er vielleicht gute Impulse geben. Und falls sich die Situation vor Ort kritischer darstellt, als Miriam an Telefon angenommen hat, kann er eine noch größere Hilfe sein. Notfalls könnten wir gemeinsam entscheiden, ob wir den psychologischen Notdienst einschalten.

Vor meinem Haus warten wir schweigend auf das Uber. Es dauert nicht lange, bis es vorfährt. Wir steigen ein. Auf der Fahrt weihe ich Taro in Lenis Geschichte ein und erzähle von der Mobbing-Tirade, die ehemalige Mitschülerinnen gegen sie gestartet haben.

Zehn Minuten später hält das Taxi vor einem Wohnblock im Stadtteil Probstheida. Leni öffnet uns, das Handy noch am Ohr. Ihre Augen sind rot vom Weinen, vom Mascara gefärbte Tränen trocknen auf ihren Wangen.

»Juno ist da«, sagt sie Miriam und legt auf.

Ich stelle ihr Taro als meinen Freund vor und frage sie, ob es für sie okay ist, wenn er bei uns ist. Leni presst die Lippen zusammen, schluchzt und nickt. Ich nehme sie in die Arme, sobald sie die Tür hinter uns schließt, halte sie fest und streiche ihr immer wieder über den Kopf, um sie zu beruhigen. Sie weint und zittert und klammert sich an mich, als wäre ich eine Boje weit draußen auf dem Wasser. Als sie etwas ruhiger wird, rücke ich ein Stück von ihr ab und sehe sie an. »Gehen wir in dein Zimmer? Oder lieber ins Wohnzimmer?«

Sie schüttelt den Kopf und geht in ihr Zimmer voran. Düstere Musik dudelt aus einer Soundbox. Taro schaltet sie aus. Auf dem Boden steht eine Flasche Rotwein, die so gut wie leer ist. Ich nehme sie und drücke sie Taro in die Hand.

»Schau mal in der Küche, ob du Tee findest«, bitte ich ihn.

Er geht. Leni sieht mich fragend an, als wüsste sie nicht, was nun passiert. Ich weiß es selbst noch nicht so recht und sehe mich um. In einer Ecke entdecke ich einen Sitzsack, den ich in die Zimmermitte ziehe. Ein Sitzkissen, das auf dem Bett liegt, werfe ich daneben. Leni lässt sich in den Sitzsack fallen, ich nehme auf dem Kissen Platz und frage sie, was geschehen ist, doch sie findet keine Worte. Abermals beginnt sie zu weinen und zieht sich in ihre Gedanken zurück.

Beim gestrigen Treffen war sie so entspannt und fröhlich, erinnere ich mich. Ihre Anekdote vom Online-Unterricht war so witzig, und sie hat so frei gesprochen. Ich war mir sicher, dass es ihr gerade gut geht.

Taro kommt mit einer Kanne Tee und drei Tassen zurück. Er stellt alles auf den Boden, setzt sich zu uns und schenkt ein. Leni nimmt ihm die Tasse ab, die er ihr reicht, und pustet in die dampfende Flüssigkeit. Während wir den Tee trinken, starte ich mehrere behutsame Versuche, zu ihr durchzudringen, und zuerst hat es den Anschein, als würde Leni sich beruhigen, doch dann scheint ein neuer schrecklicher Gedanke sie zu packen. Weinend und schluchzend erzählt sie uns, dass ihre Eltern übers Wochenende verreist sind. Sie hatte mitkommen sollen, aber nicht gewollt, weil sie mit der Mitschülerin, mit der sie Kaffee trinken war, und zwei anderen Mädchen ihrer Jahrgangsstufe verabredet war. In einer Burger-Bar wollten sie sich treffen und danach irgendwo tanzen. Ihre Worte beginnen sich zu überschlagen, als sie sagt, dass sie die drei nicht richtig kennt, ihnen geschweige denn vertraut. Sie vermutet, dass die sie bloß verarschen wollen. Ihr Weinen wird heftiger. Sie reagiert nicht mehr auf mich. Schließlich bekommt sie Atemnot, keucht und schnappt nach Luft.

Taro nimmt ihr die Tasse aus den Händen und stellt sie beiseite.

»Leni, schau mich an, bitte«, sagt er mit ruhiger Stimme.

Als sie es tut, holt er tief Luft. »Atme durch die Nase ein, wenn das geht, und zähle dabei bis vier. Hol den Atem ganz in dich hinein und schau, dass er deinen Bauch leicht aufpustet wie einen Luftballon.«

Im Stillen scheint er die Sekunden mitzuzählen. »Halte deinen Atem im Bauch und zähle bis sieben. Dann lässt du ihn gehen und atmest aus. Zähle dabei bis acht.«

Fünfmal lässt er Leni die Prozedur wiederholen. Im Anschluss hält er ihren Blick ein paar Sekunden lang und sieht sich dann um. Mit einem Nicken weist er auf ein Poster, das an der Wand hängt und einen Sänger im schwarzen Glitzeroutfit in Lebensgröße zeigt.

»Wer ist das da?«

Leni hebt die Schultern und lässt sie wieder fallen. »Harry Styles?« Sie zieht ihre Stimme am Ende zum Fragezeichen hoch, als wüsste das jeder.

»Ah, der Typ war mal in einer Band, oder?«

»One Direction?«

Ich muss lächeln. Nicht, dass es meine Musik gewesen wäre, aber beim Bandnamen klingelt was bei mir. Harry Styles allein hätte mir nichts gesagt.

Taro fragt weiter. »Hast du ihn schon mal live gesehen, den Harry?«

Sie schüttelt den Kopf. »Zu teuer, so ein Ticket. Außerdem, mit wem soll ich da hin?«

»Frag die Mädels, mit denen du heute verabredet warst. Was halten die von Harry?«

»Finden ihn ganz gut, glaub ich.«

»Ihr könntet euch für seine nächste Tour ein Ziel setzen.«

Als sie den Kopf senkt, beugt Taro sich etwas vor, um den Blickkontakt mit ihr zu halten. »Leni, denkst du wirklich, sie verarschen dich? Oder könnten sie andere Gründe haben, warum sie dich treffen wollen?«

Sie zögert und behält ihre Antwort für sich.

Taro fährt fort: »Manchmal neigen wir dazu, das Schlimmste anzunehmen. Das tun wir besonders dann, wenn wir in der Vergangenheit verletzt wurden.«

»Ich dachte ganz einfach, es passiert wieder«, gibt sie leise zu. »Es war nur ein kurzer Gedanke, aber plötzlich wurde er real. Ich hatte vor Augen, wie sie die Köpfe zusammenstecken und sich fiesen Mist überlegen.«

Taro nickt verständnisvoll. »Okay, ich verstehe. Aber gibt es Indizien, die dafür sprechen? Irgendwelche Hinweise?«

Sie überlegt und schüttelt schließlich den Kopf.

»Ist es dann nicht wahrscheinlich, dass sie ... Wie heißen sie denn eigentlich?«

»Ida, Sophie und Lea.«

»Könnte es sein, dass Ida, Sophie und Lea es ehrlich meinen und an einer Freundschaft mit dir interessiert sind? Weil sie dich mögen? Ich kann mir vorstellen, dass sie es jetzt gerade echt schade finden, dass du nicht dabei bist.« Er zuckt mit den Schultern und schmunzelt. »Zu dritt ist es immer blöd, oder? Ein Rad fehlt am Wagen. Könnte es sein, dass Leni gerade fehlt?«

Neue Tränen sammeln sich in Lenis Augen, doch diesmal sind es keine Tränen der Verzweiflung, sondern Tränen einer ersten leisen Einsicht.

Taro macht weiter. Tiefer und tiefer dringt er in Lenis Psyche vor und holt sie dabei mehr und mehr in die Realität zurück, ganz sachte, als würde er sie an der Hand führen, rückwärts vor ihr hergehen und sie Schritt für Schritt leiten. Zur Gewissheit, zum Selbstvertrauen und zum Verständnis, dass alles okay ist. Wie gebannt sitze ich dabei und beobachte ihn und sie.

Mir ist bewusst, wie sorgfältig er jedes Wort wählt, so leicht es auch über seine Lippen kommt, wie stark und sicher die Brücke ist, die er zwischen Lenis gefühlter und tatsächlicher Realität aufbaut. Es gibt kein Wort, mit dem ich ihm hierfür danken kann. Und es gibt kein Wort, das beschreibt, wie sehr er mich gerade berührt. Ich müsste eins erfinden, doch dafür ist mein Kopf gerade viel zu beschäftigt.

▼

Es ist kurz nach drei, als wieder ein Uber vor Lenis Haus hält, um uns zurück nach Connewitz zu bringen. Taro hält mir die Tür auf und lässt mich einsteigen, dann setzt er sich neben mich auf die Rückbank.

Momente der vergangenen Stunden tanzen wie Schatten in meinen Gedanken. Der Tee war irgendwann ausgetrunken, und ich bin in die Küche, um neuen aufzusetzen. Leni hat uns Schokoriegel dazu serviert. Wir haben Harry Styles gehört, über Musik, Serien und Freundschaften geredet – es stellte sich das Gefühl ein, einen Abend unter Freunden zu verbringen, als Taro so subtil, wie er begonnen hatte, losließ und keine therapeutische Technik mehr anwandte. Leni verhielt sich entspannter und erzählte locker von sich aus. Irgendwann war es ihr peinlich, dass sie uns hat antanzen lassen, weil die Gedanken mit ihr durchgegangen waren. Als sie immer häufiger gähnte und vom Sitzsack auf ihr Bett wechselte, waren Taro und ich zuversichtlich, dass sie den Rest der Nacht gut allein verbringen konnte.

Müde bin ich nun auch. Meine Glieder sind schwer wie Blei, und meine Augen brennen. Als ich einen Blick mit Taro tausche, nimmt er meine Hand. Nachdenklich verschränkt er die Finger mit meinen, wie es André und Miriam vorhin gemacht haben. Er sieht geschafft aus, als hätte er in den vergangenen fünf Stunden auf einer Baustelle geackert.

Die Vorstellung, gleich in mein Bett zu fallen und die Decke über mich zu ziehen, ist verlockend, doch sie wird gestört von dem Gedanken, dass Taro dann nicht mehr bei mir ist. Hin- und hergerissen wünsche ich mir, dass diese Autofahrt endet, und zugleich, dass sie ewig dauert.

Der Wagen gleitet durch Straßen, die im schummrigen Licht der Laternen schlafen. Der Fahrer ist unglaublich gesprächig, erkundigt sich nach diesem und jenem, erzählt dies und das, bis Taro ihm mit ein paar freundlichen, aber knappen Antworten zu verstehen gibt, dass uns nicht nach Smalltalk ist. In meinem Inneren stellt sich ein Gefühl ein, das sich zuerst unwirklich anfühlt. Es regt sich und breitet sich aus, fließt wie ein Strom in jede Faser meines Körpers. Es wird wach, obwohl der Rest von mir so müde ist, und kribbelt wie ein zärtliches Flüstern, wie ein Sehnseufzen. Mit ein paar Worten, die sich in meinen Gedanken formen, hebt sich meine Brust unter meinem Atem. Er hebt die Worte mit an, bringt sie auf meine Zunge, doch meine Lippen lassen sie nicht hinaus.

Ich bin nicht verknallt, sage ich mir. Verknallt war ich, als Taro Yuuto-San fertiggestellt hatte. Ich bin auch nicht verliebt. Das war ich bei unserem ersten Kuss auf der Brücke.

Jetzt bin ich etwas anderes.

Jetzt liebe ich ihn.

Retrozatieren

[ʁetʁoˌt͡saˈtiːʁən] Verb.
Das Anvertrauen einer sehr persönlichen, normalerweise nicht geteilten Geschichte an eine ausgewählte Person oder Gruppe.

Das Sonnenlicht fällt durch den Stoff der Vorhänge an den beiden kleinen Dachfenstern meines Schlafzimmers. Ich versuche zu schätzen, wie spät es ist, gebe aber auf und schaue auf den Wecker neben meinem Bett. Der zeigt mir an, dass es kurz nach zwölf ist. Das erklärt, warum mein Magen knurrt und ein Frühstück einfordert. Er muss warten.

Ich drehe mich zur Bettmitte um. Taro schläft noch tief und fest. Er liegt mir zugewandt, hat einen Arm unter das Kissen geschoben. Sein Gesicht drückt sich zur Hälfte ins Kissen. Die Wimpern des Auges, das nicht vom Kissen verborgen wird, bilden einen dunklen Kranz. Eine Haarsträhne fällt ihm über die Stirn und streift seine Nase. Sein sanft geschwungener Mund ist entspannt. Auf der Wange zeichnen sich Stoppeln ab. Die Haut seiner Schultern schimmert in einem blassen Goldton.

Letzte Nacht hatte er sein Rad schon halb durch die Einfahrt geschoben, da habe ich ihn gebeten, nicht nach Hause zu fahren. Der Blick, den er mir daraufhin schickte, sprach Bände über Engel und Teufel, die links und rechts von ihm auftauchten und sich eine Pro-Kontra-Debatte lieferten. Ich nehme an, dass der Teufel zwar gewonnen, uns aber der Engel hinauf ins Schlafzimmer begleitet hat. Aneinander gekuschelt sind wir sofort eingeschlafen und müssen uns im Schlaf voneinander gelöst haben.

Nach einem Zögern robbe ich näher zu ihm. Mein Kopf findet Platz neben seinem auf dem Kissen. Sachte küsse ich ihn und halte inne, als er die Augen öffnet. Das zuerst noch schläfrige, wie von einem feinen Nebel durchzogene Grün seiner Iriden gewinnt an Klarheit, an Tiefe und beginnt das Licht in seinen feinen Sprenkeln und Strukturen zu reflektieren. Für einen Moment fühle ich mich wie von unsichtbaren Bändern gefesselt.

Als Taro seinen Mund wieder auf meinen legt, lösen sie sich, als würden ihre Schleifen nach und nach aufgezupft werden. Unser Kuss gewinnt an Intensität und bringt Bewegung in meine Glieder. Ich schmiege mich an ihn, lege eine Hand auf seine Brust, ein Bein über sein Becken. Langsam, ohne unsere Münder voneinander zu trennen, schiebe ich mich auf ihn. Taro legt seine Hände an meine Seiten, doch ich streiche seine Arme entlang und schiebe sie links und rechts neben seinen Kopf, um seine Hände ins Kissen zu drücken.

Mein Magen knurrt abermals. Jetzt ist es noch egaler als eben. Ich habe Hunger, aber nicht auf Frühstück, sondern auf Taro. Ein kleiner Ruck geht durch seinen Körper, als er sich zu befreien versucht, doch ich halte seine Handgelenke fester und presse meinen Schoß auf ihn. Dass er genauso hungrig ist wie ich, spüre ich an unserem Kuss, am Drängen seiner Lippen, am Biss seiner Zähne und an der Regung unter meinem Schoß. Ich will ihn in mir haben, endlich. Ich will ihn dabei ansehen, will ihn hören und schmecken. Ich will den Schweiß von seinen Lippen lecken, will, dass er meinen Schweiß von meinem Hals küsst.

Als ich mich aufsetze und auf ihn herabschaue, streifen meine Haarspitzen über seine Brust. Sein Blick fliegt von meinen Augen zu meinem Mund und zurück zu meinen Augen. Als ich seine Arme freigebe, um mir mein T-Shirt über den Kopf zu ziehen, wartet er noch genauso lange, wie es dauert, bis es auf den Boden neben das Bett fällt, dann setzt er sich auf und wirft mich auf den Rücken.

▼

Es wird Abend. Taro und ich sind immer noch oder schon wieder im Bett. Mein Kopf ruht auf seiner Schulter, meine Hand auf seiner Brust, mein Bein angewinkelt auf seinem Bauch. Seine Fingerspitzen streicheln meinen Rücken. Von unten, durch die offen gelassenen Türen tönt die für einen Samstag im Bett beste Musik. *Tango in the Night*, das sich 1987 mehr als zehn Wochen in den Billboard-Charts hielt, ist die inzwischen fünfte Platte von Fleetwood Mac und auch die letzte, die ich für den automatischen Wechsel in den Stapel gelegt habe.

Ich glaube nicht, dass ich heute noch eine andere Band hören kann. Wenn Taro nachher nach Hause fährt, werde ich wohl von vorn beginnen.

Wenn er nachher fährt …

Vielleicht bleibt er ja.

Jetzt, wo wir so zusammen sind, fühlt es sich eigenartig an, an später zu denken. Taro nachher allein in seiner Wohnung am Fluss und ich allein hier. Es fühlt sich fremd an, als wäre es nicht die Norm, als wären er und ich immer schon hier und so zusammen gewesen. Noch viel merkwürdiger sind die Gedanken an Montag, wenn ich in der Werkstatt mit der Arbeit an der noch namenlosen Frisierkommode beginne und er in der Klinik ist. Vor meinem geistigen Auge sehe ich ihn Patienten gegenüber, Menschen wie Leni, in Zuständen wie dem, in dem Leni gestern war.

Taro spricht nie darüber. Er redet nie über die Menschen, die er betreut, oder über Kollegen, mit denen er vielleicht nicht einer Meinung ist, oder über Meetings, die einfach kein Ende finden. Ich weiß nicht einmal, in welcher Klinik er arbeitet.

Zugegeben, ich habe nie gefragt, aber eigentlich sind das kleine Informationen, die nebenbei eingestreut werden.

»Hattest du schon oft Fälle wie Leni?«, frage ich ihn.

Er antwortet nicht sofort. Seine Brust, mit meiner Hand darauf, hebt und senkt sich unter einem tiefen Atemzug. »Angstattacken? Hin und wieder«, sagt er dann.

Und nichts weiter.

»In welcher Klinik bist du?«

Er lacht leise. »Willst du mich besuchen kommen?«

»Und deine Sprechstunde crashen? Nein. Ich habe mich das nur gerade gefragt. Du erzählst nie von deiner Arbeit.«

»Meinen Job und mein Privatleben zu trennen ist eine Sache, die ich mir beizeiten angewöhnt habe. Ich nehme Privates nicht mit zur Arbeit und erspare meinem Privatleben Themen der Arbeit. Anderenfalls wäre ich im Kopf nicht frei.« Er zieht mich ein bisschen näher an sich und gibt mir einen Kuss auf die Stirn. »Ich wäre nie hundertprozentig bei dir, wenn ich von Jobthemen erzählen würde. Davon abgesehen darf ich über das meiste nicht sprechen.«

Natürlich. Er untersteht der Schweigepflicht. Dennoch fehlt da etwas.

Vielleicht bilde ich es mir auch nur ein. Vielleicht ist es einfach mein Bedürfnis, ihn ganz und gar zu kennen und sein ganzes Leben wie einen guten Roman in einem Rutsch zu lesen. Dabei kennen wir uns gerade einmal sieben Wochen. Bekanntlich dauert es Jahre oder Jahrzehnte, bis man das Buch, das einen Menschen beschreibt und erklärt, gelesen hat. Seite für Seite blättert man um und vertieft sich in mal kürzere, mal längere Kapitel. Unweigerlich stößt man auf Abschnitte in einer fremden Sprache, die man nie lernen kann oder möchte. Und sicher enthält dieses Buch auch Kapitel, die einem ewig verborgen bleiben. Man muss nicht jedes Kapitel lesen, um ein Buch zu mögen und zu schätzen.

»Wo hatten deine Großeltern eigentlich die ganzen Platten und Tapes her?«, fragt er. »Die Musiker waren doch Klassenfeinde, die man nicht hören durfte.«

»Ein guter Freund meines Opas hatte ein Musikgeschäft in Leipzig«, antworte ich. »Er bekam auch Platten vom sogenannten Klassenfeind, aber so schnell, wie sie reinkamen gingen sie wieder raus. Für gute Kunden wie meinen Opa legte er bestimmte Platten zurück und verkaufte sie unter dem Ladentisch. So hat mein Opa das immer genannt.«

»Er hatte also einen Plattendealer.«

»Genau.« Ich schmunzele bei der Erinnerung an Opas Geschichten. »Manchmal, wenn er Westmark hatte, ging er auch in die Intershops, in denen es ebenfalls Klassenfeind-Platten gab. Nach dem Mauerfall, als endlich alles frei verfügbar war, hat er richtig zu sammeln begonnen.«

Unten im Wohnzimmer beginnt der siebte Song des Albums zu spielen. Seine beschwingte Melodie steht in einem Kontrast zur Melancholie seines Themas. In *Little Lies* geht es ums Verschleiern einer unangenehmen Wahrheit und den Erhalt der Komfortzone.

»Ich möchte dir etwas erzählen«, höre ich mich sagen.

Für einen Moment schließe ich die Augen und beiße mir auf die Unterlippe. Aber nun, da dieser Satz raus ist, gibt es kein Zurück mehr. Ich war schon zu lange in der Komfortzone. Kurz überlege ich, ob ich mich aufsetze, entscheide mich dann dagegen. Diese Geschichte wird leichter über meine Lippen zu bringen sein, wenn ich Taro nicht ansehe.

Mit einem »Okay« hört Taro auf, meinen Rücken zu streicheln, legt den Arm stattdessen um mich.

»Als ich dir erzählt habe, wie Miriam und ich den Verein gegründet haben, hast du wissen wollen, ob ich selbst von Mobbing betroffen war. Ich meinte, dass es nur die üblichen kleinen Schikanen gewesen seien. Und das war nicht die Wahrheit.«

Taro schweigt, wartet. »Okay«, sagt er dann noch einmal.

»Ich habe dir von Paul erzählt, meinem zweiten Freund in Hamburg.«

»Paul, der ein Problem hatte loszulassen.«

»Ich habe mich von ihm getrennt, weil er extrem eifersüchtig war. Er wurde sauer, wenn ich mich auf Partys mit männlichen Freunden unterhielt. Er mochte nicht, dass ich mit den Kollegen aus der Werkstatt, die fast alle Männer waren, nach der Arbeit noch was trinken ging. Er glaubte, dass ich in einen der Schauspieler verknallt war, nur weil ich einmal gesagt hatte, dass er auf der Bühne toll war. Jeder fand das. Irgendwann stritten wir nur noch. Er war in der Offensive, ich in der Defensive.«

»War er von Anfang an so eifersüchtig?«

»Ich weiß nicht. Wenn es so war, konnte er es gut verstecken. Vielleicht hat es sich auch entwickelt, während wir uns aneinander gewöhnten.« Ich greife nach einem weiteren Gedankenfaden. »Richtig unangenehm wurde es, nachdem ich meine Meisterprüfung abgelegt hatte und mein YouTube-Kanal zu laufen begann. Paul kam immer mit zu den Videotakes, aber nicht, weil er sich dafür interessierte, sondern weil er befürchtete, ich könnte etwas mit dem Typen anfangen, dessen Werkstatt ich nutzte. Je mehr Follower ich auf Instagram und YouTube verbuchte, desto wütender wurde er. Er warf mir irgendwann vor, dass ich applausgeil sei und mich für die Aufnahmen so rausputzen würde, um meinen männlichen Zuschauern zu gefallen.«

Tausend kleine Dinge schießen mir plötzlich durch den Kopf, wie Splitter eines zerschlagenen Spiegels. Ich versuche, meine Gedanken zu sortieren und den nächsten zu greifen, weiß aber einige Sekunden lang nicht, wo ich weitermachen soll.

»Wie lange hat diese Eifersuchtszeit denn gedauert?«, fragt Taro.

»Ein halbes Jahr etwa. Ich konnte einfach nicht mehr. Ich habe mich nur noch verurteilt und eingeengt gefühlt.«

»Verständlich.« Taro räuspert sich und hilft mir mit einer weiteren Frage wieder auf die Sprünge. »Und deinen Wunsch nach Trennung hat Paul nicht akzeptiert.«

»Zuerst hat er sich zurückgezogen, weil er in seinem Stolz verletzt war. Aber nach einer Weile begann er, überall aufzutauchen, auf Partys und bei den Eishockeyspielen der Hamburg Freezers, die ich manchmal besucht habe. In Cafés und Restaurants, wo ich mich mit Freunden traf, saß er plötzlich an einem Nebentisch, immer mit einer anderen Frau.«

»Er wollte dir demonstrieren, wie schnell und leicht du zu ersetzen bist, um deine Eifersucht zu wecken.«

»Natürlich, er war leicht zu durchschauen. Als das aber nicht funktioniert hat, wurde er auf meinen Accounts aktiv. Auf Instagram kommentierte er jeden Post, als wären wir noch zusammen, und likte alles mit einem Herzen. Auf YouTube das Gleiche. Ich nehme an, damit wollte er mich als vergeben markieren.«

»Wahrscheinlich war das seine Absicht, ja. Wie bist du damit umgegangen?«

»Ich habe es ignoriert.«

Oft habe ich mich gefragt, ob es ein Fehler war, Paul zu ignorieren. Ob es besser gewesen wäre, noch einmal mit ihm zu sprechen, ihn um Abstand zu bitten und ihm klarzumachen, dass ich keine Zukunft für ihn und mich sehe.

»Als Nächstes hat er sich verschiedene Aliasse zugelegt und Kommentare hinterlassen, die mich zur Kontaktaufnahme und zum Flirten bewegen sollten. Ich vermute zumindest, dass sie von ihm stammten. Die Profilbilder waren nicht sehr natürlich, ungewöhnlich attraktiv. Außerdem hatte es solche Kommentare vorher nicht gegeben. Als ich auch die ignorierte, gab es neue Aliasse, diesmal welche, die mich entweder als Hure beleidigten oder explizit schilderten, wie ich mich hatte vögeln lassen. In einem Kommentar forderte er meine Follower auf, einfach mal in der Werkstatt vorbeizuschauen, weil ich mein Outfit besonders gern auf dreckigem Holz vom Leib gerissen bekäme.«

Noch heute habe ich diese Zeilen schwarz auf weiß vor Augen. Damals habe ich es nicht fassen können, dass Paul zu so etwas in der Lage war. Ich fragte mich, wie ich mich so in ihm hatte täuschen können, und verstand nicht mehr, wie ich jemals etwas anderes als einen Mistkerl in ihm habe sehen können. Jede Minute, die ich mit ihm verbracht hatte, hielt ich im Nachhinein für verschwendete Zeit.

»Das tut mir wirklich leid, Juno«, sagt Taro. Er legt auch den zweiten Arm um mich und zieht mich noch näher an sich. »Das muss deine Follower ziemlich verunsichert haben.«

»Die meisten haben diese Kommentare übersehen. Die wenigen, die sie gelesen haben, haben sie entweder kritisiert oder sind mit auf den Zug aufgesprungen. Beinahe täglich musste ich irgendjemanden blockieren und Kommentare melden. Irgendwann wusste ich nicht mehr, wer Paul und wer ein Trittbrettfahrer war.«

Schweigend vergehen einige Minuten. Ich bin in meine Gedanken verstrickt, während Taro sich mit dem neu Gehörten auseinanderzusetzen scheint.

»Ich kann verstehen, dass du dir das nicht mehr antun wolltest«, sagt er, »und auch, dass du skeptisch gegenüber der digitalen Welt geworden bist.«

»Oh, da habe ich das Handtuch aber noch nicht geworfen.« Das Beste kommt zum Schluss, denke ich mit in mir aufsteigender Bitterkeit, die ich lange nicht mehr gespürt habe, denn ich habe mich lange nicht in diese Vergangenheit zurückversetzt. »Als wir noch zusammen gewesen waren, muss Paul an mein Notebook gegangen und sich die Passwörter zu all meinen Accounts und Seiten gezogen haben.«

Ein Schauder rauscht durch meinen Körper, als ich Taro erzähle, was dann geschah. »Er hat Grafikdesign gelernt und war gut darin. Als ich eines Morgens zur Arbeit kam, reagierten meine Kollegen merkwürdig. Einer hat mich dann beiseitegenommen und mir eine E-Mail gezeigt, die von meiner Adresse aus gesendet worden war. Sie enthielt einen anzüglichen Text und pornografische Fotos, in die mein Gesicht gesetzt worden war. Nicht nur alle Kollegen, sondern alle männlichen Kontakte hatten diese E-Mail erhalten, alte Bekannte aus Schule und Ausbildung, Lehrer und meine Ansprechpartner beim Baumarkt, der meinen Kanal supportet hat.«

Ich spüre, wie Taros Atem stockt. »Das ist furchtbar, Juno!«, stößt er aus.

»Aber immer noch nicht alles. Mehr Fotos sind auf meinem Instagram-Kanal und in einem YouTube-Video veröffentlicht worden. Auf einen Schlag hatte ich überall tausend Follower mehr, aber keine, die ich wollte. Du kannst dir nicht vorstellen, was ich für Kommentare erhalten habe.«

»Doch, glaub mir, das kann ich.« Taros Stimme klingt schwer, als er das sagt.

»Es brachte jedenfalls nicht viel, die Zugangsdaten zu ändern und die Posts zu löschen. Die waren ja gesehen worden, und auf älteren Posts, die ich selbst gemacht hatte, wurden ständig grässliche Kommentare abgegeben. Mir blieb nichts übrig, als die Accounts zu löschen. YouTube, Instagram, Facebook, E-Mail … aus und vorbei. Die mir wichtigsten Kontakte übertrug ich in einen neuen E-Mail-Account, aber ich wagte nicht, jemandem zu schreiben oder mich auch nur einzuloggen. Binnen eines Tages entwickelte ich eine Paranoia und glaubte, Paul könnte sich auch diesen Zugang verschaffen. Ich durchforstete mein Notebook und mein Handy auf Spionage-Software, fand zwar nichts, hatte aber dennoch das Gefühl, dass er auch jeden virtuellen Schritt, den ich ging, verfolgte.«

»Bist du zur Polizei und hast ihn angezeigt?«

»Ein paar Tage später, als ich wieder einigermaßen klar denken konnte, habe ich das getan, ja. Aber ich erstattete Anzeige aufgrund einer Vermutung. Man hat es mit der Rückverfolgung über IP-Adressen versucht, was allerdings ins Leere geführt hat.«

Kopfschüttelnd erinnere ich mich weiter: »Ich habe mich geschämt, zur Arbeit zu kommen, weil einige Kollegen tatsächlich glaubten, ich hätte diese E-Mails gesendet, also habe ich mich krankschreiben lassen und mich zu Hause verbarrikadiert. Meine Eltern gingen für mich einkaufen und unterstützten mich, wo sie konnten, doch sie waren einfach nur ratlos. Und dann kamen die WhatsApp-Nachrichten.«

»Er hat immer noch weitergemacht?«

»Ja, auf Tinder, das damals der neueste Schrei war. Dort muss Paul ein Profil mit Daten und Fotos von mir angelegt haben.«

»Catfishing. Identitätsraub« Taros Stimme nimmt einen verärgerten Klang an. »Und nicht einmal dafür haben sie ihn drangekriegt?«

»Auch dafür nicht, nein. Das Profil hat zu kurz existiert. Und Paul wusste wohl genau, wie er es anstellen muss.« Ich schließe die Augen und schmiege die Wange an Taros Schulter. »In meinem Namen hat Paul mit Typen kommuniziert und ihnen meine Handynummer gegeben. Ich bekam Hunderte Nachrichten und Anrufe von fremden Typen jeden Alters. Die einen haben mir grässliche Nachrichten geschrieben, die anderen Schwanzbilder geschickt. Wieder andere boten mir Geld für Sex an.«

»Das Aus fürs Handy«, schlussfolgert Taro.

Ich öffne die Augen wieder und sehe über seine Brust hinweg durch das Zimmer, durch mein Nest, das ich mir hier errichtet habe, fern von Paul, fern von Hamburg, in Sicherheit. Schließlich setze ich mich auf, ziehe die Beine unter den Po und sehe Taro an. Nie hat er so ernst ausgesehen, so konsterniert und betroffen. Einem Impuls folgend will ich mir mein T-Shirt und meinen Slip greifen und beides anziehen, lasse es dann aber. Ich habe mich gerade total nackig gemacht, also kann ich auch nackt sein.

Taro setzt sich ebenfalls auf. Er nimmt meine Hände in seine, betrachtet sie eine Zeit lang nachdenklich und sieht mich dann wieder an. Ein düsteres Funkeln trübt das Grün seiner Augen.

»An diesem Tag habe ich beschlossen, mich auszuklinken«, sage ich. »Zuerst, um mich zu schützen und solche Übergriffigkeiten und virtuelles Stalking nicht mehr zu riskieren. Nicht eine einzige Information von mir wollte ich mehr im Netz, nicht meinen Namen und nicht ein Foto. Es hat Jahre gedauert, bis der Anwalt, den meine Eltern beauftragt hatten, mir endlich mitgeteilt hat, dass bei der Eingabe meines Namens in egal welcher Suchmaschine keine Treffer mehr angezeigt werden.«

Eine ganze Weile vergeht ohne ein Wort. Vogelgezwitscher dringt durch die geöffneten Fenster herein, hin und wieder vom Brummen eines vorbeifahrenden Autos untermalt. Wir halten uns noch bei den Händen, doch Taro senkt den Blick und scheint nachzudenken.

»Ich fasse es nicht, dass dieser Typ, Paul, damit durchgekommen ist«, knurrt er nach einer Weile. »Es kann nicht sein, dass ihm nichts nachzuweisen war. Das sind so schwere Eingriffe in die Privatsphäre. Es gibt doch Wege und …«

»Er hat es noch bei zwei anderen Frauen nach mir getan.«

Er sieht mich wieder an.

»Eine hat danach versucht, sich das Leben zu nehmen«, erzähle ich. »Keine Ahnung, ob die Ermittlungen aufgrund dessen intensiver wurden. Vor zwei Jahren wurden ihm die Taten dann zugeordnet. Er hat gestanden, auch in meinem Fall.«

»Und? Wurde er verurteilt?«

»Zu vier Jahren Haft und einer anschließenden psychologischen Betreuung in einer geschlossenen Anstalt.«

Taro atmet durch, als würde ihn diese Tatsache erleichtern. Abermals schaut er auf unsere Hände. Mit dem Daumen streicht er mir über die Handrücken, bis er den Blick wieder hebt und mit meinem verbindet.

»Hattest du professionelle Hilfe, um das Erlebte zu verarbeiten?«

»Hier in Leipzig habe ich mir eine Psychologin gesucht.« Ein Lächeln huscht über meine Lippen. »Im Wartezimmer habe ich Miriam kennengelernt.«

Taro nickt, lässt alles sacken und taucht dabei tiefer in meinen Blick.

»Danke, dass du mir das erzählt hast«, sagt er schließlich.

»Ich hätte es gern früher getan. Aber das ist keine Geschichte, mit der man sich vorstellt bei jemandem, der …« Ohne die richtigen Worte zu finden, klappe ich den Mund zu und zucke mit den Schultern.

Er zieht die Brauen hoch. »Jemand, der?«

»Ich hab ja nicht gewusst, was aus uns wird. Finde erst mal den richtigen Moment für solch ein Gespräch! Auf keinen Fall wollte ich, dass du mich als so verletzlich siehst, wie ich es in dieser Vergangenheit gewesen bin.«

»Es ist okay, verletzlich zu sein. Jeder ist verletzlich.«

»Das war etwas anderes damals. Eine Zeit lang habe ich mich als Opfer gefühlt.« Mit einem »Brrr!« schüttele ich mich. »Scheußliches Gefühl! Und es wäre ja möglich gewesen, dass du mich auch als Opfer siehst.«

Taro schüttelt den Kopf. »Mit meinem beruflichen Hintergrund? Keine Sekunde lang.« Das düstere Funkeln verschwindet aus seinem Blick, als er die Hand hebt und mir ein paar Haarsträhnen hinters Ohr streicht. »Von Anfang an habe ich in dir eine starke Frau gesehen, und gerade hast du noch ein paar Muskeln mehr draufgepackt.«

Es ist schön, das von ihm zu hören. So schön, dass mir auf die Schnelle keine Erwiderung einfällt. Taro überbrückt die Stille, indem er eine neue Frage stellt.

»Eben hast du gemeint, du hättest dich ausgeklinkt, zuerst, um dich zu schützen. Heute ist deine Abstinenz also kein Schutz mehr?«

»Doch, auch. Aber nicht ausschließlich. Es lebt sich sorgenfreier, wenn man nicht darüber nachdenkt, wo die eigenen Daten gerade umherschwirren, aber ich genieße mein analoges Leben auch sehr. Es klingt vielleicht merkwürdig, aber in gewisser Weise bin ich dankbar, dass mir das passiert ist. Die Vorstellung, jetzt immer noch durch die virtuelle Welt zu geistern, noch tiefer darin gefangen zu sein, mit zu vielen Freunden und zu vielen Lovern, ist gruselig. Früher hätte ich mir nicht vorstellen können, wie gut das Leben ohne all das ist. Tatsächlich ist es purer, freier.« Fragend lege ich den Kopf schief. »Wahrscheinlich verstehst du nicht, wie ich das meine.«

»Ich beginne aber damit.«

»Manchmal ist es ein wenig kompliziert, und manchmal nervt es, zu erklären, warum man nicht mobil oder per E-Mail erreichbar ist, aber selbst das kann zu einer netten Routine werden.« Grinsend hebe ich den Finger. »Obwohl …«

Taro schmunzelt. »Was kommt jetzt?«

»Ich überlege, mir ein Handy zu kaufen.«

»Waaas?« Eine Mischung aus Überraschung und Enttäuschung färbt seine Stimme. »Wieso das denn? Du kommst doch super ohne klar. Und du bist eine Pionierin für alle, die von einem solchen Leben träumen.«

»Die bleibe ich auch. Ich kann die Pionierin sein, die einen Kompromiss eingeht, der ein bisschen mehr Komfort mit sich bringt.«

Taro lacht immer mehr, als ich ihm schildere, wie ich am Morgen vor unserer Kajaktour durchs Haus gewetzt bin, um mit ihm zu telefonieren. An den Fingern zähle ich ihm die Vorteile auf. »Ich müsste nicht alle Türen auflassen, um es unten klingeln zu hören – insbesondere im Winter hat das Nachteile. Ich könnte anrufen, wenn ich mal wieder spontan vor deiner Tür stehe. Im weniger spontanen Fall könnte ich mich ankündigen. Ich könnte unterwegs sein, ohne es blöd zu finden, deinen Anruf zu verpassen.«

Taro biegt auch meinen kleinen Finger um, um ein fünftes Pro zu nennen. »Wir könnten nachts telefonieren, bis wir einschlafen und dafür praktischerweise schon im Bett liegen.« Mit einem Zwinkern fügt er hinzu: »Du auch. Ich bin früher oder später sowieso schon im Bett.«

Mit einem Seufzen plumpse ich aufs Kissen. »Ich mag den Gedanken, ein Handy zu haben. Nur zum Telefonieren und vielleicht, um mal wieder eine gute alte SMS zu verschicken.«

Taro stützt sich über mir auf. »Der Tag, an dem ich eine gute alte SMS von dir bekäme, wird ein Meilenstein in meiner persönlichen Geschichte sein.«

Nach einem Kuss legt er sich neben mich.

Stressed Out

Vorgestern, als mir Juno ihre Geschichte erzählt hat, hatte ich einen schrecklichen Verdacht: RedMask ist Paul. Dass er Juno noch immer stalkt und mich auf sie angesetzt hat, weil er auf anderem Weg nicht an sie herankommt, war eine schlichtweg grauenhafte Vorstellung, die mir einige Minuten lang blanke Panik bescherte und in mir gewühlt hat, bis Juno mir sagte, dass der Kerl zu einer Haftstrafe verurteilt wurde. Er sitzt noch mindestens zwei Jahre hinter schwedischen Gardinen und anschließend in der Geschlossenen. Er kann nicht RedMask sein. Jemand wie Paul würde auch nicht zurückrudern, wie RedMask es getan hat.

Mit einem Klick rufe ich dessen YouTube-Profil auf, doch nach wie vor ist da nichts außer dem Namen. Es gibt keine Abonnenten, keine hochgeladenen Videos, keine Playlists.

Konstantin wäre ein möglicher Kandidat. Vielleicht ist seine protektive Masche nur Show? Vielleicht ist er tatsächlich nicht darüber hinweg, dass nicht mehr aus ihm und Juno wurde. Infrage käme auch jemand aus der Selbsthilfegruppe, wobei dort jeder Junos Geschichte kennen und wissen sollte, wie wichtig es ihr ist, nicht im Internet zu sein.

So groß der Vorwurf auch ist, den ich RedMask machen möchte und könnte, den größten Vorwurf mache ich mir selbst und immer mehr auch Flirt Force One. Seine Absicht, mich zu verdrängen, ist in Anbetracht von Junos Geschichte lediglich ein Ärgernis, beinahe belanglos, verglichen mit seiner Rücksichtslosigkeit gegenüber ihr als unwissentlich Beteiligter. Bei unserer Abmachung habe ich keinen Gedanken daran verschwendet, dass sie eine solche Vergangenheit haben könnte, doch er tut es noch viel weniger. Und wüsste er davon, wäre es ihm wahrscheinlich egal.

Nachdem Juno und ich miteinander geschlafen haben, war ich drauf und dran, ihr von der Challenge zu erzählen. Der Satz »Ich muss dir etwas erzählen« lag mir bereits auf der Zunge, und dann hat sie ihn plötzlich ausgesprochen.

Aus Selbstschutz hat sie dafür gesorgt, dass sie aus dem Internet verschwindet, und sie legt großen Wert darauf, dass sie dort nicht mehr auftaucht. Und ich? Was mache ich? Ich mache sie zum Thema auf meinem Kanal! Zum Glück habe ich nie ihren Namen erwähnt und kein Bild gepostet, nicht einmal Fotos ihrer Werkstatt. Bei den Aufnahmen des Schranks habe ich darauf geachtet, dass man die Umgebung nicht sieht. Allein beim Gedanken an das längst gelöschte Video wird mir speiübel!

In jedem Fall waren die Erfahrungen, die Juno gemacht hat, Grund genug, meine eigene Wahrheit nicht direkt hinterherzuschieben. Ich habe den Mund gehalten. Am Samstag und auch gestern, den ganzen Sonntag lang, bevor ich am späten Abend nach Hause gefahren bin. Als Juno noch einmal nachgefragt hat, habe ich ihr erzählt, wie ich damals, während der Arbeit an meiner Dissertation, im Klinikum in der Südoststadt zu arbeiten begann und später in Vollzeit übernommen wurde. Es war keine direkte Lüge, aber ich habe Juno glauben lassen, dass ich heute noch immer dort beschäftigt bin. Und dass ich das tun muss, dass ich mich immer mehr im Lügennetz verhedderte, statt endlich rauszukommen, das kotzt mich nur noch an!

Als ich das Profil von RedMask schließe, fällt mir auf, dass ich mehr Follower habe. Am Morgen, als ich zum ersten Mal seit dem Upload am Freitag nach der Performance des letzten Videos geschaut habe und Schrödingers Katze abermals für tot erklären musste, waren es nur noch knapp unter sechstausend. Jetzt sind es achtzig mehr – ein prinzipiell lächerlicher Anstieg.

Aber doch ungewöhnlich, da ich eigentlich gerade nur verliere. Immer skeptischer lese ich ein paar der Kommentare.

> **@AGirlWithDreams** So toll! Ihr seid zusammen! ✨😍✨
>
> **@Chickmister** wie haste das geschafft alter?
>
> **@LamboDiabloGT** Bruder, bin stolz auf dich! Bros4life! 👍😎
>
> **@LOLord888** Warum machst du so ein Geheimnis draus? Könntest dir den ganzen Stress hier easy schenken.
>
> **@Klausi1969** Ihr letztes Video war sehr hilfreich. Danke dafür!
>
> **@SchmittsKatze** Ich hab endlich ein Date! 😃 Ach ja, und Glückwunsch! 👏
>
> **@Simon7703** Nicht schlecht, Herr Specht! 👏
>
> **@LizLizLis** Oh my god! Das is so sweet! Mehr pics bitte! 📷📷📷

Mehr Pics? Was für Pics?

Immer nervöser scrolle ich weiter und finde schließlich einen Kommentar, der mich verstehen lässt.

> **@MissSissy** Vor ein paar Tagen in Leipzig, Taro und seine Freundin gesichtet. Wenn sie mal nicht der Grund ist, warum er die Challenge abgebrochen hat. Also sucht euch ein anderes Opfer. Fotos seht ihr hier: instagram.com/misssissybakescakes

Was zum Teufel?!

Neue Panik brodelt in mir, und Wut auf mich selbst kommt hinzu, als ich den Link anklicke. Ich lande bei einem Instagram-Beitrag mit vier Fotos von Juno und mir. Das erste zeigt uns im Stadthafen, während wir auf den Instructor warten. Darauf küssen wir uns. Auf dem zweiten Bild ist zu sehen, wie ich

Juno ins Kajak helfe. Auf Bild drei und vier paddeln wir den Elstermühlgraben entlang. Auf Bild eins bis drei ist Juno wegen ihres Schlapphuts, dessen Krempe ihr Gesicht zur Hälfte verdeckt, nicht zu erkennen, doch auf dem vierten Bild wurde sie fotografiert, als sie sich zu mir umdreht. Man erkennt sie klar und deutlich.

Mein Puls ist auf hundertachtzig, während ich mir einen Überblick über Miss Sissys Profil verschaffe. Sie ist Hobbybäckerin und hat nur wenig Follower. Ihre Torten zeigenden Beiträge erzielen im Durchschnitt zehn Likes, kaum Kommentare. Aber dieser eine, mit den Fotos von Juno und mir, hat viele Likes und Kommentare, wahrscheinlich von Leuten, die ihrem Link von meinem YouTube-Kanal gefolgt sind.

Scheiße! Scheiße! Scheiße!

Meine Finger zittern, als ich eine Nachricht schreibe.

@tarokaiser Hallo Miss Sissy, ich danke dir für dein Engagement, bitte dich aber, die Fotos zu löschen.

@misssissybakescakes Hey, wieso denn? Ich will dir doch helfen. Ist voll gemein, was bei dir abgeht.

@tarokaiser Das weiß ich zu schätzen, aber weder ich noch meine Partnerin möchten diese Fotos im Netz.

@misssissybakescakes Und wenn ich sie nicht lösche?

@tarokaiser Dann weise ich dich darauf hin, dass ich ein Recht an meinem eigenen Bild habe, gegen das du mit deiner Aktion verstößt.

@misssissybakescakes Hä? Wieso denn? Ihr habt doch Sachen an. Und ihr seid auch keine kleinen Kinder. Bei denen verstehe ich ja, dass man keine Fotos veröffentlichen darf. Außerdem bist du eine Person der Öffentlichkeit. Du musst damit rechnen, dass man dich erkennt und fotografiert.

@tarokaiser Trotzdem habe ich ein Recht an meinem Bild. Gleiches gilt für meine Partnerin, die im Übrigen keine Person der Öffentlichkeit ist.

@misssissybakescakes Der Beitrag gefällt den Leuten. Und er hilft dir ja offensichtlich.

@tarokaiser Ob er mir hilft, kannst du nicht beurteilen. Also bitte, lösch die Fotos! Danke!

Sie reagiert nicht mehr. Ich warte und aktualisiere die Seite immer wieder. Fünf Minuten später ist der Beitrag verschwunden. Ich schließe Instagram und habe wieder meinen YouTube-Kanal auf dem Schirm. Dort will ich Miss Sissys Kommentar ausblenden, da fällt mir ein anderer Benutzername ins Auge.

@RedMask Das ist die Tischlerin. Also easy peasy, ihr Spinner. Taro ist King. 👑 Ich bin raus. War eh alles ein Joke. Chillt mal wieder!

What?

»Wer bist du, du Sack?«, knurre ich.

Indem ich Miss Sissys Kommentar ausblende, mache ich auch RedMasks Reaktion und alle anderen Reaktionen auf den Link unsichtbar. Dann nehme ich mir die Videos zur Challenge vor. Eins nach dem anderen landet in der Mülltonne. *Video endgültig löschen?*, fragt YouTube und weist mich darauf hin, dass dieser Vorgang nicht rückgängig gemacht werden kann.

Weg damit!

Fertig mit allem und auch mit der Welt, fahre ich das Notebook herunter. Ich muss hier raus!

Wie gut, dass Carl und ich verabredet sind.

▼

Im Biergarten der Hafenbar ist viel los für einen Montag. In Sachsen hat die letzte Ferienwoche begonnen, und offenbar sind viele aus dem Urlaub zurück. Die Holztische unter dem Dach alter Bäume, flankiert von Altbauten, sorgen für Schrebergartenfeeling. Die Räder parken am Zaun, die Abendsonne wärmt den Nacken, Tapas und Wein stehen vor uns. Es könnte gemütlich sein.

Nachdem ich Carl erzählt habe, was auf meinem Kanal passiert ist, hat er Hoffnung für mein Comeback geschöpft. Er meint, ich müsse mir für mein nächstes Video, das für Freitag auf dem Plan steht, etwas echt Besonderes überlegen. Mit Ideen wie Tipps zum Abenteuer-Dating und Flirten für Nachteulen greift er tief in seine Kreativitätskiste, vergisst dabei aber, dass ich nie über bestimmte Orte oder Aktivitäten spreche, denn meine Ratschläge haben überall den gleichen Effekt.

»Wie wär's mit Retrodating?«, schlägt er dann vor. »Du kannst von Juno inspiriert sein und deinen Followern erzählen, wie das Dating in den Achtzigern abgelaufen ist. Was man so hört, soll es damals viel unkomplizierter gewesen sein.«

Das eine will ich nicht, und vom anderen habe ich keine Ahnung. »Carl, das neue Thema steht schon lange.«

»Die Kunst des Storytellings?« Carl verzieht das Gesicht.

»Wie man durch fesselnde Geschichten eine emotionale Verbindung herstellt und das Interesse des Gegenübers weckt.«

»Das verstehen die meisten eh nicht.« Er spießt eine Olive auf und wedelt damit in meine Richtung. »Die Typen bei dir wissen nicht mal, was Storytelling ist. Außerdem, welche Geschichten hätten die zu erzählen? Welche neue Serie auf Netflix läuft oder wie witzig die neue TikTok-Challenge zum Tanz mit dem Toaster ist.«

»Ich bin sicher, meinem Kanal folgen genug Männer, die spannendere Geschichten zu erzählen haben. Zum Glück lebt nicht jeder nur für Netflix oder TikTok.«

»Deine Zielgruppe tut das aber.«

»Meinetwegen, dann sollen sie das Storytelling halt auf Netflix und TikTok beziehen. Es funktioniert bei jedem Thema, solange es richtig gemacht wird.«

Carl lässt ein kratziges Lachen hören. »Ich könnte dir ja ein paar von meinen Leuten schicken. Die hätten echte Geschichten zu erzählen. Ich befürchte nur, der Großteil ist froh, dass er zweimal im Jahr mit Mutti und den Kids gen Italien fahren, dort das Sonnensegel am Camper aufklappen und den Grill anzünden kann, froh, nicht mehr daten zu müssen.«

»Lass gut sein, Carl!«

»Spaß beiseite!« Er steckt sich die Olive in den Mund. »Denk noch mal über ein anderes Thema nach. Du brauchst irgendein Bähm.«

Ich denke ja nach. Die ganze Zeit schon. Nicht erst, seit ich achtzig Follower mehr habe. Und auch nicht darüber. Genauso wenig überlege ich, ob in der vergangenen Stunde hundert weitere dazugekommen sind oder zurückgefunden haben. Und ich denke auch nicht über ein anderes Thema nach.

»Eigentlich habe ich überhaupt keine Lust, irgendein Video zu machen.«

»Quatsch! Jetzt geht's doch wieder aufwärts.«

»Mir war's egal, dass es abwärtsging.«

Mit dem leeren Spieß zeigt er auf mich und kneift die Augen zu. »Du hast zu viel Zeit mit Juno verbracht.«

Das sehe ich anders. »Ich kann gar nicht genug Zeit mit ihr verbringen.«

»Meinetwegen, aber lass dich doch nicht von ihrer Antihaltung anstecken. Was machst du morgen, schmeißt du dein Handy aus dem Fenster in den Fluss und dein Notebook gleich hinterher? Böse, böse neue Welt? Back to the Eighties?« Er winkt mir zu. »Tschüss zu allem, wofür du dir in den vergangenen Jahren den Allerwertesten aufgerissen hast? Was machst du dann?«

»Etwas anderes.«

»Ey, Taro! Jetzt komm mal wieder zu dir!«

»Ich bin vollkommen bei mir.«

»Nur weil diese Sissy Irgendwer Fotos von dir und Juno gepostet hat?« Er zuckt mit den Schultern. »Sie hat sie wieder gelöscht. Und überhaupt, sie hat schon ein bisschen recht. Du bist eine Person der Öffentlichkeit und musst mit so etwas rechnen. Du könntest es auch als Kompliment auffassen, dass man dich erkennt und sich für dich interessiert.«

»Diese Fotos sind nur eine Sache«, hebe ich an, doch Carl fällt mir ins Wort.

»Die beiden Frauen da drüben, unter dem Baum.«

Ich schaue rüber und sehe, wie sie schnell weggucken und kichern. »Was ist mit denen?«

Carl beugt sich über den Tisch, um leiser sprechen zu können. »Die tauchen ständig auf, wo ich bin. Vermutlich wissen sie, dass das hier dein und mein Lieblingsbiergarten ist, dass man uns im Sommer öfter hier antrifft.«

»Es sind also Follower von dir?« Ich schnaube amüsiert wegen der Doppelsinnigkeit.

»Keine relevanten. Sie sind keine Camperinnen.«

»Woher weißt du das?«

»Sie haben's mir erzählt, nachdem wir ein Selfie gemacht haben.« Carl hebt eine Hand, wie, um besondere Achtung auf seine nächsten Worte zu legen. »Natürlich ist keine der beiden mein Typ, also gehen ihre Hoffnungen, welche auch immer das sind, ins Leere. Aber ich bin trotzdem freundlich zu ihnen. Wahrscheinlich haben sie inzwischen schon zehn Fotos von mir gemacht, die sie vielleicht auf ihren Accounts veröffentlichen. Na und? Damit tun sie mir doch nichts.«

»Und du findest es nicht merkwürdig, dass sie ständig auf deiner Bildfläche erscheinen? Dass sie dir über die sozialen Medien hinaus followen?«

»Das kannst du heute doch gar nicht mehr trennen.« Er lehnt sich zurück und verschränkt die Arme vor der Brust. »Wo ist denn die Grenze?«

Das weiß ich genau, und zugleich weiß ich es überhaupt nicht. Die Grenze ist zu einem fließenden Übergang geworden. Die virtuelle Welt hat sich mit der Realität verwoben wie eine Mistel mit den Zweigen eines Baums. Carl, ich und Millionen andere leben parallel in zwei Welten. In der einen Welt sind wir Bytes, Klicks und Likes, in der anderen sitzen wir in der Abendsonne. Wir haben zwei Identitäten. Die eine ist eine Konstruktion aus gefilterten Profilbildern, Status-Updates und geplantem Content. Die andere ein verletzliches, unvollkommenes, manchmal langweiliges Wesen. Wie die Grenze zwischen den Welten fließen auch diese beiden Identitäten ineinander über, wobei die virtuelle Identität aber viel mehr Power hat. Wir selbst haben begonnen, unser reales Ich durch den Filter unseres digitalen Ichs zu sehen und unser Handeln, unsere Emotionen und Erlebnisse danach zu bewerten, wie like-würdig sie sind. Die Frage, was realer ist, der Wein vor uns auf dem Tisch oder die Cheers unserer Follower, können Carl und ich nicht mehr ohne Zögern beantworten.

»Ich sag dir, wo sie ist, diese Grenze«, grummelt Carl in meine Gedanken. »Verschwunden. Sie ist nicht mehr da, weil wir sie selbst plattgemacht und uns eine neue Welt eröffnet haben. Das hat doch vor allem Vorteile.«

»Ich sehe eher die Herausforderungen, die es mit sich bringt. Will ich Teil der Veränderung sein oder ihr unwillkürlich unterliegen? Ich glaube, die größte Schwierigkeit besteht darin, das Gleichgewicht zwischen der Realität und der Virtualität zu finden.«

»Klar, sie sind beide Teil des großen Ganzen.«

»Aber wir sollten in beiden Teilen authentisch sein.« Nachdenklich halte ich einen Moment inne und wäge meine eigenen Worte ab. »Das bin ich nicht auf YouTube, denn ich kann's gar nicht mehr sein. Es interessiert meine Follower nicht, wer und wie ich wirklich bin, und ich finde, es geht sie auch nichts an. Für sie bin ich eine Art Avatar mit vorab definierten Eigenschaften. Und solange ich dieses Ich dort nicht mit meinem Ich hier in Einklang bringen kann, will ich dort nicht sein.«

»Du willst wirklich alles hinwerfen«, sagt Carl tonlos. »Ich befürchte, das wirst du bereuen. Spätestens, wenn Juno erfährt, dass anfangs alles ein Spiel war. Dann ärgerst du dich, dass du es nicht einfach weitergespielt und zu Ende gebracht hast.«

Ich schüttele den Kopf. »Das glaube ich nicht.«

»Lass es auf den Versuch ankommen, und sag's ihr endlich.«

»Jetzt, wo sie mir gerade erst erzählt hat, was ihr passiert ist?«

Als wir hier ankamen, habe ich Junos Geschichte nur grob angerissen. Die Details habe ich Carl verschwiegen, doch auch ohne die sollte er verstehen, dass meine Beichte nun noch etwas schwerer über die Lippen zu bringen ist.

»Klar, du hast deshalb noch mehr Hemmungen als vorher.« Er klingt wenig verständnisvoll, eher ungeduldig. »Aber bring es endlich hinter dich! Wenn du's nicht kannst, dann zieh dich charmant zurück.«

Auf mein grimmiges Schweigen hin zuckt er mit den Schultern. »Na, was denn? Du denkst, es wird vorbei sein, wenn du ihr die Wahrheit sagst. Und du weißt, es wird vorbei sein, wenn sie es von allein herausfindet. Also kannst du den Prozess abkürzen. Triff sie nicht mehr!«

Allein die Vorstellung ist inakzeptabel.

Bis nächsten Samstag sehe ich Juno nicht, weil ich Zeit brauche, um mich zu sortieren. Um sie nicht zu verunsichern, habe ich ihr statt eines zu vollen Kopfes einen zu vollen Terminkalender als Erklärung geliefert. Schon jetzt überlege ich, ob ich kapituliere, weil mir die verbleibenden vier Tage wie eine elende Durststrecke erscheinen.

»Vielleicht verletzt sie das ein bisschen, aber …«

»Ich kann das nicht.«

Carl klappt den Mund zu und forscht in meinem Blick nach einer Erklärung.

»Dich hat's schwer erwischt, was?«, brummelt er dann.

Ich senke den Blick auf den schimmernden Wein in meinem Glas und höre Carl lachen.

»Verliebt bis über beide Ohren. Na gut! Besser du als ich, Mann! Besser du als ich.«

Ich glaube, es ist mehr als das. Und ich weiß es nicht erst jetzt, sondern eine ganze Weile schon. Ich liebe Juno.

Déjà-nova

[deʒaˈnoːva] Nomen, feminin.
Das Phänomen, eine Situation zum ersten Mal zu erleben, begleitet von der intensiven Täuschung, diese Situation erneut zum ersten Mal erleben zu können.

Kate Bushs helle, klare Stimme klingt durch meine Werkstatt. Ihr 85er-Album *Hounds of Love* startet mit einem echten Knaller, *Running up that Hill*, und ich würde tanzen, würde Konstantins Transporter nicht gerade draußen im Hof parken.

Allmählich füllt sich meine Werkstatt wieder. Mit der Frisierkommode – Carla und Miguel habe ich das aus Tisch und Hocker bestehende Mahagoni-Ensemble genannt – bin ich fast fertig. Am Mittwoch und Donnerstag kamen ein Palisander-Thronstuhl und eine Intarsientruhe aus Nussholz. Heute, am Samstag, bringt Konstantin ein Küchenbuffet.

Sein Held und er schleppen das große Teil in die Werkstatt und stellen es nach hinten zu den anderen Möbeln, die auf meine Restauration warten. Ich biete den beiden Kaffee an, aber sie haben keine Zeit, weil noch ein Transport ansteht.

»Wir sehen uns am Dienstag«, ruft Konstantin über die Musik hinweg und eilt seinem Helden nach. »Gegen vierzehn Uhr holen wir die Kommode und den Hocker, okay?«

Ich lehne mich gegen den Rahmen der Werkstatttür. »Klar, ich bin hier.«

»In letzter Zeit kann man sich da nicht mehr so sicher sein.« Er zwinkert mir zu und steigt ein. »Aber gut so.«

Konstantin zieht die Tür zu, startet den Motor, drückt auf

die Hupe und fährt vom Hof. Über die Schulter werfe ich einen Blick auf die Wanduhr. Es ist kurz nach zehn. In einer Stunde will Taro hier sein. Eine Arbeit in der Werkstatt zu beginnen, um die Zeit totzuschlagen, lohnt nicht, also schnappe ich mir den Besen und fege den Hof, damit sich keine Späne vor die Tür des Nebenhauses verirren. Aus dem Fenster eines Kinderzimmers in der ersten Etage lärmt es plötzlich. Der ältere Prinz schreit den jüngeren an und fordert ihn auf, etwas zurückzugeben. Weil der sich weigert, wird das Geschrei zuerst immer lauter, dann rumpelt und poltert es, als würden die beiden miteinander rangeln. In das Quieken, Knurren und Rumpeln tönt Frau von Großeimern.

»Wie oft habe ich euch gesagt, ihr sollt euch nicht mit den Händen schlagen! Ihr kennt doch Worte.«

Ihr Tonfall ist so bissig, dass wahrscheinlich sogar die Möbel in Deckung gehen. Davon abgesehen möchte ich lieber nicht hören, mit welchen Worten die Prinzen einander schlagen würden.

»Wie sieht es hier überhaupt aus?«, schimpft sie weiter. »Hier muss dringend aufgeräumt werden, und neue Bettwäsche braucht ihr auch. Raus mit euch! Nehmt eure Handys und geht in den Garten! Ihr müsst an die frische Luft.«

Wenig später stolpert Prinz Ludwig aus der Haustür. Seit der Kreissägenaktion geht er mir aus dem Weg, wenn er kann. Heute wirft er mir nur einen kurzen Blick zu, ringt sich einen Gruß ab und schlurft in den Garten. Er tut gerade so, als hätte ich ihn in meine Werkstatt geschleift und dort gezwungen, die Kreissäge einzuschalten. Auch Prinz Jakob wirkt seither etwas verhuscht. Er grinst, als er mich sieht, und flitzt seinem älteren Bruder hinterher.

Oben im Kinderzimmer heult der Staubsauger los. Ich werfe einen Blick in den Garten, wo die Prinzen wie gewohnt den Schatten des Pavillons suchen, und konzentriere mich wieder auf den Besen, dessen Bewegung und Rascheln in Kombination mit Kate Bushs Gesang und dem Staubsauergeheule einen meditativen Effekt haben. Ganz ohne Gong und Räucherstäbchen drifte ich in die Tiefenentspannung und weiß nicht, aus welcher Ebene ich auftauche, als Taro plötzlich vor mir steht. Wahrscheinlich grinse ich im Kreis, als ich die Arme hebe und den Besen dabei fallen lasse. Taro umarmt mich und hebt mich ein Stück hoch.

»Die Woche war viel zu lang«, sagt er und sieht mir tief in die Augen.

Ein wohliger Schauer fließt über meine Haut. »Du hast mir auch gefehlt.«

Er küsst mich, dann setzt er mich ab. »Sind wir startklar?«

»Ich hole nur meine Sachen. Bin sofort da.«

Nachdem ich den Besen aufgehoben und an die Wand gelehnt habe, spurte ich nach oben. Ein Strandtuch, meinen Bikini, Sonnenschutz und eine Flasche Wasser packe ich in eine Tasche und flitze zurück. Taro wartet nicht mehr auf dem Hof, sondern in der Werkstatt. Mit vor der Brust verschränkten Armen steht er vor dem Thronstuhl.

»Hier sind ja einige neue Leute«, sagt er.

»Die kamen alle letzte Woche.«

»Wie heißt dieser Bursche hier?«

»Er stammt aus dem Danziger Barock. Stanislav.« Ich schlendere zur Intarsientruhe. »Und das hier ist Lucretia, eine Dame des Neoklassizismus.«

»Und das da?« Taro schaut zum Buffet.

»Das ist ganz neu. Konstantin hat es gerade erst gebracht.«

Mein Neuankömmling ist aus hellem Buchenholz gefertigt. Die Scheiben der drei oberen Türen haben einen Facettenschliff. In der Rückwand zwischen dem oberen und dem unteren Korpus, hinter der Arbeitsfläche, befindet sich ein Fliesenspiegel.

Taro stellt sich hinter mich und schlingt die Arme um mich. In meinem Bauch beginnt es zu kribbeln. Als er mich an sich zieht, spüre ich seinen festen warmen Körper. Wie ein die ganze Woche gesuchtes Puzzleteil fügt er sich an meinen Körper an. Ich lege die Hände auf seine Unterarme, streiche über die feinen Härchen auf seiner Haut und lehne den Kopf gegen seine Schulter. Er gibt mir einen Kuss auf die Schläfe.

Kate Bushs letzter Song endet. Es entsteht eine Stille, deren Hall wie ein Ruf nach mehr Musik ist. Meine Stimme hat etwas von einem Eindringling, als ich Taro vom Küchenbuffet erzähle, das aus den Fünfzigerjahren stammt. Unten hat man Töpfe und Pfannen aufbewahrt. Oben, hinter den Fenstern, vor die kleine Gardinen gespannt waren, hat Geschirr gestanden. Die drei Schubladen unter der Arbeitsfläche waren für Besteck, Kellen und andere Kleinteile gedacht.

»Ist es ein Junge oder ein Mädchen?«, fragt er.

Ich betrachte die Details, die Maserung des Holzes, die feinen Griffe der Türen und Schubladen, den Schliff des Glases. »Ein Mädchen.«

»Hmmm«, macht er und platziert einen Kuss auf meinem Hals, direkt unter meinem Ohrläppchen, was das Kribbeln im Bauch weiter antreibt. »Gertrud?«

Ich schüttele den Kopf. »Da klingelt nichts bei mir.«

Bei dem Namen zumindest nicht. Bei Taros Lippen hingegen, die meinen Hals weiter entlangwandern, klingelt einiges. Mein Herz schlägt schneller.

»Else?«, schlägt er als Nächstes vor.

»Auch nicht.«

»Hilde?«

In seiner Umarmung wende ich mich zu ihm um und tauche in seinen Blick. »Nein.«

Er zieht eine Braue hoch. »Ich bin mir ziemlich sicher, dass sie Hilde heißt.«

Ich schüttele den Kopf. »Sie heißt Ursel.« Bevor er etwas erwidern kann, verschließe ich seine Lippen mit einem Kuss. Seine Hände legen sich auf meinen Po, meine fahren unter sein T-Shirt.

»Und ich bin doch noch nicht startklar«, murmele ich, als wir unsere Münder für einen Moment voneinander lösen. Abermals warte ich seine Antwort nicht ab, sondern nehme seine Hand und führe ihn mit mir aus der Werkstatt und die Treppe hinauf.

▼

In der Nacht am Elsterflutbett, als ich beschlossen habe, das Stand-up-Paddling zu lernen, ist mir nicht in den Sinn gekommen, dass ich den Gleichgewichtssinn eines betrunkenen Flamingos haben könnte. Am Kulki, wie man den Kulkwitzer See in Leipzig nennt, werde ich eines Besseren belehrt. Im Sitzen zu paddeln ist natürlich kein Problem. Das Aufstehen hingegen schon. Ich muss nur daran denken, und schon beginnt das Board zu wackeln.

Von seinem Freund Carl, der von Sponsoren gut ausgestattet wird, hat Taro zwei Boards ausgeliehen bekommen. An der Südspitze des Sees haben wir uns einen ruhigen Uferabschnitt gesucht und das Training am frühen Nachmittag begonnen. Taro ist ein guter Lehrer, geduldig und einfühlsam, doch sein Lachreflex wird unzählige Male auf eine harte Probe gestellt.

Als ich das erste Mal versuche, mich aufzustellen, zittern meine Beine wie die von Elvis, wenn er seine berühmten Dance-Moves abzog. Etwa zwei Sekunden lang stehe ich halbwegs aufrecht und platschte dann wenig grazil ins Wasser. Nach dem fünften oder sechsten Versuch beginne ich zu vermuten, dass das Brett und ich nicht füreinander bestimmt sind. Ich sehne mich nach festem Boden unter den Füßen, während sich das Brett wohl einen talentierteren Paddler wünscht und mich aus schierem Trotz abzuwerfen scheint.

Nach einer Stunde will ich aufgeben, aber Taro ermutigt mich zum Weitermachen. Ich grummele und schimpfe und sage ihm, dass er leicht reden hat, wo er auf seinem Board steht wie eine Eins. Davon, dass er sich bei seinen ersten Versuchen genauso ungeschickt angestellt hat, will ich nichts hören. Aus dem Sitzen ziehe ich die Füße zuerst zum Hocken unter den Po, dann stelle ich einen Fuß auf, um es noch einmal zu versuchen. Abermals beginnt das Board zu wackeln. Verärgert schmeiße ich das Paddel fort, setze mich wieder hin, lasse die Beine ins Wasser hängen und schmolle. Aber Taro gibt nicht auf und bringt mir das Paddel zurück. Es beginnt eine weitere Stunde, in der ich wieder und wieder im Wasser lande. Mit jedem Versuch wächst meine Liste der kreativen Flüche, doch irgendwann auch die Entschlossenheit, das Board zu bezwingen.

Es ist später Nachmittag, als ich endlich länger auf dem Brett stehe. Hin und wieder schwankt es noch, doch das passiert nur, wenn ich ans Herunterfallen denke. Also schiebe ich diese Angst beiseite, entspanne die Muskeln und blicke nach vorn. Das Wasser spritzt um meine Füße, die Sonne wärmt meine Haut, und mich beschleicht das Gefühl eines Entdeckers, der die Welt aus einer anderen Perspektive erlebt.

Schließlich gleiten Taro und ich Seite an Seite auf den Paddelboards über den See. Die Sonnenstrahlen färben den Himmel in leuchtende Orange- und Rosatöne, das Wasser um uns herum schimmert wie Honig. Die anderen Badegäste sind verschwunden, und so teilen wir das schöne Stück Natur nur noch mit ein paar Enten. Ihr Schnattern echot durch den Abend und wird vom sachten Plätschern der Paddel untermalt.

Ich tausche einen Blick mit Taro und sehe das letzte Licht des Tages in seinen Augen funkeln. Als er lächelt, scheint mein Herz aus dem Takt zu geraten. Ich vergesse das Ringen mit dem Gleichgewicht und die unfreiwilligen Tauchgänge, als mich eine tiefe Zufriedenheit erfüllt. Zuerst noch leise, bald immer lautere Dankbarkeit begleitet sie. Ich bin dankbar für diese Minuten, für diesen Tag, für Taro an meiner Seite und für den Moment, in dem wir Teil der Kulisse werden, zwei Menschen – eine Verbindung zwischen Himmel und Erde.

Der Horizont leuchtet in sattem Lila, als wir unsere Boards ans Ufer ziehen. Ich setzte mich auf mein Strandtuch. Taro setzt sich hinter mich, stellt beide Beine zu meinen Seiten auf und legt sein Handtuch um uns beide. Während wir auf den See schauen, überkommt mich ein Gefühl, eine Déjà-nova, das ich schon lange nicht hatte. Es ist wie ein Déjà-vu, nur andersherum. Es sagt mir nicht, dass ich einen Moment bereits erlebt habe, sondern, dass ich ihn wieder erleben kann. Wenn ich an die letzte Stunde des Paddelns im Sonnenuntergang denke, glaube ich, morgen oder übermorgen oder an irgendeinem anderen Tag genau die gleichen Stunden mit den gleichen Gefühlen erleben zu können, als würde ich den Moment wie eine Videokassette in meinen Player legen und abspielen.

Es ist eine faszinierende Täuschung, ein Spiel der Wahrnehmung, das die Grenze zwischen Erinnerung und Hoffnung verwischt, eine Verwirrung des Bewusstseins, das nicht akzeptieren will, dass bestimmte Momente in ihrer Schönheit einzigartig bleiben, und unserem Herzen deshalb das tröstende Gefühl geben, sie könnten wiederkehren.

Stimmen lassen mich aus meinen Gedanken auftauchen. Links von uns, noch einige hundert Meter entfernt, sehen wir eine Gruppe junger Menschen, die immer wieder in die Luft springen, dabei die Arme und Beine von sich strecken, jubeln, kreischen und lachen. Ich kann es nicht genau erkennen, aber Taro meint, dass sie ein Handy auf einem Stativ in den Boden gesteckt haben und Fotos mit dem Selbstauslöser machen.

»Bestimmt auch für Instagram«, murmele ich.

Ich spüre, wie er seufzt. »Oder TikTok oder Snapchat.« Leise Melancholie schwingt in seiner Stimme mit.

»Bist du auf diesen Portalen?«

»TikTok oder Snapchat hatte ich nie.« Er zögert, bevor er weiterspricht. »Meine Accounts auf Facebook und Instagram habe ich gestern gelöscht.«

Nachdenklich lasse ich seine Worte sacken.

»Die Zeiten, in denen diese Portale nützlich oder unterhaltsam waren, sind für mich vorbei«, sagt Taro, bevor ich nachhaken kann. »Neunundneunzig Prozent der Menschen, mit denen ich dort befreundet war, kenne ich eigentlich gar nicht.« Er pausiert und schnaubt. »Befreundet! Das ist ein Widerspruch in sich. Wir waren verknüpft, mehr nicht. Das sind nicht meine Freunde, und sie werden es auch nie sein. Mit dem übrigen Prozent, meinen tatsächlichen Freunden, habe ich nie über Instagram oder Facebook kommuniziert.«

»War das spontan, dein Ausklinken, oder denkst du schon lange darüber nach?«

»Ich war schon lange genervt von der Social-Media-Mentalität, habe mich aber immer wieder eingeloggt, auf Instagram zumindest. Facebook habe ich schon ewig nicht mehr wirklich genutzt und nur sporadisch reingeschaut. Aber das Scrollen durch den Instagram-Feed war eine Routine, wie morgens die neuesten Nachrichten einer Tageszeitung zu lesen.« Seine Brust drückt sich gegen meinen Rücken, als er etwas tiefer Luft holt. »Einer meiner besten Freunde hätte gestern Geburtstag gehabt. Er und ich haben zusammen Abi gemacht. Letztes Jahr im Herbst, als er dabei war, den Garten winterfest zu machen, ist er umgefallen und war tot. Es war wohl ein Hirnschlag.«

Von dem Gedanken betrübt stockt mein Atem. »Das tut mir sehr leid«, murmele ich.

»Gestern wurde mir auf Facebook angezeigt, dass Jan, so

hieß er, Geburtstag hat. Weil niemand seine Zugangsdaten hat, kann sein Profil nicht gelöscht werden.«

»Kann das nicht beantragt werden?«

»Jans Frau hat es beantragt und erfahren, dass Facebook das Profil ihres Mannes bei Vorlage der Sterbeurkunde nur in einen Gedenkzustand versetzen kann.«

»Das ist ja furchtbar!«

»Richtig furchtbar war auch, was ich gesehen habe, nachdem ich Jans Profil über den Geburtstagslink aufgerufen habe. An die dreißig Leute hatten in seiner Chronik gepostet. Ein paar haben Dinge wie *Happy Birthday im Himmel* geschrieben, was ich schon schrecklich genug fand, aber noch viel schlimmer waren die ernst gemeinten Glückwünsche mit Party-Emoji und Luftballons à la *Lass es krachen, Alter.* Jans Frau hat jeden einzelnen kommentiert mit der Info, dass Jan verstorben ist.«

»In der Hoffnung, dass ihr das nächstes Jahr erspart bleibt.«

»Ein paar werden es wieder machen, weil sie es bis dahin vergessen oder den Kommentar gar nicht gelesen haben.« Taro schmiegt seine Wange an meine wie ein schmusender Kater und schlingt die Arme fester um mich. »Die Frage, ob das Freunde sind, klärt sich von allein. Meine Freunde würden wissen, dass ich tot bin. Von allen anderen möchte ich posthum keine Glückwünsche. Mit diesem Gedanken ist mir klar geworden, dass mich eigentlich auch nicht interessiert, was sie zu meinen Lebzeiten so treiben, und von da an war es ein kurzer Weg zum Lösch-Button.«

Ich muss schmunzeln. »Willkommen im Leben!«

»Schön, dass du da bist«, sagt Taro in mein Ohr.

»Schön, dass du da bist«, gebe ich zurück.

Schweigend beobachten wir, wie die Kids näher kommen, uns dann aber entdecken und wieder umkehren. Nach noch ein paar von der Handykamera eingefangenen Gruppensprüngen vorm See verschwinden sie aus unserem Sichtfeld.

»Hast du morgen schon etwas vor?«, fragt er.

»Hmmm, mal nachdenken. Ich müsste ziemlich dringend die Frisierkommode zusammensetzen, damit …«

Taro piekt mich in die Seiten. »Im Ernst, Juno.«

»Ich habe nichts vor«, kichere ich und winde mich unter seinen neckenden Fingerspitzen. »Jetzt hör auf! Ich kann nicht garantieren, dass ich meine Reflexe im Griff habe. Nachher bekommst du meine Ellenbogen in die Rippen.«

Er hört auf, mich zu kitzeln. »Es ist ein bisschen kurzfristig, aber ich habe morgen Geburtstag und …«

»Du hast Geburtstag!«, unterbreche ich ihn erschrocken. »Das sagst du einfach so? Morgen ist Sonntag. Ich habe kein Geschenk und …«

»Du sollst mir nichts schenken«, fällt er mir seinerseits ins Wort. »Ich wünsche mir nur, dass du da bist. Ich war mir nicht sicher, weil es eine kleine Familienfeier gibt, aber der Gedanke, meinen Geburtstag ohne dich zu verbringen, fühlt sich falsch an.«

Konsterniert klappe ich den Mund zu. Taro will mich seiner Familie vorstellen? Ach du meine Güte! Ich bin etwas aus der Übung, was erste Begegnungen mit potenziellen Schwiegermüttern angeht, kann ihm seinen Wunsch aber auch nicht abschlagen. Der Gedanke, an diesem Tag nicht bei ihm zu sein, gefällt mir nämlich genauso wenig.

»Ich fahre gegen Mittag nach München«, erzählt er. »Wir würden in ein Hotel einchecken und uns am Abend mit meiner Mutter, meiner Schwester und ihrer Familie in einem Restaurant treffen.«

Natürlich, seine Schwester ist auch da. Weil er ihr und den Babys die lange Fahrt ersparen will, fährt er hin, statt sie alle nach Leipzig kommen zu lassen. Das ergibt Sinn. Mit potenziellen Schwägerinnen bin ich allerdings nicht aus der Übung, sondern hatte noch nie das Vergnügen, eine kennenzulernen.

Taro hat einiges von seiner Schwester erzählt, doch irgendwie ist das Bild, das ich von ihr habe, noch nicht rund.

»Ist Aiko jünger oder älter als du?«, frage ich.

»Jünger.« Ein Schmunzeln wärmt seine Stimme. »Aber nicht viel. Nur zehn Minuten.«

Nur zehn …? »Sie ist deine Zwillingsschwester! Du bist ein Zwilling! Du Schuft, warum hast du das nie gesagt?«

Er lacht leise. »Das habe ich schon, indirekt, wenn ich von Aiko und mir gesprochen habe. Du bist nur nicht darauf eingegangen, aber egal. Jetzt weißt du es ja.«

Er und Aiko sind Zwillinge! Was für eine Neuigkeit! Hundert Fragen schießen mir in den Kopf – und ein weiterer Schreck, der sie alle beiseitefegt.

»Für deine Schwester habe ich auch kein Geschenk!« In Gedanken haste ich durch meinen Ausstellungsraum. Vielleicht steht dort irgendwo ein kleines Teil, das zum Apothekerschränkchen passen könnte?

»Mach dir keine Sorgen«, sagt Taro, »und komm einfach mit.«

»Aber wissen sie denn von mir, Aiko und deine Mutter?«

»Ja, und dass du morgen dabei bist, habe ich beiden auch in Aussicht gestellt. Sie sind neugierig auf dich.«

Die Vorstellung, diesen beiden wichtigen Frauen vorgestellt zu werden, löst eine Mischung aus Nervosität und Vorfreude in mir aus. Während ich darüber nachdenke, wird mir klar, dass es mehr als ein formeller Akt ist. Es ist eine weitere Brücke zu einem mir bisher noch verschlossenen Teil von Taros Leben. Es ist ein weiteres Kapitel im Buch seines Lebens, das er mir zum Lesen anbietet.

Drubelig

[ˈdʁuːbəlɪç] Adjektiv.
Das Gefühl der inneren Unruhe und Unzufriedenheit, das einen kurz vorm Verlassen des Hauses dazu bringt, das aktuelle Outfit zu ändern.

Ich habe ein Problem, das ich lange nicht mehr hatte: nichts zum Anziehen!

Katastrophe!

Aus der hintersten Ecke meines Schrankes krame ich eine dunkelgrüne Palazzohose, die ich noch nie anhatte. Ich zupfe ein paar Fusseln ab, ziehe ein weißes Shirt dazu an und stecke die Füße in meine braunen Sandalen, die zu allem passen. Auf dem Weg nach unten beginnt es in hinter meinen Rippen zu kribbeln, als hätte sich dort ein Ameisenstaat zu einer Demo gegen modische Irrtümer versammelt. Konsequenterweise kehre ich ins Schlafzimmer zurück, postiere mich noch einmal vor den Spiegel, befinde mein Outfit für okay und gehe abermals nach unten. Bis zum nächsten Spiegel im Bad komme ich, als ein weiterer kritischer Blick folgt. Wiederum ist alles in Ordnung, doch das Kribbeln bleibt. Von Minute zu Minute werde ich unruhiger, drubelig, bekomme echt schlechte Laune und verstehe immer mehr, dass die Hose schuld daran ist. Zum dritten Mal gehe ich ins Schlafzimmer, mustere mich nur kurz und ziehe die Hose aus, um sie auf den Boden zu klatschen. Die anschließenden Versuche, das weiße Shirt und die braunen Sandalen mit einem anderen Unterteil zu kombinieren, treiben mich mehr und mehr in die Verzweiflung.

In nur zwanzig Minuten verwandele ich mein Schlafzimmer in die Umkleidekabine des Grauens. Der Inhalt meines Kleiderschranks liegt um mich herum verstreut. Noch nicht anprobierte Teile lauern auf dem Bett. Schon anprobierte Teile drapieren den Boden. Die braune Lieblingshose und die rote Bluse sind einfach zu bewährte Basics. Ich will nicht wirken, als hätte ich beim Anziehen auf Autopilot geschaltet. Für ein Geburtstagsessen in einem italienischen Restaurant, wo einem die Familie vorgestellt wird, passt diese Kombi gefühlt gar nicht. Die graue Hose und ein schwarzes Blusenshirt wären besser geeignet, doch beides ist in der Wäsche. Wieder rausholen, bügeln und noch mal anziehen? Keine Option! T-Shirt und Jeans? Würde passen, wenn der Dresscode *Lässig beim Müllrausbringen* lautet. Zwei Kleider haben ihre besten Zeiten hinter sich – eines erinnert an ein Geschirrtuch, das andere an einen sterbenden Kartoffelkäfer. Mein dunkelblaues Lieblingskleid wäre perfekt gewesen, ohne den Riss im Ärmel – ein Andenken an die heldenhafte Rettung einer Katze, die eigentlich gar keine Rettung brauchte.

Anders als ich. Ich muss gerettet werden! Und das an einem Sonntag, wo alle Geschäfte geschlossen sind. Selbst an einem verkaufsoffenen Sonntag wäre ich aufgeschmissen, denn ich war ewig nicht in einem Modegeschäft und wüsste nicht, wo oder wonach ich auf die Schnelle schauen sollte. Auf die Superschnelle, wenn man es genau nimmt. In einer Stunde ist Taro nämlich schon wieder da. Allein bei dem Gedanken gerate ich so sehr ins Schwitzen, dass ich glatt noch einmal duschen könnte.

»Juno?«, ruft die Rettung von unten aus dem Treppenhaus herauf.

»Im Schlafzimmer«, rufe ich zurück und werfe ein T-Shirt in eine Ecke.

Wenig später steht Miriam da, beladen mit einem Bündel

Kleidung und außer Atem, weil sie meine Notsituation eben am Telefon in Kürze erfasst und sich beeilt hat. Zum Glück haben wir die gleiche Größe. Ein Teil nach dem anderen ziehe ich an und betrachte mich im Spiegel, bevor ich mich Miriams Urteil stelle.

»Nicht deine Farbe«, lautet ihr Kommentar zum sonnengelben Kleid.

»Nicht dein Stil«, sagt sie zur weiten rosa Tunika mit den großen Blumendrucken.

»Nicht dein Muster.« Miriam runzelt die Stirn und schüttelt den Kopf, als ich den graukarierten Jumpsuit wieder ausziehe.

Etliche weitere Fehlgriffe später reicht sie mir ein olivfarbenes Kleid in Midi-Länge. Etwas skeptisch schlüpfe ich hinein, binde das Taillenband vorn zu einer Schleife und drehe mich vor dem Spiegel. Das kurzärmelige Oberteil ist aus Spitze; der Rock aus Chiffon umspielt meine Beine und schwingt sachte, wenn ich mich bewege.

»Passt«, beschließt Miriam. »Was ist mit Schuhen?«

»Die braunen Sandalen?«, schlage ich vor.

Miriam rümpft die Nase. »Hast du nicht was Schickeres?«

Die Truhe in der hinteren Ecke fällt mir ein. Seit Jahren habe ich sie nicht geöffnet. Als ich die Dekovasen, die darauf einstauben, heruntergenommen habe und den Deckel aufklappe, bekommt Miriam einen hysterischen Anfall.

»Pumps!«, keucht sie fassungslos, als sie wieder Luft bekommt, und holt einen Karton nach dem anderen heraus. »Ich fasse es nicht! Du hast so schöne Schuhe!«

»Ich hatte mal einen Schuhfimmel. Das sind die Paare, von denen ich mich nicht trennen konnte.«

Im nächsten Karton, den Miriam öffnet, liegen silberne Riemchen-Sandaletten mit schmalem, halbhohem Absatz aus durchsichtigem Kunststoff.

»Die sind perfekt«, meint sie und reicht sie mir.

Ich ziehe sie an und trete abermals vor den Spiegel. Ich sehe anders aus, wie eine vergessene Version von mir selbst, doch ich gefalle mir.

Miriam tritt neben mich und beäugt meine Füße. »Deine Fußnägel musst du natürlich lackieren.«

»Habe aber keinen Nagellack.«

»Tadaaa!« Mit einem Fläschchen, das sie aus der Hosentasche gezaubert hat, wedelt sie vor meinen Augen herum. »Ich hab an alles gedacht. Vorsichtshalber habe ich auch einen Lippenstift und Mascara mitgebracht.«

Während ich den zartrosa Lack auf meine Nägel auftrage, erzähle ich Miriam von den beiden kleinen Holzlaternen, die ich vorhin aus dem Ausstellungsraum geholt habe, um sie für Aiko zu einem Geschenk zu dekorieren. Taro weiß noch nichts davon, aber kein Argument der Welt wird mich davon überzeugen, dass es okay ist, seiner Zwillingsschwester an ihrem Geburtstag mit leeren Händen gegenüberzutreten. Für Taro selbst habe ich mir noch gestern Abend etwas überlegt und es gebastelt, während er unter der Dusche war. Punkt Mitternacht habe ich ihm den kleinen Gutschein überreicht: Meine Begleitung und Beratung auf dem nächsten Antikmarkt an der Alten Messe, der Anfang September stattfindet. Was er sich aussucht, kann er in meiner Werkstatt unter meiner Anleitung restaurieren.

»Eine tolle Idee«, findet Miriam.

Ich muss lächeln, als ich an Taros Blick denke, mit dem er den Text des Gutscheins gelesen hat, an das Grinsen, das sich dabei auf seinem Gesicht wie Sonnenschein ausbreitete, an den Kuss, den er mir gegeben, und das Danke, das er mir mit herrlich zufrieden klingender Stimme gesagt hat.

»Es ist schon verrückt.« Miriam nimmt mir das Nagellackfläschchen wieder ab und steckt es zurück in ihre Hosentasche. »Überleg nur, wie das mit euch angefangen hat, als du mir von dem Hipster mit dem Apothekerschränkchen erzählt hast. Wer hätte gedacht, was aus euch wird.« Sie seufzt theatralisch und umarmt mich dann. »Ich freu mich so für dich, Juno!«

»Danke«, antworte ich und fühle mich dabei so herrlich zufrieden, wie Taro um Mittenacht geklungen hat.

▼

Es ist merkwürdig, einem völlig fremden Menschen zu begegnen und das Gefühl zu haben, ihn schon zu kennen. Aiko ist etwas kleiner als Taro, aber größer als ich. Ihre Augen funkeln im selben lebhaften Grün, das mir von Taros Blick so vertraut geworden ist. Ihre Nase hat die gleiche schmale Form, ihr Mund den gleichen sanften Schwung. Ihr Lächeln ähnelt seinem, doch es ist feiner, weicher und natürlich weiblicher, wie all ihre Gesichtszüge.

Wenn ich Taro und Aiko zusammen betrachte, ist es immer wieder, als wollte mir mein Verstand einen Streich spielen. Schon allein, weil sie Mann und Frau sind, kann man sie nicht verwechseln, dennoch wirken sie wie die zwei Seiten einer Medaille, die auf den ersten Blick gleich sind und sich erst beim zweiten Blick auf die Prägung voneinander unterscheiden. Es gibt Momente, in denen ihre Mimik und Gestik so synchron sind, dass es surreal wirkt. Manchmal beenden sie die Sätze des anderen oder verständigen sich mit nur einem Blick, als würden sie im Stillen über eine nur ihnen gegebene Verbindung kommunizieren. Sie ergänzen einander auf beinahe magische Weise wie zwei Hälften eines Ganzen, die zusammen ein vollkommenes Bild ergeben oder wiederum wie die beiden Seiten einer Medaille, die zwar eigenständig, aber unzertrennbar sind. Die plötzliche Einsicht, dass Taros und Aikos gemeinsame Vergangenheit vor ihrem ersten Atemzug begonnen hat, geht weit über mein Verständnis hinaus.

Während wir um den Tisch herumsitzen, schwinden Aikos Mann Noel, die kleinen Zwillingsjungs in ihrem Wagen und Emiko hin und wieder aus meinem Blickfeld, weil Taro und Aiko meinen Fokus so einnehmen. Ich frage mich, wie es ist, Teil eines Lebens zu werden, das tief mit dem Leben eines anderen Menschen verwoben ist. Fühlt es sich an, als wäre man Beobachter einer exklusiven Welt, der immer draußen bleiben wird?

Mit der flachen Hand legt Aiko etwas auf das weiße Tischtuch und schiebt es zu Taro hin, der neben ihr sitzt. Als sie die Hand hochhebt, liegt eine Münze darunter.

Taro nimmt sie auf und zeigt sie mir. »Das ist eine 500-Yen-Münze«, erklärt er. »Etwa drei Euro wert. Vor sechs oder sieben Jahren …«

»Vor acht Jahren«, korrigiert Aiko ihn.

»Vor acht Jahren hat unsere Mom sie uns gegeben, weil wir uns nicht einig wurden, wer sein Geschenk zuerst überreicht.« Er lächelt und Aiko lächelt genauso. »Seither werfen wir immer diese Münze. Aiko hat Kopf, ich habe Zahl.«

Er legt das Geldstück auf seine Faust, flippt es mit dem Daumen in die Luft, fokussiert seinen Flug und fängt es wieder auf.

»Kopf.«

Aiko beugt sich zu ihm, um sich selbst vom Ergebnis zu überzeugen. »Das ist jetzt das vierte Mal in Folge. Lass mich die Münze werfen!«

Taro schließt die Hand mit der Münze darin. »Du bewahrst sie auf, ich werfe sie. Das ist der Deal.«

»Ich will nicht immer anfangen.«

Emiko und ich lachen und tauschen einen Blick. Nicht zum ersten Mal an diesem Abend. Sie ist eine sehr zarte, zurückhaltende Frau, die man leicht ins Herz schließt. Oft wirkt sie auf mich wie eine Beobachterin, die aufmerksam zuhört und nur dann spricht, wenn sie wirklich etwas zu sagen hat. So ruhig ihr Mund ist, so lebhaft ist ihre Mimik. Ihre Augen funkeln mal amüsiert und mal mitfühlend, ihr Lächeln ist weich und liebevoll. Als Noel sich zu Wort meldet, zieht sie die Brauen hoch.

»Geht das schon wieder los!«, stöhnt er halb genervt, halb belustigt.

»Es ist ein mathematischer Trick«, beharrt Aiko. »Du legst den Kopf nach oben, also ist die Wahrscheinlichkeit, dass der Kopf wieder fällt, höher.« Sie hebt den Zeigefinger. »Ich hab's gegoogelt.«

Taro zuckt mit den Schultern. »Keine Ahnung, ob der Kopf eben oben lag, aber gut, dann noch einmal mit der Zahl oben.«

Er wiederholt den Wurf und fängt die Münze wieder auf. Das Ergebnis ist das gleiche.

»Kopf.«

»Grrrr!«, grummelt Aiko. »Du machst irgendwas!«

»Ich mache gar nichts, Aiko! Ich werfe das Ding nur.«

»Dann lass mich!«

»Wenn ich sie bis nächstes Jahr aufbewahre, okay.«

»Meinetwegen.« Sie nimmt ihm die Münze ab, flippt sie und fängt sie in beiden Händen auf. »Das gibt's doch nicht!«, schimpft sie gleich darauf. »Wieder Kopf. Mom! Woher hast du das Ding? Aus irgendeinem Zaubershop in Sasebo?«

Lachend schüttelt Emiko den Kopf. »Ich weiß es nicht mehr.«

»Also gut!« Aiko hebt ihre Tasche auf den Schoß, kramt darin und bringt ein flaches Päckchen im DIN-A5-Format heraus. Grinsend überreicht sie es ihrem Bruder.

»Wenn das mal keine Fortsetzung vom *Paralleluniversum* ist«, sagt er und wickelt ein selbst gebundenes Heft aus dem Geschenkpapier.

Paralleluniversum, Folge 11, lese ich auf dem selbst gezeichneten Cover, als er das Heft aufschlägt.

»Es war ein stürmischer Freitagabend im Sommer anno 2006«, liest er vor, »als Taro, bekannt für seine Zurückhaltung und sein regelkonformes Verhalten, ein unerwarteter Anflug von Rebellion überkam. Statt sich wie üblich in seine Pflichtlektüre zu vertiefen, lieh er sich den nagelneuen 7er BMW seines alten Herrn, um eine Spritztour zu unternehmen und den Wagen im Starnberger See zu versenken. Das hatte Konsequenzen.«

Während alle am Tisch loslachen, sieht Taro mich an. »Mit diesem Satz – das hatte Konsequenzen – beginnen diese Geschichten immer.«

Er schaut wieder ins Heft, blättert um und liest weiter:

»Taro landete in einem Heim für missratene Jugendliche. Dort lernte er die Tricks und Kniffe des kleinen Gaunerhandwerks. Zwei Jahre später, mit achtzehn, wagte er seinen ersten großen Coup: einen Tankstellenraub. Seine Beute: zweihundert Euro und die Tochter des Tankstellenwärters. Juliette teilte nicht nur den Vornamen, sondern auch den Charme von Juliette Lewis in *Natural Born Killers* und wurde zu Taros charismatischer Komplizin. Gemeinsam perfektionierten sie ihre Raubzüge. Jeder neue Tankstellenüberfall war raffinierter und gewagter als der letzte, und bald waren die beiden eine Legende. Als meistgesuchtes Gangsterpärchen Deutschlands lebten sie ein Leben auf der Überholspur, der Polizei stets einen Schritt voraus. Zu ihrem zehnjährigen Raubjubiläum tauchten Taro und Juliette im Ausland unter, wo sie ihr stinkreiches Leben eine Weile in vollen Zügen genossen. Als Langeweile aufkam, gründeten sie eine geheime Akademie für Möchtegern-Tankstellenräuber, um ihre Expertise an die nächste Generation von Gaunern weiterzugeben. Zu dieser zählten auch ihre Vierlinge, die ihr Vermächtnis antraten, als sich Taro und Juliette endgültig zur Ruhe setzten.«

Inzwischen lachen alle so laut, dass sich die anderen Gäste

im Restaurant verwundert nach uns umdrehen. Einer der Zwillingsjungs wird wach. Aiko hebt ihn aus dem Wagen und nimmt ihn auf den Arm.

Taro gibt mir das Heft, damit ich die Zeichnungen anschauen kann, die Aiko zu den Texten auf den einzelnen Seiten angefertigt hat. Sie hat ihren Bruder in jedem Alter so gut getroffen, dass ich seine Mimik sofort wiedererkenne. Dabei ist ihr Stil fein und detailreich, realistisch, aber mit einer künstlerischen Verzerrung, die den humorvollen Inhalt der Geschichten unterstreicht.

»Du hast das Auto deines Vaters geklaut und es im See versenkt?«, frage ich Taro.

Er schüttelt den Kopf. »Leider nicht.«

Wieder lachen alle.

»Aber an diesem Abend war ich so wütend auf ihn, dass ich's getan hätte, hätte Aiko mich nicht davon abgehalten.« Er legt den Arm um sie, sie lehnt den Kopf an seine Schulter, und wieder spielt mir mein Verstand einen Streich. »Die Geschichten aus dem Paralleluniversum greifen immer Ereignisse auf, die anders gelaufen sind, als ich es damals gern gehabt hätte, und erzählen mein alternatives Leben.«

»Das ist fantastisch! Eine großartige Idee, und so kreativ.« Ich werfe einen letzten Blick ins Heft und reiche es dann Emiko, damit sie es auch anschauen kann. »Ich hoffe, du zeigst mir die anderen zehn Folgen.«

»Oh, da habe ich viel zu erklären.«

»Ich höre dir gern zu.«

Taro zieht sein Geschenk für Aiko aus seiner Tasche. Es hat ein quadratisches Format und ist dünner. Aiko legt ihren kleinen Jungen, der schon wieder schlummert, zurück in den Wagen und zupft das Geschenkpapier vorsichtig auf.

Flashback Birthday, Folge 10, lese ich auf der Rückseite des Bildes, das sie auspackt. Wie es scheint, hat Aiko mit der Tradition des Seriengeschenks begonnen und Taro dazu inspiriert, sich etwas Eigenes zu überlegen.

Aiko wirft einen Blick auf das Bild und schlägt sich eine Hand vor den Mund. »Oh Gott!«, stöhnte sie. »Taro, das ist ganz zauberhaft und mindestens genauso peinlich. Wie alt war ich da? Siebzehn? Und total verknallt.«

Er schmunzelt vergnügt. »Wie hieß er gleich?«

»Marvin«, stöhnt sie weiter hinter immer noch vorgehaltener Hand. »Marvin Strittmeister.«

»Der dunkle Lord«, grollt Taro mit tiefer Stimme.

Aiko kichert und boxt ihm gegen die Schulter. Während sie ihr Geschenk betrachtet, lacht sie immer mehr. »Das ist so lustig, Taro! Danke.«

Über den Tisch hinweg reicht sie mir das Bild, umarmt dann ihren Bruder und lässt ihn die Geschichte erzählen.

»Aiko hat das Haus immer anständig angezogen verlassen, ihr eigentliches Outfit aber mitgeschmuggelt und sich auf dem Weg zur Schule umgezogen, um zu Marvin zu passen, der von ihr annahm, dass sie genauso düster drauf war.«

Der Cartoonstrip, den Taro mit schwarzem Stift oder Tusche gezeichnet hat, zeigt eine jüngere Version von Aiko mit schwarzen Gothic-Klamotten und dramatischem Make-up. Auf einigen der zwölf kleinen Bilder sieht man sie allein und kann ihre tristen Gedanken beinahe greifen: deprimiert in der Schule, deprimiert im Supermarkt, deprimiert und sehr kauzig tanzend, deprimiert vor sich hin starrend. Auf einem Bild umschlingen sie und Marvin, der dunkle Lord, einander deprimiert, auf einem anderen himmelt sie ihn deprimiert an. Die letzten beiden sind anders. Das erste zeigt Marvin, der mit entsetzter Miene Musik über einen iPod hört. Auf dem zweiten sieht man wieder Aiko, genauso entsetzt, weil Marvin ihre Justin-Timberlake-Playlist entdeckt hat.

Der anderer Zwillingsjunge beginnt zu quengeln. Diesmal

kümmert sich Noel um ihn. Weil der Kleine zu weinen beginnt, steht er auf und trägt ihn vor die Tür.

Emiko beugt sich zu mir. »Taro hatte schon immer eine besondere Beobachtungsgabe.«

»Und einen besonderen Humor«, fügt Aiko an.

»Und offenbar ein großes Zeichentalent«, murmele ich beeindruckt.

»Das haben die beiden von mir«, raunt Emiko, als wäre es ein Geheimnis. »Anders als ihr Temperament.«

Ich sehe sie an. »Taro hat erzählt, dass du Malerin bist.«

Sie erwähnt eine Galerie, in der einige ihrer Bilder noch bis Ende September ausgestellt sind, und beschreibt eines ihrer neuesten Werke, das vor ein paar Tagen verkauft wurde. Mit einem lachenden und einem weinenden Auge hat sie es dem Käufer übergeben, erzählt sie mir und erinnert mich an mich selbst und meine zwiegespaltenen Gefühle beim Abschied von einem Möbelstück, egal, ob es meine Werkstatt oder die Ausstellung verlässt.

»Vielleicht sehen wir uns bald wieder«, sagt sie schließlich und legt ihre Hand auf meine Hand. »Dann zeige ich dir, was ich male. Das würde mich freuen.«

Als Emiko meine Hand gehen lässt, wende ich mich wieder Taro und Aiko zu und ertappe Aiko dabei, wie sie mich mustert. Sie lächelt nicht, sondern betrachtet mich offenbar schon eine Weile, als würde sie ein Gedanke beschäftigen, als wäre es nicht so sicher, dass wir uns wiedersehen. Ihr Lächeln kehrt kurz zurück, doch es wirkt wie erzwungen und erreicht ihre Augen nicht. Schließlich dreht sie sich weg und sieht nach dem Baby, das noch im Wagen liegt.

Ich lege ihr den Cartoon wieder hin und sehe Taro an. Auch er betrachtet mich, und er lächelt ebenso wenig. Während ich überlege, ob ich etwas verpasst oder etwas Falsches gesagt habe, kommt Noel zurück, und Aiko schlägt die Hände zusammen.

»Wer hat Lust auf Nachtisch?«, fragt sie fröhlich in die Runde. »Also ich gehe hier nicht ohne Tiramisu raus. Juno, das musst du probieren. Es ist zum Reinsetzen lecker.«

Mit dem merkwürdigen Moment verfliegt auch mein Unbehagen.

Lunituvir

[›luniːtu‹viːɐ̯] Adjektiv.
Das Gefühl der eigenen Unbedeutsamkeit und Kurzlebigkeit, das sich einstellt, wenn man in den Sternenhimmel blickt und sich die Unendlichkeit des Universums bewusst macht.

Hotelzimmer haben etwas Paradoxes an sich. Man ist zu Hause und zugleich weit davon entfernt. Unzählige Geschichten wohnen in ihren Wänden, aber keine davon gehört mir. Sie sind sehr persönliche und intime Orte, denen man so sehr vertraut, dass man dort schlafen kann, und zugleich sind sie enorm öffentlich und anonym. So gut wie immer rufen sie in mir ein Gefühl der Entwurzelung hervor, ein Fremdeln, da sie keine Spuren meines Alltags enthalten, doch es fühlt sich oft auch gut an, für eine kleine Weile frei vom Alltag und von rein gar nichts Alltäglichem abgelenkt zu sein.

Ich spüre Taros Atem auf meiner Wange, seine Haut unter meiner Hand. Ich atme den Duft seines Parfüms ein, der sich mit seinem natürlichen Geruch vermischt und eine holzige, erdige, frische und zugleich scharfe Komposition entstehen lässt. Als ich die Augen öffne, sehe ich seine Augen. Er stupst meine Nasenspitze mit seiner Nasenspitze an.

»Hey«, sagt er leise.

»Hey«, gebe ich zurück und streiche über seine Seite.

Die Paradoxie des Hotelzimmers überträgt sich eigenartigerweise auf Taro.

Er und ich haben jetzt sechsmal miteinander geschlafen. Der Sex, den wir gerade hatten, war eigentlich wie die Male zuvor, leidenschaftlich und innig. Und doch war es anders, weil Taro mir zwar vertraut ist, mir aber auch fremd erscheint. Es ist, als hätte das Zimmer unsere emotionale Dynamik intensiviert und unsere emotionale Nähe verdichtet. Gemeinsam sind wir hier, temporär in der Fremde, isoliert von Alltag und Außenwelt. Ich sehe und spüre nichts Neues an ihm, doch ich nehme ihn anders, besonders bewusst wahr.

»Wie spät ist es?«, flüstere ich.

Er hebt den Kopf und schaut zum TV-Gerät, unter dem die Uhrzeit angezeigt wird.

»Dreiundzwanzig Uhr achtundfünfzig«, sagt er.

»Gut. Lass uns so liegen bleiben.«

»Und einschlafen?«

Ich schüttele den Kopf. »Und warten.«

»Worauf?«

Ich lege den Finger vor die Lippen, tauche in seinen Blick und zähle gedanklich im Sekundentakt. Der Raum scheint sich noch mehr um uns zu verdichten. Es ist, als würden sich seine immateriellen Wände von den physischen, den sichtbaren Wänden lösen und sich wie eine schützende Hülle um unsere Körper legen.

Als ich selbst zur Zeitanzeige unter dem Fernseher sehe, stehen die Ziffern auf null Uhr. Ich lege den Kopf wieder auf das Kissen.

»Ziel erreicht.«

Taro schmunzelt. »Was war das Ziel?«

»Aus deinem Geburtstag rausfeiern, nachdem wir vor vierundzwanzig Stunden reingefeiert haben.« Ich muss lachen. »Okay, das war jetzt kein Feiern mit Tröten, Luftschlagen und Konfetti.«

»Nicht?« Er streicht mir eine Strähne aus der Stirn. »Ich hatte ganz schön viel Konfetti. Eigentlich nicht nur gestern. Schon die ganze Zeit.«

Wo er es sagt, muss ich ihm recht geben. Die Zeit mit ihm fühlt sich tatsächlich an, als würde in mir drin unentwegt Konfetti geworfen werden und schillernd und tanzend herabrieseln. Bei seinen Worten fällt mir aber auch ein konfettiloser Moment ein.

»Vorhin beim Essen«, sage ich. »War da irgendwas zwischen Aiko und dir?«

Er zieht die Brauen zusammen. »Nein. Es war alles gut. Wieso?«

»Kurz bevor Noel wiederkam, als ich mich mit eurer Mom unterhalten und Aiko deinen Cartoon zurückgegeben habe, hat sie mich merkwürdig angesehen und wirkte so ...« Das richtige Wort fällt mir nicht sofort ein. »So nachdenklich, so ernst, freudlos irgendwie. Dann habe ich dich angeschaut, und du hattest den gleichen Blick.«

»Ich kann dir nicht sagen, worüber Aiko nachgedacht hat, aber was mich betrifft, ich habe dich einfach nur angeschaut und war in Gedanken eher nicht am Tisch.«

»Sondern?«

»Ein bisschen weggedriftet. Du hast sehr hübsch ausgesehen in deinem Kleid.«

»Eine Leihgabe von Miriam«, gebe ich etwas verschämt zu. »Das bedeutet wohl, ich sollte mehr Kleider tragen.«

»So war das nicht gemeint. Ich sehe dich eigentlich ständig gern an und stelle immer wieder fest, wie hübsch du bist. Ungeachtet deiner Kleidung. Das gestern war nur eine andere optische Facette, die ich noch nicht kannte, die mir aber genauso gut gefällt wie alle anderen optischen Facetten. Du kannst ein Kleid anhaben, ein verwaschenes T-Shirt und eine Jogginghose oder gar nichts, wahrscheinlich sogar einen Kartoffelsack. In meinen Augen bist du immer eine schöne Frau, äußerlich und innerlich.«

Seine Worte berühren mich. Jede Reaktion, die mir in den

Sinn kommt, wirkt plump und überflüssig. Also lasse ich Taros Worte so stehen und genieße ihren Nachhall.

»Bist du müde?«, fragt er nach einer Weile.

»Erstaunlicherweise …«, ich drehe mich auf den Rücken und strecke mich, »… überhaupt nicht. Vielleicht, weil ich nicht schlafen möchte, denn dann geht die Zeit einfach so unbemerkt vorbei. Das erscheint mir gerade wie eine Verschwendung.«

»Wir sind hier direkt am Englischen Garten. Hast du Lust, noch mal rauszugehen?«

Und ob ich Lust darauf habe!

Wir ziehen uns an, ich die für die Rückfahrt mitgebrachten Jeans und die Bluse, Taro das schwarze Hemd und die graukarierte Hose, die er schon im Restaurant getragen hat. Die Gänge des Hotelflurs liegen still im diffusen Licht der Deckenleuchten. Der Fahrstuhl surrt herauf, seine Türen öffnen sich mit einem leisen Bling. An der Rezeption in der Lobby sitzt ein Mitarbeiter der Nachtschicht. Als wir vorbeigehen, erkundigt er sich, ob wir ein Taxi benötigen. Taro lehnt dankend ab und raunt mir zu, dass wir maximal eine Viertelstunde brauchen.

Schwarze Luxuslimousinen parken in der Zufahrt zum Hotel. Wir lassen sie hinter uns und gehen vor sich hin dämmernde Wohnstraßen entlang. Über einen Pfad, der vollkommen im Dunkeln liegt, erreichen wir schließlich den nördlichen Teil des Englischen Gartens. Inmitten einer von Buchen umgebenen Wiese legen wir uns Schulter an Schulter auf den Rücken und schauen in den Nachthimmel. Die Bäume schirmen ihn vom Licht der Stadt ab, und so sehen wir die Sterne funkeln.

Ich zeige auf zwei besonders helle. »Wie die beiden wohl heißen?«

Dass Taro antwortet, überrascht mich.

»Das eine ist kein Stern, denn er blinkt nicht. Also muss es Jupiter sein, den man gerade gut sieht. Das andere ist wahrscheinlich Wega. Er ist immer der hellste.«

Ich sehe ihn an. »Woher weißt du das? Hast du nebenbei Astronomie studiert?«

»Nö, ich habe eine App.« Er streckt einen Arm aus, als würde er etwas nach oben halten. »Über die Handykamera schaut sich die App das Himmelsbild an und zeigt mir auf dem Display an, was da oben ist.«

»Das ist ja toll!« Ich verschränke die Arme hinter dem Kopf. »Du hast das Handy nicht zufällig dabei?«

»Zufällig nicht.«

»Schade.«

»Ha! Das aus deinem Mund.«

»Na ja, es wäre gerade schon spannend, mal nachzuschauen. Ich erkenne nur den Großen Wagen.« Mein Blick wandert zum wahrscheinlich prominentesten aller Sternbilder. »Sonst nichts. Wir könnten unsere Sternzeichen suchen.«

»Meins, den Löwen, sieht man jetzt nicht. Momentan sind die Sternzeichen des Winters sichtbar. Welches ist dein Sternzeichen?«

»Zwillinge.«

»Die wandern erst im Herbst wieder über die Leinwand da oben.«

»Dann weißt du ja, was wir im Herbst machen.«

»Sterne gucken, okay. Unter anderem.«

Eine Weile sind wir still und schauen in die Schwärze des Firmaments, wo wir hin und wieder auch die Scheinwerfer von Flugzeugen und Satelliten sehen. Der Gedanke, dass es hinter den Lichtern der Flugobjekte und Himmelsköper unendlich weitergeht, gibt mir plötzlich das Gefühl, winzig zu sein. Aus der Perspektive von Jupiter ist die Erde klein wie eine Ameise, Deutschland wie ein Sandkorn, München wie ein Staubpartikel, der Englische Garten wie ein Elementarteilchen. Ich bin gar nicht mehr sichtbar. Und ich existiere in einem Zeitraum, der für die Welt da draußen nicht mehr als ein Wimpernschlag ist und völlig bedeutungslos. Dennoch bin ich Teil eines gigantischen Wunders, das sich mir täglich in kleinen Dingen zeigt, in Ereignissen, die ich nicht bewusst erlebe, und in Ereignissen, die so besonders sind, dass ich sie wahrnehmen muss.

»Das ist eine witzige Gemeinsamkeit«, sage ich, als meine Gedanken zurückkehren. »Du bist ein Zwilling, und ich bin Zwillinge. Ich habe also einen Zwilling in mir.« Ich muss lachen, als mir etwas einfällt. »Und du hast das Zwillingsgen in dir. Du könntest selbst Zwillinge bekommen, wie deine Schwester.«

Im Augenwinkel sehe ich, wie Taro den Kopf schüttelt. »Die Wahrscheinlichkeit ist bei mir nicht höher als bei anderen Männern. Ich produziere ja keine Eier, sondern bloß die fleißigen Flitzer. Bei Aiko war es offenbar so, dass sie aufgrund ihrer Gene zwei statt nur ein Ei zur Verfügung gestellt hat, was Noels fleißige Flitzer wohl super fanden.«

Ich stöhne gespielt ernüchtert. »Nimmt das Handy nicht mit, produziert keine Zwillinge, eine Enttäuschung nach der anderen!«

»Was denn?« Taro klingt amüsiert. »Wünschst du dir etwa Zwillinge?«

»Ich wünsche es mir nicht, halte es aber für optimal. Die Nachwuchsproduktion wäre mit einem Rutsch abgeschlossen.«

»Frag Aiko mal dazu. Ich bin mir sicher, sie ist anderer Meinung. Es ist ganz schön anstrengend, zwei Babys auf einmal zu umsorgen. Mom meint auch, es dauert Jahre, bis der Stress ein wenig nachlässt. Aber wie dem auch sei …« Er pausiert einen Moment, bevor er weiterspricht. »Wenn ich irgendein Keine-Ahnung-wie-es-heißt-Gen trage und eine Tochter habe und sie dieses Gen von mir übernimmt, dann könnte es ihr gehen wie Aiko.«

»Willst du Kinder irgendwann?«

Abermals scheint er nach den richtigen Worten zu suchen.

»Weißt du, Juno«, sagt er nach einer Weile. »Bei dieser Frage geht es nicht nur um meinen Wunsch, sondern auch um die damit einhergehende Verantwortung. Wenn Kinder kommen wollen, würde ich sie mit offenen Armen empfangen und versuchen, der beste nur vorstellbare Vater zu sein. Aber ich würde es nicht erzwingen wollen.«

»Du meinst, keine künstliche Befruchtung oder Zugriff auf Samenbanken, wenn es nicht klappt?«

»Nicht nur das. Das startet schon bei der aktiven Entscheidung für Kinder. Ich frage mich, ob es fair wäre, ein Kind in diese Welt zu setzen. Es ist viel los. All die Spannungen in der Gesellschaft, der Klimawandel und die politischen Konfliktherde machen diesen Planeten nicht unbedingt zum Topspot im Universum.«

Meine Eltern mit ihrer immer lauter werdenden Forderung nach Enkelkindern fallen mir ein. Die beiden denken dabei vor allem an sich, nicht an das Kind, das es hier noch aushalten muss, lange nachdem sie von der Erde gegangen sind. Anders als meine Eltern kann ich genau wie Taro nicht nur an mich denken.

»Manchmal beobachte ich Miriam mit ihren Kindern und habe das Gefühl, hinterherzuhinken«, erzähle ich ihm, »und irgendeinen Plan nicht zu erfüllen. An den meisten Tagen fühlt sich mein Leben, wie es ist, aber total richtig an. Ich hätte schon gern ein Kind, wenn es passt, doch ich möchte nicht, dass es mir eines Tages vorwirft, es in eine so unsichere Welt gesetzt zu haben.«

Als ich einen Arm zwischen uns ablege, nimmt Taro meine Hand.

»Wie auch immer es sich ergibt«, murmelt er. »Am Ende des Tages sind Liebe und Unterstützung das Wichtigste, das Eltern einem Kind bieten können. Wenn es sein soll, wird es sein. Wenn nicht, ist es auch in Ordnung. Ich glaube, jeder Mensch sollte sein Leben so leben, dass er zufrieden ist, mit und ohne Kind.«

Wie von allein entstehen Bilder in meinem Kopf. Ich sehe Taro und mich und wie wir uns über eine Wiege beugen und unser Baby bestaunen. Es ist ein ziemlich hübsches Baby, dunkelhaarig, rund und rosig. Ich sehe uns Babybrei vom Küchentisch kratzen, dem kleinen Menschen das Laufen beibringen, entnervt auf Spielplätzen und panisch auf der Jagd nach einem Dreirad, dessen Pedale von einem viel zu unerschrockenen Piloten getreten werden. Ich sehe uns am Kulkwitzer See, in vielen Jahren. An meiner Stelle gleitet Taros Sohn oder Tochter auf einem Stand-up-Board neben ihm. Ihre Silhouetten, eine große und eine kleine, zeichnen sich gegen den Sonnenuntergang ab.

Es ist ein schönes Bild.

Am Himmel taucht ein helles Licht auf, das sich schnell voranbewegt. Es ist gleißend-weiß, nicht rot-blinkend wie das eines Flugzeugs, und es ist viel größer als das eines Satelliten.

»Was ist das denn?«, raune ich, innerlich ein wenig alarmiert.

»Darf ich vorstellen, Madame.« Taro schlägt den gewichtigen Tonfall eines Astrowissenschaftlers an. »Die ISS, auch bekannt als Internationale Raumstation, auf einer neuen Runde um unseren Planeten. Ihre durchschnittliche Flughöhe beträgt vierhundert Kilometer, also ist sie von uns gerade so weit entfernt wie Wien. Mit einer beeindruckenden Geschwindigkeit von acht Kilometern pro Sekunde ist sie das ohne Zweifel schnellste Transportmittel der Welt, und sie befindet sich jetzt, wo wir sie dort oben sehen, wahrscheinlich schon über Polen.«

»Meine Güte! Die muss ja mega Scheinwerfer haben!«, witzele ich.

Taro lacht auf. »Das sind keine Scheinwerfer – um Himmels willen, die armen Piloten der Linienstreckenflüge! Eine Ray Ban würde da nicht reichen. Das Leuchten kommt vom Sonnenlicht, das auf der Oberfläche der ISS reflektiert wird.«

»Bekommst du das auch alles in deiner App angezeigt?«

»Nein, das habe ich nachgelesen, als ich die ISS das erste Mal gesehen habe. Die App zeigt mir aber an, wo sie sich gerade befindet.«

Hätte ich ein Handy, würde ich diese App draufladen! Da ich keins habe, werde ich mir bei nächster Gelegenheit Taros ausborgen und mir das alles mal anschauen.

Kaum ist das Licht der ISS verschwunden, taucht ein neues in unserem Nachthimmelkino auf. Zuerst denke ich, es ist ein weiterer Satellit, doch dann sind es plötzlich zwei Lichter, dann noch eins, dann vier und schließlich eine schnurgerade Linie aus unzähligen Lichtpunkten.

»Na, jetzt bin ich aber gespannt!«, grummele ich skeptisch.

»Aliens!«, raunt Taro.

»Ich bezweifle, dass die hier so offensichtlich einfliegen. Was zum Teufel ist das? Der Weihnachtsmann?«

Taro lacht noch lauter als eben und schnauft: »Der wäre ein paar Monate zu früh dran.«

»Vielleicht hat er neue Rentiere und trainiert sie gerade auf der Strecke.« Ich drücke seine Hand, als meine Ungeduld zu sehr sticht. »Jetzt sag, was das ist!«

»Starlink nennt sich das. Es ist ein Satellitennetzwerk, das Internet auch an entlegenen Orten bereitstellt. Elon Musk hat das entwickelt.«

»Der Typ, der das Auto ins All geschossen hat? Kommt das heute vielleicht auch noch vorbei? Es ist ja viel los dort oben.«

»Die App zeigt es nicht, aber es gibt eine Website, auf der man nachschauen kann. Mit bloßem Auge sieht man's aber nicht.«

»Ist doch verrückt, was wir alles so machen«, sage ich nachdenklich und behalte den Starlink kritisch im Auge, bis auch das letzte Licht von der Dunkelheit verschluckt wird.

»Wir Menschen, meinst du?«

»Klar. Dort oben fliegt doch schon genug Schrott von uns herum. Warum schießt jemand absichtlich ein Auto ins All? Und diese Satelliten? Warum? Damit ich die Tarantel-Battle live aus dem Regenwald übertragen oder auf einem Plumpsklo in der Taiga das Spiel zwischen Klein-Kleckersdorf und Groß-Gähnhausen verfolgen kann?« Ein unrealistischer, aber witziger Gedanke kommt mir in den Sinn. »Stell dir vor, dieses Auto fällt irgendwann herunter.«

Taro spinnt die Geschichte weiter: »Dann hat irgendjemand einen schönen roten Tesla Roadster im Vorgarten stehen oder, wenn's schlecht läuft, im Dach seines Hauses stecken.« Er korrigiert sich, bevor ich einsteigen kann. »Das würde nicht passieren. Sobald der Tesla in die Atmosphäre eintritt, wird er verglühen, und wer in diesem Moment nach oben schaut, wird …«

Taro unterbricht sich mitten im Satz, als am Himmel ein kleiner Punkt aufleuchtet. Blitzartig zieht er eine Lichtspur über die schwarze Fläche und verglimmt.

»Genau das würde man sehen.«

Eine Sternschnuppe! Ich strecke einen Arm nach oben. »Auf dich haben wir gewartet! Du hast uns gerade noch gefehlt.«

Binnen Sekunden schießen zwei weitere Sternschnuppen hinterher, eine sehr kleine und eine, so groß und hell, wie ich sie selten gesehen habe.

»Die ersten Perseiden«, murmelt Taro.

»Ha! Von denen habe ich gehört. Ist schon witzig, dass die immer so pünktlich im August vorbeikommen.«

Ich drehe den Kopf und sehe Taro an, doch er hält seinen Blick weiter auf dem Himmel. »Es ist eher so, dass wir vorbeikommen«, erklärt er mit einem Schmunzeln.

»Oder so.« Ein bisschen verlegen, dass ich zuerst geredet und dann nachgedacht habe, füge ich an: »Gut, dass ich mein wandelndes Astronomiebuch dabeihabe. Es hat etwas mit unserem Weg um die Sonne zu tun, richtig?«

»Jedes Jahr im August fliegt die Erde durch die Trümmerwolke eines Kometen namens Swift-Tuttle. Einzelne Trümmer aus Staub und Stein, Meteoroiden, kollidieren mit der Erdatmosphäre und Swoosh! Da!«

Ich schaue gerade noch rechtzeitig hin und sehe die vierte Sternschnuppe swooshen.

Um mich aufzurichten, löse ich meine Hand aus der von Taro. Den Kopf in den Nacken gelegt, blinzele ich hinauf in die Weite des Sternenzelts, bis Taro sich ebenfalls aufsetzt. Als ich den Kopf senke, begegne ich seinem Blick. Schattenhaft zeichnen sich die Konturen seines Gesichts im Nachtlicht ab.

»Hast du dir etwas gewünscht?«, frage ich ihn.

»Natürlich, aber nur bei der ersten Sternschnuppe. Du auch?«

Ich schüttele den Kopf. »Nein.«

Er stellt die Frage nicht in Worten, sondern sendet sie lautlos in die Nacht. Wie ein kleines, stummes Gespenst wabert sie zwischen uns, also antworte ich.

»Ich habe gerade keine Wünsche. Alles ist gut.«

Ich sehe ihn lächeln, sehe seine Augen funkeln und muss mit einem Mal wieder an den Moment im Restaurant denken. Ein anderes Gefühl weckt diese Erinnerung jetzt. Statt eines Unbehagens spüre ich, wie sich die Gewissheit der Geborgenheit in mir ausbreitet.

»Ich bin unglaublich gern mit dir zusammen, Juno«, sagt Taro leise.

»Dito«, gebe ich zurück.

»Weil ich dich unglaublich gernhabe.«

So sachte und doch so kraftvoll klingen seine Worte durch die nächtliche Stille.

»Und ich dich.«

Alles ist gut, sage ich mir erneut im Stillen, und lasse diese Erkenntnis tiefer in mich als eben. Alles ist so gut, wie es lange nicht war.

Livestream

Juno und ich liegen noch im Hotelbett, als Carl anruft. Seine Mutter hatte einen Unfall und wurde ins Krankenhaus gebracht. Um bei ihr zu sein, ist er nach Hannover gefahren und bittet mich, Columbus zu füttern.

Im Hotelrestaurant bekommen wir kein Frühstück mehr, denn das Buffet wird um elf Uhr abgebaut, und es ist schon nach eins. Also hole ich belegte Brötchen, Kaffee für Juno und Tee für mich in einer Bäckerei. Damit geht es auf die Autobahn. Die Rückfahrt ist noch Teil unseres Ausflugs, fühlt sich aber dennoch schon nach dem Abschied an. Mehr und mehr, je näher wir Leipzig kommen. Wo sind die Staus, wenn man sie braucht?

Kurz vor sechs setze ich Juno zu Hause ab und fahre nach einem Zwischenstopp in meiner Wohnung weiter zu Carls. Columbus ist überrascht, mich zu sehen, doch am Ende ist es ihm egal, wer die Dose mit dem Futter öffnet. Kaum habe ich seine Schale gefüllt, da ruft meine Schwester an.

»Die Zwillinge sind gerade eingeschlafen«, sagt sie. »Hast du fünf Minuten?«

Immer, wenn sie diese Frage stellt, dauert es am Ende deutlich länger. Mit dem Telefon am Ohr gehe ich zum Küchenfenster und schaue hinunter in die Straße.

»Juno ist großartig«, sagt sie dann.

Ich schweige und warte ab, denn ich glaube nicht, dass dieses Kompliment der Grund für Aikos Anruf ist. Wahrscheinlich ist es nur die Einleitung zu einem Vortrag, von dem ich schon recht genaue Vorstellungen habe.

Aikos Stimme nimmt einen nachdenklichen Klang an. »Sie ist echt eine tolle Frau, so sympathisch und herzlich. In mancher Sekunde hatte ich das Gefühl, meiner neuen besten Freundin gegenüberzusitzen. Als wir uns verabschiedet haben, war ich drauf und dran, sie auf einen Mädelsabend einzuladen.« Aiko macht eine Pause, als würde sie mit den Schultern zucken. »Aus einem Impuls heraus, weil ich mehr erfahren möchte von der anderen wichtigsten Frau in deinem Leben, mit der ich meinen Status plötzlich teile.«

Ich muss lächeln, denn ich weiß genau, wie es sich anfühlt. Vor vier Jahren, als sie mir Noel vorgestellt hat, ging es mir genauso.

Sie fährt fort: »Und das Beste ist: Juno tut dir richtig gut. Ich habe dich lange nicht so entspannt erlebt. Es war so schön, zu beobachten, wie ihr miteinander seid, so unbeschwert und liebevoll.«

Nachdem Aiko tief Luft geholt hat, serviert sie mir das Aber, auf das ich schon lauere. »Aber du bist nicht ehrlich zu ihr. Und das finde ich jetzt, wo ich sie kenne, noch viel schrecklicher als vorher. Du schuldest Juno eine Erklärung. Es ist unfair ihr gegenüber, so weiterzumachen. Wie erträgst du es, mit ihr zusammen zu sein, ohne ihr die ganze Wahrheit zu sagen?«

Ich schlucke schwer, denn Aikos Worte treffen den alten wunden Punkt.

»Ausgerechnet du schaffst es nicht.« Missbilligend schnalzt sie mit der Zunge. »Wenn jemand wissen muss, wie man so ein Gespräch über die Bühne bringt, dann doch wohl du. Wie viele Menschen hast du in deinem Leben schon dazu beraten?«

Anderen Empfehlungen und einen Leitfaden an die Hand zu geben, bedeutet nicht automatisch, dass man es für sich selbst auch so gut weiß. Ein Richter kann nicht in seinem eigenen Fall urteilen, ein Frisör sich nicht selbst die Haare schneiden. Rein theoretisch bräuchte ich gerade einen eigenen Coach.

»Der Schuster hat die schlechtesten Leisten«, murmele ich.

Aiko schmettert meine Erklärung ab wie ein Tennisprofi einen zu leicht gespielten Ball. »Blödsinn! Du bist feige, das ist alles. Weißt du, was auch echt gemein ist?«

»Was denn?«

»Dass du mich zu einer Komplizin deiner Halbwahrheit machst. Beim Essen gab es immer wieder Momente, in denen ich mich unwohl gefühlt habe. So gern ich Juno mag, möchte ich sie deshalb nicht wieder treffen, bevor du ihr nicht reinen Wein eingeschenkt hast. Es ist mir zu unangenehm, so zu tun, als wäre alles in Ordnung. Ich kann das nicht vor meinem Gewissen rechtfertigen.«

Den Blick noch auf der Straße, hallen Aikos Worte in mir nach.

»Ich werde es ihr sagen«, verspreche ich schließlich.

»Wann? In einem Jahr oder zweien?«

»Nein. Bald. Sehr bald.« Ich atme tief ein. »Wenn ich sie das nächste Mal sehe. Morgen.«

»Absolutes Indianerehrenwort?«

»So sicher wie der Schwur des Piraten auf dem sinkenden Schiff.«

Mit einem Hauch von Witz versuche ich die Schwere des Moments zu erleichtern, aber Aiko bringt es so wenig zum Lachen wie mich.

Nachdem wir aufgelegt haben, gehe ich ins Wohnzimmer, wo Columbus schon herumtigert und nach Carl sucht. Ich will ihm noch etwas Gesellschaft leisten und zum Kuscheln zur Verfügung stehen, falls ihm danach ist.

Mein Handy vermeldet den Eingang einer Nachricht auf meinem YouTube-Kanal. Es ist die sicher schon zwanzigste, die in den vergangenen Tagen eingegangen ist. Ich habe mich nicht eingeloggt, um zu lesen, wer mir was mitzuteilen hat, und habe auch jetzt wenig Lust dazu. Früher, als mein Kanal noch eine ernstgenommene Datingschule war, wurden die meisten Nachrichten von Männern gesendet, die auf Tipps zu ihren persönlichen Fällen hofften. Solche Nachrichten sind rar geworden. In den letzten zwei Jahren sind mehr und mehr Nachrichten hinzugekommen, in denen persönlicher Frust privat statt öffentlich abgeladen wird. Diese Nachrichten enthalten weder Feedback noch konstruktive Kritik noch die Bitte um Hilfe, sondern sind nichts als Ventile, um zu unterschiedlichen, durch meine Videos getriggerten Ärgernissen Dampf abzulassen. Seit der Challenge wird mein Postfach davon geflutet.

Ich lehne mich auf der Couch zurück und logge mich ein.

Dreiundzwanzig neue Nachrichten. Will ich sie lesen, oder sollte ich sie ungelesen löschen?

Columbus springt auf den Couchtisch, setzt sich aufrecht hin, legt die Schwanzspitze auf seine Vorderpfoten und blinzelt mich an, als wolle er mich zum Lesen ermutigen. Mit einem Seufzen öffne ich die erste Nachricht, die von einer Lena gesendet wurde, und lese sie dem Kater vor.

> Hab gerade dein Video zum Dating in verschiedenen Kulturen gesehen. Es gibt kein Wort für mein Entsetzen. In welcher Welt lebst du? Wie kannst du dich erdreisten, über das Verhalten anderer Kulturen zu reden, als würdest du es ganz genau wissen? Was weißt du schon von der Flirtetikette in Asien? Das ist kulturelle Aneignung! Hätte nur gefehlt, du hättest über die indigenen Völker gesprochen. Pfui! Pfui! Pfui! Dein Kanal gehört geschlossen!

»Na, Columbus, was antworten wir der lieben Lena?«, frage ich den Kater.

Er hebt den Kopf und maunzt.

»Sollen wir die Schweiz sein und ihr mitteilen, dass wir ihre Anmerkungen berücksichtigen und zukünftige Inhalte sensibler gestalten? Oder sollen wir uns demütig entschuldigen und tiefgreifende Maßnahmen ankündigen? Oder sollen wir auf Konfrontation gehen, sie an meine japanischen Wurzeln erinnern und über kulturelle Aneignung aufklären?«

Nichts von allem, beschließe ich und lösche die Nachricht.

Die nächste Mail stammt von einer Aileen.

Manipulation, so so! Für wie blöd hältst du uns Frauen eigentlich? Du reduzierst uns auf stereotype Spielchen und verstärkst damit alte Klischees, gegen die wir seit Jahren kämpfen. Statt unsere Autonomie zu unterstützen, wirfst du uns um Jahrzehnte zurück! Und was soll der Vergleich mit dem T-Shirt? Als ob das dasselbe wäre! Du machst es dir echt leicht und verdrehst alles. So ein Denken ist total toxisch! Dein Video ist ein Schlag ins Gesicht für alle, die sich gegen manipulative Beziehungen einsetzen. Ich habe deinen Kanal bei YouTube gemeldet.

Ich sehe Columbus an. »Fällt uns dazu was ein, Kumpel?«

Er steht auf, macht einen Katzenbuckel, um sich zu strecken und gähnt.

»Wie wäre es hiermit«, schlage ich vor und formuliere gedanklich: »Ich denke, du hast den Punkt meines Videos missverstanden. Es geht nicht darum, Frauen zu stereotypisieren, sondern um die Analyse menschlichen Verhaltens. Die Diskussion komplexer und kontroverser Themen sollte in einer modernen Gesellschaft … bla bla bla.«

Ohne den Gedanken zu beenden, lösche ich die Nachricht und wende mich der nächsten zu, die ein besorgter Diener Gottes formuliert hat.

Ihre Botschaften erschüttern mich zutiefst. In der Heiligen Schrift steht geschrieben: »Enthaltet euch der fleischlichen

Lüste, die gegen die Seele streiten!« (1 Petrus 2:11). Ihre Lehren über das Flirten widersprechen dem göttlichen Gebot, indem sie Menschen zu sündhaften Praktiken verführen. Sie sind ein direkter Angriff auf die Reinheit und Heiligkeit, die der Herr von uns erwartet. Sie säen Verwirrung und Laster in den Herzen junger Menschen, die nach göttlicher Führung und Weisheit suchen. Als ein Diener Gottes appelliere ich an Ihr Gewissen, Ihre Plattform nicht länger als Werkzeug der Verführung und moralischen Verderbtheit zu nutzen. Bedenken Sie die Worte des Apostels Paulus: »Flieht vor der Unzucht. Jede andere Sünde, die ein Mensch begeht, ist außerhalb des Körpers; wer aber Unzucht treibt, sündigt gegen den eigenen Leib.« (1 Korinther 6:18). Möge der Herr Sie erleuchten und Ihnen den rechten Weg weisen, weg von den Verlockungen des Fleisches und hin zu einem Leben der Tugend und Rechtschaffenheit.

Columbus springt vom Tisch und kommt zu mir auf die Couch. Als er mich nun aus nächster Nähe anblinzelt, streichele ich ihn.

»Dazu fällt uns gar nichts ein, oder?«, frage ich ihn.

»Mrrr!«, lautet seine aufschlussreiche Antwort.

Ich lösche die Nachricht. Die nächste ist von einem Andy.

Was für eine heteronormative Farce! Deine Videos ignorieren alle LGBTQ-Personen. Glaubst du ernsthaft, wir existieren nicht oder sind irrelevant? In einer Welt, die nach Inklusion und Diversität strebt, ist dein Kanal ein trauriges Beispiel für Homophobie und Ausschluss. Es ist 2024, und du tust immer noch so, als wäre die ganze Welt heterosexuell. Das ist nicht nur rückständig, sondern auch extrem respektlos gegenüber der LGBTQ-Gemeinschaft. Es ist höchste Zeit, dass du aufwachst und erkennst, dass die Welt bunter und vielfältiger ist, als du sie darstellst.

»Was meinst du, Columbus?«, brumme ich leicht verärgert. »Sollen wir Andy erklären, dass wir nicht homophob sind, sondern uns bloß auf eine Zielgruppe festgelegt haben.«

»Mau-aua!«, antwortet der Kater und springt wieder auf den Boden.

»Du hast vollkommen recht! Lesbische, schwule, bisexuelle, trans, nicht-binäre und queere Personen könnten sich darüber aufregen, wenn ich Hete mit Tipps für sie um die Ecke kommen würde. Wie man's macht, macht man's falsch, was?«

Ich lösche Andys Nachrichten, überfliege die restlichen nur in der Vorschau und beförderte sie ebenfalls in den Papierkorb. Währenddessen beginnt Columbus, würgende Geräusche zu machen. Wenig später kotzt er sein gerade verschlungenes Katzenfutter wieder aus. Keine Ahnung, ob er mir damit etwas sagen will.

Ich warte, bis er fertig ist und sich zu putzen beginnt, hole dann ein Zewa und wische die Kotze auf. Als ich aus dem Bad ins Wohnzimmer zurückkomme, verlangt er schon neues Futter und tapst in Richtung Küche, in der Hoffnung, dass ich ihm folge und eine Dose öffne. Um sicherzugehen, dass er okay ist, setze ich mich erst einmal wieder und vertreibe mir die Zeit mit weiteren Streifzügen durch meinen Kanal.

Mein letztes Video zu den geheimen Flirtcodes ist schon zehn Tage alt. Das danach geplante zur Kunst des Storytellings habe ich nicht gemacht. Täglich gehen immer noch Kommentare ein, aber nur etwa zehn Prozent beziehen sich auf den Inhalt. Die meisten kommentierenden Follower fordern ein Update zu meinem Beziehungsstatus. Flirt Force One schweigt. Ich weiß nicht, ob er seinen Kanal geschlossen hat. Ich habe nicht nachgeschaut. Es ist mir so gleichgültig wie inzwischen vieles anderes.

Als ich mich ausloggen will, schwirrt mir durch den Kopf, dass es wahrscheinlich nur eine Stunde dauert, bis eine neue

Mail mit einer neuen Beschwerde eingeht, und dass die nächste Frage danach, wie Juno und ich zusammengekommen sind, in noch kürzerer Zeit gestellt werden wird.

Mein virtuelles Ego, der Taro von Make Her Yours, ist zu etwas geworden, was weder das virtuelle noch das echte Ego je sein wollten: eine Marionette, ein Spielball, ein Fußabtreter. Was mein virtuelles Ego zu sagen hat, interessiert kaum noch jemanden. Auch meinem realen Ego ist es total egal, schließlich geht es mir schon lange nicht mehr um Unterstützung beim Dating oder um das Teilen meines Wissens, sondern vor allem um Klicks und virtuelle Anerkennung, was mir im echten Leben zwar finanziell nutzt, davon abgesehen aber keinen Mehrwert hat. Das gute Gefühl, das Richtige zu tun und einen wertvollen Beitrag zu leisten, das was jeder, der seinen Job eine Berufung nennt, haben sollte, fehlt mir schon lange. Ohne Zweifel gab es eine Zeit, in der ich dazu berufen war, Männer und Frauen zusammenzubringen, aber die ist vorbei. Die jetzt an mich gestellten Erwartungen kann und will ich nicht mehr erfüllen.

Ohne Pro und Kontra weiter abzuwägen, gehe ich in Carls Technikzimmer und suche sein Stativ. In einer Ecke mit guten Lichtverhältnissen stelle ich es auf und klemme das Handy in die Halterung. In der rechten oberen Ecke meines YouTube-Profils klicke ich zuerst auf *Erstellen*, dann auf *Livestream starten*. Alle meine Abonnenten bekommen jetzt eine Nachricht, dass ich live bin, und es dauert auch nur ein paar Sekunden, bis sich die ersten Zuschauer einloggen. Ich warte noch etwas ab, sortiere im Kopf die Worte für ein gutes Intro und lege dann los.

»Hallo allerseits! Ich hoffe, ihr könnt mich gut sehen und hören. Zunächst einmal, wow, es fühlt sich echt ein bisschen merkwürdig an, nach langer Zeit mal wieder live zu sein. Wie ihr vielleicht gemerkt habt, war es in den letzten Wochen ziemlich ruhig auf meinen Kanal. Keine neuen Videos, keine

Updates – und das hatte seinen Grund. Ich habe mir eine kleine Auszeit genommen, um ein paar Dinge zu überdenken. Dabei ist mir bewusst geworden, welche Entwicklung mein Kanal durchlaufen hat, dass er ganz im Fluss der digitalen Evolution mitgeschwommen ist. Diese Erkenntnis hat eine Frage aufgeworfen: Verlieren wir uns alle nicht zu sehr in dieser digitalen Welt? Neigen wir nicht mehr und mehr dazu, uns von dieser Welt abhängig zu machen?

Ihr glaubt, das tun wir nicht?

Hmm! Dann denkt nur einmal daran, wie ihr Neues lernt. Früher haben Menschen durch die direkte Erfahrung oder von anderen Menschen gelernt. Heute wendet sich jemand, der Gitarre spielen möchte, nicht an seinen Vater oder einen Musiklehrer, sondern schaut Online-Videos. Und was ist, wenn dein Fahrrad einen Platten hat? Lädst du deinen Kumpel auf ein Bier ein, damit ihr das Fahrrad gemeinsam repariert, oder ziehst du dir ein Tutorial rein und schmeißt das Rad dann weg, weil du es ja eh kaum noch benutzt? Noch zur Jahrtausendwende hat man Freunde zum Spielen, zum Musikhören oder Filmschauen in persona getroffen. Heute kommen wir in virtuellen Gaming-Gruppen, Jam- und Watch-Partys zusammen. Make-up-Tipps erfahren wir nicht mehr von unseren Müttern oder bringen uns das Schminken unter Freundinnen gegenseitig bei, sondern vertrauen auf die populärste L'Oréal-Influencerin. Bevor wir das neue italienische Restaurant besuchen, checken wir die Google-Bewertungen. Wenn es noch keine Bewertungen hat, probieren wir es nicht einfach mal aus, sondern reservieren in einem Laden, der Top-Bewertungen hat, auch wenn das bedeutet, dass wir zwei Wochen auf einen Tisch warten müssen, weil das Online-Reservierungssystem für die nächste Zeit alle Tische als ausgebucht anzeigt. Bevor wir ein Buch kaufen oder einen Film schauen, lesen wir alle Rezensionen, vor allem die negativen. Yoga lernen wir aus Zeit- und Bequemlichkeitsgründen lieber per App im Wohnzimmer statt im Yoga-Studio von einer Trainerin oder einem Trainer. Und den neuen stylischen Oversize-Pullover kaufen wir ohne Gedanken an die Herstellung für neun Euro bei BudgetBao.com in China mit 24-Stunden-Lieferservice statt bei einem Stadtbummel in der Boutique, wo sich eine Verkäuferin die Beine in den Bauch steht und darauf hofft, uns beraten zu können. Und wenn wir reisen wollen, wählen wir nicht nur ein Ziel aus und fahren einfach los, offen für den Zauber alles Neuen und Unbekannten, sondern planen den Urlaub stundengenau durch, indem wir die Ausflugsziele, Hotels und Restaurants im Netz recherchieren und sie nach Instagram-Tauglichkeit bewerten.«

Nach einem tiefen Atemzug komme ich auf das letzte Beispiel zu sprechen, das mir gerade einfällt: »Dann sind da die Dating-Apps und die sozialen Medien, die die Art und Weise, wie wir uns Menschen nähern und Beziehungen aufbauen, revolutioniert haben. Anstatt einen Menschen in einem Café oder durch gemeinsame Freunde kennenzulernen, swipen wir durch Profile und kommunizieren über Textnachrichten, bevor wir uns persönlich treffen. Auf meinem Kanal könnte ich an dieser Stelle ansetzen und euch erklären, mit welchen Techniken und Tricks ihr euch auf euren Fotos ins rechte Licht rückt, wie ihr eure Messages optimiert und eurem virtuellen Gegenüber anpasst, um bei ihm oder ihr zu landen.

Glaubt mir, ihr höre euch, wie ihr mir jetzt Kontra gebt und mich auf all die Vorteile und neuen Möglichkeiten hinweist, die sich in der realen Welt nicht bieten. Ich höre euch auch, wenn ihr sagt, dass virtuelle Begegnungen Spaß machen können und längst eine neue Form der sozialen Interaktion darstellen. Aber hört mich bitte auch, wenn ich euch sage, dass sie direkte menschliche Verbindungen und Erfahrungen, die man nur im persönlichen Zusammensein macht, nicht ersetzen können. Das Teilen von Erfahrungen in der realen Welt, das unmittelbare Erleben von Emotionen und die physische Nähe, die für uns alle überlebenswichtig ist, werden in der virtuellen Welt immer fehlen.

Wisst ihr, als ich mit meinem Kanal durchgestartet bin, ging es mir darum, Wissen zu teilen und ein paar Leuten dabei zu helfen, sich in der Welt des analogen Datings zurechtzufinden. Aber inzwischen gibt es so viel mehr, über das wir sprechen sollten. Es geht nicht nur darum, wie man flirtet. Es geht darum, wie wir interagieren, wie wir Beziehungen aufbauen und pflegen, wie wir als Menschen wachsen und uns entwickeln. Wie in jedem anderen Bereich suchen wir auch fürs Dating ständig nach Tricks und Anleitung. Immer weniger verhalten wir uns dabei authentisch, immer weniger hören wir auf unsere Intuition und vertrauen unserem Bauchgefühl.

Aus diesem Grund glaube ich, dass ich euch keine Tipps mehr geben kann. Nein, das stimmt so nicht ganz. Einen Tipp habe ich noch für euch: Öffnet die Augen für das echte Leben! Schaut euch mal um, wo auch immer ihr gerade seid oder demnächst hingeht, und seht alle Menschen, die euch begegnen, als das, was ihr selbst seid: einzigartig und wunderbar. Macht euch keinen Kopf darüber, wie ihr auf andere wirkt, sondern seid, wie ihr seid. Damit zieht ihr Menschen an, die zu euch passen und die euch mit all euren einzigartigen und wundervollen Eigenschaften schätzen. Und wenn es mal nicht klappt, wenn es nicht der eine Mensch ist, dann ist es ein anderer, der einfach etwas später auf eure Bildfläche tritt und nur gesehen und erkannt werden muss. Nicht durch Swipes und Likes, sondern durch echte, menschliche Interaktion.«

Ein Kribbeln überzieht meine Haut, als ich zum Abschluss aushole.

»Die auf meinem Kanal ruhige Zeit der letzten Wochen habe ich für mich genutzt, um zurückzublicken. Es war eine unglaubliche Reise mit euch, und ich danke euch von Herzen, dass ihr mir die Treue über so viele Jahre hinweg gehalten habt. Ich habe aber nicht nur zurück-, sondern auch nach vorn geschaut. Beim Nachdenken darüber, was ich mit diesem Kanal erreichen möchte und was ich als Person in diese Welt bringen will, ist mir klar geworden, dass es an der Zeit für eine Veränderung ist. Diese Veränderung verlangt keine Anpassung von Themen, denn damit würde ich mir selbst untreu werden, sondern einen Abschied. Mit meinem eben gegebenen letzten Tipp verabschiede ich mich also von euch. Ich wünsche mir für uns alle, dass wir mehr und bewusster in die wirkliche Welt hinaustreten und mehr echte Verbindungen knüpfen. Damit ist es für mich – und hoffentlich auch für einige von euch – nun Zeit, das Handy beiseitezulegen und die Welt da draußen mit offenen Augen und offenem Herzen zu erkunden.

Lasst es euch gutgehen! Passt auf euch auf! Und bleibt euch treu!

Ich bin Taro und ihr wart bei Make Her Yours! Ahoi!«

Mein Kopf schwirrt, als ich das Video stoppe. Benommen und mit einem tauben Gefühl in den Ohren starre ich auf das Standbild, das mir auf dem Handydisplay angezeigt wird. So sehr ich bei dem, was ich im Livestream gesagt habe, auch bei mir war, erst jetzt wird mir die Tragweite dessen bewusst, was ich gerade mache. Mein Herz beginnt zu rasen, Hitze und Kälte fluten meinen Körper gleichzeitig. Meine Finger zittern, als ich das Video öffentlich zur Verfügung stelle. Columbus schmust um meine Beine, während ich am Handy einen Alarm für Mitternacht setze. Wenn er losgeht, werde ich meinen YouTube-Kanal löschen.

Was danach kommt? Das Gespräch mit Juno. Morgen Abend.

Mehr weiß ich gerade nicht.

Horrifidelieren

[ˌhɔʁifidəˈliːʁən] Verb.
Das reflexartige Leugnen oder versuchte Widerlegen einer negativen Erkenntnis unmittelbar nach deren Erlangen oder Konfrontation damit.

Dienstag, vierzehn Uhr – Zeit, von Carla und Miguel Abschied zu nehmen! Ich setze mich auf den Hocker, streiche über das jetzt wieder schimmernde Mahagoniholz der Kommode und schaue in den Spiegel. An seinen Rändern breitet sich Korrosion aus, wogegen ich nichts ausrichten kann. Der Spiegel müsste neu versilbert werden, doch das soll vielleicht gar nicht geschehen, denn die Spuren des Alters geben dem Ensemble Charakter. Sie sind ein Zeugnis der Zeit, die darüber hinweggegangen ist, und machen deutlich, dass das Möbelset ein Stück Geschichte ist, das noch in der Gegenwart Bestand hat.

Aus den Boxen der Stereoanlage dringt Bruce Springsteens markante Stimme. Sein 87er-Album *Tunnel of Love* ist zwar nicht mein Favorit, aber wo der Boss heute den Ton angibt, war es das chronologisch nächste aus der Sammlung, das an der Reihe war. Als Konstantin mit dem Filz anrückt und Aurelius zum Zupacken verdonnert, stehe ich auf und mache Platz. Mit Bruce mitsummend gehe ich zu den Einzelteilen von Stanislav, dem Thronstuhl, die Aurelius gestern abgeschliffen hat. Während ich seine Arbeit begutachte, beginnt ein neuer Song, den ich sehr gern mag, obwohl er so traurig ist. Leise singe ich den Refrain mit.

»Tell me what I see when I look in your eyes. Is that you, baby, or just a brilliant disguise?«

Warum auch immer, ich muss an Taro denken. Schaue ich ihm in die Augen, dann sehe ich ihn. Ich habe mich nie gefragt, ob der Mann, den ich in ihm und in seinen Augen sehe, nur eine meisterhafte Tarnung ist, ein schöner Schein. Aber ich frage es mich jetzt. Warum? Weil alles so gut zwischen uns ist? Weil er so gut ist? Gibt es hinter seiner, aber auch hinter meiner Fassade eine Wahrheit, die ganz anders aussieht?

Bald haben Konstantin und Aurelius die Kommode mit Filz und Luftpolsterfolie eingewickelt. Als sie sie in den Hof tragen, wo der Transporter wartet, folge ich ihnen. Im Nachbarhaus wird gestritten. Die Prinzen scheinen gerade aus der Schule gekommen zu sein und haben wohl etwas angestellt. Die Diskussion mit ihrer Mutter ist ein chaotischer Schlagabtausch, der von Wortfetzen der Verteidigung und Anklage geprägt ist.

Aurelius verzurrt die Kommode im Laderaum. Konstantin geht den Hocker holen. Die Tür im Nebenhaus wird geöffnet. Frau von Großeimern tritt heraus, die Prinzen im Schlepptau. Beide linsen verhuscht in meine Richtung. Ich wappne mich innerlich. Wahrscheinlich hat sich einer der beiden verplappert, und nun weiß Frau von Großeimern vom Kreissägendebakel. Das wird eine schöne Ansage, die sie mir gleich macht!

»Haben Sie einen Moment, Frau Klippstein?«, fragt sie mich mit starrer Miene.

Ich verschränke die Arme vor der Brust. »Gibt's ein Problem?«

Sie will etwas erwidern, hält es aber zurück, als Konstantin den Hocker an ihr vorbeiträgt und sie grüßt. »Vielleicht besser, wo wir ungestört sind?«, raunt sie, ohne seinen Gruß zu erwidern.

Ich weise auf die Werkstatt und gehe voraus.

»Ihr bleibt an meiner Seite«, faucht sie ihre Prinzen an. »Geht ja nicht in die Nähe der Maschinen! Und es wird auch nichts angefasst!«

Alles klar! Sie weiß Bescheid!

»Also gut, Frau Klippstein, das ist etwas schwierig«, beginnt sie drinnen. »Mein Mann und ich haben uns gestern lange beratschlagt, und ich habe mir heute extra freigenommen.«

Moment mal, geht es doch nicht um die Kreissäge? Will Familie von Großeimern etwa ausziehen? Das wäre … okay. Ich finde schon neue, angenehmere Mieter.

Sie fährt fort: »Sie treffen doch diesen Mann.«

Ähm? Jetzt wird's merkwürdig.

»Ja. Und?«

»Nun ja, das Problem ist …«, stammelt sie. »Also mein Mann und ich gehen davon aus, dass er es nicht ehrlich mit Ihnen meint.«

Wie bitte?! Ich habe mich wohl verhört! Was geht Herrn und Frau von Großeimern meine Beziehung zu Taro an? Mit welchem Recht urteilen sie über seine Absichten? Sie kennen ihn doch gar nicht.

Oder etwa doch?

»Was lässt Sie das glauben?« Meine Stimme klingt plötzlich eisig.

»Tja, es war so, dass uns die Jungs gestern Abend etwas gebeichtet haben, sozusagen.« Ihr Lächeln ist zittrig, als sie mit den Schultern zuckt. »Damit einhergehend haben sie uns ein paar Videos gezeigt, die Ludwig auf seinem Handy gespeichert hatte.«

Videos? Von Taro? Wie sollen Videos von Taro auf das Handy ihres Sohnes kommen? Was für Videos überhaupt? Doch nicht etwa …

Pornos?

Mit Taro? Das muss eine Verwechslung sein! Das wäre ja … Oh Gott, ich finde kein Wort und will mir die Sache auch gar nicht erst vorstellen.

»Der YouTube-Kanal, von dem Ludwig die Videos heruntergeladen hat, wurde von Ihrem Freund oder Bekannten betrieben, also von dem Mann, den Sie treffen. Taro heißt er wohl. Ludwig hat sich auf diesem Kanal mit ihm und einem anderen, der wohl auch auf YouTube ist, unterhalten und …«

»Was für ein Kanal ist das denn?«

»Es ging um Dating. Leider gibt's den Kanal heute nicht mehr, der scheint letzte Nacht offline gegangen zu sein, sonst hätten Sie die Kommunikation selbst nachlesen können.« Sie atmet tief ein. »In jedem Fall ist Ihr Bekannter wohl eine Art Dating-Coach, der anderen Männern Tipps gibt.«

Kopfschüttelnd starre ich sie an. Sie muss durchgedreht sein, mir so einen Blödsinn zu erzählen. Mein Blick wandert über die beiden Prinzen, die links und rechts von ihrer Mutter stehen. Der Ältere schaut zu Boden, der Jüngere hat lautlos zu weinen begonnen und wischt sich eine Träne von der Wange.

Ein Klopfen dringt in meine Verwirrung. Mit einem Blinzeln kläre ich meinen Blick und sehe Konstantin hinter Frau von Großeimern im Türrahmen stehen.

»Aurelius und ich machen den Abflug. Ich bringe ihn dann wieder her«, sagt er.

Ich nicke.

Er runzelt die Stirn. »Alles okay?«

Ich nicke abermals.

Er kneift die Augen zu, als würde er mir nicht glauben, mustert zuerst die Prinzen, dann ihre Mutter und nimmt mich schließlich wieder in den Fokus. »In einer halben bis Dreiviertelstunde sind wir zurück.«

»In Ordnung, Konstantin. Danke.«

Als er aus dem Türrahmen verschwindet, wende ich mich wieder an Frau von Großeimern. »Könnten Sie bitte etwas deutlicher werden?«

Sie hadert mit sich, zwingt die ersten Worte dann aber hervor: »Von Jakob haben wir erfahren, dass Ludwig diesen Kanal schon eine Weile abonniert hatte. Eines Tages kam dort wohl einige Unruhe auf, und es entstand die Idee zu einer Wette zwischen diesem Taro und dem anderen YouTuber. Soweit mein Mann und ich das richtig verstanden haben, ging es darum, zu beweisen, dass irgendwelche Flirttricks bei einer Frau funktionieren.« Sie holt tief Luft, dann lässt sie die Bombe platzen. »Unser Ludwig hatte die glänzende Idee, Sie als Versuchsperson dafür vorzuschlagen.«

Mir wird schwummrig vor Augen.

Frau von Großeimern stößt ihren älteren Sohn an. »Zeig mal dein Handy!«

Der Junge meidet meinen Blick weiter, als er sein Telefon aus der Hosentasche zieht. Er aktiviert das Display, navigiert sich voran und hält mir das Handy schließlich hin.

Schwer, glatt und fremd fühlt es sich in meiner Hand an. Meine Finger zittern, als ich auf den Play-Button drücke. Das Video, das eine Bildschirmaufnahme ist, beginnt zu laufen und zeigt ein Intro. Nachdem es zu Ende ist, sehe ich Taro. Er lächelt in die Kamera und sagt: »Hey, ihr Lieben! Willkommen zu einer neuen Folge von Make Her Yours. Ich bin Taro.«

Mein Herz setzt zuerst einen Schlag aus, dann rast es los wie ein mit Sporen angetriebenes Rennpferd. Ich pausiere das Video.

»Ich würde mir das gern in Ruhe anschauen«, sage ich Frau von Großeimern. »Könnte ich das Handy kurz behalten?«

Sie nickt. »Natürlich. Bringen Sie es uns, wenn Sie damit fertig sind.«

Wie durch einen Schleier sehe ich die drei aus meiner Werkstatt gehen. Einen Moment stehe ich noch da, dann hocke ich mich auf die nächste Werkbank. Meine Finger zittern noch mehr, als ich den Playbutton abermals betätige und Taro weitersprechen lasse.

Mein Verstand spielt mir Streiche. *Das ist dein Taro*, sagt er mir und korrigiert sich immer wieder. *Das ist er nicht*, sagt er dann. *Das kann er gar nicht sein. Das ist ein Fremder.* Aber nein. Ich kenne diesen Blick, das lebhafte grüne Funkeln darin. Ich kenne dieses Lächeln. Ich kenne das Gesicht, die Hände, die Schultern, das Hemd, das er trägt. Ich kenne diesen Mann. Und nein, ich kenne ihn nicht.

Im ersten Video geht es nur darum, die Handynummer einer namentlich nicht genannten Frau zu bekommen und eine Konversation mit ihr aufzubauen. Hin und wieder hat Prinz Ludwig während der Aufnahme nach unten gescrollt. Dann sieht man nicht den Clip, sondern die dazu abgegebenen Kommentare, die ich aber kaum lese. Im zweiten Video, das Taro aufgenommen haben muss, nachdem er das Apothekerschränkchen gebracht hat, war ihm klar, dass es von der sogenannten Zielperson keine Handynummer zu holen gibt. Die Härchen an meinen Armen stellen sich auf, und ein kalter Schauder rieselt in meine Brust, als er im dritten Video auf den Punkt kommt und die psychologischen Tricks erklärt, mit denen er andere Geschütze auffährt. Im vierten Video erfahre ich, dass Yuuto-san kein Familienerbstück ist, sondern in einem Paderborner Restaurant stand.

Konstantin und Aurelius kehren zurück, als ich das fünfte Video gerade gestartet habe. Weder pausiere ich es, noch sehe ich auf. So groß mein Entsetzen auch ist, ich kann den Blick nicht abwenden. Wie aus weiter Ferne höre ich, wie Konstantin Aurelius irgendeine Aufgabe gibt. Im Augenwinkel nehme ich wahr, wie er sich zu mir auf die Werkbank hockt und das Video mit anschaut. Darin erzählt Taro, wie seine ersten Restaurationsstunden bei mir gelaufen sind. Es läuft die Musik, die wir gehört haben, und man sieht Detailaufnahmen von Yuuto-san. Fotos von mir oder meiner Werkstatt werden nicht gezeigt. Das sechste Video ist ähnlich konzipiert. Nach der Hälfte stoppe ich es. Mehr ertrage ich nicht, denn in mir drinnen fühlt es sich an, als würde ich mit jeder Videominute mehr zerbrechen.

Mit blindem Blick schaue ich vor mich hin und empfinde die Stille der Werkstatt plötzlich als erdrückend. In meinem Inneren regt sich ein instinktiver Drang, ein verzweifeltes, reflexartiges Suchen nach einer Erklärung und Entschuldigung für Taros Verhalten. Es ist, als ob sich mein Geist gegen die Realität auflehnt, als würde er sich weigern, die bittere Erkenntnis zu akzeptieren, dass mich der Mensch, dem ich vertraut habe, belogen hat. Nicht nur das. Er hat mit mir gespielt und hat mich benutzt. Wegen einer Wette? Das kann doch nicht sein. Es passt nicht zu dem Mann, mit dem ich all die Zeit verbracht habe. Ich kann mir doch nicht eingebildet haben, dass er mich gernhat.

Dieser innere Kampf ist zermürbend und kann nur einen Ausgang haben: Ich muss aufgeben und die Wahrheit, für die es vielleicht eine Erklärung, aber keine Entschuldigung gibt, annehmen. Stück für Stück breitet sie sich in mir aus und versorgt meinen Geist mit Fakten. Bruce Springsteen, der lange zu singen aufgehört hat, kommt mir in den Sinn. Ich muss an *Brilliant Disguise* denken und an meine Frage, die somit beantwortet ist.

Als Konstantin mir den Arm um die Schultern legt und mich an sich zieht, steigen mir Tränen in die Augen. Mit einem verbissenen Schnaufen blinzele ich sie zurück.

»Wie konnte er mich so anlügen?«, frage ich mehr mich selbst als Konstantin. »Ich dachte, ich kenne ihn.«

»Du weißt doch, wie Menschen sind«, antwortet er. »Manche zeigen ihr wahres Gesicht erst spät. Oder nie, weil sie selbst wissen, wie hässlich es ist.«

»Wie konnte ich nur darauf hereinfallen?«

»Das ist nicht deine Schuld. Er ist ein guter Schauspieler. Ich habe ihm auch abgekauft, dass ihm was an dir liegt.«

»Trotzdem …« Ich schüttele den Kopf. »Wie konnte ich so blind sein?«

Konstantins Finger drücken sich in meine Schulter, als wolle er mich damit von solchen Gedanken weghalten. »Du hast ihm geglaubt und vertraut. Eigentlich hast du alles richtig gemacht.«

Ich kann nichts erwidern, bringe kein Wort mehr heraus.

Konstantin lässt ein Seufzen hören. »Du bist ein starkes Mädchen. Momentan willst du's nicht hören, aber du kommst drüber weg. Auch, weil du Freunde hast, die für dich da sind.«

Mein Blick fällt auf das Handy, das ich noch in den Händen halte. Ich will es nicht mehr. Ich muss das Teil und seinen ganzen grässlichen Inhalt loswerden.

»Bin gleich wieder da«, sage ich Konstantin und stelle mich auf beide Füße, unter denen einen Moment lang der Boden zu fehlen scheint. Als ich mich sicherer fühle, gehe ich aus der Werkstatt und über den Hof zum Nebenhaus. Frau von Großeimern öffnet, kaum dass ich geklingelt habe. Ich gebe ihr das Handy und will mich davonmachen, da fällt mir eine Frage ein, die in all dem Chaos bisher nur schwach durchgeblitzt ist.

»Warum?«, frage ich sie. »Warum hat Ludwig mich für diese Wette vorgeschlagen?«

Sie presst die Lippen aufeinander und glotzt mich an, als würde die Antwort in mir stecken. »Wer weiß schon, was im Kopf von Jungs in diesem Alter los ist«, brummt sie. »Da ist wohl einiges drunter und drüber gegangen. Vielleicht haben ihm die Tipps Ihres Bekannten auch nicht geholfen. Das erste Mal verliebt …«

»Ich bin nicht verliebt!«, protestiert Prinz Ludwig aus dem Hausinneren.

Er kommt heran und reißt seiner Mutter sein Handy aus der Hand. Zuerst wirft er ihr einen zornigen Blick zu, dann sieht er mich an. »Meine Eltern haben sich drüber lustig gemacht, dass du keinen Freund hast.«

Sichtlich erschrocken zieht Frau von Großeimern ihren Ältesten am Ohr. »Bist du wohl still!«, schnauzt sie ihn an.

Er macht sich von ihr los, schlägt nach ihrer Hand und setzt seinen Text fort: »Anfangs ist es nur um deine Telefonnummer gegangen. Ich hab gedacht, das wäre witzig. Ich wusste echt nicht, dass du kein Handy hast. Ich wollte nicht, dass es weitergeht. Ich wollt's dir sagen, hatte deshalb die Videos aufgezeichnet.« Er zuckt mit den Schultern. »Hab mich aber nicht getraut.«

Damit schlurft er den Korridor entlang und die Treppe hinauf. Frau von Großeimerns Faseln vermischt sich mit dem Echo seiner Worte, das nicht aufhört, in meinem Kopf zu hallen.

»Tut mir leid, Frau Klippstein«, höre ich seine Mutter sagen. »Ich kann Ihnen versichern, mein Mann und ich haben uns ganz bestimmt nicht über Sie lustig gemacht. Mir ist schleierhaft, wie Ludwig darauf kommt. Das können Sie mir glauben.«

»Aufs Wort!«, gebe ich mit zitternder Stimme zurück.

Ohne ihr weiter zuzuhören, mache ich auf der Achse kehrt und lasse sie stehen. In der Werkstatt hocke ich mich wieder zu Konstantin, der etwas auf seinem Handy nachschaut. »Ist nicht mehr zu finden, dieser Kanal«, brummt er.

»Er hat ihn letzte Nacht gelöscht.«

»Hat sicher kalte Füße bekommen, der Mistkerl.«

Auch diese Worte, insbesondere das letzte, Mistkerl, drehen ihre Echorunden in meinem Kopf. Sie schwirren herum und treiben mir abermals Tränen in die Augen. Diesmal kann ich sie nicht zurückhalten. Konstantin will mich in die Arme nehmen, doch ich stehe auf. Ich will nicht umarmt werden. Zuletzt hat Taro mich umarmt. Das war gestern, als noch alles gut war, oder besser: als noch alles gut zu sein schien. Als ich noch dumm und ahnungslos war.

Ziellos tappe ich durch die Werkstatt, stehe mal hier und

mal da, ohne irgendwo einen Platz zu finden, an dem ich es aushalte. Ich muss etwas tun, etwas zerlegen oder zusammensetzen, etwas abschleifen oder lackieren, doch ein Gedanke, ein Wort, das auch in meinen Kopf geschwirrt ist, hält mich davon ab. Schließlich verbinde ich den Brennkolben mit dem Strom.

»Was hast du vor?« Konstantin kommt zu mir, als ich einen Astquerschnitt aus der Kiste suche – ein großer muss es sein, einer für ein langes Wort.

Ohne zu antworten, setze ich die Spitze des Kolbens auf das Holz und brenne den ersten Buchstaben ein. *Horrifidelieren* will ich schreiben, doch beim L nimmt Konstantin mir den Brennkolben aus der Hand, trennt ihn vom Strom und legt ihn beiseite.

»Ich wäre jetzt gern allein«, sage ich ihm mit brüchiger Stimme.

Das stimmt nicht, und es stimmt doch. Ich möchte allein sein, und ich möchte es nicht. Außerdem möchte ich weg. Nur hier raus. Aus der Werkstatt, aus dem Haus. Mein Blick huscht herum. Überall hier ist Taro. Aber ich will nirgends hin. Der Auwald, die Seen, der Park und der Fluss. Auch dort ist Taro.

Konstantin zögert. »Ich möchte dich aber nicht allein lassen.«

»Du hast zu tun.« Ich stehe auf, gehe ein paar Schritte und weiß nicht mehr weiter. »Bestimmt hast du noch Aufträge zu fahren.«

»Die habe ich eben verschoben.«

»Hättest du nicht tun müssen.«

»Ich wollte es aber.« Konstantin steht ebenfalls auf und kommt zu mir. »Hey, Juno …«

Abwehrend hebe ich die Hände. Mehr Tränen laufen mir über die Wangen.

Aurelius steht plötzlich auch vor mir. Ich wende mich von

ihm ab und wische die neuen Tränen mit dem Handrücken weg.

»Geh nach Hause, Aurelius!«, murmele ich über die Schulter.

»Aber Digger, was ist denn los?«

Ich fahre herum, blitze ihn an. »Ich bin nicht dein Digger!«

»Sorry … Chefin.«

Konstantin legt mir eine Hand auf die Schulter. »Die Chefin gibt dir heut frei, bezahlter Urlaub. Morgen auch, okay?«

»Aber morgen hab ich Schule.« Irritiert schaut Aurelius von Konstantin wieder zu mir.

»Na, da musst du wohl hin.«

»Okay.«

Ein Kloß setzt sich in meinem Hals fest. Abermals drehe ich mich weg. Wieder flirrt mein Blick umher, auf der Suche nach irgendeinem Ort, an dem ich gerade sein kann. Im hinteren Teil der Werkstatt sind die Möbel, die mir ihre Namen verraten haben, als meine Welt noch in Ordnung schien. Stanislav, der Thronstuhl. Lucretia, die Truhe. Ursel, das Küchenbuffet. Auch dort ist Taro. Mein Taro, der offenbar nie existiert hat. Ich höre ihn und sehe ihn, und dabei wird er mehr und mehr zu dem Geist, der er die ganze Zeit war. Er wird nie mehr wahr sein.

Ein wilder Schmerz fährt mir in die Brust. Es ist, als würde sich mein Herz verkrampfen und zugleich ausdehnen und dabei tausend Risse bekommen. Es ist, als wollte es zerspringen, wenn ich nur einen weiteren Atemzug wage. Eine Hand legt sich an meinen Rücken, streicht trostvoll darüber. Nicht Taros Hand. Konstantins Hand. Mehr und mehr spüre ich seine Präsenz hinter mir, nahe bei mir. Als er mich in seine Arme nimmt, will ich noch immer fort. Und ich will es immer weniger. Ich will auf der Stelle bleiben und verschwinden, unsichtbar werden und an irgendeinem Ort auftauchen, an dem ich nie war. Als ich Konstantins Umarmung erwidere, fühle ich mich zur gleichen Zeit geborgen und verwundet, vorm Zerbrechen beschützt und zugleich immer noch, als würde ich in Stücke zerfallen.

»Es wird wieder gut«, raunt er.

Das weiß ich. Und ich weiß es nicht.

Endelweh

[ˈɛndəlˌveː] Nomen, neutral.
Emotionaler Zustand, in dem Wiedersehensfreude und Abschiedsschmerz koexistieren, sodass das Herz gleichzeitig erfüllt und gebrochen wird.

Miriam tobt vor Wut und macht nicht den Anschein, als würde sie sich so bald beruhigen. Vor einer Stunde stand sie plötzlich auch in der Werkstatt, als hätte sie geahnt, dass etwas passiert ist. Konstantin ist noch ein bisschen geblieben und hat ihr erzählt, was ich gerade erfahren habe, dann ist er gefahren. In der Werkstatt habe ich es nicht länger ausgehalten, Schlafzimmer und Wohnzimmer waren auch keine Option, also sitzen Miriam und ich in der Küche. Auch hier war Taro. Aber die Momente, die wir hier verbracht haben, waren nicht so intensiv wie in den anderen Räumen.

»Dieser Scheißkerl!«, schimpft sie zum sicher zehnten Mal. »Er hat das alles geplant und es wie einen schönen Zufall aussehen lassen.«

»Ich hätte es erkennen sollen«, gebe ich vom Weinen erschöpft zurück. »Ich habe nicht darüber nachgedacht, was für ein merkwürdiger Zufall es tatsächlich war, dass er sich mit diesem Apothekerschrank zu mir verirrt hat. Dass er zufällig auch noch einen alten japanischen Teeschrank im Keller stehen hat, den er zufällig selbst restaurieren will, hätte mir zu denken geben sollen. Aber nein, ich wollte diesen Schrank ja unbedingt sehen.«

»Gib dir doch nicht die Schuld!« Miriam trinkt einen Schluck

Kaffee, den sie für uns gekocht hat. Meine Tasse steht unangerührt vor mir auf dem Tisch. »Er ist ein Profi, der genau weiß, wie er es anzustellen hat. Wahrscheinlich wäre jede Frau auf ihn hereingefallen. So ein verdammter Lügner!«

Jede von Taros Lügen ist mir inzwischen klar.

»Er hat mir diesen Schrank als ein Erbstück seiner Großmutter untergejubelt«, sage ich leise. »Er hat mich glauben lassen, dass ihm etwas daran liegt. Dabei hat er das Teil irgendeinem Restaurantbesitzer abgekauft.«

Miriam stößt ein zorniges Schnauben aus den Nasenlöchern. »Um dich weiter zu verarschen, mit seinen Tricks einzulullen und seine Follower zu unterhalten.«

»So gut wie alles hat er mit denen geteilt.«

Dass Taro unser Miteinander für seinen Fame öffentlich gemacht hat, verletzt mich am meisten. Er hat erzählt, wie wir Yuuto-sans Namen gefunden haben, hat Songs eingespielt, die beim Restaurieren gelaufen sind, und meine Angewohnheit, Worte zu erfinden, am Beispiel einiger beschrieben. Zwar hat er klargestellt, dass mein Name geheim bleibt, doch hat er sich daran gehalten? Inzwischen bereue ich es, dass ich nicht alle Videos angeschaut habe, denn ich frage mich, ob es bei den Fotos vom Schrank geblieben ist oder ob er in späteren Videos auch heimlich aufgenommene Fotos von mir gezeigt hat. Überhaupt, wie genau sah der Beweis aus, den er geliefert hat? Hat er sich feiern lassen als Gewinner der Challenge?

Miriam reißt mich aus meinen wirren Gedanken, indem sie nachhakt: »Gibt es irgendeine Sache, die er für sich behalten hat?«

Ich denke kurz nach, antworte dann. »Manches hat er ausgelassen und den Leuten eine abgespeckte, eher technische Zusammenfassung gegeben. Es ist ein Wunder, dass er meinen Nervenzusammenbruch nach dem Kreissägendebakel nicht geteilt hat.«

»Damit hätte er doch wirklich in die Vollen gehen können! Das wäre doch ein richtiger Bonus in seinem abgekarteten Spiel gewesen.« Sie fasst sich an den Kopf. »Meine Güte, sogar mich und André hat er geblendet. Wir haben echt gedacht, Taro hat dich gern.«

»Wie blöd war ich eigentlich?«, will ich knurren, doch die Worte verlassen meinen Mund mehr als Schluchzen, als mir eine weitere Sache einfällt. »Es gab Anzeichen, aber ich hab sie ignoriert. Dabei habe ich es schon merkwürdig gefunden, dass er nie über seinen Job spricht.«

Ich muss daran denken, wie ich ihn darauf angesprochen habe, als wir in meinem Bett lagen, und seine da und zu jedem anderen Zeitpunkt vagen und im Nachhinein eindeutig ausweichenden Antworten fallen mir ein. Schweigepflicht! Pah! Auf ein Lügenfundament hat er einen immer höher werdenden Lügenturm gebaut.

»Hat er je einen Funken Wahrheit erzählt?« Miriam springt auf. Ihr Ärger zwickt und zwackt sie offenbar so sehr, dass sie nicht mehr sitzen kann.

Aus tränenverklärten Augen beobachte ich, wie sie in meiner Küche auf- und abmarschiert, schimpft und zetert und abwechselnd mir, dem Kühlschrank und der Dunstabzugshaube erzählt, was sie jetzt gern mit Taro machen würde, stünde er vor ihr, was sie ihm gern sagen und wohin sie ihn gern schicken würde. Zum Teufel, wo der Pfeffer wächst, zum Mond ohne Rückfahrkarte und zurück ins Neandertal sind einige der Orte, die bei mir hängenbleiben. Als sie sich selbst Vorwürfe zu machen beginnt, weil sie mich ermutigt hat, mich auf ihn einzulassen, und mir sogar noch ein Kleid vorbeigebracht hat, damit ich auf sein Geburtstagsessen passe, klinke ich mich gedanklich aus. Weinend hebe ich die Füße auf den Stuhl, schlinge die Arme um die Beine und lege das Kinn auf die Knie.

Taros Familie wusste Bescheid, mache ich mir im Stillen

bewusst. Seine Schwester Aiko, ihr Mann Noel, wahrscheinlich sogar Emiko. Auch Carl wird eingeweiht gewesen sein. Zusammen mit ich weiß nicht wie vielen anderen haben sie die Juno-Show auf YouTube geguckt. Immerhin weiß ich nun auch, warum Aiko mich im Restaurant so ernst und nachdenklich betrachtet hat. Hat sie mich bedauert oder belächelt? Ich lasse die Frage gehen, denn die Antwort darauf spielt keine Rolle mehr.

Miriam hockt sich vor mich und nimmt meine Hand. Mit der freien Hand zupft sie ein neues Taschentuch aus der parat liegenden Packung und gibt es mir. Ich schüttele es auf wie die weiße Flagge der Kapitulation, tupfe mir die Wangen trocken, schnäuze kräftig hinein und trinke dann einen Schluck des inzwischen kalten Kaffees.

»Was hältst du davon, wenn wir für ein paar Tage verschwinden?«, fragt sie in plötzlich sanftem Ton und drückt mir die Hand.

Fragend hebe ich die Brauen.

»Wir könnten für ein paar Tage an die Ostsee fahren.«

Kurz denke ich darüber nach, lehne dann aber ab. »Du kannst André nicht mit den Kids allein lassen. Die Schule hat doch wieder begonnen.«

»Ach!« Sie winkt ab. »Da findet sich eine Lösung. Seine Eltern könnten für ein paar Tage herkommen.«

Dass Miriam und André ihren Alltag umkrempeln, will ich auf keinen Fall. Und ich will auch nicht an die Ostsee. Ich glaube nicht, dass es auf der Welt einen Ort gibt, an dem ich mich nicht hundeelend fühlen würde. Hundeelend an der Ostsee möchte ich weder Miriam noch mir selbst antun. Lieber bleibe ich hundeelend hier.

»Ich kann dich nicht so furchtbar leidend hierlassen.« Miriam taucht ihren Blick suchend in meinen. »Wir müssen dich wieder auf die Beine stellen.«

»Das schaffe ich schon«, gebe ich mit festerer Stimme zurück und setze mich aufrecht. Jetzt ist es genug mit der Heulerei!, beschließe ich. Ich möchte nur noch sauer sein. So lange, bis mir Taro so egal ist wie die Sockenfarbe des Postboten. Mein Blick fliegt zur Küchenuhr. Es ist kurz nach halb sechs. »In anderthalb Stunden wollte er hier sein.«

»Sehr gut.« Miriam stellt sich hin. »Dann bleibe ich so lange.«

Ich schüttele den Kopf.

»Ich sage auch kein Wort«, verspricht sie, bevor ich ihr erklären kann, dass es mir nicht nur darum geht, das Gespräch mit Taro unter vier Augen zu führen. »Ich bin einfach nur da. Ich kann auch in einem anderen Zimmer warten, bis er wieder weg ist. Das wird ja sicher nicht lange dauern.«

»Danke, Miriam, aber ich will ihn hier nicht haben.«

Der letzte Moment, den Taro und ich in Kürze erleben, soll nicht auch noch in meinen vier Wänden hängen. Außerdem will ich selbst entscheiden können, wann dieser Moment beginnt und wann er endet. Ich will Taro anhören, ja, und danach will ich einfach gehen.

»Ich fahre jetzt zu ihm«, beschließe ich und stehe auf.

»Ruf ihn vielleicht vorher an«, schlägt Miriam vor und läuft mir hinterher. »Nicht, dass er nicht zu Hause ist.«

»Um ihn darauf vorzubereiten? Nein!«

Im Korridor ziehe ich die Arbeitsschuhe, die Latzhose und das T-Shirt aus. Im Bad spritze ich mir Wasser ins Gesicht, trockne es ab und creme es ein, damit die vom Weinen geröteten Stellen verschwinden. Ein paar Minuten später stehe ich im Schlafzimmer vor meinem Kleiderschrank, zerre wahllos die graue Bluse vom Bügel und greife mir die erste Jeans. Als ich zurück nach unten gehe, heftet sich Miriam wieder an meine Fersen. Sie findet, es ist keine gute Idee, dass ich, durcheinander wie ich bin, auf dem Rad durch Leipzig düse, ohne zu wissen, ob Taro zu Hause ist. Schnatternd folgt sie mir die letzte Treppe hinab und durch die Werkstatt. Im Hof angelangt, macht sie Alternativvorschläge – unter anderem will sie mich begleiten und vor Taros Haustür warten. Es tut gut zu wissen, dass sie sich um mich sorgt, doch ich möchte und muss allein zu Taro fahren und meine Gedanken auf dem Weg noch ein bisschen sortieren. Wer weiß, wenn er und ich fertig miteinander sind, fahre ich vielleicht nicht gleich wieder nach Hause, sondern nehme einen Umweg. Über Berlin, wenn mir danach ist, oder doch über einen Ostseestrand. Über Finnland oder Rumänien oder irgendeinen Ort, an dem er und ich nicht waren.

Miriam drückt mich vorm Tor auf der Straße. »Komm danach vorbei, wenn du willst, okay? Oder ruf wenigstens kurz an.«

Ich verspreche es und schwinge mich auf mein Rad.

Auf dem Weg durch die Straßen fühle ich mich wie in einer Achterbahn. Mal möchte ich von Neuem weinen, mal knurre ich wütend vor mich hin. Das Orchester des Leipziger Verkehrs lässt mich immer wieder aus meinem Endelweh aufschrecken und meinen Blick für die Realität schärfen, in der ich bis vor kurzem mit ganz anderen Gefühlen unterwegs war. Ohne die bittere Erkenntnis der letzten Stunden wäre es ein schöner Dienstagabend im Sommer, an dem ich Taro sehe. Mit der bitteren Erkenntnis ist es immer noch Dienstag und immer noch Sommer, und beides ist schrecklich. In wenigen Minuten stehe ich ihm gegenüber, und tatsächlich macht mein dummes Herz, das noch in der Vergangenheit festhängt, einen vorfreudigen Sprung, doch mein Verstand bremst es ab und lässt es schmerzen. Wieder und wieder packt mich das Endelweh, zuletzt, als ich mein Rad in der Nonnenstraße vor den Buntgarnwerken abschließe. Auf dem Weg zur Hausnummer 21 A sind meine Knie zittrig wie Pudding. Ich nehme die wenigen Stufen, atme oben durch und klingele bei Kaiser.

Taro meldet sich über die Sprechanlage.

»Ich bin's«, antworte ich.

Es dauert ein paar Sekunden, dann ertönt der Summer.

Auf jeder Treppenstufe werden meine Knie weicher und meine Füße schwerer. Bevor ich in den Flur abbiege, der zu Taros Wohnung führt, stoppe ich noch einmal, lehne mich gegen die Wand und hole abermals tief Luft. Es bringt nicht viel. Zahllose Gedanken schwirren in meinem Kopf durcheinander. Ich habe keine Ahnung, was ich ihm gleich sagen oder ihn fragen soll. Ich weiß nicht einmal, wie ich ihn begrüßen soll, wo mir selbst ein Hallo noch zu freundlich und vertraut erscheint.

Total verrückte Gedanken zu den Erklärungen, die er mir gleich liefern könnte, kommen mir in den Sinn: Dass er von Aliens entführt wurde und zu Testzwecken eine extraterrestrische Droge verabreicht bekommen hat, über die ihn die Aliens fernsteuern konnten. Dass er von einem im Dating-Business aktiven Mafiosi-Clan erpresst wurde. Dass er eigentlich kein Zwilling, sondern ein Drilling ist und sich der ihm optisch zum Verwechseln ähnliche, seit Jahren in den Untergrund abgetauchte Dritte im Bunde als er ausgegeben hat. Ich wäre erleichtert, so eine Geschichte zu hören.

Kurz schließe ich die Augen und gebe mir innerlich einen Ruck, dann gehe ich weiter. Taro erwartet mich im Korridor vor seiner Tür. Bei seinem Anblick stolpert mein Herz, und neue Tränen sammeln sich in meinen Augen. Ich blinzele sie weg. Taro lächelt, aber es ist kein freudiges, sondern ein verunsichertes, verwundertes Lächeln. Er hebt den Arm, um mich zur Begrüßung an sich zu ziehen, doch ich ignoriere es und drücke mich an ihm vorbei in seine Wohnung. Durch seinen Flur spaziere ich geradewegs ins Wohnzimmer.

»Ist etwas passiert?«, höre ich ihn hinter mir fragen.

Ich reagiere nicht.

»Juno?«

Zähneknirschend schlucke ich ein Knurren. Mein Name aus seinem Mund klang einmal so gut. Jetzt, wo ich weiß, dass er ihn von Anfang an als Psychotrick benutzt hat, klingt er hohl und kalt. Die Hände in die Seiten gestemmt, stelle ich mich vor Yuuto-san.

»Was hat deine Großmutter in diesem Schrank aufbewahrt?«

In der Spiegelung der Glasscheiben sehe ich, wie er neben mich tritt. Damit sich unsere Blicke auch hier nicht begegnen, fokussiere ich die sieben kleinen Netsuke.

Es dauert eine Weile, bis er antwortet. »Nichts«, sagt er dann.

Ich warte, innerlich abwechselnd brodelnd und traurig.

»Dieser Schrank hat meiner Großmutter nie gehört«, fügt er hinzu. »Sie hat keine Möbel aus Japan mitgebracht.«

Ein Stich zuckt durch mein Herz, und ich presse die Lippen aufeinander. Die lästigen Tränen melden sich abermals zurück. Wieder verdränge ich sie, indem ich die Augen schließe. Ein Teil von mir hatte sich wohl wirklich an die Hoffnung auf eine andere Wahrheit geklammert.

»Können wir uns setzen?«, fragt er.

»Ich bleibe lieber stehen.«

»Dann sieh mich wenigstens an!«

Damit er mich mit seinem Blick einlullen kann? Darauf versteht er sich ja meisterhaft.

»Ich möchte dich nicht ansehen!«

»Juno, bitte!«

»Und hör auf, meinen Namen zu sagen!«

»Du kommst mir eine Stunde zuvor«, sagt er leise. »Ich wollte dir heute alles erzählen.«

»Was für ein Zufall!« In meinem Kopf fliegt eine Sicherung durch, weil ich glaube, dass er mir damit eine weitere Lüge auftischt. Wütend fahre ich zu ihm herum. »Hast du Fotos von mir veröffentlicht? Meinen Namen an irgendeiner Stelle gesagt?«

Beschwörend hebt er die Hände. »Kein einziges Mal. Es waren nur die Bilder vom Schrank, mehr nicht. Es tut mir wirklich leid, ich …«

»Scheiß drauf!« Ich will seine Entschuldigung nicht! Ich will ihm einen Stoß geben, will ihn von mir stoßen, in diesem Raum und aus meinem Herzen. Mein Körper zittert vor Anspannung, als ich mich davon abhalte. Und ich will ihn nicht länger ansehen, kann es nicht, also wende ich mich wieder den Netsuke im Schrank zu.

Eine Weile ist es still. Die Sekunden dröppeln dahin, und bei jedem Tick und Tack, das ich in mir höre, schwanke ich zwischen Gehen und Bleiben.

»Du kannst die Videos anschauen«, sagt Taro schließlich. »Ich habe sie noch auf dem Notebook, hatte sie aufgehoben, für den Fall, dass du sie nach unserem Gespräch sehen möchtest.«

»Lösch sie einfach!«, knurre ich.

»Das werde ich. Und wirklich, es tut mir leid, dass du es nicht von mir erfahren hast. Ich will schon sehr lange mit dir darüber sprechen, hatte aber nicht den Mut dazu.«

Er scheint abzuwarten, dass ich reagiere, doch ich bringe kein Wort heraus. In meinem Kopf herrscht ein einziges Durcheinander, in dem die lautesten Stimmen *Geh jetzt!* und *Bleib noch!* schreien.

»Dieser ganze Mist hat Mitte Mai begonnen«, höre ich ihn wie aus einiger Entfernung sagen. »Ein anderer YouTuber, der in meiner Branche tätig ist, hat eine Diskussion losgetreten. Er hat mir praktisch unterstellt, dass ich heiße Luft verbreite und mit meinen eigenen Tipps kläglich scheitern würde. Immer mehr Leute mischten sich ein und forderten Beweise, dass ich selbst umsetzen kann, was ich lehre. Schließlich hat mir ein Follower per Privatnachricht deinen Kontakt geschickt.«

Taro erzählt weiter, wie er zu recherchieren begann und herausfand, dass ich Möbelrestauratorin bin, wie er das Apothekerschränkchen auf eBay ersteigerte und es zu mir brachte. Seinen Worten zufolge trieben ihn die Reaktionen auf das Video, mit dem er sich nach unserem ersten Treffen von der Challenge distanzierte, in die Enge. Die Diskussion wurde in aggressiverem Ton fortgesetzt. Er hatte bereits viele Follower und einen Sponsor verloren, verlor nun weiter.

Mit jedem Wort, das er sagt, werde ich ruhiger, doch es ist keine gute Ruhe. Sie mag das Zittern vertreiben und das Durcheinander im Kopf bremsen, doch sie hinterlässt eine lähmende Taubheit. Ich kann verstehen, dass er unter Druck geraten ist, habe aber kein Verständnis dafür, dass er den einzigen Ausweg darin sah, sein Spiel mit mir auf eine neue Ebene zu heben und es ins echte Leben zu bringen. In mein Leben.

»Als wäre ich ein Avatar in einem Videogame«, presse ich zwischen den Zähnen durch. »Du hast versucht, die Kontrolle, die du in deiner virtuellen Welt hast, auch in der Realität auszuüben, ohne über die Konsequenzen nachzudenken.«

»Das ist leider wahr«, gibt er zu. »Bevor ich dich zum ersten Mal getroffen habe, warst du ein Werkzeug, das eine bestimmte Aufgabe hatte und meinem Ziel diente. Deine eigene Geschichte, deine Gefühle und Bedürfnisse waren für mich nicht vorhanden.«

»Wie traurig ist das bitte?«

»Das hat sich aber grundlegend geändert, als ich dich kennenlernte. Mir wurde klar, was ich tat, und mir wurde auch klar, dass das nicht ich bin, der da handelt, sondern jemand, der sich selbst von anderen auch wie ein Avatar im Video steuern lässt.« Im Spiegelbild sehe ich, wie Taro die Hand hebt, um sie auf meinen Arm zu legen. Ich will schon zurückweichen, da lässt er sie wieder sinken. »Ich war unehrlich und unecht, als wir uns kennenlernten, und, ja, ich habe psychologische Techniken angewendet. Aber das habe ich ziemlich bald gelassen.«

»Ziemlich bald? Wann denn?«

»Ab dem Tag, als du den Schrank im Keller besichtigt hast.

Da wollte ich die Sache abbrechen. In der Nacht zuvor hatte ich ein entsprechendes Video aufgenommen, es aber nicht online gestellt.«

»Warum nicht? Weil ich ohne Weiteres angebissen hatte?«

»Das war ein Grund, ja. Du warst so euphorisch und hattest so große Lust auf die Restauration, und ich wollte es hinter mich bringen, wieder Ruhe auf meinem Kanal haben. Hätte ich dieses Video hochgeladen, hätte ich YouTube auch gleich dichtmachen können.« In einer nachdenklichen Pause schnauft er durch. »Das wäre besser gewesen. Jetzt ist es sowieso dicht.«

»Ich weiß. Du hast den Kanal gestern Nacht gelöscht. Nicht, dass ich ihn durch einen dummen Zufall doch noch entdecke.«

»Nicht aus diesem Grund. Es war nicht mehr meins. Und unsere Geschichte hat mir das bewusst gemacht.«

Ein bitterer Ton schleicht in meine Stimme. »Herzlichen Glückwunsch zu dieser Erkenntnis!« Etwas anderes fällt mir ein. »Bist du überhaupt Psychologe oder hast du dir deine Weisheiten von Doktor Internet angeeignet?«

»Ich bin Psychologe, und ich habe vier Jahre lang in der Klinik gearbeitet, von der ich dir erzählt habe.«

Er berichtet, wie die Idee zu seinem Kanal entstand, wie sich die Sache entwickelte und welche Themen er eigentlich behandelt hat. Dann kommt er wieder auf die Videos zu sprechen, die ich gesehen habe. Angeblich hat er immer weniger von uns geteilt, weil es unsere Momente waren, die nur uns etwas angingen. Er sagt mir, dass er die Challenge irgendwann abgebrochen hat und zu seinen regulären Themen zurückgekehrt ist. Ich frage mich, wann das war, dieses Irgendwann. Nach unserem ersten Kuss? Nach unserem ersten Sex? Wann genau war das Ende der Fahnenstange für ihn erreicht? Aus Furcht vor der Antwort stelle ich die Frage nicht und vergesse sie, als er gesteht, wie panisch er war, nachdem ich ihm meine Geschichte anvertraut hatte, und dass er es mehr denn je bereute, mich in seine virtuelle Realität gezogen zu haben.

Je mehr ich höre, desto nervöser werde ich. Als ich es nicht mehr aushalte, wende ich mich abermals zu ihm um. Traurigkeit und Erschöpfung schwimmen trübe wie Moos auf einem Sumpf im eigentlich so lebhaften und wachen Grün seiner Augen.

»Weißt du eigentlich, wer dir meine Kontaktdaten gegeben hat?«

Er schüttelte den Kopf. »RedMask nennt er sich. Mehr weiß ich nicht.«

»Er ist ein Teenager.« Verachtung trieft von meiner Stimme. »Ein Fünfzehnjähriger, dem langweilig war.«

Überrascht zieht Taro die Brauen hoch.

»Ganz schön peinlich, was? Du bist einem Kind auf den Leim gegangen.«

»Woher …«

»Es ist einer der Nachbarsjungen. Seine Mutter stand heute Morgen in meiner Werkstatt, um mich vor dir zu warnen und mir deine Videos zu zeigen. Die hatte der Junge aufgenommen, weil er mir die Wahrheit über dich erzählen wollte.«

Taro geht zur Fensterbank und setzt sich dort hin. Mit beiden Händen streicht er sich die Haare zurück, massiert sich die Schläfen, dann schaut er aus dem Fenster auf den Fluss. Ich weiß nicht, wohin mit mir, und formuliere in Gedanken knappe Abschiedsworte in immer neuen Versionen.

»Im Endeffekt ist es egal, wer es war«, sagt er nach einer Weile. »Es gibt Momente, da bin ich ihm sogar dankbar.«

»Dankbar?«, entfährt es mir. »Für was genau? Dafür, dass du dich und mich lächerlich gemacht hast?«

Taro sieht mich an. »Nein, Juno. Ich bin dankbar, weil er mich zu dir geführt hat. Ohne dieses ganze Chaos hätten wir uns nie kennengelernt. Das mit uns hat vielleicht nicht begonnen, wie solche Geschichten normalerweise oder vielleicht auch richtigerweise beginnen – wenn es hier ein Richtig und ein Falsch gibt. Aber sie war sehr schnell sehr viel realer und ehrlicher, als es viele andere Beziehungen heute sind.«

Obwohl mich seine Worte rühren, schnaube ich und verdränge damit die in mir wiedererwachende Wärme. »Unsere Beziehung ist real und ehrlich?«

»Ich weiß, ich habe Fehler gemacht. Diese Sache hat von Anfang an zum Himmel gestunken. Das war mir immer klar, doch anfangs habe ich es ignoriert, an mich selbst gedacht und dich in mein Spiel geholt. Ich habe es so oft, so sehr bereut. Ich hatte die Rechnung nicht nur ohne deine, sondern auch ohne meine eigenen Gefühle gemacht. Du bedeutest mir …« Seine Stimme bricht ab.

»Was bedeute ich dir?«, dränge ich.

Taro atmet durch, schüttelt aber den Kopf und behält für sich, was er sagen wollte.

Ich kann es mir denken. Wollte ich es hören? Jetzt noch?

Gedanken und Gefühle wirbeln in mir durcheinander. Wut, Zweifel, Trauer und Enttäuschung schlagen übereinander wie Wellen in einem Meer, bis ein Wind zärtlich über sie hinwegpustet und sie glättet. Doch ich will sie nicht, die Zärtlichkeit.

Als eine Träne über meine Wange rinnt, senke ich den Kopf.

»Ich gehe jetzt«, sage ich zu Taro, ohne ihn anzusehen.

Er steht auf, doch ich stoppe ihn, indem ich die Hand ausstrecke. »Komm nicht zu mir und ruf mich auch nicht an!«

Damit drehe ich mich um und laufe durch den Korridor zu Tür.

Seine Stimme folgt mir. »Juno?«

Die Hand auf der Klinke halte ich inne.

»Ich liebe dich.«

Überwältigt schließe ich die Augen, unter deren Lidern mehr Tränen hervordrängen. Da sind sie, die drei großen schönsten Worte der Welt und zerren an meinem Herz, zerren an meinem Verstand und an meiner Seele. Ich will zurück zu dem Mann, der sie mir gerade gesagt hat, aber ich sehe den Weg zurück nicht.

Also öffne ich die Tür und gehe.

Nostalgieren

[nɔstal'giːʁən] Verb.
Das bei einem speziellen Anblick oder Erlebnis einsetzende Erinnern an einen emotional schönen Zustand, der nicht mehr besteht.

Bis nach Finnland bin ich nicht gekommen. Nicht einmal bis nach Berlin. Bis zu Miriam habe ich es geschafft. In ihrem Garten habe ich einen oscarreifen Heulanfall bekommen, der selbst Meryl Streep vor Neid hätte erblassen lassen. Aber wie heißt es so schön: Wein heilt alle Wunden. Zumindest temporär, bis ich am nächsten Mittag in meinem Bett aufwachte und mich zu erinnern versuchte, wann ich den Elefanten erlaubt hatte, in meinem Kopf Polka zu tanzen. Es wollte mir nicht einfallen. Etwas anderes hingegen schon: Es war Tag eins nach Taro – 1 n.T. Eine neue Ära war angebrochen.

In meine Geschichte wird sie eingehen als das Zeitalter, in dem sich die Welt weiterdreht, während ich in einer Art persönlichem Limbo verharre. Als die Epoche, in der mein einziges Tun darin besteht zu existieren. Die Zeit hat eine neue, skurrile Dimension. Eine Minute entspricht einem Monat, und wenn ich im Sekundentakt vor mich hinzähle, zähle ich nicht eins .. zwei .. drei, sondern eeeiiinnnsss …… zzzwwweeeiii …… dddrrreeeiii.

Am Tag 1 n.T. bleibe ich im Bett und beobachte, wie die Sonnenstrahlen durchs Fenster fallen, als wären sie in einem Standbild gefangen. In die irdische Zeit umgerechnet dauert es Jahre, bis die Abenddämmerung kommt und geht, und die Nacht währt ewig.

An Tag 2 n.T. existiere ich noch immer. Es gibt tausend Dinge, die ich nicht tue. Ich schlafe nicht, sondern starre an die Decke und sammele Bonuspunkte für die Benennung sämtlicher Schattennuancen. Ich esse nicht. Die Küche ist ein fernes Land, das ich nur noch aus Erinnerungen kenne. Ich arbeite nicht. In dieser neuen Ära sind meine Werkzeuge ein Stillleben, das den Titel *Verlorene Ambition* trägt. Ich putze mir nicht die Zähne. Selbstpflege ist ein aufs Nötigste reduziertes Konzept, ein minimalistischer Ansatz, der die Grenzen des gerade noch Akzeptablen auslotet. Ich bewege mich so gut wie nicht. In meinem mit Tempotaschentüchern bezogenen Bett bin ich die Königin der Reglosigkeit, die Herrscherin über Kissen und Kummer.

Unfreiwillig musste ich meinen Thron zweimal verlassen, mich die ganzen Treppenstufen bis nach unten und über den Hof schleppen, um die Tür zu öffnen und zuerst Miriam, dann Konstantin zu versichern, dass ich okay bin. Ich habe sie verstehen lassen, dass ich gerade ein bisschen Zeit für mich brauche, keine Ablenkung, wie sie mir vorgeschlagen haben. Nichts kann mich ablenken. Um Aurelius muss ich mich in dieser Woche glücklicherweise auch nicht mehr kümmern, denn der ist ja in der Schule.

Die wenigen Bewegungen, die ich freiwillig ausführe, sind kurze Pilgerreisen ins Wohnzimmer zum Heiligen Gral der Melancholie: meinem Plattenspieler. Drei Schallplatten lege ich für den automatischen Wechsel immer wieder in den Stapel: Yazoos 83er-Album *You and Me Both*, dessen Songs hauptsächlich von einer Stimme leben, die mein Haus und mein Herz seit Stunden erfüllt und Alison Moyet gehört – niemand wird abstreiten, dass sie den schwarzen Gürtel in der Kunst der Herzschmerzmusik besitzt. Könnte ich es einstellen, würde ich *Nobody's Diary* und *Softly Over* in Dauerschleife hören. Die anderen beiden Platten sind die 84er- und 87er-Soloprojekte der Sängerin, *Alf* und *Raindancing* mit Songs wie *Is This Love?* und *All Cried Out*. Auf beides antworte ich ganz klar mit Nein. Nein, es ist keine Liebe mehr. Und nein, ich bin noch nicht fertig mit Weinen.

Als der letzte Song von *Raindancing* zum fünften oder sechsten Mal endet, bewege ich mich minimal, um einen Blick auf den Wecker zu werfen, der mir die Zeit der alten Ära anzeigt. Siebzehn Uhr ist es. Ein schweres Seufzen steigt aus meiner Brust und rauscht aus meinem Mund in die Stille. Das Unvermeidliche steht bevor: Ich muss mit einigen Regeln der neuen Ära brechen, denn irgendwo da draußen ist es Donnerstag. Ich muss zur Selbsthilfegruppe. Ruben war erst einmal, letzten Donnerstag, als Co-Moderator dabei. Ich kann ihn das heute noch nicht allein machen lassen. Also stehe ich auf und schleppe mich ins Bad.

Duschen, Zähneputzen, Anziehen – all das geschieht wie in Zeitlupe, gedankenlos und als würde ich es gar nicht selbst machen, sondern sämtliche Bewegungen einem trägen Automatismus überlassen. Fertig mit allem, gehe ich nicht über die Werkstatt, um die vorwurfsvollen Blicke der Möbel, Werkzeuge und Maschinen zu meiden, sondern schleiche über den Ausgang im Seitengebäude hinaus in den frühen Abend, dessen letzte Sonnenstrahlen mich streicheln, als wollten sie mich trösten. Ich setze eine Sonnenbrille auf die Nase und schiebe mein Fahrrad aus dem Unterstand. Dass es so schwerfällig reagiert, erkläre ich mir einen Moment lang mit der Trägheit der neuen Ära, schaue dann aber nach und entdecke den tatsächlichen Grund. Der Vorderreifen hat zu wenig Luft. Auf der letzten Fahrt war es mir schon aufgefallen, doch ich hatte es wieder vergessen.

Müde und genervt klappe ich den Ständer herunter und lehne das Rad darauf, nehme die Luftpumpe aus der Halterung und mache mich ans Aufpumpen.

»Hallo!«, sagt jemand hinter mir, eine junge, verhaltene Stimme.

Ich linse über die Schulter. Prinz Jakob steht da, die Arme hinter dem Rücken verschränkt. »Na du?«, gebe ich zurück.

»Soll ich dir helfen?«, bietet er an.

»Das ist lieb von dir, aber ich schaffe das schon.«

»Ich kann das aber«, beharrt er. »Ich habe mein Fahrrad schon oft aufgepumpt.«

»Das glaub ich dir, doch ich hab's ein bisschen eilig. Ich mach das hier einfach schnell selbst, okay? Beim nächsten Mal darfst du das Pumpen gern übernehmen.«

»Oder was anderes«, höre ich als Nächstes. »Ich fand das nämlich echt nett von dir, dass du unserer Mutter nicht erzählt hast, was wir in deiner Werkstatt gemacht haben.«

»Erwische ich dich oder Ludwig noch mal dort, spreche ich mit ihr.«

»Wir machen das ganz bestimmt nie wieder.«

»Nein«, grummele ich. »Jetzt macht ihr halt anderen Unsinn.«

»Aber das war nur Ludwig«, stottert er erschrocken. »Ich überhaupt nicht.«

»Schon gut.« Ich werfe ihm einen versöhnlichen Blick zu und zwinge mir ein Lächeln auf die Lippen, in der Hoffnung, dass die Sache damit erledigt ist und er verschwindet. Ich pumpe und pumpe, und er bleibt.

»Gibt's noch etwas?« Über die Schulter sehe ich ihn wieder an.

Er beginnt, seinen Oberkörper hin und her zu schwingen, als wäre die nächste Frage unangenehm, aber wichtig. »Bist du traurig?«

Ohne zu antworten, wende ich mich um und pumpe weiter.

»Du siehst aus, als ob du traurig bist.«

»Vielleicht bin ich es ein wenig.«

»Weil du jetzt nicht mehr mit Taro befreundet bist?«

Bähm! Das war eine Ansage an die Tränendrüse. Verbissen gegen die Tränen anblinzelnd drücke ich die Pumpe fester auf das Ventil und fülle den Schlauch mit Luft.

»Ich finde Taro cool«, plappert Prinz Jakob hinter mir. »Er hatte immer so lustige Sprüche.«

»Du und dein Bruder, ihr seid aber viel zu jung für das, was er in seinen Videos erzählt hat«, presse ich hervor und atme durch, um meine Emotionen zu beruhigen.

»Nö! Er hat ja nie übers Küssen geredet. Er war einfach nur witzig. Ich glaube, er ist auch ziemlich klug. Er weiß ganz schön viel zu allen Sachen, die man zu Mädchen wissen muss.«

Drüben im Haus hört man Frau von Großeimern. Sie ruft ihren kleinen Prinzen und läuft dabei offenbar von Raum zu Raum. Der Junge ignoriert es.

»Eigentlich wollte Taro gar nicht über dich reden. Aber Flirt Force One und ein paar andere haben ihn dazu gezwungen. Manche wurden echt gemein. Ludwig und ich glauben, dass das Mobbing ist, was sie mit Taro gemacht haben.«

So niedlich es ist, wie er Taro verteidigt, so nervig ist es auch. »Er ist alt genug«, antworte ich. »Er hätte wissen sollen, dass man sich auf so etwas nicht einlässt. Aber sag mal: Gab es in den Videos Fotos von mir?«

»Nein, das wollten alle, aber er hat niemandem verraten, wer du bist.« Stolz mischt sich in seine Stimme und macht sie heller. »In einem Video hat er sogar zugegeben, dass es ein Fehler war, und er hat sich entschuldigt. Dass er jetzt nicht mehr auf YouTube ist und dass ihr keine Freunde mehr seid, finde ich echt schade.«

Der Schlauch ist vollgepumpt. Ich schraube das Ventil zu und stecke die Pumpe zurück in die Halterung. Als ich mich aufrichte und umdrehe, schaut Frau von Großeimern zu ihrer Haustür heraus, die Prinz Jakob offen gelassen hatte.

»Jakob!«, quäkt sie. »Kommst du wohl wieder rein! Es gibt gleich Abendessen. Außerdem sind der Hof und der Garten ein paar Tage tabu. Schon vergessen?«

Er wendet sich zu seiner Mutter um, dreht sich dann wieder zu mir.

»Ich finde, du sollest mit Taro befreundet bleiben«, sagt er, bevor er zum Haus sprintet.

Als er in der Tür verschwindet, nickt mir Frau von Großeimern zum Gruß zu. Ohne zurückzugrüßen, schiebe ich mein Rad vom Hof.

▼

Überall ist Liebe. Schon auf dem Weg zur Gruppe sind mir lauter glückliche Paare jeden Alters aufgefallen. Sie haben die Straßen geradezu geflutet, auf Brücken geturtelt, in Cabrios Songs mitgeträllert und als Kuschelduos Bänke belagert. Auf Inlinern und Fahrrädern waren sie unterwegs. Hand in Hand haben sie auf die Straßenbahn gewartet, ebenfalls verliebte Hunde Gassi geführt, in den Straßencafés an Weingläsern genippt und Musikern zugehört. Verklärte Blicke, wohin ich auch nicht zu schauen versuchte. Noch nie waren es so viele! Einfach grässlich!

Jetzt, in der Gruppe geht es glatt weiter. Leni spricht als Erstes und weiß zuerst nicht so richtig, wie sie beginnen soll, doch ihr breites Grinsen verrät, wohin ihre Erzählung geht. Die Schule hat wieder begonnen, und sie hat einen Mitschüler besser kennengelernt. Nach einigen Verabredungen haben sie gestern offiziell den Paarstatus ausgerufen. Leni schwärmt von ihm, wie lieb er ist, wie aufmerksam, wie verständnisvoll für ihre Situation. Ihr Himmel hängt voller Geigen, die ich laut und schwungvoll *That's Amore* von Dean Martin spielen höre. Meine Ohren beginnen zu klingeln.

Als Nächstes erzählt Jannik, der wie ich eine Cyber-Stalking-Geschichte hinter sich hat, dass er sich mit seinem neuen Partner nach einem Streit versöhnt hat. Endlich vertraut er ihm und bringt keinen Zwist mehr in die Beziehung, weil er überall Geister sieht. Endlich kann er sich fallen lassen, in liebevolle, starke Arme. Fürs Wochenende haben die beiden einen Ausflug an den Niederrhein mit Bootsfahrt, Wellness und Übernachtung im Romantikhotel geplant.

Reihum geht es so weiter und endet mit Saskia, die nach allem gar nicht anders kann, als ins Thema einzusteigen und die neuesten Entwicklungen ihrer eigenen glücklichen Beziehung mit uns zu teilen. In poetischen Worten beschreibt sie, wie gut der Mann an ihrer Seite ihr tut, wie wohl sie sich mit ihm fühlt, wie sehr es ihr mit ihm möglich ist, sie selbst zu sein mit all ihren Ecken und Kanten, ihren Macken und Fehlern. Rubens Namen erwähnt sie nicht, als wüssten wir nicht alle, dass er es ist, von dem sie spricht. Davon abgesehen verraten es die Blicke, die sie und Ruben tauschen.

Zu jedem vorherigen Beitrag findet Ruben gute Worte der weiteren Bestärkung und Ermutigung. Anders als ich. Meine Reaktionen fallen eher minimalistisch aus und beschränken sich auf ein »Wie schön« oder ein »Das freut mich«. Eine Putzkolonne scheint durch meine Emotionsabteilung gerollt zu sein und einen Rundumschlag gemacht zu haben. Jede Spur von Mitgefühl und Freude wurde dabei wohl mit weggefegt.

»Das klingt doch richtig gut«, mühe ich aus mir heraus, als Saskia fertig ist. Danach bastele ich weitere Sätze zusammen, die sich zumindest in meinen Ohren total schräg anhören. Tatsächlich sind sie absoluter Blödsinn, aber besser als nichts. Hätte ich geschwiegen, hätte Ruben auf Saskia reagieren müssen, was befremdlich gewesen wäre, da es ja um ihn und sie ging.

Ratlos schaue ich von einem Gesicht zum anderen. Alle lächeln.

Ist denn niemand hier auch nur ein bisschen unglücklich? Wo sind Verzweiflung und Mutlosigkeit, wenn man sie braucht? Wieso kann nicht einer hier heute ein Problem haben, auf das ich angemessen reagieren kann?

Mein Blick fliegt zur Uhr. Zwanzig Minuten haben wir noch, aber die elf Menschen der Donnerstagsgruppe beginnen miteinander zu plaudern. Aus dem Kreis um mich herum flattern Wortfetzen zu mir. Alle haben im Anschluss noch etwas vor. Schließlich ist beinahe schon Wochenende, und das Wetter ist so toll. Man muss das ausnutzen.

In der alten Ära wäre ich hiernach auch verabredet gewesen. Ich hätte Taro gesehen oder mit ihm telefoniert. Wir hätten fürs Wochenende Pläne geschmiedet. Und jetzt? Feierabend? Das klingt wie eine Drohung. Wochenende? Die Vorstellung davon ist noch hundertmal schlimmer. Ich wünschte, das Wetter würde sich an meine Lage anpassen und es gewittern und stürmen lassen!

Konstantin hat vorgeschlagen, dass wir am Samstag an einen See fahren und uns den lieben langen Tag die Sonne auf den Bauch scheinen lassen. Am Sonntag soll ich Miriam, André und die Kids auf eine Radtour begleiten. Aber ich will nicht. Ich kann derzeit nicht an einem Badesee sein und auch keine Fahrradtour machen, nicht allein und schon gar nicht mit Menschen, deren normale Leben ungeachtet meiner unfreiwilligen Vollbremsung weitergehen. Auf Schritt und Tritt, bei so gut wie jedem Anblick und jedem Wort würde ich mich zurückdenken in die alte Ära. Überall würde ich Taro und mich sehen. Und wie wir gewesen sind.

Wie kann ein einzelner Mensch über Glück und Unglück entscheiden? Vor Taro war ich doch glücklich.

Als er in mein Leben getreten ist und sich darin ausgebreitet hat, war es, als hätte er an meinem persönlichen Glücksgefühlsbarometer einen Regler gefunden und diesen hochgedreht.

Meine vorher schon schöne helle Welt wurde plötzlich von gleißendem Sonnenschein geflutet. Jetzt, ohne ihn und seine Hand am Regler, müsste es eigentlich wie zuvor immer noch schön und hell genug sein. Wenn ich mit ihm überglücklich war, müsste ich ohne ihn einfach nur noch glücklich sein. Doch ich bin unglücklich, und meine Welt ist grau wie ein Sonntag im November. In Regencape und Gummistiefeln, mit großem Schirm und Taschenlampe bewaffnet, müsste ich mich auf die Suche nach diesem Regler machen und versuchen, ihn wieder auf die Standardeinstellung zu schalten.

Die Gespräche der anderen versickern mehr und mehr hinter meinem Bewusstsein. Nachdem ich eine Weile vor mich hin gestarrt habe, nehme ich meine Tasse und ein paar andere Tassen und Gläser, die nicht mehr benutzt werden, sammle auch die Kannen und Karaffen ein. Auf einem Tablett bringe ich alles in die Küche. Vertieft in das Rauschen des Wassers, das ich in die Spüle lasse, bemerke ich Ruben erst, als er neben mir steht.

»Ist alles okay bei dir?«, fragt er.

Ich zwinge einen leichten Ton in meine Stimme. »Mir geht's gut. Und dir?«

»Auch gut, ja.« Wie immer, wenn er unsicher ist, schiebt er sich seine Brille auf der Nase hoch. »Habe ich was falsch gemacht heute? Irgendwo nicht passend reagiert?«

Erstaunt hebe ich die Brauen. »Wie kommst du darauf? Du machst das super!«

»Wirklich? Du kannst ehrlich zu mir sein. Wir sind ja noch in der Probephase.«

»Ruben, ich bin ehrlich.«

»Okay, es ist nur … Du bist heute die ganze Zeit so still gewesen. Schon klar, du hast mich machen lassen und mir ohne große Ankündigung die Verantwortung übertragen, um zu schauen, wie ich mich anstelle, aber irgendwie …« Er hebt die

Schultern und lässt sie wieder fallen. »Du hast von Mal zu Mal unzufriedener gewirkt und bist gerade einfach so verschwunden, ohne Feedback.«

Oh, shoot! Der arme Ruben! Er bezieht meine miese Laune auf sich.

Ich lege ihm eine Hand auf den Arm. »Du hast das wirklich richtig toll gemacht. Tut mir leid, dass ich dir ein anderes Gefühl vermittelt habe. Das hat rein gar nicht mit dir zu tun. Ich bin nur etwas …«, tja, was bin ich, »… durcheinander heute.«

»Also geht's dir doch nicht gut?«

»Doch! Nein!« Ich wende mich ab und tunke die erste Tasse ins Spülwasser. »Es geht schon. Ich habe gerade Ärger mit meinem Freund.« Nein, stimmt nicht. Korrektur! »Also, eigentlich ist er mein Exfreund. Seit vorgestern. Deshalb waren die Themen heute für mich ein bisschen anstrengend.« Lächelnd sehe ich Ruben an. »Zum Glück warst du da und hast mir das Antworten erspart. Danke also.«

Er nimmt sich ein Geschirrtuch. »Tut mir leid, das zu hören.«

Schweigend waschen und trocknen wir Tasse um Tasse ab.

»War das der aus dem Café?«, fragt Ruben nach einigen Minuten.

»Nein, das im Café war Konstantin. Er ist ein guter Freund.« Ich zögere und dränge den Namen ein paarmal zurück, komme aber nicht gegen den Drang an, ihn zu erwähnen. »Der Mann, mit dem ich zusammen war, heißt Taro.«

Taro. Es ist immer noch so schön, Taro zu sagen.

»Hm. Ich kenne auch einen Taro.« Ruben stellt eine abgetrocknete Tasse in den Schrank. »Obwohl, ich kenne ihn nicht wirklich. Also, eigentlich kenne ich ihn gar nicht, sondern nur von einem YouTube-Kanal.«

Erschrocken halte ich inne. »Was für ein YouTube-Kanal?«

Ruben feixt verschämt und wackelt mit dem Kopf. »Ach, da

geht's um Selbstbewusstsein, natürlichen Charme und Authentizität gegenüber Frauen.«

»Dieser Kanal heißt nicht zufällig Make Her Yours?«

»Genau.« Rubens Miene hellt sich auf. »Du kennst diesen Kanal auch?« Nur eine Sekunde später zählt er eins und eins zusammen. »Ach so! Mit diesem Taro warst du zusammen.«

Verwirrt spüle ich weiter ab.

»Er ist aus Leipzig?«, höre ich Ruben fragen.

»Nicht ursprünglich, aber er lebt hier.«

»Das ist ja cool. Hätte ich nicht gedacht.«

»Du hast dir seine Videos also angeschaut?«, hake ich nach und lauere darauf, dass Ruben eins und eins noch einmal zusammenzählt.

»Letztes Jahr irgendwann habe ich seinen Kanal gefunden und mit seinen alten Videos begonnen. Wann immer ich Zeit und Lust hatte, habe ich mir die nächste Folge angeschaut. Das hat mir echt geholfen und war eine gute Ergänzung zur Gruppe.«

»Ach ja, inwiefern?«

Ruben runzelt die Stirn, als er überlegt, wie er's mir erklärt. »Viele sehen ihn als Dating-Coach, aber er ist nicht wie die anderen«, sagt er dann. »Ich habe vielen zugehört. Von den meisten gab's in erster Linie Sprüche und Tipps, wie die Frauen ticken. Taros Videos sind eher eine Art Verhaltenscoaching. Er bringt einen dazu, sich gewisser Muster und Denkweisen bewusst zu werden, in die man verfallen ist und die einen hindern. Aus denen kommt man nicht von einem Tag auf den anderen raus, aber wenn man ihm länger zuhört und seine Worte annimmt, macht es irgendwann Klick.«

Ich weiß nicht, was ich erwidern soll. Der Gedanke, dass Taro und ich schon lange vor unserer Zeit, als unsichtbares Team sozusagen, gemeinsam auf Rubens Entwicklung Einfluss genommen haben, berührt mich. Ruben scheint Taros letzte

Videos, in denen es um die Challenge und mich ging, nicht zu kennen und hat noch nicht bemerkt, dass Taros Kanal nicht mehr existiert. Ich will es ihm nicht unter die Nase reiben. Eine leise Regung meldet sich in mir. Ich horche in mich hinein und bin überrascht, als ich sie erkenne. Ich bin traurig. Nicht über das Ende unserer Beziehung, sondern über das, was Taro aufgegeben hat.

Ruben erzählt weiter: »Eine ganze Zeit lang war ich in eine Frau verliebt. Ich hoffte, ihr Herz mithilfe von Taros Tipps zu gewinnen. Aber was ich auch tat, sie hat mich einfach nicht gesehen, wie ich es mir gewünscht habe. Also habe ich einen anderen Tipp von Taro befolgt. Ich habe die Situation akzeptiert und die Augen geöffnet für neue Möglichkeiten. Ich habe mir bewusst gemacht, dass es Frauen gibt, die wahrscheinlich viel besser zu mir passen und die mich deshalb auch wahrnehmen. Verrückt, aber wahr: Nur ein paar Tage nach meiner Abgrenzung von einer Verliebtheit, die im Nachhinein nichts als naiv war, bin ich mit Saskia ins Gespräch gekommen.«

Es kommt Bewegung in den Gruppenraum, als alle aufstehen. Saskia bringt die letzten Tassen und Gläser in die Küche. Sie bietet an, beim Abtrocknen zu helfen, aber das verbleibende Geschirr erledige ich rasch allein. Außerdem habe ich keine Eile, nach Hause oder sonst wohin zu kommen. Ich will sie und Ruben verabschieden, doch Ruben bittet Saskia schon vorauszugehen und auf der Straße auf ihn zu warten.

»Hat er eure Beziehung beendet, oder du?«, fragt er, als sie fort ist.

Ruben will für mich da sein, was ich schätze, dennoch verspüre ich zunächst eine Hemmung, die Rollen zu tauschen und mich ihm anzuvertrauen, statt ihm zuzuhören.

»Ich war es«, sage ich schließlich.

»Ich kenne deine Gründe nicht und will sie auch gar nicht erfahren.« Er lehnt sich gegen die Spüle und schiebt die Hände in die Hosentaschen. »Aber ich denke, es braucht eine große Stärke, um zu erkennen, was für einen selbst das Beste ist, und danach zu handeln, selbst wenn es schwerfällt.«

Zu überrascht von seinen Worten kann ich nur nicken. Als Tränen in meine Augen steigen, schaue ich aus dem Fenster.

»Manchmal bringt das Ende einer Beziehung eine wichtige Lektion mit sich«, höre ich Ruben sagen. »Und führt uns zu dem, was wir im Leben wirklich wollen und brauchen.«

»Danke, Ruben«, gebe ich mit bemüht fester Stimme zurück. »Es ist tatsächlich nicht so leicht zurzeit, und es gibt Momente, da zweifle ich, aber es kann nicht mehr anders sein.«

»Zweifel sind normal. Es gab ja auch Gründe, warum ihr zusammen wart. Na, wie auch immer, wenn du mehr drüber reden möchtest oder einfach nur Ablenkung brauchst, bin ich da.«

Sein Angebot wärmt mir das Herz. Noch mehr, als mir klar wird, dass er gerade als Freund mit mir spricht.

Ich klimpere die Tränen weg und sehe ihn wieder an. »Das ist echt nett von dir. Vielleicht nehme ich dein Angebot bald an. Es ist nur … alles noch ein bisschen frisch.« Mit dem Kopf nicke ich zur Tür. »Nun lass Saskia nicht so lange warten!«

Ruben schiebt sich die Brille auf der Nase hoch. »Dann bis spätestens nächsten Donnerstag.«

»Bis dahin. Habt ein schönes Wochenende!«

Er geht, verlässt unsere Räume. Ich höre, wie die Tür hinter ihm ins Schloss fällt. Über das gekippte Fenster dringen seine und Saskias Stimmen von der Straße zu mir. Ich beobachte, wie sie Hand in Hand den Gehweg entlangschlendern. Zwei Menschen, die zueinander gehören, an einem Augustabend kurz vor Sonnenuntergang.

Vor ein paar Tagen noch haben Taro und ich ein emotional identisches Bild abgegeben.

Lockdown

Der Mann, der mir in meiner Sprechstunde gegenübersitzt, leidet an akutem Trennungsschmerz. Aus dem Erste-Hilfe-Kasten für gebrochene Herzen empfehle ich ihm, sich ein Unterstützungsnetzwerk aufzubauen, bei Freunden und Familie Rückhalt und Ablenkung zu suchen. Der Austausch mit nahestehenden Personen kann Trost bieten und helfen, die eigenen Gedanken und Gefühle besser einzuordnen. Unglaublich wichtig ist außerdem die Selbstfürsorge. Ausreichend Schlaf, gesunde Ernährung und regelmäßige körperliche Betätigung unterstützen bei der Stärkung der emotionalen Resilienz.

Natürlich fällt mir noch mehr ein: Neue Tagesroutinen sind ein wichtiger Faktor im Umgang mit Trennungsschmerz. Statt mit Jogging könnte mein Patient den Tag mit Wohnzimmer-Yoga beginnen und die eingenommenen Positionen nach Frühstückskomponenten benennen, um den Appetit wiederzuerwecken, beispielsweise den Sunny-Side-up-Gruß, den Flying Bacon oder die Happy Banana.

Auch kreative neue Hobbys und Haushaltsprojekte können einen therapeutischen Effekt haben. Ein Breakdance- oder Hip-Hop-Kurs eignen sich, um sich so richtig auszutoben und aufgestaute Gefühle loszulassen. Beim Socken-Memory könnte er sein Gehirn fordern und lange getrennte Paare wiedervereinen, während er beim Möbel-Tetris herausfinden kann, ob das Sofa wirklich besser quer im Raum steht. Es ist wie ein Puzzle mit Escape-Room-Effekt – wenn man sich verkalkuliert, kommt man möglicherweise nie wieder aus der Wohnung.

Ich schlage meinem Patienten auch vor, sich eine Katze zuzulegen. Kaum etwas sorgt für mehr Ablenkung und heimliche

Heilung als ein eigenwilliges Fellknäuel, das sich zum neuen Wohnungschef krönt, epische Versteckspiele veranstaltet und um Mitternacht die Zehen unter der Bettdecke attackiert. Ein Hund würde sich natürlich auch eignen. Wer braucht Tinder, wenn er einen flauschigen Wingman hat, der bei jedem Spaziergang die Aufmerksamkeit auf sich zieht? Alternativ tut es eine Pflanze, bei der die Aufgabe darin besteht, sie länger als zwei Wochen am Leben zu erhalten. Nichts sagt »Ich habe mein Leben im Griff« deutlicher als ein blühender Kaktus auf der Fensterbank. Er könnte ihn Spike nennen.

Und schließlich, falls er einen Adrenalinkick braucht, empfehle ich Bungee-Jumping. Da kann er seine Sorgen symbolisch wegspringen und beim Sturz in die Tiefe »Ich bin wieder Single!« schreien. Das ist eine der effektivsten Methoden, um das Universum und jeden in Hörweite darüber zu informieren, dass man bereit für ein neues Kapitel ist. Es ist wie ein Reset-Knopf, nur viel spektakulärer – und mit der Garantie, dass man auf jeden Fall wieder hochkommt. Es ist metaphorisch und wortwörtlich ein Sprung in ein neues Leben.

Bei allem soll er selbstschädigendes Verhalten wie den exzessiven Konsum von Alkohol und Negativspiralen in die Vergangenheit unbedingt vermeiden. Stattdessen soll er zukunftsorientiert denken. Er könnte Ziel-Darts spielen und Pfeile auf eine Dartscheibe werfen, auf der er Pläne und Vorhaben notiert hat. Jeder Treffer ist ein Schritt in Richtung eines neuen, aufregenden Ziels, das nichts mit seiner vergangenen Beziehung zu tun hat.

Der Mann, der mir in meiner Sprechstunde gegenübersitzt, bin ich selbst. Und all meine Empfehlungen sind mir scheißegal. Ich fühle mich, als hätte ich in einem Ferrari gesessen, der mit Vollgas unterwegs war, am Dienstagabend bei voller Fahrt gegen eine Mauer geknallt ist, sich ein paarmal überschlagen hat und jetzt auf dem Dach liegt.

Mein Handy ist vor ein paar Tagen ausgegangen, und ich habe keine Lust, es zu laden und wieder einzuschalten. Ich will weder Aikos noch Carls Unterstützung und auch nichts mit ihnen unternehmen. Die einzige Person, deren Gesellschaft ich möchte und brauche, ist die einzige Person, die nicht zur Verfügung steht.

Selbstfürsorge? Für ausreichend Schlaf müsste ich ein Medikament einnehmen. Um mich gesund zu ernähren, müsste ich in einen Supermarkt. Ich esse, was ich so dahabe: Chips, Müsliriegel und Double-Choc-Eiscreme direkt aus dem Becher. Oder nichts. Meine körperliche Betätigung besteht in Spaziergängen vom Bett zur Couch und retour … wenn ich es überhaupt ins Bett schaffe. Die Couch tut's nachts auch, da ich ja ohnehin nicht schlafe. Mag sein, dass ich beim Joggen oder Radfahren auf andere Gedanken käme, aber ich möchte keine anderen Gedanken haben. Und ich habe so was von keinen Bock rauszugehen. Neue Tagesroutinen muss ich mir nicht überlegen, denn die kamen von allein. Nie zuvor habe ich meine Tage verbracht, wie ich sie jetzt verbringe. Wenn ich es schon nicht schaffe, den Staubsauger zu bedienen oder den Geschirrspüler auszuräumen, brauche ich über so bekloppte Dinge wie neue Wandfarbe oder Möbel-Tetris gar nicht erst nachdenken. Ich will kein Haustier, keine Hauspflanze und kein neues Hobby. Ich will mir lieber um zwei Uhr nachmittags eine Flasche Wein aufmachen, und das tue ich auch. Statt über die Zukunft zu sinnieren, klebe ich mich mit jedem Glas ein bisschen mehr an die Vergangenheit, weil sie schöner ist, als es die Zukunft nach heutigem Stand je sein kann.

Kurzum, ich befolge den einzigen Tipp, der garantiert und absolut verlässlich hilft: Ich halte es aus und leide, leide, leide. Dabei werde ich zum Meister des Starrens auf die Wand und erkenne immer wieder neue Muster in der Tapete. Ich philosophiere über Staubkörner, zähle die Sekunden, die eine Fliege braucht, um das Zimmer zu durchqueren, und erforsche das faszinierende Spiel von Licht und Schatten. Am Ende des Tages reflektiere ich meine Errungenschaft: den Tag überstanden, ohne irgendetwas zu tun, was an Produktivität grenzen könnte. Ein wahrer Triumph des minimalistischen Daseins!

Hin und wieder, spätestens nach dem vierten Glas Wein, erwacht mein Kampfgeist und will mich überreden, etwas zu unternehmen. Doch Juno hat mich gebeten, sie weder anzurufen noch bei ihr aufzukreuzen, also bleibe ich dabei und tue nichts.

Sie hat mir alles gesagt. Ich könnte immer wieder von vorn beginnen und mit jedem Mal mehr ins Detail gehen, doch prinzipiell habe ich ihr ebenfalls alles gesagt. Wirklich alles. Sogar, dass ich sie liebe. Ich habe es nicht gesagt, um sie aufzuhalten, denn mir war klar, dass ich sie nicht aufhalten kann oder sollte, sondern weil es rausmusste. Schon eine Weile waren diese Worte in mir, und der Moment, kurz bevor Juno aus meinem Leben verschwunden ist, war die letzte Möglichkeit, es rauszulassen.

Hätte es etwas geändert, hätte sie die Wahrheit ein paar Stunden später erfahren, von mir statt von ihren Nachbarn? Immer wieder tauche ich in diesen Gedanken und stelle mir alternative Reaktionen vor, doch keine davon hat Bestand. Hätte ich es ihr selbst erzählt, hätte sie genauso enttäuscht, wütend und verletzt reagiert. Und das wusste ich schon lange, deshalb habe ich es ja hinausgezögert. Prinzipiell war ich auf diesen Moment vorbereitet. Warum also trifft er mich wie ein Schlag von einem gewaltigen Boxhandschuh, der aus dem Nichts heraus auf mich zugeschnippt ist?

Ich weiß es nicht. Auch die Tapete, der Staub, der Schatten und die Fliege haben keine Antwort darauf.

Um meinem Kopf eine Pause zu geben, habe ich am Mittwochabend, ziemlich genau vierundzwanzig Stunden nach Junos Überraschungsbesuch, angefangen, Filme zu schauen. Mit *Zurück in die Zukunft* und *The Breakfast Club* habe ich begonnen, um mein Leiden bei der Erinnerung an Junos und meinen Filmabend effektiv zu vertiefen. Gestern, am Donnerstag, waren fünf der Filme an der Reihe, die ich erraten habe, als Juno sie pantomimisch dargestellt hat. Zum Glück gibt es mehr.

Um einen neuen Film zu starten, setze ich mich auf der Couch auf, zu der ich inzwischen eine so starke Bindung entwickele, dass sie beginnt, meine Körperform anzunehmen, und kläre meine Stimme mit einem Räuspern. Es hilft nicht viel. Ich klinge wie der Typ in der Whiskey-Werbung, als ich der von Juno so bezeichneten Spionin einen Befehl gebe.

»Alexa, spiele den Film *Ghostbusters* auf dem Fernseher ab.«

»Entschuldigung«, antwortet sie freundlich. »Ich kann keinen Film namens *Toastlaster* finden. In der Amazon Mediathek stehen dir …«

»Alexa, stopp! Alexa, spiele *Ghostbusters* auf dem Fernseher ab.«

»In Ordnung, ich starte die Wiedergabe des Songs *Ghostbusters* von Ray Parker Jr. auf Amazon Music.«

»Alexa, stopp!« Dann eben ein anderer Achtziger-Film! »Alexa, spiel *Stirb langsam.*«

»Ich bin mir nicht sicher, was du meinst«, antwortet die Spionin, »aber hier ist eine tolle Playlist für Slow Living und Achtsamkeit.«

»Alexa, stopp! Alexa, spiel den Film *Stirb langsam.*«

»Ich bin keine Expertin in Lebensberatung, empfehle zur Entspannung aber Yoga und Meditation. Möchtest du jetzt Musik zur Meditation hören?«

»Alexa, spiel den Film *Stirb langsam* mit Bruce Willis ab!«

»Entschuldigung, ich habe dich nicht vollständig verstanden und kann nicht sagen, was Bruce will. Bitte stelle deine Frage erneut. Alternativ kannst du …«

»Alexa, halt die Klappe!«

»Ich habe keinen aktivierten Videoskill gefunden, der dies tun kann. Gehe in die Alexa-App, um deine Videoskills …«

»Alexa, aus!«

»Ich kann kein Gerät finden, mit dem eine Verbindung …«

So schnell wie jetzt habe ich mich lange nicht bewegt. Binnen Sekunden bin ich bei der Spionin, greife mir das Kabel und ziehe es aus dem Stecker. Alexa verstummt. Ich nehme sie und widerstehe kurz dem Drang, sie gegen die Wand zu klatschen. Stattdessen bringe ich sie nach nebenan ins Studio und werfe sie dort in eine Kiste mit Elektroschrott. Dann suche ich die Fernbedienung, finde sie in einer Schublade und starte *Ghostbusters* manuell.

Drei Stunden später, gerade läuft *Harry und Sally*, klingelt es.

Der Postbote? Ich habe nichts bestellt. Der Pizzalieferant? Nicht für mich, aber das wäre eine Option für Abwechslung auf meinem Speiseplan. Ein Nachbar, dem überraschend das Mehl ausgegangen ist? Mehl gibt's bei mir keines. Also kein Grund, mich zu rühren.

Als es noch einmal klingelt, diesmal anhaltend, als wäre unten der Klingelknopf eingeklemmt, zuckt ein Blitz der Hoffnung durch mich hindurch. Es könnte Juno sein. Den eben aufgestellten Geschwindigkeitsrekord breche ich auf dem Weg zur Gegensprechanlage, die im Korridor hängt. Mein Herz stolpert über seinen eigenen trägen Rhythmus, und Adrenalin belebt meine Zellen, als wäre ich in Eiswasser gesprungen. Die Enttäuschung ist groß und legt alles wieder lahm, als ich Carls Stimme höre.

»Mach auf, du Sack!«, knurrt er.

Ich zögere einen Moment, öffne ihm dann und trete vor die Tür. Wenig später flitzt Columbus um die Ecke und zieht seine Leine hinter sich her. Carl folgt ihm.

»Warum ist dein Telefon ausgeschaltet?«, ruft er, als Columbus in meine Wohnung huscht. »Seit gestern versuche ich, dich zu erreichen. Du bist wie vom Erdboden verschluckt. Dein Kanal ist verschwunden, Facebook und Instagram sind weg.« Als er vor mir steht, runzelt er die Stirn. »Wie siehst du denn aus, Mann? Den Barthype entdeckst du zehn Jahre zu spät.«

Sprachlos streiche ich über mein stoppeliges Kinn. Am Montag habe ich mich zuletzt rasiert.

Carl geht in meine Wohnung. Ich folge ihm.

»Juno weiß Bescheid, hm?«, fragt er und setzt sich auf die Couch. Columbus hockt sich zu ihm und sieht mich an, als wolle er mich auffordern, mich zu ihm und dem Dosenöffner zu gesellen. Ich bleibe lieber stehen und erzähle Carl in knappen Worten, was passiert ist.

»Uh, das ist heftig!«, meint er dazu. »Für sie. Für dich. Ganz schöner Mist, was? Und nun? Was machst du?«

Meine Antwort besteht in einem Schulterzucken.

»Bisschen drastische Reaktion, gleich deinen ganzen Kanal dichtzumachen, meinst du nicht?«

»Den hatte ich vorher geschlossen. Hast du mein Abschiedsvideo nicht gesehen?«

Carl schüttelt den Kopf. »Ich hab gesehen, dass du live bist, hatte aber keine Zeit reinzuschauen.«

Natürlich nicht! »Wie geht's deiner Mom?«

»Ganz okay. Sie wurde operiert. Ist aber stabil. Meine Schwestern sind jetzt bei ihr.«

»Wie ist das überhaupt passiert?«

»Zu Hause. Sie ist eine Treppe hinuntergefallen.« Carl krault Columbus' Kopf. »Du solltest Aiko anrufen. Sie hat auch versucht, dich zu erreichen, und macht sich Sorgen.«

Das werde ich tun, sobald ich mich in der Lage fühle, den »Ich hab's dir ja gesagt«-Satz zu ertragen. Aiko würde ihn nicht aussprechen, doch sie würde ihn denken und ihn mir so über unsere Geheimleitung übertragen.

Carl sieht sich um. Sein Blick bleibt auf dem Standbild von *Harry und Sally* hängen. »Was guckst du dir da an? Irgendeine Liebesschnulze aus dem vergangenen Jahrtausend? Zieh dir lieber einen Thriller rein oder was von Marvel! So ein bisschen Superhero-Power wäre jetzt ganz hilfreich.« Stirnrunzelnd beäugt er den Bildschirm. »Hast du den Film selbst gestartet?«

Beinahe muss ich lachen. »Wer denn sonst?«

»Man weiß ja nie! Eine, mit der ich mal so was wie eine halbe Beziehung hatte …«

»Eine Emodulie?«

»Eine was?« Carl winkt ab, bevor ich es ihm erklären kann. »Was auch immer. Als ich ihr gesagt habe, dass es das letzte Mal war, hat sie meine Fernbedienung mitgehen lassen. Immer wenn sie vorbeigefahren ist, hat sie auf eine Taste gedrückt und mein Programm umgeschaltet. Sie hat das Ding nicht rausgerückt. Am Ende habe ich mir einen neuen Fernseher kaufen müssen.«

Noch einmal muss ich fast lachen. Die Geschichte kannte ich noch nicht.

»Jetzt lass dich nicht so hängen, Mann!«, sagt Carl. »Die große Melancholie-Show bringt sie auch nicht zurück. Du wusstest doch, wie das ausgeht. Gib ihr noch ein paar Tage, und dann rede vielleicht nochmal mit ihr.«

»Das will sie nicht.«

»Hm, na dann!« Carl hebt die Hände. »Haken dran! Das Leben geht weiter.«

»Schon klar. Superspruch!«

»Ist aber so. Hey, wusstest du, dass irgendein Typ einen Insta-Account angelegt hat und sich *Taro Make Her Yours* nennt.«

»Schön für ihn. Was postet er denn?«

»Gar nichts bisher. Er hat aber schon jede Menge Follower. Dem solltest du vielleicht mal auf die Finger klopfen.«

»Das wird sich von allein erledigen.«

Ganz sicher sogar, wenn sie merken, dass es nicht mein virtuelles Ego ist. Davon abgesehen ist mir egal, was mein virtuelles Ego tut. Mit dem bin ich bekanntermaßen fertig.

»Wie wär's, wenn du mitkommst?«, fragt Carl. »Columbus und ich haben noch Platz im Van.«

Mitkommen? Wohin? Kurz durchforste ich mein Hirn nach der Info, die ich offenbar haben sollte, finde sie aber nicht. »Geht ihr wieder auf Tour?«

»Habe ich dir doch erzählt. Nach Portugal. Zwei Wochen im Peneda-Gerês-Nationalpark. Glamping in einem Luxus-Baumhaus.«

»Klingt gut. Wann geht's los?«

»Heute. Eigentlich jetzt. Wir sind nur auf einen Sprung hier, wollten halt schauen, ob du noch lebst.«

Das erklärt, warum Columbus dabei ist.

Carl schlägt sich auf die Oberschenkel. »Also, was ist? Bist du dabei?«

Eine weitere Therapiemethode fällt mir ein: ein Solo-Abenteuer an einem Ort, der völlig konträr zum üblichen Urlaubsstil ist. Statt Strand und Wasser Wald und Wildnis. Wanderungen, Marshmallows am Lagerfeuer, nachts im Schlafsack, eine Auszeit von der Zivilisation.

»Beim nächsten Mal vielleicht«, antworte ich Carl und lehne mich gegen Yuuto-san, der in den vergangenen drei Tagen immer schöner und zugleich hässlicher geworden ist. Ich habe überlegt, ihn nach nebenan ins Büro zu bugsieren, damit ich ihn nicht mehr sehen muss, mich bisher aber nicht dazu durchringen können.

Carl lässt nicht locker. »Ach, komm schon! Das wäre wie in alten Zeiten.«

»Das ist eigentlich eine super Idee, aber gerade habe ich wenig Lust darauf.«

»Dann mach irgendwas anderes!« Er steht auf und pfeift, damit Columbus ihm folgt. Der Kater streckt sich, gähnt, springt von der Couch und tappt Carl hinterher, wobei er einen Abstecher zu mir unternimmt und mir kurz um die Beine schmust.

»Du könntest eine Trennungsparty veranstalten, Happy Freedom statt Happy Birthday«, höre ich Carl aus dem Flur sagen. »Lade dreißig Leute ein, die du in deinen Telefonkontakten hast. Jeder soll noch irgendwen mitbringen. Da lernst du neue Leute kennen, bestimmt auch gute Frauen. Lass dich von denen auf andere Gedanken bringen. Wenn du im dritten fremden Bett aufgewacht bist, ist Juno vergessen.«

Columbus und ich schließen zu Carl auf.

»Das ist eine Methode, die vielleicht für dich funktioniert.«

Er öffnet die Tür. »Nicht nur vielleicht.«

»Okay, dann funktioniert es für dich. Für mich ist es nichts. Lass mich mal machen. Ich werd schon wieder.«

Carl hält mir die Hand zum High-five hin. Ich schlage ein und bin – so gern ich ihn auch habe – innerlich froh, ihn gleich wieder los und allein zu sein. Was Columbus angeht, der dürfte gern bleiben. Die Idee mit der Katze ist vielleicht gar nicht so übel.

Carl nimmt Columbus' Leine, um ihn unten sicher über die Straße zum Van zu führen. Ich beobachte, wie sie den Flur entlanggehen, warte ab, bis sie um die Ecke verschwunden sind, und kehre dann zu *Harry und Sally* zurück.

Auf den wenigen Metern, von denen ich nichts erwarte und an nichts denke, kommt aus dem Nichts ein Gedanke angeflattert: Ich darf Juno weder besuchen noch sie anrufen. Etwas anderes hat sie aber nicht ausgeschlossen.

Bittergramig

[ˌbɪtɐˈɡʁaːmɪç] Adjektiv.
Das simultane Empfinden von Wut und Traurigkeit, Enttäuschung und Verzweiflung.

»Meine Güte, was ist das denn für ein Gejaule!«, schimpft Konstantin.

Es ist Dienstag in der zweiten Woche n.T. Ich arbeite wieder. Vorgestern und gestern war ich auch ein paar Stunden in der Werkstatt, um Stanislav, den Thronstuhl, fertigzustellen, weil der heute Termin hat. Bevor Konstantin ihn in den Transporter laden kann, muss er dort erst einmal Platz machen. Er und sein Held tragen einen großen Esstisch herein und stellen ihn zum Küchenbuffet, mit dem ich noch nicht begonnen habe.

Aurelius und ich nehmen Lucretia, die Intarsientruhe, auseinander. Konstantin kommt zu uns an die Werkbank, als ein neuer Song beginnt.

»Ist ja schlimm genug, dass du dir das antust«, brummt er. »Aber deinen Azubi solltest du verschonen. Der geht nachher mit einer Depression heim.«

Ich linse zu Aurelius. Er schweigt und grinst, während er ein Scharnier abschraubt.

Die Musik, über die sich Konstantin aufregt, stammt von Morrissey. *Viva Hate* ist das erste Album, das der Sänger 1988, ein Jahr nach der Auflösung von The Smiths, solo aufgenommen hat. Also ich find's gut.

»Hör doch einfach nicht hin«, empfehle ich Konstantin.

»Mir geht's ja nicht um mich«, kontert er und streckt die Hand zu Aurelius aus. »Sondern um das Wohl dieses Schutzbefohlenen.«

Schnaubend verschränke ich die Arme vor der Brust und spaziere zum neu eingetroffenen Tisch, um ihn mir anzuschauen. Konstantin folgt mir.

»Echt jetzt, Juno! Come, Amargeddon, come?«, zitiert er den aktuell spielenden Song. »Everyday is like sunday? Everyday is silent and grey?«

»Ich hör eher auf die Melodie«, schwindele ich.

»Na klar. Und ich habe eine Alpakafarm im Schlafzimmer.«

»Tatsächlich?« Ich schmunzele. »Wie viele sind es denn?«

»Juno, lass dich nicht so hängen!« Konstantin schlägt einen mitfühlenden Ton an. »Das hat der Typ nicht verdient, und so lange wart ihr doch gar nicht zusammen.«

Zwei Monate kannten Taro und ich uns. Ich weiß nicht, ab wann wir uns als Paar gesehen haben. Ab unserem ersten Kuss? Der war am dreizehnten Juli. Morgen vor einem Monat. Die Zeit davor zählt für mich dennoch mit.

»Ich habe mal gelesen, dass man ein Drittel der Zeit, die die Beziehung gedauert hat, an Liebeskummer leidet. Ein paar Tage habe ich also noch.«

Konstantin legt den Arm um mich. »Aber dann ist Schluss, okay? Dann hören wir wieder fröhliche Musik.«

»Okay.«

»Gut, ich verschwinde dann mal.« Aufmunternd drückt er mir die Schulter. »Um zwanzig Uhr hol ich dich ab, wie immer. Zwei, drei Drinks im Zwille und dann ab in die Kiste?«

Ich seufze. »Zwanzig Uhr. Erst ins Zwille, dann in die Kiste, wie immer.«

Alles ist wie immer. Nur Konstantins Running Gag ist nicht mal halb so lustig wie sonst. Und jeder Tag ist gleich. Wie ein Sonntag im November, still und grau. Komm doch, du verdammtes Armageddon! Komm schon! Mir egal, wenn die Welt heute untergeht.

Konstantin geht. Ich bleibe beim Neuzugang und versuche, ihn zu erkennen, sehe ihn aber kaum. Immer wieder verschwimmt das Bild vor meinen Augen und zeigt mir Taro. Taro und mich. Hier. Oben in der Wohnung. Draußen in Leipzig. In München. Überall. Ich höre ihn sagen, dass er mich liebt.

Draußen im Hof brummt der Motor des Transporters auf. Die Reifen knirschen auf den Steinen, als Konstantin vom Hof fährt. Mir wird klar, dass ich mich nicht von Stanislav verabschiedet habe. Ich habe nicht einmal einen letzten Blick auf ihn geworfen, bevor er hinausgebracht wurde, und fühle mich deshalb gleich noch ein bisschen miserabler.

Aurelius tritt an meine Seite. »Die Truhe ist zerlegt.«

»Gut.«

»Was soll ich jetzt machen?«

Alles, nur keine Fragen stellen, antworte ich ihm im Stillen, formuliere es aber freundlicher: »Das weißt du doch, Aurelius. Du säuberst die Teile und schleifst das Holz dann ab.«

Als wäre meine Aussage missverständlich gewesen, bleibt er bei mir stehen und betrachtet den Tisch ebenfalls. Im Augenwinkel sehe ich, wie er die Hände in die Seiten stemmt.

»Nussbaum«, meint er nach einer Weile.

Volltreffer. Ich bin beeindruckt. »Nussbaum, dunkel gebeizt.«

»Müsste Gründerzeit sein«, fachsimpelt Aurelius und lässt mich weiter staunen. »Um 1890? Was meinen Sie?«

»Du hast deine Hausaufgaben gemacht.«

Aurelius grunzt vergnügt. »Will ja nicht, dass Sie mich durch die Prüfung crashen lassen. Sonst häng ich Ihnen noch ein Jahr auf der Pelle.«

Allmählich klärt sich mein Blick, und ich sehe den Tisch. Seine Tischplatte kann ausgezogen werden, wahrscheinlich durch sogenannte Klavierbänder. Statt sechs Leuten finden dann zehn bis zwölf beim Essen Platz. In die breite Kante unterhalb der Tischplatte wurden Kugeln geschnitzt, die wie ein Band einmal rundum laufen. An jeder Ecke befindet sich eine massive, reich verzierte Säule. In der Mitte sind drei weitere schmale Säulen, die auf einer Fußleiste sitzen.

»Weißt du, wie man die Leiste unten nennt?«

Aurelius kratzt sich am Kopf. »Hat die einen bestimmten Namen?«

»Vergelt's Gott, sagt man dazu. Die Leute haben früher die Füße darauf gestellt, um sie vor einem kalten Boden zu schützen.«

Aurelius nickt, als würde er diese Info extra sicher in seinem Kopf abspeichern, für den Fall, dass es eine Prüfungsfrage dazu gibt. »Und, wie heißt er?«, fragt er dann.

»Der Tisch?« Überrascht ziehe ich die Brauen hoch. »Ui!«

Gründerzeit – Esstisch – Nussbaum, spult es wie eine Laufzeile durch meinen Kopf. Ich schaue, bis meine Augen brennen, und ich lausche, bis es in meinen Ohren rauscht. Kein Name.

»Hermann«, schlage ich vor.

Aurelius lässt ein kratziges »Hm!« hören und verschränkt die Arme ebenfalls. »Glaub nicht, dass das sein Name ist. Klingt irgendwie fake.«

»Otto?«

»Bullshit! Der heißt nicht Otto.«

»Albert.«

»Digger, sieht der wie ein Albert aus?« Aurelius wendet sich zu mir. Ich muss mir ein Lachen verkneifen, als ich seinem tadelnden Blick begegne. »Jetzt geben Sie sich aber mal ein bisschen Mühe! Sonst wird das nichts.«

Ich drehe mich wieder zum Tisch, betrachte ihn von Neuem und öffne die Augen zuerst für die kleinen Details, für die Schnitzereien und Verzierungen, dann für seine Vergangenheit. Der Raum, in dem er zu Beginn seiner Zeit stand, war groß und hatte hohe Decken, unter denen sich Stuck befand. Dunkle Tapeten verkleideten die Wände, schwere Vorhänge die Fenster. Ein handgeknüpfter Teppich schmückte den Parkettboden. Ein großer Kristalllüster hing mittig über dem Tisch und tunkte das Zimmer abends in warmes Licht. Rundum an den Wänden hingen goldgerahmte Kunstwerke und Familienporträts. Porzellanfiguren und Bronzestatuen standen auf dem Kaminsims und auf Konsolentischen. Pflanzen in großen, dekorativen Töpfen sorgten für grüne Akzente.

»Franz!«, sage ich dann.

Aurelius stößt seine Schulter kumpelhaft gegen meine. »Na bitte, Digger, geht doch!«

Und das muss ich mir von meinem Azubi sagen lassen! Das mit dem Drittel der Zeit sollte ich noch mal durchrechnen. Ich möchte mich wieder ganz auf meine Arbeit konzentrieren und mit allen Sinnen hier sein. Dabei möchte ich Ruhe in mir, nicht diesen grauenvollen Wechsel von Traurigkeit und Wut, von Enttäuschung und Verzweiflung. Es wäre schon ein Fortschritt, wenn ich nur eins wäre. Nur traurig oder nur wütend, nur enttäuscht oder nur verzweifelt. Alles auf einmal, das ist nicht sehr viel länger auszuhalten und zu allem Überfluss auch noch verwirrend.

Gibt es ein Wort für diesen Zustand, für dieses Zusammenspiel der Emotionen?

Bittergram! So heißt es. Bittergramig bin ich also und will es nicht mehr sein.

Im Stillen heiße ich Franz bei mir willkommen, gehe dann weiter zu Ursel, dem Küchenbuffet, und bitte Aurelius, mir beim Tragen zu helfen. Gemeinsam bugsieren wir das Teil in die Nähe einer freien Werkbank.

Während Aurelius die Teile der Truhe abschleift, nehme ich das Buffet auseinander. Teil um Teil demontiere ich und stelle es beiseite, entferne schließlich auch das Glas und lege es sicher ab. Nachdem ich die Holzteile mit einem Tuch gesäubert habe, mache ich mich ebenfalls ans Abschleifen.

Lucretia und Ursel müssen so schnell wie möglich fertig werden und dann zu ihren Eigentümern zurückkehren. Sie müssen hier raus. Sie sind die letzten beiden Möbel der Taro-Zeit. Lucretia wird Ende der Woche fertig, Ursel Anfang der nächsten. Ich sollte die Anliefertermine noch heute vereinbaren. Wenn die beiden fort sind, habe ich zweimal weniger Anlass, mich an Taro zu erinnern. Es wird noch eine Weile dauern, bis ich ihn nicht mehr in meiner Werkstatt sehe, bis ich nicht mehr vor Augen habe, wie und wo er Yuuto-san restauriert hat. Vergessen werde ich es wahrscheinlich nie, aber irgendwann werde ich morgens einfach hereinspazieren und die einst von ihm belegte Werkbank als neutralen Arbeitsplatz wahrnehmen, als einen von dreien, und nicht mehr prompt und unweigerlich an ihn denken.

▼

Um siebzehn Uhr macht Aurelius Feierabend. Ich begleite ihn hinaus, um das Tor zu schließen und die Post zu holen. Gerade will ich den Briefkasten öffnen, da höre ich Frau von Groß-eimern.

»Frau Klippstein, können wir kurz sprechen?«

Sie schaut zu ihrer Tür heraus.

Auch das noch! Was will sie nun wieder? Eine neue Beschwerde anbringen oder eine Ergänzung zur Taro-Geschichte machen? Beides brauche ich so dringend wie ein Loch im Kopf. Ich lasse die Hand sinken und balle eine Faust um den Briefkastenschlüssel.

»Aber klar doch«, entgegne ich leichthin.

Sie kommt zu mir und setzt ein freundliches Lächeln auf,

in dem ich aber eine gewisse Unsicherheit erkenne und mich wappne.

»Also, es ist so, dass mein Mann und ich das schon länger planen«, beginnt sie. »In den letzten Tagen haben wir viel darüber gesprochen und uns nun entschieden auszuziehen.«

Ich habe mit vielem gerechnet. Damit nicht.

Großartig!, trällert es zuerst leise, dann immer lauter in mir.

»Das sind ja Neuigkeiten«, sage ich stattdessen und gebe mir Mühe, damit ich nicht allzu erfreut klinge. Tatsächlich möchte ich gerade einen Luftsprung machen.

»Ja, sorry, dass ich Sie damit gerade so überfalle.«

»Wohin soll's denn gehen?«

»Ach, wissen Sie, wir wollen ja schon lange raus aufs Land und etwas Eigenes. Für die Jungs ist das auch besser. Die frische Luft, ruhige Straßen, ein eigener Garten, vernünftige Leute. Connewitz ist uns ein bisschen zu linksautonom geworden.«

»Das war es doch schon immer.«

»Mag sein. Aber wir passen ganz einfach nicht hierher und wünschen uns eine andere Umgebung. Mein Mann ist letztes Jahr befördert worden, ich im Frühjahr. Im Mai haben wir ein Haus gekauft. Es muss viel gemacht werden, und wir wollten dort eigentlich erst wohnen, wenn alles fertig ist, denken nun aber, es ist besser, wenn wir früher dort einziehen.«

»Tja, viel Erfolg dabei!« Mehr fällt mir gerade nicht ein, denn der Großartig-Ruf in mir drin ist zu einem Jubel angeschwollen.

»Wegen der Kündigung ...« Frau von Großeimerns Blick bekommt etwas Bittendes, um Verständnis Heischendes. »Das Schreiben setzen wir nachher gleich auf, würden uns aber gern mit Ihnen auf eine verkürzte Kündigungsfrist einigen. Der Kredit stellt eine gewisse Belastung dar, und nun kommen viele Baumaßnahmen auf einmal auf uns zu, daher möchten wir uns die Miete sparen.«

»Kann ich verstehen«, sage ich wie gewünscht verständnisvoll. »Wann wollen Sie denn ausziehen?«

»Nächsten Monat, Ende September. Wäre eine einmonatige Kündigungsfrist statt drei Monaten okay?«

Mit Familie von Großeimern ist es wie mit Ursel und Lucretia: Je eher sie gehen, desto besser ist es für mich. Die Mieteinnahme wird fehlen, doch ein oder zwei Monate komme ich auch ohne über die Runden. Neue und hoffentlich nettere Nachmieter werden sich bald finden.

Frau von Großeimern verspricht, dass alle Wände gestrichen und entstandene Schäden repariert werden, und plaudert dann vom Haus auf dem Land. Ich lausche so geduldig ich kann, möchte aber eigentlich ganz dringend ins Werkstattbüro, um Miriam anzurufen und ihr die freudige Neuigkeit mitzuteilen. Eigentlich müsste das gefeiert werden. Kein armer Adel mehr in meinem Hofstaat! Ich kann sägen und schleifen und bohren, wann ich will, die Musik aufdrehen, und auch meinen Garten habe ich wieder für mich.

Sichtbar erleichtert und mir tausendfach dankend geht Frau von Großeimern endlich ins Haus. Ich will in die Werkstatt zum Telefon, da fällt mir ein, warum ich auf den Hof gekommen bin. Also zücke ich den Schlüssel und schließe den Briefkasten auf. Neben Post von einer Versicherung und meiner Krankenkasse entnehme ich einen größeren Umschlag, ohne Absender. Meine Adresse wurde per Hand darauf notiert. Die Handschrift kommt mir bekannt vor, doch erst auf den zweiten Blick wird mir klar, dass es Post von Taro ist. Auf den zweiten Blick verstehe ich auch die eben noch witzige Briefmarke als eine Art Outing des Absenders, denn sie zeigt Pinocchio, den Holzbuben, dem die Nase lang wuchs, wenn er log.

Mein Herz schlägt schneller, und meine Hand beginnt zu zittern. Der Umschlag ist fest und schwer, als würde er mehrere Seiten Papier enthalten. Einen Moment stehe ich rat- und reglos da, dann schlage ich den Briefkasten zu und setze mich in Bewegung. Auf dem kurzen Weg über den Hof gesellt sich eine neue Emotion zu den fünfen, die im bittergramigen Mix schon durcheinanderspielen. Ich bin nicht mehr nur traurig und wütend, verzweifelt, enttäuscht und verwirrt, sondern nun auch empört.

Immerhin, je näher ich den Mülltonnen komme, desto stärker wird die Empörung. Wie eine stämmige Kundin an der Wursttheke Wartende beiseiteschiebt, weil man ihr gerade die falsche Leberwurst verkauft hat, verdrängt die Empörung die anderen Emotionen.

Was fällt ihm ein?

Als ich Taro gesagt habe, dass er mich weder anrufen noch herkommen soll, meinte ich, dass er mir in jeder Hinsicht fernbleiben soll. Ich will ihn nicht sehen, nicht hören, und natürlich möchte ich auch nichts von ihm lesen.

Schnaubend und grummelnd klappe ich die blaue Papiertonne auf und pfeffere Taros Brief hinein. Sie ist gerade geleert worden, also segelt er unten auf den Boden. Ich knalle den Deckel zu, stapfe in die Werkstatt und schließe ab. Vor mich hin schimpfend durchquere ich den Raum und gehe nach oben. Vor dem Bad ziehe ich die Arbeitskleidung aus und stopfe sie in den überfüllten Wäschekorb.

Hartnäckig wie eine Zecke klammert sich die Empörung an mich, während ich mich nach der Dusche abtrockne und frische Kleidung anziehe. Sie lässt auch nicht locker, als ich mir in der Küche eine Tasse mit kaltem Kaffee fülle. Mit genügend Milch schmeckt der noch. Nach einem Blick in den Kühlschrank denke ich über Spaghetti mit Ketchup nach, suche dann aber verschiedene Dinge zusammen und klatsche sie zu einem Sandwich zusammen. Schon beim ersten Biss fällt ein Stück Tomate heraus.

Man muss es einwickeln, damit das nicht passiert, höre ich Taro sagen. *Überhaupt sollte man ein Sandwich nach gewissen Prinzipien zusammenstellen.*

Schwachsinn!, halte ich dagegen. Am Ende schmeckt es immer gleich. Überhaupt sind meine Sandwiches viel leckerer als dieses … dieses … wie hieß es gleich?

Egal!

Die Empörung zuckt zurück.

Nicht egal!

Kauend sitze ich am Tisch und versuche, mein Sandwich zusammenzuhalten. Außerdem versuche ich, nicht an den Brief zu denken. Natürlich hat das den gleichen Effekt wie der Klassiker mit den rosa Elefanten. Denk nicht an rosa Elefanten, und, schwups, schon trampelt einer durch deine Gedanken und trötet fröhlich.

Je mehr ich mich bemühe, desto präsenter wird Taros Brief in meinem Kopf, und desto deutlicher sehe ich ihn am Boden der Papiertonne liegen. Als der letzte Bissen in meinem Mund verschwunden und mit kaltem Kaffee weggespült ist, gebe ich auf.

Vogelgezwitscher dringt aus dem Garten in den Hof. Ein Windstoß fährt über meine Haut und lässt mich frösteln. Schon als ich die Tonne aufklappe, ist mir klar, dass das so nichts wird, wenn ich nicht kopfüber hineinfallen will, also lege ich das Teil um, krabbele ein Stück hinein und schnappe mir den Umschlag. Statt zurück in die Wohnung gehe ich damit in den Garten. Ich setze mich in den Schatten des Pavillons und zupfe die zugeklebte Kante auf.

Die Blätter sind in der Mitte gefaltet. Das erste ist zur Hälfte beschrieben.

Liebe Juno, lese ich und prompt verklärt sich mein Blick unter Tränen. Ich lege den Kopf in den Nacken, blinzele sie weg, atme durch und reiße mich zusammen, um weiterzulesen.

Es ist alles gesagt zwischen uns. Vielleicht schaust du längst nach vorn und nicht mehr zurück zu uns. Ich sollte das auch tun, doch es gelingt mir nicht. Je länger es kein Uns mehr gibt, desto mehr gehe ich zurück. Ich gehe zu jedem Moment, in dem ich einen Fehler gemacht habe, zu jeder Gelegenheit, in der ich anders hätte reagieren können oder sollen, und mache es anders. In meinen Gedanken wirken diese Momente so real, als würden sie wirklich stattfinden. Das Auftauchen daraus, die sich immer wiederholende Erkenntnis der Wirklichkeit und der Tatsache, dass ich es nicht anders machen kann, ist so ernüchternd, dass ich am Ende lieber dort bin, im Gestern, statt hier im Heute.

Einen Weg bin ich besonders oft zurückgegangen. Er führt zu dem Tag, an dem wir uns kennengelernt habe. Ich habe ihn wegradiert wie eine Bleistiftzeichnung und ihn durch Alternativversionen ersetzt.

Hier endet der Text des ersten Blattes. Ich lege es auf den Tisch und widme mich der nächsten Seite. Darauf steht nicht nur Text, es gibt auch Bilder. Wie für Aikos Geburtstagsgeschenk hat Taro Zeichnungen im Cartoonstil angefertigt, welche die wenigen, darüberstehenden Zeilen veranschaulichen. Mich und sich selbst hat er ziemlich gut getroffen.

Mit dem Daumen blättere ich durch die folgenden Seiten. Auf jeder sehe ich einen kurzen Text und einen dazu passenden Cartoon. Ein Lächeln huscht über mein Gesicht, es schwindet aber wieder, als ich abermals in seine Worte tauche und spüre, wie sie sich mehr und mehr um mein Herz legen.

Statt in deiner Werkstatt sind wir uns am Kulkwitzer See begegnet. Beim Versuch, dir das Stand-up-Paddeln selbst beizubringen, warst du am Ende des Tages völlig erschöpft und wärst beinahe ertrunken, hätte ich dich nicht heldenhaft gerettet.

Bei den Open-Air-Filmnächten auf der Galopprennbahn saßen wir zufällig nebeneinander, während die Fortsetzung von Beetlejuice auf der Leinwand flimmerte. Ich war dort mit Carl, du mit Miriam. Völlig von der Handlung gebannt hast du ständig in meine Popcorntüte gegriffen.

Im Baumarkt spielten die Mitarbeiter wieder einmal Verstecken. Ich verzweifelte gerade an der Entscheidung zwischen einer ölbasierten Lasur und einer Lasur auf Wasserbasis, als du vorbeikamst und mich aus lauter Mitleid beraten hast.

Im Feierabendverkehr hast du mir auf deinem Rad verträumt die Vorfahrt genommen. Ohne die Vollbremsung, mit der ich mein Auto zum Stehen brachte, hätte ich dich umgefahren. Eigentlich wollte ich sauer reagieren, habe bei einem Blick in deine Augen aber alles vergessen.

In der Straßenbahn steuerten wir beide zielgerichtet auf den letzten freien Platz zu. Ich wollte ihn dir überlassen, doch du hast dich geweigert, dich hinzusetzen, weil ich eine halbe Sekunde vor dir da gewesen bin.

Die letzte Seite enthält wieder nur Text. Tränen tropfen von meinem Kinn darauf. Mein Herz scheint sich sehnsuchtsvoll zu verkrampfen, als ich weiterlese.

So schön diese anderen Kennenlerngeschichten auch hätten verlaufen können, so realistisch sie auch sind, sie gehören nicht uns. Uns gehört nur diese eine Geschichte. Je intensiver ich über sie nachdenke, desto mehr mache ich meinen Frieden damit – blenden wir meine anfängliche Motivation einmal aus. Sie ist bedauerlich, doch sie ist auch lächerlich. Sie ist nichts im Vergleich zu allem, was folgte. Ich habe sie dir nicht ewig ver-

schweigen wollen, sondern darauf gehofft, dass sie für dich genauso bedeutungslos werden kann, wie sie für mich längst ist. In mancher Minute stelle ich mir vor, dass wir, wenn wir irgendjemandem irgendwann erzählen, dass wir uns nicht über Tinder, beim Bäcker oder im Aufzug kennengelernt haben, darüber lachen können und es für ein bisschen verrückt halten, das Schicksal, das uns auf diese Weise zusammengebracht hat. An solche Gedanken klammere ich mich gerade wie an einen Rettungsring. Ich kann uns noch nicht aufgeben. Ich will es auch nicht.

Bitte lass uns reden.
Taro

Mit dem Handrücken wische ich mir die Tränen von den Wangen, schiebe die Blätter dann wieder zusammen, falte sie und stecke sie zurück in den Umschlag. Im Hof überlege ich, den Brief ein zweites Mal in die Papiertonne zu werfen, kann es aber nicht. Ich nehme ihn mit bis nach ganz oben ins Schlafzimmer. Dort schiebe ich ihn unter mein Kopfkissen.

Scharasimieren

[ˈʃaːraːsiˈmiːʁən] Verb.
Anderen gegenüber vorgeben, dass man mit einer Entscheidung, die man getroffen hat und an der man festhält, zufrieden ist, obwohl man innerlich zweifelt.

Alles ist prima. Alles ist gut. Alles entwickelt sich prächtig. Oder, wie Black auf seinem 87er-Debütalbum *Wonderful Life* singt, *Everything's Coming Up Roses*. Der Titel ist ironisch, denn der Song thematisiert die Diskrepanz zwischen Wahrnehmung und Realität, doch während ich mitsinge, spüre ich ein klares Ja zur wortwörtlichen Bedeutung. Alles ist wunderbar. Wirklich ganz rosig.

Familie von Großeimern hat den Mietvertrag gekündigt und karrt die ersten Möbel raus aufs Land. Lucretia, die Truhe, ist am vergangenen Freitag, heute vor einer Woche, zu ihren Besitzern zurückgekehrt. Ursel, das Küchenbuffet, hat meine Werkstatt letzten Montag verlassen. Ein aus Norwegen stammendes Set, bestehend aus zwei Sitzbänken und einem Tisch, hat den Platz der beiden eingenommen. Der Eigentümer zahlt tausend Euro mehr, wenn ich die Möbel bis Ende August restauriert habe. Eine Woche habe ich also noch Zeit und werde locker fertig. Ohnehin ist Aurelius am Montag und Dienstag da und kann helfen. Auf den ersten Blick hat er erkannt, dass das Norwegen-Set aus Kiefernholz gefertigt wurde, wofür ich ihm beinahe um den Hals gefallen wäre. Es hätte auch Fichte oder Tanne sein können, aber nein, Aurelius' erste Antwort war ein Volltreffer. Er macht sich, und das macht mich froh.

Ich führe ein erfülltes Leben! In meinem Traumjob verdiene ich genug Geld und bewähre mich als Ausbilderin. Mein Zuhause mit Werkstatt, Hof und Garten ist mein Wohlfühlparadies. Durch mein Engagement bei NeMo erlebe ich immer wieder Wachstum. In Miriam und Konstantin habe ich die besten Freunde der Welt. Alles ist gut. Everything's coming up roses.

Frau von Großeimern ruft mir zu, dass sie übers Wochenende auf dem Land sind und renovieren. Ich wünsche ihr viel Spaß und schließe den Briefkasten auf. Ein Luftpolsterumschlag liegt darin. Taros Handschrift erkenne ich diesmal prompt. Mein Herz schlägt schneller, als ich ihn herausnehme und befühle. Etwas Kantiges befindet sich darin – eine vertraute Form, die eine Ahnung in mir weckt. Auf dem Weg zurück in die Werkstatt werfe ich einen Blick zu den Mülltonnen, doch er gilt nur der Erinnerung an den Versuch, Taros erste Post wegzuwerfen. Auch mit der neuen Post werde ich es nicht über mich bringen.

Zweieinhalb Wochen sind seit unserem Bruch vergangen. Seit elf Tagen liegt sein erster Brief unter meinem Kopfkissen. Ich lese ihn jeden Morgen und jeden Abend und, wenn mich die Sehnsucht überkommt, auch mitten am Tag. Davon abgesehen geht es mir jeden Tag besser und besser, ohne ihn. Oder nicht?

In der Werkstatt hocke ich mich auf die erste Werkbank und öffne den Umschlag. Meine Vermutung bestätigt sich, als ich ein Tape herausziehe, das Taro offenbar für mich aufgenommen hat. Auf der in der Hülle steckenden J-Card hat er die Titel und Interpreten von Songs notiert.

Nur wenige der Namen kenne ich. Manche habe ich früher sehr gern gehört, Sia beispielsweise und Ed Sheeran, doch die ihnen zugeordneten Songs sagen mir nichts. Einen Moment lang frage ich mich, warum ich sie nicht weitergehört habe.

A DATE / TIME NOISE REDUCTION ☐	**B** DATE / TIME NOISE REDUCTION ☐
Yellow Flicker Beat – Lorde	Say Something – Timberlake, Stapleton
Catch & Release – Matt Simons	Permanent Way – Charlie Cunningham
Believe – Mumford & Sons	bad guy – Billie Eilish
Lost on You – LP	Circles – Post Malone
Unstoppable – Sia	Blinding Lights – The Weeknd
Stressed Out – Twenty One Pilots	The Truth – James Blunt
Pocahontas – AnnenMayKantereit	In The Dark – Purple Disco Machine
I Can't Go On Without You – Kaleo	Westcoast – OneRepublic
Cold Little Heart – Michael Kiwanuka	Nahuel Huapi – Bilderbuch
Believer – Imagine Dragons	As It Was – Harry Styles
New Rules – Dua Lipa	Karma – Taylor Swift
Feel It Still – Portugal. The Man	Punchline – Ed Sheeran

Natürlich, Streaming war ausgeschlossen, doch ich hätte mir CDs kaufen können. Auf Basis welcher Empfehlung aber, ohne den Spotify-Mix der Woche, ohne Neuvorstellungen im Radio, ohne beim ausgelassenen Feiern in Clubs angefixt zu werden? Einen Moment lang finde ich es merkwürdig, dass ich meine einstigen Favoriten vergessen konnte und nicht vermisst habe, doch dann denke ich an die unzähligen Platten und Tapes, die nur auf meine Entdeckung gewartet haben. Dankbar für die Ablenkung bin ich eingetaucht in die Musik vergangener Zeiten und habe beinahe täglich großartige Songs gefunden, die ich dann eine Weile rauf- und runtergehört habe, als wären sie Neuerscheinungen. Ich hatte meine eigenen Nummer-eins-Hits, meine eigenen Top Ten der Woche, meine eigenen Jahrescharts.

Nach dem Tape ziehe ich ein einzelnes Blatt Papier heraus und falte es auf.

Liebe Juno, lese ich,

hier sind vierundzwanzig Songs, die in den vergangenen zehn Jahren veröffentlicht wurden. Es sind Songs, die du nicht hören konntest, die dir vielleicht aber gefallen. Der erste Song

stammt aus dem September 2014, der letzte aus September 2023. Ein Song aus dem Jahr 2024 fehlt – oder auch nicht. Er hat nicht mehr aufs Tape gepasst, und das hat vielleicht so sein sollen. Zum einen wäre es mit diesem Song Musik aus elf statt zehn Jahren gewesen, zum anderen mag ich die Vorstellung, dass ich dir diesen einen 2024er-Song vorspiele, wenn du bei mir bist oder wir im Auto irgendwohin unterwegs sind. Der dritte Grund ist der für mich wichtigste: Ich wollte, dass Ed Sheeran auf diesem Tape das letzte Wort hat.
Taro

Es ist ein Neunzig-Minuten-Tape. Ich werfe einen Blick zur Werkstattuhr. Kurz nach halb sechs ist es. In zweieinhalb Stunden bin ich mit Miriam im Puschkin verabredet. Zeit genug.

Mitten im Chorus unterbreche ich Black, indem ich die Stopptaste drücke. Ich entnehme das Tape, packe es zurück in seine Hülle und stecke Taros Tape ins Kassettendeck. Als der erste Song zu spielen beginnt, kehre ich zur Werkbank zurück, strecke mich darauf der Länge nach aus und verschränke die Arme hinter dem Kopf, um vierundzwanzig von wahrscheinlich tausend Songs zu hören, die ich in den vergangenen zehn Jahren verpasst habe.

▼

»Er hat dir ein Tape aufgenommen?« Miriam schaut von Taros Brief auf. »Hmm, das ist schon ein bisschen romantisch. Wie in den Achtzigern oder Neunzigern.«

»Als ich noch klein war, hat mir mein Vater gezeigt, wie man das macht«, antworte ich, um mit technischem Background vom Romantikfaktor abzulenken. »Ist eigentlich total simpel.«

»Tzz!« Mit einiger Skepsis in der Miene betrachtet Miriam

Taros Brief abermals. »Darum geht es doch nicht, sondern um den Akt selbst und um die Botschaft.«

Die Botschaft. Ja, das ist so eine Sache mit der Botschaft. Ich habe das Gefühl, beinahe jeder Song auf dem Tape ist eine Botschaft. In fast jedem Lied gibt es mindestens eine Zeile, von der ich annehmen könnte, dass Taro sie auf sich und mich bezieht. In Matt Simons' Song *Catch & Release* geht es ums Finden und Loslassen. Michael Kiwanukas *Cold Little Heart* kann als Bitte um Vergebung interpretiert werden. *Permanent Way*, das von einem Sänger namens Charlie Cunningham stammt, erzählt von getroffenen Entscheidungen und den damit verbundenen Konsequenzen. Taylor Swifts *Karma* erklärt sich bereits im Titel.

»Apropos Botschaft.« Miriam stellt ihren Longdrink zurück auf den Tisch. »Warum sollte Ed Sheeran das letzte Wort haben? Was singt der gute Ed denn?«

Diesen letzten Song auf der B-Seite des Tapes habe ich zweimal zurückgespult und von Neuem gehört. Ich hätte ihn auch noch ein viertes Mal abgespielt, musste aber unter die Dusche, um Miriam pünktlich zu treffen. Schon beim ersten Hören hat ein verräterisches Kribbeln in meinen Augen eingesetzt. Beim zweiten Mal sind die ersten Tränen geflossen. Beim dritten Mal habe ich geheult wie ein Schlosshund und könnte allein bei der Erinnerung an die Lyrics glatt wieder damit anfangen.

Und das, obwohl es mir eigentlich doch richtig gut geht und alles prima ist!

»Der Song heißt *Punchline*«, erzähle ich Miriam. »Mit *Witzfigur* könnte man das übersetzen. Ed Sheeran singt von einer Stille, die er nicht mehr erträgt, dass er die Hoffnung verliert und nicht er selbst ist, weil seine Beziehung zu Ende zu sein scheint. Er könnte das akzeptieren, schafft das aber nicht. Er will sie nicht loslassen, weil er glaubt, dass sie und er wieder zueinander finden können.«

Miriam seufzt.

Und nichts weiter.

Seit ich ihr Taros ersten Brief gezeigt habe, ist sie deutlich weniger sauer. Ihr Zorn ist verraucht. Von Tag zu Tag hat sie seltener auf ihn geschimpft. Jetzt scheint sie eine ganz und gar neutrale Perspektive einzunehmen. Die passt mir überhaupt nicht in den Kram. Ich brauche Miriam weiter wütend.

»Ach, Juno«, sagt sie nach einer kleinen Weile.

Ich sehe auf. »Was denn?«

Sie zögert, dann stellt sie eine merkwürdige Frage: »Willst du dir nicht einen Ruck geben?«

»Warum sollte ich? Mir geht's gut. Alles ist prima, ohne ihn.«

»Na klar, dir geht's richtig gut. Nie ging es dir besser. Wann hast du zuletzt gelacht?«

Ich versuche, mich zu erinnern. Es dürfte ein paar Wochen her sein. Die Erkenntnis, dass ich zuletzt gelacht habe, als Taro noch in meinem Leben war, gefällt mir nicht. Es ist absurd. Ich brauche ihn nicht zum Lachen.

Miriam zieht eine Braue hoch. »Du verkrümelst dich in deiner Werkstatt, vertiefst dich in die Arbeit an den Möbeln und redest dir ein, dass du ihn nicht vermisst.«

»Ich vermisse ihn nicht.«

»Warum zeigst du mir dann seine Briefe? Das ist total widersprüchlich.«

»Okay, dann eben anders: Ich möchte ihn nicht vermissen.«

Nachdenklich schüttelt sie den Kopf. »Ich habe in den letzten Tagen echt viel über die ganze Sache nachgedacht. Vielleicht solltest du und er noch einmal reden? Ehrlich gesagt glaube ich inzwischen, dass ich mich doch nicht getäuscht habe. Er hat dich wirklich sehr gern.«

Immer brummiger schweige ich. Ich will das nicht hören, nicht darüber nachdenken. Dass Taro mir gesagt hat, dass er mich liebt, habe ich Miriam verschwiegen. Zum Glück, denn das würde sie jetzt noch weiter zurückrudern lassen.

Auch ohne das Wissen über die großen drei Worte findet sie Argumente. »Er hat seinen Kanal gelöscht. Das macht man nicht einfach so, wenn man jahrelang hineininvestiert hat und damit erfolgreich war. Da steckt mehr dahinter.« Damit ich sie ansehe, beugt sie sich ein Stück über den Tisch. »Überleg doch mal, die Geschichte mit euch wäre längst zu Ende, wäre es ihm nur darum gegangen, diese Wette zu gewinnen. Er hätte dich nicht mehr getroffen und wäre aus dem Schneider.«

»Lass gut sein!«, bitte ich sie, doch sie lässt nicht locker.

»All die Zeit, die er mit dir verbracht hat. Warum, wenn du ihm gleichgültig bist? Warum hat er André und mich kennengelernt? Warum hat er dich zu Leni begleitet? Seinen Geburtstag wollte er nicht ohne dich verbringen, und deshalb hat er dich seiner Familie vorgestellt. Einen solchen Schritt macht ein vernünftiger Mensch doch nur, wenn er es ernst meint.«

»Wieso verteidigst du ihn eigentlich?«, brause ich auf. »Als meine beste Freundin hast du die Pflicht, ihn zu verfluchen und zu verdammen, ihm mieses Karma zu wünschen, täglich Stau auf leeren Straßen, eine ihn auf ewig verfolgende Regenwolke, Schimpf und Schande lebenslänglich.«

Sie lächelt schief. »Glaub mir, das tue ich. Innerlich schüttele ich Taro und schimpfe wie ein Rohrspatz. Aber würde dir das helfen? Ich weiß nicht, gerade habe ich das Gefühl, du handelst gegen deine eigenen Wünsche und Bedürfnisse.«

»Aber im Einklang mit meiner Vernunft.«

»Na, herzlichen Glückwunsch!« Miriam verschränkt die Arme und schaut zur Seite, als würde sich am Straßenrand eine spannende Szene abspielen.

Ich halte nach dem Kellner Ausschau, um zu zahlen und nach Hause zu fahren. Es ist nicht so, dass ich nicht verstehe, auf welchen Punkt Miriam hinauswill. Ich wünschte nur, sie wäre mehr bei mir und bei meiner Entscheidung. Es ist nicht leicht, daran festzuhalten, mit dieser Art von Post ist es sogar richtig schwer. Ein bisschen Bestärkung würde mir guttun.

Der Kellner zeigt sich nicht, und Miriam findet noch mehr Gedanken, die sie mir mitteilen möchte. »Weißt du, du passt gerade ganz hervorragend in unsere ach so perfekte, performance-orientierte Gesellschaft, von der du dich angeblich distanzierst. Ein Gerät, das nicht wie erwartet funktioniert, senden wir zurück, ohne uns wirklich mit seinen Funktionen beschäftigt zu haben. Einen Joghurt, der einen Tag über dem Mindesthaltbarkeitsdatum ist, schmeißen wir in den Müll, statt zu probieren, ob er noch okay ist. Einen Hund, der zu viel bellt, setzen wir aus, statt seinem Verhalten auf den Grund zu gehen. Einen Menschen, der nicht unseren Erwartungen entspricht, ignorieren wir. Wir vergessen, dass Fehler zum Leben gehören und dass sie Teil unserer Natur sind. Zweite Chancen?« Miriam winkt ab und runzelt die Stirn. »Pff! Zweite Chancen sind überbewertet und lohnen den Aufwand nicht. Wir sind nicht bereit, uns mit Problemen und Unvollkommenheiten auseinanderzusetzen. Wir wollen alles. Und wir wollen es sofort. Und es muss perfekt sein.«

Nervosität erwacht in meiner Brust. Sie verbindet sich mit meinem Ärger und lässt einen bitteren Cocktail entstehen. »Ich bin der letzte Mensch auf Erden, der Perfektion erwartet«, protestiere ich, doch Miriam schnaubt.

»Taro hat einen Fehler gemacht, das steht außer Frage«, sagt sie. »Aber er hat diesen Fehler zugegeben und dir gestanden, dass er Angst hatte, dich zu verletzen und zu verlieren. Ich bin mir sicher, dass du ihm tief im Herzen glaubst. Dein Kopf hält aber an einer anderen Möglichkeit fest. Er will, dass Taro fiese, hinterhältige Beweggründe hatte. Das liegt daran, dass du im Moment zu wenig Gefühl im Verstand hast und zu viel Verstand im Gefühl. Dieses Ungleichgewicht betrifft auch deine

Perspektive. Dein Gefühl sieht in Taro den Mann, mit dem du durchs Leben gehen könntest, aber dein Verstand verbietet dir diese Sicht und schaut nur auf den einen Fehler, den er gemacht hat. Also hast du dich für den vermeintlich leichten Weg entschieden, fürs Wegwerfen, und verweigerst dich stoisch der Erkenntnis, die dir deine Vernunft eigentlich auch bescheren sollte: Dieser Mann könnte es wert sein, dass du ein zwischenmenschliches Problem endlich einmal annimmst und es löst, statt einfach aufzugeben.«

Ich hebe die Hand und schnipse mit dem Finger, doch der Kellner nimmt davon keine Notiz. Ohne nach links und rechts zu schauen, bringt er ein Tablett mir leeren Gläsern nach drinnen.

»Ich habe auch darüber nachgedacht, warum du dich so verhältst«, höre ich von Miriam, lasse den Arm sinken und sehe sie wieder an.

»Na los!«, grummele ich. »Immer heraus damit! Du bist gerade so schön in Fahrt.«

»Weil du selbst Angst hast.«

»Ach so! Natürlich!«

Miriam ignoriert meinen Sarkasmus. »Deine Angst ist vielschichtig.« Sie lehnt sich zurück und mustert mich ernst. »Du warst so lange allein und hast deine emotionale Unabhängigkeit genossen. Vor Taro hast du ein, zwei Versuche unternommen, aber wir wissen beide, dass die nur halbherzig waren. Sobald es ernster wurde, hast du dich zurückgezogen. Vielleicht, weil du dich daran erinnert hast, was das letzte Mal passiert ist, als du dich ganz geöffnet hast.«

»Nein!« Ich funkele sie an. »Weil mir klar geworden war, dass es nicht passt.«

Mit Daumen und Zeigefinger zeigt mir Miriam, wie wenig nicht gepasst hat. »Du hast Kleinigkeiten zum Anlass genommen und Fehler gesucht.«

»Ich kann dir versichern, dass ich keine Fehler an Taro gesucht habe.«

»Bei ihm nicht, nein, aber als sich einer gezeigt hat, fiel dir sogleich die rosarote Brille von der Nase. Du hast erkannt, dass Taro am Ende auch nur ein Mensch ist. Vor allem ist dir klar geworden, wie viel er dir bedeutet und dass er damit die Macht hat, dich zu enttäuschen und zu verletzen. Also bist du in die Defensive gegangen und hast dich auf seinen Fehler gestürzt wie ein Adler auf einen Feldhamster.«

Auch mein zweiter Versuch, die Aufmerksamkeit des Kellners zu gewinnen, scheitert. Wieder lasse ich den Arm sinken.

»Wie auch immer …« Miriam holt tief Luft und lässt sie aus der Nase rauschen. »Ich glaube, du würdest dir selbst den größten Gefallen tun, wenn du dich bei Taro meldest. Je länger du damit wartest, desto schwerer wird es.«

Ein paar Sekunden lang denke ich darüber nach, dann wechsele ich das Thema so abrupt, dass Miriam verwirrt die Augen aufreißt. Sie scheint mit sich zu hadern, geht dann aber auf das neue Thema ein. Zuerst sprechen wir über Ruben und wie gut er sich in der Donnerstagsgruppe als Co-Moderator macht. Dann erzähle ich ihr von dem Bonus, den ich für die schnelle Restauration der norwegischen Sitzgruppe bekomme. Schließlich reden wir über ihre Kinder. Als unsere Gläser leer sind, steht der Kellner neben unserem Tisch. Wir bestellen eine zweite Runde und reden weiter über alles außer Taro.

Allmählich wird es wieder gemütlich am Tisch im Straßencafé, über das sich die Nacht senkt. Miriam scheint die Ansage, die sie mir gemacht hat, mehr und mehr zu vergessen. Ich selbst habe sie erfolgreich verdrängt. Vorübergehend.

Als ich kurz vor Mitternacht das Licht in meiner Werkstatt einschalte, fällt mein Blick auf die Stereoanlage, in deren Kassettendeck Taros Tape steckt. Wie magisch davon angezogen gehe ich hinüber und schalte die Anlage ein. Dann spule ich das

Tape zurück und lasse *Punchline* von Ed Sheeran ein weiteres Mal laufen. Zuerst verlieren sich meine Gedanken, doch beim zweiten Teil des Chorus brechen Miriams Worte in mein Bewusstsein ein. Im Puschkin habe ich nicht nur nicht darauf reagiert, sondern sie innerlich verscheucht wie ein lästiges Insekt, das mir um den Kopf schwirrt. Die leise Stimme, die Miriam recht geben wollte, habe ich auf lautlos gestellt. Lauter als zuvor meldet sie sich jetzt zu Wort.

Während Ed Sheeran singt, dass er nur ein Mensch aus Fleisch und Knochen ist, und das kalte Herz seiner Geliebten anklagt, frage ich mich, ob ich Taros Fehler wirklich größer mache, als er eigentlich ist. Ob es nicht doch ein Fehler ist, den ich ihm verzeihen könnte und sollte. Ob ich nicht damit aufhören sollte, zu scharasimieren und mir einzureden, dass alles in Ordnung ist, in der Hoffnung, dass es das, je öfter ich es mir sage, mehr und mehr wirklich wieder sein wird.

Mit einem Blick über die Schulter schaue ich zum Büro, wo das Telefon im Halbdunkel steht. Es ist stumm, doch es ruft mich.

Nachdenklich gehe ich hinüber und nehme es aus der Ladestation. Noch immer kenne ich Taros Nummer auswendig und tippe Zahl um Zahl ein. Schließlich schwebt mein Daumen über dem Knopf mit dem grünen Hörer, über den ich den Anruf starten würde.

Was soll ich ihm sagen?

Hallo, ich bin's? Mein Herz ist nicht kalt. Ich kann, genau wie du, nichts daran ändern, dass ich dich liebe. Ich tu's einfach und immer noch, und ich weiß nicht, wie lange noch, und am liebsten für immer und am liebsten gar nicht mehr.

Plötzlich packt mich die Angst, seine Stimme zu hören. Ich befürchte, sie könnte sich verändert haben, mir fremd geworden sein. Genauso fremd, wie er mir in einigen Augenblicken unserer Auseinandersetzung vorkam.

Vielleicht ist es schon zu spät? Vielleicht hätte ich schon nach seinem ersten Brief anrufen sollen, als mein Verstand einen Aussetzer hatte und mein Herz mich hierher an dieses Telefon lotsen wollte.

Vielleicht auch nicht. Vielleicht ist es wirklich besser so, wie es gerade ist.

Noch ein paar Sekunden lang zittert mein Daumen über dem grünen Hörer, dann springt er zum roten und drückt ihn. Taros Nummer verschwindet vom Display. Ich stelle das Gerät zurück in die Ladestation. Nachdem ich zuerst die Musik und dann das Licht ausgeschaltet habe, gehe ich nach oben in die Wohnung.

Alles ist wunderbar.

Workout

Zweieinhalb Wochen ist es her, dass Carl in mein ganz persönliches Drama gecrasht ist. Zwei Tage später, am Sonntagmorgen, habe ich mit *Say Anything* den wahrscheinlich letzten sehenswerten Achtzigerfilm angeschaut. Alle danach gestarteten Filme habe ich nach wenigen Minuten abgebrochen, weil sie unerträglich waren. Unter den Komödien gibt es vielleicht noch ein paar Juwelen, aber mir war einfach nicht nach Lachen zumute.

So unerträglich wie die Filme wurde das Nichtstun, und zwar noch am selben Sonntag. Es war, als würde mein Körper dagegen revoltieren, als wollte er raus aus der Haut, doch mein eigentlich genauso nervöser Geist bremste ihn aus. Immer rastloser tigerte ich von Zimmer zu Zimmer, von Fenster zu Fenster, von der Couch zum Kühlschrank, unfähig, einen Gedanken zu fassen.

Um meinen Geist zu zentrieren, habe ich erste Hilfe bei mir selbst geleistet. Ich habe mich auf den Wohnzimmerboden gesetzt, die Augen geschlossen, mich auf meine Atmung konzentriert und jeden Gedanken vorüberziehen lassen. Als sie kamen und gingen, ohne von mir bewertet zu werden, habe ich mich auf mein Rad geschwungen und bin losgefahren. In Richtung Norden ging es diesmal, denn die nach Süden führende Strecke kannte ich und assoziierte sie mit der Vergangenheit. Zwei Stunden später, bei Einbruch der Dunkelheit, erreichte ich den Neuhäuser See, der hinter Delitzsch an der Grenze zu Sachsen-Anhalt liegt. Ich ging nackt schwimmen, führte anschließend eine Diskussion mit ein paar Bundeswehrsoldaten, die vom nahen Stützpunkt kamen und behaupteten, der See gehöre ihnen, radelte dann zum Delitzscher Bahnhof und nahm von dort einen Zug zurück nach Leipzig.

Wieder zu Hause kamen sie von allein, die richtigen Worte für den ersten Brief an Juno. Ich schrieb sie auf und zeichnete die Cartoons dazu die ganze Nacht über. Am Montagmorgen war ich der erste Kunde auf der Post. Ich schickte den Brief ab, ging wieder nach Hause, legte mich ins Bett und schlief sechsundzwanzig Stunden.

Weder auf den Brief noch auf das Tape, das ich vor fünf Tagen abgeschickt habe, hat Juno reagiert. Kein Anruf, keine Antwort, keine Überraschung. Nach einem langen Telefonat mit Aiko habe ich beschlossen, dass das Warten nicht meine Hauptbeschäftigung sein kann. Also habe ich meinen Fokus auf eine andere wichtige Sache gerichtet und mich in Online-Jobbörsen umgesehen.

Im Universitätsklinikum wird ein Psychologe (m/w/d) gesucht, und auch mein alter Arbeitgeber hat eine Stelle ausgeschrieben, doch schon beim Lesen dieser beiden Stellenanzeigen hörte ich ein Nein in mir, denn im klinischen Umfeld sehe ich mich nicht mehr. Ein Forschungsinstitut stellt Psychotherapeuten als wissenschaftliche Referenten ein, aber die beschriebenen Tätigkeiten sind zu theoretisch. In der Stadtverwaltung könnte ich mich als Betriebspsychologe bewerben, glaube aber nicht, dass ich den Beamtenapparat mit der nötigen Begeisterung auf Trab halten kann. Ein Berufsförderungswerk, das Erwachsene coacht, sucht für sein Trainingszentrum Unterstützung, doch die Stellenbeschreibung ließ mich Arbeit nach Schema F vermuten. Es klang nicht nach einer positiven Herausforderung. Was ich brauche, ist ein Job, der nicht nur meine fachlichen Fähigkeiten fordert, sondern mir auch Raum für innovative Ansätze bietet.

So kamen nur die privaten Praxen infrage. Statt Bewerbungen zu schicken, habe ich angerufen und wurde zu Vorstellungsgesprächen eingeladen.

Bei zwei Praxen bin ich bereits erfolgreich gescheitert.

Die erste Kollegin, wie ich eine Psychologin, fand meine Auszeit von sechs Jahren bedenklich. Warum ich meine eigentliche Tätigkeit überhaupt aufgegeben habe, wollte sie wissen, und warum ich nun nicht fortsetze, wofür ich mich damals entschieden habe. Ich glaube, sie hat für sich abgeleitet, dass ich eigentlich nicht mehr als Psychologe tätig sein möchte, mit meinem YouTuber-Dasein aber gescheitert und nun zu einer Rückkehr gezwungen bin.

Beim zweiten Gespräch, das gestern stattfand, hatte ich ein besseres Gefühl. Beide Psychologinnen, die die Praxis in Gemeinschaft leiten, waren anwesend. Sie wirkten aufgeschlossen, ein bisschen neugierig und recht humorvoll. Ich war mir sicher, in der engeren Auswahl zu sein, und optimistisch, die Hochschwangere der beiden während ihrer Elternzeit kompetent zu vertreten. Eine befristete Beschäftigung wäre zwar alles andere als optimal, aber ein Anfang.

Als ich den Raum verließ, in dem unser Gespräch stattgefunden hatte, war ich also guter Dinge. Im Vorzimmer – ich hatte die zum Treppenhaus führende Tür der Praxis bereits geöffnet – fiel mir eine Frage ein, die ich nicht gestellt hatte, also ging ich zurück. Gerade hob ich die Hand, um anzuklopfen und noch einmal einzutreten, da ertönte drinnen schallendes Gelächter.

»Was für ein Chauvi!«, kicherte die eine Kollegin. »Für wen hält der sich?«

»Dating-Coach auf YouTube!«, gab die andere genauso belustigt zurück. »Ganz klares Nein. Den können wir hier nicht gebrauchen. Der bringt uns alles durcheinander.«

»Mir fällt die eine oder andere Patientin ein, die sich sofort in ihn verknallen würde. Dann hätten sie noch mehr Probleme, als sie ohnehin haben.«

Sie beruhigten sich und sprachen mit geklärten Stimmen weiter.

»Denk bloß an den Ruf unserer Praxis! Mister Womanizer würde uns zum Lacher in der Stadt machen.«

»Ganz davon abgesehen, ich glaube nicht, dass er das hier wirklich will. Er ist sicher gescheitert mit seinem YouTube-Ding, ist inzwischen bestimmt zu alt dafür. So was gibt man doch nicht auf, wenn's läuft. Dem geht einfach das Geld aus.«

Zuerst war ich verwirrt. Dann wurde mir klar, dass die beiden auf die Außentür gelauscht hatten. Als ich sie geschlossen hatte, waren sie davon ausgegangen, dass ich dies von außen getan hatte.

Ohne anzuklopfen und meine Frage zu stellen, machte ich kehrt und ging ein zweites Mal. Ich gab mir keine Mühe, die Tür zum Treppenhaus leise zu schließen.

Das dritte Gespräch findet heute mit einer Psychiaterin statt, die Unterstützung für ihr multidisziplinär tätiges Team sucht. Auf meiner Joggingrunde um die Nonnenwiese bereite ich mich mental darauf vor und überlege mir Strategien, mit denen ich überzeugender als bisher auf Fragen zu meiner Tätigkeit als YouTuber reagieren kann. Ich muss klarmachen, dass YouTube eine bereichernde Erfahrung war, dass meine berufliche Identität und mein Engagement aber in der Therapie liegen. Dennoch sollte ich die Vorteile der YouTube-Jahre betonen, eine Brücke schlagen und keinen Zweifel daran lassen, dass meine Fähigkeiten als Psychologe durch meine Zeit als YouTuber nur ergänzt, aber nicht ersetzt wurden. Kein Argument der Welt hilft allerdings gegen die Überzeugung, dass ein Mann, der andere Männer für einen selbstsicheren Auftritt gegenüber Frauen coacht, automatisch ein Chauvinist ist. Wenn die im Raum steht, kann ich auch gleich gehen.

Ich werfe einen Blick auf meine Armbanduhr. Es ist kurz vor sieben. Vier Stunden bleiben noch bis zum Gespräch.

Die Sonne ist vor einer halben Stunde aufgegangen. Ihre sanften Strahlen mogeln sich durch Lücken im Blätterdach der alten Bäume und lassen den Tau auf der Wiese funkeln. In der Luft hängen die Düfte von frisch gemähtem Gras, feuchter Erde und süßen Blüten. Die Frühaufsteher-Superstars zwitschern in den Bäumen, und auch die Bienen summen schon emsig von einem Punkt zum anderen auf ihrer To-do-Liste. Irgendwo kläffen sich zwei Hunde an, offenbar wenig erfreut über das morgendliche Aufeinandertreffen. Hin und wieder begegnen mir andere Jogger, doch ich sehe sie kaum. Mein Blick ist auf einen blinden Fleck vor mir auf dem Weg geheftet.

»Na, Sportsfreund!«, sagt plötzlich jemand neben mir.

Der Jogger, der mir gerade entgegenkam und eigentlich schon vorbeigejoggt ist, läuft neben mir. Ich werfe ihm einen Seitenblick zu, schaue wieder auf den Weg und will auf das »Sportsfreund« reagieren, da wird mir klar, mit wem ich es zu tun habe.

Grimmige Miene, Muskeln, Tattoos. Junos Konstantin!

Großartig!

Seine Drohung fällt mir ein. Nur eine Träne wegen dir, und ich finde dich, hat er mir gesagt. Wahrscheinlich war es mehr als eine Träne.

»Bist du hier, um mir auf die Nase zu hauen?«, frage ich.

»Ich mach bloß mein Workout«, gibt er zurück. »Wie jeden Morgen. Dich hab ich hier noch nie gesehen.«

»Normalerweise bin ich zwei Stunden später unterwegs.«

»Dein Glück. Wärst du mir vor drei Wochen begegnet, hätte ich dir auf die Nase gehauen.«

Das bedeutet wohl, dass sich die Wogen geglättet haben und keine Tränen mehr fließen, dass Juno abgeschlossen hat. Ich sollte froh sein für sie, bin es aber nicht. Es wäre mir lieber, Konstantin hätte heute immer noch Grund, die Faust in meine Richtung zu schwingen.

»Junge, Junge, wie konntest du nur?«, knurrt er. »Sie ist eine echt tolle Frau.«

»Das weiß ich.« Meine Seite beginnt zu stechen, weil ich nicht mehr im Laufrhythmus atme. »Ich wollte mit ihr sprechen, aber sie ist mir zuvorgekommen.«

»Was wolltest du ihr denn sagen? Sorry, hab dich ein bisschen verarscht?«

»Natürlich nicht«, knurre ich zurück. »Sie bedeutet mir mehr, als du, sie oder irgendjemand weiß.«

Konstantin sagt nichts dazu. Unsere Schritte hallen unisono auf dem Weg.

»Wie geht's ihr?«, frage ich schließlich.

»Ganz ausgezeichnet«, gibt er zurück. »Zumindest lässt sie mich das glauben.«

Damit dreht er sich um und joggt in die Richtung, die er ursprünglich eingeschlagen hatte. Um Atem ringend bleibe ich stehen und stemme die Hände in die Seiten. Schweiß rinnt mir über die Schläfen, das Herz schlägt mir bis zum Hals. Als ich mich umwende, verschwindet Konstantin hinter der Kurve, die wir gerade gemeinsam gelaufen sind. Ich will mich wieder in Bewegung setzen, da nehme ich im Augenwinkel etwas Rotes wahr und wende den Kopf. Vor mir auf dem Weg steht ein Eichhörnchen, das Eichhörnchen vielleicht, mein Eichhörnchen. Mein tierischer Follower. In angespannter Haltung verharrt es ready to rumble, wie ein Miniatur-Rambo, nur auf allen vieren. Sein buschiger Schwanz ist aufgerichtet und zuckt, als wolle es gleich springen.

Bekomme ich statt Prügel von Konstantin nun Prügel vom Eichhörnchen?

Das Kerlchen kommt noch einen Satz näher, hebt dann die Nase und blinzelt einmal. Als ich mich hinhocke, faucht es und flitzt davon. In langen Sätzen springt es zum Wegrand und kraxelt einen Baumstamm hinauf.

Vielleicht geht es Nüsse pflücken, um mich damit zu bewerfen.

Um mein eigenes Workout fortzusetzen, trabe ich weiter, doch meine Füße sind schwer wie Blei, und meine Motivation hat sich wie das Eichhörnchen davongemacht.

Also setze ich mich auf eine Bank und warte auf Nüsse.

▼

Dr. med. habil. Renate Chevallier-Knusper mustert mich seit einer geschlagenen Minute. Mit Adleraugen, die blau hinter ihrer eckigen, silbergerahmten Brille blitzen, inspiziert sie zuerst mein Hemd, dann meine auf den Sessellehnen abgelegten Hände, schließlich meine übergeschlagenen Beine. Sie selbst hat eine weniger offene Haltung eingenommen und sitzt mir mit verschränkten Armen gegenüber. Ihre Musterung zieht sich hin, das Schweigen dehnt sich aus, und ich überlege gerade, ob ich etwas in den Raum werfen sollte, da räuspert sie sich.

»Was haben Sie sich denn geleistet, dass Sie nicht mehr in der Klinik tätig sein konnten?«

Interessante Formulierung!

»Gar nichts«, antworte ich, nachdem ich kurz nachgedacht habe. »Ich habe damals eine bewusste Entscheidung getroffen und die Klinik verlassen, um eine neue berufliche Herausforderung anzunehmen.«

Sie zieht die Brauen hoch. »Auf YouTube?«

Dann mal raus mit allem, was ich mir zurechtgelegt habe:

»Dort konnte ich komplexe psychologische Konzepte einem breiten Publikum zugänglich machen und digitale Medien nutzen, um psychologische Aufklärung anzubieten. Diese Erfahrung hat mein Verständnis für die moderne Kommunikation und für die Bedürfnisse einer digital vernetzten Gesellschaft erheblich erweitert.«

Ihre Brauen bleiben oben. Auch das Kinn hebt sie nun. »Ein bisschen unkonventionell, finden Sie nicht?«

»Es mag unkonventionell sein, ja, doch diese Erfahrung hat mich zu einem vielseitigeren und effektiveren Psychologen gemacht. Ich habe meine therapeutischen Fähigkeiten geschärft, indem ich gelernt habe, Menschen auf einer ganz neuen Ebene zu erreichen und zu unterstützen.«

Dr. Chevallier-Knusper scheint meine Erklärungen abzuwägen und weiter auf der Seite der Skepsis zu bleiben. »Ich sehe ein, dass Sie sich weiterentwickelt haben, aber es bleibt die Frage: Können Sie nach sechs Jahren auf YouTube ohne Weiteres in die therapeutische Arbeit einsteigen? Die Anforderungen hier sind doch andere, meinen Sie nicht?«

»Ich verstehe Ihre Bedenken vollkommen und kann Ihnen hierzu versichern, dass mir die Interaktion mit Menschen in unterschiedlichen Lebenssituationen eine Vielzahl von Problemen aufgezeigt hat, die in einer therapeutisch tätigen Praxis genauso relevant sind.«

Sie nickt und verengt die Augen ein wenig. »Wir arbeiten hier mit Menschen, die an verschiedenen Störungen und Süchten leiden, nicht mit liebeskranken Männern.«

Mehr und mehr fühle ich mich wie auf der Anklagebank, weniger wie in einem Vorstellungsgespräch. Aus der hintersten Kammer meines Hirns zerre ich eine zu ihrem neusten Kommentar passende Antwort.

»Tatsächlich habe ich in meiner Rolle als Coach keinen Liebeskummer thematisiert, sondern bin vielmehr auf tiefgreifende persönliche Probleme und psychische Belastungen eingegangen, die oft hinter den Beziehungsproblemen stecken. Es würde mich nicht überraschen, wenn viele Ihrer Patienten aufgrund von Störungen und Süchten Probleme in der Partnerschaft haben oder in emotional schwierigen Phasen stecken.«

»So, so! Das würde Sie nicht überraschen.« Sie spitzt den

Mund und mustert mich abermals, bleibt mit ihrem Blick diesmal aber an meinem Hemd hängen. »Spielen Sie ein Instrument?«

Bietet die Praxis Musiktherapie an? Davon habe ich nirgends etwas gelesen.

»Klavier, aber ohne besondere Begeisterung oder Talent. Wäre das für die Tätigkeit hier wichtig?«

Sie schüttelt den Kopf, hört auf, mein Hemd anzustarren, und schaut mir in die Augen. »Da ist ein Notenschlüssel auf Ihrem Hemd.«

Meiner Irritation zum Trotz halte ich ihrem Blick stand und verbiete es mir, an meinem Hemd herunterzuschauen. Ich weiß, wo sich der Notenschlüssel befindet. In der Farbe des Hemdes ist er in die Brusttasche eingenäht. Eigentlich sieht man ihn kaum.

»Ein Designelement«, gebe ich so sachlich ich kann zurück.

Sie seufzt und nimmt sich meinen Lebenslauf ein zweites Mal vor, überfliegt den oberen Teil. »Sie sind nicht verheiratet?«

»Nein.«

»Irgendwie anders partnerschaftlich verbandelt?«

Das Nein, das nun über meine Lippen kommt, schmerzt fast ein wenig und klingt verkehrt, obwohl es der Wahrheit entspricht. Was den zivilen Status betrifft, bin ich Single, doch mein Herz ist es noch nicht.

»Hängen Sie YouTube deshalb an den Nagel, weil Ihre Expertise nicht mal bei Ihnen selbst greift?«

Das muss ein Scherz sein! Sie kann diese Frage nicht ernst meinen.

Sekunden vergehen, doch das humorvolle Augenzwinkern oder Zucken der Mundwinkel bleibt aus. Mit reg- und emotionsloser Miene wartet Dr. Chevallier-Knusper auf meine Antwort.

Um die Spannung zu lösen, ringe ich mir ein Lächeln ab. »In meinem Privatleben greife ich eher selten auf mein psychologisches Know-how zurück.«

Ihren starren Blick auf mich geheftet, lehnt sie sich in ihrem Stuhl zurück und atmet geräuschvoll durch die Nase ein, als würde sie schnupfen. »Haben Sie Fragen an mich?«

Im ersten Augenblick fällt mir nur eine einzige ein: Wo geht's raus?

Ich schiebe sie beiseite und frage stattdessen: »Welche Unterstützung erwarten Sie von mir als Psychologe, und welche Therapieansätze bevorzugen Sie?«

»Ich beschäftige bereits zwei Psychologen«, antwortet sie. »Während ich mich als Psychiaterin um die medizinischen Aspekte der Behandlung kümmere, erwarte ich von meinen Psychologen psychotherapeutische Interventionen. Eine solche Zusammenarbeit kann besonders bei komplexen oder schweren psychischen Störungen vorteilhaft sein.« Endlich löst sie die verschränkten Arme und nimmt einen Stift in die Hände, um ihn in den Fingern zu drehen. »Meine Aufgabe in diesem Teamworkkonzept besteht darin, neue Patienten aufzunehmen, eine Diagnose zu erstellen und sie auf das Ergebnis abgestimmt medikamentös einzustellen. Hierbei setze ich auf Medikamente mit dem Wirkstoff Methylphenidat.«

»Ritalin«, schlussfolgere ich.

»Natürlich. Nehmen Sie das ein?«

Ich? Ist das eine Trickfrage? Ich schüttele den Kopf. »Nein.«

»Das sollten Sie aber. Ich selbst nehme es seit mehr als zehn Jahren. Meine Söhne habe ich etwa zur selben Zeit darauf eingestellt, als sie auf die weiterführende Schule wechselten. Nun studieren beide erfolgreich und würden nicht mehr darauf verzichten.« Mit der Stiftspitze klopft sie auf den Tisch, behält mich aber weiter im Auge. »Ich kann Ihnen sagen, ohne diese Unterstützung wäre ich nur halb so fokussiert.«

Das erklärt einiges.

»Sicher ist nicht jeder Mensch, der sich bei Ihnen vorstellt, auf Ritalin angewiesen.«

»Neunzig bis fünfundneunzig Prozent sind es.« Sie reißt die Augen auf, als wäre sie erstaunt, dass ich diese Zahl nicht kenne. »Meine Patienten haben Probleme im Studium oder Arbeitsumfeld, die zumeist als Stress- oder Burnout-Syndrom fehlinterpretiert werden. Dem liegt oftmals ein in der Kindheit nicht diagnostiziertes oder unzureichend therapiertes ADS oder ADHS zugrunde. Was auch sonst?«

Um das Gespräch zu beenden, schlage ich die Hände zusammen. Ich will Worte des Abschlusses formulieren, doch Dr. Chevallier-Knusper scheint sich in ihr Element hineinfokussiert zu haben und redet weiter.

»Wir alle haben eine Aufmerksamkeitsstörung. Die ganze Technik unseres Alltags sorgt dafür. Da könnt ihr als Psychologen noch so lange reden. Wenn im Hirn zu viel Dopamin ist, werden sämtliche Impulse verstärkt. Ein Mensch, der wegen ständiger Geistesblitze leistungsunfähig ist, braucht medikamentöse Hilfe, damit er sich auf aktuelle Tätigkeiten konzentrieren und Prioritäten setzen kann. Läuft es im Hirn wieder rund, kann die Verhaltens- oder Tiefenpsychologie mit bewährten Methoden ansetzen und die anderen Probleme lösen. Ohne die Wiederherstellung einer gewissen Grundordnung in der Denkzentrale brächte das alles jedoch nichts.«

Während ihres Vortrags habe ich dreimal Nein rufen wollen. Es mag ja sein, dass die Ursache für die Entwicklung einer Aufmerksamkeitsstörung in all der Technik liegt, die uns umgibt, doch den Lösungsansatz der Ärztin halte ich für höchst fragwürdig.

»Die meisten Patienten verlangen das Medikament sogar direkt, wenn sie sich mir vorstellen«, fügt sie hinzu.

»Tatsächlich?«

»Natürlich gibt es hier wie überall immer ein paar Querulanten.« Sie zuckt mit den Schultern. »Denen kann hier eben nicht geholfen werden.« Nun verengt sie die Augen wieder. »Sie scheinen auch eine andere Überzeugung zu haben.«

Ich stehe auf. »Das haben Sie gut erkannt. Ich bin ein Querulant.« Mit einem Lächeln, das mir noch schwerer fällt als das letzte, reiche ich ihr die Hand. »Danke, dass Sie mir die Gelegenheit zu diesem Gespräch gegeben haben.«

Sie steht ebenfalls auf und schüttelt mir die Hand. »Brauchen Sie die Absage schriftlich, fürs Arbeitsamt oder so?«

Lächeln!, befehle ich mir, einfach weiterlächeln! Dass das nicht nötig ist, versichere ich ihr dann und suche das Weite. Auf der Straße vor ihrer Praxis schwinge ich mich auf mein Fahrrad.

Flivern

['flıvɐn] Verb.
Das einer inneren Anspannung geschuldete Zögern im Moment vor dem Absenden einer wichtigen E-Mail oder Textnachricht.

Freitagabend, und ich habe ein Date. Mit Franz. Franz ist Österreicher und hundertdreißig Jahre alt, aber noch ziemlich fit. Er steht ein bisschen wackelig auf den Beinen, knarzt und knurrt ein wenig, aber das lässt sich ändern. Mit den Fingerspitzen streiche ich über Franzens Nussbaumholz. Die feinen, altersbedingten Risse, die man auf der Tischplatte sieht, spürt man natürlich auch, doch das wird nicht so bleiben, und selbst die groben Schrammen in den Schnitzereien gehören bald der Vergangenheit an. Wenn ich mit Franz fertig bin, wird er wie neu sein.

Nachdem ich eine Decke auf dem Boden ausgebreitet habe, kippe ich Franz, den Gründerzeit-Tisch, behutsam um und lege ihn kopfüber auf den schützenden Stoff, damit ich mit der Arbeit beginnen und die Tischbeine abnehmen kann. Weil sie mit der Leiste, dem Vergelt's Gott, verbunden sind, muss ich sie alle gleichzeitig herausbekommen und dann von der Leiste trennen.

Der Heißluftfön wird nichts bringen, weil der Leim so alt ist, also schnappe ich mir eine Flasche mit Lösungsmittel, schraube sie auf und träufele die Flüssigkeit auf die Stellen, an denen die Tischbeine in der Platte stecken. Nun braucht das Mittel Zeit, um in die Fugen einzudringen und dort zu wirken.

Die Zeit des Wartens vertreibe ich mir, indem ich durch die

Kassettenbox stöbere. Ein Tape nach dem anderen mustere ich und lausche dabei in mich hinein. Es findet sich nichts, für das ich in Stimmung bin, bis ich *Lament* von Ultravox in der Hand halte. Eine gute Dosis New Wave aus dem Jahr 1984 ist perfekt für den Abend – synth-poppig, elektro-drummig und tanzbar, dabei minimal melodramatisch. Zu viel Drama und schwermütige Instrumente sollen es bitte nicht mehr sein.

Ich möchte nicht an Taro denken – und tue es prompt.

Heute ist der vorletzte Tag des Augusts. Der Sommer – das war Taro. Mit dem bevorstehenden September, der den Herbst mit sich bringt, scheint die Zeit nach Taro zur Normalität zu werden.

Eine Woche ist es her, dass ich sein Tape erhalten habe. Seither kam nichts. In mancher Minute frage ich mich, ob es das war oder ob ich nächste Woche eine weitere Überraschung im Briefkasten finde. Hin und wieder frage ich mich auch, ob ich wirklich warte – und wenn ja, worauf. Brauche ich noch mehr Post, um zu wissen, was ich machen soll? Was würde mit einem nächsten Brief passieren? Würde ich ihn zusammen mit seinen Vorgängern in die Tonne werfen, kurz bevor die Müllabfuhr heranrollt? Oder hätte ich endlich genug Antworten, um die Taste mit dem grünen Hörer zu drücken, nachdem ich die Telefonnummer eingegeben habe?

Noch einmal: Ich möchte nicht an Taro denken!

Ich möchte Franz demontieren.

Aus einer Werkzeugkiste suche ich mir einen feinen Meißel, der mir beim Lösen der Tischbeine helfen wird. Damit kehre ich zum Tisch zurück und bewege vorsichtig eines seiner Beine. Das Lösungsmittel funktioniert gut, braucht aber noch ein paar Minuten.

Die Hände in die Seiten gestemmt, eine Hand um den Meißel geschlossen, stehe ich vor Franz und wippe mit der Hüfte im schnellen Takt der Musik. Der zweite Song endet, kurz ist es still, dann setzt Titel Nummer drei ein – ein Garant zum Absolut-nicht-stillhalten-Können. Mein Meißel wird zum Mikrofon, als ich mit theatralischen Moves durch die Werkstatt hopse und singe:

»Dancing with tears in my eyes, living out a memory of a love that died.«

Gerade hole ich Luft, um in der ersten Strophe stimmlich alles zu geben, da stoppt die Musik. Verwundert und auch ein bisschen verärgert drehe ich mich zur Stereoanlage um und entdecke Konstantin. Den Finger noch auf der Stopptaste sieht er mich an.

»Jetzt ist Schluss mit dem Gejaule!«, beschließt er.

Entrüstet blase ich die Wangen auf, puste Lust zwischen meine Lippen durch und ein paar Worte hinterher. »Spinnst du?«

»Wenn hier jemand spinnt, dann du.« Er nickt zur Tür hin. Durchs Fenster sehe ich seinen Transporter im Hof parken. »Ich bring den Telefontisch.«

Ach so! Das kleine Ding, das vor ein paar Tagen angefragt wurde, hatte ich schon wieder vergessen. Weil die Musik so laut war – mit Familie von Großeimern schon halb auf dem Land ist das schließlich möglich –, habe ich das Auto auch nicht auf den Hof fahren hören.

Während Konstantin den Telefontisch holt, löse ich die beiden vorderen Tischbeine aus Franzens Platte und beschließe, den Song von vorn zu hören, sobald ich wieder allein bin. Konstantin stellt den Neuzugang ab und kommt zu mir, als ich die hinteren beiden Tischbeine anhebe. Kurzerhand packt er auf der anderen Seite an und hilft mir, die Beinkonstruktion beiseitezustellen.

»Feierabend«, sagt er dann und klingt, als würde er uns beide damit meinen.

»Hast du was vor?« Ich hocke mich hin, um die Fußleiste von den Tischbeinen zu trennen.

»Na klar. Ich fahre jetzt heim und dusche. In einer Stunde bin ich wieder hier. Dann bist du auch ausgehfertig. Wir essen irgendwo was und suchen uns für die Nacht einen schönen Club, in dem wir was trinken und meinetwegen auch tanzen können. Ganz sicher aber nicht mit Tränen in den Augen.«

Kopfschüttelnd sehe ich zu ihm hoch. »Ich habe hier zu tun.«

»Du kannst hier am Montag wieder zu tun haben. Jetzt ist Wochenende.«

»Ich brauche kein Wochenende.«

Konstantin lacht trocken. »Und wie du ein Wochenende brauchst. Ein paar andere Dinge übrigens auch, und deshalb wird jetzt abgeschaltet.«

Ach ja, was brauche ich denn noch?, will ich ihm nachrufen, doch er winkt schon ab, als ich nur schnaube, und verschwindet. Missmutig lausche ich, wie der Motor des Transporters aufbrummt. Konstantin scheint es ernst zu meinen. Mein Blick wandert durch die Werkstatt, vom demontierten Franz über die Werkbänke.

Etwas Anständiges zu essen wäre ganz gut, gestehe ich mir dann ein, und wie zur Bestätigung knurrt mein immer noch ziemlich vernachlässigter Magen. Also lege ich den Meißel zurück in die Werkzeugkiste, schalte das Licht aus und gehe nach oben, um zu duschen.

▼

Wie erwartet macht Konstantin seine Drohung wahr. In weniger als einer Stunde ist er zurück. Wir fahren in die Innenstadt, um uns dort ein Restaurant zu suchen. Zuerst schleppt er mich aber in einen Elektrofachmarkt am Hauptbahnhof, weil er für sein Rennspiel-Cockpit ein Ersatzteil braucht.

Die Gespräche zwischen ihm und dem Verkäufer driften in Sphären ab, in denen ich eine Außerirdische bin, also verkrümele ich mich und schlendere gelangweilt durch die Gänge. Auf Höhe der Mobiltelefone ist es, als würde mich eine unsichtbare Hand am Kragen packen und bremsen. Zuerst bleibe ich in sicherer Entfernung stehen und lasse den Blick über die ausgestellten Modelle schweifen, dann trete ich näher und sehe mir ein einzelnes Handy genauer an. Den technischen Details der ausgelegten Beschreibung kann ich die Info, die ich suche, nicht entnehmen. Davon abgesehen sieht das Gerät nicht aus wie eins, das ich suche. Keins der Handys hier tut das; es sind reguläre Smartphones, Alleskönner.

Als ein Mitarbeiter geschäftig vorbeieilt, stoppe ich ihn. »Ich suche ein Handy, mit dem man nur telefonieren und Nachrichten schreiben kann.«

Er nickt zur Ausstellung hin. »Das können die alle, telefonieren und texten.«

»Das ist mir klar, aber ich suche eins, das ausschließlich das kann. Sonst nichts.«

Verwundert runzelt er die Stirn und schiebt die Hände in die Hosentaschen. Er ist ungefähr in Aurelius' Alter, wahrscheinlich auch Auszubildender. In seinen Ohren klingt meine Anfrage wahrscheinlich, als würde man in der Waschmaschinenabteilung nach einem Waschbrett suchen oder bei den LED-Lampen nach einer Kerze.

»Ich weiß nicht, ob wir so was haben«, brummelt er dann, zieht aber ein paar Schubladen auf, die sich unter den ausgestellten Modellen befinden. Kopfschüttelnd arbeitet er sich voran. Mit jedem Kopfschütteln schwindet meine Hoffnung mehr, da holt er eine Box aus der untersten Schublade und stellt sie mir hin.

»Das hier könnte passen«, meint er dazu. »Nokia hat das vor ein paar Jahren als Retromodell herausgebracht. Ist halt rot. Eine andere Farbe haben wir nicht.«

»Rot ist okay«, murmele ich leise begeistert, traue meinen

Augen aber kaum. Das Ding sieht aus wie die ersten Handys, also kann es wahrscheinlich auch nur, was die ersten Handys konnten.

»Es ist internetfähig«, erklärt der Mitarbeiter, »ist aber für 2G ausgelegt, und das ist in vielen Gebieten nicht mehr verfügbar. Wenn Sie also ins Internet wollen, ginge das damit entweder gar nicht, oder es würde ewig dauern, bis sich eine Seite aufbaut.«

»Perfekt!«

Ja, das ist es wirklich. Ich könnte springen vor Freude und möchte den Mitarbeiter am liebsten umarmen. Seine verständnislose Miene hält mich davon ab.

»Also wollen Sie das?«

»Unbedingt.«

»Kostet sechzig Euro.« Nachdenklich wiegt er den Kopf. »Ich muss mal nachfragen. Wahrscheinlich bekommen Sie einen Rabatt, weil das Teil halt …« Er zuckt mit den Schultern und weiß nicht, wie er den Satz zu Ende bringen soll.

»Ihr seid froh, wenn ihr es los seid.«

Er grinst schief. »Könnte man so sagen, ja.«

Schnell schaue ich in meinem Portemonnaie nach. Einhundertfünfzig Euro habe ich dabei, also kann ich es heute gleich mitnehmen.

Mit dem Karton unter dem Arm gehe ich zu Konstantin zurück, der sich endlich für ein Ersatzteil entschieden hat und sich per Handschlag von seinem Berater verabschiedet.

»Du hast auch was gefunden?«, fragt er mich auf dem Weg zu den Kassen.

»Ein Handy«, gebe ich mit freudig-glucksendem Ton in der Stimme zurück.

Zuerst nickt er, dann bleibt er stehen und schaut mich an, als hätte ihn ein Blitz getroffen. »Sag das noch mal! Ich habe mich verhört.«

Lachend schüttele ich den Kopf. »Ich kaufe mir ein Handy. Aber eins, das retro ist und praktisch nichts kann.«

Konstantin reckt beide Arme in die Luft, den kleinen Karton mit dem Ersatzteil in einer Hand. »Dass ich den Tag erleben darf!«, jubelt er und umarmt mich.

▼

Sattgegessen und angeschwipst sitze ich um kurz vor Mitternacht auf meinem Bett und nehme mein Handy in Betrieb. Ich konnte Konstantin überreden, nach dem Essen ins Zwille zu gehen statt in einen Club. Auf brüllend laute Musik und einen Stehplatz in einer Menschenmenge hatte ich wirklich keine Lust. Konstantin zum Glück auch nicht, also haben wir nach langer Zeit tatsächlich einmal wieder zwei Drinks in unserer Running-Gag-Kneipe getrunken und sind dann ab in die Kiste. Er in seine, ich in meine.

Vorsichtig entferne ich die Rückabdeckung des Telefons, dann den Akku. Darunter befindet sich ein Steckplatz, in den ich die SIM-Karte schiebe. Sobald Akku und Abdeckung wieder sitzen, schalte ich das Gerät ein. Zuerst gebe ich die mitgelieferten PINs ein. Als Nächstes lege ich die Sprache fest, stelle dann Datum und Uhrzeit ein, und schon bin ich startklar. Ich muss keine Touch-ID einrichten, keine WLAN-Verbindung herstellen, keine Store-ID oder E-Mail-Adresse hinterlegen. Ich muss keine Datenübermittlung zur Optimierung der Nutzung ablehnen und keinen Datenschutzrichtlinien zustimmen, die von vorn bis hinten erstunken und erlogen sind. Statt Apps, die meine täglichen Schritte zählen oder mir sagen, dass es über meinem Haus gerade nicht regnet, zeigt mir das Display ein simples Menü, das sich auf Anrufe, Textnachrichten, Kontakte und Einstellungen beschränkt, also auf das Wesentliche, ohne Schnickschnack. Somit ist mein neues altes Handy ein Gerät, das seine einzige, eigentliche und ursprüngliche Aufgabe erfüllt: Es verbindet mich mit Menschen, statt mich von ihnen zu isolieren.

Hierzu muss ich nur noch die Telefonnummern der Menschen eingeben, mit denen es mich bei Bedarf verbinden soll. Miriams und Konstantins Nummer speichere ich als Erstes ab und betrachte diese beiden Namen, die nun in meinen Kontakten aufleuchten, mit einem sonderbar ehrfürchtigen Gefühl. Die Handynummern meiner Eltern sind als Nächstes an der Reihe, gefolgt von der von Ruben – die einzige, die ich noch nicht oft genug angewählt habe, um sie auswendig zu kennen. Ich tippe sie von dem Zettel ab, auf dem er sie neulich notiert hat.

Wie ein Mantra sage ich mir im Stillen die Ziffern von Taros Nummer. Ein paar Sekunden lang schwebt mein Daumen über dem Plus, mit dem ich einen neuen Eintrag erstellen kann, doch dann schließe ich das Fenster und rufe den Nachrichtenordner auf. Eine Willkommensnachricht vom Netzbetreiber, die eben mit leisem Bing eingegangen ist, befindet sich darin. Ich lösche sie und wähle Miriam als Empfängerin aus.

Hallo Freundin, schreibe ich und will die Nachricht in der unteren Zeile fortsetzen. Weil ich aber versehentlich auf *Senden* tippe, tritt der Text, schwuppdiwupp, seine digitale Reise an, durchquert den Äther des Telefonnetzes und landet in Miriams Posteingang. Während ich den Rest der Nachricht eingebe, um ihn hinterherzusenden, geht ihre Antwort ein.

Miriam Wer schreibt da?

Juno Sorry, hab auf Senden gedrückt, bevor ich mit dem Text fertig war. Das hier ist meine Handynummer. Juno.

Es dauert zirka fünf Sekunden, bis sie anruft.

»Juno? Bist du das?«, raunt sie.

»Höchstpersönlich«, antworte ich.

»Du hast ein Handy?«, quiekt sie mir ins Ohr. Wahrscheinlich würde sie kreischen, würde sie die Kids damit nicht wecken. »Ich glaub's ja nicht. Wie kommt das denn?«

Ich erzähle es ihr. Sie hört zu, findet es super, auch, dass mich Konstantin vor die Tür gezerrt hat, und ergreift die Gelegenheit, um zu plaudern. So erfahre ich, dass sie und André gerade aus einem italienischen Restaurant kommen, wo sie ihren Hochzeitstag bei Vorspeise, Hauptgericht und Nachspeise, Wein und Kerzenschein gefeiert haben, während eine Nachbarin die Kids gehütet hat.

»Weißt du, ich denke die ganze Zeit, du bist am Werkstatttelefon«, kichert Miriam dann. »Ich kann mir dich überhaupt nicht mit einem Handy am Ohr vorstellen.«

Ich werfe einen Blick in den Spiegel des Kleiderschranks. »Sieht merkwürdig aus.«

Ein letztes Lachen und ein abschließendes »Bis bald« schweben durch die Leitung, dann klickt es, und unser Gespräch ist zu Ende. Ich lege das Handy auf den Nachttisch, lasse mich im Bett zurückfallen und strecke alle viere aus.

Es fühlt sich tatsächlich gut an. Ich fühle mich gut, als hätte ich nach zehn Jahren der digitalen Enthaltsamkeit einen Weg gefunden, mich wieder mit dem Zeitgeist zu verbinden. Dieses Retrohandy kann so etwas wie ein Anker sein, der mich sanft am Ufer der modernen Kommunikation hält und verhindert, dass ich von der Strömung mitgerissen werde. Es ist ein kleines, aber klares Statement für die immer noch mögliche Einfachheit in einer überkomplizierten Welt.

Über das gekippte Fenster strömt mit der kühlen Nachtluft Musik ins Schlafzimmer. Zuerst denke ich, sie tönt aus einem vorbeifahrenden Auto herauf, weil sie aber gleich laut bleibt, muss sie aus der Wohnung eines Nachbarn kommen. Die sanfte Melodie lässt mich an einen alten Film denken. Während ich noch überlege, wo ich sie gehört habe, setzt der Gesang ein. Peter Gabriels Stimme erkenne ich sofort, doch erst beim Chorus wird mir klar, dass der Song *In Your Eyes* ist. Und damit weiß ich auch den Film. Natürlich ist es *Say Anything* mit John Cusack und Ione Skye.

Kopfschüttelnd verschränke ich die Arme hinter dem Kopf. Wie konnte ich nur so lange überlegen? Mindestens zehn Mal habe ich *Say Anything* gesehen und bin bei der Boombox-Serenade dahingeschmolzen. Die Szene, in der ein Trenchcoat tragender John Cusack seinen Ghettoblaster in Armeslänge über den Kopf hält, um seiner großen Liebe mit *In Your Eyes* zu sagen, dass er nicht aufgeben wird, ist einer der kultigsten Filmmomente nicht nur der Achtziger, sondern aller Zeiten. Mehr als drei Jahrzehnte sind vergangen, seit der Film erstmals auf den Kinoleinwänden flimmerte, aber diese Szene ist schlichtweg zeitlos. Es ist der Moment, in dem der Zuschauer weiß: Jetzt holt er sie sich zurück, jetzt gewinnt er sie für immer.

Vor einigen Jahren las ich in einem Magazin im Wartezimmer meiner Hausärztin, dass die Szene beinahe nicht gedreht worden wäre, da John Cusack sie für zu kitschig hielt. Der Regisseur, Cameron Crowe, hat ihm deshalb zugestanden, er könne die Szene spielen, wie er wolle. Der Trotz, den Cusack beim Dreh zeigt, der offene Zweifel und die Unsicherheit in seiner Miene und Körperhaltung, sind am Ende das, was die Szene so großartig machen.

Wann immer ich *Say Anything* geschaut habe, habe ich mich gefragt, ob eine Boombox-Serenade heute und im echten Leben funktionieren würde – nicht unbedingt mit einem Ghettoblaster, sondern vielleicht auch nur mit einer Soundbox. Es ist eine so einfache und dabei so große Geste, aber tatsächlich wohl etwas, das in der Realität selten bis gar nicht passiert.

»Hosde eenen an dor Glatsche, du Vohgl?«, höre ich jemanden über die Straße rufen.

»Mir kumme glei mol nunner un machn dir ooche bissl Musik«, schreit jemand anders. »Du hosd wohl ne Meise, zu dar Zeid!«

Ganz eindeutig gehört die zweite Stimme meinem Nachbar von gegenüber.

Mit einem Schlag sitze ich im Bett.

Das kann doch nicht sein!

Mein Herz startet einen wilden Tanz in der Brust. Meine Knie sind weich, als ich aufstehe und zum Fenster schleiche. Gerade noch rechtzeitig wird mir klar, dass Licht im Zimmer brennt und man mich sehen würde, also laufe ich die Treppen hinunter bis in die Küche, in der es vollkommen dunkel ist. Die Musik ist hier noch lauter, weil auch die Küchenfenster geöffnet sind. Mein Herz hämmert im Gleichklang, und frisch produziertes Adrenalin durchdringt jede Faser meines Körpers mit Hitze. Die Nachbarn schimpfen immer wütender, und immer mehr mischen sich ein, doch ihre Stimmen driften in den Hintergrund. Ich höre nicht mehr, was sie sagen. Ich höre nur noch *In Your Eyes*.

Taro steht auf dem Gehweg und hält einen Ghettoblaster in Armeslänge über seinen Kopf. Dabei schaut er an meinem Haus hinauf, richtet den Blick aber nach ganz oben, zu den Fenstern des Schlafzimmers. Er trägt keinen Trenchcoat wie John Cusack, sondern Hoodie und Sweatpants. Im Halbdunkel der Straße kann ich seine Miene nicht gut erkennen, kann mir aber vorstellen, dass sich Trotz, Zweifel und Unsicherheit darin spiegeln.

Viel zu bald verklingen die letzten Töne des Songs. Taro nimmt den Ghettoblaster herunter, schaltet ihn aus und trägt ihn zu seinem Auto, das ein paar Meter weiter, halb auf dem Gehweg steht. Als er einsteigt und davonfährt, erwache ich wie aus einer Trance.

Eine Boombox-Serenade im echten Leben. Eine so einfache

und dabei so große Geste. Etwas, das in der Realität selten bis gar nicht passiert – gerade habe ich es erlebt.

Auf dem Weg zurück ins Schlafzimmer nehme ich zwei Stufen auf einmal. Oben schnappe ich mir mein Handy und öffne eine neue Nachricht. Mit zittrigen Fingern gebe ich zuerst Taros Nummer ein und schreibe dann: *Komm bitte wieder zurück, Juno.*

Als die Nachricht nur noch gesendet werden muss, passiert das, was mir in den vergangenen Wochen ständig mit der Anruftaste am Werkstatttelefon passiert ist: Ich flivere. Wieder und wieder lese ich den kurzen Text, während mein Daumen zitternd und unschlüssig über dem Display verharrt.

Mein Herz drängt darauf, dass ich die Nachricht absende, doch mein Verstand mahnt zur Vorsicht. Nicht nur könnte ich den Zauber der Boombox-Serenade zerstören, sondern sollte diese Entscheidung besser auch treffen, wenn ich nüchtern und ausgeschlafen bin.

Anders als mein Herz hat mein Verstand Argumente. Also lege ich das Handy wieder weg und gehe ins Bad, um mich bettfertig zu machen.

Hashtag

Dr. Reinhard Kohlheim ist vermutlich der schlechteste Psychologe in ganz Leipzig und Umgebung. Kein anderer Psychologe hat bei Google eine durchschnittliche Bewertung von eins Komma fünf, und das bei mehr als vierzig Rezensionen. Auf den ersten Blick ist diese Zahl abschreckend. Auf den zweiten Blick ist es bemerkenswert, dass nur sehr negative oder sehr positive Meinungen veröffentlicht wurden, nichts dazwischen. Zwei, drei oder vier Sterne wurden nicht vergeben.

Gestern, am Montag, nachdem ich Reinhard Kohlheims Stellenanzeige gesehen hatte, habe ich sie mir alle durchgelesen. Jetzt überfliege ich die mal sehr kurzen und mal ausführlicheren Texte noch einmal.

Johannes Grabe
Beim Herrn Kohlheim fühlt man sich wie auf dem Arbeitsamt. Er hört zu, hilft aber nicht.

Evelyn Radkowski
Herr Kohlheim trug während der Erstberatung Badeschlappen und machte auch sonst einen sehr ungepflegten Eindruck.

Zeno Müller
Schlechte Atmosphäre.

Joy K
Lässt seine Patienten Monologe halten und popelt dabei.

Marion Adam
Dieser Möchtegern-Psychologe ist alles andere als einfühlsam, aufmerksam oder sorgfältig. Ich hatte den Eindruck, dass er bloß

seine Pflicht erfüllt und sich gezwungen fühlt, mir als gesetzlich Versicherter ein Erstgespräch anzubieten.

Josefine Ricci
Ich bin Herrn Kohlheim sehr dankbar. Über zwei Jahre hat er mich begleitet und mir sehr geholfen. Ohne ihn wäre ich nicht mehr hier.

Ulf Warmstätter
Hat mich am Telefon nicht ausreden lassen, mir immerzu ins Wort gequatscht und dann einfach aufgelegt.

Thor Klein
Sein Hund saß neben ihm. Ich habe eine Tierhaarallergie, aber er hat den Hund auch nicht entfernt, als ich geniest habe. Hat abwechselnd mit mir und dem Hund geredet.

Alter Leipziger
Einmal und nie wieder. Der hat mich als Alkoholiker bezeichnet.

Giuseppina Conti
Viele Danke, Doktore Psicotherapeute Kohlheim! Ist große Competenza und 10 ★★★★★★★★★★, wenn gehen würde. Hat er viel Intelligenza und Menschlichkeite. Ist gut für vielen kranken Menschen in die schwere Zeit.

Frau Gisela
Ich wurde von Herrn Kohlheim beschimpft und beleidigt. Er sollte kein Therapeut sein. Die Lizenz gehört ihm entzogen!

Soundso Irgendwer
Nur zehn Minuten Behandlungszeit statt der vorgeschrieben fünfzig. Und dafür bin ich extra da raus in die Pampa gefahren.

Irene Schönfelder
Er wirkte auf mich sehr verbittert. Es war mir unangenehm, mit ihm zu sprechen, und ich habe das Erstgespräch nach einer halben Stunde abgebrochen.

Kim Petermann
Schlecht organisierte Praxis. Beim ersten Mal konnte mein Termin nicht stattfinden, was mir eher kurzfristig mitgeteilt wurde. Beim zweiten Mal musste ich eine Stunde warten. Geht gar nicht.

Holi Moli
Sry, der Typ is ein riesengroßes Arschloch!!

Annika Dörr
Während unseres Gesprächs kam seine Frau oder so rein und brachte ihm irgendwas. Die hat er »Meine Schönheit« genannt. Einfach widerlich!

Wie beim Anblick der Google-Sternezahl meldet sich beim Lesen ein Impuls, der mir sagt: Mit dem willst du nichts zu tun haben. So wenig du dich von ihm therapieren lassen würdest, so wenig möchtest du bei ihm arbeiten. So verzweifelt bist du nicht, dass du auf seine Stellenanzeige reagierst.

Auf den Impuls folgt jedoch die Reflexion, die in der Regel eine ausgewogenere Reaktion ermöglicht, indem sie verschiedene Perspektiven berücksichtigt.

Eine davon macht mir bewusst, dass Reinhard Kohlheim Unterstützung für die Therapie in seiner Praxis braucht, was darauf schließen lässt, dass er mehr zu tun hat, als er allein bewältigen kann. Wahrscheinlich betreut er viele Patienten in Langzeit, und es kommen immer mehr hinzu, die sich bei ihm gut aufgehoben fühlen. Die zu seiner Arbeit abgegebenen negativen Bewertungen deuten in der Mehrzahl auf Erstgespräche hin, die nicht den Erwartungen der Patienten entsprochen haben. Die Bewertungen der Langzeitpatienten fehlen, was auch daran liegen kann, dass sie ihren Namen nicht öffentlich auf Google gespeichert sehen wollen. Ich weiß es nicht, nehme aber an, dass es deutlich mehr Menschen gibt, die etwas Positives über diesen Therapeuten zu sagen hätten.

Ganz in diesem Sinne darf ich für meinen eigenen Fall annehmen, dass ich deutlich mehr Follower hatte, denen die ursprünglichen Inhalte von Make Her Yours gefallen und geholfen haben. Ich habe nur nie etwas von ihnen gelesen.

Das Bewertungsverhalten von Menschen folgt einem populären Muster. Es zeigt, dass wir dazu neigen, unsere Meinung vor allem bei extremen Emotionen zu äußern, bei großer Unzufriedenheit aber noch eher als bei überschwänglicher Begeisterung. Das Durchschnittliche, selbst wenn es zufriedenstellend ist, wird als gegeben erachtet und nicht weiter erwähnt. Dies führt zu einer Polarisierung, zu einer Schwarz-Weiß-Denke, in der nur bestimmte Erfahrungen Beachtung finden. In der Psychologie spricht man von einer Verzerrung, die durch selektive Wahrnehmung entsteht.

Diese Tendenz, nur das Negative hervorzuheben, während das Positive oder Durchschnittliche als selbstverständlich angesehen wird, ist ein Aspekt menschlichen Verhaltens, der in vielen Bereichen des Lebens zu beobachten ist. Wir klagen, wenn wir krank sind, jubeln aber nicht, weil wir uns bester Gesundheit erfreuen. Wir machen unseren Kindern Stress, wenn sie eine Sechs in Mathe nach Hause bringen, loben sie aber nicht für eine Eins in Kunst. Wir jammern, wenn wir einmal knapp bei Kasse sind, zeigen aber keine Dankbarkeit für beständig positive Finanzen. Wir ärgern uns über Regen und bewegen uns bei Sonnenschein mit größter Selbstverständlichkeit unter freiem Himmel.

Wären wir uns dieses Verhaltensmusters bewusst, würden wir Meinungen und Bewertungen in einem breiteren Kontext betrachten und verstehen, dass das, was am lautesten gesagt wird, nicht immer der Realität entspricht.

Um mehr über Dr. Reinhard Kohlheim zu erfahren, habe ich seine Website besucht und musste erst einmal lachen. Seine Page sieht aus wie aus den Neunzigern und wurde sicher von ihm selbst mithilfe eines Homepage-Baukastens erstellt, dessen grelles Logo auf der Startseite ganz oben, gleich unter seinem Namen, automatisch eingefügt wurde. Auf lindgrünem Hintergrund wurde eine Comic-Schrift verwendet. Der kurze Begrüßungstext sagt Hallo und verweist auf das Kontaktformular, über das man eine E-Mail schicken soll, wenn man eine Therapie wünscht. Mehr steht da nicht. Es gibt keinen Überblick über Schwerpunkte, nichts zum Ablauf einer Behandlung, nichts zur Arbeitsphilosophie. Aber ein Foto.

Reinhard Kohlheim ist um die sechzig und sieht aus wie ein alter Hippie. Sein längeres, graues Haar fällt ihm fluffig ums Gesicht. Sein Vollbart wächst, wie er will. Der Blick hinter der runden John-Lennon-Nickelbrille lässt einen gewitzten Charakter vermuten. Sein Lächeln ist ungekünstelt freundlich. Der zerknitterte Kragen seines verwaschenen blauen Hemdes deutet darauf hin, dass er seine Kleidung nicht bügelt. Kleidung ist ihm sicher total egal. So egal wie Websites, Bewertungen im Internet und große Worte der Selbstdarstellung.

Tatsächlich kann ich mir vorstellen, dass er während der Sitzungen gern Badeschlappen trägt. Ich kann mir außerdem vorstellen, dass er sich und seiner Schönheit nach der letzten Therapiestunde am Abend einen guten italienischen Rotwein aufmacht, einen Joint rollt und eine Platte von den Stones auflegt. Mit Joint und Wein fläzt er sich in seine Hängematte, die im wild wuchernden Garten zwischen Mirabellen- und Pflaumenbaum gespannt ist. Er lässt die Seele baumeln, während seine Schönheit mit einem Tamburin durch den Garten tanzt und sein Golden Retriever namens Woodstock nach Zitronenfaltern schnappt. Am Wochenende schnallen sie die Surfbretter auf das Dach des ozeanblauen VW-Busses und fahren an die Nordsee.

Trotz der miesen Bewertungen und der unterirdisch unprofessionellen Website – oder vielleicht auch gerade wegen all dem – habe ich Dr. Reinhard Kohlheim noch gestern angerufen und ihn nach einigen vergeblichen Versuchen am Abend erreicht. Um weder seine noch meine Zeit zu verschwenden, habe ich ihm auf seine Frage nach meinen Berufserfahrungen gleich mitgeteilt, dass ich eine sechsjährige Auszeit hatte, in der ich als YouTuber unterwegs war. Er hat mich gefragt, was YouTube ist, über meine Erklärung gewitzelt und vorgeschlagen, dass wir alles Weitere persönlich besprechen. Es sei ihm lieber, einem Menschen gegenüberzusitzen, statt nur eine Stimme im Ohr zu haben.

Um neunzehn Uhr bin ich bei ihm eingeladen. Weil ich keine Lust auf das Auto habe, frische Luft tanken und mich bewegen will, mache ich mich kurz nach achtzehn Uhr mit dem Rennrad auf den Weg nach Kleinpösna, das ganz im Osten von Leipzig liegt.

Über die Könnewitzbrücke fahre ich in den Clara-Park und radele einen Teil meiner Laufrunde bei der Nonnenwiese entlang. Auf dem Rennbahnsteg beginnt der harte Teil der Strecke, der Juno-Teil. Ich denke an unseren ersten Kuss und kann nicht anders, als mir Juno ganz in Erinnerung zu rufen, doch es sind nur noch Sequenzen, die durch meinen Kopf blitzen. In den Wochen seit unserer Trennung sind immer mehr Details ihrer Optik verblasst, und manchmal denke ich, ich weiß gar nicht mehr, wie sie aussieht. Ich habe beinahe auch vergessen, wie ihre Stimme klingt. Auf den Metern entlang der Flutbetts atme ich tief ein, denn der Geruch von Wasser, Bäumen und Erde, der Duft des Sommers, erinnert mich an sie, und für eine kleine Weile kann ich sie wieder besser sehen und hören. An der Flussgabelung habe ich vor Augen, wie sie vor mir im Kajak sitzt, vor der Kulisse des Leipziger Auwalds, wie sie sich zu mir umdreht, verschmitzt grinst und mit dem Paddel ausholt, um mir eine Flussdusche zu verpassen.

Am Schleußiger Weg biege ich nicht rechts ab, wie als ich

mich mit ihr zum Leuchtarschkäfer-Spaziergang im Südlichen Auwald getroffen habe, sondern fahre nach links und bald durch den Norden von Connewitz. Bis zur Leopoldstraße ist es nur ein Katzensprung. Wäre alles anders, könnte ich einen kleinen Umweg machen, einen Zwischenstopp einlegen und ihr sagen, dass ich auf dem Rückweg noch einmal vorbeikomme und den Rest des Abends mit ihr verbringe, über Nacht bleibe, mich im Bett an sie schmiege.

Am vergangenen Freitag, als ich mit dem Ghettoblaster vor ihrem Haus stand, war Licht hinter den Fenstern ihres Schlafzimmers unter dem Dach. Rückblickend war die Aktion eine ziemlich bescheuerte Idee, mit der ich nichts anderes bewirkt habe, als die halbe Straße aufzuregen. Nur Juno hat sich nicht gerührt oder nicht rühren wollen. Entweder hat sie bereits geschlafen oder den Song bewusst ignoriert. Möglicherweise war ihr klar, was gerade passiert, wie auch Ione Skye in *Say Anything* wusste, dass John Cusack vor ihrer Tür stand. Sie hat sich wohl entschieden, der Filmszene treu, im Bett zu bleiben.

Der Gedanke lässt mich den Kopf schütteln. Ganz ehrlich? Was habe ich auch erwartet? Dass Juno auf die Straße stürmt und mir um den Hals fällt? In meinen Träumen! Nicht im Wachzustand und mit der immer präsenter werdenden Gewissheit, dass es auf diesem Weg kein Zurück gibt.

In einer Nebenstraße, die wegen einer Baustelle für den Autoverkehr gesperrt ist, radele ich im Schritttempo auf dem Gehweg weiter. Er bietet ausreichend Platz, doch drei Frauen, die vor mir gehen, nehmen ihn auf voller Breite ein. Sie sind so in ihren Ärger über eine andere Frau vertieft, mit Schimpfen und Lästern beschäftigt, dass sie mich nicht bemerken. Als ich die Radklingel betätige, wenden sie sich verwundert um, trennen sich dann aber und machen eine Gasse frei.

»Ey, Moment mal!«, sagt eine von ihnen und stellt sich mir wieder in den Weg.

Ich bremse ab und setze einen Fuß auf, um das Rad zu halten.

Sie kneift die Augen zusammen und musterte mich. »Das ist der Typ, von dem ich euch erzählt habe«, erklärt sie ihren Freundinnen, als wäre ich nicht wirklich da. »Der von YouTube, ihr wisst schon, mit der Challenge.«

Bevor die andern beiden oder ich reagieren können, spricht sie mich direkt an. »Du bist doch Taro, oder?«

Ja und nein, denke ich. Der Taro, den sie meint, bin ich nicht mehr.

»Du musst mich verwechseln«, antworte ich.

»Ey, der lügt!«, braust sie auf.

»Jetzt lass ihn doch!«, meint eine, der die Situation sichtlich unangenehm ist.

»Ey, ich lass den gar nicht. Das ist der!«

Mit verschränkten Armen baut sie sich vor mir auf. »Bist du noch ganz sauber, einfach deinen Kanal zu schließen, ohne die Story zu Ende zu erzählen? Ich will wissen, wie das weitergegangen ist mir dir und der Tussi.«

Auf dem Rad rolle ich ein Stück zurück und halte nach einem Fluchtweg Ausschau. Die beiden anderen stellen sich nebeneinander an die Hauswand, damit ich durchkann, doch ihre Wortführerin verstellt mir den Weg abermals.

»Los, sag jetzt!«

Gespielt bedauernd zucke ich die Schultern. »Ich würde dir wirklich gern erzählen, was auch immer du hören willst, habe aber echt keine Ahnung, wovon du redest.«

»Das stimmt nicht!«

»Tammy, das wird echt peinlich«, murmelt die bisher stille Freundin. »Jetzt mach hier nicht so eine Szene!«

»Ey, geht mir doch nicht auf die Eier!« Sie hebt die Hände anklagend in meine Richtung. »Ich schwöre, das ist der! Ich erkenn den doch.«

Es ist nicht genug Platz, doch ich nutze den Moment, als sie von mir zu ihren Freundinnen schaut, trete in die Pedale und dränge mich vorbei, wobei ich sie mit dem Fahrradlenker streife.

»Aua, du Arschgeige!«, ruft sie mir nach. »Hashtag BikeRage, oder was? Hashtag Loser, wohl eher! Hashtag BounceOff! Du kannst mich mal!«

Mit Ärger im Bauch setze ich meinen Weg fort und lege einen Zahn zu, als die Baustelle endet und ich wieder auf der Straße fahren kann. Zuerst bin ich zum Zähneknirschen sauer über ihre Aggression und die Beleidigungen, die sie mir hinterhergeschickt hat, doch mehr und mehr drängt sich ein anderer Gedanke in den Vordergrund, und bald finde ich es nur noch verrückt.

Statt *Hashtag* hätte sie mir *Angry Face* oder *Cursing Face* nachbrüllen können, um diese beiden Emojis aufzurufen. In der realen, verbalen Kommunikation funktionieren die aber genauso wenig wie der Hashtag. Loser wie ich lassen sich damit weder taggen noch haschen. Es hat nicht den Effekt, den ein Hashtag haben soll. Denn die Art und Weise, wie wir miteinander sprechen, im Streit wie in jedem anderen Gespräch, hat so viele Nuancen und Formen, dass sie nicht in ein paar Zeichen gepresst werden kann. Die Tatsache, dass wir im realen Leben anfangen, wie in einem Instagram-Post zu sprechen, macht allerdings deutlich, wie sehr wir unser Leben durch die Linse sozialer Medien betrachten und erleben. Bevor wir versuchen, die Realität in zweihundertachtzig Zeichen oder weniger zu komprimieren, sollten wir alle vielleicht wirklich einmal einen Schritt zurücktreten und die Welt um uns herum ohne den Filter der sozialen Medien betrachten – in voller Länge, ohne Kürzungen und ohne Hashtags.

Als der Wilhelm-Külz-Park in Sicht kommt, habe ich mich abgeregt. Am Völkerschlachtdenkmal tummeln sich Touristen und machen Fotos. Dahinter beginnt der ruhigere, ländlichere Südosten von Leipzig. Auf der Fahrt entlang Straßen, die abwechselnd von alten Bauernhäusern und Feldwegen gesäumt sind, vergesse ich das unschöne Erlebnis und hole mir in Erinnerung, wohin ich unterwegs bin.

Fünf vor sieben erreiche ich mein Ziel in Kleinpösna und schließe das Rad an der Hauswand ab. *Praxis Kohlheim* steht in Handschrift, halb verblasst auf dem Schild neben dem Klingelknopf. Die darüberliegende Klingel ist für *Springer & Kohlheim Privat*.

Als drinnen Schritte ertönen, meldet sich mein Handy mit einer Nachricht. Eigentlich will ich vor dem Gespräch nicht mehr nachsehen, doch weil es im Haus wieder still wird und nichts passiert, werfe ich schnell einen Blick darauf.

Die Nummer ist meinem Telefon unbekannt. Mit einem Fingertipp öffne ich die Nachricht und lese sie.

> **0152 28817386** Hallo Taro, sei in einer Stunde an dem Ort, an dem du wusstest, dass es Liebe ist. Ich werde dann an dem Ort sein, an dem ich es wusste. Wenn es sein soll, sind wir am selben Ort. Juno

Völlig verdattert, als hätte man mir mit einem Fingerschnipp den Boden unter den Füßen weggezogen, sehe ich auf und ins Gesicht von Dr. Kohlheim, der die Tür gerade aufgemacht hat.

Serentara

[zeʁenˈtaːraː] Nomen, feminin.
Die von Unsicherheit begleitete Hoffnung, dass eine positive Wendung zum Greifen nahe ist.

Ich habe es getan! Die Nachricht an Taro saust ab. Furchtbar erschrocken, aber auch furchtlos erleichtert starre ich auf mein Telefon, als hätte ich gerade den berühmten roten Knopf gedrückt, der entscheidet, ob die Welt entweder explodiert oder sich in eine gigantische Partytorte verwandelt.

Meine Hand zittert, als ich das Handy auf dem Rand des Waschbeckens ablege. Mit einem Handtuch befreie ich den Spiegel vom Wasserdampf, der sich während des Duschens daraufgesetzt hat, und betrachte mich. Ein Lächeln sitzt auf meinen Lippen, doch in meinen Augen lungern Zweifel. In meinem Bauch tanzen Schmetterlinge einen chaotischen Tango, angespornt von sowohl Angst als auch Vorfreude – Vorfreude auf das Wiedersehen mit Taro, Angst davor, dass er nicht kommt. Während dieser Serentara spielt sich jedes mögliche Szenario im Bruchteil von Sekunden in meinem Kopf ab, bis ich blinzele.

Neunzehn Uhr ist es jetzt. Eine Viertelstunde brauche ich bis zu dem Ort, an dem ich wusste, dass es Liebe ist. Bleiben noch fünfundvierzig Minuten zum Anziehen – eigentlich eine Sache, die ich in fünf Minuten erledige.

Jeans und blaues T-Shirt? Nein! Zu langweilig. Graue Hose, schwarzes Shirt? Zu farblos. Weißes Top und grüne Palazzo-Hose? Auf keinen Fall! Die grüne Hose hat ja schon einmal versagt. Außerdem sind ihre Beine so weit, dass ich sie auf dem

Fahrrad nicht tragen kann. Also werden es die braune Hose und ... Wo ist die rote Bluse?

Nachdem ich den Kleiderschrank auf den Kopf gestellt und den Wäschekorb durchwühlt habe, fällt mir ein, dass ich die Bluse gewaschen habe. Sie dürfte im Garten auf der Leine hängen, seit mehr als einer Woche. Schnell werfe ich ein anderes Oberteil über und eile die Treppe hinunter in den Garten.

Genauso fix geht es retour, zuerst wieder ins Schlafzimmer, dann ins Bad, wo ich meine Haare zu einem Zopf binde. Während ich meine Füße in die braunen Lieblingssandalen schiebe, trinke ich ein Glas Wasser aus, schnappe mir dann meinen Schlüssel und flitze die Treppe hinab. Auf den untersten Stufen fällt mir das Handy ein. Ich sollte es mitnehmen, falls Taro sich meldet, also laufe ich die Treppe wieder hinauf, hole es und weiß nicht so recht, wohin damit. Früher habe ich Handtaschen benutzt, finde die Dinger heute aber nur noch lästig. Kurzerhand stecke ich das Handy in meine Potasche.

Auf dem Hof will ich mein Fahrrad aus dem Unterstand holen, da rollt ein Wohnmobil durch das noch offene Tor. Zuerst denke ich, es sind Touristen, die sich verfahren haben und eine Wendemöglichkeit brauchen, dann fällt mein Blick auf das Nummernschild, ein Hamburger Kennzeichen. Mit einigem, der wachen Erkenntnis geschuldetem Entsetzen fixiere ich die beiden Gestalten hinter der Windschutzscheibe, die mir fröhlich zuwinken.

»Was macht ihr denn hier?«, rufe ich meinen Eltern zu, als sie aussteigen.

Das Lächeln verschwindet von Mamas Gesicht. »Das ist nicht dein Ernst, Juno«, sagt sie. »Wir haben doch telefoniert.«

Haben wir? Haben wir! In der Tat! Vorige Woche irgendwann.

»Onkel Klaus«, erinnert sie mich, obwohl es gar nicht mehr nötig ist. »Der Geburtstag.«

Der Geburtstag, ja ja! Onkel Klaus wird morgen siebzig. Letzten Dienstag oder Mittwoch hat meine Mutter angerufen und mir vorgeschlagen, dass wir zusammen nach Bayreuth fahren, wo Onkel Klaus, Papas Bruder, heute lebt. Dass ich mitkomme, hielt sie für eine schöne Idee. Wo ich ihn so lange nicht gesehen habe, genau genommen fünf Jahre lang nicht. Kontakt hatten wir seither auch keinen, da ich natürlich nicht in der Familien-WhatsApp-Gruppe bin.

Der fünfundsechzigste Geburtstag ist mir aber noch lebhaft in Erinnerung. Die ganze Familie versammelt, Cousins und Cousinen mit Partner und Kind und mitleidigen Blicken in meine Richtung. Am pompös dekorierten Tisch im Nobelrestaurant bin ich zwischen meinen Eltern platziert worden, als würde mein Singledasein damit nicht so auffallen. Ich war das Pendant zu Tante Monika, Papas verwitweter Schwester, die gegenüber am Tisch zwischen ihren Töchtern saß.

Kurzum, anders als Mama hielt ich es zwar für keine gute Idee, mit von der Partie zu sein, hatte aber keine Kraft für eine Diskussion und habe eingewilligt.

»Sag nur, das hast du vergessen!« Mama stemmt die Hände in die Seiten.

»Nein! Natürlich nicht!«, schwindele ich. »Mir war nur nicht klar, dass ihr heute schon kommt.«

Papa stöhnt und lehnt sich ans Wohnmobil.

»So hatten wir es ausgemacht. Morgen Mittag, wenn der Berufsverkehr durch ist, wollen wir in Ruhe hier losfahren.« Mama hebt die Hände. »So ist das nun einmal, wenn man kein Handy hat. Wir hätten dir Bescheid geben und unseren Live-Standort mit dir teilen können, als wir aus Hamburg raus sind. Dann hättest du genau gewusst, wann wir hier aufkreuzen.«

»Ist ja schon gut.« Nervös linse ich in Richtung meines Fahrrads. Ich müsste mich jetzt wirklich auf den Weg machen. »Schön, dass ihr hier seid.«

»Gut.« Mama schlägt die Hände zusammen. »Ich putze mich schnell ein bisschen heraus. Dann können wir los.«

Siedend heiß fällt mir auch wieder ein, dass wir heute Abend essen gehen wollten.

»Ähm, tut mir leid! Ich muss schnell wohin«, stammele ich und überlege, womit ich sie besänftigen könnte. Etwas Besseres als »Ihr könnt schon mal vorgehen, ich komme dann nach« fällt mir auf die Schnelle nicht ein.

Papa stöhnt abermals. Von Mama kommt ein Schnauben. »Na, das ist ja ganz toll. Wir wissen doch noch gar nicht, wo wir essen. Wie sollen wir dich denn wissen lassen, wo wir sind?«

Ich habe jetzt wirklich keine Zeit, das oder irgendetwas anderes zu diskutieren. Als ich mein Handy zücke, bekommt Mama eine Schnappatmung. Nachdem ich bei ihr angeklingelt habe, damit sie meine Nummer hat, fällt mein Blick auf die Uhrzeit. Halb acht ist es.

»Wie gesagt, ich komme nach«, verspreche ich und flitze zu meinem Fahrrad. Schon während ich es aus dem Ständer hebe, merke ich, dass etwas nicht stimmt. Ein Blick auf den Vorderreifen bringt Gewissheit. Er ist platt. Richtig platt. Wahrscheinlich hatte der Schlauch schon länger ein Loch, das nun gerissen ist. Letzte Woche, als ich es aufgepumpt habe, hätte ich mir so etwas denken sollen. Zum Flicken ist jetzt keine Zeit. Was sind die Alternativen?

Die Straßenbahn? Ein Bus? Das dauert alles viel zu lange.

»Ich brauche euer Wohnmobil!«, beschließe ich kurzerhand.

Papa protestiert. »Du bist doch ewig kein Auto gefahren. Und so ein Wohnmobil …«

»Keine Sorge, ich komme klar«, unterbreche ich ihn und öffne die Tür der Fahrerseite, da fährt ein weiteres Auto durchs Tor. Es ist Familie von Großeimerns SUV. Rückwärts tuckert er die Einfahrt entlang und parkt vorm Wohnmobil, sodass es nicht einmal mehr rangiert werden kann.

Frau von Großeimern steigt aus und giftet los. »Sie wissen doch, dass wir umziehen! Wieso halten Sie den Platz vor unserer Haustür nicht wenigstens nach Feierabend frei? Wir haben echt viel zu transportieren.«

Ärger sammelt sich in meinem Bauch. Ärger über all die Vorschriften, die sie mir gemacht, und all die Freiheiten, die sie sich herausgenommen hat, über all die Nörgelei.

»Fahren Sie den Wagen bitte raus!«, schimpfe ich. »Ich muss zu einem Termin.«

Sie schlägt die Tür zu. »Draußen ist kein Parkplatz frei.« Über die Schulter schaut sie nach ihrem älteren Prinzen, der noch nicht ausgestiegen ist. »Ludwig, worauf wartest du? Komm schon! Ein bisschen flott!«

Ich versuche es von Neuem: »Würden Sie das Auto bitte kurz noch einmal auf die Straße fahren, damit ich mit dem Wohnmobil loskann?«

»Dafür haben wir keine Zeit. Wir wollen nur schnell ein paar Dinge einladen.«

Ein paar Dinge? Wie lange soll das dauern?

»Sie dürfen den Hof eigentlich gar nicht befahren.«

»Das machen wir schon immer. Ich mache nur von meinem Gewohnheitsrecht Gebrauch.« Sie schlägt einen spitzen Ton an. »Aber Sie sind uns ja bald los und können hier parken, wie Sie möchten.«

Hitze steigt in meine Wangen. Gleich platzt mir der Kragen! Ich brauche ihre Erlaubnis nicht. Ich kann hier immer parken, wie ich möchte. Sie aber nicht.

Prinz Ludwig schlurft ihr mit halbgesenktem Kopf hinterher. Er wirft mir einen zuerst peinlich berührten, dann entschuldigenden Blick zu und zuckt mit den Schultern.

»Scheiße!«, rufe ich und stapfe mit dem Fuß auf. »Scheiße! Scheiße! Scheiße!«

Mein Kopf beginnt zu schwirren.

Ich tausche einen Blick mit meinen Eltern, in deren Mienen Fragezeichen stehen.

Papa hebt die Schultern und lässt sie wieder fallen.

»Ist es ein wichtiger Termin?«, raunt Mama.

Superwichtig, antworte ich im Stillen, weil mir gerade kein anderes Wort als Scheiße über die Lippen will. Toben und Fluchen hilft mir aber auch nicht weiter.

Dann eben die Straßenbahn.

»Schreibt mir, wo ihr esst«, sage ich meinen Eltern schnell und flitze los. Gerade bin ich aus der Einfahrt, da ruft mich jemand. Im Weiterlaufen sehe ich mich um, erblicke Prinz Ludwig und bleibe stehen.

»Was ist denn jetzt noch?«, frage ich halb verzweifelt, halb genervt.

Er kommt zu mir, sagt jedoch nichts, sondern hält die Hand auf. Der SUV-Schlüssel liegt darin.

Erschrocken sehe ich von seiner Hand in sein Gesicht. Er grinst schief.

»Jetzt nimm ihn schon«, murmelt er, »bevor ihr auffällt, dass er weg ist.«

Ohne weiter darüber nachzudenken, greife ich mir den Schlüssel und flitze an Prinz Ludwigs Seite zurück. Während er im Nebenhaus verschwindet, setze ich mich hinter das Lenkrad des SUV, stecke den Schlüssel in die Zündung und starte den Motor.

Auf den ersten Metern entlang der Leopoldstraße fühlt es sich merkwürdig an, ein Auto zu lenken, doch bald stellt sich die alte Vertrautheit ein. Es ist tatsächlich wie mit dem Fahrradfahren – einmal gelernt, nie mehr vergessen. Wie von allein finden meine Hände die richtige Position am Lenkrad, und meine Füße erinnern sich an das Wechselspiel von Gas und Bremse. Nach jeder Kreuzung gewinne ich mehr Sicherheit, und die anfängliche Anspannung weicht der Selbstsicherheit.

Warum auch immer sich das Schicksal eben auf dem Hof gegen mich verschworen hatte, nun scheint es auf meiner Seite zu sein und gibt mir sprichwörtlich grünes Licht. Alle Ampeln, denen ich mich nähere, bleiben grün oder schalten darauf um. Von der Bundesstraße fahre ich auf die Wundtstraße und biege schließlich in eine Querstraße ein, die am Clara-Park entlangführt. Ein paar hundert Meter hinter dem Kreisel am Herzliya-Platz parke ich den SUV.

Neunzehn Uhr fünfzig, sagt die Uhr im Cockpit.

Nun könnte ich es gemächlich angehen lassen, denn bis zum Teich im Johannapark sind es nur wenige Meter, doch meine Füße wollen nicht langsam machen. Die Serentara treibt sie an. Auf dem schmalen Weg, der im Park mündet, überhole ich drei Mädchen, die spazieren gehen, dann einen Mann und eine Frau, die große Instrumentenkoffer tragen. Bald sehe ich den Teich und die beiden darüber hinwegführenden Holzbrücken. Sie sind leer. Rundherum auf den Wiesen sitzen vereinzelt Menschen. Kein Taro.

Als ich die erste Brücke überquere, scheint sich mein Herz umkrempeln zu wollen. Auf der zweiten Brücke komme ich zu Atem und stütze die Hände auf das Geländer. Mein Blick fliegt ein zweites Mal umher, von einer Mutter mit ihren Kindern, die gerade zusammenpacken, über eine Gruppe von Kids zu den beiden Anglern, die es sich auf Campinghockern am Ufer bequem gemacht haben und geduldig darauf warten, dass Karpfen anbeißen.

Vor wenigen Minuten ist die Sonne untergangen. Ihre letzten Strahlen tunken den Park in ein warmes, goldenes Licht. Die Schatten der Bäume strecken sich lang über die Wege und Grünflächen; ihre Blätter schimmern in verschiedenen Nuancen, durchsetzt von den ersten Anzeichen des nahen Herbstes. Die Silhouetten der Schwäne spiegeln sich auf dem Wasser. Zwei erwachsene, weiße Schwäne gleiten dahin, ein beinahe gleich großes Jungtier, dessen Kleid zwar noch grau, aber schon fest und von ersten weißen Federn durchsetzt ist, treibt etwas abseits. Vielleicht ist es das Kerlchen, das hier die ersten Flugstunden erhalten hat. Die anderthalb Monate, die dieser Tag her ist, fühlen sich an wie eine Ewigkeit oder doch auch wie gestern.

Unweit der Stelle, die die Mutter und ihre Kinder gerade verlassen haben, lassen sich der Mann und die Frau mit den Instrumentenkoffern nieder. Erst jetzt erkenne ich in der Frau die Cellospielerin, die damals am Rennbahnsteg saß und den Soundtrack zu Taros und meinem ersten Kuss lieferte. Halb in der Erinnerung versunken beobachte ich, wie sie und ihr Partner zuerst kleine Hocker aufklappen, dann die Celli herausnehmen. Sie setzen sich, machen ein paar Probestriche, nicken sich dann zu und spielen los.

Anfangs spielt er allein. In kurzen, schnellen Bewegungen zieht er den Bogen über die Saiten und entlockt ihnen eine Reihe von Tönen. Gerade will ich sie in der Klassik einordnen, da setzt das zweite Cello ein, und mir wird klar, dass die beiden ein ikonisches Gitarrenriff neu interpretieren, das in die markante Melodie von *Sweet Child o' Mine* übergeht. Es ist ein Song, für den Guns N' Roses 1988 Weltruhm erlangten und der einen nicht geringen Anteil daran hatte, dass das Album *Appetite for Destruction* zum erfolgreichsten Debütalbum aller Zeiten wurde.

Das Zusammenspiel der beiden Celli erzeugt eine einzigartige Dynamik. Kraftvoll und zugleich voller Gefühl breiten sich die Klänge im Park aus. Es ist, als ob die Bäume sie halten, sie über dem Teich einfangen und mit der Stille multiplizieren, was jeden Ton zu verstärken scheint, ihn lauter und eindringlicher macht und eine Intensität entstehen lässt, die über das Wasser hinweg direkt ins Herz schwingt. Nicht nur mir scheint es so zu gehen. Auch die Kids und Angler spüren es. Die einen haben aufgehört, sich zu unterhalten, und die Köpfe den beiden Musikern zugewandt, die anderen heben die Blicke und Gedanken von ihren Angeln und lauschen.

Ich wünschte, Taro wäre hier. Ich wünschte, ich könnte diesen Moment mit ihm teilen. Ich wünschte, die Serentara würde mein Herz nicht länger abwechselnd schwer und leicht machen, sondern sich auflösen und Gewissheit sein. Um nachzuschauen, wie spät es ist, will ich das Handy aus der Potasche ziehen, lasse es dann aber. Ganz sicher ist es schon zwanzig Uhr, wahrscheinlich ein paar Minuten später.

So gut ich meine Spontaneität vorhin fand, so bescheuert finde ich sie jetzt. Ich hätte Taro mehr Zeit geben sollen als nur eine Stunde. Wer weiß, wo er ist. Vielleicht ist er mit Carl unterwegs oder gar nicht in Leipzig. Vielleicht hat er meine Nachricht noch nicht einmal gesehen – anderenfalls hätte er doch sicher geantwortet, dass er sich verspätet. Oder nicht?

Genauso verrückt war es, den Ort nicht zu benennen. Vielleicht war es gar nicht dieser eine Tag, als er wusste, dass es Liebe ist, sondern ein anderes Mal, an dem wir uns gesehen haben. Und wenn es dieser Tag war und er sich tatsächlich auf den Weg gemacht hat, könnte er jetzt am Flussufer nach mir suchen, auf dem Rennbahnsteg oder unter dem Glücksbaum warten. Warum habe ich unsere Zukunft davon abhängig gemacht, dass wir es beide am selben Ort wussten? Am Ende ist es doch egal, ob die Gewissheit in derselben Minute oder Stunde oder am selben Tag da war. Wichtig ist doch nur, dass wir es beide gefühlt haben.

Mit dramatischen Tönen findet das Cellospiel ein Ende und verklingt. Sobald der letzte Ton in die Luft gestiegen ist, beginnen die Kids zu jubeln. »Repeat, noch einmal!«, rufen sie und klatschen in die Hände. Auch die Angler spenden Applaus. Der Mann und die Frau an den Celli tauschen einen Blick, dann zucken sie mit den Schultern, und er beginnt das Stück erneut zu spielen. Die Cellistin setzt wie eben schon ein paar Sekunden später ein. Der Applaus wird kurz lauter, dann wird der Musik aller Klangraum überlassen.

Im Augenwinkel nehme ich eine Bewegung wahr und schaue nach links, die Brücke entlang. Mein Herz holpert, mein Puls beginnt zu rasen. Ich vergesse, Luft zu holen, erinnere mich aber gleich wieder daran und blinzele, um sicherzugehen, doch das Bild bleibt das gleiche. Taro ist da. Er sieht mich an, und seine Brust hebt und senkt sich unter einem tiefen Atemzug.

Ich könnte springen vor Erleichterung und jubeln vor Freude, stehe aber wie festgewurzelt und um die Sprache gebracht. Tränen kitzeln in meinen Augen und sorgen dafür, dass meine Sicht verschwimmt. Als ich blinzle und Taro wieder klar sehe, erkenne ich ihn, wie er immer war. Mit einer Ausnahme: Er ist vollkommen durchgeschwitzt. Das Hemd klebt an seinem Oberkörper, die dunklen Haare pappen an seiner Stirn. Ein nasser Film glänzt auf seinem Gesicht. Tatsächlich sieht er aus, als hätte er gerade einen Rekord im Stadtradfahren aufgestellt und die kurze Strecke von seiner Wohnung hierher, die in fünf Minuten locker zu schaffen ist, in dreißig Sekunden zurückgelegt.

Mit dem hochgeschobenen Hemdsärmel wischt er sich über die Stirn, lehnt sein Rad dann an den Brückenpfeiler und kommt zu mir. Mein Herz schlägt schneller bei jedem Schritt, den er in meine Richtung macht. Ich richte mich auf, wende mich ihm zu und begegne seinem Blick, als er vor mir steht. Ich tauche hinein, wie ich es viele Male zuvor getan habe. In der Stille unseres Wiedersehens, im Blick, den wir tauschen, liegt eine Antwort, die wir beide längst kennen. Alles Gesagte steht darin und auch alles in diesem Moment Ungesagte, das keine Worte mehr braucht, sondern nichts als Erkenntnis und Verständnis. Und Akzeptanz.

Als er mich umarmt, fällt auch die letzte Anspannung von

mir ab. Ich schmiege mich an ihn, schließe die Arme um ihn und lege den Kopf an seine Schulter. Sein Herz pulsiert gegen meine Wange. Mein Blick verliert sich für einen Moment, schärft sich aber wieder, als die Schwäne auf dem Teich in die von den Celli erzeugte Melodie zetern und schnattern.

Der graue Jungschwan schwimmt heran. Er beäugt Taro und mich und macht kurz vor der Brücke eine Wende um die eigene Achse. Statt zurückzupaddeln reckt er den Kopf in die Brise, die über den Teich weht, und nickt einige Male. Dann richtet er sich auf, breitet die Flügel aus und schlägt sie aufs Wasser. Mit kräftigen Flügel- und Flossenbewegungen nimmt er Anlauf, bringt sich immer schneller voran, krakeelt und trompetet. Und dann fliegt er.

Junos Playlist

She Bop · Cindy Lauper
Shout · Tears for Fears
Take on Me · a-ha
Where the Streets Have No Name · U2
Holyanna · Toto
Just What I Needed · The Cars
Save a Prayer · Duran Duran
Robert De Niro's Waiting · Bananarama
Wicked Game · Chris Isaak
Lovesong · The Cure
Don't You (Forget About Me) · Simple Minds
Little Lies · Fleetwood Mac
Running Up That Hill (A Deal with God) · Kate Bush
Brilliant Disguise · Bruce Springsteen
All Cried Out · Alison Moyet
Everyday Is Like Sunday · Morrissey
Everything's Coming Up Roses · Black
Dancing with Tears in My Eyes · Ultravox
In Your Eyes · Peter Gabriel
Sweet Child o' Mine · Guns N' Roses

Taros Tape Side A

Yellow Flicker Beat · Lorde
Catch & Release · Matt Simons
Believe · Mumford & Sons
Lost on You · LP
Unstoppable · Sia
Stressed Out · Twenty One Pilots
Pocahontas · AnnenMayKantereit
I Can't Go on Without You · Kaleo
Cold Little Heart · Michael Kiwanuka
Believer · Imagine Dragons
New Rules · Dua Lipa
Feel It Still · Portugal. The Man

Taros Tape Side B

Say Something · Justin Timberlake feat. Chris Stapleton
Permanent Way · Charlie Cunningham
bad guy · Billie Eilish
Circles · Post Malone
Blinding Lights · The Weeknd
The Truth · James Blunt
In the Dark · Purple Disco Machine
West Coast · OneRebublic
Nahuel Huapi · Bilderbuch
As It Was · Harry Styles
Karma · Taylor Swift
Punchline · Ed Sheeran